她的哥哥
她的避风所
她的指途灯
她漫长时光中
唯一赖以生存的
氧气和希望

欣梦享
ENJOY LIVING

鹿灵◎著

惊烟火满怀

㊤

（全二册）

江苏凤凰文艺出版社
JIANGSU PHOENIX LITERATURE AND ART PUBLISHING

图书在版编目（CIP）数据

等烟火满怀：全 2 册 / 鹿灵著. — 南京：江苏凤凰文艺出版社，2022.5
ISBN 978-7-5594-6627-3

Ⅰ. ①等… Ⅱ. ①鹿… Ⅲ. ①长篇小说－中国－当代 Ⅳ. ① I247.5

中国版本图书馆 CIP 数据核字 (2022) 第 034054 号

等烟火满怀：全 2 册

鹿灵 著

出品人 李亚丽
特约监制 杨 琴
责任编辑 白 涵
特约编辑 顾 塬
装帧设计 商块三
责任印制 刘 巍
出版发行 江苏凤凰文艺出版社
南京市中央路 165 号，邮编：210009
网 址 http://www.jswenyi.com
印 刷 三河市兴博印务有限公司
开 本 880 毫米 ×1230 毫米 1/32
印 张 18.75
字 数 500 千字
版 次 2022 年 5 月第 1 版
印 次 2022 年 5 月第 1 次印刷
书 号 ISBN 978-7-5594-6627-3
定 价 69.80 元（全 2 册）

S&C

目录

◇ C O N T E N T S ◇

REC
HD

第一章

甜妹小茉，在线营业

CHAPTER 1 >>> 等烟火满怀

普通的衬衫穿在那人身上也极为好看，周正又落拓，再往下是流畅的肩线，一双长腿比例极佳。

他背着光，不期然地转过身。四目相对的那一刻，空气静寂。

九月初的北城，气温依旧居高不下。

夜幕降临，晚风带了些躁意，暗香浮动。

肃江大学的晚自习时间，校园内安静而空旷，最靠内的一栋楼里，却突然传出来细微的声响。

保安立刻发觉，大吼一声："谁在那儿？"

完了，宋嘉茉心头一跳，赶紧把窗台上的人拽下来："保安来了，快走！"

——准确来说是跑。

她拔足狂奔，耳边只剩下风声和心跳，咚咚打鼓似的，快把耳膜震碎。

身后手电筒的亮光穷追不舍，在黑暗中尤为刺眼。

路过拐角时，宋嘉茉顿了一下。

黑暗里，她的眼眸晶亮："咱们像不像迪士尼在逃公主？"

"你有病吧！"赵悦用力地一掌让她回到现实，她们迅速下楼，兵分两路，宋嘉茉躲进树林，而赵悦藏到了卫生角。

保安还在找她们，夺命的灯光已经到了近处。

宋嘉茉藏在树后，呼吸都停止了，紧张得连胃都在痉挛。

今天真够倒霉的，她想。但就在她极力降低存在感时，左边的图书馆里，突然走出一道颀长的身影。

普通的衬衫穿在那人身上也极为好看，周正又落拓，再往下是流畅的肩线，一双长腿比例极佳。

他背着光，不期然地转过身。四目相对的那一刻，空气静寂。

今日双份大彩票——找东西不仅被保安发现，还被她哥给逮着了。

她哥陈赐，就读于肃大医学系大二，镇校之宝与高才生，从小就什么都是第一，学习第一，打架第一，就连收情书……都是第一。

老师眼中的镇校之宝，女生眼里的颜值巅峰，如果女娲造人也分三六九等，他就是站在金字塔顶端的那个。

他却偏偏不爱用这张好脸，总皱眉头。

她心虚地耸了耸肩："哥……"

奶奶去世之后，兜兜转转间，她进入陈家，也从很小的时候，就习惯叫他哥哥了。

陈赐远远地瞧了她一眼，很快走到近处，翘了翘嘴角："这就是你说的今晚有事？"

她轻咳几声，又反应过来，将他往外推："我回去再跟你解释。你先走，不然要暴露我了，或者你帮我打掩护也成——"

"你大晚上不回家，还想让我帮你打掩护？"陈赐像是笑了，握住她手腕将她往外拉，声音压得很轻，"知道什么叫大义灭亲吗？"

学校并没有住校规定，他们住得近，家里又住着舒服，因此没什么意外情况，一般都是回家。

"你别……"宋嘉茉拼命后退，却还是敌不过他的力道，整个人被扯出了树后。但就在那个瞬间，一顶黑色鸭舌帽也落在了她的头上。

她的呼吸一轻。

保安带着硕大的手电筒出现，陈赐轻巧地转了个身，她就躲在陈赐身后的影子里。

"好端端的，怎么没电了……"

保安拍打着手电筒，一边凭借微弱的光辨认："啊，陈赐啊？你怎么在这儿呢？”

他扬了扬头：“刚看完书。”

“才从图书馆出来，是吧？真用功。”保安呵呵笑了两声，“对了，你有没有看到两个女孩，从这里跑过去？”

陈赐：“看见了。”

宋嘉茉的后背一抖，头皮发麻。

保安：“去哪了？”

陈赐面不改色，指了指相反的方向：“往南跑了。”

“好嘞！谢谢啊！”

陈赐是医学系第一，又长了张讨人喜欢的帅脸，几乎全校的人都认识他，因此保安并没怀疑，赶紧朝远处跑去。

两分钟后，保安跑没影了。

警报解除，宋嘉茉揉揉鼻尖：“就这，大义灭亲？”

陈赐像是没听见她的话一般，向前走了两步，见她没跟上来，又回身找她：“还不走？”

宋嘉茉“啊”了一声：“你先走，我等会儿跟朋友一起。”

陈赐沉吟片刻：“男的女的？”

宋嘉茉撇撇唇：“……女的，雌性，安全百分百那种。”

她哥终于勉强同意，从书包旁抽出一袋东西，往后准确地一抛：“早点回家。”

她很有默契地抬手接住，看他口是心非的背影越走越远，踮脚回答道：“知道啦。”

低头拆开，陈赐扔过来的是一包 QQ 糖，荔枝味儿的。

赵悦完全失去消息，五分钟后才找到她：“怎么样，保安走了吗？”

“走了。”宋嘉茉看过去，“你呢，照片拍好没？”

赵悦："放心吧，搞定了！"

赵悦也是大一新生，临时转专业过来的，今早专业课的时候坐到了宋嘉茉旁边，同为新闻系学生，她们靠着相同的爱好建立了基本友谊。

就在中午去食堂吃饭时，赵悦路过操场，正好看到篮球队在训练。她对其中的某个帅哥一见钟情，但没机会要电话号码，便想着在放学后去篮球社里问问他的消息。

谁知道篮球社锁了门，但桌上放着一摞资料，而最上面那张，似乎正是她要找的人。赵悦赶紧拿出手机拍照，却忘了关闪光灯。肃大一向管得严，这才将保安引了过来，好在照片总算是拍下来了。

赵悦打开手机相册确认："说好了，我刚转来，人生地不熟的，你得帮我助攻啊。"

"行，先让我看看他长什么样——"宋嘉茉原本还在笑，直到看见照片，嘴角的笑意渐渐僵住。

赵悦的喉咙干涩："……怎么了？"

"你自己看看，这清晰度像话吗？"

赵悦赶紧低头一看，这才发现当时因为手抖，照片模糊得厉害，除了电话号码什么都看不清楚。登记照片的部分更是变成一团色块，连五官都没有。

她连忙捍卫自己的审美："真人是好看的，我发誓，我活十几年没见过这种极品帅哥，到时候约出来，带你见真人。"

宋嘉茉"啧"了声，往嘴里扔了颗糖。

赵悦："你这糖哪来的？"

宋嘉茉朝她挤挤眼睛："天上掉的。"

图书馆临近闭馆时间，操场上渐渐热闹起来。

她们低调地混入人群，正要溜之大吉，一声呵斥在身后响起："那两个！给我回来！”

女生之间的默契甚至不需要言语。她们头也没回，拔腿就跑，直到宋嘉茉因为体力不支而停下来，才发现自己跑到了公交站台。

赵悦早已不知所踪，宋嘉茉平复着呼吸，庆幸着这次的虎口脱险。

跑掉应该就没事儿了吧？

书包和外套都在奔跑中垮了下来，宋嘉茉边走边整理，直到站牌下走出一个人影，她刚背好的书包又掉了。

陈赐偏头，好整以暇地看着她：“怎么，吓着了？”

宋嘉茉跟只小惊兔似的，耷拉下来的刘海儿像两只毛茸茸的耳朵：“你不是走了吗？”

“没走。”他说得轻巧，“很晚了，接你回家。”

好像料定了她会走到这个车站，又会是一个人回家。

她“嗤”了一声，公交车正好驶来，她先给自己刷了卡，又回过头，手指挪开几寸，再贴上去。

伴随着二次读卡声，她望向陈赐，深情又霸道：“刷我的卡。”

陈赐无语。

于是，少年一把提起她的后衣领，“别耽误后面人上车。”

好在陈赐已经习惯了她不定时的角色扮演和神经质，一路上没再说什么，宋嘉茉安静地吹了会儿晚风，才想起自己又忘吃东西了。

终于到家，钥匙扔在桌上，丁零零地一串响，也昭示着某场审问即将开始。陈赐看着她：“你今晚怎么回事？”

好在宋嘉茉的肚子非常争气，它争气地响了。她马上配合演出，一副“我好虚弱啊”的样子倒在沙发上：“我没事的，只是陪人去社团问点东西，她拍照被发现了，我俩被保安追得满操场乱跑，腿也软了，心也空了，提心吊胆地过了一晚上还没吃东西，现在饿得前胸贴后背，还有点头晕。”

她娇弱地吸吸鼻子，露出一个懂事的笑容："但没关系，我已经伤习惯了。"

……

陈赐眉眼沉沉地瞧着她，无语两秒后才道："想吃什么？"

她立刻原地复活，窜到餐桌前蓄势待发，朝他嫣然一笑，"叉烧炒饭，谢谢哥哥，哥哥真好。"

陈赐无言地看了她几秒钟，然后拉开了厨房的门。

没过多久，宋嘉茉就已经闻到香味儿了。她满足地拿起手机，发现赵悦给自己发消息了。

赵个乐子："就算我今天被追得像条落魄的野狗，我也要大声喊出：帅哥值得！"

其实宋嘉茉是觉得不值的，但看赵悦这么兴奋，于是附和两句："确实，帅哥就是人间瑰宝。"

宋嘉茉从包里拿出作业检查，翻了几本后突然想起什么，又打开手机："对了，我的报名表是在你那儿吧？"

赵个乐子："啊？什么报名表？"

宋嘉茉心头一跳："就是一个社团报名表，放学的时候你不是说想看看吗？我就给你了。"

等了好一会儿赵悦都没回，她有点着急，把整个书包的东西都倒出来找了一遍，甚至连练习册都翻了，还是没找到。重要的东西她都习惯带在身边的。

终于，赵悦打了个视频电话来，把桌上所有的纸摊开，一张张拍给她看："怎么回事？真不在我这儿啊！"

宋嘉茉努力回忆："那到哪去了？"

"我记得我后来好像给你了？"赵悦问，"你有印象吗？我真不记得了！要不你去复印一张呢？"

“这表只有我有，”宋嘉茉撑着脸颊，“争取了几个月才争取到的名额。”

赵悦吃惊了一下：“不会吧？很重要吗？”

宋嘉茉没什么力气，语气却斩钉截铁：“嗯，挺重要的。”主要是付出太多精力了，如果当初只是随便一申请就批了下来，她也不至于这么上心。

赵悦：“那怎么办啊？”

她知道就有鬼了。宋嘉茉用力揉了揉头发，最终看向窗外，让自己尽量往好的方面想：“明天去学校再看吧，希望没丢。”

窗外星星点点，夜色阑珊，挂掉电话后，她整个人半仰在椅子上，有点发愁。

与此同时，陈赐手边的铃声响起。他接起来，那边有些嘈杂：“喂，赐哥，跟你商量个事呗？我在网吧，隔壁八班的邓高明想要咱妹妹的微信号——”

陈赐低着头，从水槽里拿了个碗，声音没怎么变化：“没门。”

“哈哈哈！我就猜到是这个回答！你替咱们小茉莉拒绝的桃花不说一百也有五十了吧？你们家这家教也太严了！”损友笑得好大声，仿佛打电话被拒绝的根本不是他。

“学生谈恋爱有百害无一利，”陈赐道，“况且她平时也很少跟男生接触，没这方面心思。”

“那可不，每天在家看的就是您这张帅脸，哪还看得进去别人？不像我，还得防着我女朋友追星和看帅哥。”

“她还算乖。”下了这个定论，陈赐没再多聊，收起手机，将炒饭装盘。他刚走出厨房，就看见她双手托腮，小脸上的五官皱成一团。

宋嘉茉绞尽脑汁，想着万一报名表真不见了该怎么办。手机没锁屏，就肆无忌惮地摆在桌上。

陈赐看着她苦恼又可怜的小表情，心中不免有几分触动，正不想责怪她晚归，结果一低眼，屏幕上赫然四个大字——帅哥值得！

……

陈赐嗤笑一声，舌尖抵了抵后槽牙。

宋嘉茉自我安慰了好一会儿，心想死也不能当饿死鬼，终于准备开动时——盘子忽然被人往远处推了推。她抬眼，对上陈赐不太爽的目光。

“你把自己折腾成这样，饭也没吃还被保安追，就是为了——”他略作停顿，“……一个帅哥？”

客厅的吊灯闪了一下。宋嘉茉的大脑神经也闪了一下。

她把炒饭重新拉回来，想也没想便解释道：“没啊，我只是陪同学一起，人也是她看上的，我怎么可能为了帅哥——”但话说到这儿戛然而止，她停住了。

陈赐淡漠地挑起半边眉毛。

她像是突然想到了什么，话锋一转。

“但是，谁又能，拒绝一个，”她真挚而不解地抬头，“帅哥呢？”

陈赐：“什么？”

宋嘉茉觉得自己说得挺有道理，于是说完后就继续低头吃饭了，也没管陈赐是什么表情，只听到短促的一声冷笑。

陈赐也懒得多管她，抬腿去了沙发。

吃完后，宋嘉茉还在想报名表的事儿，坐在沙发上敲着手机，看起来很是繁忙。

陈赐只当她还在为美色昏迷，伸出手指点了点：“那人长什么样？”

宋嘉茉愣了一下，这才反应过来：“有照片就好了，可以给你看看照片，可惜目前还没有，但我感觉应该还蛮好——”

说到这里，新闻播完，陈赐从抽屉里拿出一个信封。

这东西她再熟悉不过，浅色的牛皮纸袋，里面装着她每个月的零花钱。月初，正好是她的“收钱快乐日”。

宋嘉茉放下手机，突然坐直了。她秀气的眉头一皱，语气也低沉了半分：“好看有什么用？”

陈赐抬眼瞧她，指腹还维持着数钱的动作。宋嘉茉看向他的眼睛：“普普通通的一个凡人而已，怎么能比得上我英明神武的哥哥呢，是吧？”

少女凑近了些，殷切地道：“哥，好哥哥，多给两百可以吗？”

……

次日，宋嘉茉刚到学校，还没来得及坐下呢，学院的广播就响起来了。

“各班都停一下，我说个事。”广播里的声音十分严厉，原本闹哄哄的班级，立刻就安静了下来。

赵悦问：“谁啊？这么吓人？”

“院长，因为手里永远端着个保温杯，我们都叫他托塔李天王。”宋嘉茉随口科普，“李天王可凶了，我们看到他都绕路走。”

“但他一般很少出现，不知道是什么惊动他老人家了……”宋嘉茉忽然捂住嘴，“不会是我们昨晚那个事吧？”

赵悦比了个“嘘”声。

李天王深吸一口气，似乎在压抑着怒火，片刻后才道：“昨晚，趁北楼监控调修，有人心怀不轨，偷了大一的期中试卷。”他再次深呼吸，终于忍不住，“这还是我们建校一百年来！第一次发生这么恶劣的事情！”

听到不是她们的事，宋嘉茉松了口气，没忍住碎碎念：“虽然，但是……还有一年建校才满百年吧？”

她说话的声音不大不小，前桌憋着笑回头看她，赵悦直接把她的嘴捂上了。

幸好李天王听不到，仍沉浸在自己的世界里：“学校马上迈入省重点建设高校行列，此类问题非常严重，绝不允许再次发生！否则直接退学！这次的期中考试我们会换卷子，虽然不知道你是大一哪个班的，但是一旦被我抓到，严惩不贷！”

李天王一把年纪了，但发起脾气来中气十足，放下话筒后，操场上空仍盘旋着他的声音。

班上安静了许久，同学们才小声讨论起来。

“谁胆子这么大，还敢偷卷子？”

“哈哈哈！是哪个英雄好汉，能给我透下题吗？”

“一定是我们学院的吗？会不会是误会？”

“这时候宁可错杀，不能放过。”

“最近可得好好做人，不能往老李的枪口上撞。”

宋嘉茉还来不及庆幸，电光火石间，她的脑子里闪过一个画面。

她僵硬地转过头：“我好像记起报名表在哪了。”

“你的社团报名表吗？”赵悦问，“放哪了？”

“你把表还我的时候，我的书包已经背上了，所以我就拿在手里，然后陪你去篮球社。”宋嘉茉感觉大脑有点缺氧，“你拍照的时候我的鞋带散了，系鞋带前……把表放在窗台上了。跑的时候我看你手里拿着东西，还以为你把我的表带上了。”

“我拿的是新生资料表。”赵悦觉得问题不大，“那下课我们去把报名表拿回来就行了呗。”

“你说的不错，但我们昨天去的——”宋嘉茉微笑着，“是卷子失窃的北楼。”

赵悦一哽。

“你想成为李天王的活靶子吗？”宋嘉茉良善地抛出橄榄枝，“被挂在升旗台上一个月的那种。”

这回赵悦彻底沉默下来，等到大课间，宋嘉茉起身了。

赵悦：“你去哪？”

她目光英勇：“去当靶子。”

赵悦赶紧拉住她："别啊，你问问社团的老师，肯定还有办法的！这样我俩都被捅出去了，没必要啊，而且到时候怎么说？不能说我们是为了泡帅哥吧？那撒谎肯定被看出来，万一他们觉得卷子是我们偷的怎么办？这很可怕的！"

也是。宋嘉茉揉揉脸："就算不是我们偷的，被拿来杀鸡儆猴就惨了。"

"对啊，学校现在正需要一个偷卷子的嫌疑人呢，这不是上赶着'送人头'吗？"赵悦劝道，"再想想别的办法。"

别的办法只有一个，就是去找负责社团的老师。

四个小时后，午休时间，万老师推了推脸上的眼镜。

万华："你的意思是报名表不见了？"

小姑娘站在那儿，安安静静的一小只，态度很恭敬。

她长得很精致，巴掌大的小脸，配了双圆圆的兔眼，脸颊边的碎发带着些自来卷，显得可爱又明丽，尤其是充满期待望向人的时候，简直叫对方不知道该怎么拒绝。灯光明晃晃地垂落，给少女的眼底覆上一层柔光。

万华上次就是这么心软的，小姑娘唇红齿白，没说两句她就喜欢得不行，可惜这回，她也做不了主。

万华："当时要了好几个月，我还以为你多想要呢，看来没我想的那么上心嘛。"

宋嘉茉张了张嘴，但没法解释。万华往后靠了靠："你们最近很活跃啊，昨天也有别的学生找我要表，说也想办个播音社。"

宋嘉茉的脑子里冒出一个惊叹号。又有人想办播音社了？那岂不是跟她撞了？

"主任说你们现在要以学业为重，我想了想，确实不能耽误你们学习。"万华说，"这样吧，先看你们这次的期中成绩再决定，专业排名能上升二十名的，才有资格在我这儿拿报名表。”

万华打开名册翻了翻：“宋嘉茉，是吧，听你们专业老师说起过，上学期期末是专业第三十七名？那这次期中……差不多得有个专业前十。”

宋嘉茉愣了下：“上升二十名的话，不是专业第十八吗？”

“四舍五入嘛，”万华悠闲地喝了口茶，“考个专业前十，挺好。”

我感觉我去烤个肉夹馍也挺好。

回到教室，宋嘉茉从书包夹层翻出手机，学校管得严，她一般都不开机。

开机后，她打开和陈赐的对话框，发了个兔子抱萝卜的表情包。

她若有所思：“哥，专业第一怎么考？”

很快，陈赐的消息回了过来，简简单单四个字：“有手就行。”

撇了撇嘴，她无语地关闭手机。

宋嘉茉拉好书包拉链，赵悦也凑了过来：“你为什么想办播音社啊？”

宋嘉茉说：“喜欢啊，而且能锻炼自己。”

“大二得有很多专业考试，大三得准备考研，大四得准备毕业论文，大一发展这种课外爱好刚刚好。更重要的是，之前隔壁理工大学的同学来我们学校听课，还吐槽我们午休时的播音又无聊又老套。后来我去听了他们学校的，也就那样。”

顿了顿，宋嘉茉道：“我觉得，我能做得比他们好。”

她的学校只有她能骂，别人不行。

赵悦又回到那个话题：“那现在怎么办？”

“还能怎么办？竞争对手都出来了，难道我不应战？”宋嘉茉来了些斗志，“不能不战自败呀。我看能不能考个专业前十试试。”

既然想要考好，坐以待毙是不行的，她得行动起来。除了刷题，掌握风向也很重要。

课间，班长给出关键性线索：“期中考的话，英语考试难度要升级，所以这次竟然要用外语学院的卷子。”

宋嘉茉：“两个学院同一天考吗？”

“对，而且他们学院考试的难度比较大，你可以问外语学院的同学要点资料。”

回到位置上，宋嘉茉幽幽地哀叹：“但我哪里认识外语学院的同学啊。”

赵悦：“我之前就是外语学院的啊。”

还没等宋嘉茉兴奋，一盆凉水又泼了下来。

赵悦：“但是我跟我闺蜜决裂了，和别的同学关系也不太好，不过，如果你能帮我追那个帅哥的话——”

没等赵悦讲完，宋嘉茉立刻打断：“没问题。”

赵悦：“我就厚着脸皮找我闺蜜要下重点笔记，她学习成绩还可以。”

稍作停顿，赵悦惊道：“我还没说完你就可以？”

“我当然可以，为兄弟两肋插刀，你的爱情包在我身上，”她的语速很快，“其实你不说我也会这样做的，毕竟我，人间丘比特，使命就是安排每一对命中注定的恋人。”

宋嘉茉：“所以资料什么时候能要呢？”

赵悦：“……你能帮我把他约出来，我第一时间去联系我闺蜜。”

“好，”宋嘉茉凝起目光，眼神笃定，“等着，今天太阳落山之前，我一定让他点头。”

赵悦低头打字，问道：“我刚到你们学院，还没摸清套路，第一条短信怎么发比较好？”她还在想怎么跟那个男生聊天，毕竟当时拍到的照片，上面只有手机号。

宋嘉茉看她删删写写，突然灵光一现：“你这样发不行的，没法引起直男的注意。我有哥哥，我知道他们的死穴。”

赵悦：“什么？”

宋嘉茉神秘地停顿了两秒钟，然后露出更加神秘的微笑：“他们最爱的两样东西，球和球鞋。”

赵悦觉得有点道理，递过来一个肯定的目光，这表情突然让宋嘉茉的自信心大涨。于是她头脑一热，也不知道是哪来的勇气和幽默感，拿过了赵悦的手机，开始啪啪打字。

“所以你得这样发……”

中午，陈赐刚结束一场篮球练习，去球场后面洗手。突然，有人笑嘻嘻地搭上他的肩膀：“兄弟，今天中午你手机怎么没响啊？以前不是都狂震嘛，平均五分钟一条告白短信。”

“换号了，”他的嗓音清冽，“三个月换一次。”

那个男生羡慕得直摇头：“太受欢迎的烦恼……”

结果陈赐的话音刚落，打开手机，就收到了一条新消息。

匿名号码：“用你新买的 AJ 和限量篮球同时砸你的头，哪一个更疼？”

陈赐皱眉。很快，第二条消息跟了过来。

匿名号码：“错，是我的心更疼。”

一旁的男生被消息内容乐得直不起腰：“亏我还认真想了几秒钟！”

那个男生笑了足足一分多钟，眼泪都笑出来了，整个人面红耳赤，又兴奋又上头，手指一伸，作势就要往拨号键上按：“太好笑了，这谁啊？要不问问呢？”

他的本意是开个玩笑，谁知道手一滑，真的点上了通话键。

下一秒，画面跳转——正在呼叫中。

电话刚拨出去，那个男生已经飞快地反应过来，又按下了挂断。

“还好还好……”他心有余悸地说，“才打出去，对面应该还没收到。”

陈赐垂眼瞧着，不置可否。

男生尴尬地笑了两声：“不好意思啊，跟你闹着玩来着，手一抖还真点了……你感兴趣吗？要问问不？”

“不用。”陈赐没在意，右滑点了删除，将手机扔进包里。

对面到底是谁，这通电话到底有没有打出去，他都无所谓。

反正他跟发出这条短信的人，一辈子都不会有关系。

另一边，“一辈子也不会有关系”的宋嘉茉，等待了三分钟没有收到回复，壮烈地收起了手机。

她承认自己有赌的成分，也承认，在她发完那串惊为天人的土味情话后，赵悦因为无法撤回，而追着她暴打了三层楼。

“别打脸，别打脸……”她双手捂脸，手指微微分开，只露出一双黑白分明的眼睛。

宋嘉茉眨了眨眼，开始胡扯：“你看过言情小说没？男主都是宁可女主恨自己，也不愿意她忘了自己，对吧？你想的那些都太普通了，根本无法让他记住你，而以我的恋爱经验，有印象总比没印象好……”

她胡扯得头头是道，赵悦都差点信了。

赵悦：“说得好，那你谈过几次恋爱？”

宋嘉茉自信地比出一个数字：“0。”

就在赵悦马上要去食堂找刀时，为了保护自己的生命安全，宋嘉茉赶紧道：“对了，你们是不是还没加微信来着？你等会儿去加他，他肯定通过你。”

赵悦露出森森冷笑：“最好是这样。”

很快，赵悦根据那个手机号查找微信，发送了好友申请。

宋嘉茉一边做题一边等，抽出一张英语卷子，又打开错题集。

因为目标是专业前十，光想着靠赵悦的资料肯定是不够的，她自己也得努力才行。

快下课时，赵悦终于有了反应。

赵悦：“他通过了！等我跟他聊会儿啊，你帮我看着老师……”

宋嘉茉松了口气，颇为满意地点了点头："看来宋老师的撩人宝典还可以嘛。"

赵悦一言难尽地看了她一眼，但很快，和帅哥聊天的喜悦淹没了她，她低头不停地打字，时而发出难忍的笑声。

宋嘉茉撑着脑袋，表情复杂。恋爱中的女人好可怕。

下课铃打响，赵悦也发来捷报："他同意周日跟我见面了！"

那一刻，宋嘉茉甚至想好了专业前十的表彰词。

天不亡我，她想，我的复习资料，稳了。

赵悦心情大好："你们学院好多规矩我都不懂，到时候见了面，如果他给我发了什么暗号，你记得帮我创造下机会呗。"

"帮你创造机会？"宋嘉茉品了品，"意思是你俩第一次见面，还得带着我？"

赵悦点头："多个朋友，多一分胜算啊。"

宋嘉茉："但我觉得有点奇怪……"

赵悦："再帮你多要点外语学院的英语复习资料。"

宋嘉茉目光如炬，露出当仁不让、蓄势待发的表情："我们什么时候出发？"

……

现在是肯定不能出发的，今天周六，赵悦的约会定在明天。

因为周日放假，宋嘉茉的步伐都轻快了很多，一放学，赵悦就拽着她四处奔走，说是要为约会做准备。

宋嘉茉怀里揣着个甜甜圈："这么认真啊？"

"当然啊，不瞒你说，我之前谈的四个都没有这样过，不过他不一样，他看着就很难搞定。"

"已经答应你见面了，后面肯定顺利啦，不用担心。"宋嘉茉问，"地方在哪儿定了吗？"

赵悦指着十字路口深色的招牌："你觉得这个咖啡厅怎么样？"

这是个猫猫咖啡厅，环境不错，装修也很可爱。宋嘉茉推门走进去，揉了揉门口那只布偶的头："挺好的，万一没话题的话，你们还能逗逗猫。"

最后赵悦选择了靠窗的位置，宋嘉茉忍不住打了个冷战。

赵悦："你发什么抖？"

"你不懂靠窗人的恐惧，"宋嘉茉摇了摇头，"你有过跟李天王的鱼尾纹甜蜜对视的瞬间吗？他向你伸出手，然后说：看的什么小说，给我。"

赵悦一哽。

宋嘉茉："我总觉得下一秒就会有人冲进来捉我。"

"周日能有谁抓你啊？"赵悦没跟宋嘉茉继续讨论下去，不知道从哪里拿出一套衣服，"你去换一下，看合身吗？"

把衣服展开，是一套格子制服，上面还配个兔耳朵。

宋嘉茉："这什么啊？"

赵悦思虑周全："你到时候总不能在旁边看着我们吧？那不如先伪装成服务生，有什么问题我还能直接叫你，方便又自然。"

宋嘉茉抓着毛茸茸的兔耳朵，觉得有点道理，又隐隐觉得，好像有哪里不太对劲。不过服务生都这么穿，她犹豫了一下，也没多想，去卫生间换好了。

小姑娘皮肤白皙，骨架又小，被衣服一衬，整个人显得又精致又可爱。

"好像漫画里走出来的哦，"女老板凑过来，眼睛亮了亮，"同学，能加个微信吗？你以后有时间可以来做下兼职的，工资日结，奶茶管够！"

最后，宋嘉茉被老板用两杯奶茶收买，交出了自己的微信，并将那套制服带回了家。

陈赐回家时，宋嘉茉也刚到家没多久，正定定地看着自己的书包，手指拽出来一截蓝色的布料。

少年撇过去一眼："什么东西？"

他问得随意，本来就没上心，谁知道宋嘉茉被吓得打了一个激灵，立刻把东西揉成一团，全部塞进包里。

"没、没什么……"然后宋嘉茉抱着包一路小跑，逃也似的冲进了房间。

她也不清楚自己为什么要跑，但是在看到陈赐的那一秒钟，她本能地就想到自己在他面前穿这套衣服的样子……

好像……怪怪的。

她用力揉了揉头发，闪进浴室里洗澡。

为了避免自己再想一些奇怪的内容，那一整晚，她都在用英语题麻痹自己，题型太难，她做到半夜才歇下。

——这直接导致她第二天睡过头，还是被赵悦一通电话叫醒的。

"天哪！你怎么还在睡？"赵悦在电话那头疯狂催促，"只剩一个小时了！你过来还要时间，我们俩还要商量下对策啊！赶紧刷牙洗脸——你出被窝没？"

"出了，"宋嘉茉咬着牙刷，含糊不清地说，"我好困。"

"别困了！"赵悦跟个老妈子似的，"刷完牙去洗脸，洗完了吗？梳个头发，然后去把衣服换了，衣服换好没？"

宋嘉茉刚睡醒，脑子还有点迷糊，赵悦说什么，她就做什么。少女乖乖地换好制服，还站在镜子前拍了张照。及肩的中长发微微卷着，是她天生带的小小的自然卷，百褶裙露出匀称又笔直的小腿，脚踝纤细。

赵悦："好，现在把兔子发夹戴上就能出门了，你赶紧挂电话，然后去坐车。"

"噢。"宋嘉茉低头将电话掐断，打开房门走了出去。她完全沉浸在自己的世界里，头顶的耳朵晃啊晃，脚下还踩着双猫爪拖鞋，吧嗒吧嗒地朝前走。然后突然停住脚步，抬起头，和陈赐对上视线。

少年正在客厅准备吃三明治，手指绕了圈塑料袋，停住了。

宋嘉茉也在这瞬间打了一个激灵，清醒了。

救命。她后背火烧火燎，表情却尽量维持着镇定，貌似自然地跟他打招呼："哥哥，早上好。"

大约过了 0.2 秒钟，陈赐收回目光，低声回："嗯，早。"

宋嘉茉僵硬地走向门口，正以为逃脱了命运的魔爪，忽然听到他在背后开口问："这就是你昨晚包里那个？"

她脸颊极速涨红，血管脉搏跳动，仿佛要炸出皮肤。

不是！没有！别问了！

"是啊，怎么样，还不错吧。"宋嘉茉硬着头皮攒出一个笑，为了证明自己觉得没问题，还很刻意地鞠躬，学着少女漫画里的女仆姿势，比了个眨眼："甜妹小茉，在线营业。"

这回轮到陈赐沉默。

正在宋嘉茉思考自己是跳江好还是跳河好的时候，他终于再次开口，解救了这尴尬的气氛："去干什么？"

她轻咳两声，感觉有点不好解释："找同学有点事。"

"有点事要穿成这样？"他收回的目光再次落了过来，视线像是羽毛，一寸寸扫过，宋嘉茉被看得全身发痒，想动又不敢动。

陈赐垂眼，看向她膝盖上的裙摆："裙子短了。"

所有的不自然在这一刻瓦解，她震撼得瞬间破防。

宋嘉茉："你是从上个世纪穿越来的山顶洞人吗？"

陈赐的喉结滚了滚，这才淡淡道："随你。"

状态终于自然了不少，宋嘉茉从包里摸到服务生胸牌，突然想替赵悦调查一下男生的择偶观，于是又蹭到了陈赐身边："哎，哥，你喜欢什么样的女生？"

陈赐头也没抬："裙子长的。"

她撇嘴："那你孤独终老吧。"

陈赐看她歪歪斜斜地戴好胸牌，声音裹着清晨的沙哑："现在就走？不吃东西？"

她摇摇头："来不及了。"

结果宋嘉茉刚走到门口，陈赐便打开手机，随意点了两下。机械的女声毫无感情地复述："不吃早餐的危害：胆结石、影响寿命、反应迟钝、加速肥胖、提前衰老、更年期、体质差……"

诅咒她？

宋嘉茉咬住下唇，愤愤不平地回过头，迅速冲过去，用力咬了两口他手上的三明治。

陈赐还没来得及吃，头两口都进了她的嘴里。

宋嘉茉双颊微微鼓起，灯光流转下，像只小仓鼠。她胸膛起伏，声音含糊不清，咬牙切齿地说道："现在吃了，我亲爱的哥哥。"

"嗯，"陈赐往前递了递，"再吃两口。"

……

现在就是无语，非常无语。

被迫进食后，宋嘉茉总算得以离开。

就在她走后，家里的阿姨才从厨房走出来，捧着一碗多煮的馄饨，无奈地笑笑："也不知道在忙什么。"

陈赐垂眼。三明治上还留着几排她整齐的牙印，泄愤似的。

他没什么表情："谁知道她。"

然后将手上的三明治转了转，从另一侧咬了下去。

十五分钟后，宋嘉茉到达咖啡厅，老板兴奋地朝她招了招手。

赵悦对面的位置还空着。

宋嘉茉："应该快来了？"

"嗯，约的十一点，还有半个小时，"赵悦赶紧说，"你帮我看看，我戴什么颜色的美瞳比较好？”

选完美瞳，她们又聊了会儿天，宋嘉茉这才转场去了吧台，打算熟悉流程，免得待会儿掉链子。

宋嘉茉不知道的是，就在她离开家后不久，陈赐也换好了衣服，出发前往学校。

他今天是硬被人给拖出来的。

篮球队那帮人说他刚入队，周末必须得撮一顿，结果球没打几分钟，听说对街的咖啡厅来了个小美女服务生，全都没了打球的兴致，一溜烟地说饿了，要去咖啡厅吃饭。

陈赐无语，陪他们走到咖啡厅，正要离开，被旁边的李威抓住衣服：“赐哥！那不是我们小茉莉吗？”

……

他将信将疑地抬眼，只见巨大的落地窗后，小姑娘顶着个晃晃悠悠的兔耳朵，正在吧台旁偷吃华夫饼。

巧克力酱顺着流到她的指尖，她探出粉色的舌尖，舔走那一点。

……宋嘉茉受老板的邀请，品尝了一下新鲜出炉的华夫饼，又觉得自己一个人享用太过分，很快，托着一块蛋糕走到赵悦桌前。

她有模有样地说道：“顾客您好，这是我为您点的提拉米苏，寓意是带我走，希望您今天的约会能够顺利——”

话还没说完，身后的大门被人推开。气氛微妙地发生变化，她看见赵悦眼中冒出的惊喜和爱意。但同时，又感受到某种很熟悉的目光，落在了自己头顶。

僵硬了一会儿，她放下托盘，缓缓、缓缓地转过了头。下一秒钟，她颤抖着声音道：“……哥？”

噩梦成真，她果然被陈赐给抓到了。

宋嘉茉轻轻瑟缩了下，对上陈赐冰冷的视线，一时没说出话来，直到被赵悦拉了拉衣摆。

很快，经过协调，大家进入了咖啡厅仅剩的空包间。

身边认识比较久的朋友都知道他们之间的关系，因此并不会对宋嘉茉的称呼表示出什么意外。

她的那声“哥”脱口而出后，赵悦也没多问，像是陷入了一种“近水楼台”的惊喜感中，主动请缨去外面点咖啡。

赵悦一走，房间里安静许多，陈赐就坐在宋嘉茉对面，视线有一搭没一搭地落在她身上。而她竟然也短暂地分了分神。

——其实她跟陈家的关系，要说起来，并不复杂。

父母意外离世时她还很小，被奶奶接去抚养，奶奶服务于陈家，照顾过大病中的陈赐父亲，也照看过幼时的陈赐。后来奶奶因病离开，她又被送去叔父家，但叔父嗜赌又酗酒，她过得一直很差，严重地营养不良，偶然中被陈赐的父亲陈建元发现，陈父就将她重新接回了陈家。

那时候陈建元是怎么说的呢？他说，我一直想要一个你这样的女儿，如果不嫌弃，可以把这里当成你的家，把我当作你的爸爸。

那个高大的男人指着台阶上的陈赐对她说，以后，你就叫他哥哥吧。

……

一开始是稀里糊涂地住进去，往后渐渐有了些真实感，但就像半梦半醒一般，她始终知道自己和陈家的差别，尽管在外人看来再像、再一致，她也一直明白，她与陈家，这看似和谐，却又被排斥在外的关系。

想到这里，不愿破坏气氛，她又晃了晃脑袋，将这些念头驱逐出脑海。

很快，赵悦端着咖啡、奶茶走了进来，给大家分发着。

宋嘉茉本来应该在看奶茶，但这会儿实在无法集中注意力。

没别的原因，还是因为陈赐——他从一进来就没说过话，这是第一句，还不带一丁点儿语气，让人摸不清他此刻的想法。

她直觉有些不对，但说不上来哪儿不对。

果不其然，等赵悦说完，气氛又陷入了微妙的沉默。

宋嘉茉轻轻推了推陈赐的手肘："你不是都加人家的微信了嘛，说两句话呀。"

陈赐抬眼："我没加她。"

"啊？那你是怎么答应过来的？"

"我也没答应要来。"

宋嘉茉诧异地转头，和赵悦面面相觑。

赵悦："真的答应了啊，微信上我确认两次了！"

旁边的李威咳嗽一声，礼貌地提示道："他最近换号了来着……是不是有什么误会？"

"哦对，"宋嘉茉很快反应过来，跟赵悦说，"你是不是加到这个号的上一任主人了？可能这人还没解绑，我哥就没法换。"

赵悦："你知道他换号了吗？"

"不知道呀，当时你让我帮你发短信，上面显示的不是他的号码。"后面的话宋嘉茉没继续说，因为赵悦给陈赐的备注是"帅哥七号"，跟航空母舰似的。

弄了半天，原来是个乌龙。

宋嘉茉撑着脑袋，像个发动机，在二人间来回转换。

她问陈赐："不过你什么时候进篮球队了？这我真不知道。"

李威说："刚进的，光学习太无聊了，我寻思他来跟我一块锻炼锻炼也挺好，毕竟他这底子，再学也没啥东西能学了。"

宋嘉茉："那倒也是。"

陈赐就坐在那儿，听他们你一言我一语地聊天，始终都没有出声，正当宋嘉茉松懈下来时，少年的眼皮懒懒地一抬，开口了。

他像是回忆起了什么，目光落向宋嘉茉，嗓音微倦："那短信是你发的？”

宋嘉茉正想问什么短信，突然，脑子里闪过一句话——

用你新买的 AJ 和限量篮球，同时砸你的头，哪一个更疼？错，是我的心更疼。

……

啊，不是，这是怎么知道的啊？

“也许吧，”她模棱两可地舔了口奶盖，急忙转移话题，“哎，你们说，号码的原主人为什么要答应啊？”

赵悦：“不知道，可能有病吧。”

李威却不说话，看了一眼赵悦的微信，这才说：“小姐姐，你头像用的是自拍，朋友圈也有照片，这人估计是看你长得不错，又闲得慌，想撩你玩玩呢。”

听他们说话的空隙，宋嘉茉随意地将目光落向窗外，忽然看到某处有身影一闪而过，等她再想细看，那人却已经消失了。她以为是自己花眼，突然又想到些什么。

“如果陈赐今天没到，会不会来的就是那个人了？”她不敢往下细想，即使这会儿是白天，还是无法控制地打了个冷战。

“知道就好，”陈赐笑道，“不知道有多危险还敢约人出来？”

即使整件事的策划人是赵悦，但宋嘉茉仍然知道，陈赐是在数落她。

当着这么多人的面，她觉得有点没面子，又没来由地感到委屈，嘴犟道：“可如果不出意外，我们约的本来就是同学啊！”

陈赐道：“你怎么就确定意外不会发生在你身上？同校的同学就安全？肃大没有混社会的？”

宋嘉茉鼓了鼓嘴，有气儿已经顺着爬到了嗓子眼。

但陈赐却拿起桌上手机，起身道：“回家了。”

宋嘉茉知道这是什么意思，陈赐在要她一起回去。

但她就是装作听不懂的样子，低头喝自己的茉香奶茶，少年站着等了她两秒钟，忽地笑了声。

简短的一个音节而已，她已经听出了潜台词。

他是在说：行，宋嘉茉。

确实！我就是行！她又㞞又叛逆地一动不动，梗着脖子，听陈赐的脚步越走越远，甚至能分辨出他什么时候推开门，什么时候调整了一下背包，金属拉链碰撞出轻微声响。

直到陈赐完全离开，她才敢抬头往后看。

赵悦惊道："你怎么了？脖子都红透了。"宋嘉茉心虚地摸了摸，说："没事。"不就是哥哥吗！你算什么！我不怕你！

篮球队的人还在外面，说一起吃个午饭，吃完午饭之后，宋嘉茉在咖啡厅帮了会儿忙，三点钟之后没什么人过来了，她趴在桌上做卷子。

下午的阳光懒洋洋的，照得人直犯困，但她不能睡，她是要考专业前十的人。宋嘉茉苦兮兮地揉了揉眼睛，强迫自己打起精神来。

因为有目标，她给自己定的学习任务也翻了倍，八点多才写完今天该做的习题，跟赵悦一起回去。

坐车回去的路上，赵悦感叹道："你哥好好啊，不仅长得帅，还这么关心你。你看中午他那个样子，生怕你遇到一点危险……皱眉头的样子也太帅了，我好爱！"

宋嘉茉完全不想理她。

赵悦又唉声叹气地道："世界欠我一个哥哥。"

宋嘉茉鼓了鼓嘴，拉着书包带："那要不你来当他妹？"

"我不，当他妹妹我可不甘心，"赵悦笑了一下，"想泡的人是朋友的哥哥……那我岂不是，近水楼台先得月？"

宋嘉茉抿了抿嘴唇，还没来得及说话，赵悦又用力地晃了晃她的手臂："哎，那我今晚回去跟你说个事儿，是朋友就得答应我啊！"

路上堵车，她们又去买了小吃，等宋嘉茉回家，已经快十点了。

虽然她觉得十点回家也不是很出格的事情，但客厅亮着的三盏灯，还有坐在沙发上一动不动的人，提醒着她，这一切并不简单。

陈赐像是在这等了她一下午加一晚上。

怎么，跟她算账？

宋嘉茉站在玄关跟陈赐对视了一眼，他抬手关掉电视。偌大的房子立刻安静下来，阿姨在自己的房间里，一楼只有他们两个人。

她还穿着出门前的那套衣服——她也根本就没想过要换，此刻，头顶的两只兔耳朵软趴趴地垂下来，领口的结有些歪了，有风从窗口涌进，吹起她的裙摆。可能是揉过，她眼睛有些红，膝盖也是红的。

陈赐："今天一天都这么穿的？"

少年面无表情，声音也像是刚含过冰，普通的句子被他说出来都极具压迫性，更何况是这种问句。

宋嘉茉吃软不吃硬，就这一句话，差点给她天灵盖掀翻。怎么，从进咖啡厅就开始给她摆脸色，这都十个小时了，还要这副人人欠他一百万的表情吗？

她累了一整天了，裙子也勒得不舒服，本来以为到家就能解放，美美地洗澡睡觉，谁知道推开门就看到冷冰冰的灯光，还有比灯光更冰的冰块脸。

……实在破坏心情。

中午压下去的情绪再次被翻出来，经过一下午的发酵，从喉咙口直冲大脑。

宋嘉茉："穿这个怎么了？这样穿很正常啊？"

陈赐："既然你觉得正常，那昨晚我看到的时候，为什么要躲？"

少女的窘羞一刹那浮现上来，她无法解释——她根本开不了口，半晌后才囫囵地道："我跟你解释不清楚。"

“有理由怎么会解释不出来？”陈赐蹙眉，“不是不能穿成这样，但你至少也该想想场合，万一今天遇到的真是个变态，你怎么办？”

“我怎么就不考虑场合了，我在你心里就是个傻白甜呗，”宋嘉茉刺儿直往外冒，“每天就应该哥哥前哥哥后，什么都要你管着，什么都听你的，一点自己的主见都不能有了，这么普通的衣服也不能随便穿，我好像活在清朝！”

陈赐舔了舔唇，笑了：“你的意思是嫌我管得太多？”

宋嘉茉的防御机制彻底开启，小嘴一张，哔哔叭叭，目光收回，又落下：“你非要这么想，我也没办法。”

她头铁，在高压线上疯狂蹦迪，坚毅地补充第二句：“你说什么就是什么吧。”

致命，太致命了。宋嘉茉觉得自己这辈子都没有这么会说话过，直男语录果然适合以毒攻毒，陈赐沉默时落下的每一个句号，都值得她为自己的胜利大干一杯。

终于，陈赐再次冷笑一声，这时候明明应该是妥协，却不像妥协，更像是无语到极致后的冷笑：“行，不管了。”

说不管他就真不管了，宋嘉茉以为他会回房间，做到对她眼不见心不烦，结果他还是坐在客厅打游戏，跟这一切没发生似的。

但宋嘉茉今晚不知道是命犯灾星还是怎么了，先是踢到洗衣机，痛得她眼冒金星，又是差点被门夹，还险些弄倒洗碗机，满柜子的碗碟乒乓乱撞，动静大得不行。

虽然没什么事，但听着就很危险——

可沙发上的人还是一动不动，一眼都没朝她多看。

就连阿姨都在二楼探头问：“有什么事吗？要我帮忙不？”

陈赐：“没事，您歇着。”

宋嘉茉咬牙。嗯嗯嗯，替我拒绝援手的时候你倒是能听见了，回答得好快，我好感动。

她像那种越不被重视，就越要找存在感的幼稚小孩，跟陈赐较起劲儿来了，看他能装聋作哑到什么时候，非要去拿柜子最上面的床褥来换。

柜子太高，她搬了个椅子，前前后后地忙活，在扯下床褥的一瞬间——如同多米诺骨牌效应，上面所有的被子轰隆隆地砸下来，垮了一地。

陈赐还是打着自己的游戏，非常坦然，非常惬意，非常舒适，好像这个快被砸死的人不是自己的妹妹一样。

好，好啊陈赐，说不管你就不管，真男人，言出必行，干得漂亮。

宋嘉茉气得咬牙切齿，又有点难过，眼眶不知道为什么胀胀的，她一个人蹲在地上，挨个把被子捡起来叠好，再费力地塞进衣橱里。

她的力气本来就小，人也小只，弄了大半个小时，澡都白洗了。

这会儿宋嘉茉觉得更委屈，像有什么哽在喉咙里，转身的时候没看到，膝盖重重地撞在桌角——这次是真疼了，很快有血珠涌出来，她愣愣地看着伤口，一下子没反应过来。

痛麻了。

此刻，沙发上的人终于站起身来。

不知道为什么，她居然还有空去想：这波好像也不是很亏，如果陈赐主动问她的伤势，她勉强可以给他个台阶下。毕竟她，就是这么一个大度而宽容的小女孩。

少年垂眸看了宋嘉茉一眼，然后平静地路过她，拉开门走了出去。大门嘭的一声关上。

她双手在身侧握拳。行！你就别管我吧！我死了你都别管！

几分钟后，大门重新打开，她以为去散步的人出现在门口，手里拿着一支药膏。

反转来得太快，宋嘉茉眨了眨眼睛。一种类似“失而复得”的感受涌上心头，让她稍微有点感动和愧疚，屈尊决定，好吧，既然陈赐都主动破冰了，那她多跟他说两句话，也不是不可以。

她坐在沙发上，右脚弓起，看陈赐径直走到自己的面前，一句做作的“这药是买给我的吗”还没说出口，少年的长手一抛，把药扔到她的怀里，然后表情不变，一言不发地转身回了房间。

宋嘉茉脑袋里百转千回的对话一个也没有上演，回应她的是这样的一张千年寒冰脸。

她的胸口上下起伏几番，竟一时哽住。

半晌后，她一瘸一拐地回到房间，气呼呼地将被子拉过头顶——

陈赐！我再跟你说话！我就是狗！

枕边的手机亮了下，她还以为是陈赐迷途知返，结果捞起来一看，心又跟着冷了冷。

赵个乐子：“一切准备就绪，你能问问你哥，明天有没有空吗？”

找陈赐是不可能的，这辈子都不可能找陈赐的。宋嘉茉把眼睛一闭，再睁开，就是第二天清晨了。

再和陈赐聊天就是狗——这是她不当狗的第一天。

她起得很早，没让陈赐叫，在他醒来之前离开家门，拿走了冰箱里的一个三明治。

六点二十分，陈赐起床，刚走到她的房间，就看到房门敞开，被子已经被叠成一小块，摆在床尾。他回头问江姨：“小井人呢？”

这是陈赐以前给宋嘉茉起的外号，因为小姑娘的生日是2月22日，横竖都是二，凑成一个井字。当时起完之后，她还抗拒了一段时间，可后来就慢慢接受了，有时候社交软件上还会叫这个名字。

阿姨拍拍围裙，笑着说：“小茉起得很早，早就走啦。”

少年低下头，不知道在想什么，半晌后，在桌边坐下：“嗯。”

清晨的天幕慢慢亮起，是渐变的浅蓝色调，少女提着个浅色的双肩包，步伐轻快地走进校园。

宋嘉茉路过操场，铁丝网后有男生正在打球，她莫名地想到陈赐，偏过头，很轻地“嗤”了一声。

不知道是响应什么号召，从他们这一届开始，还设立了早读课，大家叫苦不迭，但也只能认命，每天按时抵达。

这会儿，教室里只有来负责开门的班长，见了她，吓了一跳，问道：“来这么早啊？”

“嗯，”宋嘉茉笑眯眯地道，“期中考之前我都按这个节奏来。”她一边啃着三明治，一边早读，时间过得很快，没一会儿就来了大半的人。

赵悦火急火燎地坐下：“快快快，英语！”

短短几个字，宋嘉茉已经明白她的意思，抽出昨晚的英语练习本，还有教科书，一起递了过去：“书上还有随堂小测，别忘啦。”

赵悦连忙作揖：“好人一生平安。”然后就投入了补作业大军中。

直到第一排传出几声咳嗽，小组长用生命发出讯号，班上补作业的手齐刷刷地停下，摸到一边的英语书，打开朗读。

很快，教导主任路过，往里面看了几眼，这才满意地离开。

赵悦：“你们学院也太恐怖了，我好像在坐牢。”

“别瞎说，”宋嘉茉瞥了她一眼，“坐牢哪有这么可怕？”

赵悦拿书挡着脸，笑得发抖。

早读完之后，是休息时间。宋嘉茉刚一起身，赵悦就精神了：“去超市吗？我也去！”

宋嘉茉笑笑：“不是，我找老师要了点卷子，去复印一下，有空就做。”

赵悦扫了一眼：“这么多题啊？你这也太拼了，我不是可以去帮你要资料吗？”

“也不能要个资料就万事大吉了，”宋嘉茉耸了耸肩，“主要还是靠自己嘛。”

结果去复印了一趟卷子回来，班上的人拿着英语书，全在往外走。

宋嘉茉：“怎么了？”

“女神记错课表了，今早她有新闻系五班的课，结果还和我们班第一节换课了，没办法，现在去阶梯教室，两个班一起上。”班长口中的女神是段莹，她们的英语老师，虽然已经有了一个宝宝，但还是又漂亮，又有气质，身材还很好，班上的学生几乎没有不喜欢她的。

宋嘉茉当然也不例外，每次看到美女走进教室，心情都会变好。闻言，宋嘉茉赶紧拿好英语书和笔袋，跟着人流一起上了楼。

阶梯教室很大，大家都挤在前几排，宋嘉茉刚坐下，就听到有男生在起哄：“老师，你是大女神，我们班万雅是小女神……”

宋嘉茉回头，众人起哄的中心是个长发的女生，此刻正不好意思地在笑。

很快开始上课，她收回目光。

两个班的进度不同，因此段莹只讲了一小节课文，留下十分钟让他们自由背书。

宋嘉茉正要投入时，段莹站到她旁边笑了笑：“听说你这次要进步二十名，英语能提多少分？”

段莹在这届最喜欢的就是这个小姑娘，上课特别认真，长得也漂亮，因此总是不自觉关注她。

没想到连老师都知道了，宋嘉茉有点不好意思，小声更正：“不止，是二十八名来着……”

教室并不吵闹，她们的对话周围都能听到。她低着头，耳根憋红一截，像是面临了一个很大的挑战。

很快，不远处响起一个得意的声音：“老师，我们雅雅进步四十名肯定没问题！”

段莹的声音依旧温柔：“那我肯定相信。”

那人随即笑了两声，好像争赢了什么似的。

紧接着，段莹继续把话说完：“宋嘉茉上回英语考了九十六分，再多不了几分了。万雅的进步空间大，下次争取及格哈。”

那个女生像是马屁拍错了地方，整个人愣在那里。

万雅翻书的动作停了下，这才抬头笑说：“好的老师，我会努力的。”

后面有人在感叹宋嘉茉的成绩：“学霸啊……”

“废话，人家英语成绩专业排名第一。”

方才说话的女生扎着黄色皮筋，听到这里，恶狠狠地回头白了两眼：“闭嘴吧，就你们话多，还不赶紧背书！”

赵悦最爱看热闹，欣赏了半天，这才乐不可支地靠近宋嘉茉。

“笑死我了，这俩人谁啊，怎么还把你当假想敌了，你闭着眼睛都考得比她们高吧，我愿称之为越级碰瓷。”

宋嘉茉刚背完一段，也没在意，耸耸肩：“不管。”

十分钟很快过去，有人认真在背，有人则浑水摸鱼，趁机聊天。

“好，点个人起来抽查下，”段莹在教室里看了一圈，“宋嘉茉，你来。”

猝不及防被点名，宋嘉茉“啊”了一声。

“没准备好？”那个扎着黄色皮筋的女生又来劲了，用不大不小的声音跟万雅吐槽，“就这？不至于吧？这都没背出来？我边聊天都背完了，也没那么厉害……”

宋嘉茉说：“老师，第四段我还没背好。”

段莹失笑：“没事，我只要求背第一段。”

这样啊。她“哦”了一声，合上书，稍作回忆就开始了。少女背诵得很流利，发音标准，每个停顿都恰到好处，结束的时候，甚至给人一种她是在朗读的错觉。不，可能朗读都没这么流畅。

而且还像是能踩点一样，下课铃响起时，她的最后一句也背完了，她一共背了三段，第三段——甚至课文都没讲到那里。

课间的走廊很快热闹起来，教室里却安静了两秒钟。

过了几秒钟后，大家才慢慢反应过来，禁不住倒抽凉气："天哪，这什么魔鬼记忆力，一个单词都没错？"

"她的发音好好听哦。"

"她的脑子和嘴是怎么商量好的？"

那个扎着黄色皮筋的女生的脸一阵红一阵白，虽然只有附近的人能听到，但假他人之手被当场打了两次脸，面子上还是很过不去，总想说点什么找补。

她张了张嘴。万雅轻轻推了推她，低声道："别说了。"

下课铃来得恰到好处，宋嘉茉感觉自己好像又有点饿了。

大家按顺序走出教室，她的目光一扫，视线范围内出现一个黄皮筋，旁边是长头发的高个女生，应该是之前那个什么"小女神"。黄皮筋正在跟长头发说些什么，人声喧闹，她听不清，只隐约听到什么"播音""英语""音乐"之类的。

赵悦也在这时候问她："对了，播音社不是有人跟你一起报名吗？你知道是谁吗？"

"不知道啊。"宋嘉茉摇摇头，"到时候就知道了吧。"

会是谁和她有一样的想法，她还挺期待的。

一上午很快过去，下午有节体育课。

体育老师没来上课，他们就在班上自习，宋嘉茉看了会儿错题集，一转头，发现赵悦又在聊天。

"你每天都挺忙的。"她诚恳地说。

"那当然，我本来就不想读新闻系，谁不知道肃大的新闻系和医学系是出了名的苦？上课玩手机还得躲着老师，稍有不慎还会被辅导员喊进办公室教育，不知道的还以为来了第二个高中！我可不想自找苦吃——都怪我爸，非要我来，我越在紧张的地方就越想玩。”

那你还挺特别的，宋嘉茉心道。

繁忙的赵悦收起手机，切入正题：“你哥今天有空吗？你问了没？”

“……还没。”

“是不是昨天太晚了啊？唉，都怪我朋友，好半天才回我。”赵悦道，“要不你抓紧时间问问？今晚有个乐队来表演，就在西餐厅，我好不容易弄了俩位置，他不来可就浪费了，那乐队的人气特高。”

停了一下，赵悦又说：“不过他应该能来的吧？”

“不好说。”说到这里，宋嘉茉终于有机会正色道，“如果你真的想追陈赐的话，我劝你做好心理准备。”

“怎么说？”

“他根本不缺人追，但从没交过女朋友，起码我看到的是这样，”宋嘉茉换了个姿势，“各种手段追求的我也都见过了，从一分钟到三个小时不等，最后都惨烈而归。”

赵悦愣了一下：“三个小时？”

“哦对，陈赐这人的厉害之处在于，光明正大追他的女生，最多只能追三个小时，”宋嘉茉回忆道，“可能因为……实在是一点希望都看不到吧，他太冷了，一点都不怜香惜玉。拒绝就是拒绝，一点余光都不分给你。”

说到这儿，宋嘉茉又忍不住暗骂他两句，以泄私愤。

她看向赵悦，目光中多了两分敬佩：“你会不会是打破这个记录的人呢？我们拭目以待。”

赵悦不知道在想什么，转过头来，问：“你怎么突然叫他陈赐啊，你们闹矛盾了？”

宋嘉茉摸了摸耳垂，心想自己这种有情绪变化就改称呼的事居然有人会发现，咳了两声：“也……也不是什么大事吧。”

赵悦答应了一声，这才回到正题："既然各种追他的手段都有了，那找你助攻的，有过吗？"

"正儿八经的没有，只有找我送东西的。"

"那我和她们不一样，毕竟我们俩这关系，你肯定会帮我。"赵悦放松了一些，"餐厅就在外语学院附近，你要能帮我给他约过来，我就现场去给你要外语学院的资料，货真价实，绝对要得到，要不到我就去偷。"

宋嘉茉："……那也不必。"

"反正有你在肯定行！"赵悦给她打气，"我相信你！"

"你真的相信我吗？"宋嘉茉陷入沉思。

赵悦的表情开始渐渐变得不对劲起来。

"卷子什么倒还好说，但我试试吧，帮你追他。"宋嘉茉挠了挠下巴。

赵悦脸上的表情有些复杂，好像不知道该高兴还是该恐慌。

宋嘉茉也感觉自己说的有点恐怖了，拍拍她的肩膀："没事，只要努力，多下点功夫，我肯定帮你找到他的兴趣点。"

赵悦立刻拍板："好，那你等会儿帮我看看他的锁屏吧，男生一般会把喜欢的东西设成壁纸，比如动漫、车之类的。"

宋嘉茉欣然点头，放学后收拾书包，踏上了寻哥之旅。

她肯定不是为了资料出卖哥哥的人，她其实不是很记仇，情绪来得快去得也快。

这会儿气已经消了大半。她知道陈赐是为她好，只是怕她遇到招架不来的情况，但当时情绪一下子涌上来，才死活不肯低头。

想到今早陈赐去叫她可能踩空，她莫名有一点点愧疚。借这个机会，正好修复一下他们脆弱的兄妹情吧。

班上的人说陈赐不在，是去室内篮球馆训练了，于是她又一路找过去，远远看到他们正在热身。

她找了个位置坐下，算盘打得挺好，心想等会儿训练结束了，陈赐看到她突然出现，肯定会感到意外，意外就会找她搭话，她就能顺理成章地给他个台阶下，顺便问问赵悦的事。

啧，一举两得。宋嘉茉，智者，妙也。

今天场馆里没什么人，她坐在第二排，前面那排是篮球队的位置，放着包和手机。陈赐的手机壳她认识，是她当时非要给他套上的。

宋嘉茉刚想到这儿,陈赐的手机突然亮了亮。她记起要帮赵悦看壁纸，于是身子前倾，抬眼去看。

车吗？或者是动漫？要不就是漂亮爱豆——看清楚的那一刻，她甚至憎恨于自己 1.2 的视力。

屏幕里是个小姑娘，十来岁的年纪，趴在蛋糕上张大嘴巴，吃得狼吞虎咽，寿星帽歪歪扭扭也不去扶，肉嘟嘟的脸蛋上藏着未褪去的婴儿肥，脸颊、下巴、裙子上，全部都是奶油。像是《千与千寻》里，吃太饱就会被杀掉的猪。

如果她没记错的话，陈赐的上一张壁纸，是她九岁生日时在溜冰场摔倒,坐在地上哭得昏天黑地的样子,整张照片看起来要多惨烈有多惨烈,放在首页简直可以辟邪。

她反抗了一万年，陈赐终于改了——然后改成了个这?

请问这是有好到哪里去吗?

宋嘉茉低头，将脸埋在书包里，手也伸进去，把手机开机。

她算是明白了，人家的壁纸用来展示爱好，陈赐的壁纸用来恐吓窥屏的陌生人。

赵悦在三分钟前发来消息 :“怎么样，你们的矛盾解决了吗?”

“没有闹矛盾。”她深深地吸一口气,面无表情地宣布,“我们决裂了。”

第二章

草莓冰激凌

CHAPTER 2 >>> 等烟火满怀

院子外香樟树下有个池塘，很小的时候，不知道是听谁说，往里面投硬币许愿很灵，但不能什么愿望都许，只有很虔诚地许愿才行。

球场中央，少年投进一个三分球，欢呼声中，篮球嘭的一声落地。

宋嘉茉将书包拉链拉好，起身回家。刚走出篮球馆，她迎面撞上赵悦。

赵悦："你跟你哥说了吗？"

少女摇了摇头，道："你自己去跟他说吧，我俩没有共同话题。"

"幸好没说，"赵悦拍拍胸口，"今天的演出取消了。"

宋嘉茉抬眼："怎么就取消了？"

赵悦："来表演的是 A.E 乐队，你应该知道……他们的主唱沈景泽人气太高了，浮阳路那条街直接交通瘫痪，危险系数太高，就不让演出了，怕出事。不过那边好多好吃的，我和朋友约好了，你要一起去吃吗？"

今天天气热，宋嘉茉抖了抖领口："不用了，我没什么胃口。"气都被陈赐气饱了。

她这年纪的女孩子哪个不爱美，就说她自己，也是经常被夸好看的类型，为什么陈赐，只有陈赐，会拥有这么多她的黑历史，并且还要设成壁纸，他自己起夜的时候不会被吓死吗？

她看不懂，但她感到大为震惊。

回家的一路上，宋嘉茉都还在思考这个问题，导致原本准备买的冰激凌也没有买。顺理成章地，她把这口锅又扣到了陈赐的头上——如果不是陈赐，她至于连这个都忘吗！

宋嘉茉越吃不到冰激凌就越觉得热，越觉得热就越想吃，终于，她一拍扶手，打算顶着烈日再去一趟便利店。

门锁突然一响，本来应该上晚课的人这会儿出现在门口，手里拿着一盒草莓冰激凌，上头还带个挖勺。

陈赐不吃草莓味的冰激凌，那么很明显，这盒冰……

他抬手，将草莓冰激凌盒子搁在了就近的桌面上。

宋嘉茉站在原地看着他。他站在原地看着宋嘉茉。她在等他开口说话，他等她主动过来拿。

两个人站在原地许久，彼此相撞的磁场足够演完一百集电视连续剧，但是没人开口，两个人都不开口，就连阿姨都忍不住走过来："你们干吗呢？"

这会儿两个人倒是有了默契，在同一时刻开口："没事。"

然后更有默契地各自转身，回到自己的房间。

步伐一致，目不斜视，关门声清脆，客厅安静下来。

夏日气温高，那盒冰激凌最终融化，只留下一圈水迹，很快又被蒸发。

第二天，宋嘉茉依然起得很早。

没想到陈赐也起来了，二人在房间门口短暂地对视了一眼，又沉默地各自洗漱，一路无言地到了学校。

肃大有个校规，大一新生要参与很多社会服务实践活动，新闻系本周参与的是校园卫生打扫的活动。恰巧今天轮到宋嘉茉负责。班长轻拍她的肩膀："辛苦啦，今天你负责西楼的卫生，那栋楼老师经常去，所以不怎么脏的，就是学校最近严查，说有些女生总喜欢去那儿上自习，你到时候如果看到有人在那边，记得让她们离开就行了。"

宋嘉茉比了个手势："OK。"

早上的时间不够，宋嘉茉只做了前两层楼的卫生，课间时又去了一趟，正好听到 2207 传来女孩子们的谈笑声。她走到门口，看见圆桌旁边坐着两个女生，面前摆着书本和饮料。看身影有些面熟，但她不记得在哪儿见过了。

“同学，”宋嘉茉敲了敲门，礼貌地道，“这边是老师的会议室，没有允许是不能进的，宪法宣传活动马上开始了，你们收拾一下去礼堂吧。”

宋嘉茉说完这句话之后，只是稍微安静了一瞬间，紧接着，她们继续旁若无人地聊天嬉笑。

她轻轻地皱了皱眉：“同学——”

广播里传来音乐声，是在提醒各班同学抓紧时间去礼堂，她以为是音乐声影响了自己的音量，于是走到了她们面前。

哦。这下宋嘉茉记起她们了，应该是在英语课上遇到过的，一个长发“小女神”，一个扎黄色皮筋的。

宋嘉茉走过去之后，她们倒是没有继续聊天了，只是沉默地看着面前的书本，直到长头发的那个戳开面前的奶茶，咔嗒一声响。

扎黄色皮筋的女生这才开口：“我们平时都是在这里的啊。”

看来刚刚是听见了她说的话，只是装没听到。

“学校最近下的通知，”停顿了一下，宋嘉茉又说，“一直这么做，就对了？操场也每天都有人乱扔垃圾。”

黄向珊自动过滤她的后半句话：“谁说学校新下的通知啊？我怎么没听说？而且你是干吗的？凭什么管我们？”

宋嘉茉懒得跟她多说：“今天的活动要查人数的，你们现在下去还能赶上。”

“哪这么多乱七八糟的，你还知道今天要查人数？”黄向珊无语，“怎么什么活动都查人数啊？主任都是大型活动才会查的吧，你当他跟你一样闲啊？”

眼见沟通无效，宋嘉茉拿出纸笔：“写下名字吧，我记下不配合的，免得学院问责。”

黄向珊终于换了个动作，抬头看她："哎，宋嘉茉，你是不是自己很难进步，所以害怕别人学习啊？你是不是怕我家雅雅考过你，你就进不了播音社了？"

这个声音也很耳熟，宋嘉茉略作思考，总算把一切联系上了。这应该就是那天背书时的那两个女生吧，后来班长给她科普过，一个叫黄向珊，一个叫万雅，小黄是小万的小跟班——那会儿班长是这么说的。

至于播音社……看来另一个想报社团的，就是这位雅雅小女神了。

大概是因为有竞争关系，她们才把她当假想敌吧。

宋嘉茉偏头，诚恳地说："你是不是清宫剧看多了，有被害妄想症，总觉得有人想害你？"

小姑娘的鼻尖红红的，一双眼睛水灵灵的，真诚地问出这句话，竟叫人听不出其中意味。

黄向珊反应了一会儿，才意识到她是在反讽，脑袋有些充血，道："你这话什么意思？本来就是啊，你自己觉得前进二十名很难考，但我们家雅雅可好考得很，分分钟的事。"

"……我当然知道好考，去年秋游爬过山吧，越往上越难，"宋嘉茉说，"如果你觉得好爬就对了，证明你在山底下。"

黄向珊的眼底闪过一丝不可置信，紧接着被难堪取代，整张脸迅速涨红，半天才憋出一个白眼。

"算了。"万雅拍了拍黄向珊，开口劝和，露出点温柔的笑意，"对不起啊，她说话有点冲，不过没有说你不好的意思，我是很希望公平竞争的。"

然后又转头对黄向珊说："既然人家都说不能留在这里了，我们还是走吧。"

黄向珊不情不愿地将书本抱好，随她一起走出教室，还抱怨道："你的脾气真好，她都那么说你了，你还和颜悦色的……"

万雅好像笑了笑，声音轻柔："和气生财嘛。"

黄向珊的锐气被挫，一路都很不爽，边走边说话，楼梯间全是吵闹的回音。倒是万雅，一直在安慰她。

宋嘉茉目送她们的身影消失，这才收回目光。这栋楼相对比较干净，她擦了几间教室的黑板就收工了。

活动正好结束，她沿着走廊回教室，远远就听到主任的呵斥："你们有些人真是越来越无法无天了，活动都敢不参加，要么躲医务室，要么藏在班里，怎么？就你们金贵，太阳一晒就散架了？尤其是有些女生——我就不说太重的话了，先在这儿罚一节课的站，我看以后谁还敢不参加！"

十来个人沿着墙壁站成一排，一副被训斥的样子，头半低着，但又不敢太低。

主任："头都给我抬起来！低着头干什么，自己也觉得丢人？觉得丢人以后就老实点！"

宋嘉茉侧头，看到其中有两个熟悉的身影，是刚刚才见过的。一个黄向珊，一个万雅，站在队伍里罚站。也不知黄向珊是有多恨她，见她路过，转动眼珠，狠狠地瞪了她一眼。

下一秒就被主任吼了回去："看什么看？瞪谁呢？还有没有规矩？课间你也别给我休息了！"

宋嘉茉加快脚步上楼，兀自耸了耸肩。都说过要查人数了，非不听。

因为去了趟北楼，导致时间不太够用，宋嘉茉还没走到教室门口呢，上课铃就响了。看见老师在班上，她不由得加快脚步，突然，班里走出个人影来。她躲闪不及，正好撞上他。

距离很近，能闻到他衣领上淡淡的洗衣液的味道，像是冰镇过的雪碧，摇晃两下，同时杂糅着阳光与沁凉。是陈赐的味道，她愣了一下。

宋嘉茉下意识想给他让路，往左走了两步，结果他也往左，两人依旧面对着面。她往右，他也往右。

像是路中央不小心撞到的两个人，总想避开却又微妙地一致，她搞不清究竟是什么情况，后颈有点发烧。

可能是尴尬的吧。不知道该往哪个方向走了，她在原地晃了两下，却忽而听到一声笑。还没来得及确认是不是自己的幻听，再抬头，陈赐已经微微错身，给她让开了路。

上课铃已经结束了几秒钟，讲台上的老师咳嗽两声，她赶紧走进教室里。坐下才来得及细想。好奇怪，陈赐来她们班上干什么？难道是来找她的？

她本以为陈赐有事要和她说，但等了一整天，他都没有再出现。既然他都没来，那碍于那点小小的自尊心，她肯定也是不会去找他的。

最后两节课是数学，结束后宋嘉茉去了趟洗手间，再回来的时候，发现桌子上摆着一杯奶茶。冰的，上面有张纸条，她凑近去看。

今天的事很抱歉，请你喝杯奶茶，明天再在 2207 看到我，可以装作没看见吗？很需要安静的学习环境，谢谢啦……后面跟了个小黄脸，是一个微笑的表情，落款是万雅。

……万雅送的奶茶？

宋嘉茉眨了眨眼睛，心想：今天发生的这些事儿，怎么一个比一个离奇。

直到她走下楼，心里都记挂着这杯奶茶，搞不懂万雅到底是什么意思。

赵悦有事先走了，所以今天放学，她是和班长一起走的。两个人边走边聊，她也顺手晃着手上的奶茶，迟迟没有打开喝。

班长看了一眼，笑着问："是你哥给的吗？你怎么没和你哥一起走？"

说到陈赐她就精神了。

宋嘉茉看向班长，脱口而出："我再和陈赐说话——"

话还没说完，身后有人闲闲地插来一句："我就是狗。"

宋嘉茉诧异地转头，正好看到陈赐不知从哪儿弄了辆自行车，正好整以暇地站在她的身后。

这人别是有读心术吧？还会抢答的？不对，他什么时候来的？为什么跟着她？

宋嘉茉目光警惕。

班长及时意识到什么，拉了拉书包带，跟她说："你们先聊，我去车站等你啊！"

宋嘉茉答了声"好"，待班长走后，这才转过身，和陈赐正面交锋。

说完那句话后，陈赐就站在那儿，不进也不退，任凭夕阳的余晖染过鬓角，表情也流露出几分随意。正当她要进入战斗状态时——

陈赐缓缓眨了眨眼，启唇道："汪。"

宋嘉茉狐疑地看了他一眼。

"我替你当狗。"他低声说。

这天的夕阳很漂亮，将他的影子拽得很长。她一下子没反应过来。

少年推着车走近了些，长指轻轻一拨，铃声清脆，后座空空荡荡的。

他问："能跟我回家了吗？"

日光碎金般流淌，傍晚的风带着些花香，宋嘉茉吸了吸鼻子，感觉有点痒。

她垂下头，看着自己的鞋尖，不知怎么就冒出了一句："……但是那盒冰激凌化了。"

陈赐停顿了一下，这才想到那天的草莓冰激凌，眉头微微皱了一下，哑然失笑道："好，再给你买。"

小姑娘又转头指过去："班长还在等我。"

"我带你过去，跟她说一声就好了。"

宋嘉茉抿了抿嘴唇，慢吞吞地坐上后座，这才问他："你这车哪来的？"

"朋友的，"他调了下刹车，"今天体育馆有活动，会堵车。"

宋嘉茉从小就晕车，所以私家车和出租车都很少坐，家里的车一般只有陈赐单独出门才会用上，司机也乐得清闲，除非时间来不及，否则她都会选公交或地铁。堵车她也会觉得不舒服，地铁站又离学校太远，这么算来，自行车确实是最好的选择。

不过她好像还是第一次坐陈赐的后座。

宋嘉茉挪了挪身子，不由得有一丝怀疑，抬头看少年的后颈："你会骑吗？"说完，她抓着后座的手指紧了紧，像是非常不放心把自己这条命，交到他手里。

"不会，"陈赐说，"你看面前那个湖怎么样？"

"……喂！"

自行车晃了两下，她被陈赐吓得灵魂出窍，下一秒，世界却又恢复了平稳。

少年骑车很稳："你的自行车就是我教的，你说我会不会？"

宋嘉茉不服气，非要跟他抬杠："怪不得我的车技——"

车子却恰好在这时经过减速带，她被颠得上下起伏，句子也跟着断得一颤一颤："那……呃……么……烂。"

宋嘉茉深深吸气。

做个人吧！陈赐！

路过车站，宋嘉茉本以为需要停下来和班长解释，谁想到班长早就料到了似的，远远跟她招了招手，示意先上车了。

宋嘉茉点点头，然后低头给班长发消息："明天给你带早餐！"

班长回了个"赚了"的表情包："那我想想吃什么，今晚发你！"

"宋嘉茉，"陈赐冷冷的声音从前座传来，"坐车不要玩手机，不安全。"

她拧着眉抬起头，心道你后面别是长了双眼睛吧？

没多久，车在便利店的门口停下，陈赐将车身斜了斜，长腿支着地面。宋嘉茉很自然地从后座滑下来。少年的手臂一展，拎过她的书包扔进篓子里，微微扬了扬眉："去选吧。"

"选什么？"

"你不是要吃雪糕？"

宋嘉茉舔了舔嘴唇，问："我去买啊？"

空气静止片刻。

"看来你是——"她意味深长地停顿了一下，"不打算修复我们脆弱的兄妹情了？"

陈赐的舌尖抵住上齿关，半晌后，又被这个小浑蛋气笑了。本就是想着不用锁车，她选他付钱，这位公主倒好，吩咐下得比谁都快。

"怎么能劳烦您，"少年懒懒地一抬眼皮，"我去，您歇着。"

他俯身将车锁好，这才略略眯了眼。

"公主，别站这儿，太阳大，"陈赐回身，下巴扬了扬，"到树后面等我。"

……没一会儿，少年又掀开门帘，冲她勾勾手指，示意她过来。

"公主，你爱吃的那款没货了。"

宋嘉茉跟着他的脚步进去，听他这么云淡风轻地"汇报"了一句，整个店里的人都朝她瞟了过来。

宋嘉茉的脸腾地一红，"你别这么叫我……"

"嗯？"陈赐闲闲地靠在货柜上，抽出一瓶冰矿泉水，鼻音慵懒，"怎么了？公主。"

声音分毫不减，甚至好像还加大了些。

"我错了，我错了行了吧！"宋嘉茉硬着头皮，赶紧将他拽了出去，"你不要脸我还要呢！"

"这会儿要脸了？"陈赐用挂着水珠的瓶身碰碰她的脸，轻声嗤道，"我看挺厚。"

总算到了家，在便利店里被他摆了那么一道，不反击回来是不可能的。

宋嘉茉把空调打低了些，咳嗽两声，朝他伸出手："说好的冰激凌呢？"小姑娘手心白皙，肌肤细腻，边缘微微泛粉，甚至能看清交错的纹路。

陈赐仰头灌了口水，垂眼瞧她。刚洗过脸，少年的发尾被水打湿，半服帖地垂在额头上，眼尾内双划出浅浅弧度，折进去一段阴影。他说："没冰激凌不和好？"

少女很有尊严地撇过头去："……那得想想。"

"行。"他拉开冰箱，从第二格里抽出一个粉盒子，换到右手。

她眼尖，马上想起来："这不就是那天化了的那个——"

他漫笑一声："也不知道是谁半夜偷偷放进去的。"

她心说那是我不想浪费食物！

陈赐把配套的挖勺找出来，握着盒子，一并递给她。

重新冻过的冰激凌，口感也没太大的变化，酸酸甜甜的牛乳味，裹着点降温的冰沙，在舌尖蔓延开来。她低头，小口小口地吃着，厨房的窗户敞开，身前热风灌进来，和空调的冷风交杂，这瞬间的感受复杂而多样，她也无法言明。

他就站在冷热交织的分界线中，瞳仁黑得发亮。他的手肘搭在冰箱门上，长指微垂，唇边藏着点揶揄的笑意，好整以暇地偏头看她："消气了吗，公主殿下？"

宋嘉茉哼唧两声，勉强答道："凑合。"

陈赐笑了一声，关好冰箱门，顺手关上厨房门："有机会真得研究研究，你嘴这么硬，到底是什么做的？"

"我嘴哪儿硬了？"她理直气壮地说，"我是软妹。"

"嗯，"陈赐略作停顿，"一拳能打死八个的那种软妹？"

……

晚上吃饭的时候，气氛明显好了很多，就连阿姨也松了口气，笑眯眯地说："终于和好了啊？这两天看着你们，我真是饭也不敢吃，就像现在这样，多好。”

“哪有吵架，”她继续理直气壮地说，“是他故意惹我。”

和平的一夜过去，这段岌岌可危的兄妹情终于被修复，客厅里少了剑拔弩张，却多了几分暗流涌动。

书房里，陈赐听完一段语法，刚按下停止，小姑娘就凑了过来。她洗过澡，又喝了半杯牛奶，这会儿身上混着茉莉和一点牛奶香，像个活体香氛制造机，味道源源不断地从领口拱出来。

陈赐稍稍战略性后退。

她继续往前凑，声音十分甜美：“哥哥，我们这算是和好了吧？”

陈赐直觉她葫芦里没卖什么好药：“怎么？”

“我好困，但今天的任务还差半截，帮我改下作业嘛，”她说，“最好把错的题目也订正一下，我明早起来看。”

停顿了一下，小姑娘继续说：“如果大题旁边附上知识点或者更好的解题思路，那就更好了——”

“你的意思是，”陈赐手指扣了扣桌角，“我在这帮你改你的作业，你去床上睡大觉？”

“是的，”她的语气十分坦然，又很是可怜、无辜，一双眼睛瞧着他，苦兮兮地问，“这点小忙也不帮妹妹吗？”

思考了那么半秒钟，陈赐颔首：“当然得帮——干脆我直接帮你去考研，怎么样？”

小姑娘目光期待，又带了一丝赧然：“真的可以吗？”

他懒洋洋抬了下眼皮，警告意味明显：“你猜？”

……

她最后迫于某人的“淫威”，没再继续这个话题，布置完任务就回房睡觉了。

不知道是什么原因，这大概是她这么多天来，睡得最好的一次。

第二天，被闹钟叫醒的时候还有点迷糊，她伸手按停闹铃，卷着被子，静坐在床头，像只蚕。之前一直都是陈赐叫她起床，后面闹别扭了，再加上要提前去教室早读，所以她把闹钟提前了二十分钟，改成了自己起床。

但她是个讲究仪式感的人，觉得和好这事儿吧……是不是也需要一些程序，比如把闹别扭时候的行为改掉。那么今早，被陈赐叫醒还是自己醒，这是个问题。

正当她思考时，房门被敲了两下，然后打开了一条缝隙。

陈赐将昨晚的卷子塞进她的包里，见她沉思着靠在床头垂眼："醒了怎么不起？"

"给你一个叫醒我的机会，"她说，"荣幸吗？"

……

今早的一切恢复如常，新闻系和医学系的教学楼离得远，因此每次她和陈赐进校门后就要分开走。

可能是心境使然，这次宋嘉茉穿过走廊，只觉得一路上都鸟语花香。

到了班上，发现赵悦到得也挺早，正趴在桌上补觉。

等她坐下，赵悦才慢慢缓过神来，从包里抽出一摞东西："给。"

"嗯？什么？"

"答应你的参考资料，前面是期末考试试卷，后面是考纲和笔记，再后面有个微信号，你要有什么不懂的，可以加她问问。"

宋嘉茉整个被惊吓到："……这么好？"

"那可不，答应你的，"赵悦打了个巨大的呵欠，"我真费了好大劲才拿到，所以哥哥……懂？"

宋嘉茉和她交换了一个"懂了"的眼神："这两天帮你问问他的理想型，我们对症下药。"

"可以，"赵悦拉开笔袋，"来不及了，作业赶紧借我抄抄，昨天给你要这些去了，我一个字都没写。"

宋嘉茉友善地提醒道："你以前没给我要资料的时候也每天都不写作业。"

"不要拆穿我！"

每天早上，这个重点大学龙头专业的班级里，也是一副鸡飞狗跳的场景。不写作业的分为几类，一类是成绩很好的，每天忙着学习雅思和参加竞赛，自然就没空做学校里老师留的作业；另一类则是自我放逐的，比如赵悦这种，不过很少，就那么一两个。还有一些是在学校做了一部分，不想带作业回去，早上来了再继续做。

宋嘉茉的作业则一直完成得很工整，字漂亮，又好认，并且正确率很高。毕竟偶尔有不会的题可以直接问陈赐，从根源解决问题。

因此每天早上，她桌边的"人气"都很高，良好的人缘也是这么打下基础的。

早读结束后，作业全部收齐，班上这才消停下来，打水的去打水，聊天的在位置上聊天，小卖部里也挤满了人。

今天本来应该宋嘉茉参加校园卫生打扫的活动，结果因为要帮赵悦弄作业的事儿，赵悦随便撒娇，拜托了一个男生去西楼打扫，她就闲了下来。也不知道万雅那边到底是什么情况。

宋嘉茉正想着，赵悦却打断了她的思路，梳了梳刘海，说："谁能想到来你们学院这么久了，还没上过体育课。"

不过今天不一样，她们今天的体育课竟然照常了。就像被打压太久终于解放，连正常的事都变得不太正常。

底下有男生问："不会吧？真的假的？"

班长笑："别的班要上公开课，说我们班宽敞，所以到我们班来上，我们就刚好能上体育课了。"

肃大是小班精细培养的政策，因此稍微重要的一些专业，都是在固定的教室上课。

“那下课岂不是也不能回班？”

“能上两节吗？我下节课也不想上了，哈哈哈！”

“幸好提前说了，力哥你抽屉里那个啥……咳咳，杂志收一下啊。”

“滚，我五好青年！”

体育课前，为了给公开课预留足够的准备时间，他们早早就出了教室。

宋嘉茉也没怎么在意，拿着习题就离开了。

她把陈赐昨晚给她改的作业带下来了，体育课训练完之后还有二十分钟，她就坐在健身器材那边看卷子，选填全对，大题基本也没怎么扣分，有点小问题的地方都被他圈了出来。

因为后来太困，阅读理解的过程复杂，她粗略看了看，就结束了。

改作业就改作业，还非得写评语，字体潦草清瘦，笔锋转折却又干脆利落，是少见的潇洒又漂亮的字体。少年懒懒地落下一个单字：笨。后面画了个点儿。

英语常年接近满分的宋嘉茉心想，就你聪明！

看完卷子，下课铃刚好打响，班长等了两分钟，这才组织大家回教室。

宋嘉茉坐到位置上，正想把作业收起来，结果刚抽出几本书，愣了一下。

班长看她把抽屉里的书全都搬到了桌面上，问：“怎么了？”

宋嘉茉仰头：“谁坐了我的位置啊？”

“这个不清楚，新闻系五班的同学随便坐的，怎么了？”

“我的复习资料没了。”

“复习资料没了？”赵悦转头看她，“是我给你找的那个吗？”

宋嘉茉：“嗯。”

“外语学院的复习资料？”班长也愣住了，“五班的人不会还拿这个吧？我去问问。”

结果课间时间有限，大家又普遍不记得位置、顺序，连自己坐哪儿都搞不清楚，更别说别人的了。直到快放学，这事儿也没个头绪。

赵悦当然也很不爽："谁这么无聊啊？脑子没事吧？我累死累活搞来的东西，这样就给我拿走了？这是偷吧！"

宋嘉茉："自信点儿，去掉'吧'。"

赵悦："那怎么办？要不等放学的时候挨个打听，看有没有坐在那附近的？或者明天中午的时候去他们班发个表，让每个人写自己周围坐着谁，然后再复盘？"

"那都太麻烦了。"宋嘉茉早就想过了。

宋嘉茉做了会儿英语习题，批改完之后拿出手机搜陌生的词汇，旁边的赵悦却忽然炸了一下。

赵悦："我突然反应过来，那个什么黄，就是新闻系五班的，对吧？"

"嗯，"宋嘉茉点了下头，不出意外的样子，"黄向珊。"

"是她吧？除了她我想不通还能有谁，一次期中考试而已，谁会放在心上啊？"赵悦越说越来劲，"你怎么这个表情？我知道了——你是不是感觉也是她？"

赵悦做事非常激进，当下就想站起来："等会去班上堵她！真晦气，让她赵姐教她做人，不把她骂哭算我白混了哈。"

宋嘉茉被逗笑："但我们没证据，会被反咬一口的。"

"她爹的心就是证据！"赵悦无语，"再说了，都一个班的，班上同学肯定也向着她吧，班主任绝对也不想把事情闹大。"

"这么一算，我们能去哪儿搞证据啊……"宋嘉茉的手指一滑，看了一眼时间，点进学校的官网页面，刷新了几下。

很快，一个新版面冒了出来，她点进去。内容分类是"公开课展示"，发布时间是刚刚。直接略过大段的文字描写，最后面配了几张图，很明显是她们的教室。为了全方位展示"教学成果"，配图分很多个角度，把每个学生认真看黑板的模样都拍了下来。她点开一张正面照，放大自己的位置上坐着的人，晃了晃手机。

“这不就有了？”

赵悦足足沉默了几秒钟：“你真聪明。”夸完，赵悦才仔细确认，“还真是黄向珊这个狗崽子——”

宋嘉茉正要说话，赵悦继续道：“所以下课去打人吗？”

“……你清醒点，如果黄向珊死不承认怎么办？你也说了，周围人肯定都护着她。”

“我们有照片啊！”

“但上课不让用手机，如果要有底气，肯定需要照片一起。”宋嘉茉说，“所以现在不行，就算占理，也容易被混淆重点。”

“好像有点道理……”

“我晚点截个图。”宋嘉茉说，“明早再来看看，她到底会不会给我送回来。”

不知道黄向珊拿走这个资料，到底是自己想复习，还是纯粹给她找不痛快。不过也得明天才有定论了。既然找到了始作俑者，事情就总会解决，不必再纠结了，宋嘉茉把这事儿在脑子里整理了一下，晚上照旧吃饭、洗漱、做作业，没被影响到。

要是真受影响，反而让黄向珊得逞了，她才没那么笨。

写完作业刚好是十点，她伸了个懒腰，拿起手机，发现赵悦又发消息来了。不过不是下午那件事。

赵个乐子：“在？看看哥哥？”

宋嘉茉偏头。一桌之隔的地方，陈赐正在低头做题，指骨弧度清晰，侧脸线条依旧优雅，鼻梁高挺，嘴唇很薄。

听说嘴唇薄的人都很薄情。

月光淡淡地照进来，给他覆了层光晕，将那股疏离感晕染得柔和了些。

宋嘉茉感觉照片不直观，很大方地直接录了个视频。但没想到陈赐换了个姿势，她只能站起来拍，她这人有个习惯，就是无论干什么都很投入，拍着拍着就沉浸其中，开始琢磨起了特写。

不知道赵悦喜欢哪个五官？下巴？嘴唇？鼻子？还是……

镜头慢慢上移，出现在画面中的，是一双看向她的眼睛。

……

陈赐淡淡道："你干脆站我脸上拍怎么样？"

他的气息温热，仿佛离得很近，应该是刚喝过雪碧，还带着点儿冰镇过后的薄荷味道。

宋嘉茉正奇怪现在饮料的留香时间，挪开手机才发现，是她沉迷于拍特写，实在凑得太近了，怪不得腰有点酸。

她揉了揉腰，高贵地抛出手机，学着那些声名远扬的撩妹语录，制造一种以尴尬缓解尴尬的反差："丫头，自己用我的手机拍几张素颜照。"

宋嘉茉直起身子回到座位，这才恢复了正常，抬了抬眼睛："哥，你打算什么时候谈个恋爱？"

"为什么要恋爱？"陈赐也陪她切换得很快，"麻烦。"还浪费时间。

宋嘉茉觉得没道理啊，这种问题怎么会从血气方刚的真男儿的嘴巴里面说出来啊？她试着引导："跟漂亮女孩牵手，肾上腺素会飙升。"

陈赐指尖的笔转了转，不以为然："我做完数学题肾上腺素也会飙升。"

你好像有那大病。

真的不想聊了，宋嘉茉内心绝望地闭上眼睛。

但是为了赵悦，她只能继续探出触角："那，如果非要谈一个的话，你喜欢什么样的？"

陈赐正在做题，笔下溢出一长串公式，腾出空快速回复："都喜欢。"

看他的表情、动作，宋嘉茉心里很清楚，这是懒得跟她继续，什么样的都不喜欢的意思。

“那我总不能没有嫂子吧？”

“你能不能让我把这道题做完？”

“嫂子重要还是这道 5 分的题目重要？”

“题。”

宋嘉茉心想，以后谁嫁给你是真的倒霉。

终于等陈赐把题做完，他闲闲地拨了下按动的笔端，正要拉起笔袋，她开口了：“嫂子。”

这才想起方才的话题，陈赐松了松后颈：“你觉得应该什么样？”

“温柔、贤良、大方、善解人意，”宋嘉茉补充，“反正不能跟我一样。”

陈赐笑了声，挺赞同：“你还挺有自知之明。”

宋嘉茉：“毕竟我这样浑然天成的可爱天才，万里挑一，你找不到。”

“……”

次日，天气不错，阳光正好，宋嘉茉由于在路上跟陈赐抢酸奶，比平时晚到了十分钟。

刚走到班门口，酸奶还捏在手上，就听到了一阵骚乱。

“也太不要脸了……怎么能这样？”

“就是，好有心机啊。”

“居然会有这么自私的人，她还想瞒到什么时候？”

宋嘉茉抬眼扫过去，明明是新闻系一班的门口，却站了很多陌生人。人群聚集的中央，是一脸轻蔑之色的黄向珊。

宋嘉茉只是转了个身，黄向珊便快步冲上前来，一把抓住她的袖口：“宋嘉茉，你还装什么呢？”

宋嘉茉从书包边抽出一个杯子，打开了拐角处的自动饮水机：“装瓶温水，有事？”

……

明明应该落于被动，宋嘉茉却这么淡定地掌握了主动权，一时间，黄向珊气得更厉害，猛地呼吸几次才得以继续。很快，黄向珊从身后拿出什么，终于找回自信，趾高气扬地问宋嘉茉：“这个东西，你怎么解释？”

宽敞的走廊中，黄向珊高举着包着白色封皮的复习资料。早晨出了点太阳，在封皮上折出七零八落的光点，打眼得很。

很多上楼的学生都围在楼梯口，还有人从教室里跑出来看热闹。

宋嘉茉关掉按钮，将水杯盖好，放在一边。很好，省得她亲自去找了。她收水杯时没说话，黄向珊默认她是心虚，于是越发有了底气，站在道德制高点发问：“你也太恶心了吧？背着我们去要外语学院的资料，怎么，是打算用不光彩的手段考专业第一吗？”

说着，又抖开册子，几张试卷掉了出来。黄向珊说：“你但凡愿意跟同学分享一下，不吃独食，我也不至于把你挂出来，但你这也太让人作呕了，作为公平竞争的一员，我有责任监督你吧？”

黄向珊的话音刚落，班长也气喘吁吁地跑了上来。她远远地跟宋嘉茉打招呼：“可算印完了，真的太多了，怪不得我昨天拿你的资料去问，愿意复印的才不到十个。复印费就一百多，就是场期中考试，大家都不上心吧——啊，你们围在这儿干什么？”

宋嘉茉看向黄向珊：“你自己觉得尴尬吗。”

不知是谁没忍住笑了一声，围观的群众里也陆陆续续传出笑声。

黄向珊站在那良久，脸几乎都快白成了雕塑，半晌后才说：“那你也只给自己班上的人分享了啊，怎么不全系发？还不是怕别人比你强。”

班长奇怪地瞅了黄向珊一眼，先开口了：“别的班我也问了啊，能遇到的都问了，有些班的同学不需要而已。难不成我还得敲锣打鼓求他们来我这儿拿资料？也不是人人都得围着你们转吧？”

这会儿，宋嘉茉终于把东西都收拾好，这才启唇。她看着黄向珊："纠正你两个事儿。第一，找资料好比上网课，都是大家用休息时间去查漏补缺，我不觉得有什么不光彩。分享不是我的义务，但我也不会藏着掖着。第二，这些内容就算印在记忆面包刻进你脑子里，你该不及格照样还是不及格，你再怎么竞争也跟我不是一个梯队的，不用急着指责我。"

围观的人慢慢多了起来，新闻系五班那几个女生的言论已经不能操控风向，大家开始相互讨论起来。

"就是啊，人家又不是去偷题，听说考外语学院的卷子，找人去外语学院要点资料也很正常吧……你要有认识的你也可以去啊。期中考而已，没必要这么上纲上线吧。"

"还给同学分享了，已经很厚道了，长得也好漂亮。"

"我要知道雅思出题人是谁，我立马飞奔去上人家的课……这种说别人自私的人，其实自己才是最自私的吧，根本不会换位思考。"

"嗯，这就是黄向珊吗？好像排倒数是吧？刚刚听她这个语气，还以为跟这个小姐姐打平手呢，才这么义愤填膺，生怕人家多考几分。"

"也是不必，差两三百分呢，主持公道也轮不到她吧。"

……

黄向珊回头想搬救兵，但那几个女生早就看情况不对，逃之夭夭，这会儿连个人影都没有，徒留她一个人被公开处刑。实在说不过，她咬着牙，放在身旁的拳头也捏紧了，用力把资料拍在窗台上："还你！这破东西谁稀罕啊？"

就这十来分钟的工夫，学生会的副会长也到了。大概是才听到的消息，他风风火火地赶来，跑过来时还在着急扣袖章。

这个副会长是个和平大使，脾气也好，眼见闹剧到了尾声，赶紧调解矛盾，把那本资料拿起来，拍了拍上面的灰，递给宋嘉茉，作势还要去捡掉在地上的卷子。

“别。”宋嘉茉说。

副会长愣了一下。

宋嘉茉看着黄向珊，“你自己丢在地上的卷子，自己捡起来还我。”

“这个操作可以。”

“好有原则，我喜欢！”

旁边的人就差给宋嘉茉放个礼花了，黄向珊自己不占理，又被这么多双目光盯着，她还要在学校待下去，就不能撕破脸皮。她脸上血色尽褪。黄向珊的表情极其不甘，连牙齿都在用力，但也只能乖乖弯下腰，将那几张卷子捡了起来。

宋嘉茉：“还有呢？”

黄向珊从牙缝里艰难挤出几个字：“对不起。”

她正要再开口，楼梯口传来骚乱，李天王不知怎么也来了，手里还托着一个银色的保温杯，像来收妖的。被自己的脑洞震到，宋嘉茉不自然地咳了两声。

李天王刚站定，万雅也走了过来，表情有些严肃，将黄向珊拉到一边：“你也真是的，怎么这么鲁莽？”

说完转向宋嘉茉，又道了个歉：“对不起啊，我是班长，这件事我也有责任。是她太冲动了，但毕竟是帮同学们一起监督，也道歉了，这事要不就算了吧？”

李天王颔首道：“虽然黄向珊有错在先，但是没必要耽误这么多同学早读，更何况出发点也是为了公平，下次多加注意，不要再犯就行了。”

宋嘉茉垂着眼，半晌没答话。落在黄向珊的眼里，以为她还嫌不够，想继续找碴。

“差不多得了，”黄向珊憋了半天没忍住，也终于找到人撑腰，一股脑地把话倒出来，“你别得理不饶人啊，我还没做得多绝呢，这不是为了大家着想吗？”

黄向珊忍着想翻白眼的冲动，完全忘记先挑事的人是自己："因为好奇看看你的东西也没必要这样吧？明明是你自己没本事才搞小动作，到头来好像我在害你一样——"

黄向珊越说越上头："你要真能考专业前十，我去升旗台上跪着给你道歉行吧？也就你这种高不成低不就的一天天破事那么多，我怎么没见着陈赐这么多事呢？"

宋嘉茉："因为你根本见不到陈赐。"

"好了，不要闹了，"李天王将保温杯换了个手，打断她们的争执，"都进去上课去，在外面吵吵嚷嚷的像什么样子。"

李天王又压低声音，同宋嘉茉道："今天区里来检查，一会儿就到，你们这样影响多不好，事情先放放，等检查的走了再说。黄向珊不懂事，你别学她，到时候我替你监督、批评她，一定不偏心。"

李天王一向凶神恶煞的，不留情面，现在却这么好声好气地和她商量，宋嘉茉也觉得没必要再计较了。况且，她本来就没想干什么，只是黄向珊太爱主动惹事，她才多讲了那么两句。

从小陈赐就告诉她不要委曲求全，忍耐的下场只能是令对方得寸进尺，如果被冒犯到，那么就反击回去。那会儿她做什么都小心翼翼的，问他万一情况更糟了该怎么办？陈赐只是揉揉她的脑袋，说没关系，尽管惹祸，哥哥会帮你撑腰。

啊，久违的温柔的陈赐，她现在已经感受不到了，果然，男人超过十六岁就会变。

宋嘉茉收回神思，跟班长一块儿走回教室。

班长边走边回味："黄向珊还真是跟个弹簧一样，本来都叹了，一看到李天王人又硬气起来了，还放狠话呢，跟院长有点关系就是不一样，什么都敢干。"

"她和李天王有关系吗？"宋嘉茉抿了抿唇，"亲戚？"

“李天王好像是她舅舅，小道消息啊，我也不知道。”班长说，“不过看她刚刚突然硬气的态度，我感觉应该差不多，不然怎么敢这么无法无天。不过刚那话可是她自己说的，李天王也承诺不偏袒，到时候可别真站在升旗台道歉哭鼻子啊，想到我还有点小兴奋。”

等到在座位上坐下，宋嘉茉还没来得及喘口气，赵悦也靠了过来。

“你们刚说的我都听到了，黄向珊她是不是说你考专业前十给你下跪道歉啊？没几天就要考试了吧？那你要是考第八她能再磕俩响头吗？”

宋嘉茉也不知道该不该夸奖赵悦：“……你挺敢想的。”

“肯定的，白日做梦我第一名。”

课代表来催着交作业，宋嘉茉挨个交上之后，发现赵悦又在偷偷看手机，是她昨晚拍的陈赐。宋嘉茉想起来了些什么：“我昨晚还顺便问了一下他的理想类型。”

“你哥吗？”赵悦赶紧把手机塞回去，专注地问道，“怎么样？”

“他回答得太模棱两可了，我想了一下，这样我们很被动，”宋嘉茉见招拆招，“干脆就不要管他，有空就去他的面前刷存在感，送水、送温暖什么的，怎么样？”

赵悦：“就是看他打球，或者制造偶遇？”

宋嘉茉打了个响指：“没错。”其实她到现在，也没有实质性地替赵悦做些什么，但赵悦还是费尽千辛万苦帮她找了资料，她觉得赵悦挺仗义的，想追陈赐的事儿应该帮。而且这么一看，赵悦的人也蛮不错的。

说行动就行动，下课后，宋嘉茉收拾了书包，带赵悦去找人。就是这么巧，她今天刚好知道陈赐要去篮球队训练。篮球场，不是最容易让少男少女心动的地方吗？

她们先去了小卖部，赵悦认真地挑选：“你哥喜欢喝什么？”

“雪碧或者矿泉水。”

“好，那我买雪碧吧。”

选择了一瓶对的饮料，就代表成功了一半。宋嘉茉是这么想的。

进篮球场之前，赵悦还认真洗了个脸，拿出气垫霜上了点妆，重新梳了头发。她们的运气好，进去时他们刚打完一轮，正坐着休息。

宋嘉茉赶紧找个位置坐过去，用眼神示意赵悦送水："哥，渴吗，我朋友买了雪碧冰沙，消暑的。"

陈赐："不渴。"

赵悦的手僵在半空，宋嘉茉用力地踹了他一脚，陈赐这才懒懒地后仰，启唇道："给李威吧，他没带水。"

"行行行！"李威赶紧打破局面，急忙接了过来，"谢谢啊。"

赵悦："不客气。"

过了两分钟，等到赵悦和别人聊天时，宋嘉茉才靠近陈赐，小声道："你干吗不要？"

陈赐："我对雪碧过敏。"

宋嘉茉撑着脑袋，心道这话你也说得出口啊。

但不抛弃、不放弃是她的人生准则，宋嘉茉重整旗鼓，在赵悦转头过来时，重新开始向陈赐介绍："她叫赵悦，悦耳的悦，之前你们在咖啡厅见过的，你记得吧？她原来在外语学院读书，刚转到我们学院，队训时候见过你。人挺好的，也不扭捏，我之前那些外语学院的复习资料，就是她给我找的——"

宋嘉茉还想继续说什么，冷不丁地被陈赐打断："说到资料，昨晚给你布置的题写完了吗？"

"……还没有。"

陈赐拎起她背在身后的书包，也连她整个人一并提起来："那回去做题。"

……

被提溜着走出去几步远，宋嘉茉才反应过来，陈赐是准备带她一起回家，那赵悦留在这儿也没什么用了。

不过今天的进展其实还可以，她已经很久没见过陈赐和别的女生说这么多话了。于是她连忙回过头，做了个“回家”的嘴型，又朝赵悦笑了笑，紧接着，头又被人扭了回去。

陈赐：“看路。”

宋嘉茉不情不愿地踢踏着脚步：“你对人家温柔点儿是会死吗？你昨天才喝的雪碧，什么时候就过敏了？”

陈赐：“看到她拿出来的时候。”

……

到家之后，宋嘉茉没休息多久，就乖乖地进房间做题了。考试在即，陈赐知道她的目标之后，也给她圈了不少题，做完他还得亲自改，简直毫无天理。所以她现在不仅有赵悦那边的资料要做，还得完成陈赐给的任务。

今天甚至还加量了。

陈赐给出的理由很简单：“看你闲得慌。”

她无语地用力按了几下笔尖，这才开始做题。说实话，陈赐选的题目都挺有代表性的，而且专攻她的弱项，找一类她容易出错的题给她做，但她偶尔眼花，还是会犯些粗心的错误。

很显然，此刻在她桌边批改题目的陈赐，也发现了这个问题。

少年的手指握着红笔，在那道题上圈了一圈，低声问道：“你怎么想的？”

她的嘴巴里叼着草莓酸奶，面对他时总是有莫大的勇气，理直气壮地说：“用脑子想的。”

给她改完题目，又布置了几道相似的题，陈赐起身去洗澡。

宋嘉茉听着哗啦啦的水声，心里莫名安定了不少，后面的题做得也很顺利。

洗完澡之后，陈赐抽了个毛巾搭在颈后，去书房检查她有没有认真做题。结果刚走到门口，看到她正坐在书桌前沉思。

少女的面前摆着厚厚一摞练习册，嘴里念念有词："专业前十，我需要——"

需要什么？做多少题？他理所当然地这么认为，扫了一眼她的参考书，正打算给点总结性意见，又见她神神道道地双手合十："需要烧多久的高香呢？"

……

宋嘉茉突然回过头："要不我明天去庙里拜拜吧？"

陈赐无言，用毛巾擦了擦湿发，面无表情地走回房间："迷信。"

"迷信怎么了，这叫机敏、善于分析，"宋嘉茉打开手机，"……我看看买多长的香比较好。"

没看几分钟手机，宋嘉茉又想到什么似的，从抽屉里拿出一枚硬币，顺着杂物间出了后门。

顺着后门走过一条小径，离开栽满花树的小院子，面前的视野逐渐开阔起来，月色洒落，水波粼粼。

院子外香樟树下有个池塘，很小的时候，不知道是听谁说，往里面投硬币许愿很灵，但不能什么愿望都许，只有很虔诚地许愿才行。

后来她忍不住许了几次，次次都成真，于是长大的这十来年里，但凡遇上很迫切的愿望，她都会来这儿。目前好像还没有不灵的。

宋嘉茉站在池塘边，将硬币放在手心，双手握拳抵在下巴上，心里想了想考试的事儿，再睁开眼睛，微微弯腰，把硬币投进正中央的泉眼里。啪嗒一声，应该是神明听见了她的愿望。

这儿的路灯一直开着，宋嘉茉正要走的时候，感觉到有什么东西被光照着，有点儿晃眼睛，她是个好奇心很强的人，不由得走过去，想仔细看看。在池塘的某块石头上，躺着一个银色的盖子，上面好像还写着字。

她觉得莫名有些熟悉，上头的笔迹稚嫩，又过了好久，她才认全。写的是——今天哥哥把三色雪糕挖了一半，留下一半朝外骗我，他好坏，还说我好吃懒做，希望他永远取（娶）不到老婆。还有个错别字。

她内心一阵恶寒，心道这是她什么时候写的啊？这也太损了。

盖子背面还有——哥哥今天骗我学狗叫，我恨他，希望他二十岁就秃顶。

她失语片刻，又忍不住笑了声。小小年纪，骂人还挺在点子上。

她往下一蹲，立刻看到石头旁边还有不少反光的东西，有些破碎的记忆慢慢涌上心头，告诉她，可能里面都是关于陈赐的坏话。

这太可怕了，像陈赐那么记仇的人，千万不能给他看到。宋嘉茉蹲在那儿思考了一会儿，不知道该怎么销毁这些东西，正想先回去，等白天再来看看，突然，身后响起一个声音。

“宋嘉茉。”

还有比诅咒人家永远单身被抓包更可怕的事情吗？宋嘉茉惊慌地想起身，但池塘边满是苔藓，她脚下一滑——

伴着一声惊呼，她连人带着盖子，整个砸进了水池里。

第三章

标准答案

CHAPTER 3 >>> 等烟火满怀

斑驳光影中，挂断电话的少年抬头。看见宋嘉茉穿着身浅蓝色的连衣裙，及肩的长发被风吹起，笑着朝他招招手，日光下的皮肤显得更加白皙，身形舒展，亭亭而立。

落水的第一秒，宋嘉茉冒出一个荒诞的念头：别说，这里边儿还挺凉快。

北城一贯燥热，九月的夜晚虫子也多，整个人沉入水中的时候，感觉世界都安静了下来，体感温度也下降许多。她应该享受这份惬意的——如果她会游泳的话。很快宋嘉茉就乱了阵脚，开始奋力扑腾，尽管耳边水声哗哗，但她还是清楚地听到了陈赐无语的叹息。

有什么可无语的！不是你吓我，我也不至于在这啊！

陈赐转了个身，坐在池边捞宋嘉茉上来，但少女扑腾得太厉害，不过片刻，把他也给拉了下去。好不容易找到平衡，她的手掌不小心一松，写满“祈愿”的盖子飘了出去，她赶紧挥动双臂开始捕捞，生怕被他看到。

很快，少年开口制止：“宋嘉茉，松手。”

她一脸英勇就义的表情：“那你不如让我去死。”

被陈赐看到他被诅咒秃头还有一辈子娶不到老婆，和就在这被淹死有什么两样？

“松手。”

“我不。”

“再不松手我的裤子要被你拽掉了。”

如同碰到什么烫手山芋，她赶紧将手挪开，又眯着眼小心搜寻，这才把盖子重新握在手心，牢牢地抓紧。

陈赐压根儿就不在意她在干什么，只是把她从水里提起来，又抖了抖，这才带回了家。

宋嘉茉沉默半晌，心说我是狗吗？

到家之后，宋嘉茉赶紧去洗澡，陈赐房间里的水声也同时响起，女生洗澡总是久一点儿，等到她出来，陈赐已经在沙发上坐着了。

宋嘉茉披着湿漉漉的头发又忙活了一阵，但客厅空调开得低，陈赐很快递了个吹风机来。

“吹干再玩。”

她被他的突然出现吓了一跳，仍在往玩偶里塞着棉花，陈赐看了一眼，想必她也听不进去，找了个插头就打开了吹风筒。

很快，宋嘉茉就感觉头顶多了双手，陈赐把风速开到最大，动作也一点儿不温柔，毫无章法，随意造型。她怀疑自己会被他吹成金毛狮王。她用力晃了晃脑袋，反抗道：“只有狗才会被这样吹毛！”

他漫不经心地笑了声，还是在她的头上胡乱揉：“你对自己的定位还挺准确。”

“给我，我自己吹，”她忍无可忍地抢过吹风机，“到时候你没秃，我先被你吹秃了。”

陈赐：“什么？”

意识到自己嘴瓢，宋嘉茉心虚地摸了摸鼻子，然后起头，非常乖巧地笑道，“没什么，就是怕哥哥累到手啦，吹风机好重，一点都不体贴，不像我，我只会心疼哥哥。”

陈赐定在原地，沉默了许久。

宋嘉茉：“怎么？”

“没事，就是有点想吐。”

……

宋嘉茉忙碌了整整一星期，每天不是刷题就是刷题，好不容易逮到个周末，自然是关了闹钟，一觉睡到自然醒。

陈赐起得早，八点多就吃完了早餐。

书房的阳光正好，靠墙的位置摆了个懒人沙发，正沐浴着日光，上头还放了个小玩偶，很是打眼。陈赐走过去，将玩偶拾起来，轻车熟路地拉开它背后的拉链，手指探了进去。

以他对她的了解程度，怎么会不知道她在干什么？

从那天落水回来就偷偷摸摸地把东西塞进这里，还自以为神不知鬼不觉的，每天都要检查一下东西在不在，他不拿出来看看，倒还真对不起她的良苦用心了。很快，他从一团软软的棉花中，抽出一个圆形的盖子。陈赐低头去看。

……大约沉默了三秒，陈赐皱了皱眉头，然后陷入了更加漫长的沉默。

宋嘉茉这一觉睡得非常舒坦，睡到了十点多。随便吃了点儿面包，她继续去做题，顺便等着吃午饭。

吃午饭时，她刚伸出罪恶的小手，盘子里的最后一块鸡翅就被人夹走，落入了陈赐的碗里。

少女略略眯起眼睛，危险地看着对面的人，一副准备干架的状态。

“看什么？”他面无表情地说，“看我二十岁有没有秃顶？”

宋嘉茉一口汤没憋住，立刻被呛到，她捂着嘴咳了好几声，脸颊也被呛红了些，倒是很好地遮住了被人点破后的羞愧。

他知道了？不能吧？

陈赐像是知道她在想什么似的，慢条斯理地抬眼瞧她，淡淡道：“下次做坏事之前，别把答案写脸上。”

宋嘉茉沉默了半秒钟，当然，也只是半秒钟。很快，她又言笑晏晏地开口道：“我这怎么能叫做坏事呢？我是为了保护我们的感情呀，是怕哥哥看到了不开心，影响哥哥的心情，哥哥怎么能这样说我呢？说得人家好伤心呀。”

很好，还学会倒打一耙了。陈赐垂眼：“是吗？有多伤心，那我岂不是很自责？”

话是这么说，但从陈赐的表情和语气中，都看不出半分“自责”的意思。

她却装看不懂，一门心思地顺杆爬：“也不用自责啦，虽然这次确实是哥哥误会了我，但我不会和哥哥计较的，如果哥哥心里实在过意不去的话，那个……鸡翅……”

陈赐微妙地蹙起眉心。

陈赐把鸡翅重新放回她的碗里，她当机立断咬下第一口，听到他发问：“问你个事儿。”

“嗯？”

“最近讲话这么恶心，跟谁学的。”

那天以宋嘉茉愤怒地将鸡骨头丢进他碗里而告终。

吃完午饭之后，宋嘉茉又睡了个午觉，她的瞌睡比起同龄人来说总是要多些，之前听朋友说，喜欢睡觉的女孩子发育得也比普通人好——宋嘉茉低头看了看，感觉自己可能是个例外。

她做了会儿题，然后又绕出了后门，直奔院子里。

宋嘉茉手上拎着个袋子，轻车熟路地找到上次摔跤的地方，把遗落在那里的各种“许愿”全都装进了袋子里。这些大概都是很小的时候随便写的，写了也不知道该往哪儿丢，后来才知道要用硬币，而不是随便什么东西都可以。

不过幸好，万一她对陈赐的那些诅咒成真了……宋嘉茉闭上眼睛，不敢再想。

把袋子系紧之前，她随便从里面抽了一个，跟开盲盒似的。这次的内容是写在一块小木板上的，笔迹仍然稚嫩青涩：今天哥哥说我的力气小，我搬椅子的时候砸到了自己的脚，他说这种椅子他能扛五个，晚上还在我面前举哑铃。我知道，男人老了就没力气了，希望他以后不举。

不举？什么不举？手无缚鸡之力，举不起哑铃是吗？

宋嘉茉哑然失笑，没再继续看，将袋子绕了圈系紧，锁进了盒子里，随便找了棵树准备埋下去。等她好不容易忙活完，这才转身，撇了撇嘴："干什么？我知道你在。"

陈赐正站在银杏树下，单手插在口袋里，神色懒倦："又藏了多少骂我的话？"

宋嘉茉："……想看也不行，我用密码锁上了，不过，如果你真的很好奇，等你带嫂子回来，我让她念给你听。"

陈赐蹙眉："为什么要她念这种东西？"

"因为里面都是你的恶行，我要揭穿你的真面目，不让嫂子被蒙在鼓里。"她越说越期待那天的到来，"顺便让你体会一下，我被你批改作业的感觉。总而言之，这劫你躲不过的。"

她倒要看看，跟陈赐结婚的，会是哪个倒霉鬼。

期中考试很快如期而至。由于这次偷卷子风波的影响，学院加大了监考力度，排座位不再像之前一样按成绩来，而是随机打散。这样一来，大家都不知道自己身边坐的是什么人，就极大地降低了作弊、偷瞄等风险。

最后一节课结束，班长走上讲台："大家把课桌都收拾好，多余的书本放在教室后面，等会儿我们要贴座位表了。然后有一部分桌子是要搬出去的，大家对照黑板看一下，不用搬桌子的就可以先放学了，免得耽误其他同学布置考场，今天负责的是宋嘉茉和赵悦。"

赵悦哀号起来："怎么第一次轮到我就是布置考场啊，我这什么命。"

"还好，也不是很多，"宋嘉茉说，"就比平时多个挪桌椅和贴个表。"

"这还不要命吗？我要回去打游戏啊！"

结果今天好多人走得急，只搬了桌子，椅子还留在教室最后面，歪七竖八地摆了几排。

赵悦："这个也要搬出去吗？"

"要的，得竖在桌上。"赵悦正在擦风扇，宋嘉茉打算自己先搬一些，但椅子有些重，她一次只能搬一个。

正当她第五次穿梭来回时，有打完球的男生回来，见状吓了一跳："你怎么自己一个人弄啊？我帮你吧。"

"不用不用……"

但那几个男生已经主动请缨，很快，帮她把多余的椅子摆好了位置。她实在是不好意思，往贩卖机那边走："那我请你们喝水吧。"

结果被他们笑着拦住："不用啊，我们已经买水了，打了会儿球，上来拿书包的。"

"帮你摆个椅子没啥的，别这么客气，下次有事再叫我们，等你搬完还不得累脱臼啊，老班都不会心疼人的。"

宋嘉茉想了想，抿着嘴唇道："那下周体育课再请？"

"哈哈哈我第一次见这么想请客的，行，体育课喊你，那我们先走了啊，"那群男生朝她挥了挥手，潇洒地作别，"明天见。"

宋嘉茉跟他们道了别，一转身，赵悦的手臂就搭了上来。赵悦由衷地感叹道："长得漂亮真好啊，你出门是不是搬大件行李都有人主动帮你的？"

不知道赵悦一天到晚都在想什么，宋嘉茉弹了弹她的胳膊："赶紧办正事儿，我们快把座位号贴完，你不是想去吃炸蟹柳吗？我陪你，再晚就收摊了。"

"行嘞，就是把这串贴在左上角是吧？"

"嗯，我都剪好了。"

结果没贴几个，赵悦面露难色："我想上厕所。"

宋嘉茉："……去吧，我帮你贴。"

赵悦欢呼两声，“你就是当代大善人吗？爱你。”

赵悦去的时间有点长，宋嘉茉的动作挺麻利，贴了座位号又擦了黑板，把卫生打扫完，拍了拍手，总算收工。

十五分钟后赵悦回来，没想到宋嘉茉把活都干完了，又赞美了她好一会儿。

两个人走出教室锁好门，下楼时赵悦想了一下：“你好像在这个楼层考试，要不要提前看看考场？”

“不用吧，不知道的还以为我考研呢。”

“看看呗，看看又不要钱，明早能多睡五分钟啊。”

宋嘉茉承认，这确实是个不小的诱惑，正好考场的门没锁，赵悦一把推开，拉着她走了进去。

一边走，赵悦还一边说：“看你那考号，应该是在最后一排吧？最后一排好，收卷子最后一个收，还自由。像我就很怕考试坐在第一排，老师总是盯着我看，影响我发挥。”

可走到最后一排，也没找到她的名字。

“这最后一个是2036，我是37，”宋嘉茉抬眼，“难道我不在这个考场？”

“不会啊！我看过了，你就是在这个考场。”

“奇怪，那我到哪儿去了……”说完这句话，如同醍醐灌顶般，宋嘉茉转头朝前看。讲台旁多出了一套桌椅，如果她没记错的话，应该是新增加的。

走上前去，桌子的左上角歪歪扭扭的，随意贴着一行字：宋嘉茉，112002037。

赵悦：“讲台边的单人单座，这么缺德，谁干的啊？”

看着这套讲台边的桌椅，宋嘉茉也陷入了短暂的思考。

很快，走廊上传来脚步声，应该是有人这来了。未免产生作弊之类的误会，她拉拉赵悦的袖口：“先走吧，不管这些，不重要。”

虽然放松更有利于考试，但她也不是第一次被人看着做题了，老师坐得远或者坐得近，对她产生不了太大的影响。说到这里，竟然还要感谢陈赐的魔鬼训练。

走出校门，赵悦没忘记自己的使命："走走走，炸蟹柳！"

她们点了两个中份的，等待炸蟹柳做好的过程中，宋嘉茉四下看着。

"这里怎么多了个摊子？"炸蟹柳的摊子旁边是个没开张的小摊位，写着"辣炒年糕"，赵悦一看就来了兴致，"到时候来吃这个吧，我要吃爆辣的。"

接过炸好的蟹柳，赵悦继续科普："炒年糕、炸土豆、小龙虾这些，就是要吃路边摊的才最好吃，我每次去店里，反而没那味儿了。"

"嗯，"宋嘉茉点头，"你跟我哥正好相反。他要是知道我吃这些，隔着一条街都能飞过来把我的头打歪。"

赵悦："你不能吃吗？那……"要不我帮你把你的这份吃了？

赵悦的话没说完，宋嘉茉已经斩钉截铁地打断她："是的，所以我要在被他看到之前全部吃完。"

赵悦沉默几秒，对她竖了个大拇指。

这次考试，第一门考英语。好像是专业课的卷子出了点儿错误，正在紧急更正中。而英语，正好是陈赐的拿手科目。

宋嘉茉要提前去考场，因此先出发，刚走到门口，又转身，折返到了餐桌前。

陈赐刚从碗里舀起一个小馄饨，抬眼道："怎么？"

宋嘉茉不说话，只是看着他。在她的注视中，陈赐似有所感，缓缓放下手中的汤匙。紧接着，手臂就被人拽过去了。

宋嘉茉双手交合，虔诚地握了握陈赐的右手："谢谢。"停顿了一会儿，又觉得应该雨露均沾，再次握上他的左手，还晃了两下："感谢。"

这么迷信你怎么不去开寺庙？

沾完陈赐的灵气之后，她又强行要了一支陈赐的笔，没耽误太久，坐上公交车就出发了。

到学校的候时还很早，考场里也没什么人，她找到位置坐下，摆好自己的东西，摊平书本，一边吃一边看。

黄向珊路过宋嘉茉的考场时，距离考试还有半小时。黄向珊往教室里看了一眼，幸灾乐祸地道："今天她应该是一个人坐在讲台旁边吧？不知道被'特殊照顾'的感觉怎么样？"

教室本来就小，后面还摆着一个很大的箱子，正好把宋嘉茉的位置给占了。因此这次的座位也不能说是故意安排，黄向珊想，宋嘉茉本来就没地方坐，只是恰好留给了她一个那么尴尬的位置，怪不了别人。

怀着这样的心思，就免不了想看笑话。

可黄向珊刚看过去，整个人就愣在了原地。没有什么如坐针毡，宋嘉茉的状态悠然自得，面前的台阶被她拿来搁腿，她又将桌子挪了挪，左边的讲台恰好帮她挡住了刺眼的阳光，她就躲在阴影里喝酸奶，好不惬意。

至于受到关注……确实有很多人在看她，但更多的是羡慕她手上的资料，甚至有男生……上去要了她的微信号。不过她摇头拒绝了，继续看书复习。

就这几十秒钟，堵得黄向珊像是吃了苍蝇一般，一句话都说不出来。她眼不见为净，加快速度离开。

这次的英语考试确实有些难，果然，外语学院的变态考卷不是白叫的。上午 11:30，铃声响起，准时收卷。

宋嘉茉不急不缓地收好东西，拉上笔袋。还有半个小时才能出去吃饭，大家一般都会选择先回班里，她刚走进班里，就听到一阵慷慨激昂的讨论声。

"选择最后一题到底是 B 还是 C 啊？"

"我选的 D……"

"不会做就选 C，肯定是 C！"

“哎，宋嘉茉来了！小学霸，你选的什么啊？”

宋嘉茉展开卷子看了一眼，沉默片刻：“……我选的A。”

“哈哈哈哈！又来一个新的。”

“四个答案齐活了！”

“我押她啊，选A选A。”

大家押注押得风生水起，宋嘉茉本着“我命由我不由天”的唯心理念，把题又做了一遍。

这题太难，应该是超纲了，她连蒙带猜，最终答案还是接近于A。

班长：“有答案了没？”

“还没，”宋嘉茉起身，“我出去一趟。”

“去哪啊？现在还能找到正确答案不成？”

宋嘉茉本想去问老师，好让自己心里有个底，路上遇到赵悦，二人便一起走。结果办公室没人，她只能又拐了个弯，听到不远处的篮球场有声音。

怀着一丝莫名其妙的直觉，她顺着小门晃进篮球场——果不其然，陈赐这节是体育课。

她朝赵悦努努嘴：“正确答案，这不来了嘛。”

宋嘉茉悄悄地松了口气，连自己都没有发现。

找位置坐的时候，她意外地在第一排看到了万华，正是负责社团的那个老师，正在和篮球教练聊天。

后排的不远处，竟然还坐着黄向珊和万雅，不知道是来干什么的。

宋嘉茉挑了个最显眼的位置，想等陈赐把球打完，等待的过程中，宋嘉茉一转身，和黄向珊对上目光。黄向珊的旁边还坐着万雅，但万雅像是在出神，视线落在某处，没有看她。

宋嘉茉正想转过头，只见黄向珊无语地抽动几下嘴角，率先轻蔑地移开了视线。

赵悦：“有帕金森就去治病。”

黄向珊很明显是听到了，又恶狠狠地转过头来，但不知道是出于什么原因，竟然强忍着，没有开口反呛回来，倒是把自己的脸都憋紫了，实在是很罕见。

赵悦笑得不行，吐槽："怎么，篮球场给你的嘴下封印了啊？前面坐着老师就不敢说了？怕毁了留给老师的印象？就我说，你那点破人品，装不装也没太大差别啊。"

赵悦实在是很会阴阳怪气，黄向珊越听越郁闷："你能闭嘴吗？"

赵悦乐不可支："现在骂人都这么收敛吗？上次说宋嘉茉考专业前十在升旗台下跪的那人哪儿去了？"

趁着黄向珊不敢反驳，赵悦说得更起劲，但很快，球场中央的练习告一段落，陈赐也朝这边走了过来。赵悦咳嗽两声，收敛了起来。

宋嘉茉赶紧从旁边抽了瓶水，塞进赵悦的手里。

陈赐将球抛进篮筐，低头问宋嘉茉："今天不是考试？怎么过来了？"

"实在是想看您在球场上伟岸的英姿，刚刚进了一个球吧？"宋嘉茉双眼放光，狗腿地竖起大拇指，"真不错。"

"那叫三分。"

哦，是吗？

眼见装也没什么太大意义，她现在只要眼睛一转，陈赐就知道她在打什么主意。

宋嘉茉从身后拿出卷子，说："选择题的最后一题，你看看选什么？"

陈赐不说话，只是沉默地看着她，宋嘉茉的目光飘忽，心里有些打鼓，心想：不能吧？这是拒绝的意思吗？

她缓缓后仰，递出一个坚定的"不，你可以"的目光，终于听到陈赐忍无可忍地开口。

陈赐："笔。"

"噢，"宋嘉茉连忙双手捧起笔，"您请，您请。"

没有地方能垫，陈赐靠在一边的贩卖机上，拉着线条勾画着。

日光正耀眼，少年的衣服平整且洁净，袖口因为嫌热被拉到肩膀，露出流畅的手臂线条，侧脸鼻梁高挺，光点随着笔尖不停变换，流光溢彩地漫过他眼角、眉梢。他的右手戴着白色护腕，演算时显得动作愈加清晰利落，带着不自知的少年气。

有女生借故来贩卖机买水，目光却怎么都没从他身上移开。

赵悦："鼻……鼻血……"

宋嘉茉眉心缓缓拧出一个问号。

快算完时，一批男生拥了过来，开始起哄。

"哥，又在帮妹妹做题呢？"

"什么时候帮妹妹相亲？你看我咋样？"

"我看你像个猪头三，哥哥，看看我，我可以入赘。"

"你这人太恶心了！滚啊！"

陈赐没搭理他们，这帮人说完就散了，宋嘉茉还是撑着脸颊在等。看他的笔尖落下个小点，宋嘉茉知道他是看完了，猛地从座位上弹起来，凑近道："选什么？"

陈赐的心眼挺坏，在她看过来的时候移了移卷子，遮住了最后的答案。他挑眉："你希望选什么？"

宋嘉茉缓缓双手合十，祈愿："选 A 可以吗？"

陈赐的舌尖抵着齿关，沉声笑起来，手指一松，允了："可以。"

噼啪。宋嘉茉脑子轻轻一炸，血液翻涌，直接回头扑进赵悦的怀里："救命啊！我蒙对了！"

赵悦被她撞得连连咳嗽，但还是为她开心，也笑了起来。

"那我们中午去吃炒年糕吧。"

"我请你，走！"宋嘉茉说一不二，收好卷子出去庆祝，顺便回头招了招手，"谢谢哥，我走啦。"

二人的身影很快消失，陈赐垂眼，想起她刚听到答案时的表情。

少女的眼里像是嵌了星星，光芒璀璨而热烈，是遮也遮不住的高兴。他勾了勾唇，从箱子里抽了瓶水，回到球场中央。

陈赐刚离开，箱子里又伸进一只手，是黄向珊拿了一瓶水，殷切地递给万华。

“万老师，要回去了吗？太阳大，要不您拿我的伞吧？”

“不用了，我从小路回。”万华看了她们一眼，“下午不是还有考试吗，你们还不去吃饭？”

“这就去了，老师放心，我们肯定会好好考试的，”停了一下，黄向珊又说，“要进步的约定还记着呢！”

可惜万华走得快，这句话并没听清。

黄向珊不高兴地扯了扯嘴角，很快，又转移了话题，跟万雅说：“你看那个宋嘉茉，就猜对了一个几分的题目而已，兴奋成这样。一点本事都没有，社团肯定是我们的。”

另一边，宋嘉茉和赵悦随着人潮，很快走到小吃街。

赵悦一眼就认出自己的挚爱：“辣炒年糕，那边！”

是新摊点，因此人还不少，她们等了好一会儿才等到，赵悦开口就是狠家伙：“我要变态辣的，就是最辣的那种。”

老板：“确定哦？我们家辣椒很辣的，建议中辣就可以哦。”

赵悦：“不要紧，我……”

宋嘉茉提醒道：“下午还有考试，吃变态辣你能扛得住吗？”

赵悦本来还有点儿犹豫，一听两个人都在质疑她，立马拍板：“看不起谁啊？我很能吃辣的，就变态辣！”

宋嘉茉点了个普通的微辣，吃的时候还是有点被呛到，结果抬头一看，赵悦仍旧面不改色。

赵悦："就这？我一个人能吃十斤。"

结果一口气吃完后，赵悦有点走不动路了，开始倒抽凉气："不行，我怎么觉得有点辣啊。"

老板："我就说我家的辣椒是真的很辣的。"

赵悦缓了一会儿，又喝了一盒冰牛奶，几分钟后还是一条好汉，重新站了起来。

宋嘉茉表情复杂地看了赵悦一会儿，不由得陈赐上身："你这胃真是坚强，能让你这么造。"

"年轻，没关系。"

她们吃的时间太久，回去差时点迟到。

宋嘉茉本还慢悠悠地往前走，结果看到走廊对面冒出个人，面色铁青，不苟言笑，她连忙拽着赵悦狂奔进了教室。

那人路过门口，班上也立刻安静了下来。这是陶碧，他们的导员，也是他们的专业负责人——与某品牌辣酱创始人仅差一字，又因为雷厉风行的教学态度，亲切获赠外号：老干妈。和辣酱给人的亲切感不同，陶碧看起来很凶而且严厉，只要她不开口，就没人敢说话。

班上桌椅不多，都是两三个人挤在一起，一般这种情况最容易闲聊，可只要陶碧坐在那里，就没人敢讲偷偷聊天。

大家沉默了二十多分钟，终于，陶碧有事被人叫走，所有人不约而同地舒了口气。

赵悦："对了，你考试坐讲台旁边，还习惯吗？"

宋嘉茉："还好，老师有时候是会看我，但我又不作弊，做题也比较投入，没太大感觉。"

"那就好。"赵悦咬了咬嘴唇，"你先看书，我睡会儿。"

"你平时不是不爱午睡吗？"过了几分钟，宋嘉茉戳戳赵悦，"睡不着就起来吧，背一下公式，我总觉得这几个会考。"

赵悦没反应，可呼吸声暗示她没睡着。宋嘉茉觉得有点奇怪，又戳了戳她：“你怎么了？”

赵悦转过头，就是在这几分钟之内，她脸上血色尽失，嘴唇苍白：“你没问题吗？我感觉我肚子好痛……”

赵悦这么一说，宋嘉茉也感觉胃里隐隐烧了起来。宋嘉茉揉了揉胃部，看赵悦的情况好像比自己糟糕，也顾不得那么多了：“特别难受吗，那我带你去医务室看看？”

可惜学校的医务室偶尔也会成为摆设，她们的运气不太好，校医不在。

宋嘉茉给赵悦接了杯热水，自己也喝了半杯，问道：“好点了吗？”

“好了一点点，”赵悦躺在床上直叫唤，“但还是难受。”

“那你打电话叫你爸妈来吧。或者跟‘老干妈’说一声？总不能这样拖着吧。”

“我爸妈肯定不行——嘶，他们会觉得我是不想上学骗他们的。陶碧更可怕，你想想，她铁青着脸通知我家长，那种精神上的折磨——我怕我被吓到当场去世。”说到一半，赵悦又开始痛得打滚。

宋嘉茉翻箱倒柜地给她找止痛药，可惜没找到，但看赵悦疼成这样，又不想让她硬扛着。

宋嘉茉：“你先想想通知谁，我出去给你买药，回来我们就找人。”

赵悦：“你怎么出得去啊？”

“办法总比困难多吧，”宋嘉茉抿了抿嘴唇，说，“我再给你倒杯水，你先歇着，我一会儿就回来。”

其实宋嘉茉的胃也不舒服，不知道是吃的东西不卫生还是辣椒吃多了的原因，反正肯定是年糕的问题。但赵悦的问题更迫切，于是她便先忍着，加快速度走到了校门口。

还好，人不会一直倒霉的，每次考试时，学校都会安排人在大门口执勤，今天校门口执勤的是陈赐。

她本来想了很多说辞，还从赵悦包里拿了粉底液，以防万一涂在脸上，展现出病态的苍白，可见到陈赐就有了安全感，她将那些东西全部塞进他的手里，焦急地道："哥，我朋友胃疼，我帮她买药，去去就回啊。"说完，没等陈赐回答，她便径直跑出了校门。

一同执勤的男生好半天才反应过来，转头看着陈赐："你妹就这样跑出去了啊？不登记吗？可是不登记的话被抓到，罚的是我们啊！你怎么就让她出去了？万一她撒谎呢？去了不回呢？说是买药结果去蹦迪了呢？她……"

"不会。"陈赐皱皱眉，不耐烦地打断，"出事算我的。"

宋嘉茉买好药，一来一回只用了十分钟。她坐在床边，将袋子拆开："这个是止痛的，你先吃一颗，实在不行再吃第二颗；这个是治胃病的，但你的情况还是等医生看了再吃吧。喏，先吃布洛芬。"

赵悦靠在她的肩膀上，眼睛有点热："你真好啊。"

"应该的，"宋嘉茉想了想，"要不你先睡会儿？"

找家长还是找陶碧，赵悦做不了决定。但宋嘉茉还是硬着头皮，去找了导员，毕竟身体重要，挨骂她也认了。可出人意料地，陶碧竟然没有再黑脸，而是第一时间去了医务室，叫来校医，将赵悦送去了医院。

陶碧也没有责怪赵悦乱吃东西，校医联系车辆的时候，她就坐在赵悦的身边，温柔地摸着她的额头，如同对待自己发烧、生病的孩子，每当赵悦翻身或发出声音时，又会问她是不是仍然难受，有没有好转。

眼见事情得到解决，宋嘉茉小心退出医务室，轻轻关上医务室的大门。

今天宋嘉茉解开了一个误会。见到了流言之外的，一个全新的导员。

下午有考试，她不能旷考，在自己强烈的"不能病倒"的心理暗示之下，宋嘉茉喝了几杯热水，吃了两颗药，睡了个午觉起来，胃就没那么痛了。

下午的考试还算顺利，晚上她不敢在外面吃，老老实实地回家，让阿姨给她下了碗清汤面。

陈赐一回来就看到这个场景，无肉不欢的小姑娘老老实实地坐在桌子前，乖巧地挑起一根青菜，满脸都写着四个大字：食之无味。

江慧笑着开口，解释道："中午和朋友吃坏肚子了，回来跟我说胃不舒服，我就给她下了素面养养胃。这还算好的了，说她朋友直接胃炎进医院了，我们茉茉还是坚强些。"

陈赐放下包，坐在宋嘉茉对面："中午吃的什么？"

"……炒年糕，"顿了几秒，她又小声地补充，"辣的。"

陈赐没说话。他越是不说话，她就越是小心翼翼，生怕踩到他的雷区。

吃完饭之后，宋嘉茉寻思我去看个书总不会出错吧，结果被人拎起命运的后颈——

陈赐："去休息。"

这回她答应得挺快，没一会儿就裹进了被子里，她迅速回应："要坚持很难，但放弃，很容易。"

尤其是明天一早考专业课，她的优势科目，也没什么需要复习的，宋嘉茉放松得心安理得。

结果这一放松，就像是绷紧的弦终于被打回原形，她越睡越觉得难受，终于忍不住轻声开口："哥……"

幸好天色不晚，医院离得近，宋嘉茉做完检查回到家，也才九点多。结果没什么大碍，就是吃坏肚子了，医生开了药丸和冲剂，并嘱咐清淡饮食，多喝热水。

回家她就继续躺着了，反正陈赐在，她就能安心地做个废物。

客厅的灯开着，陈赐站在桌子边看药品说明书，半晌后端着一杯药走了过来。

自知做错事，十分乖巧地主动坐了起来，靠在床头，没让他叫。但是看着杯子里的东西，她仍然有些犹豫："你化了冲剂吗？但是医生说，如果吃不了苦的话，只吃胶囊也是可以的……”

陈赐冷笑一声：“苦点儿你才能长记性，我说过多少次不能乱吃东西，你长记性了没有？”

“那我也不知道是这样嘛，”她给自己找补，“我如果知道是这样，我肯定不吃，但在外面吃东西就是会面临这种风险，你看，比如好好谈恋爱也会有分手的风险，难道因为害怕分手就不谈恋爱了吗？”

她每多说一个字，陈赐眉心的“川”字就深一分。

宋嘉茉及时打住，缩起脖子：“我闭嘴了。”

陈赐嘴上不饶人，但还是倒掉了宋嘉茉不想喝的冲剂，又拿了几颗胶囊过来。吃完药之后，宋嘉茉躺在床上，困意并不是很明显。她一无聊就想找事做，像她这种有兄弟姐妹的人，找事做的定义也非常简单，就是烦陈赐。

她说：“哥，你会唱歌吗？你给我唱首摇篮曲吧。”

眼见陈赐不为所动，发现自己能烦到他，她莫名地就觉得就心情愉快了很多，继续说：“你知道吗？我们导员今天还摸赵悦的头了，那么凶的一个人，学生生病的时候都那么温柔。她们可没有血缘关系。可我们呢，我们是胜似血缘的兄妹，你为什么不能对我温柔些呢？摸摸我的头，拍拍我的背，耐心地给我讲一个睡前故事——”

陈赐：“行啊，头伸过来。”

……不知道为什么，明明说出来这么温馨的画面，听陈赐这么一说，听起来好可怕。

宋嘉茉晃了晃脑袋，将头埋进被子里，吐槽道：“不近人情，冷冰冰的。”

她转过头，不知怎么就睡着了，再醒来也不知道是几点，但看天色判断，夜应该已经很深了，大家都睡了吧？

宋嘉茉翻了个身，门口却忽然传来响动，是陈赐。他搬了个躺椅，就靠在她房间的门口，听到动静，睁眼看了过来：“还难不难受？”

夜色低沉，少年的嗓音微哑，含着些困倦，又莫名更加清晰。

她的手掌温热，听见自己小声说：“不难受了。”

一觉醒来，宋嘉茉又恢复了活力。今天上午考专业课，新闻采访与写作。她手感意外地好，将陶碧的事不着痕迹地融进新闻写作里，写完之后自己又看了一遍，还挺满意。

考完后她去走廊打水，遇到了几个认识的二班的男生。

理着平头的男生笑着看她一眼：“就你一个人啊？‘矿泉水’呢？”

“她得水痘了，”宋嘉茉耸耸肩，“在家隔离呢。”

“我就说嘛，你俩之前简直是形影不离。”他搭着朋友肩膀调侃道，“女生就连上厕所都要一起，不理解啊。”

朋友问他：“矿泉水是什么意思？”

他晃晃手中的“冰露”矿泉水。

“她朋友，尹冰露，跟这个牌子的矿泉水重名了，我们就习惯这么叫。”

尹冰露，饮冰露。宋嘉茉想起她们初中时第一次见面，对方就是这么自我介绍的。从初中到大学，一晃儿，居然就认识了这么多年。

但是“矿泉水”这人不安分，不知道暑假是去哪儿玩了，临开学时长了一身水痘，学校怕她会传染给其他人，让她彻底康复了再来上课。她妈妈气得不行，没收了她的手机，天天逼她上网课，生怕她耽误学习。

或许是苍天开眼，上午刚聊过尹冰露，中午吃饭的时候，宋嘉茉就收到了她的消息。

矿泉水：“我拿到手机了，兄弟们！感动 @@！”

宋嘉茉刚点完餐，低头敲字。

不加冰：“你妈让你用手机了？”

矿泉水：“没，用的我姥的老年机。这 @@ 手机咋 @@ 用啊，这破 @@ 键盘 @ 我老按错！”

宋嘉茉想了想：“你好像中毒了。”

矿泉水：“手机吗？”

不加冰：“不是，脑子。”

对方发来一个大哭的表情。

门口，陈赐刚走进餐厅，就发现了熟悉的身影。小姑娘倚在柜台旁等餐，笑眯眯地盯着手机，不知道是在跟谁聊天。

很快，宋嘉茉的餐好了，她端着托盘，找了个位置坐下。

刚吃几口，弹窗又滑下来新提示。

陈赐：“一个人？”

宋嘉茉有些奇怪，抬头四下寻觅，找到她哥的同时，又收到一条消息。

陈赐：“过来。”

她撇了撇嘴，端起餐盘走了过去。她点的是小碗菜，结果盘子刚放下，陈赐就长臂一展，把她带辣椒的宫保鸡丁给拿走了。

宋嘉茉不情不愿的：“就知道你喊我没好事。”

陈赐也懒得多说，又给她点了份乌鸡汤，这才继续吃。

他吃饭的时候很安静，宋嘉茉则不然。因为太久没和朋友聊天，她有点刹不住车，边吃还在边打字，偶尔还会发出一些迷之笑声。陈赐都快吃完了，她才吃到一半。

陈赐闲闲地靠在椅背上，瞥了她一眼：“在跟谁聊？”

宋嘉茉想也没想：“暧昧对象。”

看她这个状态，是暧昧对象就奇了怪了。陈赐漫不经心地溢出道气音，没说话。

宋嘉茉很警觉：“你这什么意思？你嘲笑我？”

“哪敢？”陈赐的语气依旧懒散，“公主多受欢迎啊。”

她确定了，他不是嘲讽，他是蔑视。

宋嘉茉不和陈赐计较，主要是吵不赢。吵不赢陈赐，她只能转向尹冰露抒发感慨。

不加冰：“我看起来像不配谈恋爱的样子吗？”

矿泉水：“哪里像啊，谁说你了？@放心，等我回学校，马上给你安排个对象，看谁还敢瞧不起你！”

不加冰：“你还是先把键盘换了吧。”

对方发来一串省略号。

吃完午餐后，宋嘉茉回到班上，关掉手机，专心复习。

下午考的依然是专业课，考试前她睡了十分钟，进考场的时候还有点儿没清醒，迷迷糊糊的。好在学校的预备铃足够刺耳，她被闹得清醒了很多，按着太阳穴提神。

监考老师是个生面孔，在讲台上转着圈：“最后一场考试了，都别想着作弊，我上午就抓到两个，不想被通报批评就老实点儿。”

又是老生常谈的东西，她禁不住又有些犯困，幸好卷子发下来了，现在不能答题，她拿出铅笔标记听力。

这次的卷子不算太难，但是文章很长，时间就变得有些紧张。

正当宋嘉茉翻看第二篇阅读理解的时候，突然有个东西从天而降，砸到了她的桌上，还弹了两下。声音不大，但也算清晰，宋嘉茉自己都被吓了一跳。看模样是个橡皮，她还以为是讲台上的老师掉的，下意识伸手去捡，想把它还回去。

可拿到手的瞬间才发现，上面还标了不少字母：ADCBB，DDCAC，AAAAB。

宋嘉茉的动作在这一刻戛然而止。

与此同时，课桌上的橡皮也被人拾起来。头顶传来一个严厉的声音：“还在传答案？卷子先别写了，你叫什么名字？”

这块橡皮从天而降，宋嘉茉敢肯定和她并没有任何关系，有了这份底气，她很快调整好状态。

她斩钉截铁地说："老师，我没作弊，这块橡皮也不是我的。"

小姑娘的目光坚定，不见丝毫慌张，眼神也格外坦荡。

讲台上的杜丽道："什么意思？"

"我也不知道为什么会在我这里，可以考完试再调查。"宋嘉茉看了一眼时间，"题目太多，我现在得先做题了。"想了想，她说，"假如橡皮真是我的，到时候取消成绩也来得及。"

杜丽见宋嘉茉长相讨喜，也不像是会说谎的模样，几秒后"嗯"了一声，重新坐回讲台上："你先做题，考完再说。"

宋嘉茉松了一口气，双手轻轻摩擦了一下，这才努力平复呼吸，继续投入做题。

两小时后，考试结束。

杜丽收完卷子，没按既定流程放学。她打算好好处理这件事："先别急着走，这块橡皮是谁的？"

班上一片安静。有人低头不语，有人烦躁，更多的人则是四下环顾，好奇不已。

"没人说是吧？现在主动出来认错，我就只取消这一门的成绩，如果被我查出来，全部成绩作废。"底下传来窃窃私语声，但还是没人应答。

宋嘉茉低头思考着，听见杜丽问她："你有没有看见是谁丢的？"

宋嘉茉转头："好像是从……"

杜丽："没事，你上来看。"

站上讲台，所有人的表情尽收眼底。如果她没记错，橡皮是从身体左侧飞过来的，可现在这个情况，一个个去问也很难找到人。她打算换个方法："应该是从右侧扔来的。"

杜丽两手撑着讲台，示意她继续说。

宋嘉茉："那……除了第一组，所有人可以放学了。"虽然嘴里这么说着，她的视线却仍落在左侧。

紧接着，她的话音刚落，只见有人长长地舒了口气，嘴角也挑了一下。那是个寸头男生，穿着一件白色短袖。

趁大家放松警惕，宋嘉茉突然开口："第四组，白色短袖——"

寸头男生的呼吸一停。

宋嘉茉："……后面的那个男生，橡皮是你丢的吗？"

"啊？"寸头男生后座的那个男生震惊极了，"我？"

人在被殃及的时候总是容易说真话，他想也没想就指着前面的人，脱口而出道："不是我啊，是他丢的，我都看到了！"

旁边也有人坐不住了，小声点头道："确实是他。"

这下情况就清楚多了。杜丽走下讲台，看了眼一他的名字："吴满？你丢东西干什么？"

"我就是……"吴满摸了一把寸头，笑嘻嘻地说，"老师，我就是想问下我们班同学答案，谁知道丢错人了。"

杜丽一看寸头男生这副无所谓的样子就恼火："作弊你还这么理直气壮？"

"对不起老师，我知道错了。"

"你该道歉的是我吗？"

"啊，还有宋嘉茉同学，真是不好意思啊。"道歉倒是挺快，但是看不出有丝毫愧疚。

宋嘉茉抿了抿嘴唇，总觉得有哪里不对。

杜丽问他："你是新闻系几班的？"

吴满磨蹭了一会儿："五班。"

杜丽越发生气："不仅作弊还影响别的同学考试？没得商量，六门考试成绩全部取消，再给我写一千字检讨。"

“好的。”

杜丽看吴满还是那副浑不懔的样子，实在不想就这么放过他，对付这种人，她早已有一套自己的解决办法：“这个小姑娘是新闻系一班的，这个月新闻系一班负责院里的义务劳动，现在全部交给你来做。每天早、中、晚三次，少一次我就报给你们院长记过。”

果不其然，这话一说出来，吴满的表情都变了：“别啊老师！”

早起，义务劳动，不能旷课，是他们最讨厌的三件事。这倒好，三个赶一起了，一天还要做三遍，还得做将近一个月！

老师处理完这件事离开教室之后，吴满跟霜打的茄子一样，蔫儿得不行，早已不复方才的张狂。

这件事处理了许久，考场的学生几乎快走光了，宋嘉茉站在原地待了一会儿，终于有了头绪。

怪不得会觉得奇怪，她和吴满并不认识，吴满怎么能准确地知道她叫什么？

教室门口贴着考场分布表，她走近看了一眼，这才发现五班只有两个学生在这个考场考试。一个是吴满，另一个看名字也是男生，就坐在吴满的左手边，而她不仅坐在吴满的右前方，还和他隔着十万八千里。

这得是怎样的“不小心”，才能让吴满把橡皮扔到她的桌上？

走出校门的时候宋嘉茉还在思考。等放假回来，一定要把这事弄清楚。

周五结束，又是一个大好的周末。托了期中考试的福，周六没有活动需参加了，周末的作业也不多。阿姨这个周末又有事不在家，立刻感觉自由多了。

宋嘉茉从起床就开始计划，十点多的时候，凑到陈赐旁边。陈赐正在看书，察觉到她的视线，动作停顿了一下。

宋嘉茉顺势开口：“哥，你看，我好不容易，费尽千辛万苦考完了试，在这个普天同庆的日子里，你难道不觉得应该做点什么吗？”

陈赐："说人话。"

"今天中午下馆子吧？"宋嘉茉的眼睛亮了亮，"泰国菜？"

……

想到泰国菜不怎么辣，陈赐颔首："可以。"又看了一眼时间，"不是才十点？"

"我得准备一下嘛，那我先去换个衣服，等会儿我们就出发！"她之前买了条新裙子迟迟没穿，今天正好借机会试试看。女生一打扮起来就是两个小时，虽然她感觉自己什么都没干，只是修了个眉，编了个头发，但是再抬眼，就已经快十二点了。

宋嘉茉随意抓起桌上的小包，拽着陈赐出门。

今天的天气好，很适合吃个冰激凌。宋嘉茉去甜品站买了个麦旋风，一路都在慢悠悠地吃着，反正和陈赐一起出门，她什么都不用管，只用跟着他就好。路线是陈赐计划的，意外地合理，刚下公交，她手里的东西也吃完了。

宋嘉茉一抬头就看到熟悉的招牌："哎，那边！"她下意识地加快脚步，可人潮拥挤，等她再转头的时候，陈赐已经不在她的身边了。

陈赐被一通电话耽搁住了脚步，此时正站路边，听筒贴在耳边，略显不耐烦地皱了眉头。

李威："还是邓高明那个事，之前他要咱妹妹的微信号，我不是都回绝了嘛，结果他前几天考试又看到我们小茉莉了，俗话说得好，心动的人怎么可能只心动一次呢？是吧？所以他想拜托我问问你，那个……"

陈赐无语地问道："你有完没完？"

"要不是他答应包我一个月的午饭，我才不说这个媒呢，老被你骂，"李威故作可怜状，"你就这么排斥他啊？"

陈赐："他的条件够不上。"

"你这么一说，姓邓的好像是有点配不上我们小茉莉。"李威若有所思地说，“那你觉得什么样的可以？苏岸那种行吗？”

“谁？”

“最近那部热播剧你没看啊？我女朋友天天在我耳边念叨，就是《樱桃沙冰》里面的男主角，叶什么演的……校霸，非常帅，整天就骑个摩托车到处跑，很撩人。”

“这种不行。”陈赐想也没想，“不靠谱。”

李威乐不可支，看热闹似的：“万一你妹夫就这样呢？这么说来，你好像还没跟你妹的追求者见过面吧？大部分都是在萌芽阶段，就被你扼杀了。”李威越想越期待，“那我就很好奇，万一到时候真有一个这种校霸……想撩我们小茉莉，你会怎么样啊？她要是恋爱了，你俩怎么相处？”

陈赐：“死之前会看到的。”

李威停顿几秒：“你这人真会说话。”

宋嘉茉浑然不知陈赐电话里说的事儿，只是千辛万苦地从人群中突围，终于找到了那个熟悉的身影。她抬头喊他：“陈赐——”

斑驳光影中，挂断电话的少年抬头。看见宋嘉茉穿着身浅蓝色的连衣裙，及肩的长发被风吹起，笑着朝他招招手，日光下的皮肤显得更加白皙，身形舒展，亭亭而立。像是湛蓝色的海底，治愈而干净，是独属于十八岁少女的生机。

沿途有男生成群结队地经过，忍不住频频朝她看去。

陈赐忽然发觉，这还是他第一次看到这样的宋嘉茉。原来那个一度只会跟在他身后的小屁孩，他眼里永远长不大的妹妹，就在不知不觉中……悄悄长大了，拥有了奇妙的吸引力，变成了走在人群中，也有人会想要多看两眼的存在。

陈赐收起手机，笑了下：“来了。”

第四章

情书或笨蛋

CHAPTER 4 >>> 等烟火满怀

还不知道自己恋爱是什么样子的，也没有喜欢过别人，这在青春期里算个遗憾吧？

度过了愉快的周末，周一，宋嘉茉刚到班上没多久，就有人围了过来。

“哎，宋嘉茉，听说你上周考试贼厉害，差点被诬陷作弊，结果自己把凶手找到了？哈哈哈！还是你行！”

宋嘉茉想到些什么，侧头问：“你知道吴满吗？”

“知道啊，就是个小混混，上周好像犯了什么事儿，说要记过呢。”那个同学问，“是他吗？”

“嗯。”

“那就奇怪了，你俩无冤无仇的，他搞你干吗？”

“说是误伤。”

“误伤？他——”可惜，聊天到这儿戛然而止，早读的铃声打响，班长喊了两声，说今早听写。

宋嘉茉也收回视线，拿出纸笔准备着。

听写结束之后，距离上课还有几分钟，宋嘉茉撑着脑袋翻书，赵悦靠近，用手肘推了她一下：“你国庆节有空吗？”

“怎么了？”

“马上要放国庆节的假了……我这边有几张门票，到时候要不要出去玩啊？”

宋嘉茉眨眨眼睛：“去哪儿？”

“恐怖主题的密室逃脱，挺好玩的。”

宋嘉茉差点把英语书吓掉，连连摇头："不要，你想让我死吧？我最害怕这些了，上次看恐怖片害得陈赐陪我熬了两个通宵才敢睡觉。"

"后来怎么好的？"

"他搬了个折叠床睡我外面。"

"不吓人的，我舅舅开的店，我让他给我们安排最低的难度，实在不行你就喊停。而且肯定要把你哥叫上啊，这种游戏最容易培养感情了。哎哟，行不行，你就当去帮我助攻了，没有你我怎么办啊！"

宋嘉茉一声拒绝哽在喉咙里，半晌后，为了朋友的幸福，终于还是点了头："行吧。"

赵悦亲昵地蹭了蹭宋嘉茉："我们可以玩那种带点情感的剧本，有帅哥'鬼'，只是化点小伤口，整体还是赏心悦目的。"

这个宋嘉茉好像知道，她在热搜上看到过。

"我到时候找个帅哥'鬼'全程陪你，给你壮壮胆，情感本你俩还能配对，一起演。"赵悦八卦地凑近，"你喜欢什么类型的啊？"

这话问得突然，宋嘉茉反应了一下："什么？"

"就是男生——你喜欢什么类型的男生？"

赵悦突然发问，她一时不知道怎么回答，脑子里只陆续闪过几个画面，是之前刷微博的时候看到的："苏岸那种吧，又痞又帅，跟他谈恋爱肯定很带感。"

哪个青春期少女能抗拒校霸呢？

"就叶凛演的那个？我也觉得帅，当然，主要还是我家凛凛长得好演技又好，有几场戏演得非常好！"说完，赵悦就开始对着手机敲字，宋嘉茉还以为她是刷剧去了，也没在意。

而宋嘉茉不知道的是，赵悦打开微信，点进了某个动漫男头像的对话框："我同桌就喜欢那种不良少年，痞坏一点。兄弟，你稳了。周三我带你一起，她哥也在，你可得给我好好追了，留个好印象，争取一次拿下！"

直到吃完午饭，赵悦还在忙活出去玩的事。宋嘉茉看她手机不离手，正要说什么，又被她拉了出去："走，问问你哥去。"

结果刚下楼梯，就看到大家围在公告栏的地方，正在讨论着什么。

有人朝朋友大喊："赶紧过来，出成绩了！"

出成绩了？宋嘉茉一路小跑过去，还没来得及分开人群，只见最前排，一张熟悉的脸转了过来。

黄向珊面带得意之色："我正要去找你呢，宋嘉茉，你不是挺牛的吗？还要考专业前十？怎么这次就考了第十二名啊？"黄向珊故意抬高音调，像是想让所有人都听到，"你考个第十一名都好说点，还能安慰自己只差几分，这下……差得有点多吧？"

人群也渐渐安静下来，大家的目光落向这边。有人让开位置，宋嘉茉走到公告栏前，抬眼去看。

一般来说，考试成绩出来之后，全校的前两百名会粘贴在这里。数字 12 的那一排，确实清楚地写着她的名字和分数。

宋嘉茉对照着，一门门仔细看。

黄向珊轻蔑地道："怎么不说话？哑巴了？说出来我都替你觉得丢人，大张旗鼓地折腾了那么久，到头来就考个这？连十一名都没考到，太好笑了。"

"我看你的话这么多，难道是全校第一？"赵悦好奇地看了一遍名单，"哦，原来前两百名连你的名字都没有啊，那没事了。"

人群里传来几声轻笑。

黄向珊连忙反驳："我批评冰箱难道还要会制冷？"由于说得太急，嘴皮子有点打架，磕巴了好几次才把这句话说完。

宋嘉茉记完成绩，这才收回目光，扫了黄向珊一眼："随你评价啊，反正我又不会听。废话而已。"说完之后，宋嘉茉又挪到另一张纸前，查看自己每一科的具体排名。

仿佛真的一点儿都不在意黄向珊刚刚说过什么。

越被无视，黄向珊就越来气：“你拽什么拽啊？我真搞不懂你到底为什么这么有底气啊？自己考不过就考不过呗，老实认输，承认自己就是不如别人很难吗？”黄向珊又转向一边，敲了敲玻璃，“看到没？明明白白的十二名—你就是把单科排名看烂了你也是第十二名，英语第一又怎么样？十二名就是无人在意，无人在意就是丢人啊，我要是你只会觉得脸疼，哪有脸说话啊—”说到这里，黄向珊转头看宋嘉茉，结果视线一晃，捉了个空。

顺着人群的缝隙看过去，宋嘉茉早不知道什么时候走了，此时身影已经模糊成一个小点，一句话都没多听。

黄向珊整个人尴尬地待在原地。这是比以往更加难堪的场景，之前宋嘉茉至少还会分她点儿眼神，这次倒好，说了一大堆，人家只当她是空气。无人在意的那个，竟然是她自己。方才说过的那些话，好像被逆着风一抽，全拍到了自己的脸上，刮得她的脸颊火辣生疼。

旁边的人又继续围了过来，边看边聊天：“我觉得也没什么丢人的，第十二名的成绩很好了，目标而已嘛，这已经差不多算达到了。”

“她是前面这么多人里，进步最大的……”

“目标只是激励前进的，又不是完不成就要去死的，有的人太夸张了吧？”

黄向珊又气又恼，半晌后气急败坏，用力飙出句脏话。

这边，宋嘉茉进了教学楼，赵悦还在回味：“她太好笑了。咱们都走了，她还在嘚啵嘚啵呢，但凡出门带个脑子也不至于这样。还有她那个弱智的空调制冷论，一看就是之前没争赢过，然后每天都在脑子里排练—再遇到这个话题，该怎么还击呢？好不容易想到个烂大街的梗，这回总算给用上了，激动得第一遍都没讲明白。”

宋嘉茉："别这么说，她也有她的优点。"

赵悦："比如？"

宋嘉茉想起她刚刚跨越操场的怒吼，偏头道："嗓门大？"

"哈哈哈——"赵悦笑到一半，想起她们是在老师办公室，连忙捂住了嘴巴。

她们本来是出来找陈赐的，但被这么一闹，也没了兴致。

宋嘉茉去了"老干妈"的办公室，申请道："老师，我想要一下我这次期中考试的答题卡，可以吗？"她想看看主要在哪儿丢分了。

"老干妈"看了宋嘉茉一会儿，也没多问，面无表情地道："你下午来拿。"

赵悦胃炎痊愈，陶碧又变成了那个不近人情的女魔头。

下午，宋嘉茉又去了趟办公室。但陶碧似乎有事在忙，让她在外面等几分钟。

旁边就是医学系的教学楼，宋嘉茉靠在自动贩卖机旁边，低下头。

傍晚的光线低垂，难过的情绪在此刻慢慢发酵上来。成绩没考到预期，说开心是不可能的。心里像被塞了团棉花，哽在喉咙口，人也提不起什么精神。

不期然，面前出现一双白色球鞋。

陈赐："在这干什么？"

阳光刺眼，她抬头看了一眼，又低下头，有气无力地道："等着去老师办公室拿东西。"

陈赐沉默片刻，宋嘉茉看不到他的表情，也不知道他是不是有话想说，总之片刻过后，陈赐轻声说："那我上楼了。"

听到这句话，她先是松了口气，可莫名地，又觉得某处堵了一下。大概是想被人发现自己的脆弱，又觉得这脆弱并不光鲜，他看不出来，也是好的。

"好，"宋嘉茉抬头笑了下，"拜拜，哥。"

陈赐走后，办公室里隐约传来的交谈声还没停止，她猜，大概还要再等十多分钟了。这会儿突然被晒得渴，她转头想买瓶饮料，却发现自己忘了带钱包。她尝试着点了下，看有没有别的支付方式，果然跳出一个手机支付，还说可以关注公众号，远程点单。但那又有什么用呢？她也没带手机。

正当她对着机器发呆时，面前的贩卖机突然响了两下，紧接着，掉下来一瓶橙汁。她很有礼貌地没有取，四下看了看，却没有人过来。三楼窗口突然有熟悉身影一闪而过。

是陈赐，他低着头，像是刚做完什么，正在收手机。

宋嘉茉福至心灵，侧头去看，显示屏左上角出现了支付 ID，是他的微信名。

耍酷呢？虽然在心里这么吐槽，但她还是忍不住扬了下唇角，将那瓶橙汁抽出来。

原来他看出来了。

她眨了眨眼睛，拧开，盖子背面是个笑脸。

心情总算好了一些，喝完半瓶橙汁，宋嘉茉也拿到了自己的答题卡。

这次是网上阅卷，所以相对地，她还拿到了一张得分明细，上面清楚地记录着她每道题的对错，应该是陶碧特意帮她打的。女魔头的温柔啊，还怪让人心软的。她一天都在记挂这件事，拿到手就忍不住看了起来。

结果不小心走错路，正准备折返时，突然听到了对话声。隔着树枝，宋嘉茉隐约看到一张熟悉的面孔，是吴满，往她桌上扔橡皮的那个。宋嘉茉停下脚步。

吴满对面站的是黄向珊，看样子是刚上完洗手间，被堵在洗手的地方。

黄向珊："你没病吧？跑这儿来堵我？"

吴满："还不是你不回消息，不然我至于吗？"

“你发的那玩意有什么可回的啊，既然我都答应了，就肯定会帮你弄的啊。”

“那怎么到现在一点进展都没有？”

“拜托，这才过去多久啊，你能不能别这么着急？你自己的情况你又不是不了解，催什么呢，你以为很简单啊？又不是开火做饭，你那个很复杂的。”

吴满的语气有些不爽：“你还怪起我来了？当时不是说好了吗，我这边任务一完成，你就马上去帮我搞，现在怎么还带反悔的？”

“我什么时候反悔了啊，你说话能别这么难听吗？又不是不帮你了！再说了，你自己看看你做的什么事啊！”

……

最终，黄向珊不耐地挥挥手，说：“知道了，我会尽快帮你弄好的，别来烦我了！”

最后一节课是英语。毕竟是女神的课，大家听得都很认真。

下课后，段莹朝宋嘉茉露出一个微笑：“小嘉茉，课代表抱作业去了，你能帮我把书送回办公室吗？”

“可以的，老师，还是杯子放桌上，书放抽屉里吗？”

“没错，”段莹打趣道，“你记性蛮好咧。”

能帮老师送教案是部分宠儿才有的待遇。

宋嘉茉抱着三本书去段莹的办公室。拉抽屉时不小心掉了支笔在地上，她俯身去捡。这笔太不听话，她轻轻一碰，又滚得更远。宋嘉茉就在桌子底下，跟它斗争了好一会儿，再抬头时，不远处出现了一个影子。是黄向珊。

宋嘉茉抿抿嘴唇。黄向珊放了个什么东西在桌子上，又翻找了一会儿，抽出一张纸来。

这时，外面传来脚步声，黄向珊的脸色一变，动作有些犹豫，拿拿放放，最终才不甘心地把那张纸叠起来，压在门口的花盆下。这才匆匆离开。

脚步声并没在此处停留，拐了个弯儿，进入办公室。

宋嘉茉起身，揉了揉蹲麻的腿。她走到窗台旁，轻轻抬起花盆。纸被折叠两次，很小的一块，展开，最上方赫然七个字——处分撤销登记表。

晚上回家之后，宋嘉茉打开书包，拿出答题卡。她对着答案重新批改了一次，想更直观地看看错题。

陈赐晚上到家时，她仍在奋笔疾书。他也没打扰她，等她停笔时，才将手里的布丁递了过去。

宋嘉茉目露惊诧之色："晚上十点多吃布丁，你想我胖死吗？"话虽然这么说，但她还是拆开了塑封，愉快地吃了两口。

陈赐就坐在自己的位置上看她。书房很宽敞，他们俩的桌子本来分在两个窗口。但不记得她是怎么强行拼在一起的了，总之后面就一直这么坐着，空着的地方拿来放沙发。

陈赐："心情好点儿了？"

"我没——"下意识否认到一半，又打住，她咬住勺子，"你怎么知道我心情不好？"

陈赐漫不经意地哼笑："我闭着眼都能看出来。"

她撇了撇嘴，心说那您还挺牛。

"对了哥，"宋嘉茉想起什么，回到正题，"这道题我怎么看都跟正确答案不一样，你帮我看看？之前你好像让我做过类似的吧，时态没错啊。"

"你做这个干什么？"

"学校还没开始讲题，我这次考得……没到预期，我不服，想看看错了的题是不是真的理解有问题，还是粗心或者怎么样。"

"给我。"

“你好霸道哦。”

……

这道题确实难，宋嘉茉枕着手臂看陈赐做题，看着看着就偏头睡了过去。她从回家就做题做到现在，大概实在是累，这一觉睡了三个多小时，还是手臂酸了才醒的。宋嘉茉揉了揉眼睛，看向时钟，一时感到有些恍惚。凌晨一点了？

她走出房间，客厅还亮着灯，陈赐坐在另一边的沙发上，正对着电脑敲东西。

“你还没睡呢？”宋嘉茉走过去，“在打游戏吗？”她凑过去看，电脑上是个 Excel 表格，密密麻麻的。

陈赐：“那题，你做的是对的。”

“啊？哦……那就好。”宋嘉茉反应了一会儿，又指着屏幕问，“这个是什么？”

“新闻系期中考试成绩表。”

“在学校的官网下载的吗？”

“嗯。”

现在学校的管理越发数据化，也为了更直观地分析成绩，所以每次网络算完成绩，都会自动生成表格，放到“资料下载”那一栏。如果有学生想提前看成绩，就可以先行下载，不想看的，可以去学校再看成绩表。

陈赐的鼠标动了两下，又点进某个展开项，页面变得更加密密麻麻的。

宋嘉茉仔细看了一会儿：“里面居然还有小题得分的明细啊？我都不知道。”

陈赐又改了几个东西，表格开始重新清算。

宋嘉茉打了个呵欠，刚睡醒，还有点在神游状态：“你看这个干什么？”

陈赐：“看看你们专业前十这题的正确率，重新改。”

宋嘉茉揣着手笑，仍然没反应过来：“你什么时候当这种大善人了？

大半夜不睡觉，在这开着电脑帮学校算分？真是感动中国。”

陈赐："有四个人是错的。"

宋嘉茉："他们选的是什么啊？"

陈赐："……你以后考试前不要睡觉了。"

“你什么意思？”当事人情绪激动，为自己正名，“刚睡醒这样是正常的！你让我反应一会儿我就能——”

陈赐敲了敲她的脑袋："你专业第八，笨蛋。"

最后，面对这个结果，宋嘉茉忘记自己是怎么回答的了，也忘记是怎么被陈赐赶回去睡觉的了，只记得那晚上没有做梦，她一觉睡到了白天。

醒来，又是一个艳阳天。

北城很大，尽管住在商圈附近，但到学校还是需要坐二十分钟的公交。今早的公交很空，宋嘉茉挑了个靠窗的位置坐下，手中酸奶一滑，突然捂住嘴巴："我专业第八？"

陈赐："……你反射弧能再长点儿吗？"

事件的信息量太大，她到现在才完全消化。

“我好牛，我太牛了。”宋嘉茉有些难以置信道，“仅仅一个月，完成了前进二十七名的蜕变，这是什么？破茧成蝶，天赋异禀也不过如此吧？”她看向陈赐，“世界上根本没有奥特曼，我就是奇迹再现。”

陈赐懒得理她，仰头喝水。

听到他们的对话，前座的一个奶奶不由得转过头来："小姑娘，你是哪个学校的啊？"

“肃大的。”

“肃江大学？那是好学校，专业第八是这个。”奶奶竖了个大拇指。

宋嘉茉觉得这个奶奶好可爱，点点头，附和道："就是，我每天勤学苦练的。"她努努嘴，拉踩一边听歌的陈赐，“不像他，不学无术。”

“男孩子的学习是要差些，”奶奶说，“他的成绩肯定赶不上你吧？”

宋嘉茉想了一会儿，很真诚地说：“嗯，他专业第一。”

奶奶愣了下，旋即爆发出一阵中气十足的笑声。

到了学校，第一节下课后。

宋嘉茉帮班长一起去抱卷子，路过英语老师办公室时，听到黄向珊的声音：“老师，这是我们之前做卫生的时候，放在这里的花盆。我先搬回去了。”

英语老师闻言也没抬头，继续写着教案：“好。”

黄向珊的动作很小心，手掌移到花盆下方，把整个花盆给托了起来。确认过什么之后，她不由得扬起嘴角，加快脚步走出办公室。

……

宋嘉茉和班长穿过走廊，准备回班里。班长却突然被新闻系五班的一个人喊住：“罗婷，几个班一起定的参考资料，你还没签字呢。”那人递出个本子。

“哦哦，”班长恍然大悟，将抱的东西放在窗台上，伸出手，“给我支笔呗？”

他们沟通的地点就在窗台边，因此新闻系五班的那个人也没回位置上，直接从手边拿起一个黄色的笔袋，扔了过来。

班长拉开笔袋，在里面翻找了一会儿，这才挑出一支黑笔。

“绝了，满满一笔袋，拿了五个都是口红。”

那人笑得不行：“严谨点，是细管唇釉。”

签完名，班长伸出手指，在宋嘉茉的面前晃了晃：“看什么呢？走啦。”

两个人离开后过了几分钟，黄向珊才回到座位上。她急忙展开那张表，并没注意到有什么不对。

中午，宋嘉茉想吃辛拉面，赵悦便陪她去了较远的那条街。

这是一家韩式料理的小店，但辛拉面可以称得上一绝，吸满汤汁的拉面再配上火腿和芝士，筷子随便翻搅两下，鲜香四溢。赵悦食欲大开，很快先吃完了，在一边玩着手机等她。

宋嘉茉刚夹了一块寿司，就听见赵悦说道："那个是黄向珊吗？她怎么一个人啊？"

这是一条小街，韩式料理的正对面是家复印店，黄向珊刚走进去没几秒钟。

赵悦："学校里面不是有复印店吗，还便宜，她为什么要出来复印？"

宋嘉茉："因为害怕。"

赵悦："害怕什么？"

宋嘉茉："怕被发现。"

回学校的时候，正好又撞见黄向珊。操场上，两个人迎面相遇。

黄向珊手里抱着厚厚一摞书本，不知道是刚从哪儿出来，方向和回班完全相反。但她的脸上挂着异常灿烂的笑容，十分得意，如同刚做完一件高难度的大事。

看见宋嘉茉，她也不怵，反而更加得意："怎么现在才回来？反思好了吗，专业第十二？"

但还没等到宋嘉茉开口，她太过兴奋，微微偏了偏身子，就被人猛地撞了一下手臂！瞬间，抱着的东西散了一地。

黄向珊的笑僵在嘴角："你有——"但只骂出两个字，她立刻意识到什么，连忙俯身去捡。

"不好意思啊！"撞她的男生连忙道，"我帮你捡吧。"

"不用！你离我远点！"她一边找一边看，如同担忧什么东西被人发现。

那个男生看了一眼书的封皮，这才抬起头确认道："黄向珊？我就说声音好熟悉，你怎么还是跟之前一样暴躁？”

黄向珊烦得要死，方才的愉快消散无踪：“少惹我，赶紧走。”

“你这什么语气啊，我又不是故意的。”那个男生随意捡起一张纸，不由得看了一眼，“这什么东西啊？处分撤销表？”

只这一句，黄向珊的动作立刻僵住。全世界仿佛都静止了几秒。黄向珊一把夺过去，看都没看：“我哪知道，谁塞我这里的吧，我拿这个干什么，我又没有处分，你问这么多，关你的事吗？”

“你怎么跟个枪炮一样啊，我就问问也不行？你既然不知道，为什么都不确认一下？这就是你的吧，你记过了？”男生的嗓门大，说话声又很清晰，惹得不少人看了过来。

黄向珊：“关你屁事，你家住黄河，管这么宽？”

说完她转身要走，连地上剩下的那些东西也顾不得了，但转身一看，宋嘉茉仍然站在原地，冷汗瞬间冒了出来，爬满黄向珊的脊背。

宋嘉茉看向黄向珊手里的那摞东西，声音清晰：“我看到了。”

理智告诉黄向珊赶紧走，但因为心虚，她不得不停下脚步。她的声音略微发颤：“……看到什么了？”

“你和他见过面，”停顿了一下，宋嘉茉说，“昨天下午，还有今天早上。”

黄向珊像是听到了什么笑话，呵了一声，极有底气地反驳道：“我今早没见吴满好吗？”

宋嘉茉：“我有说他是吴满吗？”

黄向珊的心猛地往下一沉。

宋嘉茉偏头：“你把橡皮给吴满，好处是什么？可以先自己说。”

黄向珊：“你在说什么啊？橡皮关我什么事，我都不在考场好吗？”

宋嘉茉：“看来你也知道橡皮的事。”

黄向珊哽了一下，但很快，她有理有据地反驳：“我知道不是很正常吗？你在我们班考试啊，发生了什么自然有人告诉我，这不奇怪吧？”她越说，越觉得自己有道理，气势上又多了两分，更加咄咄逼人："你这是污蔑吧？你知道污蔑同学是什么下场吗？我——"

宋嘉茉："你的笔袋里还有橡皮的包装壳。"

就这一句话，黄向珊的所有长篇大论卡在喉咙里，再发不出一个声音。她周身的气势开始消退，似乎想到了什么，她的脸开始慢慢变色。围观的人越来越多，不知道是谁拿到了她的笔袋，从楼上扔了下来。

有人拉开看："我的天，真的有！"

黄向珊："橡皮一样的人很多吧？一个壳而已，这就证明是你桌上的那个了？"

宋嘉茉摊开掌心，那天的橡皮还被她完好地保存在口袋里。她说："橡皮被你切过，如果你实在委屈，可以拼一下。"

有八卦的男生凑上来，拿走她手心的橡皮，又翻了半天，在黄向珊的笔袋里发现另一部分。微微一转，两个橡皮在细节处，严丝合缝地对了上去。

"对上了！对上了！"

"好刺激！兄弟们——这就是福尔摩斯探案现场吗？"

"哈哈哈！为什么剩下的不扔掉啊？"

宋嘉茉猜是因为心虚。因为心虚，不敢扔进垃圾桶，后来又因为笔袋里都是口红、化妆品，忘记了这件事。

黄向珊没想到宋嘉茉会留着橡皮，在两块橡皮完全合上的那一刻，脸上的颜色也褪了个干净。方才明明还伶牙俐齿，现在却偃旗息鼓，如同瘪掉的气球。

宋嘉茉："你买了橡皮，写好内容给吴满，他负责扔在我的桌上，扰乱我考试。事成之后，你帮他撤销处分，这就是你们的交换内容。"

操场上又短暂地安静下来，围观的人越来越多。

黄向珊的脖子一梗，死不认账："你瞎说什么啊，有证据吗？你没证据这些就都是猜测！”

宋嘉茉深吸一口气，刚抬头，就看见某处有人走了出来。

她走到吴满的面前，好整以暇地伸出手。

吴满被打了个措手不及，看她的动作如此自然，便将手中的东西递了出去——伸出手才意识到不对：“等一下！”

但是，已经迟了。宋嘉茉拿着那张填好的处分撤销表，放在黄向珊的面前。

“表是你从导员那里偷的，中午去了校外的复印社，一份给吴满，一份放回办公室，以为这样就能神不知鬼不觉。但你知不知道，外面打印的纸不一样？”

这一刻，黄向珊才后知后觉地想起来学校的表是米黄色的，而复印纸……是白色的。

围观人群因此而惊叹起来：“好蠢啊。”

“我本来还以为很聪明，没想到是又蠢又坏，失策了。”

“对面这个小姐姐才是真聪明！思维清晰，有理有据，爱了呀！兄弟们。”

大家又喧哗了一阵，但很快一起闭上嘴。

李天王脸色铁青，从最外围走了进来，不知道听见了多少。他问道：“吴满，你说怎么回事？”

——看来差不多都听到了。

吴满低着头，不作声。

李天王：“不说话是吧？那你的小过，就给我改成记大过。”

听到这里，吴满终于抬起了头：“就是……是黄向珊—”他叹了一口气，“宋嘉茉说得对，黄向珊不想让她好好考试，所以让我影响她，谁知道那门专业课，她最后还是考了满分。黄向珊说我没用，我催她快点帮我，然后昨天她就去拿了撤销表，今天中午给我，说让我尽快填完，她帮我塞到院长办公室，到时候蒙混过关。”

没等吴满完全说完，李天王重重地呵斥一声：“胡闹！偷表这种事你们也做得出来？”

“她一开始没跟我说是这样的，她说肯定不会被发现，而且考场作弊那种事，情况不严重不会被记过，我被她一劝，就……”

李天王的表情异常凝重，宋嘉茉从未见他发这么大的火：“就怎么样？就能联手陷害同学了？这是道德品质问题！你们的家长到底是怎么教你们的，怎么这种事都能做得出来？”他转向黄向珊，“原来你说中午要来我办公室，就是为了这个？”

黄向珊的眼眶一红，眼泪立刻一串串往下掉。她惊慌极了，没了方才嚣张的气焰，嘴里只剩下道歉：“对不起！老师，我……”

李天王闭上眼睛：“你让我很失望！这已经不是之前小打小闹的事件了，你知道这种事的性质吗？不仅自己的心思不在学习上，还诬陷别人——你才多大的年纪？怎么会有这么龌龊的心思？”

黄向珊越哭越厉害，她咬住嘴唇，身体颤抖着，说不出一句话，只能惊慌失措地摇着头。

“你到底知不知道这是在学校？你是来上学的！不是来传递歪风邪气的，人家宋嘉茉怎么你了？你要这样弄她，你自己不觉得可耻吗？”

黄向珊觉得丢人，太丢人了，眼泪也止不住，她伸手捂着脸，慢慢地蹲了下去。

李天王：“我今天非要整治一下，否则我看你们都不知道这是学校！明天你写一份五千字的检讨去升旗台上念，小小年纪态度要端正，不要拿无知当挡箭牌，自己说过的话、做过的事要负责任，这是学校应该教你的。”

黄向珊立刻抓住衣摆，满脸泪痕地抬起头：“老师，我真的知道错了，我，不想去升旗……”

“你不想也没用！”李天王不为所动，“这件事没得商量，写完先给宋嘉茉看，她觉得可以再给我，再不处理一下，我看你们是越来越无法无天了！”

“好了，都给我回去，以后少聚堆！”说完，李天王重重地砸了一下杯子，头也不回地离开了。

操场上的人渐渐散了，黄向珊没有力气，蹲在地上哭得快喘不上气来，最终只能半跪在地上，任由自己抽噎着，等情绪慢慢平复下来。

终于打了两道铃声，感觉操场上再没有人，她才敢睁开眼睛。

万雅正出来抱作业，看到她，递出一包纸巾：“等会儿去厕所洗把脸吧。”

仿佛看到救星，黄向珊扑了过去，但腿软，又跪坐在万雅的脚边。她崩溃地扯着万雅的袖子：“你帮帮我好不好，你帮帮我……”

“我怎么帮你啊？”万雅拉下她的手，过了两秒钟，又改成握住她的手腕，“事情都是你自己做的，而且情况你也看到了，我真的没有办法。”

“可我都是——”黄向珊摇摇头，“可你不是跟——”

万雅擦掉她脸上的泪痕：“你是不是没力气了？等我去给你买瓶水，你先休息一下吧。”

……

万雅留下一瓶水，说作业要得急，最终也走了。

临近一点钟，太阳最晒的时候，学校也安静下来，偌大的操场，只有黄向珊坐在地上，已经没有了力气。

终于，不远处有人出现，学生会的人拉开玻璃挡板，重新粘贴了一张新的东西，很快又离开。积攒了很久的力气，黄向珊费力地站起身，走到公告栏前。这是一张新的成绩表。有改动的地方并不多，但靠前的某处最显眼，是她最熟悉的位置，“宋嘉茉”前面的12，变成了8。

原来自始至终，自食恶果的人都是她自己，没有任何人陪她。

黄向珊靠着玻璃挡板，心里一阵悲凉，好不容易止住的眼泪，又再流了下来。

傍晚放学，宋嘉茉准时收到了黄向珊的检讨。她收起检讨书放到书包里，刚做完这些，一抬头，面前突然出现一瓶水，以及一张有些陌生的面孔。

“那个……之前运动会欠你一瓶水，还给你。还有，谢谢啊。”男生的脸颊泛红，不远处还站着几个同伙，正津津有味地看热闹。

宋嘉茉仔细去看，才发现贴在水瓶旁边的还有一个信封。

她运动会什么时候给人家水了？应该是顺手吧？她那天好像也没帮人搭讪？

宋嘉茉正这么想着，那个男生见她没有动作，直接塞进她的手里，说了句“以后见”就走掉了。

她边走边想，但实在回忆不起来，也就作罢。

到家后，宋嘉茉就忙着写作业去了，直到陈赐上完课回来，她才想起自己还没看黄向珊给她的东西。

宋嘉茉顺口说道：“对了，哥，你顺便帮我检查个—”话说到这里戛然而止。她突然反应过来，以前类似的事情，她从来不会告诉陈赐。从小到大，她一直尽可能地独立，可这几个月一件接一件的事，让她后知后觉地意识到，她对陈赐的依赖正随着这些事情逐步加深。而且她又想起来，书包里还有一封信。

宋嘉茉的动作停顿了一下，接着说道：“没事了，你忙你的吧。”

可惜陈赐已经停下了转笔的动作，目光轻描淡写地落向她的书包。

她不知道他怎么会猜得这么准，因为下一秒，陈赐就从容地开口：“收到情书了？”

她噎了下。

……这么好猜吗？

她觉得这个不准确："怎么会呢？我和男生都保持距离的，你知道的，为了赶上哥哥的脚步，我的心里只有学习，不信你看——"

她的本意是想把黄向珊的检讨抽出来，好分散他的注意力，谁知道又带出来一本习题册，那个信封就从它们中间掉了出来。

啪叽一声，直接落在地面上，还是粉色的。

"这不是情书。"宋嘉茉的反应很快，立刻道，"这只是一位懂得感恩的同学，接受了我的帮助，向我表达纯粹的感激之情，我们不能那么狭隘，看到粉色就觉得它……"

说时迟那时快，陈赐已经捡起纸张，开始朗读。他的声音听上去显得轻描淡写："宋嘉茉同学，我喜欢你很久了。"

"……"

"你的温柔细腻、恬静优雅，像是发光的星星，时刻吸引着我。"

"……"

陈赐的目光落在宋嘉茉微褶的睡衣领口，闲适的坐姿，还有嘴边刚塞进去的半根虾条上。

"温柔细腻？恬静优雅？他该去看个眼科。"

宋嘉茉吃虾条的动作僵在半空，心说这是告白吗？这是处刑吧！

陈赐继续念："还记得那天运动会，你递过来的一瓶冰冻的柠檬水，让我魂牵梦绕了一整个暑假。"

"运动会还送水了？"他面无表情地哼笑半声，"挺牛。"

宋嘉茉："我想起来了！那时候他好像是跑五千米，太阳特别大，我当时买了水，班长又发了饮料，我喝不完，看他像快要中暑了，就顺手递给他了。"

陈赐："编得不错。"

宋嘉茉觉得好委屈，我没有编啊！

陈赐停顿了几秒钟，目光一扫，这才重新叠起了信纸。

宋嘉茉脱口而出："这就写完了吗？"

他抬起眼皮："还要我接着念？"

"没有没有，不用了，"宋嘉茉连忙摆手，狗腿地笑道，"哥哥一定渴了吧，我去给哥哥倒水。"

……

陈赐短促地眯起眼："嫌我话多？"

她的表情又真挚又无辜，用力地点着头："不会的，怎么会呢哥哥。"

气氛又沉默几秒，陈赐从手边抽出一本历史书："大一是打基础的关键时期，不要分心，直接关系着大三——"

"知道了，"宋嘉茉的耳朵都快听得起茧子了，"我又不是经常收的，最近也就这么一个，不信你看。"她提起书包，倒转过来，抖了两下。

她是万万没想到，哗啦一声，本该空荡荡的书包，不知道从哪里掉出来一堆东西。

信一封，两封，三封……还有一盒巧克力。

她也有点儿惊讶："……我这么受欢迎的吗？"

陈赐压下眼尾瞅着她，目光里情绪摇晃不定。

"我就说最近书包怎么这么重，"她俯下身，将信封全部收到一起，夹在了硬壳笔记本里，"这都什么时候放的。"

陈赐："你还收着？"

"好歹也是别人的一份心意呀，是不是？"她说，"再说了，以后还能留作纪念，到时候给我老公看看。"

陈赐漫不经心地说："那你老公头上的颜色挺多。"

"……你不要随便污蔑我好吧？我是非常专情的，"没什么例子佐证，宋嘉茉也就那么随口一说，"早晚都要接触的，那你以后见了我男朋友怎么办？先把他的腿打断？"

陈赐："好建议。"

宋嘉茉撇撇嘴。跟陈赐在一块儿待了这么久，他的玩笑话她还是听得出来的。

不过被陈赐这么一说，不知道为什么，她突然有点想谈个恋爱。

还不知道自己恋爱是什么样子的，也没有喜欢过别人，这在青春期里算个遗憾吧？

也真是巧，她刚这么想完，手机就亮了下，是赵悦分享的一个帖子。

校园恋爱是怎样的感觉

谢邀。

不知道校园恋爱是什么感觉，但毕业后才发现所有的帅哥都在大学时期出现过了，成年后的每一秒都在权衡利弊，工资、家境、自身条件，大家都考虑很多，很难有学生时代那种相爱就能在一起的纯粹了。

总而言之，没有在大学谈恋爱真是我学生时代的一大遗憾啊，如果有机会大家一定要把握住！体会一下那种对方给你带早餐、陪你上自习的纯情体验。

什么？你问我为什么会知道？当然是我朋友经历过，而我本人只是旁边羡慕的"单身狗"啦。虽然谈了有可能会后悔，但不谈可能会更后悔！还没谈恋爱的大学生行动起来吧！

宋嘉茉问赵悦："怎么突然给我发这个？"

赵个乐子："没什么，就是觉得大一不只适合办社团，也是开展校园恋爱的最佳时间。大二要学习专业课，大三准备考研，大四写毕业论文，大学就是要享受人生啊！"

赵悦又发了条语音来："你看我，就不给自己留遗憾。"

宋嘉茉按下语音键，刚开口说了俩字，又被陈赐的目光逼了回去，悄咪咪地在键盘上打下四个字：言之有理。

突然想起赵悦组的局，宋嘉茉又说："哥，国庆出去玩吗？"

陈赐的注意力都在书上，闻言，随口应道："嗯。"

睡前，宋嘉茉看了一下黄向珊的检讨，确认她没有再要幺蛾子之后，才放心睡觉。

次日院的学生大会，是李天王亲自主持的。大概是意识到有大事要发生，几千人的操场上鸦雀无声。

李天王拍了拍话筒："这次是要说一个事情。"

"新闻系五班的黄向珊，为人态度恶劣，屡教不改，甚至企图用诬陷的办法影响他人考试，这在学校是绝对不能容忍的。还有同班的吴满，无视黄向珊的恶行，甚至为一己私利配合她，同样恶劣！这个学期从偷卷子再到考试诬陷他人，各种风波不断，学风是越来越差。我警告你们，那些有花花肠子的，全都给我安分点儿，待在学校，就给我做学生该做的事！有些人本来进不了咱们学院，分数没有达到，但是你们花了很大心思转专业，不是让你们来祸害这个学院的！"

宋嘉茉旁边站着班长，班长小声说："咱们学院以前招人很严格的，这两年好像是为了人才竞争，降低了转专业的标准，所以才比之前乱了点。"

"不过再好的学校也有不好好学习的嘛，"班长又说，"没办法。"

确实没办法，宋嘉茉心道。

她们在底下聊了两句，李天王也进入了主题，呵斥道："黄向珊和吴满，上来念检讨。"

先上来的是吴满："这次因为我的不坚定，给别的同学带来了伤害，向宋嘉茉同学说声对不起。同样，这件事也告诉我们，想要耍花招是不可取的，希望大家好好学习，不要犯错，犯了错也要及时和老师沟通，找到正确的方式撤销处分，而不是错上加错。”

赵悦：“不过他们也是踢到铁板了，怎么会想影响你的专业课考试啊，又看你考满分，又上升旗台道歉，值得吗？”

赵悦的话音落下，吴满也念完检讨退了下去，黄向珊走了上来。

今天的黄向珊脸色很差。嘴唇苍白，脸颊也是苍白的，整个人看上去没什么力气，脱水了一般。

她的语气里带着浓浓的懊悔：“首先，为我这些天来所做的所有行为道歉，我不该乱翻宋嘉茉同学的书包，也不该以自己的狭隘的心胸揣测她，更不该擅自污蔑她。不该总是处处针对她，甚至因为第一次碰壁，就对她的讨厌越来越深，因为看不惯她，还用一些低级的办法，想要影响她的考试成绩。我已经深刻地意识到了自己的问题，保证不会再犯，也请同学和老师一起监督，让我成为更好的人。在此，给宋嘉茉同学带来的困扰，我也深感抱歉，对不起，希望你能原谅我的心智不成熟。”

天气仍旧炎热，黄向珊闭上眼睛，整个人虚晃了一下。下台时没有注意，被台阶绊倒，竟然直直地跪在了升旗台上。她头脑发晕，反应了一会儿，这才狼狈地爬了起来，踉跄着走了下去。恍惚之中，她想起自己曾说过的话。

原来那些内容，最终还是以另一种形式回馈到了她的身上。

两个人念完检讨后，李天王走上台来，举起话筒：“下面说一下惩罚结果。黄向珊，回家思过一个月，一月后视反思情况，决定是否允许继续学业。吴满的记过永不撤销，再记一小过。

“希望同学们引以为戒，再有此类情况发生，加倍严惩，绝不姑息。好了，散会。”

回到教室，宋嘉茉拧开自己的草莓酸奶，喝了两口。感觉稍稍轻松了些。既然考到了专业前十，那就可以报名广播社了。

至于能不能进，具体怎么进……还得看万雅考得怎么样，再看老师如何安排。

赵悦也在一旁，用力地伸了个懒腰：“这就是天道好轮回、善恶终有报吗？爽啊。”

当天中午，黄向珊就被父母接了回去，一路上是少见的沉默寡言。父母也觉得丢人，一路低着头，匆匆离开。

没了黄向珊的折腾，终于能过几天安生日子。

这天上英语课的时候，段莹开口道：“这里要表扬一下宋嘉茉啊，原来的答案不对，还是宋嘉茉发现的，可能是出题的老师有些疏忽，时态弄错了。”

底下传来声音：“老师，这题我也是对的！”

“我好像也是对的，不过我是连蒙带猜的，嘻嘻。”

段莹笑：“那你们也没早发现，还不是没人家认真。”

班长又问道：“老师，那到时候分数怎么办啊？”

段莹：“你们先自己修改一下，后台数据比较多，最近正在录入别的专业的数据，到时候会重新清算的，下发的成绩表也是按照最后成绩。”

“哎？那为什么宋嘉茉的成绩这么早就重算了啊？”

“是的，前十几名的都重算过了，还是当天晚上就算好的，我那天看到了，凌晨重新上传了一个！”

“老师你太偏心了！”

“这可不是我改的，”段莹一挑眉梢，“这个……是宋嘉茉同学自己‘开挂’了哈，前十几名的同学都是享了她的福。”

……

闻言，宋嘉茉轻轻动了动肩膀，推了推手下的卷子。

这天回家以后，本着对陈赐的感激，她主动去切了哈密瓜，摆了个漂亮的果盘，递到陈赐的面前。

家里虽然有阿姨，但他们有时觉得没必要，偶尔也会自己弄东西。

陈赐瞧了她一眼："无事献殷勤。"

"不吃？"宋嘉茉作势就要起身，"不吃我端回自己房间了。"

"……放这儿。"

宋嘉茉切了满满一盘，自己也坐在沙发上吃着，突然收到一条赵悦的消息，是她发来的小说封面："好喜欢。"

她感觉到陈赐的余光瞄了过来，为了证明自己并没有在做什么坏事，她主动把手机递了过去，想到些什么，又暗戳戳地道："哥，就是，你，看这个，有没有什么特别的感觉？"

陈赐怎么会不知道她在试探什么，看着上面男人的脸，冷笑一声，"最后说一次，我喜欢女的。"

她打电话给赵悦分享这个喜讯，又聊了些别的，赵悦道："明天的密室逃脱，你没忘吧？"

"当然没有，"宋嘉茉说，"你明早把地址发给我呢？"

"好，你记得和你哥一起来，我们在门口集合。"赵悦提醒道，"一定要带你哥啊。"

宋嘉茉笑："知道啦，这还用提醒两次啊？"

赵悦"嗯"了一声，剩下的话没说完。陈赐当然要在，因为她打算做一件大事。

她要告白。

第五章

启蒙

CHAPTER 5 >>> 等烟火满怀

一时间，她心跳过速，大脑趋近于空白。

很快，有脚步声出现在巷子口，她闻到熟悉的气味。

明天要去玩密室逃脱，宋嘉茉放下手机，提前睡觉了。

清早，赵悦便给她发来定位："带上你哥，在这儿集合。"

她和陈赐到得稍微早一些，刚下车，赵悦还没来。

今天的天气热，园区的奶茶店已经排起了队，拿到饮品的女生边喝边拍照。

宋嘉茉用手扇了扇风："真羡慕她们可以喝冰水啊，还有人帮忙排队。不像我，只能站在这里被太阳晒成一条死狗。"

陈赐无语半晌，看了眼招牌："杨梅还是葡萄？"

"杨梅是限定，"宋嘉茉笑得眼睛弯弯，"那就杨梅吧。"

赵悦叔叔开的这家店，坐落在某个产业园之内。门口类似于石窟的模样，还挺适合避暑。

没等一会儿，赵悦也来了。

"小茉！"赵悦打了个响指，"给你介绍一下，这是周声，我朋友。"

宋嘉茉偏头，这才发现赵悦的旁边还站着一个男生，衣服挺眼熟，但记不起在哪儿看过了。她眨眨眼睛："你怎么还带了个人？"

赵悦小声说："到时候我跟你哥一条路，你俩一条路，找个人陪你，免得你害怕啊。再说了，你不是还想谈恋爱吗？"

宋嘉茉正想说些什么，周声却已经朝她伸出手："你好啊小可爱，之前看赵悦发朋友圈，觉得你很好看，所以想认识一下，我是——"

话才说到一半，周声的手里就被塞进一个东西。手没握到，握到一杯冰。

是的，一杯装满冰块的，纯冰。

周声惊讶地转头去看。逆着光，那人的表情看不清楚，只能看出很高，气场很强。

周声赶紧看向赵悦，赵悦用目光暗示了两个字。他这才连忙笑道："哦，是咱哥，哥哥好。"

陈赐："叫陈赐就行。"

"陈赐哥哥。"

"不用加哥哥，"陈赐说，"不是很熟。"

周声张了张嘴，冒出一串省略号。

宋嘉茉看了看自己的手，又看了一眼周声手里的冰，寻思这个手应该是不用握了吧。于是她从陈赐手里拿走一杯饮料，低头和奶盖战斗。

她喝得很投入，压根儿没注意这两位是什么表情。

还是赵悦干笑着打破冷场："那个什么，我们先进去吧，选选本子！"

刚走进店里，看着四周的装修风格，宋嘉茉就已经开始害怕了，但是为了赵悦，她勉强忍下来，让他们挑个最简单的模式。

进房间前，她的脚步慢下来："如果我在里面被吓死——"

周声抢答："那你就喊我的名字，我保护你啊。"

宋嘉茉忍不住抖了下。……有点恶心。她连自己要说什么都忘了，就这么半推半就地走进黑暗里，听着头顶传来的音效。

宋嘉茉只能靠说话壮胆："我想起来了，周声，你这个衣服是不是叶凛的剧里同款啊？"

周声回头看了一眼，宋嘉茉就站在他的身后。她靠这么近和他搭话，肯定对他也有那个意思。这么黑，可以趁她害怕的时候偷偷牵手，哥哥也不会发现。

周声："是啊，我特意为你买的，听说你喜欢他。"

他的话音刚落，宋嘉茉踩到一块石头，不可避免地惊呼一声，人也趔趄了一下。

周声的手向后一捞，精准地握住一只手："没事，站我后面就好！"

"宋嘉茉"很乖，就这么任由他牵着，一点儿也没有挣扎。他忍不住心潮澎湃，心尖尖正在甜蜜时，耳畔传来一个懒懒的声音。

陈赐："同学。"

"……什么？"

"我的手好摸吗。"

周声猛地回过头，发现自己手里拉着的，赫然正是一只男人的手——

而宋嘉茉的手就在离他不到一米的地方，不知道怎么，竟然牵错了。

周声连忙甩开，但好像已经来不及了，宋嘉茉就站在一旁，看他的目光中充满了怀疑。不对，是震惊。

"你听我解……"但很显然，解释是来不及了。

很快，有个扮鬼的工作人员冲了出来，朝着四人一顿猛追，宋嘉茉确实被吓得不行，但还是谨记赵悦的梦想，跟陈赐跑进同一个岔路后，又偷偷跑了出来。周声也一直跟在她后面。

接下来，如果节奏没有错误，她会和周声一起，而赵悦会如愿跟陈赐一队。

赵悦啊赵悦，宋嘉茉看着黑黢黢的四周，心想，我只能帮你到这里了。

小井领进门，泡仔看个人。

这里面的工作人员真的很多，不知道周声怎么又引来一个，害得宋嘉茉又开始逃跑。

可是，这好像是一条死路，附近是封闭空间，她不想被捉住，于是找了个衣柜，拉开门躲了进去。很快，周声也躲了进来。

"你跟我换个位置躲吧，你一个男生也怕？你不应该把他给打走吗？"

一片安静，只有呼吸声。

“我们等会儿怎么出去，你有头绪吗？”

还是没回应，宋嘉茉终于忍不住问：“你怎么不说话？”

宋嘉茉转头，对上视线的那瞬间，她看到一张狰狞的脸，披头散发，青面獠牙……

——这哪里是周声，这是追她的“鬼”啊！

这一瞬间，宋嘉茉好像被超度了。

灵魂出窍，大脑清空，身体僵硬，耳畔嗡鸣，如果崩溃能有声音，整个园区都能听到她的尖叫——

她！不！活！了！

三分钟后，宋嘉茉双眼放空，坐在了店外。那杯多肉杨梅被吓掉了，作为补偿，老板给她送了罐雪碧。

周声：“你确定要坐在外面吗？很晒的。”

宋嘉茉缓了一分钟才听到他的话，但没力气回答了，惊吓过度，她手脚冰凉，现在只想晒太阳。

没一会儿，陈赐和赵悦也走了出来。

宋嘉茉茫然地抬头问道：“你们怎么出来了？”

赵悦：“你哥担心你。”

宋嘉茉：“我没事。”

陈赐：“真没事？”

宋嘉茉：“真没事。”她双手颤抖着捧起杯子，吸管和易拉罐撞出连环声响，抖得像是在摇铃铛。

“差不多到这儿吧，”陈赐道，“我也挺害怕，想回去了。”

周声：“你害怕吗？怕什么啊？”

少年神色从容地眯眯眼：“都挺怕的。”

周声心说：大哥，你好歹装出点害怕的样子来啊。

事已至此，周声也只能问："那要不今天就到这儿？"

陈赐示意宋嘉茉起身，她低着头，还在缓神。

临别之际，周声终于忍不住问："对了，我手上这个到底是啥啊？都拿一路了。"这冰还特顽强，这么久了都没怎么化，手都要被冻麻了。

"哦，没什么用，忘记告诉你了，"陈赐状似恍然，并没有什么愧疚感地道歉，"不好意思。"

周声："啊？"

快走到园区门口，宋嘉茉才找回点儿意识："你给周声的那个，是用来兑饮料的冰块吧？我看过的，一般都是把饮料袋撕开，倒进杯子里，就能直接喝了。"

陈赐："没买饮料。"

宋嘉茉偏头，缓缓打出一个问号。

"只是想冰他。"陈赐说，"有问题？"

"没没没，您开心就好。"

两个人走到门口，正要出去，又被赵悦喊住。赵悦从后面跑来，手里还拿着张单子："这个不吓人，我们玩这个吧？"

宋嘉茉接过来看了一眼，上面是新开的滑雪乐园，看起来的确还不错。她抬头，对上赵悦暗示的目光。噢……刚刚他们出来得这么快，应该还没来得及说几句话吧，是应该给赵悦多制造些机会的。

于是宋嘉茉转头，看向陈赐："我还没滑过雪，看起来蛮好玩的样子，要不要试试？"

陈赐看了她一会儿："你能行？"

"我怎么不行？"宋嘉茉觉得这是对她的蔑视，"我行得很！"

很快，四个人走到滑雪场。

整个滑雪乐园很大，他们需要在门口穿好羽绒服和鞋套。男生统一穿黑色，女生统一穿白色。

宋嘉茉动作麻利，换得很快。套好衣服后，她站在中间等他们。

她侧头一看，男士换衣间的门口，有个身形看起来是陈赐的人，正在帮一边的女生看着什么。

可能是赵悦的衣服没有扣好，陈赐在帮她检查吧？宋嘉茉不想打扰他们，先拉开帘子走了进去。

几分钟后，陈赐从换衣间内走出来。

一边的男生和女朋友也准备好了，临走前，那个男生还看了陈赐一眼，像是很少见到和自己差不多高的人。

周声是最后和赵悦汇合的，问："他俩人呢？"

"应该进去了，"赵悦想了想，说，"我们也进去吧。"

里头有个冰雪滑滑梯，宋嘉茉自己玩了十来分钟，穿着蓬蓬的羽绒服，拽着垫子上上下下的，玩得很投入。可能是自己一个人，总觉得不得劲。

在她第八次爬上滑滑梯时，身后的人终于拎起她的帽子，淡道："你看看，这都是几岁的小孩在玩？"

宋嘉茉侧头，一个八岁的小男孩"呜呼"着冲了下去。

"我不就比他大一岁嘛，"宋嘉茉不服气，念叨着，"我也是小孩儿……"

陈赐："巨婴？"

无视他的嘲讽，宋嘉茉指了指中间，"我玩那个行了吧，成人自行车！"

这里的自行车不太一样，底下是个圆盘，要俩人一起骑，还要避免不撞到东西。宋嘉茉一顿操作猛如虎，撞倒路障二十五。

陈赐突然喊她的名字："宋嘉茉。"

"嗯？"

"以后别说你骑自行车是我教的。"

她嗤了声，故意玩得更加随心所欲。

宋嘉茉玩了十来分钟，从车上下来时，正好看到赵悦他们。宋嘉茉挥挥手，指着不远处的小项目 :“我们去坐那个车吧。”

冰雕车内，宋嘉茉看陈赐坐好，这才朝赵悦比了个 OK 的手势，然后缓缓退场。她没打扰他们，又在里面自己玩了一会儿，这才离开。

在场馆里不觉得，出来一看，天都黑了。冷热变化让宋嘉茉不由得打了个喷嚏，突然想吃东西。她特意绕路去了学校，幸好踩着点，那家店还没关门。

但是走过去，老板抱歉地笑笑 :“不好意思，今天炸排骨卖完了。”

她又在小吃街转了两圈，都没找到想吃的。倒是老板们收摊很快，没一会儿，街上就只剩下几个人了。路灯孤零零的，她独自走着，想起上午的密室逃脱，不由得有些害怕。但回头去看，身后也没有人。她又想起自己离开时，赵悦的目光。

陈赐还没打电话来，他们今天的进展应该还不错。陈赐这个……等他有了女朋友，估计就忘了妹妹，也很正常。

可能是胃太空，没吃到想要的东西，一切都是完美错过，到时候去了学校，还不知道万雅考得怎么样，播音社如何分配。

宋嘉茉揉了揉鼻子，感觉自己今天……有点不太对劲。

她调整了一下心情，觉得今晚状态不佳，可能是因为饿了。当她到家后，吃了一碗阿姨做的小馄饨，看到陈赐从房间里走出来的时候——所有情绪就烟消云散了，只剩下惊讶。

宋嘉茉 :“你什么时候回来的？”

“早回了。”陈赐穿着白色云纹的睡衣，整个人看起来就很贵气，“你——”

她连忙接话 :“我临时变卦不想玩那个，又去玩了点别的，最后找不到你们，就自己回家了。”

“怎么不打电话？”

她拿出手机看了眼，手机没电自动关机了，怪不得什么也没收到。这下有理由了，宋嘉茉把黑屏的手机递了过去 :“你看，没电了。”

陈赐瞧了一眼，没再说话，转身去了书房。

没一会儿，宋嘉茉也拿着手机进来了，边走边回赵悦的消息。

赵个乐子："你觉得周声怎么样？"

宋嘉茉想了想，觉得不行："他太油了。"

发完消息后，赵悦没有再发来消息，宋嘉茉也拿出书本，开始预习。

陈赐看她不像有事的样子，便也没在意。

结果半夜陈赐不知道怎么醒了，他拉开房门，只见一个幽灵头顶一块枕巾，两手拉在脑袋边上，无声在客厅乱晃。

如果要仔细去看，她口中念念有词的正是"南无阿弥陀佛"。

宋嘉茉："轻轻的一个'鬼'，叫我失眠到如今。"

她的手机音乐播放的是《大悲咒》，电视里放的是新闻。

陈赐："你还能再迷信点儿？"

她也不想——可都过去这么久了，按理来说是该忘了，结果一躺下一闭眼，那玩意又冒出来了！

宋嘉茉道："你竟然还睡得着？怎么有人会睡得着呢？你不觉得吓人吗？"

陈赐："没你吓人。"

宋嘉茉一撇嘴，颓丧地坐在沙发一角："我真的想睡觉，但是三个多小时了，就是睡不着，一闭眼就想到我和那个'鬼'对视——不行不行，我又有画面感了。"宋嘉茉调大音量，"我佛慈悲我佛慈悲，恶鬼退散——"

陈赐挺无语地伸手，不由分说地提起她的后衣领，将人拎进了房间。

宋嘉茉："怎么，你嫌我影响你睡觉了？想把我关在这儿？可是我……"

他抽了本书，径直坐在床沿："睡吧，等你睡着了我再走。"

她愣住，无措地眨了眨眼睛："真的吗？"

少年懒得回答，却真的看起书来，宋嘉茉看着他宽阔的背脊，无端地生出些安全感来。

宋嘉茉抿了抿嘴唇，慢吞吞地躺下，将空调被拉到下巴："那……你觉得热的话，就弄一下空调。"

"嗯。"

她尝试着闭上眼睛，但困意并不十分明显，正在酝酿的过程中，突然感觉床边的人动了一下。宋嘉茉立刻睁开眼睛："我还没睡着！你别走！"

陈赐无语："我换本书。"

"……哦。反正我睡觉要时间，你不能一看我不说话了就走，如果我睡得浅，你的脚步声也可能把我吵醒的——"

陈赐淡道："放心吧，等你睡成死猪我再走。"

她反驳："我不是猪！"

……

夜色渐深，少女的呼吸声慢慢变得均匀，气息平稳。

陈赐合上书本，她并没有被吵醒。

走出房门前，他扫过去一眼，无语地低笑半声："还不是猪呢。"

陈赐牌安神良药，不用白不用，也幸亏他在身边，不然一晚不睡，她非神经衰弱不可。

第二天，到了学校，赵悦旷了大半天课，快放学才来。

宋嘉茉震惊地问道："你怎么了？后来给你发消息也不回。"

赵悦放下书包："太累了。"

说到这里，宋嘉茉抬起书本，遮住嘴巴，问："你昨天跟陈赐怎么样？"

"告白了，"赵悦说，"意料之中的拒绝。"

"你告白了？"宋嘉茉也没想到，"你知道会拒绝你还往上冲啊？"

赵悦叹气："那不然怎么办，给你发了那个帖子之后，我也觉得这事要解决一下了。能成就成，不行我就去找下一个——不能把青春浪费。再说了，告白无非就两种结果——成功和失败，各占百分之五十。失败的可能再怎么大，也有一半的机会可能会成功啊。”

这个理论乍一听很奇怪，但仔细想想，好像也没毛病。

宋嘉茉：“昨天滑雪的时候，他不是还帮你看衣服了吗？我还以为你们发展挺好。”

“你看错了吧，我出来的时候你们都不见了，我和周声一起进去的。”

这才知道是自己看错，宋嘉茉手指轻点额头：“那你现在怎么办？”

赵悦：“你怎么想？”

“你要还喜欢他就再试一次吧，最后一次，免得后悔，起码尽力了。”宋嘉茉说，“让他也看到一些你的优点，首先对你产生好奇或者好感，不就好办吗。”

赵悦：“比如呢？”

“比如你有没有什么特长，比较直观的，展示给他啊。”

赵悦想了想：“跳舞算吗？”

“当然算啊！你怎么不早说你还会跳舞啊？你听过一句话没有？可爱在性感面前一文不值。”宋嘉茉振振有词，“男人都很肤浅，就喜欢好看的。”

赵悦：“不过我都是自学的，比较粗糙，只会跳简单的。”

“够了够了，”宋嘉茉说，“找个机会，我把陈赐约出来，然后灯光、背景音乐一起，大幕拉开，你跳着舞走出来，哪个男的会不心动？”

机会说来就来，下午正好有个舞台剧缺人，赵悦的朋友喊她过去。

宋嘉茉：“去呀，我今天也没事，可以陪你一起。”

要约陈赐前，赵悦让宋嘉茉帮她参考衣服。她换了条黑色短裙，宋嘉茉看了一会儿，建议道：“也别太暴露了。”

赵悦：“怎么说？”

宋嘉茉摩挲着下，想起了些什么：“陈赐活在清朝，好像喜欢裙子比腿还长的那种。”

赵悦：“啊？？”

这次舞台剧的主题类似于哈利·波特，背景是魔法学院。主角的戏份重，跟她们俩无关。赵悦扮演的是只黑天鹅，前期混在人群中，谁也不知道她的真实身份，最后才曝光身份拯救众人。总而言之，是个很高光的角色。

至于宋嘉茉呢……她本来没想到自己也要演，正盘算着怎么给陈赐发消息，结果肩膀突然被人拍了一下："同学，你也能演一个吗？"

她愣了一下："我？我演什么？"

一个女生说道："后面的群演就可以了，不用台词也不用走位，坐在原地然后听指挥就行。"

宋嘉茉正在犹豫，那个女生又恳求道："真的找不到人了，帮个忙呗。"

想想也不是什么复杂事儿，宋嘉茉点头，问道："那我用换衣服吗？"

女生："去后台选一套你喜欢的就可以啦！"

宋嘉茉的群演角色是只小白鸟，旁边摆着真身模型，圆滚滚的，看起来可爱极了。她拍下来，发给陈赐。

陈赐："挺像你。"

压下想和他大战三百回合的冲动，她深吸一口气，这才把字打完："学校背后大剧院307，来看表演。"

"没空。"

陈赐的消息刚发过来，宋嘉茉又被负责人叫去有事，等再回来的时候，赵悦蹲在她手机旁边，一筹莫展。

赵悦："你哥不来啊？怎么办？"

宋嘉茉意外的淡定："放心，会来的。"

十分钟后，熟悉身影出现在门口。

宋嘉茉："喏，来了。"

赵悦脑子里冒出个问号表示不是很理解他们之间的相处逻辑。

很快，舞台剧开始。

宋嘉茉不知道前面的剧情，因此听不懂台词，仗着灯光照不到自己，开始自由发挥。旁边摆着一个小碟子，是工作人员洗好的冬枣，说渴的话可以吃。她吃了两个冬枣，看到赵悦出场，捧场地看了一会儿，困意涌了上来。这段时间太累，中午又没午睡，她撑着脑袋，眼皮就不自觉地闭上了。

坐在第一排的陈赐舌尖抵着后槽牙，有点无语。

从他这个角度，借着点余光，能把她的动作尽收眼底。宋嘉茉穿着毛茸茸的服装，揣起来的手像两个翅膀，头上绑着个丸子，还贴了一缕小白毛。她正在与困意挣扎，一颗脑袋点来点去，好不容易要完全砸到桌上，她又猛地一清醒，重新扬起头，然后继续，一点点往下砸。

陈赐抄着手，看她能睡到什么时候。突然，头顶掉下来个泡沫苹果，就悬在半空中，她也猛然惊醒，抬起头来。看嘴型好像在问：结束了吗？

应该是快结束了，十分钟后，整个舞台放起礼花，观众席也亮起灯来。

谢幕。

宋嘉茉揉了揉并没有被砸痛的脑袋，跟着群演们走下台，走到一半又想起有什么没拿，端起盘子，拿走了最后一颗冬枣。

无语半晌，他竟然笑了。笑过之后，连他自己都愣了一下，并不清楚自己为什么会笑。

好像是……被可爱到了。

陈赐低头看了一会儿手机，这才站起身来。

话剧表演并不算太久，陈赐看完话剧之后，还能回学校自习一会儿。

晚上，陈赐刚到家，宋嘉茉就凑了上去。她问：“怎么样？黑天鹅不错吧？”

陈赐狐疑地看了她一眼：“什么黑天鹅，你演的不是只鸟？”

宋嘉茉看着陈赐的表情，一瞬之间，如遭雷劈：“黑天鹅呢？主线呢？

剧情呢？就是那个隐藏实力、混在学生中间的法师，最后不是有一段三分钟的独舞吗？她跳那个舞不好看吗？”

世界沉默下来。

宋嘉茉一时无语，感觉自己费了这么大的劲，结果陈赐只当是个过家家，一点儿都没上心。

那么高光的片段，二十多分钟几乎都在为赵悦铺垫，他印象不深刻就算了，看样子还毫无所知？他不会在椅子上睡了半小时觉吧？

宋嘉茉是真有点生气了：“什么都没发现，那你大半个小时在看什么？”

客厅又安静了许久，陈赐这才淡淡地开口：“玩手机去了。”

“你再说一遍？”

“顺便看到你吃枣子，那不是道具？”

“敢情半个小时你跟我俩抬杠呢？”宋嘉茉无言以对，“正儿八经的没看到，就看见我偷吃道具了？”

“还有打瞌睡。”

“行，你真行——”宋嘉茉无话可说，深呼吸三分钟后，转身回房了。

九点多的时候收到消息，赵悦在附近吃烧烤，问她要不要来。那家店要排很久的队，她每次路过都想吃，但每次都没吃成。于是宋嘉茉披了外套，矜持地道：“就吃一点。”

出门时又看到陈赐，她面无表情，连平常狗腿的报备都省了，直接拉开门走了出去。

阿姨等她一关门，便问道：“这是怎么了？”

陈赐坦言：“在生我的气。”

“为什么啊？”

“不知道。”

宋嘉茉到的时候，赵悦正和朋友在聊天。她也不认识，便没多说话，偶尔被提到，这才会加入讨论。

赵悦："你哥今天感觉怎么样？"

说到陈赐，宋嘉茉摇摇头，道："实在不行就算了吧，我感觉他这人真的没有心。有这精力你不如找找别人，早就开始甜蜜恋爱了。"说到这里，宋嘉茉一抬头，指了指，"你看对面那个怎么样，应该是体育生，年轻有活力，多好。"

赵悦跟着她的目光看了过去。宋嘉茉："还是你前同系同学。"

因为家里有门禁，宋嘉茉没聊多久就离开了。

她走之后，赵悦旁边的女生才开口："什么难不难追，我还没见过难追的。"

"她就是不想把哥哥介绍给你吧，毕竟听你的描述，她哥哥对她那么好，我要是她，我也舍不得让哥哥找个女朋友，分走他对我的关心。要不我明晚找人去堵堵她，恐吓一下，这种乖乖女最欺软怕硬了，一问就说真话。"

"你别乱说，"赵悦皱眉，"别乱找人，赶紧吃吧。"

两天后，傍晚，宋嘉茉走得稍晚了些，又去书店逛了一圈，正途经某个巷子，突然伸出一双手，将她拽了进去。

一瞬之间，天旋地转，她还没站稳，就被人推了一把，靠着墙面。

面前的刺头大哥问她："你就是宋嘉茉啊？"

凭借着小巷里微弱的光线，她看清面前大概有四五个人。前排三个男生，后面还站着两个。那人似乎也觉得看不清，又打开闪光灯，对着她一顿猛拍，又和照片上比了比，这才确定。

"知道我为什么找你吗？"刺头问。

街灯光线模糊，隐约照出刺头脸上的刀疤，和他手上那把美工刀。

刀片薄而锋利，泛着银色的冷光。

一时间，她心跳过速，大脑趋近于空白。

很快，有脚步声出现在巷子口，她闻到熟悉的气味。

偶尔枕巾晾晒时，和他的靠很近，她的枕头上也会有这样的香气，冰镇过后的雪碧味道，融合一点点薄荷的冷香，淡而生冷，此刻却给人无比的安全感。

是陈赐。

“谁推的她？”陈赐低声，拿起一边废旧的铁管，警告般抬眼，“自觉点儿，站出来。”

谁推的？方才还气焰嚣张的三个混混，此时全部安静下来。有人忍不住侧头，看向最左边的红毛。

很快，陈赐三两步向前，棍子轻巧而有力地下落，砸在那个人的骨头上——

红毛猛地一声惨叫，趴在地上。从他的口袋里，掉出一把小水果刀。

陈赐半蹲着，手肘搭在膝盖，目光垂落：“带刀是什么意思？”

红毛求救般地看向刺头。

刺头这才收起手机：“陈赐，别怪我没提醒你，你身上可还有保研名额。你动手就算斗殴，我可以举报你。”

看样子他们认识，宋嘉茉想，听语气，好像还结过仇。

刺头嘿嘿笑了两声：“你不敢拿刀的，你拿刀，情况就更恶劣了。会记过的，你想毁了你的前途吗？至于你妹妹，恐怕你就要眼睁睁地看她受我欺负——”

猝不及防间，刺头的刀伸了过来，想要挑开她衣服的纽扣。宋嘉茉反应很快，侧身躲过。

刺头的动作却没有停下来，他将刀锋微微一转，轻浮地挑了挑她的下巴。下一秒钟，刺头的刀被人打落。

等宋嘉茉再反应过来的时候，陈赐已经起身了。背光中，他的唇角浮起一丝笑。

那是他气到极致才会有的表情，刺头太知道要怎么惹怒他了。

陈赐拾起地上的刀，没有任何犹豫，他抬眼："你当我是什么？"

宋嘉茉想也没想，立刻冲了过去，拦住他的腰将他往后拖："别——陈赐，他就是想激怒你，你别上当！陈赐——陈赐！"她费力地抬手，想让他维持基本的清醒——不清醒也可以，起码千万不要做傻事。

终于，宋嘉茉摸到刀柄，夺了过来，将刀扔在了地上。

与此同时，陈赐拉开她横在自己腰间的手，向前冲了两步，膝盖狠狠地顶上刺头的小腹。

陈赐稍稍后撤。刺头本以为这样就结束了，谁知道陈赐又抓住他的后颈，强迫他抬头，然后视线中什么一晃。咔嗒一声，手臂脱力。

陈赐抽出手机，扔到他的面前："要不报个警？就说我殴打你。报啊。"

疼痛席卷而来，刺头半跪在地上，已经丧失语言功能。听完陈赐的嘲讽，麻木的手臂这才开始有了知觉，疼痛一瞬间席卷上来，像是扎了一千根针，痛得人几乎要晕过去。

短短几分钟，刺头的两个跟班吓得不敢动弹。

陈赐抓起他的后脑勺，强迫他仰视自己："替人出头前先想一想，哪些人能碰，哪些人不能碰。以为练了几个月就能来找我了？

"你再学十年都打不过我，滚。"

两个小跟班一瘸一拐地过来，将刺头拖出了小巷。

陈赐慢条斯理地将两把刀扔进垃圾桶，他看向躲在最后的两个女生。没了遮挡，宋嘉茉总算能够看清，其中一个女生她见过。是那天烧烤时坐在赵悦旁边的朋友。

宋嘉茉问："人是你叫来的？"

"是，是我叫来的又怎么样？我又没让他调戏你，只是想让他劝你安分点！”大概是看陈赐站在这里，那个女生说话都有点磕巴，但不肯低头。

宋嘉茉看着她的脸，只觉得幼稚又荒谬：“我怎么了？”

“你还、还好意思问吗？你看你做的都是什么事，赵悦忙活了好几个月，如果不是你从中作梗，会现在还没有结果吗？不过刚刚看完，我算是知道了。你哥哥对你多好，我要是你，我也舍不得啊。但是我劝你，舍不得就光明正大地说，别表面帮忙、背后使坏，难道你能一辈子独占他吗？不能就要学会放手，否则也太自私了！没人愿意和你这种自私鬼做朋友，你自己看看你有朋友吗？”

这人话音刚落，小巷后又插入道声音：“——谁说她没有朋友了？”

宋嘉茉诧异地回头：“赵悦？”

赵悦身后跟着几个人，从小巷口走来：“曹琬，我看你是被猪油蒙了心吧！大晚上的不睡觉，跑这里来发什么疯？我让你别找别找，你非要给我搞事，你是不是觉得自己特仗义？”

曹琬蒙了：“你什么意思，我帮你，你骂我？”

赵悦：“你是帮我吗？你就是没事找事！打着为我好的旗号挑拨离间，有这时间不如想想四级为什么考不过！宋嘉茉不算我朋友，你算啊？我胃痛的时候她忍着肚子疼给我买药，我早上写不完作业她帮我，我每次让她帮忙，她就算再害怕也会陪我一起一你除了就会蹭饭和搞事情，哪点比得上她啊？小人之心度君子之腹，她就是尽力了啊，你没搞懂情况能不能不要乱搅啊？”

赵悦无语道：“如果不是阿辉告诉我，我今晚都不知道你跑这里来发疯！我就差每晚给你打电话让你装个脑子了！”

曹琬被骂得脸一阵红一阵白的：“好，赵悦，你倒打一耙，到时候会后悔的。”

“我不会后悔的，我当时就是受不了你才转专业的，谁知道你还是一点都没变。我也不是什么很好的人，毛病一大堆，错事也做过，但谁好谁坏我还是分得清的，请你以后不要打着为我好的旗号来骚扰宋嘉茉，你连考个试都费劲，还有空操心别人？”

曹琬被骂得无法还口，最后死死地握着拳，被气走了。

赵悦看向宋嘉茉：“你看，她到最后也没说我骂得不对，这人啊，就是不学习，每天闲的，没事找事，我以前跟她待在一起，吃了太多次被殃及的苦了。你没事吧？”

“还好，你怎么还带人来了？”

赵悦：“我这不是害怕吗！曹琬最爱拉帮结派去堵别人了，不知道是不是某些电影看多了，觉得很酷。我听说她来找你，吓得连滚带爬地飞过来的好吗，鞋子都穿反了！”

宋嘉茉笑出声来，看了她一会儿，才说，“谢谢啦。”

“这也要谢，不至于吧！”赵悦抓抓头发，“我其实也做过很多莫名其妙的事情，比如密室逃脱，还有周声的事，但你也没生我的气。”

“但你在黄向珊她们面前，也帮我出过头啊。”

“别搞这些煽情的，”赵悦连忙道，“你没事就好，哥哥呢？”

宋嘉茉转头一看，陈赐不知道什么时候消失了，大概看这里都是女生在说话，便回避了。

宋嘉茉说：“可能在哪儿等着我吧。”

赵悦点头：“好，正好借这个事情，画一个圆满的句号。”

宋嘉茉：“什么句号？”

“我和你哥啊，你不用再帮我了，反正我也是看脸才追他的，”赵悦的语气忽然变得甜蜜起来，“我有新目标了。”说完，她还把自己的手机给宋嘉茉看，进展已经到了互说早晚安的地步了。

宋嘉茉：“怎么这么快，谁啊？”

“那天你指的那个，对桌的体育生，年轻活力，好像还有腹肌。”赵悦不胜娇羞，“别说了，口水要流下来了。”

回去的路上，赵悦还一直跟新对象聊天。

宋嘉茉钦佩地道："你情绪转换真快。"

"当然了，活得潇洒，才能活得开心。"

上车时赵悦没有跟他们一起走，宋嘉茉和陈赐坐在后座。她总觉得有点儿奇怪。

夜晚的风徐徐吹拂，也慢慢安抚了她方才紧张的情绪。她频频侧头，用余光偷看陈赐。

陈赐："我脸上有东西？"

"……没，"宋嘉茉轻咳两声，"那个，你今晚……把他们打成那样，万一他们真的举报，怎么办？"

"他们不敢。"

宋嘉茉眨眨眼睛："你又不是他们，你怎么肯定？"

"那不然？当时那个情况，就让我看他调戏你？我没把他打死都算很给他面子。"

哥，你那跟把人家打死也没太大差别。

回家后宋嘉茉洗了个澡，写完作业就早早上床睡觉了。

但是睡不着，怎么都睡不着，脑子里好像有一百个蓝精灵在跳舞。心跳始终无法平复，可能确实被吓到了。

辗转反侧几个小时之后，她坐起身，面前突然闪出一个画面。

是昏暗的巷子里，她抱住陈赐的场景，那时候太紧张了，她直接将他拦腰抱住，才能勉强将他往后拽。

当时不觉得有什么，现在想起来，却仿佛哪哪儿都不对。那股无所适从的感觉席卷全身，抱过他的手臂，这会儿也变得僵硬起来……怪怪的。

看来就算再亲密的关系，有些动作也是不能做的。

宋嘉茉躺下，强行把画面从脑子里删除，闭上眼睛，继续尝试入睡。

半个小时后。宋嘉茉认命般地揉揉头发，还是睡不着。心里乱糟糟，找不到人，也没法找人倾诉。她打开微博，正想发些什么，鬼使神差地，又点了退出。创建了一个新的账号。那个账号有太多朋友了，陈赐好像也关注。她随便输入了一串乱码起名，显示创建成功，可以发送新微博了。在这里，没人知道她是谁。

wgbsymbb 发布于刚刚：男人的腰……好细。

微博刚发出去，她立刻将手机扔出几米远。

她在干吗？她在干吗？她该不会是在回味吧？

宋嘉茉用力拍了两下脑袋，气血上涌，口干舌燥。她只好下床，去客厅喝水。吊灯打开，她刚在饮水机面前站定，对面的房门就开了。

陈赐发顶蓬松，半眯着眼睛，倚在墙边看她。她穿着连扣式睡衣，此时扣子被解开两颗，露出一截纤细、白皙的脖颈。锁骨处有几道红痕，看起来是刚抓的。

宋嘉茉喝了几口水，觉得不对，在陈赐的注视下，又拉开冰箱，灌了半瓶冰的。

陈赐抄着手，声调微微抬高："……你很热？"

宋嘉茉晃晃矿泉水，把剩下半瓶，一饮而尽。然后面不改色地说："谁说的，我不热，你想多了。"

旋即，她像个幽灵一样飘回房间，刚坐下，陈赐也跟着进来了："热不会开空调？"

陈赐拿起遥控器，抬头一看，22 度，风速五格。

他侧身过来，想摸她的额头："发烧了？"

宋嘉茉猛地避开，因为躲得太急，后脑勺还撞在了床头上，"咚"的一声巨响。

陈赐无语地看着她，陷入了微妙的沉默。

她小脸上五官皱着，揉揉脑袋："好疼。"

陈赐："我手上有毒？"

“你赶紧回房间吧。”宋嘉茉说完，又补充了一句，“男女授受不亲。”

陈赐蹙眉，缓缓敲出一个问号。这话是从她嘴里说出来的?

宋嘉茉转了转眼睛，自己也觉得有点奇怪，于是飞快地躺下，用被子盖住大半张脸：“……我困了。”

“你最好是。”落下这四个字，陈赐起身关门。

听着脚步声渐渐远离，她这才长长吐出一口气。

这晚，迷迷糊糊中，她做了一个梦。梦里颠倒，掐着她腰的人变成了陈赐。猛然惊醒的瞬间，她神思恍惚，甚至一下没反应过来。

她神思混乱，切换到聊天软件，这才想起来，睡前的时候，尹冰露给她分享了一个动漫。

应该就是那个破动漫的问题。她又切换出去，打开百度搜索。字还没打完，发现很多人和她有一样的问题。

底下有人回复：“青春期这样是正常现象，对象也不代表什么，可能是你刚看过的电视剧男主，甚至是刚见过的陌生帅哥，只是一个具象化的寄托。”

嗯，有道理。宋嘉茉放下心，重新躺倒。又睁着眼睛，数了二十分钟星星。

熬夜的代价是迟到。宋嘉茉晚起了二十分钟，一边紧张地刷牙，一边看着旁边悠闲的陈赐。以前看宋嘉茉不起，陈赐都会直接把她给拎起来。

宋嘉茉：“你今天怎么没叫我？”

他慢悠悠地：“你昨晚不是说男女授受不亲？”

“……我昨晚有病，真不太正常，”宋嘉茉飞快地洗了把脸，“你忘了就行。”

负负得正，出现了两件令她费解的事，她统一理解为——应该是昨晚神经不正常，脑回路错乱吧。可能是青春期的躁动？或者……没空多想，她看了一眼时间，冲到门口换鞋。

因为来不及，今天坐家里的车去学校。宋嘉茉晕车，所以特意没吃东西，但下车时，还是难受得厉害。她勉强支撑着，一股劲冲进班上，正好踩着上课铃的尾巴。还好没迟到，但胃里翻江倒海，头晕目眩。

她缓了好一会儿，打开书包，看到不知何时被人放进来的三明治和酸奶。伸手碰了碰，三明治还是热的。

因为没睡好加晕车，今天一上午，她都浑浑噩噩的。

好不容易到了中午，有时间补觉。充足的午睡醒来后，宋嘉茉只觉得神清气爽，而睡前经历的那些，都像是上辈子发生的事。她伸了个懒腰，去问社团的事。

万雅正好也在。

老师笑眯眯地道："没想到你们俩都完成了指标，宋嘉茉进步大，前进了快三十名；万雅也不错，正好进步二十名。这样吧，那你们都准备一下，到时候播音各负责一个星期，先这么试一个月。谁做得好谁就留下，够公平吧？"

终于拿到报名表，阶段性任务完成，宋嘉茉松了一口气。不过转眼又迎来了新的任务。

课间，她坐在班长的桌子边，弹了弹那张薄薄的东西。

班长："怎么说，宋社长？"

"这还不是呢，只能算预备社长，老师的意思也很简单，就是我和万雅 PK 嘛，谁赢了社团归谁。所以我得好好做功课，你这儿有什么推荐人选吗？"

"推荐？"班长想了想，"我认识一个咱们专业二班的同学，上学期好像参加过文学社，还当过一段时间社长，你要吗？"

宋嘉茉："推给我呀，我取取经。"

班长推来的这人叫程新觉，她隐约听说过。他还挺受欢迎，微信好友满员，宋嘉茉花了半天才加上。

这位程同学人还可以，爽快地答应了分享经验，不过他说打字太麻烦，最好是放学后当面聊。

于是宋嘉茉提前整理了书包，就在学校的双杠边等他，感觉也不会交流太久，聊个十来分钟，她就可以回家吃饭了。

结果等了十五分钟，他连个人影都没有。她小心翼翼地拿出手机，发现程新觉给她发消息了："稍等，前女友组团来找我了，我应付一下。"

啊不是，她没明白，这有人一场恋爱都没谈过呢，怎么有人的前任就能组团了？

四十分钟后，她感觉已经遁入空门，再次收到程新觉的"道歉"："不好意思啊，有女生把我拦住告白了，在念情诗，打断不太好。"

宋嘉茉心说那您的业务还挺繁忙。

天色有些暗了。她站的位置靠近北楼，因为出过卷子失窃的事儿，最近楼上楼下都有保安，巡逻的保安也在附近走动。她多少感到有点心虚，跟程新觉说："我去树林里等你吧，外面的保安老看我，我瘆得慌。"

程新觉："行。是这样的，别害怕，我留晚一点儿他们也会盯着我。"

宋嘉茉钻进树林，总算放松许多，想起自己还没告诉陈赐。陈赐有时候会提前回家，所以她晚归的话，一般都会跟他说明情况。

不加冰："哥，今天要等人，稍微晚点回。"

陈赐的回复冷血无情："八点前。"

不加冰："知道了。"

还剩半个小时，程新觉到底什么时候来啊？宋嘉茉将碍事的书包放下，这才抬起头，环视四周。

这个树林隐蔽性强，里头的路不好走，不少情侣最爱来这里约会，有的树还掉了块树皮。

宋嘉茉眯了下眼，有这么激烈的吗？

没一会儿，她听到不远处传来哄笑声，应该是男生在聊天，很快又散了。树林里面虫子多，宋嘉茉不由得跺了跺脚，闹出些动静来。可等她安静下来，却听到背后传来脚步声。

“程新觉？”她试探着出声，但没得到回应。看来不是，她遗憾地撇了撇唇角。

那个男生似乎就站在她的旁边，但树叶茂密，她看不见男生的脸，只看到他好像也是一个人。这个场景太奇怪，她没忍住脱口而出，“你也是一个人吗？你女朋友呢？”

停顿不到半秒钟，那人开口回应她，声音凉薄：“跟人私奔了。”

熟悉的声音钻入耳朵，来人露出那双好看的眉眼，刘海儿微微搭着，随风抚过额前。

嘭——宋嘉茉的脑子里开始炸烟花，还是八八六十四响的那种——炸得她眼冒金星，腿根一软，差点直接坐地上。

风沙沙吹动树叶，陈赐低着头看她。

少年有双明亮的眼睛，像星辰点缀的夜空。

宋嘉茉缩了缩脖子，还没来得及说出一句话，校园广播又响了。

“校门十五分钟后关闭，需要离校的同学和教职工请尽快离开，否则出校门需要登记。再提醒一遍……”

陈赐终于收回目光，抬腿朝她走来，她很㞞地缩成一团，往后躲了躲。陈赐拎起她丢在地上的书包，拍了两下，这才往校门口走去。她赶紧跟上去，亦步亦趋，一路都乖乖地低着头。

今晚的公交有些空，陈赐知道她容易晕车，挑了最靠前的空位坐下。但位置狭窄，他那双长腿无处安放，只能曲着。

陈赐想起她方才的问句：“你也是一个人吗？”“也”。

仿佛心有灵犀，她双手捏着面前的栏杆，下巴搁在上头，悄咪咪地侧眼看他。

陈赐：“今晚是去约会的？”

“没，”小姑娘轻声回答，很无辜地抬眼，用最柔软的语气说着最放肆的话，“但如果你非要这么理解，其实也可以。”

她不太想说，因为程新觉看起来不像个好人，她怕陈赐知道之后，不允许自己和他来往。第二就是……不知怎么的，她突然觉得，其实没有必要事事对他坦白，他只是哥哥而已啊。

有的事，哥哥没必要非得知道的。

车厢内安静下来，只剩车辆运行的声音。他没有再问，她也没有再说。

到家后，二人回了书房，各做各的，直到夜深也没有交流。

宋嘉茉收起最后一本练习册题，离开前，抬起头问了一句：“对了，哥，你真有女朋友啦？”

他正在做题，闻言头也没抬：“没，特意去捉你的。”

那我谢谢你啊。

陈赐没再说话，宋嘉茉耸耸肩，收拾好书包去睡觉了。

第二天课间，她正想趴着休息会儿，突然被人敲了敲桌角：“别睡啦，外面有人找。”

“谁啊？”

“二班的程新觉，说昨天有事没说完。”

噢，好像是有这么个人。宋嘉茉揉揉眉心，走了出去。那人正倚着栏杆在笑，宋嘉茉看到他的第一眼，很自然地愣了一下。

程新觉笑道：“抱歉，昨天让你等了那么久。”

“没事，”她很快恢复正常，顺着接话，“毕竟是我找你嘛。”

程新觉先是说了会儿昨晚的情况，表达了自己迟到的歉意，几分钟后才进入正题：“听说你找我问社团的事情？不过这个说来话长——”确实说来话长，他还只来得及开个头，上课铃就响了。

男生朝她笑笑：“下午体育课再见，小宋同学。”

宋嘉茉迷迷糊糊地点了个头，回教室的时候还在想：既然这个事儿说来话长，为什么要还要在课间来找她呢？几分钟肯定讲不完吧？可还没来得及思考出答案，下节课已经开始了。

等到下课，她早没了胡思乱想的兴致，去超市买了罐冰咖啡救命。

在超市碰到班长，说起课间的事，她忍不住开口道：“原来他就是程新觉啊？”

班长：“是啊，怎么了？”

“没什么，”宋嘉茉摇摇头，“以前好像看过他打球。”

那场球赛，陈赐和他是对立阵营。

中午宋嘉茉也没出去吃，听说食堂有糖醋排骨和炸里脊，这两道是招牌菜，一点儿都不比外面差。她今天的运气好，一个人来食堂，本来以为会无聊，没想到陈赐也在。

食堂用的是学生卡扣费，陈赐刚点完，正要把卡挪开，一根白皙纤细的手指贴上卡面，轻轻朝前一按——“滴”的一声后，二次扣费成功。

陈赐回头，对上小姑娘笑眯眯的眼睛。

宋嘉茉生了双笑眼，笑起来更是显得无辜、可爱，卧蚕弯弯的，对掌勺阿姨说：“来份一样的，谢谢。”

可乐她选了冰的，结果刚坐下，旁边的人长臂一展，把自己的常温可乐跟她的换了。

她不太乐意：“干吗？要喝冰的你自己去拿呀。”

“少喝冷的。”

她才不信陈赐是关心她的身体，撇了撇嘴：“切，你就是怕冰手，然后等我拿个冰的，再跟我一换。”宋嘉茉转头望向陈赐，一脸看透了的表情，“你真有心机。”

……最后宋嘉茉只能认命，与常温可乐相亲相爱，只是一边喝，眼神还一边往他那儿飘：“哥，你知道你可乐旁边为什么会有水汽吗？”

陈赐筷子停了下，知道她又要开始了。果不其然，下一秒，她揩了揩微微泛红的眼角："那是我流的眼泪。"

一顿饭二十分钟，陈赐快被她给烦死了。说完话，宋嘉茉也没闲着，一手拿着筷子，另一只手摸出手机。

她打开手机看了一眼，发现程新觉给她传了文件，好像是什么播音的理论知识，内容还挺详细。她咬着排骨粗略翻看，直到被人轻轻扣了扣桌面。

陈赐："好好吃饭。"

"知道了。"她不服气，"这也要管。"

小姑娘退出页面，陈赐看到有个男生的头像一闪而过，屏幕很快熄灭。

下午第一节是体育课。两个班一起上，跑了两圈做了些运动，老师就放他们自由活动了。

宋嘉茉在升旗台底下坐着，程新觉很快找了过来，就坐在她旁边，跟她聊了些社团的运营内容。他脾气还可以，讲话也算细致，宋嘉茉问了好些弱智问题，他也都一个个耐心地回答了。

下课铃响时，第一次交流告一段落。

她礼貌道谢，收到他的一个笑容："那你请我喝瓶水吧。"

宋嘉茉想，这倒是应该的。于是她欣然点头，"好啊，你喝什么？"

"我都可以，你喝什么我喝什么。"

刚下课，超市的人还不多，她买了瓶苏打水，给程新觉的也一样。老板抽出两瓶水，程新觉一并拿了，结果走到操场还没给她。

他是要一个人喝两瓶吗？

她正这么想着，身边的人有了些动作，一瓶水被递了过来。

她犹疑了下："……嗯？"

"不喝吗？"

她伸手正准备接，男生却突然躲开，恶作剧似的将水举过她头顶，让她来抢。

宋嘉茉真的很想问他，你自己觉得你幼不幼稚啊！

但人家刚帮了她，这话是肯定不能说出口的，宋嘉茉踮起脚够了一下，可与此同时，他又把水举高了点，她扑了个空。

你现在要是陈赐我已经咬死你了。

正好走到台阶处，程新觉像是拿了个逗猫棒，越玩越上瘾，仗着身高和台阶优势，上下晃动水瓶。

上课铃就在这时候打响，这节是迟到必死的专业课。

宋嘉茉条件反射般地拔腿就往楼上冲，程新觉乐不可支，好像从来没见过女生跑步一样。

……

直到两个人的身影消失在楼梯拐角处，陈赐才漠然地收回视线。他们趁下课出来买水，谁知道水没喝两口，精彩画面倒是看了不少。

一旁的李威立刻跳了起来，指着楼梯口，难以置信："这，这，这——这一看就是想泡我们小茉莉！"

陈赐没说话。几帧画面闪现，他起身往班上走。

李威："这不管啊？你们家的家教不是最严格了吗，你之前怎么骂我的，难道你忘了？"

陈赐仰头将水喝完，伸手一抛，易拉罐稳稳地落进几米远的桶里："长大了，管不了。"

少年淡淡道："随她。"

李威心道：得，妹妹这边开桃花，哥哥生气了。

第六章

信号

CHAPTER 6 >>> 等烟火满怀

怦怦，怦怦，怦怦。

宋嘉茉骇然，无数不可能也不成型的念头，如同不规则泡沫一般，争先恐后地填满她的胸腔。

宋嘉茉排除万难，总算在上课前回到了班里。

还好，老干妈今天没有提早来。不然在陶碧的课上，就算没有迟到，仅仅只是踩着点儿，也没什么好果子吃。

宋嘉茉翻找出教材。因为刚刚跑过，还在喘着气，手都有点抖。她决定，等她正式成为广播社社长，她要做的第一件事，就是把铃声加长成一串十五秒的音乐。

造福自己，也造福他人。

突然，玻璃窗被敲了两下。她坐在靠窗的位置，还以为是陶碧来骂人了，后背一僵，灵魂都差点被吓出窍。

结果转头一看，是程新觉……你怎么还没走呢？

男生从窗口扔进来一瓶粉色的汽水，朝她笑了笑："你的水。"

那水在空中荡了个旋儿，也不知是巧合还是怎么，竟然稳稳地落在了她的桌子上，晃都没晃一下。

她还没反应过来，班上的同学就开始起哄了，男生们最爱看这种热闹，口哨吹得一声比一声响。

宋嘉茉捏着语文书边缘，被这几声起哄闹得头皮发麻。

"干什么？！"陶碧板着脸走进教室，"整个三楼就你们班最吵！"

她用的是"你们班"，没人敢反驳说"老师，您就是我们班导员，应该是我们班"。

大家大气都不敢出，纷纷低头看着桌面，像沸水里沉默的小汤圆。

但总有那么一两个不安分的汤圆。

赵悦看着那瓶水，不由得低叹一声："他好会啊！"

"赵悦！"陶碧直接点名，"说的什么，站起来让大家听听。"

赵悦的笑容僵在脸上，磨磨蹭蹭地起来："我……"

仿佛时间停止，全班安静了两分钟。每分每秒都是如此难挨，有一瞬间，宋嘉茉恨不得能从世界上蒸发。

"好了，"陶碧念在她是刚转专业过来的，终于让了步，"以后上课不要说小话，你带着大家把昨天的课文读一遍。"

赵悦对老干妈的实力一无所知，她甚至没做课前准备，这时候才慌慌张张地去找书，结果抽出一本漫画书。少女漫画，封面的男主角姿势暧昧，封皮上好大几个桃心。

宋嘉茉狠狠抿住唇。

她受过专业训练，一般不会笑，除非忍不住。

宋嘉茉掐着大腿，让自己保持冷静，看到陶碧深吸一口气，是要发火的预兆，她赶紧将自己的书翻到那一页，递给赵悦。

这场没有硝烟的战争终于平息，作为代价，那一整节课，她都憋笑憋得十分辛苦。

刚一下课，陶碧就把赵悦的漫画书给收了，并且还非常生气，让她抄五篇文言文，明天交上来。

本以为赵悦会很丧，结果陶碧一走，她立刻又拿出一本漫画，庆幸道："幸好没收的不是这本，男女主角这本才接吻，万一被收了，我真的死不瞑目。"

宋嘉茉："你不怕我跟老师举报你？"

赵悦惊讶地看着她。

宋嘉茉伸出手，义正词严地说："除非你让我也看看。"

下课后，宋嘉茉列了个清单，把接下来要做的事都一项一项地仔细排好，准备挨个完成。

首先就是找人。社团起码需要四个人，赵悦的普通话不标准，帮不了忙。也就是说，宋嘉茉还要再找三个成员。

怎么才能在短短几天内，找到三个愿意加入播音社的人？

赵悦帮她一起想："你在班上挨个问问呢？或者发传单？唉，这个真的有点儿麻烦。"

宋嘉茉敲着脑袋，灵光一闪："我想到了！我找之前参加过广播朗读的，或者主持过校庆的吧？"

"广播朗读是什么，之前不是没有播音社吗？"

"对啊，但是我们中午的广播，有时候是有人读文章选段的，你不记得了吗？"

赵悦惊呼："可以啊，直接就排除了没经验和不愿意抛头露面的人。你吃什么长大的，脑子咋这么灵光。"

直到宋嘉茉开始找人，赵悦还在惊叹她做事怎么这么高效。

通过学生会，宋嘉茉差不多找到了十来个人，挨个发消息询问，十二小时之内就收集到了所有的回复——真是万幸，正好有三个人愿意参加，都是大三的，两个学姐，一个学长。

成员的问题解决了，就完成了最重要的一环，她悬着的心也落回了肚子里。接下来就是想选题了。如何改变学校广播的固有模式，让大家有记忆点而且觉得精彩，就是她下一步要思考的问题。

不过不管怎么说，也算开了个好头。宋嘉茉摩拳擦掌，干劲满满。

下午最后一节课，老师宣布了新消息："按照这次期中考试的成绩，以及根据大家在专业学习方向上的侧重点的不同，学校要进行教育改革，班级将分为考研班和就业班。所以，现在开始，要进行新的班级调整，调整后，我们这个班会成为考研班，班次还是一班。"

很显然，赵悦属于要暂时离开的那一批。对此，赵悦松了口气："终于不用感受各位学霸的吊打了，每次老师说'这题都会，不讲了'，我都很奇怪，怎么就不讲了？怎么就都会了？"

"唯一舍不得的就是你，"赵悦叹息，"到时候有空再一起吃饭啊。"

宋嘉茉"嗯"了一声："等你回来。"

赵悦转头，看了一眼班上的平均分："那你恐怕等不到这一天了。"

……

课后，大家开始各忙各的。要走的忙着整理，留下的那些则在想自己要不要换个新的座位。

宋嘉茉还是打算坐在原位，低头找了两本参考书，这时，她的肩膀被人拍了一下。

"你好，请问我可以坐在这里吗？"

宋嘉茉先是觉得奇怪，很快，脑子里有什么一晃而过，如醍醐灌顶一般。宋嘉茉一转头，看见熟悉的脸。

"矿泉水？"没想到尹冰露突然回来，她怔在原地，连眨眼都忘了。

尹冰露对她的反应十分满意，放下书包，一挑眉："怎么，被我的美貌震惊了吗？"

沉默片刻后，宋嘉茉伸出手，去摸尹冰露的脸："长完水痘的话，脸皮也变厚是正常现象吗？"

尹冰露："滚哪！"

真正的朋友大概就是，即使几个月没见，再见面时，依然可以很快进入无所不聊的状态。

放学后，尹冰露挽着她，还在滔滔不绝："你根本就不知道我为你付出了多少！这次考试我本来可以不用考的，但老师说这样就进不了考研班了，所以我就在办公室活生生考了两天！你懂那种压力吗？五六个人看着你考！我为了给你惊喜，又憋着不能说，你知道这对我来说是多大的折磨吧？”

宋嘉茉很感动：“你好爱我。”

尹冰露：“那倒也还好。”

……

很快，宋嘉茉又道：“你的水痘都好了吧，还疼吗？留疤没有？”

“已经没事了，就胳膊后面……”尹冰露的话还没说完，推了推她，“那是不是你哥？”

宋嘉茉抬头去看，果然，几米远的地方，陈赐买完饭团，正在往回走。

宋嘉茉朝他招了招手：“哥！”

两个人隔得有些距离，他的脸又被树影挡了一下，只隐约看见陈赐瞧了她一眼，余下便没动作了。

没答应，好像也没点头。

尹冰露摸了摸下巴：“你哥以前是这么冷淡的吗？不对劲吧，他怎么了？”

宋嘉茉哪知道：“可能来‘大姨夫’了吧。”

她今天很安分，到家后早早写完作业，洗了澡，坐在沙发上听英语。

九点多的时候，门口的密码声响起，是陈赐回来了。

出于某种关怀精神，还有一点点别的微妙心态，她略有些狗腿，主动凑了过去，向她哥问好：“哥，回来啦？”

陈赐淡淡地“嗯”了一声，没什么表情。

宋嘉茉抿了抿嘴唇：“饿吗？我点了炸鸡，等会儿可以一起吃。”

他换好拖鞋，将书包放在玄关：“你晚上没吃？”

她想了一下：“我晚上吃了就不能吃夜宵吗？”

他没再多说什么，意思是随她。

陈赐以前从来不会“放养”她，如果听到她点了炸鸡，要么是不让她吃，要么是自己去做夜宵，或者喊阿姨。从来不会像今天一样，随她如何。

心里的预感隐隐灵验。从昨天开始，陈赐就有点儿冷淡，今天甚至显得更加冷漠。她觉得有点儿奇怪，不知道自己哪里惹他生气了。

虽然不知道，但是看在陈赐平时都比较给她面子的分上，她决定今晚可以屈尊哄一哄。

炸鸡到了之后，她蹭到陈赐身边，闲聊道："哥，我后来又去问了一下，就上次巷子口我们遇到的那个刺头，你们之前打过架，是不是？"

陈赐的回应简短："嗯。"

宋嘉茉："那个刺头来找我，估计有部分原因是你。"

这次更离谱，连回应都没有，陈赐只是淡淡地眨了下眼睛。

她撇了撇嘴，吃了两口鸡块，又抽出一根薯条，递到他的嘴边："吃薯条吗？"

陈赐："不吃。"

她深吸一口气："那我自己吃。"她就坐在陈赐旁边，吃完了整份炸鸡外卖，陈赐竟然真的管都没有管一下。

吃到最后，宋嘉茉觉得有点撑。

很快，陈赐起身回房间，宋嘉茉站在门口听了听，应该是在打游戏。

厨房有水声，宋嘉茉趿着拖鞋跑了过去："江姨。"

江慧："怎么进来了？歇着吧，给你们洗点车厘子。"

"我来吧，"宋嘉茉说，"我洗了亲自给他送过去。"

"亲自"两个字，她咬得很重。

陈赐，我劝你还是见好就收。

洗完之后，宋嘉茉露出一个笑容来，站在陈赐的门口，礼貌地敲了敲门。她走到他的桌边，屏幕里面正是《英雄联盟》的游戏背景。

小姑娘嗓音清冽："哥哥，给你洗了点车厘子，要不要吃两颗。"

陈赐无视她的讨好态度，淡淡道："放这儿。"

宋嘉茉："你现在吃。"

一秒钟，两秒钟，三秒钟。她转身出去了。

耳机对面，李威听出来了什么，规劝道："差不多行了，赐哥，你这再不下台阶，妹妹马上生气了。然后变成你像狗一样追着哄她。"

陈赐："……你觉得我是你？"

李威耸耸肩："行吧。"

另一边，宋嘉茉在房间来回踱步了五分钟，一把将头发捋了上去。

那句话是谁说的来着？忍一时越想越气，退一步越退越亏。

她打开尹冰露的对话框："差不多得了，陈赐，三个回合，本仙女纡尊降贵哄了三个回合，他还爱答不理？他现在听我说话敢不看我的眼睛？"

矿泉水直接发来一个问号。

不加冰："陈赐，你还记得你是谁吗？不要不识好歹！"

不加冰："我好痛苦，我要骂他。"

尹冰露缓缓又打来一个问号："你骂得过他吗？"

不加冰："骂不过，所以我换个别的方法。"

她火速地点进和陈赐的对话框，把他加入黑名单，然后开始畅所欲言："真拽，真拽啊陈赐，要不是天问一号发射成功，我看你能代替它上天呢！"

"你是牛年出生的吗这么牛？我干脆去诺贝尔给你颁个最佳臭脸奖怎么样？"

"真会打游戏，游戏打得真好，真会看电视，就你也配吃车厘子？就你？！"

"男人，适可而止。"

因为把陈赐拉黑了，所以她的消息都发不出去，变成一个小小的感叹号。发泄完毕后，她痛快许多，按下截屏键，发给尹冰露。搭配一个表情包："我很高贵，男人没有机会。"

尹冰露："……"

发完之后，宋嘉茉把手机扔到一边，闭眼睡觉。

爱谁谁吧——她！不！干！了！

睡前，陈赐略作思索，不知是想到了什么，又慢慢坐了起来，他打开台灯，将手机解锁。

宋嘉茉的头像很好找，是一只奶白色的兔子。他点进去。

陈赐："睡了？"

很快，对话框旁边冒出个红色的感叹号："根据对方的设置，您暂时无法向对方发送消息。"

次日，宋嘉茉起得很早。她刚拉开门，就看见陈赐站在她的门口，似乎正准备叫她起床。

宋嘉茉揉了揉脑袋，径直朝前走去。她刚洗漱完，空气里带着浅淡的茉莉香气。

厨房里，江阿姨问道："今早吃牛肉粉可以吗？"

"可以——"宋嘉茉走到冰箱前，"牛肉记得切小点呀。"她打开冰箱，惯例想要拿瓶酸奶。结果不知道为什么，酸奶摆的位置很高，她踮起脚也够不到。

很快，身后覆盖下来微冷的薄荷叶的味道，是陈赐。

他伸手挑了瓶黄桃燕麦的，手臂悬着，就放在她面前，是要给她。

但宋嘉茉视若无睹，还是努力地攀着冰箱格子，最终顺利取走一瓶。然后略一弯腰，就从陈赐的手臂下钻出去了。

他微微皱起眉头。

别的男人给她水，她就跳起来抢，他给她拿酸奶，她就这样？

宋嘉茉坐在桌边，抿了小半口，唇边留了点奶渍，陈赐张开嘴，正要提醒。

宋嘉茉已经先他一步，抽了张纸，擦干净了。

起床五分钟，全程无交流。

很快，阿姨把两碗粉端了上来。宋嘉茉也格外安静，一点儿多余的话都没有，低头慢慢吃着。

停顿了一下，陈赐招呼道："宋嘉茉。"

宋嘉茉抬头，没说话，只是微微眨了下眼，表示自己听到了，露出跟他昨晚如出一辙的表情。

"……你怎么把我拉黑了？"

"是吗，"宋嘉茉露出这才反应过来的样子，无辜地耸耸肩，"可能之前哪次弄的吧，不太记得了。"

"那把我放出来。"

宋嘉茉有点意外的样子："放都放进去了，再拖出来，不是白忙一场吗？"

吃完之后，两个人出发去学校。走出家门，宋嘉茉往车库看了一眼，礼貌地提醒："你要不坐车去上学，比公交快点儿。"

陈赐装作听不懂她的逐客令，跟她一起上了车。

今早的公交车，人比较多。宋嘉茉一上车就被挤来挤去，司机还在疯狂地踩刹车。她一下没站稳，往前一晃，头险些就要撞到栏杆上——

陈赐伸出手，替她挡了一下。宋嘉茉的额头只撞到他手背，很快，宋嘉茉站直身子，客客气气地说："谢谢。"

他低声，"你是不是想气死我？"

宋嘉茉十分真诚地回应："对的。"

今天是调整班级的第一天，宋嘉茉来到班上，看到几张生面孔。有人抬头手跟她打招呼，她笑了笑，也招手示意。

尹冰露已经提前到了，坐在座位上撕面包。同桌从赵悦变成了尹冰露，需要点儿适应时间，宋嘉茉晃了下神。

看到她的表情，尹冰露挑了挑眉："怎么，今天也为矿泉水的盛世美颜而感到震惊吗？"

宋嘉茉放下书包："今天也为你的盛世脸皮而震撼。"

课间的时候，宋嘉茉接到新任务。她撑着脑袋，在纸上画着圈。

尹冰露："刚才那人跟你说什么了？神神秘秘的。"

宋嘉茉说："没什么神秘的，社团老师的传话筒。"

"老师说先看看我们的水平，让我和万雅一人录一期小节目，看谁录得更好，到时候第一期播音就让谁先上。"

虽然这段时间，尹冰露并不在场，但她随便补了补课，所有人物关系就弄清楚了。

尹冰露："录什么节目有要求吗，还是随便录？"

宋嘉茉："有主题的，这次的主题是心动。"

据那位传话的同学说，当时老师正在听歌，说到主题时，很随意地瞅了一眼屏幕，歌名正好是《心动》。于是主题就定了这个。

宋嘉茉："总得了解这个主题，才能做好吧。"

尹冰露毫不掩饰自己的嘲讽："你？一块死不开窍的铁石，心动这俩字跟你有什么关系吗？你活了十几年，心动过吗？"

宋嘉茉脑袋一热，脱口而出："你看不起谁呢？"

尹冰露："你心动过？真的假的？什么时候？我怎么不知道？谁啊？你俩发展了吗？什么时候结婚？孩子几岁了？周岁宴在哪家酒店？"

宋嘉茉反应过来，"好啊你矿泉水，你套我话？"

"我哪有，这不是随便一激你就招了嘛，"尹冰露哼哼着蹭过来，"老实交代，是不是我不在的这段时间……"

"没有，"宋嘉茉打断尹冰露，"就是……"

她也不知道怎么形容。

尹冰露："地点呢？在哪儿你总能告诉我吧？"

宋嘉茉不堪其扰，终于坦白道："篮球场。"

尹冰露露出神秘的微笑："篮球场？篮球场好啊！帅哥一撩衣服八块腹肌，谁能不为男色沉迷呢？谁啊，我帮你参谋参谋？"

宋嘉茉推开她的脑袋："上课了，赶紧找卷子。"

这是上午的最后一节课。

打完下课铃，大家都抓紧时间冲出班级，去抢占午餐先机。只有尹冰露不一样，刚走出校门，她又开始问了："孩子他爸哪个专业的？"

宋嘉茉被念得头疼："很重要吗？"

"当然重要了？心动为什么不冲上去！"

"心动很正常啊，人这一生会心动多少次？"宋嘉茉说，"又不是心动就要在一起。"

尹冰露："但是……"

话题被迫打断，队伍轮到她们，得开始点餐了。

宋嘉茉点了瓶汽水，结果撬了半天，盖子都没能打开。她看着自己拧红的掌心，陷入了对世界的怀疑。

旁边突然传来一声笑，紧接着，手边的汽水被人拿走。那人甚至没用开瓶器，抵着桌子轻轻一推，瓶盖就掉了下来。

宋嘉茉有点发愣："程新觉？"

他仍然在笑："我在外面就看到你了，三四分钟都没打开，实在看不下去了，来帮你一把。"

她不知道该说什么，看他端着自己的盘子，在她的旁边坐下。宋嘉茉愣了一下。

程新觉："怎么？这里有人？"

宋嘉茉："……那倒没有，你坐吧。"

桌子底下，对面的尹冰露在疯狂地踢宋嘉茉。宋嘉茉警告地踢了一下尹冰露的鞋尖，示意她不要乱说话。

靠眼神交流，似乎是女生们与生俱来的能力。

尹冰露："这谁啊？有情况？"

宋嘉茉："有什么情况？吃你的饭。"

尹冰露："他怎么不说话？"

宋嘉茉："不说话就够尴尬的了，说了还得了？"

尹冰露憋笑憋得脸通红。

终于，快到吃完饭的时候，程新觉开口道："其实刚好有事要和你说的。"

宋嘉茉："啊，什么？"

"我们明天有篮球赛，但是这边啦啦队还缺个人，你要不考虑一下？结束后好像有补贴，会送个小礼物。"

宋嘉茉："啦啦队？"

"嗯，就是帮我们加油。"停顿了一下，他笑道，"主要是帮我。"

宋嘉茉想了想："那我考虑一下吧。"

"考虑一下？"他有些意外的样子，不过很快又笑起来，露出一口白牙，"好啊，那你考虑好了，发微信告诉我。"

几分钟之后，程新觉离开，宋嘉茉松了口气。

尹冰露："以我的经验来看，他对你，肯定有什么不可告人的目的。"

"比如呢？"宋嘉茉漫不经意地道，"想偷我蚂蚁庄园的能量？"

尹冰露懒得跟她胡扯，"那你去吗？"

宋嘉茉戳了戳碗里的饭："应该会去吧，毕竟篮球场，我上次心动的地方。故地重游，看能不能找到当时的感觉，把播音社的节目做好点儿。"

尹冰露想想也是："你不是说你哥也进篮球队了吗，这次他在不在？"

"不清楚，我不是把他拉黑了嘛。"

尹冰露拿出手机一阵敲打，像是在问着什么，很快，得到消息："你哥也在，看样子……好像还是他对家？这次是我们校内的篮球赛，你哥是医学系大二队的前锋，这个程……程新觉是吧？是大一的前锋。”

“他俩对打哎！”尹冰露道，“那你要是去了，你支持谁？”

宋嘉茉喝了口汽水：“你猜？”

尹冰露：“那肯定还是你哥。”

宋嘉茉：“我给陈赐加油……”

听起来是个陈述句，尹冰露松了口气，心想她果然还是向着她哥——

宋嘉茉把话说完：“就他？陈赐？他也配？”

……

傍晚，因为跟尹冰露逛了会儿书店，她晚了四十多分钟到家。

回家之后，宋嘉茉打开手机，点进程新觉的对话框。无意中点到他的资料页，简介处明明白白的四个大字：想睡觉吗。

听到远处客厅传来细微的动静，她回头，发现是陈赐回来了。关门声还挺大，没一会儿，江阿姨招呼着他们吃饭。

今天的晚餐，依然十分沉默。宋嘉茉没怎么搭理陈赐，就连他切好的牛排都一块没吃。她在吃东西这方面比较急，牛排、螃蟹、虾之类的，除非是有人弄好，否则都懒得去弄。

晚饭过后，宋嘉茉坐在书房整理，有不轻不缓的脚步声自身后传来，然后停在她身边。

少年扣了扣桌面，有些懒散的意味：“公主殿下，打算什么时候理我？”

宋嘉茉：“这不是在跟你说话。”

陈赐将椅子拉了过来，就坐在她的旁边。

他好像是刚洗完澡了，有沐浴露的薄荷味道。像是刚冻好的雪碧冰块，被晚风一吹，香味就飘到她的鼻尖。变戏法似的，他从身后拿出个布丁来：“新口味，人很多，排了好久的队才买到的。”

他特意加重了“好久”这两个字。

宋嘉茉："怎么说？"

陈赐："作为交换,你先把我从黑名单里放出来。"见宋嘉茉想要说话,他又补充道,"我有个东西要发给你。"

宋嘉茉本来不想放他出来，但听他这么一讲，好奇心又有点上来了："什么东西？"

"看了就知道了。"

她眯眼："你最好是有什么重要的内容。"少女拿起手机，在解锁页面又纠结了十来分钟。

好不容易，她点进和他的对话框，将那个"加入黑名单"后面的按钮点了取消。

把他放出来的那一瞬间，收到一条新消息。

宋嘉茉返回去看。是一张图片，里面是一道数学题，但是底下已经列出了解法。

Sn=n（a1 + an）/2=……

这什么？求和公式？陈赐给她发求和公式干什么？

宋嘉茉转过头："什么意思？"

陈赐抬笔，在某处轻轻一划，低声道："陈赐，向你，求和。"

面对着陈赐的"求和公式"，宋嘉茉愣了一下。

陈赐等了几分钟，没得到回应，他敲了敲桌面，催促道："嗯？"

宋嘉茉抿了抿嘴唇，这才很有原则地撇过头："明天再说。"

第二天起来，陈赐低头，在门口看到一本数学书。

书签夹在求和公式的那一页,右下角的页码处,被人打了个小小的勾。

他抬头看去，宋嘉茉已经坐在桌边等着吃早饭。

熹微的晨光透了进来，在她的肩上洒落一层淡淡光影。她双手撑着椅子，足尖微微晃动，好似还在哼歌。

见陈赐走了过来，宋嘉茉伸出手。

少年挑眉："什么？"

"酸奶。"无声的和解信号。

陈赐勾了勾唇，在冰箱里取了瓶黄桃燕麦的，放在她的面前："现在冰，等会儿喝。"

吃完后二人出发，快到学校时，宋嘉茉忽然侧头问："你们今天是不是有球赛？"

"嗯。"

"几点啊？人不会很多吧？放学再去的话，能占到好位置吗？"

陈赐停顿了一下："你要来？"

"是啊。"

陈赐略作沉吟："来给我加油？也不用。"小比赛而已，能赢。

她说："我不是去找你的呀。"

……

走到新闻系一班门口，班里一如既往地热闹。宋嘉茉总感觉有哪里不一样，却说不上来，到底是哪里有变化。直到她看见，尹冰露正在书桌上整理卷子。

宋嘉茉："你还买卷夹了？你平时不都把卷子随便夹书里吗？"

"我不光买了，我还分科了呢，"尹冰露把旁边的标签给她看，"每一门都分好了。"

宋嘉茉狐疑地坐下。

尹冰露自我陶醉地将卷夹合上："所有事情都是会发展的，你要用辩证的思维看问题。"

宋嘉茉："你最近思修学得挺好？"

尹冰露："那可不，你随便考我，一对一家教很贵的，怎么能白白浪费。"

既然说到这里，宋嘉茉随口道："我和陈赐不就没发展。"

"你们哪里没有发展了？你想啊，按照你之前跟我说的，你从正常到依赖他，这不是发展吗？"尹冰露一条条数着，"还有你早上给我发的消息，你们之前和好都要明确说，恨不得把复合两个字打在公屏上一但这次呢，不就没明说，还不是复合得好好的。这些不都是发展？"

尹大师摸了摸不存在的胡子："时间就是这样的，对你做出的改变，你根本发觉不了，只有旁观的人能看得清。"

宋嘉茉："你的口才挺好的。"

尹冰露还在说着什么，好像是在骂她，但她听不清了，满脑子都是方才的那些话，走马灯一般在脑子里打转。

她和陈赐，好像的确是……越靠越近了。

她不知道界限在哪里，也不知道这个度该怎么把握，更不清楚的是……这究竟是好，还是算坏。

"等等，"宋嘉茉突然反应过来，"什么复合啊——你不要乱用词！"

尹冰露嘿嘿笑了两声："没有没有。"

中午，临近下课时，宋嘉茉小声地问道："今天去吃'小象'吗？"

尹冰露说："好啊，我正好想吃他们家的泡饭了。"

"小象"是学校门口的一家餐厅，老板是一对年轻夫妻。一二楼都可以用餐，但二楼的位置更加火爆一因为二楼拐角处不仅有两只小猫，掀开帘子，里面还有个小网咖。说是网咖也不严谨，里头有两张沙发，两台电脑，只是老板自己的休息空间。偶尔运气好，碰上他们懒得关电脑，就有学生可以去蹭一蹭网。

两个老板人也很好，所以不计较，只会笑着说："只能玩几分钟啊，不然要收费了。"

因此，二楼沙发变成最难占的位置，一般都要开足马力，做最快冲出学校的那个人。

宋嘉茉和尹冰露分工明确，一人占位置，一人点餐。物尽其用，绝不浪费时间。

但今天，尽管宋嘉茉拿出了短跑的冲刺速度，上楼时，仍然迟了。里间传来男生的哄笑，以及一个人宛如讲相声般的叙述。她没听清，挑了个位置坐下。

尹冰露上来时，略显惊讶："没占到啊？"

"嗯，"宋嘉茉撇嘴，"他们真的好快，我到的时候已经聊上了。"

尹冰露："这么速度？可能最后一节是体育课吧。"

"不过你不是想来吃饭的吗？要电脑干吗？你不是自己有一台？"说到电脑，尹冰露就忌妒，"你那台电脑还是新款呢，粉金色，又好看，还轻，我做梦都想要。"

"不是，"宋嘉茉说，"我不是要交播音社的节目吗？主题是'心动'的那个。我发现我记错时间了，今晚就要交，我现在才只有一点点头绪，就想着中午来找点资料。"

"喔，你想找什么资料啊？"

"关于心跳声的素材。"心动总离不开心跳，她想多搜集一些声音，看会不会有灵感。

尹冰露："今晚就交啊？"

"嗯，明天就出结果。"

"没事，"尹冰露拍拍她的肩膀，"你肯定能赢，我相信你。"

尹冰露的话音刚落，帘幕后就传出一阵爆笑。

"所以说，赐哥就真的不给人家台阶，然后自己又巴巴地跑过去哄？"

"我是真的笑裂了。"

"我是没想到，有生之年，我们如此高贵的陈赐葛格，也有低头求和的那天——笑得想吐，谁懂？"

很快，帘子被拉开，一二三四——四个人被扔了出来。

看到宋嘉茉，李威愣了片刻。

宋嘉茉也微怔着，看向趴在地上的人。

李威一个鲤鱼打挺："本尊！"

李威后面的几个男生，也连连朝她伸出大拇指，感慨道："高人。"

宋嘉茉："……你们怎么了？"

她起身，拉开帘子去看。

沙发正对着一盏台灯，灯光垂直的照射下，所有的瑕疵都无所遁形。陈赐的脸就沐在暖光里，五官却依然挑不出一处死角，他戴着耳机，睫毛的投影被拉得很长。

见来人是她，他抬眸看了一眼。

宋嘉茉在他旁边的位置坐下。

李威立刻凑了过来："小茉莉，你可要给我们主持公道啊！"

宋嘉茉动了动鼠标，三两下，点开一个网页。

陈赐冷笑半声："让我妹给你们主持公道，怎么想的？"

宋嘉茉点头："确实，陈赐本来就不是什么好东西。"

陈赐眯了下眼。

几个人乐不可支，但又碍于情面不好发作，跑到外面的桌子上吃饭去了。

宋嘉茉正在搜索，冷不丁，胸口贴上一个冰凉的东西，吓了她一跳。是尹冰露，拿了个听诊器，正在探听她的心跳。

宋嘉茉："你这东西哪来的？"

"我刚去找老板要的啊，听说他之前是医生，我就随便问了下，没想到真有。"尹冰露借花献佛，"他送我了，我转赠给你。"说完，尹冰露将听诊器挂在了宋嘉茉的耳朵上。

她顺水推舟，听了一会儿尹冰露的心跳，没什么不同的，是很正常的音量。

任务完成，尹冰露起身：“我先去吃饭了，你查着，有事儿叫我。”

“嗯——”宋嘉茉又点开了几个音频，但什么都没听到。这才反应过来，她的耳朵上还挂着听诊器，没戴耳机。正要取下来的时候，突然看到坐在旁边的陈赐。

他正在看球赛，镜头一晃而过，捕捉到一个举牌的漂亮姑娘。

宋嘉茉计上心头，猛地扑过去，生怕晚一秒就会错过他的心跳——结果起得太急，脚下一软，她直接撞了上去。

陈赐被她撞得半陷进沙发里，闷哼了一声，眉心微蹙，手肘反应下意识地抬起来，在距她腰间几厘米的位置停了下来。

宋嘉茉感到一阵眩晕，再睁开眼睛，看见陈赐的下巴，有很浅很浅的淡青色胡楂。

平时是看不到的，从来都是看不到的，可这次怎么会看见，应该不是因为靠得太近。

她的呼吸停住，才发现自己的手搭在他肩上。

有风吹动帘幕，轻轻地拂过她脚踝，有些痒。

他们被藏在这一方小小的空间里，几米以外就是热闹的人声，是如此光明正大、人尽皆知的场合，所有人都知道他们在这里，但只有他们知道，这里发生了什么。

宋嘉茉从他身上坐起身来。

接、接下来……应该干什么？下去吗？不太好吧？那陈赐会误会吧？

她是清白的，她过来只是为了听他的心跳啊！

嗯，对，她心里没鬼，就应该按照原计划做下去。

于是宋嘉茉伸出手，一言不发地拿起听诊器，开始在陈赐的胸口找位置。她一脸严肃，仿佛力证自己心无杂念。

但由于宋医生的位置找不准，于是她将听诊器贴下去，又挪了几下，认真而考究地寻找着心跳的发源地。

衣服很薄，听诊器冰冷，光是贴上来就足够让人心尖一颤，更何况宋嘉茉还在不停地移动位置。陈赐终于忍不住握住她的手，喉结滚了滚："……别乱动。"

这话仿佛一把火，"轰"地烧毁掉宋嘉茉所存不多的神志。像是立刻回过神来，她猛地向后一仰，头顶撞到吊灯，人也直接从陈赐身上翻了下来。

一时间头晕目眩，情绪和痛觉以及难以言明的尴尬同时作用于她的身体，她仰了仰头，恨不得找个地缝直接钻进去。

听到里间的声音，众人纷纷拉开帘子察看情况。只见是这么一副人仰马翻的局面，陈赐好整以暇地坐在椅子上，双腿大开，而妹妹却侧倒在地，还在揉脑袋。

李威："你禽兽啊，连妹妹也要打？"

最后，这顿饭是以宋嘉茉逃跑而告终的。大家都以为是兄妹之间发生了争执，只有她自己知道不是。

她就是单纯地，不知道哪根筋抽了，非要去听陈赐的心跳。

不听不就没事了吗！

她平复着心跳，逐渐稳住了呼吸，把某些画面从脑袋里驱赶出去。

尹冰露："你们刚刚干什么了？"

"看不出来吗？"宋嘉茉露出悲伤的表情，"陈赐揍我了。"

尹冰露："你给我适可而止！"

终于熬到了放学，宋嘉茉从没这么期待过篮球赛。甚至希望这场比赛能打他个三天三夜，这样就不用回家见到陈赐了——

她该怎么面对他啊？陈赐不会觉得她脑子有病吧？

怀着这样的心情，她灵魂出窍地走到篮球场。

今天人的确不少，好在尹冰露托人占到了位置。

宋嘉茉刚坐下就弹了起来。她的头摇得像拨浪鼓：“我不要坐第一排。”

尹冰露：“为啥？”

宋嘉茉：“坐第一排会被陈赐看到。”

尹冰露感到深深的无语，然后跟人换了下位置，她们坐到了第三排。宋嘉茉还在出神。

尹冰露：“你怎么了？跟丢了魂儿似的。”

宋嘉茉求助般地望向她：“你跟我说点事情吧，让我分散一下注意力。”

尹冰露一看来机会了，“行啊，你之前心动的对象是谁啊？哪个队的？叫什么？几块腹肌？鼻梁高不高？”

事已至此，又急于忘记中午的画面，宋嘉茉老实地回答：“大一的程新觉你知道吧？”

“知道啊，哦，就他啊！”尹冰露不太意外，“他是还蛮好看的，好多女生喜欢他。不过他挺花心的，女朋友换得勤，算了吧。”

宋嘉茉：“是啊，所以当时你问我为什么不冲上去——没什么好冲的。”

尹冰露眨眨眼睛：“他虽然好看，但也比不上陈赐啊，所以不亏。”

宋嘉茉捂住耳朵：“怎么又说到陈赐了？”

“行行行，不说，不说，”尹冰露给她顺着毛，“我看程新觉要出来了，你赶紧准备，等会儿心动要记下来啊！”

宋嘉茉深吸一口气，铺垫完毕，抬起头来——似乎有所感应，程新觉也转头望向她，笑得风流而专一。

四目相对间，她的心跳——平静。

宋嘉茉沉默下来，又认真地感受了一下。

的确是平静，甚至还没有看见“老干妈”时跳得快。

尹冰露：“怎么样，今晚的节目有着落了吧？”

话音刚落，宋嘉茉打了个呵欠。

尹冰露额角抽动一下：“什么意思？”

“怎么没感觉啊，”宋嘉茉眨了眨湿润的眼睛，“是不是这几天见面太多次了，所以心脏习惯了？”

尹冰露也陷入思考：“不好说。你当时看到他的时候，有没有一些特定内容？比如你当时在干什么？他在干什么？”

“我当时在吃口香糖，他……”宋嘉茉想了想，“我忘记了。”

尹冰露：“……你忘记了？这么重要的时刻你也能忘？那你吃颗口香糖吧，说不定吃了就能触发情节，让你产生初恋的感觉。你带口香糖了吗？”

“没有。”

“……你真完犊子，宝贝。”

宋嘉茉死死盯着程新觉，妄图回忆起当时的感觉。

尹冰露四处求爷爷告奶奶，帮她问谁有口香糖。终于，功夫不负有心人——

尹冰露焦急道：“快快快！借到了，赶紧吃，马上比赛开始了！”

宋嘉茉低头看了一眼，正要拿。尹冰露道：“别拿了我喂你，快点儿啊来不及了！”

正要张嘴时，宋嘉茉抬了一下眼睛。

球场正中，夕阳迤逦，晕染开来。陈赐漫不经心地扫过来一眼，眉眼微垂，指尖拢着球，腾不出手，用牙齿咬住腕带，调整了一下。

他的上目线薄而干净，每一寸五官线条都很利落，是很薄情的眼角。

可无来由地，宋嘉茉听见心跳声。

怦怦，怦怦，怦怦。

宋嘉茉骇然，无数不可能也不成型的念头，如同不规则泡沫一般，争先恐后地填满她的胸腔。

这太不可思议了，任谁也不会信的。

“你听见了吗？不是我的声音吧。”宋嘉茉僵硬地抬起手心，贴在胸口，紧接着松了一口气。

幸好幸好，没感觉到心跳。

尹冰露看着宋嘉茉，这才慢吞吞，小心地提醒：“你的手……好像贴错地方了。”

紧接着，握住她的手腕，缓缓地往左胸移动。那才是心脏的位置。

移过去的一瞬间，宋嘉茉感觉到掌心明显的震动。如同击鼓一般，某处传来极有节奏的声音，顺着皮肤与血管，准确无误地传达到她的手心，比方才要更响。

她难以置信，面前的场景仿佛全部虚化，只剩下楼宇背后那轮骄阳，刺眼而滚烫。

某个念头，是只要不彻底按压住，只要冒出一点苗头，就会自主成形，拥有具体的感知形状。

是只要她恍惚一下，不强迫自己不要去想，就会冒出来的——

她喜欢的人……不会……是陈赐吧？

第七章

求求你

CHAPTER 7 >>> 等烟火满怀

今日阳光正好，宋嘉茉突然冒出一个想法。

或许现在这个情况……对她来说，并不算坏事。

谁说二组就赢不了？

她看未必。

宋嘉茉的动作僵硬，手掌贴在左胸口，仍然没有回过神。

尹冰露："你和程新觉当时到底是什么情况啊？还没想起来吗？"

宋嘉茉眨了眨眼睛，神思有短暂的剥离。

她说："就是……打球啊，陈赐和他对上了，我就看他们运球、进球。"

尹冰露："然后就心动了？"

"好像……是吧，"宋嘉茉轻咳两声，"开始了，看球吧。"

她让尹冰露好好看球，自己的注意力却怎么也没法集中。她感觉自己像一张糖纸，被日光烤得快要变形。

尽管今天并不热，可皮肤上的温度怎么也降不下来似的，好像连血管都在发烫。越想越乱，宋嘉茉哀号一声，把头埋进手肘里。

球场中央，陈赐投进一个三分球，没再看见那颗愁容满面的小脑袋。

比赛结束，陈赐脱下队服，去淋浴室洗澡。大家冲澡的时间都差不多，出来后，在各自的柜门前换衣服。

陈赐抽了件白T恤出来，李威的目光一晃，啧啧着凑近："赐哥，你这腹肌……"

旁边的刘石踹了李威一脚："你好像男浴室的一个变态。"

李威转头："你属于变态都不乐意看的那类人。看看你的肚子，再看看陈赐的，你不觉得羞愧吗？"

刘石："这和我有什么关系啊，你怎么还连带攻击呢！"

大家换好衣服，准备去吃饭。

离开前，陈赐停顿了一下："稍等，我买点东西。"

李威："我也等会儿去，老班让我们搬几桶水呢，你们先去点菜，然后把桌号发过来就行！"

就这样，剩下的人先去餐厅，陈赐转身，朝校内走。

李威就跟在他后头："哎，赐哥，前几天你跟体校的那个刺头是不是又打架了？我听说了，然后去问了一下。他属于是上次被你暴揍之后的恨还没消，一直想找机会再来。刚好那个曹琬吧……好像也是看小茉莉不顺眼，他们就互相煽风点火，把对方的火气都挑起来了，借这个名义来我们学校堵人。看似是找小茉莉，其实是来找你。"

陈赐轻声道："我知道。"

"你知道啊？也对，他们是故意的，先把你约到空教室，然后在底下堵住小茉莉，你低头就能看到。看起来是巧合，其实那就是他们要的效果，跟一群小学生似的。"

陈赐："所以我不是把他胳膊卸了？"

李威心道，您说得还挺轻描淡写的呢？

想了想，李威又说："他现在还在医院里躺着呢。"

陈赐懒懒地"嗯"了一声，没说话。

一边的刘石忍不住发问："听你们这么说的话，那个刺头原本是认识赐哥的吗？之前还打过架啊？为什么？"

李威："他们那群二流子没什么素质，我们夏季衣服不是很薄吗，他们就很喜欢议论女生穿的什么颜色的内衣。那次就说到宋嘉茉头上了，陈赐当场给了他们几拳，他们就哭着去跟老大告状一就是那个蠢货刺头，刺头就来找陈赐，又被陈赐给收拾了。这仇就记上了。"

刘石禁不住，瞅了陈赐一眼："这么说来，我们赐哥打架挺厉害的嘛。"

李威呵呵一笑，拍拍手腕道：“开玩笑，你陈哥当年可是我们肃大校霸，没人打得过他，只不过比较低调，又不到处混。而且去年那批人也都毕业了，你不知道也很正常。咱们肃大和那些混子学校不一样，他们的校霸都是非主流飞机头，我们学校这边，深藏不露！医学系专业第一！还是个帅哥！懂不？”

刘石：“那他一般是为什么打架？”

李威：“没有一般，都是为他妹打的。”

“呃……”

“怎么？看不起？能到这种地步，没打几次就打成校霸，也是很牛的好吧！”李威停下脚步，从收发室扛起一桶水，“来吧，刘石，我们俩一人一桶，送班上去。”

刘石看了一眼陈赐，正想说些什么，李威抢答了：“怎么可以让赐赐帮我们搬水？”

陈赐：“……你是不是死了就能闭嘴了？”

陈赐俯身提了桶水，不堪其扰，加快速度往超市走。

李威：“你要买什么啊？”

“草莓大福吗？”刘石说，“听说新进的草莓大福特别好吃。”

李威很激动：“买个屁大福。”

陈赐在柜前站定，抬了抬头：“两包荔枝 QQ 糖，还要一包草莓的。”

……

校外，宋嘉茉刚到串串火锅店，和尹冰露一起坐下。等了一阵子，迟迟没有上菜。

众人还在闲聊，宋嘉茉揉了揉胃部：“程新觉，能把你旁边的爆米花递给我一盘吗？”

程新觉正要拿，突然愣了一下，笑说：“是觉得的觉，不是睡觉的觉。你怎么一开始叫对了，现在叫错了？”

宋嘉茉失语片刻，心道还不是因为你的简介乱写。

看着宋嘉茉的表情，程新觉忍不住挑眉："你好可爱。"

宋嘉茉也不知道该怎么回答，接过爆米花，很中肯地说："谢谢，我也这么觉得。"

程新觉愣了一下，旋即笑得更开心了。

有人道："饿了吧？马上就上菜了，再等一下。"

既然马上要开饭，宋嘉茉起身去洗了个手。刚回到包间，一拉开门，就听到大家讨论："陈赐到底什么时候来啊？"

"快了，李威说在路上了。"

关键词拉响警报，宋嘉茉僵硬地转头，看向尹冰露："这是个什么局？"

尹冰露："篮球社打完比赛的聚餐啊。"

宋嘉茉又抬头："你们刚刚说……谁要来？"

"陈赐啊，怎么，你哥要来你很开心吧？"

宋嘉茉抬手："告辞。"

她的告辞是真的告辞，拉开门再看，已经没有人影了。

众人开始摸着下巴闲聊。

"听说她和陈赐好像吵架了，看起来还真挺严重的……"

"是啊，我今天中午看到了，她从'小象'里走出来的时候，脸都被气红了。"

"气红了？哇，那肯定吵得很激烈吧。"

……

没多久，陈赐在桌边坐下，有人看热闹不嫌事儿大，同他说："你妹刚来了。就坐你这个位置上，三分钟前又走了。"

宋嘉茉光速逃跑，给尹冰露发了一条消息，说自己在外面等她。出了火锅店，宋嘉茉四下环顾，确认没看见陈赐后，这才松了口气。

她先去买了杯奶茶。等待的时候，正好遇到播音社的那三个学长学姐。之前就已经聊好了，这是她筛遍整个学校愿意加入她这边的成员。不过老师今晚要求的节目是纯看她和万雅的能力的，和成员没关系，因此宋嘉茉没和他们说，只是聊了些别的。

学长说："有人愿意做广播社我们还是挺高兴的。我们也是觉得快毕业了，想做点什么留住青春。"

宋嘉茉伸出根手指："保证给你们留下值得纪念的一笔。"

这次聊天挺愉快，他们离开时还挥手告别。

"拜拜小学妹，下周见！"

宋嘉茉晃了晃手里的奶茶，里面还剩一层珍珠。正当她再抬起头时，杯子被人轻轻碰了一下。

是万雅。

万雅用手中的冰奶茶，轻轻地和她碰杯："好巧啊，这里都能遇到。"

"刚看你和他们聊天，就没打扰，"万雅毫不吝啬自己的赞美，"你的交际能力真好，这么快就拉到了三个，好厉害。"

宋嘉茉调整着吸管，目标直击杯底的珍珠。一口三颗，但总有徘徊在外的漏网之鱼。

万雅："你还记得吗？我之前给你送过奶茶，结果第二天你没有再去，我们还是被你们班的男生赶走了，我还以为你对我有意见。"

宋嘉茉笑了一下："你想多了。"

"那就好。"万雅又道，"心动那期节目你做好了吗？明天中午，老师好像要开会看。"

"还没，不过思路已经定了。"

"那我可得抓紧了。"万雅没再多聊，提起一边的书包，"感觉你很厉害的样子，很期待你明天的节目。"

与其说万雅期待宋嘉茉的，倒不如说宋嘉茉也很想看万雅的。节目这种东西，既然会放在一起比较，那就势必会有个高低。

能力更强的，才能作为首发阵容，出现在广播里。

街上比较无聊，宋嘉茉随意逛了两圈，往远处走了点儿。

途经一个很漂亮的店铺，装修是少女风格，还有淡淡的香气。好像是家少女内衣店。不过这种东西，从来都是跟她没什么关系的。

宋嘉茉从店门口路过，过了几秒钟，又缓缓退回去。好吧，就当她看看未知的世界是什么样子的。反正也没事干。

怀着某种未知的情愫，以及对成长的渴望，她抬腿走进店里。店门口摆了个香水瓶，散发出淡雅的花香，放松着人的神经。

一到陌生环境，就很容易审视自己。有个女生昂首挺胸，面对面和她擦肩，看起来还是挺有料的。

宋嘉茉也下意识地朝镜子里看了一眼自己。目光恍惚了一会儿，落在肩颈下那一圈。

怎么感觉最近被陈赐喂胖了……不会是晚上甜食吃多了吧？

她又忍不住开始骂陈赐，刚一转身，店员小姐姐就迎上来了。

“同学你好，喜欢什么款的呢？平时都穿多大码的？”

宋嘉茉停顿了一下，有些不好意思地小声开口：“我都穿小背心的……”

小姐姐拿出卷尺量了一圈，这才说：“你胸围有 80 呢，现在穿这个肯定小了呀！”

宋嘉茉咽了一下口水：“刚刚那个女生，她是什么尺码啊？”她感觉她们差不多来着。

小姐姐微笑：“那位顾客是 75B。”

后来又说了什么，宋嘉茉全忘光了。

刚在校门口看见尹冰露，她就忍不住亲切地抓住矿泉水的手，正要开口分享喜悦，尹冰露先说话了：“他们火锅点得太辣了，我没吃多少，走，我们吃点别的去。”

“你想吃什么？”

“都行啊，想吃鸡翅。”

宋嘉茉眨眨眼睛：“那你不如回我家，我家阿姨做鸡翅可好吃了，吃完我让司机送你回去。”

“行啊！”尹冰露笑眯眯地说，“你今天怎么这么有良心？”

两个人到家之后，宋嘉茉先是冲进厨房里，跟阿姨说了一下晚餐要做鸡翅的事情。紧接着，庄严、庄重、稳重、隆重地，她抓住尹冰露的手腕。

尹冰露缓缓地用眉心打出一个问号。

宋嘉茉拿起尹冰露的手，严肃地搭在自己胸口：“你摸着你自己的良心告诉我，我这是不是……有 B 了？”

话音刚落，门锁突然一响，陈赐出现在门口。

他还没来得及收回目光，视线顺着下移，落在……尹冰露被人握着的那双手，覆盖的微微隆起之下。

一瞬之间，宋嘉茉心跳都要停摆。

陈赐就站在门口，似乎也没想到她们也在这里，还……

意识到什么，他将目光挪开，犹疑地停在宋嘉茉的脸上。

此时的宋嘉茉已经完全愣住了，一动不动地站在那里。失去反应能力。

还是尹冰露先反应过来的：“那个，我想起我还有事！我先走了啊！陈赐哥，你们先吃，我我、我、我走了！”说完，尹冰露略微用了些力气，将自己的手，从宋嘉茉的胸口处抽了回来。

然后三秒钟之内，尹冰露消失在客厅里。

“嘭”的一声，关门的巨响终于让宋嘉茉意识回笼。

她轻轻瑟缩了一下。眼神这才慢慢聚焦，看向面前的陈赐。

四目相对之间，气氛诡异。宋嘉茉不由得低头，检查了一下自己的胸口。

陈赐："我没看到。"

这话不说还好，一说，仿佛一根引线，彻底炸毁了宋嘉茉的大脑："你没看到，你怎么知道是哪里？"

陈赐："就看了一眼，然后我不是……"

宋嘉茉自暴自弃地捂住耳朵："别说了！"然后迅速转身，逃回房间。

将门反锁上的那一刻，她长吁一口气，心脏在胸腔里活蹦乱跳，跟要炸开了一样，她哀号一声，扑进枕头里。

闭上眼的那一刻，她甚至连在知乎的发帖格式都想好了：

发育后，邀请挚友感受自己的尺寸，结果被哥哥亲眼看见是怎么样的一种感觉？

——谢邀，已经准备去死了。

她双手交叠，用力按压在心脏的位置，试图让它有所收敛，不要再疯狂地跳动。平复了一会儿后，她总算把这件事赶出大脑。结果一侧身，打开手机，又看到尹冰露的消息。

矿泉水："你好，确实是有B的。你发育了。我们小茉，长大了！（双重意思，还挺软的）"

……

你还特意打个括号，是嫌我还不够社死吗？

该死的尹冰露，把话题又拉了回来，她不禁再次陷入回忆。尹冰露感受的时候，好像还特意捏了捏。捏的时候，好像陈赐正好进来。那么陈赐看到的就是……

宋嘉茉的身体猛地一抽，鲤鱼打挺般地坐了起来，只感觉眼前一黑。十分钟后，她这才慢慢地恢复过来，捞起手机，真诚地对尹冰露说："我要不换个星球生活吧。"

矿泉水："什么？"

宋嘉茉以肚子痛为由，在房间里躺了一晚上。阿姨给她下了面条端进来，她吃完之后继续龟缩在屋里，和床相亲相爱，坚决不离开半步。她睁眼、闭眼，都是陈赐撞见那一幕时的表情和画面。总这么下去也不是个事儿，她决定找点别的事做，分散注意力。

宋嘉茉蹑手蹑脚地跑到书房，还好，陈赐在房间里洗澡。她将笔记本电脑抱回房间，把心动的那期节目做完，又建了个群，把加入她播音社的学长和学姐给拉了进来。

不加冰："后面播音社的事就在群里讨论啦……关于第一场的主题，我这边写了几个，你们有什么想法吗？"

三个小时之后，群里才有人回："不好意思啊，我们唱歌去了，才看到消息。"

宋嘉茉说没事儿，看时间挺晚了，不想打扰他们休息，便没再继续这个话题。明天还得上课，她也没时间耗下去，伸了个懒腰，跌入梦乡。

第二天，早上五点半的闹钟响起。

宋嘉茉确信，她是起得最早的那个。拉开门，还没来得及歇口气，突然有人影一闪而过，她的呼吸骤停。

听见动静，江慧回头："怎么起这么早啊？"

还好不是陈赐，她的心落回肚子里。

"嗯……有点事情，等会儿陈赐起来，就说我有事先走了，走得很急，才没有等他。"

宋嘉茉也确实如自己所说，走得十分仓促。

她现在脑子里一团乱麻，不知道该怎么面对陈赐比较好。

先是跨坐到人家身上；紧接着篮球场里的心动；好家伙，人家一回家，还看到她向朋友炫耀自己的胸长到了 B……光是想想就很窒息。

宋嘉茉揉了一下头发，随便吃了点儿早餐，然后去班上补觉，结果睡到一半，猛然被人晃醒。

“宋嘉茉？别睡了，今天市里领导突然来检查，好像要播个什么东西，老师叫你，让你赶紧去大礼堂！”

宋嘉茉其实还没睡醒，脑袋晕乎乎的，跟着那人往前走。直到进入礼堂，这才回过神来。

宋嘉茉：“领导来检查了？”

“是啊，听说有播音社，还说要看看效果呢，老师这才让我来叫你们。”

“万雅也来吗？”

“嗯，应该马上到。”

宋嘉茉“哦”了一声，去了趟卫生间，才发现自己还揣着手机。忘拿出来了。她正准备关机，瞥见屏幕一亮。

十五分钟前，有一条新消息，是播音群里的。

他们说：“不好意思啊学妹，你的播音社，我们暂时不能参加了。”

宋嘉茉一头雾水，问他们原因。但还没来得及得到回复，外面的老师已经在催了。原来是等会儿有个 PPT，需要找播音社的人来念。可宋嘉茉这边缺人，即使领导需要，她也上不了。

老师问：“万雅呢？万雅这边能不能上？”

万雅：“老师，你等等，我试着联系一下。”

万同学的效率果然更高，一刻钟之后，万雅的播音社成员出现在台前。

宋嘉茉慢慢地皱起眉头。她疑心是自己眼花，定睛又看了一遍。那几个身影，赫然正是答应了自己，最后又爽约的三位学长学姐。

台上的人不敢看宋嘉茉，宋嘉茉站在原地，只看着那一处。

确定人选后，老师正在紧急安排：“领导等会儿就要到了，大家快些。万雅，你先带你的组员去后面，我们准备一下稿子。”

说完万雅，老师又回头，看了一眼宋嘉茉：“宋嘉茉，你……你就先坐着吧。”

宋嘉茉在第一排坐下，目光仍然落在台上。那两个学姐似乎也觉得尴尬，没敢和她对视。

很快，万雅和老师走入幕后。

台上可见十分慌乱，却仿佛与她无关。这太奇怪了，宋嘉茉想，明明早就说好的事，怎么今天突然就变卦了？问题出在哪儿？是从昨晚他们没回消息开始吗？

五分钟后，几位领导顺利入场。

稍做准备后，台上的流程便开始了。宋嘉茉静静等着。

没一会儿，万雅带着一个优盘出现，身后还跟着三个组员。

一边的老师呵呵笑着，小声同领导介绍："这就是我们新开的播音社，孩子们挺全面发展的。"

领导："那我期待一下。"

可惜没有期待成功——大概是第一次配合，准备工作不充分，又都很慌张，她们上来就插错了按钮，一阵尖锐的噪音响彻礼堂。

万雅的脸有些红，急忙伸手去扯，结果不小心弄倒了投影仪，好不容易扶正了，投影仪又没画面了。

几个人手忙脚乱了好一阵才弄好，万雅也意识到耽误得太久了，赶紧拿起话筒："老师们好，接下来……"

学姐："下面是肃江大学……"

两个声音同时响起，她们都以为介绍的活儿归自己。这么一开口，察觉到不对，又同时闭了嘴，惊讶地看着对方，完全没有默契。大厅里一片沉默。好不容易，学姐主动放弃，示意万雅继续。

万雅："接下来是肃江大学的教学成果展示。"没了学姐声音的遮掩，万雅的话筒带着明显的噪音，通过喇叭扩出来，简直可以称得上是折磨。

吵得领导频频摇头："停停停，同学，你这杂音太大了，怎么搞的？"

万雅愣了一下："我也不知道……"

"太紧张了，说话也一直打磕巴，"领导侧头，问坐在旁边的老师，"就这个吗？”

就这个吗？简简单单的四个字，好像什么都没问，又好像什么都说了。

老师连忙找补：“这个是播音一组来着，我们还有个二组。宋嘉茉？你试试？”

突然被叫到名字，宋嘉茉抬起了头，这才答应了一声：“好。”当她上台时，话筒里仍在持续不断地发出噪音。

老师：“不过她可能没太准备好……”毕竟组员也没有，就她一个，稿子也没看过。唉，算了，死马当活马医吧，反正重要的是内容。

万雅把自己手里的话筒递给她。接过话筒，宋嘉茉做的第一件事就是往旁边站。果然，走出去没几步，杂音就停止了。话筒和播音器靠得太近，拿远点儿就好了。

领导们如出一辙的严肃表情，终于开始有所缓解。

宋嘉茉大致扫了一眼内容，这才对着 PPT 开始念：“肃江大学扎根中国大地建设一流大学，率先推出了人才培养综合改革方案……”

只需要在开口前，多出三秒钟的阅读时间，往后在她念出每句话之前，都可以先看一眼句子，以避免磕巴，表意不清。

这是她做功课的时候学到的。没有组员竟然成了优点，她不需要和任何人配合，自己就能完成得很漂亮。读到最后，还悄悄拿出手机，放了首轻音乐，充分抚慰了大家被杂音摧残的耳朵。

台下的领导总算露出了笑容。

“这还叫没准备好啊？”

“可以，挺好的。”

“挺好的”三个字，让万雅感到有些无地自容。如此大的阵势，却比不上宋嘉茉这个没有做准备的，确实很丢人。

礼堂内安静了会儿，大家不约而同地鼓起掌来。

宋嘉茉下台时，还听到老师夸奖：“可以嘛，没想到你这么会变通，不错不错。”

离开礼堂，时间也才过去半小时而已。

今日阳光正好，宋嘉茉突然冒出一个想法。或许现在这个情况……对她来说，并不算坏事。

谁说二组就赢不了？

她看未必。

回到班上，尹冰露一听情况，迅速皱起眉：“凭什么啊？说来就来，想走就走，一点儿契约精神都没有。那你们社团还差几个人？”

“三个，”宋嘉茉耸耸肩，“现在就剩我一个人了。”

尹冰露：“我可以上啊，那就还差两个。”

“你真能上？”

“废话，要不是我来的时候，你都找好人了，我本来就应该和你共进退的。”

朋友的突然加入给了宋嘉茉极大的安全感。她松了口气：“那再找两个就好了，没事儿，我想想办法。”

本来，按照原计划，今天会开个小会，审议一下宋嘉茉和万雅各自的“心动”节目。但领导突然到来，这事儿也就泡汤了。

宋嘉茉收到消息，说审节目的事儿推到明天再议。不过今天上午的表现不错，尹冰露又突然加入社团，她心情好了不止一星半点。

接下来，就是想办法招人了。最好这两天就招到，不然会影响下周的进程。

放学之后，宋嘉茉拽着尹冰露，去了昨天逛过的那家内衣店。

导购小姐姐很热情，帮她量了尺码，又做了推荐，让她选自己喜欢的款。宋嘉茉挑了一件粉色的，一件白色的，还有一件带点儿设计的，胸前做成了贝壳的形状，中间还有个蝴蝶结。付完款后，发现尹冰露正站在某处，对着某面墙沉思，宋嘉茉走了过去，抬头。

面前挂着的款式都很清凉，清一色的透明蕾丝，她眯了眯眼睛，隐约觉得不太对。

宋嘉茉："这是什么？"

尹冰露："情趣内——"

话没说完，被宋嘉茉捂住嘴巴："好了，我知道了。"

尹冰露挑了挑眉："等你有男朋友了，送你这个当礼物。"

宋嘉茉难以置信，瞠目结舌，好半晌才说出话来："你疯了吧？我穿这个干吗？……求求你快回家吧，别在外面丢人了。"

尹冰露："喜欢什么颜色？等你过生日送你，哎，你别拽啊，我自己会走——"

……

被尹冰露闹了一下，宋嘉茉到家都有点没回过神来。

这个尹冰露，成天就知道看乱出主意。

她晃了晃脑袋，然后开了节网课，一边听，一边思考招人的事情。

突然，什么念头一闪而过，她从椅子上弹了起来。

家——她回家了，这也就代表，等会儿，她可能会遇到陈赐。

她的房间里其实什么都有，厕所、洗衣机，等等，一应俱全，唯一可惜的是——没有花洒，她必须得在外面洗澡。

宋嘉茉连忙起身，打算在陈赐回来之前洗完，仓促地跑进了浴室。

洗完澡之后，抬头一看，发现自己没拿睡衣。阿姨在二楼打扫卫生，她叫了好几声，江慧都没听见。

宋嘉茉抽出一条长浴巾，在胸前围了围，打开门，打算自己去阳台上拿。

可世界上就是有这么不凑巧的事情。她怀疑自己这两天到底是不是命犯灾星。陈赐不知道什么时候回来了，恰巧，就在她从浴室走出来的时候——打开了房间的门。

宋嘉茉身上的水没擦太干净，下巴、锁骨、颈窝，到处挂着雾蒙蒙的水滴，刘海儿也打湿了，额发湿漉漉地弯着卷儿，手里还抓着浴巾。

“赐哥，你这个游戏盘——”他的房间里传来李威的声音。李威正要出来找他，还没来得及看清什么，陈赐就一把按住他的头，将人重新推进房间里：“敢出来你死定了。”

宋嘉茉尴尬得恨不得原地蒸发，屈了屈腿，打算加速助跑，赶紧拿完衣服回来，没想到，陈赐朝她走过来了……

浴巾之下不着寸缕，迟来的男女意识在这一刻萌发，她全身发麻，脸颊涨红，只能弓着身子往浴室里退。

“嘭”的一声，陈赐将门关上了。

宋嘉茉：“喂！我要拿东西的！”

“我知道，”陈赐低声，“我帮你拿。”

“不用……”她嗫嚅着。

陈赐：“别人看见了怎么办？”

宋嘉茉：“但是你也看见了……”她越说声音越低，最后变成蚊子嗡嗡声的大小。

陈赐：“那不一样。”

哪里不一样？你看得更清楚些……是吗？

宋嘉茉想死的心都有了，事已至此，也只能硬着头皮道：“就阳台上的草莓睡衣，然后，嗯……”卡住了。

陈赐敲了两下玻璃门，意思是催她快点。

她的心一横：“还有旁边蓝色夹子上的，就是，夹的那么样一个东西！两根带子的，你递给我！哎呀，实在不行，我自己去拿吧——”

很显然，陈赐没给她机会，听声音是已经过去了。她止不住地拿头撞墙。拿一下睡衣确实没有什么,但是李威也在家,她里边儿总得穿点东西吧。内衣刚买回来阿姨就洗好了，又烘干，晾了几个小时，现在应该已经干了。

希望陈赐拿她的内衣的时候,不知道那是什么。宋嘉茉自欺欺人地想。

终于，门被敲响，她拉开一条缝隙，从他手里挨个取下。

睡衣睡裤……小背心……

导购今天还跟她说，以前的内衣最好就不要穿了，勒着影响身体。也不知道是为什么，之前都没觉得，那个导购小姐姐一说，她也立刻觉得勒得难受。

宋嘉茉沉默了一下，小声地试探道 :“你拿的是夹子上的吗？这是衣架上的吧？”

陈赐不大记得了，只知道她要的，大概是这么个类型的东西，他并不清楚小背心和少女内衣之间的差距。只当是自己拿错了颜色，这位公主在挑剔。

陈赐垂眼 :“就穿这个不行？”

宋嘉茉 :“我，我应该形容的，是那个粉色的带子的……”

“有什么区别？”

宋嘉茉感觉窘迫得快死了 :“就是……你方便再去拿一下吗，夹子上那个粉色的……”

“这不也是粉的？”陈赐道，“我哪分得清——”

话还没说完，宋嘉茉气血上涌，忍无可忍地爆发出一句 :“有什么分不清的！这个太小了！太小了！我穿不下了！”

她说完之后，世界仿佛都沉默了下来。

她后知后觉地意识到，自己刚刚究竟脱口而出了什么。

停顿了那么两秒钟之后，少年动了动伸进来的手指，低道 :“……好。”

她脑子里嗡嗡直叫，心说你回应个屁呀！

她恨不得把自己就地解决，再也看不到明天的太阳，这样就可以不用面对陈赐了。

没一会儿，陈赐重新递进来一件粉色的内衣。不对，不是一件，是三件。陈赐把她新买的三件全都拿过来了。

“这个够大了？”

够了够了……求你……闭嘴吧……明天我就移居去火星……

宋嘉茉硬着头皮换好衣服，又在浴室里磨蹭了一会儿，这才走了出来。

陈赐看起来是在等她，半倚在门边，见她的衣服换好了，才打开房门。

李威：“差一点儿就憋死在里面了呢，嘿嘿。”

……

李威在外面选了会儿游戏，又进到陈赐房里打游戏。

听着模糊的游戏背景音，宋嘉茉慢吞吞地吹干头发，大脑清空，已经麻木了。甚至觉得这个胸都不再属于自己。

厨房里传来声音，是阿姨在洗水果，招待客人。

宋嘉茉去偷着拿了个梨，看到冰箱里的荔枝，又道：“再放几个荔枝吧。”陈赐爱吃。

摆盘完毕后，送水果的任务顺理成章地落到她的头上。她走进陈赐的房间，刚放下盘子，就收到了邀请。

李威：“小茉莉，来一起打两把？益智类游戏。我老被陈赐虐，不想跟他玩了。”

客人都这么邀请了，她也不便拒绝，坐在地毯上，开始跟李威对战。这个游戏类似于数独，要操控小人跳到箱子上。她玩得比较认真，情不自禁地就投入进去，身子也随着小人跳跃，开始歪斜。

突然，一件衬衣从天而降，披在了宋嘉茉的肩膀上。她愕然，转头去看陈赐：“干吗？”

陈赐：“冷。”

“我不冷呀。”

“你冷。”

她觉得莫名其妙，但是游戏还在继续，到了她的回合。她没空跟陈赐计较，继续开始心算。

直到陪李威打完两把游戏，回到房间以后——她扯下衬衫，才发现，睡衣的领口有点儿大，露出来了一根，细细的、粉色的肩带。

……活是不想活了，死又不敢死。

第二天一大清早，她起床迟了。宋嘉茉手忙脚乱地收拾好东西，走到门口，发现陈赐正要出发。

陈赐见她过来，脚步停顿了两秒钟，示意她先去。

宋嘉茉：“怎么？”

“不是在躲我？”陈赐好整以暇地说，“给你个机会，先走吧。”

她鼓了鼓嘴唇，心想，原来她这两天的所作所为，陈赐全都知道。

也对，他是多聪明的人。

宋嘉茉低头，小声道：“也不是躲你……”

“那怎么说？”他云淡风轻地道，“害羞？”

这两个字从他的嘴里说出来，莫名地带点儿冷淡的韵味，却又很缠绵。无来由地，听得她面颊发热。

宋嘉茉捻住耳垂，揉了揉：“也不……就是不知道……怎么面对……”

“不用怎么面对。”他说，“在我面前，做你想做的。”

那天早上，他们最终还是一起走的。

不过路上没说什么话，宋嘉茉一直在跟尹冰露聊天。她隐隐察觉到哪里不太对，但找不到机会开口。

今天上午过得很平静，社团老师给她们开了个会，听了听那期关于“心动”的节目。

宋嘉茉以各式各样的心跳声为引，再通过钢琴曲伴奏，娓娓道来一些关于心动的故事。不同的故事，她选择了不同的心跳声作为背景音，与之匹配。二者相辅相成，令故事更深刻，让心跳更动听。

而万雅则是通过采访入手，收集了许多人心动的瞬间，像是电台分享一般，将这些瞬间念了出来。

老师道："整体还是宋嘉茉的好一些，更生动，也新颖。不过马上就要下周了，宋嘉茉你这边人还不够吧？还是得万雅先上。"

万雅说："没事的，老师，如果宋嘉茉找到了成员，还是应该她来做首发的。毕竟这次的确是她好一些。"

宋嘉茉："不用了，不剩几天时间，我们找到人之后还要磨合。这次就万雅先上吧。"

老师说了好，很快，她们二人离开办公室。宋嘉茉和万雅并排走着，一时有些安静。毕竟答应好的学长学姐，在昨天突然跑到了万雅的阵营，再说些什么都显得尴尬。宋嘉茉转了个身，想去买点什么。

万雅提醒道："我听他们说，等会儿李天王会喊我们去礼堂开会，你别走太远了。"

宋嘉茉："你怎么知道？"

万雅说："今早从学生会那里挖来的消息。"

宋嘉茉笑了一下："那你还挺会挖的。"这简简单单的一句，竟像是意有所指，万雅的身影摇晃了一下，再回过神来时，宋嘉茉已经离开了。

果然如万雅所说，一点的铃声刚敲响，班长就来到教室："大家在门口排一下队，李天王……不是，院长喊我们去大礼堂。"

这次到礼堂的大概有几个班，大家按照顺序坐下，然后等待李天王闪亮登场。

等待的过程中，尹冰露问宋嘉茉："刚刚情况怎么样？"

宋嘉茉："没怎么样。我的节目比万雅的好点儿，本来下周应该我上的，但是我们这里人手不够嘛，所以我就让万雅先了。”

尹冰露“嗤”了一声：“算了，我们肯定能找到人的，而且肯定比那三个还要更好——你别为这种事生气，不值得。”

“之前本来还有点儿，”宋嘉茉摇了摇头，“现在不生气了。该被挖走的，总会被挖走的。”

不是现在，以后也会。首发的优势在于可以抢占先机，更方便混脸熟。但没有前人的经验，也容易因为不熟悉，而出现种种问题。可二组在这个基础上，可以根据她们产生的问题，保留优点，改善不足，也更容易做出新颖的东西。

二组既能成为她的劣势……也能成为她的优势。

说话间，李天王也上台了：“这次大会由我们新闻与传媒学院主持，请各学院组织学生收听收看。本次大会主要就学科建设和发展的经验与大家进行一下分享。针对学院远景目标和近景目标，提出了量化分解、责任到人、实施奖励与督察考核、引才聚才等可操作性、建设性建议。”

李天王打开杯子，嘬了一口茶：“我们的目标是——”

宋嘉茉：“没有蛀牙？”

她就那么顺嘴一接，嘴贫习惯了，没想到李天王会在这时候停顿，也没想到礼堂会在瞬间安静下来。而她的那句话，也轻盈又有力量地，传遍了全场。

李天王：“……宋嘉茉，你很会说是吧，来，你上来说。”

宋嘉茉正想摆手，突然，脑子里闪过个灵感。她起身了：“好的，谢谢老师。”

就在李天王没反应过来的空当里，宋嘉茉凭借坐得靠前的优势，直接蹿到了话筒边：“同学们好，最近我们广播二组正在招人，不限年龄，不限性别，进不了吃亏，进不了上当，走过路过，不要错过。面试地点阶梯教室，时间每天中午，网络报名可直接投递邮箱，邮箱会发在学校论坛。风里雨里，广播二组等你。”

说完，没等李天王发火，她已经很乖巧地鞠上一躬：“谢谢老师给我这个宣传的机会，我会努力做好播音社的。”

李天王深深地吸了一口气。

宋嘉茉都说到这个份上，今早又救了场，他也不好再说什么，只得道：“你给我回去。”

小姑娘仍旧乖巧，小鸡啄米般点头：“好的老师。”

另一边，医学系的某个班早已笑得前仰后合。

“赐哥，这就是你妹啊？牛啊！一番话给李天王整得明明白白，脾气都发不出来。”

“笑死，这是什么宣传鬼才？”

“广播社？那玩意好玩吗？”

陈赐本来也在低头随着他们在笑，听见这最后一句，开了口：“你别去。”

那人一脸的愤懑：“知道了！不会染指你的宝贝妹妹！”

在广播里来了那么一嗓子之后，晚上一回家，宋嘉茉就去学校论坛里发了个帖子，贴了广播社招人须知，还有自己的邮箱。发完后，她就做习题去了，晚上九点多才歇下来。这一整天忙得厉害，她洗过澡，在座位上伸了个懒腰。

陈赐也在这时候回来。他手里还拿着一杯东西，香味顺着客厅，悠悠地飘了过来。

因为躲着他被拆穿，宋嘉茉心里多少有点不好意思，感觉自己得干点儿什么，才能欲盖弥彰，洗脱这个罪名。于是她穿好拖鞋，小碎步跑了过去。

陈赐以为她是来要东西的，很自然地递过手中的关东煮，宋嘉茉也很自然地接过去了。

本来还想着怎么活跃气氛，但低头看见关东煮的当下，她脱口而出："你没加汤吗？"

"没，麻烦。"

"但是不加汤怎么吃啊……"

她拿起竹签，顺便戳起来一块，咬下去一口，听见陈赐说："那你别吃。"

宋嘉茉略作沉吟，娓娓道来："我本来是不想吃的。但因为我觉得是你给我的，我不能浪费哥……你的一片好意，所以接受了这份本来不能接受的食物，只是不想令你伤心。"

她感叹一声："哎，我好伟大。"

……

陈赐晚上没吃饭，但幸好阿姨还煲了松茸汤。阿姨给他盛出来一碗，又道："你先吃着，我去给你弄点儿虾仁炒饭。"

宋嘉茉坐在一边，点了点头，然后又吃了两颗鱼丸。

陈赐在客厅吃饭，她便回房间忙活自己的事情。打开邮箱，有三十多封邮件，她挨个打开筛查，打算有合适的就回复一下。但是看了一下他们写的内容，还有发过来的语音，她陷入了沉默。

就这样，宋嘉茉看了四十多分钟。直到少年的声音在身后响起："选到没有？"

"没……没找到合适的，"宋嘉茉揉揉头发，"感觉都是来玩票的，没有认真想参加的。"

陈赐瞧着她，正想着要不要略作安慰，很快，她又从桌边站了起来："没事，明天还有现场面试，说不定到时候有不少好苗子呢，面对面更直观！"

宋嘉茉合上笔记本，把自己的电脑收进了抽屉里。

陈赐也坐到自己的座位上，开始整理明天的课本。一切似乎恢复如常。

但只有宋嘉茉知道，有什么是不一样了的。

她心里有鬼，就连和他坐在一起，靠着他的手臂都会发痒。

宋嘉茉抿了抿嘴唇，悄悄偏头，借着余光去瞟他。看也只敢看一眼，怕被他发现。

以前她从不这样，干什么都是光明正大，甚至连凑过去拍他都心无杂念。不，可能也不是心无杂念，可能只是她从来没有发现，因为太亲密了，从很早之前开始，就已经太亲密了。

这份亲密会让人陷入惰性，只要没有突发状况，甚至如果没有播音社的那场心动节目——也许她一辈子都不会发现。

两张桌子之前有条空隙，像是无形的分界线。少女神思一晃，手臂抵着书本，超出去一点儿。

"发什么呆，"陈赐敲了一下桌子，示意她面前的网课，"播完了。"

她被打断思绪，将网课调到下一节。刚上完一小节政治，进入短暂的休息时间，屏幕上面弹窗滑了个消息下来，是尹冰露。

矿泉水："明天中午的招人，定在几点啊？"

宋嘉茉想了想："我下了课就过去吧，你帮我带份午饭过来就好。"

矿泉水："行，这么拼？"

不加冰："肯定还是要认真，我准备把头发也弄一下，显得值得信任一些。"

矿泉水："什么叫值得信任的发型？"

一时说不清楚，宋嘉茉决定给她发张图。她松松地扎了个高马尾，盘在脑后，再绑好，挑出几缕碎发修饰，扯了扯形状。做完后，她侧身蹲在镜子前，拍了张照片发过去："就是比较干练一些，弄得干净清爽点儿。"

过了两分钟，尹冰露发言："可以，确实没你之前那么软了，一看就很有社长的威仪。”

宋嘉茉回了一个问号。

矿泉水又在图片里画了个圈儿，说：“你这姿势还挺骄傲。”

图里，宋嘉茉穿着鹅黄色的睡衣，为了更直观地展示发型，下颌微抬，侧蹲着，背脊挺直，显得脖颈修长。

宋嘉茉撇了撇嘴，正想吐槽，看到旁边的陈赐，心脏突然跳快了一下。也不知道抱着怎样的想法，她抬起手肘，轻轻推了一下他。

宋嘉茉略略抬起头来，抿了抿嘴唇，扭捏地道：“像天之骄子吗？”

陈赐扫了宋嘉茉一眼，轻声开口：“像豆乳盒子。”

气氛瞬间破坏，她猛地抄起一个抱枕：“你闭嘴吧！”

又上了四十分钟网课，平复一下心情之后，想到明天的面试，宋嘉茉她心里还是有些没底。宋嘉茉半跪在椅子上，有些发愁地拉起睡衣后的帽子。突然，她想到些什么，膝盖挪了挪，蹭到陈赐旁边。

陈赐懒散地瞧她一眼：“干什么，豆乳盒子。”

有求于人，我忍。

宋嘉茉：“哥，我明早借一下广播，你能再帮我念一下招人的事儿吗？”

没等陈赐开口，她连忙补充：“因为有挺多人喜欢你的，你去念一下，也相当于帮我拉客……不是，推广了呀，让我更有可信度。”

陈赐翻了一页书，答案在意料之中：“不去。”

宋嘉茉抿了抿嘴唇：“哥哥。”

陈赐：“别想。”

宋嘉茉：“求你了……”小姑娘跪坐在椅子上，头顶的碎发垂落下来，在颊边弯出两个小卷。

她的帽子上还带着两个小耳朵，此刻双手合十，拇指贴着唇瓣，声音带着祈求：“……求求你。”

第八章

青春期躁动

CHAPTER 8 >>> 等烟火满怀

漆黑的通道里亮起光束，只够照亮这一小片，四周仍然昏暗，给人一种秘密而盛大的错觉。好像全宇宙只剩他们二人，而她此刻，正被他背着。

宋嘉茉直直地望着陈赐，眼神殷切。

她又重复一次："帮我宣传下广播社招人，求你了，哥。"

陈赐的喉结滚了滚，目光偏转开，没什么情绪地落在桌面上："整理桌子一星期。"

宋嘉茉的眼睛一亮："成交！"

他俩的桌上总是有很多参考资料，阿姨不敢随便收拾，因此一般是轮值，一人一个月。陈赐的意思很简单，就是要他答应这件事也可以——她得多收拾一周的桌面。

这算什么，几乎零成本的投入。她想也没想就答应下来。终于燃起了希望的曙光，她长舒一口气，悠哉悠哉地收拾了书包："那我去睡啦，谢谢哥！"

书房的灯多亮了一会儿，临近十二点，陈赐才起身回房间，熄灭了家里的灯。

广播社招人总归是比较麻烦，次日起来，宋嘉茉没空再去想别的什么，一上午都在跟尹冰露商量。聊到一半，斜后方传来声音："你们的广播二组，人招满了吗？"

宋嘉茉回头，看到江寺。

他推了推眼镜："我有这个意向，加我一个？"

江寺，又名江四眼。尹冰露跟他的关系很好，也爱叫他江嘴贱。四眼这人有多讨厌呢，人家秀恩爱发朋友圈，写“你是人间四月天”，他非得在底下回：“道理我都懂，但是为什么要用林徽因写给她儿子的诗呢？”末了又跟上一句，“母子情深，祝福你们。”

因此有关于他，江湖传言最多的就是一句：江四眼，比狗嫌。

当然，四眼也有四眼的优点，比如虽然嘴巴讨厌，但为人不错，而且知道很多学校的情报，很多活动都能看到他帮忙的身影。最重要的一点也是，他的声音不错，很有辨识度。而且还是一个班的，方便沟通。

宋嘉茉：“你真想来？”

江寺：“是啊。”

尹冰露也持怀疑态度：“广播需要文明用语。”

江寺：“……我还不够文明吗？”

宋嘉茉看了他一会儿，这才点头道：“行，那你来吧。还差一个人，中午我们一起去面试。”

因为陈赐帮忙宣传了一下的缘故，今天中午来的人挺多。她本来以为撒网的范围扩大之后，会多出很多优质人才，但她更加没想到的是——“其他人才”也会跟着成倍增长，并且在今天中午扎堆。

前来面试的成员分为很多种：第一种——普信气泡音。

“这么普通却又这么自信”的代名词，特点是压着嗓子说话，让人怀疑他下一秒就会气绝身亡。用自认为性感的声音，说着最油腻的情话。

这类人，念完自己准备的稿子后，听到“等通知”的结果，还要酷炫狂拽地问：“不喜欢吗？”

“喜欢。”江寺代替宋嘉茉回答，“喜欢你嗓子里夹的拖鞋。”

……

第二种——拿捏播音腔。

特点就是所有的稿子都用同一种腔调去念，他们无法分辨内容属于故事还是新闻，过于端正的播音腔，显出一些老成的感觉，和校园轻快的氛围格格不入。

江寺连连称奇："好家伙，不知道的还以为谁打开了肾宝广告。"

尹冰露在底下疯狂地踹他。

第三种——愚蠢话音。

这种"拽哥"是不会准备稿子的，读的就是宋嘉茉提供的内容，但可能觉得这样比较高大上，管他合不合适、正不正确，总之空白的地方都加儿话音就对了："我呢儿，没怎儿么瞧儿见过，但儿是呢……"

江寺忍不住打断："我儿爱儿北儿京儿天儿安儿门儿。"

宋嘉茉一瞬间破功，尹冰露笑得……笔在纸上拉出长长一条红线。桌子开始发抖。

"江寺！"尹冰露握紧双拳，"你不说话会死是吧！"

"不会。"江寺冷静地说，"但是会比死了还难受。"

今天的初试过后，宋嘉茉和他们商量着，留下了二三十人，进入复试。复试的地点仍然在阶梯教室，时间也还是中午。

但这天中午，该来复试的人却迟迟没来。教室空空荡荡的，只有江寺自说自话的回音："都干吗去了，天上掉钱去捡钱了？"

尹冰露："你去打探一下，看是不是今天中午有什么事？不会就我们没参加吧？"

江寺拿出手机，辗转在数十个群之间，这才弄懂了原因："今天奶茶店做活动，只要念一段绕口令，就能免费领三杯奶茶，还能参加抽奖。"

宋嘉茉愣了一下："啊？"

"……说是排了好多人，先开始进去之后，就不好出来了。"江寺说，"而且等都等了，也没人愿意中途放弃吧。"

尹冰露："所以他们就不来了？"

江寺："也可能是出不来，想着被选中的概率也低，念头也不是很强，所以就……"

江寺的话还没说完，大门被敲了两声，有人直直地闯了进来。衣服在他身上意外地硬挺，他紧皱眉头，表情严肃，停在宋嘉茉的面前。满脸就写着八个大字：脾气不好，蠢货勿扰。

宋嘉茉情不自禁地坐直了身体。

他说："我来应聘。"

宋嘉茉心说你还知道自己是来应聘的啊，我还以为你是来砍人的呢。

宋嘉茉缓了好一会儿，这才切入正常的状态，抬头问道："初试来过了吗？"

"没有。"

"那你为什么想参加播音社？"

"就是想。"

"名字呢？"

"费列。"

江寺："费列罗？就是那个硬邦邦的，浑身是刺的巧克力球？定位准确，加十分。"

"费列！没有罗！""巧克力"暴躁地开口，"听不懂人话是怎么着？"

江寺缩了下脖子，很快又硬气地道："怎么说话呢？调侃懂不懂？没有幽默感的刺球！"

"你话怎么这么多？能不能行？赶紧的，不能行我走了。"

江寺小声吐槽："这哥们怎么像有狂躁症……"

"废话，没病谁来你们社团？"

"他好吓人，人家怕怕，"江寺颤抖两下，"你们应该不会把这种人招进来欺负人家吧——"

"就你了，"宋嘉茉盖下一个红章，"填一下你的联系方式，周末图书馆见，开个小会。”

江寺惊骇地转过头，面对她。

费列拿了东西，很快离开，潇洒得像是从没有来过。

江寺惊讶地问道：“为什么选他啊？”

宋嘉茉整理着资料，开口回答他：“他的声音和我们有互补性，低一点，沙哑一些。而且他的性格和我们差别很大，后面策划的时候，可以跳出我们的思维局限，提供新思路。

“看他这个性格，应该属于要么投入，要么佛系，不会捣乱。这样就够了，毕竟我们也只是差个人，总比招进来一些不靠谱的人要好。

“当然，最主要的原因是等下要上报成员了，除了他没别人了。”

就这样，仓促又从容地，播音社的四个成员定了下来。宋嘉茉、尹冰露、江寺和费列。

宋嘉茉回到班上，打开待做清单，划掉了“招人”这一行。解决了一件大事，一切都在朝前发展，她松了口气。

接下来，到底是万雅的一组好，还是她的二组好，就要看各自的磨合了。

傍晚放学，宋嘉茉在位置上磨蹭了一会儿。

尹冰露惊诧地看着她：“连续上了这么多天学，明天放假，你怎么无精打采的？放假不积极，思想有问题。”

宋嘉茉背靠椅子，往后仰：“你要是我，你也想逃避。”

好不容易到了学校，可以用社团和学业，占满所有胡思乱想的时间。可一旦回去，又不知道该以什么样的状态面对陈赐。

陈赐说让她做自己想做的，可她想做的是什么？连她自己也不知道。

这天晚上，陈父恰巧打了个电话过来。

宋嘉茉那会儿正在做卷子，陈赐将视频转接到电脑，轻轻拍了下一她的后颈。

其实是很简单的动作，他的指腹温热，触感是柔软的，动作间轻轻滑过她肌肤，激起一阵战栗。

瞬间，她感觉后背火烧火燎，但抬头去看，所有的悸动又消失了个干净。

陈建元在视频对面，笑着问她："嘉嘉，最近怎么样，一切还好吗？有没有多吃点儿？"

她突然想起刚来陈家时，虽然陈建元说可以把他当作父亲，但心理总像有道障碍似的。真正的转折点在一次家长会，她拿了学校的通知单，却不知道要给谁，少女心思总是缜密又敏感，害怕被拒绝，至亲离世后，她不知该怎么融入这个世界。

但陈建元不知是从哪听到这个消息，那时他已经在外地疗养了一阵子，却还是坐了几小时的车，来到了她的学校，妥帖地开完了那次的家长会，甚至末了还跟老师说，多多照顾我们家小茉。

她那一刻眼眶有些湿润，就像是漂浮了这么久，终于在某一刻触到了地面。

他对她真的很好。

但此刻，宋嘉茉对着手机屏幕，却还是忍不住有些晃神。

叔叔变老了，年复一年地，无可避免地，鬓角长出白发，眼角也堆起皱纹。她抿了抿嘴唇，压下内心的酸涩，说："挺好的。"

"上次回去的时候你还好瘦，不要太辛苦了啊，也别想太多，有什么问题跟叔叔、哥哥说，别自己憋着。"

"……嗯。"

喉咙口像是被堵住，再说不出什么，很快，话题转到陈赐身上。陈赐的回应稍显冷淡，但也并未不耐烦，对面问些什么，他便低声应着。恍惚中像极了一家人，但也有跨不过去的阻碍。她心里是清楚的，很清楚的。

她和陈赐不是兄妹，但这件事她不能做，她不可以。因为陈家对她有恩，叔叔待她就像对待亲女儿，哪怕明知她不是。

更重要的是，她和陈家，她和陈赐，是天差地别。

没有人会允许他们在一起的，她自知自己不配，更不能辜负叔叔对她的信任，让别人误会她在陈家这么多年，是别有所图。

没有这里，她无处可去，她应该更省心一些才对，应该懂事，应该知道什么事情该做，什么事不该。叔叔这样爱她，陈赐对她这么好，她不能打破这份平衡，这太忘恩负义了。

她忽然觉得愧疚。

突然，她的头被人轻轻敲了一下。

陈赐："发什么呆？"

她忍住有些哽咽的泪意，抬头，这才发现，视频不知什么时候挂掉了。

陈赐瞧了她一会儿，道："你最近……"

话没说完，她突然抬手，指着某处："书歪了。"那是她昨晚不小心推过去的一本书，越过了两张桌子的中线，朝他那里倾斜。

陈赐觉得好笑似的："扶正不就好了？"

宋嘉茉恍然大悟。是啊，书歪了，扶正就好了。越界了，退回来就好了。她吸吸鼻子，无来由地攒出一个笑意："我来吧。"

陈赐伸出来的手停在半空，看她将越界的书全部扶正，摆成一排。

她其实是谨慎的性格，但后来逐渐也变得随意起来。两个桌子拼在一起之后，陈赐经常发现半个桌子都是她的东西，很少像现在这样，她将一切都摆回原位，离那条中间的界限远远的。

陈赐蹙眉："跟我分这么清楚，你明天是要嫁人了还是怎么？"

按照以前，她一定会顺着话题跟他闹起来，但今天没有，她随便回了两句，就说自己困得不行，回房间睡觉了。可哪里睡得安稳，她睡睡醒醒的，后背一片黏腻。翻身一看，时间是凌晨两点，世界都已经安眠。

她掀开薄被，下床离开房间。

又到了熟悉的许愿池，心境却今非昔比。宋嘉茉摸出一枚硬币，坐在池边发了会儿呆。水流潺潺，这夜的月光很好，被晃碎在池里，荡起一圈涟漪。她也不知道自己在纠结什么，思绪断了又停。再回过神来的时候，已经站了起来，朝正中抛出一枚硬币。

少女闭上眼，轻声许愿："从今天开始不再叫陈赐哥，也不要再喜欢他了。"

她想，这才是自己今晚应该说的话。让他们退回到正常的距离，不用太亲密。太亲密的话，她总也忍不住越界的。

结束之后，宋嘉茉转过身，只来得及迈动一步——五米之外的香樟树下，人影晃动，高挑而清隽。

陈赐缓步走出，望着她的目光无波无澜："许的什么愿？再说一遍。"

她没想到陈赐会在这里，被吓得后退两步，一句"哥"即将脱口而出。

幸好，她忍住了。

许愿池内传来哗啦啦的水声，伴着几声虫鸣，恍然间，像个与世隔绝的梦境。她眨了眨眼睛，小声问："你怎么在这里？"

"你今晚不对劲。"他眯了眯眼，"听到动静，就过来了。"

"什么时候来的？"

"刚刚，你许愿的时候。"

宋嘉茉抿了抿嘴唇，一时没再说话，陈赐也就那么泰然自若地瞧着她。连风声都很安静。

宋嘉茉小心翼翼地问："你听到了吗？"

但他没回答，陈赐只是低下头，又回到那个问题："许的什么？"

她没办法，又想着总不能说实话，于是头脑一热，胡扯道："许愿长到 160 厘米。"

陈赐偏头看着她。

夜晚的灯光零零碎碎的，水波潋滟而温柔，这会儿应该是极暗的时候，她却能看见他眼里闪烁不定的光。

陈赐垂着眼，走到她面前。她还想后退，但身后已经没有路。

猝不及防地，脑袋被人揽了一下，她的身体前倾，撞了一下他的胸口。他睡衣上有淡淡的洗衣液香气，混合着点儿薄荷沐浴露的沁凉，柔软地擦过她鼻尖，还伴随着一点点少年衣领里，荷尔蒙的味道。她不知道该怎么形容，只知道这个距离很犯规，太犯规了，以前的她从没体会过。

这种极具压制性的味道，好像某种带着引诱剂的信息素，漫进人的四肢百骸。只一下，头昏脑热，耳垂开始升温，心跳失序。

陈赐："差不多。"

她大脑空白，控制不住地结巴起来："什、什么差不多……"

"我 186 厘米，你在我胸口，往上一点的位置。"

"……噢。"原来是说她差不多 160 厘米……

陈赐又往后撤了些，留出距离，她好不容易能呼吸。可马上，他又俯身下来，视线与她平齐。宋嘉茉屏住呼吸。

"跑出来就为这个？"陈赐靠得很近，能看到根根分明的睫毛，以及浅浅翘起的唇角。

无来由地，她想起刚刚撞到他肩膀的画面，四舍五入，像个隐秘的拥抱。虽然一触即离。她知道这样不对，但还是控制不住地，冒出点小小、小小的欢欣。

少女抿起嘴唇，忍不住缓缓翘起唇角："是啊，就为这个啊。"

这天周末，宋嘉茉快十二点才起来。吃过午餐之后，她出发去图书馆。今天播音二组有个会要开。

图书馆三楼是机构培优班，每小时都有下课时间，因此不像一楼管得那么严，是可以正常说话的。他们的集合点也定在三楼。

江寺和费列先到，宋嘉茉一出电梯，就听到他们因为晚上吃什么，又吵了起来。

江寺气愤地抓起自己带的一颗费列罗，捏烂后咬牙吃掉。

“别吵了，晚饭我请，”宋嘉茉抬头，“行，矿泉水也来了。”

尹冰露有些兴奋地坐下，拿出自己带的本子和笔：“那赶紧开始吧！”

宋嘉茉打开第一页，本以为是空白，猝不及防被第一行字惊到——

“她，欧阳雪芹，本来是家族最美丽的女孩，却因为有着先天性心脏病，处处受到姐姐刁难。”

宋嘉茉偏头，缓缓用眉心打出一个问号。

终于，翻到第五页，本子变成了空白，宋嘉茉抽出一支笔，和大家讨论起了内容。

说到一个新颖的点，他们需要查点资料。

江寺把电脑打开，开机键按了三遍，一片漆黑。

“可能是没电了，”江寺说，“没事，我还带了线。”拉开电脑包，江寺抽出一个扁平的插头，“我怎么把电饭煲的线带过来了？”

宋嘉茉扶住额头。

这一瞬间，她想了很多。

挚爱玛丽苏·冰殇冷魅紫的尹冰露；电脑没电，带电饭煲线的江寺；除了和江寺吵架，只是进来充数的费列。

她陷入了短暂沉默。

尹冰露：“在想什么？”

宋嘉茉转过头，目光诚恳地道：“就是觉得……我们社团刚组建，就离倒闭不远了。”

很快就要跟万雅的社团硬碰硬了，这怎么比？拿命比吗？

宋嘉茉：“要不去我家……”她的话还没说完，江寺死马当活马医，意外地发现，这个电饭煲的插头可以给电脑充电。

四眼发出个叹词：“我也太牛了！”

可能是逆风到极点，一切也会翻盘。

尹冰露的本子，除了最开始几页的“意外”，后面都书写得很流利。聊天时，费列偶尔会冒出很有意思的想法。宋嘉茉坍塌的信心逐渐又建立了起来。

顺完本子之后，她开口道：“我觉得我们这个蛮精彩的，比万雅她们的好。”

昨天万雅说要调试设备，中午试播了一会儿。

费列：“万雅的很差吗？”

宋嘉茉被问得愣了一下，这才说：“也不是差，就是中规中矩呀，你觉得她们的很好吗？”

费列停了停：“……一般。”

江寺的目光逐渐变了味，探寻地看向费列：“你不会是——”

宋嘉茉：“到时候万雅的播音一过，马上就轮到我们了，后上场会有一个直观的对比，所以一定要新颖，做出区别。不然大家还觉得是同一拨人，只记得她们了。”

江寺也附和道：“这话没错，不过我们的有意思多了，我还挺期待大家的反馈的。”

尹冰露：“你不是有十几个群吗，多给我们宣传下。”

江寺：“只剩不到五个了。”

宋嘉茉偏了脑袋：“为什么？”

江寺：“他们把我拉黑了。”

周一,万雅的广播一组如期开播。是宋嘉茉预料之中的结果，无功无过，挑不出什么大的毛病，但也没什么新意。底下大家各做各的，基本没有人在听——这不就是一般校园广播的宿命。

宋嘉茉：“我们到时候不会也这样吧？上面慷慨激昂的，底下无人在意。”

尹冰露：“怎么可能？对自己有点儿信心！”

很快，万雅的首播变得更惨，因为突降暴雨，还裹着狂风闪电嘭嘭地拍打着玻璃。本来还有人在写作业的间隙，抽空听两句广播。这下好了，大家全在讨论天气。

“怎么突然这么大雨……”

“赶紧把窗户都关一下！”

“笑死，又是哪个男人在发誓？”

天一下就黑了，学校供电不足，线路故障，直接断电。万雅的播音被迫掐断。

“幸好她抢先上了第一期，”尹冰露耸耸肩，“要是轮到我们，今天真的倒大霉。”

轰隆两声，雷声愈来愈响。乌云压境，教室一片漆黑。走廊陷入喧闹，大家都在谈论这突如其来的坏天气。

尹冰露：“怎么感觉要世界末日了？我的花季年华不会就交待在这儿了吧？”

宋嘉茉手指虚握，攒起个话筒递到她嘴边：“那你还有什么遗言吗？”

尹冰露愣了一下：“不要啊，我活了十八年还没有打过啵，老天爷不要对我这么残忍啊！”

宋嘉茉撑着脑袋：“我也没有，我俩一起死。”

尹冰露：“说老实话，我还是想要男人。”

……

短暂的热闹过后，走廊又陷入安静，大家的讨论声变成了窃窃私语。可能是天气原因，又可能是尹冰露把话题说到这里——

宋嘉茉禁不住缩了缩脖子，靠在椅背上，小声道：“矿泉水。”

尹冰露正在摸黑看小说：“嗯？”

“如果，我是说如果——”宋嘉茉道，“如果我有一个朋友，她好像喜欢上了一个不该喜欢的人，怎么办？”

“为什么不该喜欢？不能在一起就叫不该喜欢吗？”

“也不是……就是，身份原因？”

“身份原因是什么意思？这个人是她的长辈吗？”

宋嘉茉想了想：“也可以这么理解。”

“那没关系啊，只是喜欢，又不犯法，也没有做伤害别人的事情，有什么不可以？喜欢这个事情，自己又控制不住。”

宋嘉茉轻轻后仰：“也是……要是自己能控制，我也不至于现在这样。”

尹冰露叹了口气，又说：“不过，长辈的话，也有别的可能。”

“什么可能？”

“可能并不是喜欢呀，只是仰慕或者钦佩，这两种感情是很容易弄混的。我以前也以为我喜欢某个老师，后来才发现是人家专业太厉害，纯粹仰慕而已。或者哪个长辈很帅，可能就只是青春期的荷尔蒙萌动，我们这种年纪，很容易分泌肾上腺素的。可能她只是对某个瞬间，或者某种感觉心动了，并不是对他。”

宋嘉茉突然出声：“对。”

她只是没有喜欢过别人，只是陈赐太过优秀，只是她的青春期荷尔蒙作祟，只是冲动，只是所有情绪的一个发泄口。她怎么会喜欢陈赐呢？他们明明不可能啊。

“你说得对。”宋嘉茉又肯定了一遍。接下来，她将尹冰露的这句话，三百六十度循环立体在脑内播放。

尹冰露说得没错，这只是青春期的一个小小躁动，平复下来，就好了。

由于学校停电，天气恶劣，学校决定取消晚上的课。但雨一直在下，几乎没停，大家等到了七点多，才终于等到暴雨转小雨。

天空雾蒙蒙的，宋嘉茉抬起头来，有一两滴微小的水珠落在脸上，凉凉的。学校门口的地势低，已经积了一片水，一时半会儿不下去。可现在不走的话，万一等会儿雨又下大，就走不了了。

尹冰露："这怎么走啊？"

宋嘉茉努努嘴："好像有人垫了石头和木板。"

"我看到了，但没什么用啊！"尹冰露说，"水太高了，木板不够厚，踩下去还是会被水淹。"

尹冰露说得没错。踩着这些东西，不过是从水到膝盖，变成了水到小腿，但有总比没有好。

宋嘉茉："哎呀，赶紧走吧，等会儿拖到后面，木板被踩烂了，就更没用了。"

尹冰露发出一阵哀号，如果人生能有弹幕，她现在已经打出了一个心碎表情包。

医学系的教学楼离得近，医学院的学生便走了运，是最先撤退的那一批。

很快，宋嘉茉听到熟悉的声音，是咋咋呼呼的李威："哎哎哎，谁踩我木板啊？别推我啊！赐哥——哥！拉我一把！哥！你来救救我！"可即使他叫破了喉咙，陈赐也还是站在原地，岿然不动。

好不容易脱险，李威站到高处："你刚怎么不来救我！我差一点儿就死了！"

陈赐："新鞋，过去会踩脏。"

李威："……好家伙，没有见过你这么绝情的人！不就是刚刚木板还多，你过去没踩到水吗？你的鞋比我的命还宝贵？"

陈赐："嗯。"

李威的声音太大，语气太凄惨，周遭笑倒一片，宋嘉茉也忍不住弯了弯唇。她正笑着，忽然感觉一道视线跟了过来。是陈赐，他发现她了。

就在这时候，不知道是谁开口道："找到新的木板了，让女生先走吧，生理期的优先，不然到时候会落下病根的——"

"不过还是要踩着点儿水，哎，大家受苦了。"

听完这句话，宋嘉茉的小腹忽然抽了一下。她想起来，自己的生理期好像也就在这两天。

赶上生理期的女生在一旁抱怨："唉！水真的太脏了，大家回去要好好洗澡啊，洗干净点。"

"水好冰，今晚回去非痛死不可。"

她愣了一下，抿了抿嘴唇，还没来得及反应过来，忽然看见水上荡起涟漪。陈赐那张本来还非常遥远的脸，倏然间近在咫尺。

他就站在她面前，没走木板，三分之一的腿淹在水里，裤子也被打湿。

隔着积水，能隐隐瞧见一双白色的崭新球鞋。

他伸手将书包卸下，递给她。

宋嘉茉被动地接过来，抬起头，有些蒙："啊？"

陈赐转身，宽阔平坦的后背对着她。他拍了拍肩膀，低声道："上来，背你。"

宋嘉茉还没反应过来，大家倒是先叫起来了。

"哎——犯规犯规，怎么能这样？"

"我不管！我也要背背，人家也来姨妈了啦！"

"你要个屁，你先去做个变性手术吧。"

"不行，我得给我妈打个电话。"

"什么？"

"看我还有没有流落民间的哥哥。"

宋嘉茉站在那儿，一时忘了动作，直到尹冰露推了推她："上去呀。"

宋嘉茉："啊？"

尹冰露："你哥蹲很久了，赶紧上去啊，磨蹭什么呢？"

宋嘉茉机械地抬起手臂，环住他的肩头，陈赐略一用力，她被腾空背起来。双腿晃动，手下的触感真实，宋嘉茉迷迷糊糊地察觉到不对。她小声道："不用背我，我自己能走的。"

很显然，陈赐驳回了她的说辞："你能走？上个月在床上痛得死去活来的是谁？"

她抿了抿嘴唇，也不知道该说什么，最终，只能小声又坚定地，像是给自己的论证打气："我很坚强的。"

陈赐轻笑一声，意味不明地道："是挺娇贵的。"

宋嘉茉无语，我们说的是一个话题吗……

有水的阻力，陈赐没法走得太快，像带着她散步似的，走过一盏盏或明或暗的路灯。二人的影子被水波碾碎，融进漫漫夜色里。

他们离开后许久，李威还若有所思地站在原地。

刘石："看什么呢？"

李威没答话，倒是旁边的一对学生闹了起来。

"背我。"

"凭啥？"

"人家的哥哥就能背她，你作为我哥，怎么不能背我？"

"因为我比较没素质。"

"……踩水会宫寒的！"

"我看你来大姨妈的时候，冰激凌吃得比谁都多。少跟我扯。"

"滚吧！"

李威看了一会儿，直到这一对也消失在视线中，他才转头和刘石说："你有没有觉得不对劲？"

刘石："哪里不对？"

李威说："赐哥……和小茉莉……我总觉得怪怪的。陈赐的脾气很好吗？也不是吧？陈赐很温柔吗？也不是吧？"

刘石："你到底想说啥？"

李威："你觉不觉得……他们像情……"

刘石吓得一把捂住李威的嘴："你别胡说啊！被听到了要杀头的！"

李威还想继续说什么，被胆小的刘石一路捂着嘴，禁止他出声。

临到分别处，李威气得喷火："不相信我，你会后悔的！"

小巷里，陈赐正走到没有灯的地方。宋嘉茉小声问："要我打手电筒吗？"

说完，没等他回答，她的手指已经朝下摸索。

她说："我手机在包里，拿你的方便一些。"小姑娘手指温软，沿着腰线一路向下，找到他的口袋，伸进去寻找。

校裤很薄，能感觉到她指腹的游走。陈赐的脚步渐缓。

宋嘉茉以为是在配合她，忍不住加快了寻找的动作，可摸来摸去，都没有找到手机。

好不容易找到，可仔细一摸又不是，她忍不住眨了眨眼："……哎？"

陈赐停下脚步，声音有些沙哑："左边。"

宋嘉茉："哦哦哦。"

她微窘，连忙换了一边，这才抽出手机，打开了手电筒。

为了找他的口袋，她向下滑了一些，这会儿整个人重心有些不稳，只能朝上爬。

陈赐意识到，便抬着她的腿，往上颠了颠。

漆黑的通道里亮起光束，只够照亮这一小片，四周仍然昏暗，给人一种秘密而盛大的错觉。好像全宇宙只剩他们二人，而她此刻，正被他背着。

她就趴在他的耳边，能听见他清晰的呼吸声，真实而湿润。黑夜是暧昧滤镜，尽管上来时再心无杂念，此刻一切也变了味道。

她整个上身都压在他后背，一丝空隙都没有，后知后觉地，她意识到一些男女有别的东西。

宋嘉茉调整着姿势，想要尽可能地分开，可身上背着两个书包，她注定做不了太大的动作。刚撤离，又压近。

陈赐："不舒服？"

她愣了一下："没……"

"那你蹭来蹭去干什么。"

"蹭来蹭去"四个字极大地刺激了宋嘉茉的神经，她僵着背脊不敢再动，心里忍不住呜呼一声，趴进自己手臂里。

真的好羞耻啊……

夜色漫漫，他走出这条街巷，月光跟着洒落下来。

宋嘉茉："好像没有水了，我下来吧？"

陈赐的脚步没停："前面还有。"

她"哦"了一声，没再接话，安安静静地趴在他的肩头。

汽笛声阵阵，响在远处。宋嘉茉突然开口叫他："哥。"

陈赐："怎么？"

脱口而出后，她又摇摇头："……没事。"

人行道漫长，灯光氤氲，不知道还要走多久。

背上的人安静下来，他的脚步轻缓，响在这似乎总也走不完的长街。

当晚，雨又淅淅沥沥地下了整夜。不过幸好，雨势不大，不会影响第二天出门。

出门时，陈赐提醒宋嘉茉："记得带伞。"

宋嘉茉仰头说好："我带把短的。"

拉开玄关的抽屉，里面整整齐齐的一排雨伞，长短都有。有两把像是情侣伞，一个粉色格子，一个浅蓝格子，都是长款。鬼使神差地，她停顿了两秒钟，抽了粉色的那把。

陈赐："不是要带短的？"

宋嘉茉："长的好收。"

"嗯。"但他伸手取下另一把长款。浅蓝色的，格子伞。

她想自己肯定是疯了，不然为什么会盯着他拿哪一把伞。不然怎么会无来由地，心跳也漏了半拍。

一天很快过去，放学的时候，宋嘉茉被尹冰露拉去奶茶店。

尹冰露："我看到万雅她们有个群，名字还叫什么播音小分队？这不行，我们也得整一个，要比她们的高级。"

"这还不简单，"宋嘉茉吸了口珍珠，"建一个嘛。"

费列就坐在旁边，眼睁睁地看她们创建了一个群聊，然后在一分钟之内，完成了备注的修改。他突然想起来，之前听谁说，区分男女生的一个关键标志就是，刚买了新电脑，女生的第一件事是换壁纸，而男生是下载软件，测速和测性能。

思绪收回，费列看着名片上多出的一些东西，仿佛群魔乱舞：公主殿下，大学女校霸，肃大靓仔……

"愣着干什么？"尹冰露推推他，"进来啊，费列。"

费列："我只想问问。"

尹冰露："嗯？"

费列："现在退出播音社，还来得及吗？"

"来不及了，"尹冰露真挚地说，"上了这条贼船，我们就是一条船上的人了。"

宋嘉茉看自己还没有他们的好友，于是一一加上，但无法具体定位。她问江寺："哪个是你？"

江寺很坦荡："简介是'永远年轻，永远骂人难听'那个。"

走出奶茶店，宋嘉茉发现又下雨了。

打起那把准备好的雨伞，尹冰露也看过来："你这伞的花纹还蛮好看的。"

宋嘉茉扬了扬眉："那当然，我选的。"少女的表情生动，和朋友挥手告别，没走出两步，发现熟悉的雨伞格纹。

陈赐站在不远处的屋檐下，不知是凑巧还是在等她。她快走近时，他也顺其自然地转身，像是在等她跟上来。她抬头。

人潮之中，有女生终于找到自己的男朋友，收起自己手里的伞，钻到男友的伞下，二人十指紧扣，依偎着朝前走。

陈赐就站在他们的旁边，恍然一瞬间，她好像看到了他的以后。

以后也会有这样一个人出现在他身边的，可以光明正大地和他牵手、拥抱、接吻，被他揽进怀里，被他温柔地抱紧。可以在他的伞下占有一半的位置，可以顺理成章地丢掉自己的伞，非要和他分享他伞下的一半。

而他也会像这个男生一样吧，无可奈何又满是笑意地说着随你，伞面又朝恋人倾斜过去。

不是像她这样，连和他打一把花纹很像的伞，都会窃喜。

太清醒也不是什么好事，至少这一刻，她清醒地知道，这个人不会是自己。

心脏收缩了一下，某处泛起微小的、只要刻意压制就可以忽略不计的刺痛，但应该只是天气的问题。雨下太久了，骨子里都被泡潮湿了。

没关系，她抹了把脸，心想，雨停了就好了。

停了就会好的。只是青春期伴随成长的一场躁动，只是被阴天影响了情绪，等放晴了，一切就都好了。

她又不喜欢陈赐，真的没关系。

这雨一连下了好多天，久久没有放晴。

陈赐不知从哪儿买了辆自行车，送货上门，阿姨连连夸着好看，再一听价格，又咋舌："怪不得这么好看。"

周六清晨，陈赐将那辆自行车搬出来，随意地拍了拍后座："第一次，载你？"

这是他第一次骑，他问要不要载她，但是这样下去不行，宋嘉茉想，不该有的念想要断掉。

很突然地，她开口说："你知不知道……其实赵悦一开始是在追你的。"

陈赐蹙了蹙眉，似乎是不知道她怎么提起这件事："我知道啊。"

"不是，我的意思是……一开始，我在帮她追你。这个你也知道吗？"宋嘉茉说话的语速很快，像是生怕他没法讨厌自己，"我想要外语学院的资料，她帮我去要，交换就是我帮她追你。篮球场、密室、话剧，都是我在帮她，我还帮她拍照，告诉她你的喜好。"

其实这些事，不用她说，陈赐也是知道的。他又不是傻子，面前的人说什么话、存了什么样的心思，他一眼就能看出来。如同此刻。但心里清楚，和被人当面告知是不一样的，尤其是以此刻的状态。

陈赐："你想说什么？"

"你应该问我原因。"

"原因？"

"资料只是一个原因，更主要的原因是——"宋嘉茉深吸一口气，是在提醒他，也像是在提醒自己，"你以后总要跟人恋爱结婚的啊。我也是，既然都要各自有一段感情，那提早一点儿，又有什么关系？"

陈赐站在原地，沉默许久。宋嘉茉不知道他为什么会沉默，以前提到这样的事，诸如问理想型，说到以后的嫂子，他的状态都很平常，如同默认她的猜测很有道理。但可能是她终于惹怒了他。

终于，陈赐笑了一下，眼底却毫无笑意："对，会结婚，还会有孩子，所以呢？”

宋嘉茉一时哽住，说不出话来。

陈赐：“谢谢你提醒我？”

她想说不是的，如果说出的每一句话能够被撤回，她现在一定很想要按下这个按钮。但是不可以，他对她越好，他们越是拉不开距离。她总不能害了他。所以先让他，讨厌她一下吧。

宋嘉茉在他看不见的地方紧紧握着拳，指甲陷进皮肉里，其实很疼，但感觉不到了。心脏像是被堵住，要很努力很努力，才能不把真心话说出口。最后，她说：“……嗯。”

她知道这是最会惹怒他的回答，因此这样讲后，他也如她所愿一般，兴致全消，转身离开。宋嘉茉在原地站了一会儿，这才抬腿，缓缓地往公交站台走。

都怪她，如果她可以一直一直都当他的妹妹，就可以一辈子坦然地接受他的好，不伤害任何一个人，就好了。

但现在这样是最好的办法，没了她，陈赐不会被带进错误的轨道，他会有很好的一生，不用犹豫、折磨和煎熬，没了她，他喜欢的所有人，都可以是对的人。

她不好，她不够好，她没有和他足够匹配的出身，没有足够优渥的家境或者是出众的相貌，她是这么普普通通的一个人，如果不是奶奶曾在陈家工作过的原因，她一辈子也不会遇见他。

而她之所以能住进陈家，也不过是陈家人善心大发而已。

她突然想起很久之前，那时候奶奶还健在，她不住在陈家，起居都在一个小小的单间里，那天奶奶说陈家少爷过生日，家里布置得热闹，说可以带她去看看。她有些紧张地被奶奶牵进那座房子里，房子里明亮豪华，他是寿星，穿着看起来简单又昂贵的衬衫，一看就价值不菲的外套被随意压在身下，那么多人恭贺、祝贺他，他也只是冷冷淡淡，带回不回。

那时候她就知道，这个人，离她是很遥远的。

陈赐应该也知道吧，陈赐对她，应该也像对待一只雨天落水的小猫咪一样吧，是怜悯，是照顾，是因施舍偶尔流露出的一丝温情，他也是，从没想过爱她吧。

可她揉了揉眼睛，还是忍不住想哭。

因为积水，今天学校安排了校车。她上车的时候才发现，手臂不知怎么划开了一个小口。一早上都心不在焉地在想这个事，连接触过什么都忘了。

宋嘉茉找了个靠窗的位置坐下，窗外的景物没停留多久，车便开动了。她低头看着手指发呆，眼眶里有些酸酸胀胀的，突然，后排传来一阵喧哗声。

她还没反应过来，车窗被人拍了几下。

宋嘉茉错愕地抬头，窗外浮现陈赐的脸。

校车开得并不快，但少年的单车想要追上，仍需要极快的速度。他踩着踏板，衣角被风鼓出一个弧度，单手掌着扶手，另一只手贴着她的车窗玻璃。

“开窗。”陈赐说。

宋嘉茉的大脑空白一片，明明想要斥责他，但一句话都说不出来，手下动作下意识地按照他说的做了，将窗户拉开。

陈赐冷着脸，一言不发地，丢进来一盒防水创可贴。

“关窗坐下，”陈赐硬邦邦地说，“危险。”

创可贴稳稳落进宋嘉茉怀里。她一时愣住，余光瞥见他慢慢减速，那张脸又消失在车窗外。好像只是来送个创可贴的。可是就为这么一个小东西，为什么要追车？很危险的。

她下意识回头去看。

半个车厢的人也都和她一样，转身去找陈赐的身影。后车窗像个巨大的取景框，他就是画面中央的焦点。

少年停下单车，单腿支地，稳稳刹住，转了一圈。然后与校车背道而驰，渐行渐远。说不出的干净利落，又带着些不为人知的“苏点”。

有人捂住嘴：“摊牌了，我被帅到了。”

她恍惚了一下，想起他刚刚敲玻璃时，微微偏出的侧脸。流畅的下颌线条，高挺的鼻尖，以及手臂上，似有若无的青筋。

到了班上，尹冰露正坐在位置上啃面包。

宋嘉茉问她：“你带创可贴了吗？”

“脑子有毛病的人才随身携带创可贴吧？”尹冰露一脸问号，往书包侧边摸了摸，“哦，我还真有。”

宋嘉茉放下书包，把自己的伤口露出来，尹冰露顺便给她贴好，又目光一扫：“你手上这不是有吗？”

她把盒子放到桌面右上角，低道：“不一样。”

尹冰露：“创可贴还有不一样的？你这镶金了？”

课间的时候，宋嘉茉趴在位置上做题，突然，窗外传来熟悉的声音。

李威：“哎，班长！之前你们班不是有灯坏了，然后报修吗？我们两个班拼一起了，那个表你填好了没有啊，填好了给我呗，我一起送上去。”

尹冰露：“你们医学系的灯也坏了？我记得暑假不是重新装过一次吗？”

李威：“嗐，可能是学习太用功吧。”

等待班长填表的时候，尹冰露和李威聊着天，宋嘉茉看了一会儿题目，这才敢慢慢地抬起眼来。

陈赐也过来了，可能是为了陪李威，他这会儿正靠着宋嘉茉这边的窗台，背对着她，不知道是什么表情，总之看起来不是很想和她说话的样子……

宋嘉茉的视线一晃，看见他的衬衫折进去了一角，很不平整。宋嘉茉不由得伸出手，替他把衣服理了一下。自然地做完这件事后，她自己都愣了一下，手指就僵在那里。但幸好，大家都在各聊各的，没人注意到她。可能连陈赐都没有。

宋嘉茉抿了抿嘴唇，又小心翼翼地扯了扯他的衣角。像是很久很久前的小时候，乳臭未干的小孩儿，在使用原始的技能撒娇和示好。她鼓着嘴角，小声道："对不起。"

……

陈赐和李威很快离开。而直到离开，陈赐都没有回头看她一眼。她想，要不是为了陪李威，他肯定一点都不想过来，也不想见到她吧。

拐角处。

李威拿着那张表，走进教学楼："我记得老吴是说下个月之前交就行了啊？你干吗非催我今天来啊？新闻系教学楼离得这么远，你跟过来也不嫌累。"

"是吗？"陈赐淡淡地道，"记错了。"

"哦？记错了？"李威哂笑，"你是说你那个连上星期第三道高数题选什么都记得的脑子——不记得老吴五分钟之前说的截止日期？"

李威又道："还有，你这衣服不是才塞进去的吗，谁又给你扯出来了，我再帮你弄下……"说话间，李威就要直接上手。

陈赐侧身躲过去。

李威："怎么的？刚刚不是你自己给塞进去的吗？我说要给你扯出来，你还叫我别管——现在它出来了，我给你塞回去也不行？你到底想咋的？"

陈赐："想你少管闲事。"

李威气不打一处来，憋了半晌才爆发出一句：“男人！不可理喻！”

半晌后，李威又说：“不过感觉你心情确实变好了。”

“是吗？”陈赐压了压唇角，“我心情什么时候不好过？”

早自习差点被低气压压死的李威：“呃……”

中午，宋嘉茉正在超市买水，广播就提前响了。万雅并没开播，而是在调整话筒。

“感觉学校的话筒不怎么好用，”宋嘉茉仔细听了听，“杂音好多，音质也不够干净。”

尹冰露：“是有点儿，不过可能一直也没什么人用过吧，能理解。”

宋嘉茉想了想：“要不我趁周末去买个话筒？”

“可以啊，”尹冰露在挑零食，回答她，“换个设备肯定效果更好。”

但这就涉及她的知识盲区了，宋嘉茉蹭着下巴：“附近有什么卖话筒的地方吗？”

尹冰露也陷入沉默，正想提议，旁边就传来一个声音。

“后街那边有家音响专卖店，说不定会有。”程新觉笑着抽出一瓶水，“好巧，又是我会答的题。”

宋嘉茉愣了一下，瞧向程新觉：“具体在哪个位置啊？”

“沿着洛南路往里拐，然后——”说到这儿，程新觉停了一下，“太复杂了，不好说，放学我带你过去吧。”

宋嘉茉抬眼：“你正好也要去吗？”

“我不去，”程新觉扬了扬风流的桃花眼，“带你啊。”

她的本意不想让程新觉一起，但那个位置确实很难找，她看导航也没能看懂，最终还是和他同行。

他们一路走着，偶尔也会说两句话，都是他找的话题。不过程新觉的恋爱经验丰富，情商很高，不会刻意没话找话。氛围没她想的那么尴尬，偶尔，他也会说些有趣的东西。她能感觉到，这样的分寸周到、游刃有余，并非他天生就会。

恋爱无非就是前人栽树后人乘凉，也不知道他被调教过多少遍，又是多少女生耗费青春，才换来的一点点他的成长。想到这里，她忽然觉得可惜，轻轻叹了口气。

“怎么叹气了？”程新觉笑，“到了。”

她晃晃脑袋，走进店里。

他们站在一起，加上程新觉长着一双浪荡的桃花眼，话没说两句，引来不少误会。比如宋嘉茉刚站定，想试一个蓝色话筒，老板娘就撑着脸颊，朝他俩笑开了：“现在的小年轻恋爱，真好啊。”

宋嘉茉连忙摆手：“不不不，我们没谈恋爱，就是普通同学。”

“普通同学还陪你这么久啊？一般都是送进来就结束了。”老板娘很懂似的，还对她使个眼色，“放心，不会告诉你们老师，附近也没别人。”

“真的不——”

“你看你男朋友笑得多开心。”

……

接下来，她全方位论证分析，花了十多分钟，澄清他们并非情侣关系。连买话筒都顾不上了，只是一个劲儿地摇头。

最后也不知道有没有成功，老板娘半信半疑，嘴上说着“明白明白”，脸上却一如既往地笑眯眯的。老板娘的说话声音不小，她们又讨论太久，大半个商场的人都知道了。

宋嘉茉没了买话筒的心情，最终随便逛了逛，便走出来了。

程新觉蹲在门口的石柱上，打趣道：“这么怕和我扯上关系啊？搞得我还怪伤心的。”

宋嘉茉：“你前女友知道吗？”

“什么？”

“你伤心这件事，”宋嘉茉停顿了一下，“你一篮球队的前女友知道吗？”

程新觉被她堵得停了下，这才继续笑道：“你是不是有点儿讨厌我？”

“不会啊，我只是觉得，该怎么样就是怎么样。被误会，当然要解释清楚了。”

“懂了。”程新觉从石柱上跳了下来，“走吧，严谨的小宋同学。”

严谨的小宋同学回到家，又忙活了一阵自己的事情。但不管做什么，她的脑子里，时不时就会出现那个蓝色话筒。当时没买，现在后悔了。越想越喜欢。宋嘉茉在座位上纠结了一个多小时，最终还是决定，今日事今日毕。

先把话筒买回来再说，万一明天就断货了呢？

宋嘉茉一起身，发现陈赐就坐在沙发上，不知道什么时候回来的。她走到门口，正在换鞋时，身后的人也出声了。

陈赐：“去哪？”

“买话筒。”她老老实实地说。

“现在，晚上十点？”

她不知道该怎么解释，索性继续保持沉默。

身后又有声响传出，陈赐好像在做自己的事情。他没开口，看气氛也不像是同意的意思，宋嘉茉刚硬起来的腰杆，又软了下去。

她妥协：“那我不去就是了——”结果侧头一看，陈赐正在她旁边换鞋。

“愣着干什么，”他整理了一下衣领，轻声道，“我送你。”

……

这晚，她还是坐上了陈赐的自行车。本来是想拒绝的，可转念一想，他们好像在吵架。这样一来，很多话，她就没法顺理成章地开口。她鼓着嘴，沉默地坐上后座，闻到他衣服上淡淡的薄荷香气。

他们这算……什么呢？

她抿着唇，手不知道该抓哪里，看着路灯下自己的影子，缓慢地朝前移动。有风吹过，发丝挠在脸上，有点儿痒。

陈赐的声音也顺着夜风飘了过来："嗯，就这样，不用扶我。"

她一时没搞懂他想说什么，直到听见下一句——

陈赐："等会儿摔下去我亲自抱你去医院。"

真的想不通这人的嘴是怎么长的。

她气鼓鼓地，一把抓住他的衣角，两手揉出不规则形状。

陈赐："衣服明天就被你扯烂。"

被他再三挑战底线，宋嘉茉忍无可忍地道："扯烂就扯烂！我扯烂你的衣服还要选日子吗！"

沉默了两秒钟，前座的人突然笑了一声："怎么，这下正常了？"

"我哪有不正常？我早上也很正常——算了，你不懂，"宋嘉茉泄了气，"你根本不懂我有多伟大。"

……

顺利到达目的地，宋嘉茉的目标很明确，直奔那家店而去。老板娘还在位置上看剧，见她来了，很快便认出来。目光又落在陈赐身上，扫了两圈。很快，那老板娘笑着问她："又带了个男朋友来啊？"

老板娘语出惊人，宋嘉茉吓得差点没拿稳话筒，好不容易稳住心神，她惊魂未定地转头。果然，陈赐已经垂下眼帘，目光直直朝她看来。他缓缓挑起半边眉梢，不咸不淡地重复那个字："又？"

这误会更大了，宋嘉茉连忙改口："不是又带了个男朋友——"

"哦，"老板娘笑眯眯地说，"那这个才是正牌男友？"

她喉咙口直冒火，嗓子也突突地跳。

宋嘉茉连忙选好话筒，想付完款跑路："我要这款，谢谢。"

老板娘拿了个新的，又包装好，在收款机上按下数字："扫个码就行喽。"

宋嘉茉正在打开手机的时候，陈赐已经率先调出付款码，替她付了钱。

走出商场，晚风渐凉。商圈这会儿还很热闹，五光十色的牌匾亮得招摇，街灯照亮每一条小道。

宋嘉茉隐约觉得有些不对劲，果然，等走到安静的地方，陈赐开口了。

他像是憋了口气，这会儿才冷笑出声："很好，宋嘉茉，我第一次被人当男朋友，竟然还是个备胎。"

她不知道怎么解释，只得嗫嚅着道："是老板误会了……"

陈赐："还跟谁来过？"

她说："你不要管。"

单车咔嗒一声开锁，他直起身，轻声道："我偏要管呢？"

他的目光毫不避讳，直直地朝她看来。

有一瞬间，她甚至觉得自己被看穿了。

心跳也跟着慢了半拍，她偏开脸，躲着陈赐的目光道："就、就程新觉，可能你都不认识。"

"认识。"陈赐不怎么意外似的，"他是不是想追你？"

他的语调如此平和，仿佛在说明早的酸奶要喝什么味道。

宋嘉茉轻咳两声，讪笑着道："没有吧，他就是挺花心的，对谁都那样……"

"哦。"

你哦什么……宋嘉茉嘟囔着，跟上他的脚步。

陈赐不想再继续这个话题，一提到那个姓程的，就会莫名其妙地烦躁。他拍了拍后座："上来，回家。"

到家之后，气氛又沉下来，宋嘉茉洗完澡，准备钻进房间。结果去客厅拿个东西，刚一抬头，就和陈赐撞上视线。

陈赐："没什么想跟我说的？"

她老老实实地"哦"了一声："谢谢你今天送我。"

"你再客气点儿，怎么不谢谢我还给你付了钱。"

她嗫嚅着："那你想让我说什么……"

宋嘉茉低头看着鞋尖，好像早上那个言之凿凿的人并不是自己，可能是刚洗完澡的缘故，鼻尖略红，平白多出几分委屈意味。

不管错的是不是她，先心软的总是他。

"算了。"陈赐嘲道，"怪我，明知道你是故意惹我，还往里跳。"

"我没故意惹……"

陈赐抬眼，一字一顿地道："以后不许再帮人追我，明白了吗？"

宋嘉茉当然知道，但还是很有骨气地撇开眼睛，给自己找台阶下："原因呢？"

"我不喜欢。"

"噢，"宋嘉茉继续给自己找台阶，"我没你这么难搞，你可以给我介绍。"

陈赐气笑了，舔舔嘴唇："我给你介绍？"

"资源相互利用，不是很好？"宋嘉茉道，"那不然我在家里住一辈子吗？"

"为什么不行？"

"你……家里以后是要留给嫂子住的，我在的话，你们不方便。"

"干什么不方便？"

她那双眼睛矜持地瞪圆："干什么都不方便啊。"

客厅里沉默了一会儿，宋嘉茉才再次开口："反正，我就是这么一个……还挺恶劣的人，你以后也别老是送我了。"

她也是人，也会舍不得，也会不坚定，看着陈赐背影的时候，也会觉得，这一生哪怕只能这样陪着他，其实也很好。但感性退去，又总有理智，这些话需要很努力地说出口，才能尽量让自己不要功亏一篑。

她说：“上下学什么的，我都能自己走，还有——”

陈赐：“你是不是以为自己是韩剧里的绝症女主角，什么都能自己扛？”

话说到这里戛然而止，她错愕地眨了眨眼睛，仰头看他。

陈赐说：“少跟我划清界限，不可能。”

她恍然间觉得他什么都懂，又觉得，他可能只是看出她的言不由衷。

“那也不能永远活在你的庇护下，”她努力地把话说完，“我自己，也是要，长大的。”

楼上的灯熄了一盏，窗外夜色说不出来的安静。

“我还没死，你就不用长大。”

陈赐的声音很淡，又带着不由分说的重量，竟像个承诺。

那天晚上的月亮很圆，宋嘉茉知道，因为她坐在床上，出神地看了许久。无数画面闪过，她想了很多。

已经到了连骗自己都骗不过的时候了，已经到了再怎么催眠，也没有用的地步了。

这些天，她一直在用“青春期躁动”给自己洗脑，但没人比她更清楚地知道——陈赐背她的那一晚，在并不漫长的小巷里，有一瞬间，她是真的希望，这条路……没有尽头。

尽管今早说了那样的话，但少年骑着单车追过来，只为送一盒创可贴的时候，她还是从酸涩中拼凑出了秘密的高兴。

明明是有误会就要说明白的人，可当老板娘说陈赐是正牌男友时，她那么能说会道的一个人，无数反驳哽在喉咙，到最后，竟然不想澄清。不是不能，而是不想。

她喜欢陈赐，她真的喜欢陈赐，是说服自己百遍不可以，是蒙骗自己千遍弄错定义，但只要看到他的第一秒，心脏就会不争气地点头承认——明知不可以，也还是忍不住。

她翻了个身，把头埋进枕头里，并不想再因此困扰。尹冰露说得对，喜欢一个人又不犯法，她不需要他给出回应，这份喜欢也无须任何回应。只要她把这份心意悄悄埋在无人知晓的角落，那么即使长出参天大树，只要不影响任何人，那就没有关系。

陈赐把她当妹妹又怎么样，她会是很称职的妹妹，在他的人生中，扮演好自己该有的角色，不会破坏他的生活。自己悄悄喜欢就好了，不要再有负罪感了，她安慰自己，喜欢一个人又有什么错呢。

恍惚着，又想起刚刚。全世界都在催着她快快长大，只有他生怕她做不回小孩，她悄悄红了眼眶。

第二天的早餐是面包，阿姨给她煎了两个蛋。手边的牛奶已经倒好了，她洗漱得慢，看陈赐盘子有些空，不知道他是刚吃完，还是没来得及吃。

宋嘉茉想了想，抿唇，将自己的溏心鸡蛋分了一个过去。她正在倒酱油的时候，听到陈赐接了个电话。

李威："赐哥，在干吗？"

陈赐："在给公主当垃圾桶。"

电话的内容很简单，李威约他出去打球，顺便还要再吃个饭。

通话结束后，宋嘉茉问他："你们也有聚餐吗？"

"你要一起？"陈赐偏头，"我问问能不能带家属。"

"不是，"宋嘉茉说，"我们播音社也有，估计不和你们在一起。"

学校不知道怎么搞的，突然通知要社团聚餐，完了还必须得合影。正常社团需要走流程就算了，播音社也得参加。

这也就意味着，今天下午，她的广播二组得和万雅的广播一组一起吃顿饭。

根本不知道该怎么吃，不会吃到一半打起来吧？

不过，也许有机会知道……当时三个学长和学姐，为什么要爽约了。

下午三点多，她本来打算准时出发，结果尹冰露临时有事去不了，她想了想，便和老师请了个假。矿泉水不在，她一个人单独在那儿，也挺尴尬。

结果临近六点，家里的门铃突然被按响，她以为是陈赐，还在奇怪他怎么没带钥匙。结果门一拉开，三个人整整齐齐地站在门外，是尹冰露、江寺和费列。

“我爸妈吵架，等我好不容易赶回去，他们又和好了，”尹冰露道，“我们要不还是过去吃饭？”

宋嘉茉笑：“正好，老师刚还跟我说这事儿呢。”

就这样，几个人又上了车，前往学校附近的餐厅。

车上，宋嘉茉转着手机，问道：“要不要提前说一声？”他们又打算过去的事情。

江寺：“不用吧，麻烦。”

宋嘉茉：“也行，正好我车上玩手机会头晕。”

他们到烤肉店的时候，万雅正巧不在，看样子是去洗手间了。两个学姐没看到他们，只是一边烤扇贝，一边闲聊。

“这家没有之前万雅请我们的好吃。”

“她还是用了心的，那天晚上吃的店、唱歌的地方，还有送我们的礼物，都挺好的。”

“老师也真是的，一二组都是竞争关系了，有什么好交流的，还非得凑一块儿吃饭，还要拍照。”

“为了存档留念吧，好记录教学工作。”

“幸好宋嘉茉不来了，不然坐在同一桌上吃饭，得多尴尬啊，我都不知道说什么。”

“你说当时临时反悔，她会不会记恨上我们啊……”

两个学姐说到这里，万雅适时出现，拿着纸巾擦手，笑道：“嘉茉人很好，不会为这种小事生气的。”说完，越过她们身后，看往宋嘉茉的方向。两个学姐这才意识到什么，赶紧闭上嘴巴。

宋嘉茉挑了个位置，招呼大家坐下。

万雅如同和朋友聊天一般：“不是说不来了吗？”

宋嘉茉：“事情解决，就顺便来了。”

万雅笑了笑：“那还挺好的，人多热闹。”

没一会儿，有个陌生面孔出现，站在桌子边，像是在找什么。

宋嘉茉：“……你是？”

“我们社团的挂名副社长，”万雅说，“看你们不来，就叫他来了。”

“来了正好，一起坐吧。”

那人找位置的时候，宋嘉茉的手机也亮了一下，是陈赐发语音过来了。她戴上耳机听，听完又忙着吃尹冰露给她卷的蔬菜，没摘下来。

旁边两个学姐以为宋嘉茉在听歌，不由得开始低声讨论：“挂名啊？早知道他是挂名我就不过来了，当时不是说副社长很厉害嘛，又说跟着宋嘉茉很难赢，毕竟谁报名社团都不是为了输的吧。”

“你小点声……就算当时知道他是挂名，但万雅请了客，又把我们吹得那么厉害，我们肯定还是会答应的啊。”

身旁的小声聊天，在她耳机的遮掩下，竟是听得更清晰。宋嘉茉不由得转头，看了那位“挂名副社长”两眼。

江寺憋了很久，见状立马八卦道：“很厉害的，数学系稳居专业前五的一位大哥，之前羽毛球社的社长。”

尹冰露：“那为什么要来做挂名？”

“给好处了呗，可以出去宣传他也是自己社团的，到时候大家投票，肯定投自己唯一认得的那个，双赢啊。”

宋嘉茉抿了抿嘴唇，差不多知道了。

这个事情也很简单：万雅想挖人，不仅请客吃饭，请大家唱歌，还送礼物，并且宣传有厉害的人在自己的社团。这样的重重诱惑下，确实很容易倒戈。

而且或许这么看起来，确实是万雅这边的胜算更大，那个学姐说得对，谁报名参加社团都不是为了输的。

她们是，她也是。

宋嘉茉摘下耳机，一边思考，一边在备忘录上打字。而尹冰露和江寺则在继续小声八卦。

说完几句话之后，江寺抬头一看，问万雅：“你们都靠得好近啊，不闲挤得慌吗？”

万雅摇头说不会：“我们社团的气氛挺好的。”她玩笑道，“你们怎么都离得那么远啊，关系不好吗？”

话音刚落没多久，万雅还想再说些什么，结果费列看着某处，嫌弃地开口：“江寺，你口水溅到我杯子里了！”

江寺贱得不行：“中午咱俩可是吃的一个辣锅，乖啊，不差这点儿口水。”

费列：“你好恶心啊，滚！离我远点！”

两个人又开始日常吵架，尹冰露在旁边煽风点火，一下“你们不要再打了啦”，一下“撕得好，再撕响些”——最后江寺又委屈巴巴地找宋嘉茉评理。

“我评不了，”宋嘉茉耸耸肩，“你们幸福就好，细节就不必对我交代。”

……

万雅看着他们气氛融洽，又看看自己这边，全都在低头吃饭，就算偶尔有交流，也并不热络。别说像他们那样玩乐了，这边就连引出一个话题都很难。万雅哽了下，识趣地闭了嘴。

饭局散场，拍完合影之后，大家各自安排。今天不凑巧，陈赐跟她吃饭的地方离得远，她和尹冰露一起走了。

在路上，尹冰露还在说：“这万雅怎么搞得跟娱乐圈一样，还挂名，整得神秘兮兮的。”

宋嘉茉：“方便宣传呗，有个名气大的，对社团总归是好事。”

尹冰露：“这好事怎么就不能落在我们头上？”

“说不定也行呢，我回去问问陈赐。”

说是问问，其实她是抱了必须谈下的决心。输什么不能输气势，这是宋嘉茉的人生准则。而且，如果要说学校里谁能压过那人的风头，可能也就只有陈赐了。

因为有想法，晚上，她早早就洗了个干净，想办法凑到陈赐旁边。

陈赐正在看动物世界，看起来还比较投入，她尽量自然地在他旁边坐下，等待一个机会。终于，机会来了——动物世界播到尾声，陈赐打算换个节目。

她及时看出来，动了动手中的遥控器。

少年勾了勾手指，低低嗯了声：“给我。”

不知是不是因为尹冰露总看一些不对劲的总裁文，搞得宋嘉茉也有点精神失常，对“给我”这两个字异常敏感。更何况陈赐天生声音低沉，什么话经他说来，都带着点儿磁性和沙哑，还有……撩拨。

她拼命遏制自己脑子里的欲望，但大脑不听掌控，面前突兀冒出许久前做的那个梦——沙发、陈赐、她。

好像梦里就是这个沙发，她就躺在陈赐坐的这个位置之下。记性太好也不是什么好事，譬如此刻，那个梦如同电影一般，事无巨细地在她面前铺陈开。

陈赐见宋嘉茉许久没动作，目光转了回来，这才缓缓向后靠了靠，扬眉：“想什么了？脖子红成这样。”

第九章

间接接吻

CHAPTER 9 >>> 等烟火满怀

年幼时的很多个深夜，她都在想，这里面，到底是个怎样的世界呢？

一定很神圣吧，像引路人一样，将她从望不到边的黑夜里，引到光明的圣地。

冷不丁被人戳穿，宋嘉茉的脸颊霎时红透，连忙伸起手臂，挡住了自己的脖子。

宋嘉茉："我只是在想——"

就在这时候，《动物世界》切换到新一期，背景音充满感情地回荡在整个客厅："春天来了，又到了万物交配的季节。"

她缩了缩脖子，如同什么有趣的水墨画一般，一点红落在耳垂，又慢慢向前洇染开来，最终爬满眼尾和鼻尖。

她像只被煮熟的龙虾，又偏偏很有自知之明似的，缓缓挪动手臂，改为遮住自己的脸颊。

所以到底是在想什么？

实在是待不下去了，客厅里的空气闷热，宋嘉茉如同扔掉烫手山芋般丢掉遥控器，然后仓促跑回了房间里。

陈赐莫名其妙地瞧了她几秒钟，直到人影消失不见，这才收回视线。

十分钟后，宋嘉茉不屈不挠，整装待发，再次出现在了沙发一角——这次戴着口罩。

陈赐不清楚她今晚到底想搞什么东西，狐疑地盯着她被抓了两下的雪白脖颈。

因为她捂得太严实，实在是没地方可看了。

宋嘉茉："哥哥。"

陈赐早料到似的，遥控器抛了下，换只手接住："说吧，什么事求我。"

宋嘉茉略有些惊诧："你怎么知道？"

陈赐："你一般这么亲热地叫我，就没什么好事。"

宋嘉茉轻咳两声，道："你今年有没有什么新的想法，比如……来我们社团，当个挂名副社长？"

他眯了眯眼睛，似乎对这个前缀颇为不满："副？"

她理不直气也壮："因为社长是我。"

陈赐："还是挂名？"

宋嘉茉："挂名还不够？"

"……这是你求人的态度？"陈赐懒洋洋地觑她，"什么也没有，就想我去给你们广播社当副社长？"

她觉得这个说法不对："准确来说，广播社还不属于我，是广播二组的副社长。"

"没门。"

"别呀，"宋嘉茉连忙道，"还能谈的，你想要什么，只要我能满足，都给你。"

陈赐瞧了她一会儿，道："没什么缺的。"

事情陷入僵局，宋嘉茉坐在那里，一时没有头绪。

陈赐："说完了？说完回去写作业。"

突然，灵感来了，宋嘉茉道："这样吧，既然你这么想让我写作业的话，下周一有个随堂小测，我要是能提高十分，你就来我们社团。"

说完，没等陈赐回答，宋嘉茉起身道："好，就这么说定了！那我去复习啦，谢谢哥。"

说完人就没影了，压根没给他拒绝的机会。

客厅内，陈赐眯着眼看向她消失的地方。

谁跟她说定了？

时间一晃而过，很快到了下周一。

在随堂小测之前，是更重要的播音。这周的播音归宋嘉茉。尽管已经预先和大家讨论过多次，但她还是忍不住有些紧张。播音前，宋嘉茉翻了翻英语教材，做好标记。

有了万雅的前车之鉴，她的开播还算顺利，也没撞上什么恶劣天气。晴朗的阳光中，她的声音徐徐传遍校园："同学们，中午好！我是宋嘉茉，本周午休将由我们广播二组陪伴大家。今日冷知识：过度嗜睡也是一种病症，患者会不分场合地陷入昏睡，沉睡时间从几星期到几个月不等，这期间只有上洗手间及吃东西时才会醒过来，其余任何事都不会叫醒他。等到醒来之后，患者会不记得自己在昏睡中的一切，这种疾病被称为睡美人症候群，英文名称为 Kleine-LevineSyndrome，简称 KLS。"

刚打铃，各班都吵吵闹闹的，但"冷知识"三个字一出场，校园就慢慢安静了下来。好奇心驱使他们认真聆听。

"我怀疑我也有，我上次在老张的课上睡死过去了，他丢粉笔都没有砸醒我。"

"我可能也有，我一上思修课就犯困。"

"是那种什么话都叫不醒但'下课'可以的睡美人症吗？"

一阵笑声传出。

宋嘉茉："研究证明，煮熟鸡肉不一定要用火，八小时内连续拍打十三万五千次也可以做到。"

不知不觉间，大家的情绪都被调动了起来。同学们在底下讨论得热火朝天："我这样打你的脸，你会熟吗？"

"在我脸熟之前，你的手会先脱臼。"

"宝，你想的不是你的脸，而是我的手，你好爱我。"

"不是，我的意思是我会把你手打脱臼。"

几个冷知识下来，不少人都乐意去听，边整理着书本，边听广播。

宋嘉茉："今日冷知识词库：Syndrome，综合征；slap，拍打。"

就这样，说了几个冷知识，再科普了几个对应的英文之后，今日播音结束了。

回去的路上，走廊里异常安静。宋嘉茉第一次觉得脚步又轻快又沉重，忐忑不安地想：不知道今天的广播，会不会有人认真听？

冷知识这个想法是她提出来的。利用了大家最基本的好奇心，再配合上一些必要的知识她希望能利用这样的碎片化时间，让广播在简单有趣的同时，也能给大家带来些什么。挑选内容的时候，她也会尽量选英语书上的单词，或是阅读理解中出现的高频词汇，做到简单又高效地学习。

很巧，下午上课时，正好有两个词，全班都知道。

段莹感觉有点惊讶："今天可以啊，这两个词所有人都知道，怎么做到的？"

"老师，今天中午宋嘉茉广播里说了的！ Syndrome，综合征，还有slap，拍打，我印象太深刻了。"

"行，"段莹笑，"连你都对了，证明宋嘉茉这个广播蛮到位。"

"女神你什么意思？不要看不起人，我虽然不爱背单词，但万一下次考试一飞冲天呢？"

段莹笑着整理书本："那我期待那天。"

临走之前，她递给宋嘉茉一个含笑的眼神。宋嘉茉读出来了，是肯定。

瞬间，仿佛身体被人注入了满满的活力，宋嘉茉突然觉得，从几千条微博中筛选这些冷知识，是值得的，这些天的努力，也都有了意义。

一切都变得值得期待了起来。

下午的最后一节课是学院安排的生理学方面的课。他们专业不学生理学，只是学校安排来增长知识的，因此课堂上会比较轻松。但这堂课的老师有个职业病，不管什么班级，都喜欢弄随堂小测。想做就做，不想做也可以空着，互相讨论也行。总之就是比较随意。

上课之前，宋嘉茉正巧去贩卖机买橙汁，听到生理学老师在和陈赐说话。毕竟陈赐是医学系的学霸级人物，老师都喜欢他。

“我等下有点儿事，发了随堂小测之后，你就去新闻系一班帮我监考一下啊，下课收起来就行，别的不用管。”

陈赐：“好。”

“如果嫌无聊，也可以把那些题做一下，巩固巩固基础嘛。”

陈赐这节正好体育课，便在窗口随意等着，手里还拿着一摞随堂小测的卷子。生理学老师刚讲完课上内容，就被别的老师喊了出去，趁着这个空当，宋嘉茉拉开窗户，扯了扯他的衣摆。

“哥，你等会儿在台上肯定很无聊吧，要不要顺便把卷子做一下。”

陈赐没懂她葫芦里卖的什么药：“怎么？”

“你还记得我们的约定吧？多考十分你就来我们社团啊。”宋嘉茉紧张地道，“等会儿我有不会的就暗示你，嗯……眼睛是A，鼻子是B，嘴巴是C，脖子是D。”

她继续说：“如果这题选A，那我摸眼睛的时候你就咳嗽一下，OK吧？”

陈赐沉默片刻：“你拿成绩跟我当筹码交换，然后让我帮你作弊？”

本以为宋嘉茉会否认，谁知道小姑娘略一偏头，眨着眼睛，很无辜地问：“不可以吗？”

很快，老师走了过来，示意他可以进班了。

临走前，少年偏头，义正词严地扔下一句：“不可以。”

宋嘉茉回到位置上，发完卷子，尹冰露问她：“你哥拒绝你了，怎么办？”

“放心，”宋嘉茉胜券在握，“我还不了解他吗？我可以通过分析他的微表情，来确定这题选什么。”

尹冰露：“真的假的？”

她很肯定：“当然。”

因为这段时间有好好看书复习，所以题目她基本都会做，只是速度慢了点儿，老师给的题目很多，正常时间内根本做不完。

还有两分钟就要收卷了，但她的最后一题还没写，这道题的计算很多，十分钟起步。

少女撑着脑袋，轻咳两声，目光落向台上。

陈赐边算边休息，正做完最后一道题，察觉到她的视线，淡淡地看了过去。

她的动作很快，一见到他的目光扫过来，立刻坐直身体，比了个7，摸了摸自己的眼尾。

好，没反应。

那第七题就不是A。

宋嘉茉又蹭了蹭自己的鼻尖，他依然没反应。

陈赐不由得在心里冷笑，看她还能翻出什么花儿来——下一秒钟，小姑娘轻轻抿了抿嘴唇，指尖一触，戳了戳自己柔软的唇瓣。

少女的嘴唇是粉的，像是甜品店里的樱花冻，弹弹软软，被碰到就会发颤，不用尝也知道很可口，轻压一下，还会回弹。

无来由地，他突然想起很久前的咖啡店里，她穿着一身乱七八糟的东西，靠在柜边偷吃甜品。有多余的奶油沾上手指，她头上的兔耳朵一晃一晃的，伸出一截舌尖舔掉——

无来由地，他的喉结滚了滚，不自然地偏开眼睛。

宋嘉茉大喜过望。她转头和尹冰露分享喜讯：“选C选C，不选C我跟陈赐姓。”

尹冰露：“确定？”

宋嘉茉："你在质疑我对他的了解？"

……

随堂小测很快就出了成绩。

啪啪打脸的变成了宋嘉茉自己。前面的题目都对了，唯独最后一题，她最有把握的一题——正确答案不是C，是B。

很快，宋嘉茉压抑着愤怒回到家，等陈赐下了晚自习一回来，便怒气冲冲地质问他："你干吗骗我？"

陈赐停顿了一下，不知这公主的气从何而来："我什么时候骗你？"

宋嘉茉拿出随堂小测的卷子，鼓着脸颊，指尖点上第七题："不是你说这题选C的吗？"

客厅的灯光细碎，少年背着单肩包，只停顿了一秒钟。

很快，陈赐好整以暇地反问她："我什么时候说过这题选C？"

"我当时摸嘴巴的时候，你那个表情，你那个动作——不是选C是什么？"宋嘉茉想了想，找到答案了，"好啊，你故意混淆我……"

陈赐："没故意。"

宋嘉茉："那是什么？别告诉我你那时候只是想打喷嚏，不，你是想诬陷我，你想谋害我，你这是在杀人！"

他敏锐地意识到话题走向不太对，抬起眼皮道："接着说。"

"虽然你犯下了这么大的错——"宋嘉茉说的话锋一转，粲然一笑，"但是如果你可以来我们社团的话，我就勉强原谅你。"

猜到事情走向的陈赐："勉强、原谅、我？"

"嗯啊，"宋嘉茉很"大度"地说，"虽然你犯下了滔天罪行，但是如果你将功补过，我就可以既往不咎。"

陈赐："语文学得挺好。"

宋嘉茉顺水推舟："来嘛，我们社团福利很好的。"

"比如？"

“比如可以经常看到我，和我同桌吃饭，请我喝奶茶什么的。”

陈赐舔了下嘴唇，“那挺倒霉。”

他讲话一如既往地不留余地，她泄了气，在他面前的阴影里站了一会儿，准备走。

陈赐的声音在背后响起来：“什么时候报到？”

宋嘉茉一时没反应过来，半转过身子，有点蒙地“啊”了一声。

陈赐：“不是要我当副社？”

“明天——明天就可以，”宋嘉茉立刻抢答，“不用报到，随时上岗。”

“行。”

惊喜来得太突然，她的眼里像是嵌了光，憧憬地道：“真的啊？那你明天要来哦。”

“知道了，”陈赐从她的身旁经过，腾出只手，随意揉了揉她的发顶，“小麻烦精。”

宋嘉茉摸着被他揉过的地方，轻轻地耸了耸肩膀。

晚上睡觉前喝了半瓶水，凌晨不知道几点，宋嘉茉醒来。她刚拉开门，感觉光线不太对劲，仰头一看，二楼的灯还亮着。狐疑地走到二楼，才发现阿姨也正好走出房间。

宋嘉茉：“江姨，这灯是你点的吗？”

江慧：“不是啊，我也才起。”

宋嘉茉缓缓地将露台拉开一条小缝，看见陈赐的身影。她嘀咕着道：“晚上不睡觉，跑这来吹风干吗？”

江慧：“不是第一次了，他之前大晚上也没睡呢。”

宋嘉茉：“啊？什么时候？”

“就是……那天你也在，好像是你们密室逃脱回来吧，我还听到你俩说话了呢。”

“噢，好像有点印象。”她抿了抿嘴唇，随口胡说，“可能是什么少男心事吧。”

这天她被陈赐入社的快乐冲昏了头脑，没再仔细深究，下楼上了个厕所，就再睡着了。

次日到了学校，中午时，社团的老师又通知开会。万雅的广播一组坐在左边，宋嘉茉和尹冰露他们坐在右边。

老师道：“区里马上有个十佳社团的评选，我看你们办得还不错，不如去试一试吧，帮你们报名了。”

江寺问：“我们这不是有两个组吗？社团算谁的啊？不是还没定吗？”

老师：“是的，这个只是初赛，所以不重要，我已经确认过了，那边说可以两个组都去。等决赛的时候，你们一、二组到底留下谁，结果肯定已经出来了。留下的正式成员去参加决赛就好。现在不报名，到时候就报不上了。你们先去比着，也顺便看看你们各自在比赛中的表现，到时候哪个组留下，比赛表现也会成为重要参考之一。”

江寺点着头，没再说话。

老师：“还有问题吗？”

宋嘉茉问出最关键的问题：“具体怎么比呢？”

老师笑道：“哦，差点忘了，播音社的话，你们中午广播的时候录个音，把自己的节目录下来，弄好后发邮箱就行。”

听起来还是挺简单的，也不耽误时间。这天中午，开完小会后，宋嘉茉照例打开广播，输送自己搜集的各式各样的冷知识，并在最后附上英文和重点单词。

效果好像还不错，这次播完路过走廊，还能听到有几个人在讨论。感觉到了一点点的进步，她身心舒展。

回到班里，宋嘉茉和尹冰露讨论：“我哥今天进社，你说要不要做点什么……表示一下我们的欢迎和重视？万雅她们好像经常这样，弄团建什么的，培养默契和凝聚力。”

“我们也可以啊。”

宋嘉茉：“那我们去哪儿？”

尹冰露：“你有没有很想去的地方？”

宋嘉茉想了想，说：“北城电视台。”

“可以呀，电视台不是正好，我们又是播音社，去感受一下媒体人的氛围。”

目的地就这样敲定。一放学，宋嘉茉就给陈赐发了消息，然后去买了五杯奶茶。

宋嘉茉琢磨着陈赐第一天来，总得彰显一下领导风范吧，成功人士般地轻咳了两声，收起手中的奶茶：“这是我们第一次团建，主要是庆祝……”

最先回应她的是费列，他表示非常不解：“接你哥进社还要庆祝？”

江寺马上回嘴：“你懂什么啊？这叫仪式感，能不能别长他人志气、灭自己威风？”

尹冰露：“你俩上珠穆朗玛峰去吵吧。”

……

两个人吵了一路，直到电视台门口才停下来，这是宋嘉茉第一次来。

北城电视台的楼很高，最上方缀着一颗多边形，是电视台的台标，因为长得太像星星，又被称为城市的启明星。

尽管没来过，但她很熟悉这座建筑。因为从陈家的天台眺望过去，就可以看见一览无余的启明星。

年幼时的很多个深夜，她都在想，这里面，到底是个怎样的世界呢？

一定很神圣吧，像引路人一样，将她从望不到边的黑夜里，引到光明的圣地。

宋嘉茉眨了眨眼睛，推开大门。门口站着安保人员，询问她的来意。宋嘉茉说：“来参观的，可以进吗？”

安保人员说：“不好意思，参观需要预约，并且需要专门的工作人员带你们进去。临时是不能进的。”

宋嘉茉转头看向陈赐，陈赐也瞧了她一会儿，这才道：“我打个电话。”

陈赐离远了些，拿出手机，说着什么。

尹冰露神秘兮兮地凑过来：“他打完电话就能进了？”

“应该是。”宋嘉茉说。

果不其然，十分钟后，有工作人员出来，将他们接了进去。

电梯里，宋嘉茉靠在角落，小声问陈赐：“你给大伯打电话啦？”

“嗯，”陈赐道，“小事。”

他说，“他刚好有认识的人，可以带我们进去。”

“噢。”

宋嘉茉一直很小心，不会刻意打探陈家的很多私事，尤其是家庭关系。但一起生活了这么多年，她多少也知道，自从“那件事”之后，陈父就很少再插手家里的公司，专心养病，一切大事小事便交到了陈赐的大伯手里—也就是陈昆。

这些年来，不管是她和陈赐的学业、住宿，甚至家里的保姆，几乎都是陈昆一手操办。这位大伯也是说一不二的狠角色，因此宋嘉茉比较怕他，逢年过节见了面，多数时间也是躲在陈赐身后，打过招呼就安静地坐在一边。

大伯的人脉广，生意人都这样，也不稀奇。不过他虽然严厉，却也是真心爱陈赐这个侄儿。

宋嘉茉“哦”了声，便揭过这个话题。

工作人员问：“你们想先参观哪里？”

宋嘉茉：“六楼的新闻部能去吗？”

工作人员："可以的。"

电梯门打开，穿过四四方方的电梯间，迎面而来的是宽敞的走廊，两边墙上挂着明星主持人的介绍。他们各自去看感兴趣的东西，宋嘉茉站定在那面墙前，看了许久。

尹冰露："你看什么呢？温璐……哦，我知道她！"

宋嘉茉转头："你知道吗？"

"知道啊，北城卫视不是有一档节目是她主持的吗，我当时觉得她很漂亮，还特意搜了资料呢。她以前好像是电台的主持人，后面才正式进电视台，开始露脸。总之声音蛮温柔的，我每次难过的时候就听她的声音。"

宋嘉茉感叹道："是啊。"有人的声音，天然就带着温柔与力量。

"你喜欢她啊？以后进电视台跟她共事啊！"

宋嘉茉偏头："行，那你祝我追星成功。"

两个人的话音刚落，斜后方横插过来一个声音。

陈赐："追什么星，男的女的？"

尹冰露正开口想答，宋嘉茉打断他道："男的，很帅，八块腹肌那种。"

楼梯间传来声音，宋嘉茉正要看过去，冷不丁地听到陈赐的声音："少追男的。"

思绪被拉回，她抬头问："为什么？"

陈赐的目光淡然，好像在说一件和自己无关的事情："男的没一个好东西。"

众人纷纷离开，前往下一个楼层，灯光微弱的走廊里，只剩他们两个人。宋嘉茉抵靠着墙壁，慢慢抬起眼皮："那你呢？你是好东西吗？"

黑暗放大他呼吸的声音，陈赐垂下眼睛，目光少见地带一点侵略性："你觉得呢？"

陈赐没回答，把问题又抛给了她。狭窄的通道里，她听见自己心脏怦怦跳动的声音。

适时，不远处传来喧哗声音，打断她的思绪。

尹冰露："……万雅？"

好像沉默了一秒钟，又听到万雅的回答："好巧啊，在这里也能遇上。"

宋嘉茉三步并作两步，连忙走上前去，果然，看到熟悉的脸孔。万雅已经换了一身白色的连衣裙，她旁边站着一个女人，看年纪四十来岁，眼角有一点点皱纹。

宋嘉茉听见一旁的工作人员，低声向那个女人打招呼："顾总监。"

那个女人问万雅："同学？"

万雅回："是的，一起播音的同学，我是一组，她们是二组。"

那个女人点了点头，再没多说什么，万雅寒暄两句，也很快跟着那个人离开了。

回去的路上，尹冰露还在奇怪地道："万雅旁边的总监什么来头啊？看着跟什么幕后 Boss 一样。"

宋嘉茉道："不太清楚，可能她也恰好有什么认识的人吧。"

回去的路上，他们正好路过学校，又赶上医学系的学生下课。

李威也厉害，在茫茫人海中，一眼就看到陈赐："赐哥，我们等会儿去玩桌游，就差一个人，不然没法开台，你来呗！"陈赐正要开口，李威又威胁道，"你不来我就在路中间自杀。"

片刻后，陈赐转头，同宋嘉茉道，"先去一会儿，等下回。"

宋嘉茉："等下是几点？"

他略作沉吟："十点。"

"十点能回来吗？"宋嘉茉狐疑地问道，"这都快九点半了。"

"差不多。"

非常不信任他的时间安排，宋嘉茉缓慢地眯起眼睛："你最好是。"停了片刻，又道，"那你早点儿回家啊。"

“知道。”

“晚了我不会给你留门的！”

“……好。”

李威站在原地看了一会儿，这才摩挲着下巴，小声道：“好像妻管严啊。”

刘石震撼：“你到底又在想什么危险的东西啊？”

与宋嘉茉分开后，陈赐抬腿走了过来。

李威若有所思地道：“赐哥，你好像——”

“好像有大病！”刘石大声地说，并投递给陈赐一个坚定的眼神，“哥，他骂你，揍他。”

陈赐冷淡地抬起眼皮：“今晚你们两个一起死。”

一行人顺利地开好台，玩些杂七杂八的游戏。李威在一旁切歌，快乐地投入麦霸的海洋。另一边在玩很俗的真心话大冒险，俗到陈赐简直没法吐槽，但很快，剧情进入更俗的界面—酒瓶转到陈赐，话题的中央变成他。

有人嘿嘿笑了两声，八卦地问道：“赐哥，有喜欢的人不？”

“俗死了！”李威忍不住拿着麦克风骂道，“你们花五百块钱就是进来玩弱智游戏的？还来问陈赐这个？你看人家搭理你们吗？以后谁再问这种三俗问题，我直接踢——”

陈赐：“有。”

“踢”字还没说完，李威的麦克风砸到了自己的头上，咚的一声闷响。

房间内安静下来，所有人都当这是玩闹，没想到陈赐会真的回答。短暂的沉默过后，叫嚷声几乎掀翻屋顶。

“我的天！谁啊？”

“真有假有？哪个专业的，谈了吗？我直接祝你早生贵子啊！兄弟。”

“介意双喜临门吗！我可以成为你的妹夫，让我们一家四口快乐地生活在一起！哥！我的好哥哥！”

陈赐兴致不高地站起身来：“就一个问题，少扯东扯西。”他瞄了一眼桌面上的酒水单，“台开好了，还有没有事？没有我回家了。”

陈赐推门回家的时候，宋嘉茉刚换好枕套。

她抬头看了眼时间：“十点零三。晚了三分钟。”

陈赐淡淡地扬起眉梢：“怎么，要罚我？”

“那倒不至于，”宋嘉茉努努嘴，“不过我的被子还没套，不如你帮我套一下？”

“然后你‘勉强’原谅我的晚归？”

宋嘉茉有理有据地颔首：“差不多吧。”

陈赐换好拖鞋，洗过手，站在宋嘉茉的床边。她的床上摆满了各种玩偶，光枕头边就有两个。

陈赐随意瞧了一眼：“东西挺多。”

宋嘉茉拽了个小羊抱在怀里：“我要抱着东西才能睡着。”

陈赐“嗤”了一声：“抱活的不行，非得抱玩具？”

宋嘉茉也很有底气，仰头回撑：“哪有活的给我抱？”

陈赐本来就是随口一提，她也是随口一回，但话音落下，四目相对之间，气氛有一丝怪异。

宋嘉茉轻咳两声，连忙瞥开视线，道：“你先弄，我等会来查收。”

“……好。”

宋嘉茉在客厅等了几分钟，陈赐迟迟没有出来。夜色安静，她泛起些困意，又强撑着等了十来分钟，还是没动静。她打着哈欠走过去：“弄好没有，我困死啦……”

说到这里，她停了一下，恍惚觉得某一刻，像极了婚后生活。

但很快，绮思消散得无影无踪—因为陈赐正坐在床头柜边，就着一盏小台灯，翻看她的手账书。这是她五六年前写的，也不能称之为手账，因为扉页被她重点标注七个大字—《陈赐作恶全记录》。

宋嘉茉颤颤巍巍地走过去时，陈赐正翻到第七页。宋嘉茉的字体秀丽，但又意外的可爱，带着些卷卷的圆滑感，力透纸背，看得出非常生气：我的哥哥，冷淡、恶劣、作恶多端，是个浑蛋。

她开始呼吸的那一刻，陈赐也缓缓、缓缓地转过了头。

宋嘉茉："……"谢谢，已经选好死法了。

陈赐好整以暇地挑眉："我作什么恶了？说说看。"

她停顿两秒钟，连忙夺过本子："哎呀，十几岁写的你也信，那时候不懂事嘛。"宋嘉茉张嘴就来，"我的哥哥，温柔、体贴，善解人意，是个英雄。"

宋嘉茉笑嘻嘻地继续道："长得还帅。"

他施施然地起身，视线掠过去，"还有呢？"

宋嘉茉："啊，什么还有？"

"你骂我骂了半本书，夸我就十几个字？"

宋嘉茉无语片刻，没辙一般地哼唧几声，耍无赖似的，蹭着他的肩膀把他往外推："明天明天，明天写个小论文来歌颂您——我好困了，您大人有大量，先别跟我计较，让我先睡会儿，行不行？"

她身上温软，从嗓子里哼出来的像是气音，意外得像柄小钩子，在谁的心上挠了一下。

"可以，"陈赐抬起眼皮，"如果这样骂哥哥，你能睡得着的话。"

当然，她不仅睡着了，睡得还很好。只是可惜第二天还得起早，她在被子里不愿意起，陈赐把她的被子剥开，将人扔进了盥洗室。

接下来的一周，播音也很顺利，顺利地到了周末，她终于可以睡个懒觉。

一觉醒来，窗外的阳光正好，宋嘉茉满足地伸了个懒腰。她打开房门，正好和陈赐撞上。他俩的房间相对，一个在书房的左边，一个在书房的右边。有时候同步起床，看到对方拉开门，会有种镜像的错觉。

宋嘉茉揉了揉肩膀："你怎么也起来了？"

陈赐："找本书，去趟图书馆。"

"正好我也要去，"她拿了罐雪碧，"一起？"

陈赐看起来仍有些困，缓缓地眨了下眼睛，整个人透出一股从容的慵懒气息："你去干什么？"

宋嘉茉想了想，露出一口细若编贝的小白牙："去图书馆查阅资料，看怎么夸哥哥比较好。"

二十分钟后，他们出发。上车后，宋嘉茉一边欣赏风景，一边哼着歌。她突然想起来，刚刚出门的时候，好像看到了家里的司机。她这才转头："哎？郑叔是来载你去图书馆的吧？那我拉你一起，岂不是耽误你在车上补觉了？"

陈赐的长指握着雪碧，仍在从困倦中缓神："那你放我回去？"

宋嘉茉仍旧笑眯眯的："不放。"

下了车，陈赐清醒了不少，一罐雪碧也被喝得见底。他扫了一眼宋嘉茉："你来图书馆，什么都不带？"

宋嘉茉神秘地说："带了最重要的东西。"

"嗯？"

宋嘉茉："我的脑子。"

"煮猪脑？"陈赐的反应挺快，"图书馆还能涮火锅？"

宋嘉茉抬腿要去踹他，结果他的反应更快，长腿三两步迈上台阶，消失在门口。她撇了撇嘴。

宋嘉茉来图书馆，还是为播音社。一切都是如此地相似，江寺和费列先到，在三楼吵架，她随后劝架，最后尹冰露登场。

参加十佳社团的录音还没弄，他们在讨论要怎么做比较好。这一聊就是好几个钟头过去，临近中午，他们打算出去觅食。

知道陈赐也在这里之后，江寺强烈建议，让宋嘉茉带着她的哥哥一起。

宋嘉茉当然不会抛下陈赐，她先整理好东西，然后下楼了。

陈赐应该在一楼看书。她找了一大圈，终于在某个书架旁看到他。陈赐正倚着书架，长指间夹着一本《本草纲目》，不急不缓地翻着书页。他看书的时候很认真，睫毛微微敛着，日光从他身后投落，洒下一圈带着光的绒毛。

宋嘉茉不想打扰他，站在一边等着。突然，旁边走过来一个女生，脸颊微红，递给他一张纸折的爱心。然后更加害羞地快步走开。

宋嘉茉根本不用看，都知道里面是女生的电话号码。

……陈赐，招蜂引蝶的祸水！

她撇了撇嘴，尽管知道他应该不会打开看，但还是不由得紧紧地盯着他的指尖，观察他的动作。很好，他果然没将纸条展开，他将这一页的最后几行看完，这才合上书本，放进书架里。

陈赐抬起头，只见书架对面，忽然出现了一双眨动的眼睛。宋嘉茉的表情含羞，递给他一张纸折的小兔子，她期待地抿起嘴唇。

陈赐蹙眉，狐疑地打开来看："请客吃饭吗？"

……

话是这么说，但中午这顿肯定还是得宋嘉茉请客。其实她的小金库的钱一直挺多，只是总没什么安全感似的，很少动用。今天是社团出来吃，自然得她出钱。结果她就是去上了个厕所的工夫，再回来时，陈赐就已经把账结了。

对面，江寺和尹冰露吃得投入，费列正戴着耳机在听歌。

宋嘉茉低声同陈赐附耳："你怎么买单了？"

"不是你说的？"

"我只是随便一说呀，哪知道你真付账了。"

"那你回去转我。"

"啊？"

"我说，如果你真——"

"啊？"

"……能给公主殿下买单是我的荣幸，"陈赐挺无语似的，舌尖抵了抵齿关，溢出一道气音，"满意了？"

宋嘉茉赞许地点头："孺子可教。"

终于，最后一片肥牛被尹冰露抢走后，江寺结束了战斗。

江寺问陈赐："哥哥下午还在吗？"

"不在，"宋嘉茉代为回答，"篮球社的人租了个桌游厅，喊他过去玩呢。"

陈赐把玩着手机，顺口道："一起？"

宋嘉茉正要拒绝，江寺点头如捣蒜："好啊。"

过去的路上，她问江寺："那边都是篮球队的人，我们去干吗？"

江寺回答得理直气壮："去玩啊。"

她停了几秒，居然觉得也挺有道理。

宋嘉茉也被说服了，于是她就抱着去玩的决心，在一楼跟大家打了招呼之后，直奔二楼的游戏厅。篮球社的人真懂享受，这里面全是桌游，联网、实战、单机的游戏，应有尽有。

宋嘉茉走近，目光锁定了一个小方桌。上面串满了小人，还有很多操控杆。二楼就她一个人，于是她跑到楼梯口，朝下喊道："陈赐，要不要上来玩？"

没有回应。但是十秒钟之后，脚步声响起。一分钟后，陈赐出现在二楼。他问道："我为什么要上来陪你玩？"

"是你邀请我来的，我是客人，你是主人，你当然得招待我啊。"宋嘉茉很有道理似的。

"行，"陈赐的声音淡淡的，"输了别哭鼻子。"

宋嘉茉一脸难以置信的表情："怎么可能？"正以为她要说我都这么大了怎么可能哭鼻子时……小姑娘耸了耸肩膀，斗志昂扬地道，"我怎么可能输？"

三分钟后，比分 0:9。宋嘉茉是 0，陈赐是 9。

玩了几局之后，宋嘉茉差不多弄懂了游戏规则。就是操控小人踢球，谁先踢进到对方球门，就算谁赢。

"我刚刚是没有搞懂，"宋嘉茉摩拳擦掌地道，"再来一把，这次一定。"

0:10。在她的不懈努力之下，比分成功从个位数变成了十位数。她开始耍赖："你起码得让我进一个吧？我是 0 多不吉利啊，我起码也得是 1。"

"行，让你一个。"

终于进了一个球，宋嘉茉凑过去，调整比分。

陈赐："机器不是会自己记？"

宋嘉茉："这个计数有问题，你没发现错误吗？我进了一个球，所以相当于你输了一个球。所以我加一，你减一。没有问题吧？"

你尊重数学吗？

一顿操作猛如虎后，比分顺利从 0:10 变成了 1:9。陈赐也不知道到底怎么认可这个比分，他的进球居然还能倒退。

紧跟着的一局中，宋裁判依然有话要说。

宋嘉茉："这里是你赢了一个球，我输了一个球。但是我的输真的是输吗？"

陈赐已经不在乎比分了，抄着手，看她还能怎么吹。宋嘉茉想了一会儿，然后转身，把比分改成了 2:8。

陈赐："怎么不说了。"

她有点不好意思："我编不出来了。"

李威领着大家上楼时，嘴里还在介绍："上去看看陈赐吧，他们应该在玩桌上足球，陈赐这个很厉害的，我从来没见他输过。"结果走到二楼，定睛一看比分，14:0。

妹妹是 14，陈赐挂零。

李威匪夷所思，震撼了整整一个下午。

十五分钟后，宋嘉茉收工："赢麻了。"

——当代桌球大师宋小井如此说道。

江寺拉着费列去玩格斗类游戏。费列骂骂咧咧地坐下，两个人一边吵架一边打游戏。

尹冰露自我投入，在玩占卜，说是测感情。宋嘉茉陪他们闹了一会儿，又去楼下的狼人杀游戏组凑了凑热闹，这一天才结束。

新的一周，广播时间属于万雅。

宋嘉茉本来在做题，也没关注，结果听到"冷知识"三个字之后，恍惚了一下。她抬起头，看了看头顶的广播，又和尹冰露对视了两秒钟。

尹冰露："这什么意思啊？"

前桌的女生回头："怎么了？"

尹冰露："你听广播了吗？她们今天也在讲冷知识，这是宋嘉茉的创意啊！"

那个女生震惊了一下："我还以为你们是一起的……"

尹冰露说："哪有，竞争关系。上上周是她们，一点新意都没有，很古板；然后我们是冷知识效果还不错，她这就用上了？真不见外啊。"

女生说："可能觉得你们的创意效果很好，就拿来用了吧，你不说我都不知道。”除了广播二组，大家几乎都不知道，毕竟上周也是这个内容，感觉不到太大差异。

尹冰露感到有些无语：“真不要脸啊，第一次见这么不要脸的人，脑子长在屁股上吗？自己一点儿东西都想不出来。”尹冰露突然反应过来，转向宋嘉茉，“等等，她今天好像在录十佳社团的内容吧？她难道用我们的创意提交？”

宋嘉茉撑着脑袋：“看来是的。”

尹冰露：“……她录这个，那我们的还有什么竞争力？”

宋嘉茉舔了舔嘴唇，说：“我再想想别的。”

那天晚上，宋嘉茉翻遍了手边的所有书籍，一直熬到凌晨两点，她的脑子里突然冒出了一个崭新的创意。

这天中午，本来应该归万雅的广播，被宋嘉茉临时申请录音，交到了二组的手上。

午休的铃声响起，她用最快的速度再次扫了一遍全文。宋嘉茉的声音清脆：“苏比躺在麦迪逊广场的那条长凳上，辗转反侧。”

各个教室里的同学都愣了几秒钟。

“嗯？今天改讲故事了吗？”

“正好，哈哈哈，我正嫌每天听冷知识太没新意呢。”

宋嘉茉讲的这个故事很简单，欧亨利的《警察与赞美诗》，一个叫苏比的流浪汉，找尽各种办法想要进监狱，以度过这个漫长的冬天。

但他的入狱之旅尤为艰难。想吃霸王餐被人赶出来，在大街上砸玻璃也没用，终于吃到霸王餐，侍者却不找警察而将他扔了出去……铺垫到最有意思的部分之后，她开始换成了英文。

“In a cigar store……”当然，并非全部都是英语，她每念出一句，都会用中文解释里面的生僻词，再给出足够长的等待时间，让大家自主翻译。

校园里开始传来躁动的声音。

“雪茄店，拿走男人伞之后呢，你快说啊，怎么跟追更一样！”

“英语课代表呢，快快快，上来一起翻译，我真的很想看他坐牢。”

“笑死，我看偶像剧想俩人接吻都没这么急。”

宋嘉茉娓娓道来。随着故事的发展，几乎所有人都在认真地翻译。

“啊……偷了别人的伞，结果那个人也是捡的？”

“到底什么时候进监狱！”

“进不成了，你听：动人的音乐飘进苏比的耳朵……他灵魂里……是灵魂吧？灵魂里突然起了奇妙的变化。”

“要洗白了，友友们，陶醉于音乐了，他决定要重新做一个好人。”

“revolution，革命吗？”

“对。”

可正当主角决定洗心革面重新做人时，一转头，他被逮捕了。

宋嘉茉：“Court，法庭。感谢大家今天的收听，广播二组播音为双数周，下周再见。”

校园里安静了几秒钟，旋即传来一阵爆笑：“啊？进监狱了？”

“这反转牛啊！”

“故事不错，好评。”

正巧，有几个学生路过广播室，一边走还在一边讨论着：

“广播二组是双数周吗，那昨天呢？”

“不是她，声音不一样吧？”

“懂了，她是二组，那昨天的应该是一组，我就说怎么没那个味了。”

“果然，能打败昨天的宋嘉茉的，只有今天的宋嘉茉。”

广播室外，不远处的某个班级里，万雅收回了目光。她旁边的孔映久久没有说话。她不由得感到有些懊悔。

听说十佳社团的事，舅舅介绍了电视台的孔映总监给她，说孔映是这个活动的总指导。

她那天亲自去找人见面吃饭，还被宋嘉茉撞见，因此说了广播一、二组的事情。孔映感到有些好奇，询问学校的情况，她便说一切都好，还请孔映来学校试听。

谁知道今天临时换了宋嘉茉上场，效果还……这么好。

漫长而短暂的沉默过后，孔映开口道："听那些学生的意思，你之前发给我的冷知识的那段录音，是广播二组的创意？"

万雅停顿了一下，这才说："是她们先播的，大家都喜欢，我想着反正也是一个社，基调一致最好……"

孔映："你经过原创人的同意了吗？"

万雅僵在原地。孔映就这么看着她，仿佛知道她不知怎么回答，还偏要问出个结果似的。目光如炬，带着不可抗拒的威严。

万雅的鼻尖沁出汗，整张脸也全红了："我……抱、抱歉，到时候提交的录音会改掉的。"

但孔映仍坐在座位里，没有说话。万雅的眼眶慢慢红了，半晌后，一滴眼泪砸了下来。孔映摇了摇头，发出一声叹息，落在万雅的耳朵里，更是灼人。椅子响了一声，孔映起身离开。

万雅吸着鼻子，不敢回头去看。

宋嘉茉刚关好播音室的门，就在拐角处撞到一个人。

一个女人穿着驼色的风衣，内里穿着绸制白衬衫，很干练的模样，看起来有些熟悉。她努力回想了许久，才想起几天之前，她们在电视台见过。是万雅挽着的那个总监。这个女人也看了她一会儿，二人同时认出对方。

孔映问："今天的广播是你读的吗？"

宋嘉茉"啊"了一声："是的，有什么问题吗？"

孔映笑了一下："没问题，你的创意很有趣，也很能调动听众的积极性，我挺喜欢。"停顿了一下，孔映抽出一张名片，递给她，"我是孔映，北江卫视新闻部总监，如果你以后想来实习，随时和我联系。"

宋嘉茉的心头一跳，双手捧着接过名片，一时忘了该说什么。她盯着名片看了一会儿，没头没尾地冒出一句："我一直很喜欢电视台的。"小姑娘的睫毛垂着，看着十分乖巧，让人冒出点喜欢。

孔映的笑意深了些，与她交谈起来："你是新闻系的吗？"

宋嘉茉点点头："是的。"

孔映道："你的播音基本功很好，如果想去传媒大学继续学习，没有合适的老师，也可以找我。加微信的时候，记得注明一下来意。"

……

孔映离开后，宋嘉茉仍有些不真实感，直到捏了捏脸颊，才确认自己不是在做梦。她将那张名片弹了又弹，名片在阳光下泛着无法言喻的漂亮色泽，一颗心怦怦跳了好久，好像离梦想越来越近。

傍晚放学，宋嘉茉留下了挺久，把所有作业写完，还刷了几篇阅读理解。直到天色完全黑了下来，铃声响起，她这才收拾好书包，慢吞吞又小心翼翼地走出教学楼。

刚走到医学系楼下的贩卖机，按钮只来得及碰一下，冷不丁地，旁边覆上一道暗影。是陈赐，他半倚在贩卖机旁边，抄着手问："怎么还没走？"

"今天……做题，有点儿晚了。"

陈赐漫不经心地答应了声，又伸出手，提了提她背后的书包："装什么了？这么重。"

宋嘉茉的心跳得像打鼓，怕被他发现，又竭力伪装镇定："就装了书，平常也这么多。”

“怪不得就长这么高，”陈赐“嗤”了一声，“脱下来，我帮你拿。”

她乖乖地把书包卸下来，肩上顿时轻了大半。平时一起走的时候，陈赐好像很少帮她拿书包。他今天和之前不一样，而她又因为这份不一样，生出一丝丝的雀跃来。

很快，陈赐在路上遇到同学，那人和他打招呼：“要不要一起走？”

转眼，又看到他背后的宋嘉茉，笑道：“你妹妹也在啊？”

陈赐：“嗯，正好碰上了。”

宋嘉茉听到这句话，悄悄低下头，哪有那么多正好，分明是我故意的。故意磨蹭到最后一个放学，一直在等下课铃，再假借买水之名到你们楼下，才有了这场“偶遇”。

她有心事，有理由的时候光明正大，等到没有理由时，又变得小心翼翼。只是想跟他一起放学而已。

她盯着自己的鞋尖慢慢往前走着，冷不丁地，听见陈赐的声音：“地上有钱？”

宋嘉茉抬起头，又连忙摇了摇头。方才那个男生已经走了，她站在原地，不知道在发什么愣。

陈赐走到她面前，偏头，用手指弹了弹她的脑袋：“公主殿下，脑子里装太多东西，也容易长不高。”

宋嘉茉没好气地说：“背得重长不高，有脑子也长不高，你怎么不干脆说我是侏儒？”

陈赐笑起来，不跟她计较，扬了扬眉：“坐车回去？”

方才的伶牙俐齿在此刻收声，宋嘉茉沉默了一下，又沉默了一会儿，然后说：“我想走回去。”

头顶灯光在她的眼里缀了颗星星，她的眼睛眨了眨，问：“可不可以？”

她也不知道为什么突然想走回去，也许是这样可以顺理成章地多待一段时间，在某种程度上，又显得更加亲近。

陈赐俯身看她，他的长指搭在肩上，扶着她摇摇欲坠的书包，就那么停顿了一下，又起身，答：“行啊，走吧。”

沿途要路过公园，陈赐绕了进去，她就跟在他的后面。他们保持着正常距离，影子却靠得很近。

陈赐的手指垂着，她的双手也状似随意地放在身侧，偶尔借着拐角灯光一低头，二人的身影很快贴在一起又分开，像在某个无人知晓的时刻，曾偷偷牵过手。宋嘉茉轻轻抿抿嘴唇。

陈赐：“偷偷高兴什么？”

“……没，”宋嘉茉摇头，义正词严地说，“你看错了。”

宋嘉茉急忙转头，想躲开他的视线，结果没想到旁边有个石雕，她一转头，下巴直接磕了上去。她吃痛地“哼”了一声，捂住下巴。不是很痛，但太突然了，就放大了伤口处的痛觉。

陈赐找了个长椅，拉着仰头的她坐下，再将书包放在一边，买了瓶水来。

“手拿开，”陈赐说，“我看一下。”

宋嘉茉仰着头，缓缓挪开手。面前忽然一暗，是他压了下来。陈赐俯下身，纸巾蘸着水，用湿润的绵柔面擦拭她的伤口。偶尔没注意，带着水渍的指尖，会蹭过她的肌肤。有点凉。

宋嘉茉不敢看他，目光乱晃，脸也不由得往左偏。

陈赐正在检查还有没有别的擦伤，“啧”了一声，腾出一只手捏住她的下巴，把她的脸又挪了回来。太近太近的距离。她能看见他的睫毛、鼻尖，还有脸颊上的绒毛。

陈赐又抬了抬她的下巴，检查完毕之后，视线回到她的脸上。下巴好像又被人抬了一下，宋嘉茉的大脑一片空白，见他看向自己，却没有挪开目光。路灯的光晕给人一种他在凑近的错觉，她撑不住，鬼使神差地闭上眼睛。

陈赐的呼吸声近在咫尺，下一秒钟，她听见他含着点笑意的声音："闭眼干什么？"

几乎是立刻反应过来，宋嘉茉"蹭"的一下从座位上弹起来，脑袋撞到他的下巴。陈赐为了躲开她的动作，后退两步，眼角却仍旧可见笑意。

这个王八蛋。宋嘉茉越想越生气，转身狠狠地踢了他一脚。

陈赐挺无辜似的："你踢我干什么？"

"虫子飞到眼睛里去了，"宋嘉茉理不直气也壮，"我眼睛疼，你还取笑我？"

"什么虫子，我看看？"

"你滚吧！"

月光下，少女不再说话，加快速度越走越远，陈赐含着笑拎起一边的两个书包，这才跟了上去。

到家后，宋嘉茉目不斜视，直接去洗澡。洗完澡就进了房间，房间里头的英语放得震天响。就差把"学习中，勿扰"贴在门上了。

十一点多，她的房间里才安静下来。陈赐不知道她都在里面干了些什么，总之他从自己的房间里出来时，看到阿姨正在翻医药箱。

陈赐："怎么了？"

江慧："小茉说眼睛不舒服，让我给她找一下眼药水。"很快，江慧找到一盒人工泪液，拆开掰了两支。

陈赐伸手："我来吧。"

这会儿，她的房间里倒是难得的安静，陈赐敲了两下门，宋嘉茉以为是阿姨，直接说了声"进"。

陈赐拉开门，她正趴在床上，裹成一个小蚕蛹，头发略显凌乱，像刚发过疯。

他停顿了一下："眼睛好点儿了吗？"

听到陈赐的声音，宋嘉茉应激反应似的从床上弹起来，没两秒钟，又躺了下去。她将被子蒙过头顶："死不了。"

陈赐看了她一会儿，忽然又笑了："行了，生什么气，我今晚……"

没等陈赐说完，她猛地一个鲤鱼打挺坐起来，纤细手指拢住他的脖子："你再提今晚，你必活不过今天。"

小疯子鼻尖红红的，皮肤又白，头发被蹭得圆滚滚的，绕着脸颊鼓出一个小圈。

陈赐颔首，扬了扬眉毛，遂了她的意："那公主殿下好好休息，我先出去了。"

宋嘉茉的脸埋在枕头里，轻轻抖了一下。

新的一天，新的烦恼。次日，到学校之后，她倒是没有无精打采，只是时常陷入沉思。

尹冰露："想什么呢？都想一节课了。"

宋嘉茉翻着手肘下面的书："我在想，毕业后我要不要报考传媒大学的播音主持专业。"

"二学位吗？"

"嗯。"

"二学位报考播音的话，需要专业考试的吧，你没有艺术功底，是不是要单独学一下艺术课吧？"尹冰露问她，"怎么突然在想这个？"

宋嘉茉拿出笔袋里那张名片，说了昨天的事情，尹冰露也陷入了沉思。

"要不你问问——"说到这儿，尹冰露停了停，似乎不知道该怎么继续说下去。

是啊，问问，问问谁呢？

陈父在外地养病，而她唯一能称得上亲人的叔父……在榨干她的利用价值后，或许，早就不想和她来往了吧。

下一节课是学校组织的看电影活动，但整整两个小时，她都没太看进去电影的内容，眼前一帧一帧地，走马灯般闪过当年的画面。

奶奶走后，将所有的积蓄留给了她，她也被送到叔父家里。其实奶奶留下的那笔钱足够叔父抚养她长大，然而他嗜赌如命，没多久就输光了家里的存款，也转走了奶奶留下的那张银行卡里所有的钱。

她永远记得那天要债的人上门，她躲在柜子里，不敢出声不敢动弹，逼仄的空间里氧气稀薄，她听着拍门的巨大声响，咬住指节，因为恐惧，眼泪一行行地往下淌。

喘不上气，无论生理还是心理。

后来要债的人又上门，是更大的无助，却伴随着幸运，她足够幸运才会再次遇见陈建元。那时候的她大概营养不良，瘦弱，也土气，因为叔父没有妻子和儿女，连自己吃饭都是有一顿没一顿，又怎么能顾得上她。再说，在那个赌鬼的眼里，她只不过是个提款机而已。提款机在不能提到钱之后，又有什么用。

陈建元半晌才认出她，看她被那些人拉着手腕，哭到连挣扎的力气都没有，这才报了警，最后问她："要不要跟我回去？"

她抽噎着，没有说话的力气，只是一直点头。

她不知道那里会是什么样子，但至少不会比这个地方更加可怕。

但出乎意料地，陈家人对她十分好，大概是陈父有一个夭折了的小女儿，小名也叫"佳佳"，因为这微妙的同音，她获得了一些本不该属于自己的爱。

陈家对她不薄，她有一张数额不小的银行卡，每个月都有生活费，所有的电子产品都是最新、最好的。但没人知道，银行卡里的钱，她基本不会动用；如非有要紧事，她不会惊动阿姨；几乎不坐家里的车，除了晕车，更因为一她清楚地知道，这些东西，都不属于她。

她怕自己过惯了这样好的生活，如果有朝一日需要离开，会难以割舍。

她尽量让自己做一个普通的孩子，也好过得到后又失去。

她已经辗转过太多次了，不相信自己会永远被谁庇护了。

万一失误，万一再一次被放弃——就算概率微乎其微，被放弃过一次的人，总是不相信自己会被重视的。

没有什么是永远会存在于宋嘉茉的世界里的。

她比任何人都知道，其实她，是没有家的。

习惯被交换的人，是不敢太过依赖任何东西的，她时常在想，如果不是因为陈家一刹的善念，不是因为一些微妙的同音，可能她和别的女孩子一样，在陈赐的人生中，只是一个无关痛痒的名字，一个没有被记住长相的过路人，一个不会多看一眼的路人甲或乙。

可是她没有办法啊。要想活下去，要想不再挨打，像正常的女孩子一样生活，穿漂亮的衣服，有自己的尊严，这是她唯一的选择。她从踏进陈家的第一天，就知道这不是应该属于自己的人生，因此小心翼翼，因此步履维艰，好像所有人都默认，她是不需要爱的。

陈赐是她苦难人生里的糖，一点点让她从寡言变开朗，告诉她有人为她撑腰，让她有底气，让她在很多时刻能恃宠而骄。但偶尔神思清明的一瞬，她知道，陈赐对她的好，也是她偷来的。

漆黑的电影院里，她缓缓靠在椅背上，发现自己不知道什么时候哭了。

爱对她而言好奢侈，是奢侈到发现喜欢上他的那一刻，她都只会自卑。

两个小时后，电影结束，她感觉有些大脑缺氧。尹冰露先回去了，她想自己转转，又在园区里走了一会儿。

身后忽然传来一些声音，她回头一看，才发现有的班看的电影现在才散场。看到李威时，她还没反应过来，直到片刻后陈赐走出来，她才意识到，这是医学系。

或许是她在原地站了太久，陈赐和朋友告别后走了过来：“在等我？”

不知道怎么说自己只是怔住了，宋嘉茉偏头，道：“没……”转念一想，又换了个话题，“你们看的什么电影？”

陈赐把票根递给她。

宋嘉茉：“医学系和我们看的不一样啊？我还挺想看这个的。”

“为什么想看这个？”

“这个讲的不是女主穿越到另一个人的身体里，过了一段和自己截然不同的人生嘛，”宋嘉茉好奇地道，“最后呢，她把身体还给原主人了吗？”

“还了。”陈赐见她眼神殷切，随口答道，“你怎么这么关心？”

“你不觉得女主和我很像吗？偷来的人生，一个全新的、很好的家庭，以前没敢期待的生活，在人生跌到谷底之后……”

陈赐：“什么叫偷来的人生？”

“就是……”宋嘉茉不知道怎么形容，于是举个例子，“就是按照正常情况下，这不是她该有的人生。比如你对我好，原因也很复杂，可能是对你原本亲妹妹的那份爱……没人承受，所以刚好轮到我了而已。”

她说的时候没想太多，说完之后，陈赐沉默了下来。

陈赐停下脚步。她后知后觉地意识到不太对，见陈赐蹙起眉头。

陈赐：“你觉得我对你好，是在弥补没能对她好的遗憾？”

她愣了一会儿，这才小声地问道：“……不是吗？”

头顶风声哗哗作响，几片树叶被吹得落了下来。

陈赐没再说话，转身朝前走。他腿长，步伐很快，宋嘉茉一头雾水，不知道自己是哪里惹到他了，小跑着追上去。但他走得实在是太快了，每次她刚拽到他衣角，二人就会再次拉开距离。

宋嘉茉追了两三次，终于发现这样不行，于是突然停下，捂住了膝盖：“啊，好疼——”

前面人的步伐慢了些。

她接着叫道："撞到了，真的痛……好痛……"

宋嘉茉站在原地不再动，终于，在她第三次卖惨时，陈赐转过了头。明知她是装的，却没敢赌那万分之一会成真的概率。

陈赐仍旧是那副表情，折身回来，拉开她手腕："哪里？"冷冰冰的语气，但宋嘉茉知道，其实他是心软了。

小姑娘戳了戳陈赐的手背，声音放轻："你别生气了。"

他半蹲着，抬起眼皮瞧她："你还知道说的话让人生气？"

"我哪知道？"宋嘉茉真的觉得好冤，"我知道肯定就不会说了呀。"

陈赐停了一下，这才站起身，认真地同她道："你为什么觉得我对你好，不是因为你是你，而是因为你是别人？为什么你作为宋嘉茉就不配我对你好？"

她被问蒙了，过了好一会儿才反应过来，却不知道该怎么回答，只能木讷地低下头，看着自己的脚尖："哦……是这样啊。"但心头某处，好像因此啪嗒一声，开出一朵淡粉色的小花来。

陈赐一直没有把她当成别人。没有情感转移，只是单纯地因为她就是她而已。

陈赐想起很多年前，小姑娘因为打碎了一个花瓶，而把头深深埋下去的样子。那时候他在想，她好像得到的爱太少了，多给她一点儿，她是不是就能抬起头了。于是慢慢地让她抬起头，发现她其实也会笑，一步步打开她的世界，让她有底气、有底线，看她终于也像别的女孩子一样，生动、鲜活，偶尔也会长出小小的恶魔角。

他不想她被困在过去，那些生活在她身上划下的陈年裂痕，他其实用了很久才修复好。

陈赐："是不是我对你还不够好，才让你这么没有自信？"

"没有。"宋嘉茉不知道该怎么回答，这两个字却回答得斩钉截铁，"你对我已经……很好了。"好到说出口都觉得哽咽，都觉得有些不敢相信。

一旁有人路过，她连忙仰头，讨好地问道："我请你吃可丽饼，你要白桃还是奥利奥？"

陈赐不回答，她耍赖似的拽了拽他的衣角。

"气都被你气饱了。"

宋嘉茉继续耍赖，继续讨好地笑，眼睛弯弯，挑出可丽饼上面送的小熊，递到陈赐嘴边。

陈赐抬眼看她："塑料的，能吃吗？"

后来的一路，在她的努力之下，陈赐总算被哄好了，接过了她手中另一个可丽饼，冷笑一声："我都记得你不吃奥利奥。"

宋嘉茉："啊？"

"你不记得我不吃白桃。"

……

一段十来分钟的路程，被他们走了一个多小时。到家的时候，已经是晚上八点钟。

宋嘉茉主动开的门，正准备回头说一句请进，打开门的那一刹，她本能地愣了一下："大伯……"

陈昆朝宋嘉茉点了点头："嗯。"

伴随一声关门的响动，陈昆继续道："忘了跟你们说了，马上要放寒假了，小莫家里有点儿事，来这边借住一阵子。"

小莫？谁？

似乎是看到她错愕的表情，陈昆身后钻出来一个人。女生，比宋嘉茉稍高一点，看起来同她差不多年龄。

"你好，我是莫顾，多多关照啦。"

宋嘉茉看着面前的女生。莫顾，有点熟悉的名字，却不记得是在哪里听过。莫顾有张娃娃脸，短短的头发，莫名让人想到下过雨之后长出的蘑菇，没什么距离感的模样。

与此同时，陈赐带上门，嗤笑一声：“喜欢带陌生人回家的毛病一点没变。”

陈昆皱了皱眉头：“什么陌生人？你们前几年还见过面，不记得了？”

陈赐挺随意似的：“忘了。”

陈昆：“你这是什么态——”

“没事的，陈伯伯，”莫顾及时打断道，“很早之前了，其实我都记不太清了。”

陈昆回答她：“反正你先住在这里，家里面本来有三个阿姨，陈赐嫌吵，只留了一个，如果人手不够，你随时给我发消息。”

“够了。”莫顾笑笑，“还希望我没有打扰到你们。”

陈昆：“不会，倒是我这侄儿，散漫惯了，你别把他的态度放心上……”

后来客厅又断断续续说了什么，宋嘉茉去洗澡，没有听清。

她洗澡用了一个多小时，再出来的时候，陈昆已经离开了。江姨说是公司里有事情，一通紧急电话，又把他叫了回去。

宋嘉茉趴在楼梯上，江慧忍不住同她八卦：“这孩子你没见过吧？”

“是啊，但总觉得名字有点儿熟悉。”

“他们有时候吃饭会说，她爸爸和陈赐的父亲年轻的时候关系很好，以前还帮过陈家，所以小时候开玩笑，定过娃娃亲。”

哦，这么一说她有点印象了。

宋嘉茉：“陈赐知道吗？”

“你看他那副样子，像不知道的吗？”江慧笑着说，“但你又不是不知道他，除了你，他给过谁好脸色。”

宋嘉茉撑着脸颊，冒出一个很荒谬的想法：“不会是过来看婚房的吧？”

“瞎说什么呢！娃娃亲这种东西——”

“谁还当真啊，”莫顾从楼上下来，像是刚听了一半，朝宋嘉茉挤挤眼睛，“是吧？”

宋嘉茉抓了两下脖子。

“你的皮肤好白啊，”莫顾感叹了一声，“用的什么沐浴露？”

宋嘉茉：“忘记了，你要吗，我可以去浴室给你拿。”

江慧这才记起来，同莫顾道：“二楼都是我的东西，如果你想用小茉的，可以直接来一楼洗。”

“那正好了，”莫顾眨了下眼睛，“让我搭个顺风车。”

洗完澡之后，莫顾说想看看书房，宋嘉茉就带着她大致参观了一下。

“你的奖状好多啊，”莫顾毫不吝啬自己的夸赞，“这么大一箱子都是。”

“那都是很小时候的了。”宋嘉茉被她夸得有点儿不好意思，“要不你看看陈赐的吧，这里有一本他的相册。”

“好啊。”

宋嘉茉趴在柜子上翻找，刚抽出来，名字就被人叫了一声：“宋嘉茉。”

宋嘉茉回头，略显茫然地看向陈赐：“怎么了？”

陈赐说：“出来吃水果。”

“噢。”她把相册顺手抱在怀里，跟莫顾说，“出去吧，边吃边看。”但是走到客厅，桌上空空如也。

宋嘉茉走在莫顾的后面，没走出两步，又被陈赐拉回去。他好像刚洗完澡，发尾没完全吹干，睫毛上沾着水汽。

陈赐低头，示意她怀里的相册：“这是能给别人看的东西吗？”

“为什么不是？”她觉得很奇怪，“我不是老看吗？”

陈赐张了张唇，不知道该说什么：“算了。”

“算什么了？”宋嘉茉顿时醒悟过来，“哦，你不想被娃娃亲对象看到自己的青涩照片是吧？”

“笨死你算了。”

宋嘉茉："……你为什么人身攻击？"她正想跟陈赐好好理论一下，但客厅里已经传来莫顾的声音。

莫顾问江慧："阿姨，我是住二楼吗？"

"是的，行李不是已经放在二楼了吗，"江慧抬头，目光又转了一下，落在一楼的某处，"或者你想住一楼的话……"

一楼只剩一个空房间，在陈赐的隔壁。

江慧下意识转头看陈赐。

陈赐："一楼主卧，二楼客卧。"

意思已经很清晰，主客分得明明白白。

莫顾："原来是这样，那我就住二楼吧，爬楼梯还能减肥。"

宋嘉茉："你又不胖。"

莫顾走过来，笑着搭上宋嘉茉的肩膀："妹妹真会说话。"

后来又聊了一会儿，宋嘉茉等了半天，以为江姨忘了，偷偷地去问她："阿姨，你不是说要弄水果吗？"

江慧："啊？水果之前不是就切了吗？我没说过啊。"

……好，陈赐，你又骗我——

如果不是陈赐的房门紧闭，她就要去找他理论清楚了。

但客厅回归平静，众人都在房间里休息。宋嘉茉慢吞吞地摸到床上，盖好被子，突然对未来冒出一丝丝……不确定性和危机感。

这种感觉陌生又无措，她在黑暗中，缓缓眨了眨眼睛。

临近寒假，事情多了起来。

广播轮到宋嘉茉的第二周，她沿用上次的习惯，将陌生词汇嵌套在各种故事里，让单词更有记忆点，也调动了大家学习的积极性。第四周，她却又换了一种套路，不再念英文，只是单纯挑了些很有寓意的短故事，比如她很喜欢的一篇《边缘人的爱与哀愁》。快要放假了，各班学生都有些浮躁，但她的声音不急不缓，难得让大家静下心聆听。

“别的不说，我英语听力真的变强了。”

“上次老师不是说了吗？英语平均分都提高了，宋嘉茉还是牛。”

“感觉过了这个月，我的英文水平和文学造诣，都有了很大提升。”

“你还会用造诣这个词？看来确实进步了。”

“滚！”

……

好像没太大意外似的，广播社社长一职，也顺利地落在了宋嘉茉的头上。

放学后，烤肉店里，尹冰露象征性地点了两瓶烧酒。四个玻璃杯清脆碰撞，有酒溅出来，洒在烤肉上，滋啦滋啦地响。

“恭喜我们二组，逆流而上，成功转正！”尹冰露干了一口，被辣得直呛，却还在笑，“一想到万雅的那个表情，我就高兴得不行！”

尹冰露独自在高兴，江寺却不太对劲，他踹了一脚费列：“你怎么好像很悲伤？人家喝酒是庆祝，你喝酒像吊丧。”

费列本来正沉浸在自己的世界里，冷不丁地被打断，更是烦躁：“想到接下来还要跟你共事，不悲伤都很难吧？”

江寺笑得咬牙切齿：“你真会说话，小嘴一张，全是我不爱听的。”

接下来，两个人又围绕一片青菜开始吵，尹冰露不愿再看他们，转头和宋嘉茉聊天：“你看什么呢？”

宋嘉茉说：“我们十佳社团的初赛不是过了吗，我搜一下之前入围的社团。”

尹冰露也凑过来看了一会儿：“理工大学的播音社也能拿二等奖？就凭他们那平铺直叙、毫无亮点的东西？那我们岂不是能直接封神。你别说，她们之前还觉得我们的花里胡哨。”

尹冰露满脸的一言难尽的表情：“这次理工大学的也在吗？”

宋嘉茉："在啊。"

"打赢她们，"尹冰露说，"打得她们心服口服。"

"这次还和一些平台合作了，"宋嘉茉放大图片，"你看，一等奖还有白鲸 FM 赞助的玩偶和无人机。"

白鲸 FM 成立了挺久，算是老牌电台。总部就在电视台附近，近几年正在逐步开发 APP，这次十佳社团，估计也是想借着学校的名气宣传，走更年轻化的路线。

尹冰露："你很喜欢的那个主持……温璐，好像就是从白鲸出来的吧？后来进了电视台，实习期没到就转正了，我看访谈里说的，太强了。"

"嗯，"宋嘉茉耸肩，"现在电视台转正好像很难。"

"肯定呀，职位饱和，竞争激烈嘛，"尹冰露戳了戳屏幕，"不过这个玩偶也太可爱了吧！"

玩偶是白鲸 FM 的吉祥物，一只浪花里的鲸鱼，圆圆鼓鼓的，看起来就很好捏。在玩偶旁边的是一架通体黑色的无人机，左下角贴着一只小小的白鲸。

宋嘉茉："无人机也挺不错。"

尹冰露意外地看了她一眼："你喜欢无人机啊？"

"男生应该喜欢吧。"

"哦？"

"想送陈赐。"

"行。"尹冰露憋着笑，"我替陈赐答应了，等你拿着无人机去宠幸他。"

宋嘉茉沉浸在图里，模糊地"嗯"了一声，半晌后头一转："什么宠幸？你怎么又在乱用词！"

尹冰露笑眯眯地站起身来，用力地拍了一下江寺的脑袋。江寺正在卷肉，脑袋差点被锤进脖子里。

江寺："你打我干吗！"

尹冰露："打的就是你，别拖我们十佳社团的后腿！"

江寺张了张嘴，看得出有很多骂人的话想讲，最后却全部忍了回去，可怜兮兮地摸了摸被打痛的脑袋："……哦。"

果然是一物降一物，宋嘉茉想，四眼好像只有在面对尹冰露的时候，才会变得这么好欺负。

到家后，她放下书包，江慧也迎了上来："放寒假啦？"

"嗯，"她轻快地点了点头，"陈赐呢？还没回？"

"可能过会儿就到家了，"江慧问，"晚上想吃什么？"

"我已经吃过啦，做他们俩的就好。"晚餐时，宋嘉茉虽然不吃，但想到有客人在，她还是礼貌地上了桌，拿着瓶酸奶在喝。

江慧："我明晚有点事啊，你们晚上怎么办？"

宋嘉茉眨眨眼睛："点外卖？"

"不用点外卖，"莫顾笑着说，"我会做饭，我来吧。"

说做就做，第二天中午还没到，莫顾就出发去了超市，说是上午买菜比较新鲜。

离开前，她还问陈赐："这附近哪里有超市，你知道吗？"

陈赐翻了一页书，淡淡地道："百度地图。"就这四个字，多一个字也懒得讲。

宋嘉茉撇了撇嘴，补充道："你用软件搜一下，应该很好找。"

莫顾："我看你们这边路有点儿复杂，怕自己找不到。"

宋嘉茉正要张嘴，陈赐道："那就打车。"

莫顾离开之后，宋嘉茉转头看陈赐："你听不懂她什么意思吗？"

他很坦然的样子："听不懂。"

"人家想让你陪她去超市——"宋嘉茉真是忍不住叹气，"你这脑子怎么长的，这么明显的暗示都听不出来？"

少年半陷在沙发里，眉眼处被阳光勾出淡色的边："哪有公主殿下聪明。"

她已经懒得去计较陈赐的反讽，思考了一会儿，十分钟后暂停网课，站了起来。

陈赐："怎么？"

宋嘉茉："不行，我今晚也要做饭。"

陈赐抬起眼皮："你做哪门子的饭？平时差遣我不是差遣惯了？"

宋嘉茉不知道怎么解释自己突如其来的好胜心，千言万语在嘴边荡了个旋儿，化成一句："我得做，我不能输。"

陈赐蹙了下眉："你……"

宋嘉茉："我不能让客人累着。"

……

沉默片刻，陈赐道："行。"

陈赐说得对，其实她很久没下过厨了。平时都是江姨做饭，再不济还有陈赐，她担心自己手生，于是从中午就开始操练。

菜谱看了三本，拉开冰箱，她陷入了沉默。同时不知怎么，陈赐换到餐桌边坐着了，正在看球赛。

宋嘉茉抿了抿嘴唇，试探地问道："虾仁豆腐……哪个先下锅来着？"说完她觉得好像太隐晦，毕竟莫顾都暗示得那么清楚了，他也没听懂。于是她想了想，正准备直球出击时——

陈赐已经起身，走到了她的身后。陈赐身上的气息蔓延过来，他摊开手，声音就响在她头顶："拿给我解冻。"

宋嘉茉："啊？"

陈赐："不是想让我教你？"

"嗯？"宋嘉茉奇怪地嘀咕一声，这下怎么听明白了。

陈赐曲起手指，敲了一下她的脑袋："你是喇叭吗，嗯什么嗯？"

喇叭也有喇叭的尊严，出于某种奇怪的自尊心，她不想输给莫顾，也不想显得自己好像什么也不会，一个中午，硬生生地学了三道菜。好在有基础，学得也快，晚上就付诸实践，过程也算顺利。

宋嘉茉和莫顾一人一边，各忙各的，明明是三个人吃，最后却做了一大桌子菜。

“最后胡椒不小心洒多了……”宋嘉茉用勺子挖起最边上的那一小块，全都盛到了陈赐的碗里，赏赐一般地说，“那都给你吧。”

莫顾：“你哥喜欢吃胡椒？”

宋嘉茉：“那倒不是，只是没地方放了。”

莫顾笑道：“你们的关系还挺好的。”

宋嘉茉意思着点了个头，沉浸在自己做的菜里，也不知道好不好吃。她夹了一块土豆，正要吃的时候，感觉肩膀有点儿勒得慌。手指很自然地伸过去，拉了一下肩带。啪嗒一声，声音不大，但是清脆。

桌上安静了两秒钟，陈赐咳嗽起来。

“怎么突然呛到了？”宋嘉茉奇怪地问道，“我给了你那么多胡椒吗？”

陈赐好像很少有被呛到的时候，印象之中，这大概是第一次。宋嘉茉拍着他的背，急忙说道：“等一下啊，我给你找杯水……”

视线一晃，莫顾递过来自己的纸杯：“我还没喝，要吗？”

陈赐却已经率先伸出手，拿过宋嘉茉的杯子，喝完了剩下的小半杯。

宋嘉茉：“哎——”这是她们刚倒的可乐，因为陈赐不喝，所以只有她和莫顾有。

她刚才觉得渴，已经喝了半杯了……

而且，宋嘉茉转过了头，家里好像没可乐了。

陈赐的呼吸平复下来，瞥见宋嘉茉的表情，眉心皱了一下：“怎么，我喝你的水，你有情绪了？”

第十章

我喜欢你

CHAPTER 10 >>> 等烟火满怀

转钟的那一秒，巨大而热烈的烟花声在天幕中炸响。

这崭新的一天，将再不能包容谎言。

宋嘉茉听见身后的人低声说：“嗯，我也是。”

“不是，但是——”宋嘉茉没反应过来，指着他手里的杯子，“这个我喝过了呀。”

陈赐：“所以？”

他问得好坦然，把她给问愣住了。

宋嘉茉眨了眨眼睛，一时不知道如何回复。

还是莫顾先开口道：“这也没什么，很正常的。”

很……正常吗？

宋嘉茉“哦”了一声，接着开始吃饭，但是那个画面怎么也无法从脑子里赶出去似的，每眨一下眼睛，好像就能看到陈赐的嘴唇贴上她的杯沿，喉结滚动喝水的样子。

那是她的杯子啊，莫顾的杯子是新的，但她的杯子都不知道喝过多少次了……

宋嘉茉抿了抿嘴唇，眼角余光看见陈赐起身，去冰箱里拿了瓶雪碧。

拿完饮料，陈赐路过她的身后，冷不丁地趁她梦游时一伸手，冰凉的雪碧碰上她的脸颊，还滚了两圈。她被冰得瑟缩了一下。

陈赐打开雪碧，嗤笑一声：“脸红得像印泥。”

“辣椒辣的。”宋嘉茉面不改色。

陈赐喝了两口，看她的目光没挪开：“想喝？”

她也不知道该说什么：“我的都被你喝完了。”

陈赐顺手，自己只留了一半，剩下的全倒进了宋嘉茉的杯子里。她垂着眼，看着杯子里不断升起的小气泡。她愣了一会儿，又好像并没有，出于对陈赐劳动的尊重，抿着嘴唇喝了几口。冰镇的，甜的。

或许是菜有点咸，莫顾一直在喝水。饭还没吃完，莫顾便笑说："我的也喝完了。"

宋嘉茉抬头，见她看向陈赐，而陈赐头也没抬地回复："冰箱有。"很好，从四个字缩到了三个。

陈赐的话音刚落，阿姨也回来了，比想象中的要早。

阿姨回来后，大家便轻松了很多，她替莫顾拿了水，又等他们吃完，在一旁收拾桌子。

宋嘉茉跑去二楼吹风，陈赐在房间里休息。而莫顾就坐在餐桌旁，目光落在盘子上—她今晚一共做了五道菜，荤素都有，还找阿姨问过陈赐的喜好，知道他不怎么吃海鲜，都避开了。宋嘉茉喜欢吃海鲜，做的三道都沾边。可陈赐今晚没动她的菜，他吃的，全是宋嘉茉做的。

这晚，宋嘉茉吹了好久晚风，回到床上，又继续翻来覆去。她在黑暗里睁着眼睛，缓缓抬起手，捏了捏自己的嘴唇。

半晌后，少女侧身，打开微博，完成了一项伟大的等量代换。

wgbsymbb：我喝水，杯子 = 我的嘴唇，雪碧 = 他的嘴唇。我们 = 间接接吻。

"啊。"宋嘉茉猛地栽倒下去，后脑勺撞击床铺，发出"咚"的一声。她打开和尹冰露的对话框。

不加冰："我脏了。"

矿泉水："怎么了？"

不加冰："我跟人间接接吻了。"

矿泉水："谁啊，哪个长辈吗？真是不知检点。"

不加冰："啊？"

矿泉水："我说他，都多大年纪了，还好意思吊着你。"

宋嘉茉下意识地敲出一行字，半晌后，又觉得不对："等下，那个喜欢自己长辈的……我不是说，是我朋友吗？"难道她说漏嘴了？

尹冰露窥破天机："你的那个朋友不就是你自己，你当我脑子有问题？"

宋嘉茉："……"

被尹冰露看破了心事，宋嘉茉紧张起来，盯了手机许久。但幸好，矿泉水没再接着问，她躲过一劫。宋嘉茉松了口气，闭上眼睡着了。这晚的梦一个接一个，当然，都不是非常健康。而且梦还是连环的，做完这场，很快又接到下一场，应接不暇。她被折腾得昏昏沉沉的，连闹钟都没把她叫醒。

陈赐推开门就看到这样的场景。宋嘉茉在床上睡得歪歪斜斜的，衣衫微乱，睡裙被撩到腿间，被子也没盖好，从一边领口蹭到另一边腰际，现出胸口的微微隆起……

他的眼神一凛，身体比脑子的反应更快，猛地将门带上。

陈赐在门口蹙了蹙眉，正一抬头，门又被人打开了。

宋嘉茉的头发乱糟糟的，一脸的怒意："你就是这样叫公主起床的？"

宋嘉茉："关门声这么大，我还以为地震了！"

停顿片刻，他如同跟她不在一个频道上似的，也没被她的起床气殃及，只道："吃饭了。"

宋嘉茉深呼吸一下，正想继续说些什么，但想起自己准备骂的好像正是梦里的男主角，于是瞬间声音低了下去。她"哦"了一声，舔了舔嘴唇，转身去洗漱。

刚上桌，就听见陈赐开口："以后早上叫你，我就不进房间了。"

"为什么？"宋嘉茉奇怪地抹着黄油，"你敲门叫不醒我呀。"

"那我放音乐。"

宋嘉茉感到愈发奇怪："怎么突然就不进去了？我房间里有什么怪物吗？你今早看到什么了？"说完，她还闻了闻自己的衣服，奇怪地道，"香的啊……"

陈赐没再继续这个话题，说道，"你也该调下生物钟，别总睡那么死。"

"谁让我梦多，梦多就睡不醒。"宋嘉茉有理有据地说，"我昨天就做了一晚上梦，累死了，醒了你还要来数落我。"

"做梦还累？"陈赐偏头，"梦什么了？"

宋嘉茉轻咳两声，说道："就是……梦到，我去义务劳动。"

反正都是劳动，听起来也差不多。

陈赐："在哪劳动？就你一个人？"

不知是想到什么，她愣了一下，半晌后憋红了脸："……别问了！"

莫顾笑了一下，帮她补充："可能很吓人吧。"

宋嘉茉咬着面包，不住点头，确实很吓人，还有手铐和绳。

假期的下午总是惬意。莫顾烤了蛋挞，当作他们的下午茶。宋嘉茉也闲不下来，去学各种小点心。她也算友善，但夸奖人这方面，还是远远比不上莫顾。

饼干刚出炉，莫顾便凑过来，亲昵地搭上她的肩膀："太厉害了，烤得好可爱，跟你一样。"

这短短几周，从奖状再到皮肤和长相，好像就没有莫顾没夸过的。这种女孩子，在学校应该很受欢迎吧。回过神来，宋嘉茉看了一眼手机，抬头道："我等会儿可能要出去，社团有点事情。"

"好，那我和阿姨说一声。"莫顾想了想，又说，"你哥去吗？"

"可能吧？"宋嘉茉也不清楚，"看他的心情，他要先去打球，有空就过来。"

下午三点多，宋嘉茉到了奶茶店。参加十佳社团评比需要的材料很多，他们需要不定时碰面，整理一些资料。

宋嘉茉刚一坐下，尹冰露就发问了："我忍一晚上了，你喜欢的那个长辈到底是谁啊？陈赐大伯？"

宋嘉茉愣了半天，"那我也不至于吧……"

尹冰露不是很高兴的样子："反正不管是谁，有陈赐高吗？有他帅吗？有他声音好听吗？"

宋嘉茉愣了一会儿，转过头去："什么意思？"

"没什么意思啊。"尹冰露很淡定地说，"反正我站你和你哥。"

宋嘉茉震惊地道："你站……什么？"

"你和你哥啊，"博览群书的尹冰露非常坦然，"这也很正常啊。"

宋嘉茉："你还知道你在说什么吗？"

"这有什么不知道的，你们又没有血缘关系，也就是住在一起，这个设定就很适合搞——"

光天化日之下，宋嘉茉害怕她说出一些儿童不宜的内容。宋嘉茉迅速起身，一把捂住尹冰露的嘴："我知道了，知道了，你别说了。"

"为什么不说了？"尹冰露直叫唤，"刺激的我还没说呢！"

宋嘉茉："四眼来了。"

尹冰露："四眼来了怎么了？"

幸好，在宋嘉茉的努力控制之下，话题最终变成了正常的社团内容。聊了很久之后，四眼说腰疼，想去逛逛，再拍几张活动照片。

转着转着，一行人就走到了告白墙。这面墙是被公众号营销起来的。它本来没什么特别的，在校外篮球场的后面，底下杂草丛生，上面残砖片瓦，唯一的优点是墙面平整白皙，很适合写字。有人在上面喷过喜欢人的名字，最后告白成功，又恰好是个几万粉丝的博主，被公众号拿去写了个还算感人的爱情故事一告白墙由此得名。

不过宋嘉茉还没来过。她刚走到附近，就听见了笑声。

“每个人都得给我写啊！一共六个人，等会我要看到多出来六个名字！”

“篮球队的吧？”江寺说，“看来也是刚打完球，过来玩的。”

那边还在闹：“行，还真的多了六个，这次总算没出叛徒，走了走了。”

他们到达时，篮球队的人也正好离开。

那边气氛很好，宋嘉茉只能看见背影，陈赐的也在其中。数了下人数，刚好是六个男生。鬼使神差地，她没有喊住陈赐。

尹冰露三两步跑过去，像是在寻找什么。十秒钟之后，她兴奋地指着某处：“他们在这儿写的，还没干！”

江寺：“你八不八卦？”说完，他却仔细一推眼镜，“这个肯定是刘石写的，我就说他喜欢三班那个，他还否认？无耻！”

尹冰露：“……你好像比我更八卦。”

就这样，两个人齐心协力，研究出了五个名字分别对应的人，掌握了少男心事的第一手情报。

尹冰露：“但是这里还有个崔芷婷，这谁写的啊？”

“直选法选不出，那就只剩排除法——”江寺摸了摸下巴，“六个人，就剩一个……陈赐？”

尹冰露招手，喊宋嘉茉过来看：“这是陈赐的字吗？”

“不是，”宋嘉茉说，“但有可能是拿左手写的。”

“有道理啊，”江寺说，“哥哥比较拽，可能不太想被看穿吧。”

崔芷婷这个名字，宋嘉茉是知道的。医学系很漂亮的一个学姐，学生会的会长，年年拿奖学金，有人戏称她是靠脸蛋吃遍了红利，但大家却也都承认，她在其他方面也同样出色。每次医学系学生表彰，大家都会给她投票。甚至在学校论坛还有个楼，叫“谁能不爱崔芷婷”。

见宋嘉茉出神，尹冰露扯了扯她：“想什么呢？”

“……没事。”宋嘉茉正要继续说，身旁突然开来一辆车，喇叭响了两下，是家里的司机。

“郑叔？”宋嘉茉奇怪地问道，“怎么了？”

“莫顾今天生日，你大伯说接你们去吃饭，你有空没？”

“好像……不行，”宋嘉茉道，“我这边还有点事情。”

“好，那你跟你同学去玩，我去接陈赐了啊。”

“……嗯。”

她不知道自己当时为什么要说“嗯”，也不知道十分钟之后，为什么会开始后悔。

半个小时之后，社团活动结束，她去便利店买水，但注意力不集中，不小心把脚崴了。

宋嘉茉找了个位置坐下，拍了张照片发给陈赐，稍稍卖了个惨：“好痛。”

但一直到七点，都没有收到回复，也对，可能给莫顾过生日去了。宋嘉茉想，不知道那边会是什么场面，上次参加一个同学的生日会的时候，那个女生穿着好看的丝绒长裙，在大厅正中唱歌，没人会比打扮过的生日主角更漂亮。

宋嘉茉肚子有点饿了，想去拿包薯片，可货架太高，脚踝有些疼，她踮脚也拿不到。

那个瞬间，很多画面一闪而过。她想起这种时候，一般自己都不是一个人，只要东西在她拿不到的地方，她装出一副比较努力的样子，陈赐就会无奈地走过来帮她拿。他很高，连回忆都充满仰视视角。

宋嘉茉后退两步，揉了揉眼睛。

不应该这样的，不应该听了尹冰露说的那些，就抱有不切实际的幻想。她和陈赐的关系，并不是只要她愿意，就可以。

没有人会永远重要，只要有了可以取代的角色，渐渐地，她就会变得不再重要。

她低着头，看了会儿地面，咬住唇角，想起还要买别的东西，她将头抬起来，却忽然愣住。

陈赐就站在门外，隔着玻璃，目光落在她身上，不知道看了多久。

她疑心是幻觉，晃了晃脑袋，闭上眼睛再睁开时，门外的人就到了她的面前。

陈赐抬手，抽出那包烤肉味的薯片。

宋嘉茉问："你不是去参加生日会了吗？"

陈赐："没去。"

"……哦。"

她抿了抿嘴唇，一时又不知道该说什么，听到他继续说："刚看到你消息，手机就没电了。"

她讷讷。

"不应该把手机给他们玩游戏，"陈赐说，"下次不会了。"

"……没事，"宋嘉茉笑笑，说，"你不用跟我解释这些，我——"

"还有没有要买的？"

她愣了一下，又说："准备买泡面来着……有点儿饿。"

陈赐本来都拿了一桶方便面，听她说完，又放了回去："没吃饭？"

宋嘉茉："……嗯。"

"又在应付自己，"他抽出她手里的饭团，"没营养，带你去吃别的。"

她看着鞋尖，觉得自己好像一个机器人，只会"嗯、啊、哦"发出回应，跟他走出了便利店外。

"你吃了吗？"她问。

"没。"

冬季天黑得快，路上的行人三三两两，他像是有事在想，她也一样。

"哥。"她忽然开口叫他。

陈赐回过身来。她刻意放慢了速度，和他拉出一点距离，怀里抱着他拿的那包薯片。

黑夜会催生人的勇敢，虽然只有一点，只有一刹那。

她朝未来借了一点勇气，突然问道："莫顾和崔芷婷……你选谁啊？"

问完就后悔了。其实她又胆小又懦弱，问出口才发现，她一点都不想知道答案。可身体像是被定在原地，喉咙也像被人封住，她只能盯着他，眼睛一眨也不眨……很矛盾。

想要知道他的答案，可是害怕他说出自己不想听的答案。但二选一啊，她暗骂自己的无能，宋嘉茉，你又希望让他怎么回答呢？

夜晚的街道熙熙攘攘，天幕散落着云与星星。

夜色之下，他的眼神寂静而温柔："我谁都不选。"

……

陈赐："腿怎么样了，过来我看看。"

他说他谁都不选。

上一秒，她其实还在犹豫，可听他开了口，才发觉，原来这就是自己想要的答案——他这样说，那她就信。

小姑娘踉跄着，单脚蹦到他的身前。陈赐将她放在椅子上，卷起她的裤腿，手指绕着足踝捏了一圈。她突然就觉得很委屈："都肿了。"

他好像在笑："刚不是还挺灵活的，我一说就痛？"

……好像是。明明方才都没了感觉，可被他一说，好像痛觉突然就来了似的，娇弱得不行。大概是总有一些时刻，在某些特定的人面前，是可以软弱的。可以仗着他的包容，索取更多明目张胆的关心。陈赐解开她的鞋带，他的手指细瘦白皙，挑开她鞋带时慢条斯理的，给人一种……奇怪的感觉。

她抿了抿嘴唇，大脑内活动有点儿跑偏。很快，他托着她的脚跟，将她的袜子也扒了下来。

“哎……”

“怎么？”陈赐抬眼，“不脱怎么按？”

她蒙了下：“按什么？”

“按摩一下就消肿了。”

宋嘉茉：“哦……”

路灯的灯光朦胧，他半跪在她的身前，曲起一条长腿，将她的脚掌压在自己的右腿上。他刚用矿泉水洗过手，冰冷指尖落在她温热的脚踝上，再缓缓绕到足跟，似有若无地打着圈，蔓延开一阵湿漉漉的水渍。

不是，那个，是她的问题吗……

宋嘉茉撇开眼睛不再看，强迫自己想一些别的。思绪混乱时，她的脚尖开始乱动。小姑娘的脚趾圆润可爱，甲盖是淡淡的粉色，战栗着轻轻摩挲的时候，能感觉到裤子拉扯的纹路。

陈赐：“你很紧张？”

她竭力为装镇定：“没……没啊。”

她的话其实很好反驳，但他没再说话，又低下头，一副心无旁骛的模样。

慢慢地，耳边好像只剩下风声，她在没人看见的时分，悄悄看过去。他低头时也很好看。那双平日里清隽又高傲的手，此刻，正在帮她按摩。

有一瞬间，是想要占有的。

这个念头很突兀地冒出来，连她自己都吓了一跳。人总是贪心的，前些时候还很自欺欺人地想，只要能待在他身边就很好，不会打扰他的生活，不会耽误他的未来。可以接受他对别人也很好，可以大度地接受他和别人的爱情，祝福他的人生。可忍不住往边界走了一步又一步，才发现，现在的自己根本做不到。

这样的好，是不想分给别人的。

如果能永远停在这一年这一刻就好了，她自私地想，他只能看到她，只能陪着她，哪怕不喜欢也没事，没有别人就好了。她抿着嘴唇，轻轻地向后靠，冒出些很荒诞的，自己也不想承认的念头。如果此刻，陈赐和她分享矢志不渝的爱情，她甚至都无法违心地说一句为他高兴。这样的念头，让她觉得自己好自私。

脚踝突然传来痛感，是陈赐加大了力道。宋嘉茉轻轻蹙眉，小声惊呼道："疼……"

"还知道疼？"陈赐瞧着她的眼睛，"疼还乱想？"

好像什么都瞒不过他，宋嘉茉偏过头去，不让他看自己的表情："哪有……"

"嘴硬。"

她想也没想就反驳："我嘴挺软的。"

这样的话以前也不是没说过。但现在不一样，安静了片刻，无端变得暧昧起来。

宋嘉茉立刻穿好鞋子，在地上踩了两下，目光闪烁道："回，回家了。"

陈赐背对着她，在原地站了几秒钟，这才沉沉地"嗯"了一声。

沿着湖岸的公园沿路走回去。冬日的枝头少见绿叶，肃杀的冷风中，她听见枝丫摇晃的声音。她蓦然抬头："哥哥。"

"嗯？"

沉默了一会儿，她长长地舒了口气，如同做了什么很大的斗争，将那些灵魂里的背光面，展开到他的面前："如果……我是说如果，如果我没能长成你想象中的样子，你会怎么办？"

"你觉得我想象中，你应该什么样？"

"积极、乐观、善良，起码……不能自私。"

"怎么样算自私？"

宋嘉茉停顿了一会儿，很努力地把话说完："比如某些时刻，想把一个人独占，这样的……自私。”

“谁不会？我也会，”陈赐说，“不希望她看别人，不希望她爱别人，如果条件允许，永远只和我在一起。你觉得我这算自私吗？”

她摇了摇头，却忽然说不出话。

陈赐说：“你想问的不是这个。”

“我就是觉得，我应该更好一点的。那些糟糕的情绪，都不该有的。”她忍不住有些哽咽，“我觉得自己好没用。”

“什么叫糟糕？什么是不糟糕？”陈赐放缓声音，“你也是人，你也有七情六欲，只是想想，又没有伤害别人，怎么会叫自私？很多时候，我甚至希望你能不用委屈自己来善良，偶尔坏一点也没关系，只要能保护自己，这怎么会是没用？”

她沉默很久，最终冒出一句没头没尾的话：“你不希望我做一个好人吗？”

“在这之前，我只希望你做一个快乐的人。”他说，“但已经超出我的预期了，我们小井，已经很好了。”

就好像鼓足所有勇气，忐忑地剖开自己，给他看最百孔千疮的那一面，可是被人握住手心，温柔地低声说，不会对你失望的，在我心里，你已经很好了。

其实没有，她一点也不好，是哥哥爱她，才觉得她好。

可是奇怪地，却好像真的被这番话治愈到，原来爱是这么神奇的东西，被爱包裹的人就会变得温柔，好像拥有继续成长和挺起胸膛的力量。

爱是退路，也是底气。

她第一次试着与正面的自己和解，放过那些缺憾，在一片暗影中，悄悄地抬起头来。

她会变成更好的人，为了自己，也为了他。

后来，又安静地朝前走了一段路。昏黄的路灯氤氲，湖面上吹来夜风，拂动少年额前的碎发。从她的角度看过去，他的眉眼处有淡淡的投影。不期然，陈赐转过头来看她。她怕自己偷看被发现，也不知道怎么想的，腿一软，立刻开始装瘸。

果然，陈赐的重点转移到她腿上："还疼吗？要不要我背……"

她觉得有点心虚，为了摘清自己，当即打断道："你别看我现在这样，但是如果前面站的是叶凛，我马上一个健步如飞，扑到哥哥的怀里。"

陈赐眯了眯眼睛，声音有些冷，"哪个哥哥？"

她的心一横："叶凛哥哥。"

陈赐没再说话，直到路过车站，他还在朝前走。

宋嘉茉喊住他："嗯？你不坐车吗？"

陈赐："你跟叶凛哥哥坐车去，要我干什么？"

宋嘉茉转过脸，抿了抿嘴唇。

陈赐睨她："笑什么？"

宋嘉茉捂住嘴："没笑啊。"

眼见陈赐动也不动，她连忙蹭过去，拉他的手臂："没有——哎呀，怎么会呢？"宋嘉茉少女用带着绵软声调的鼻音说，"我哪有别的哥哥，不跟别人坐车的，就跟你坐。"

陈赐的脸上的表情终于罕见地有些变化，垂了垂眼，低声道："你挺会撒娇？"

这两个字极大地震惊了她，宋嘉茉当即甩开手，摇头否认："我哪有，我没有，我不会啊。"

说着说着，还后退两步，不小心撞到了一个路人。她回过头："啊，不好意思……"

那个男生也比她稍微高一点，本来想说没事，结果低头看见她，愣了一下。

背光之下，少女脸孔清丽，瞳仁明亮，月光像层柔和滤镜，映照得她愈加白皙。

那个男生看着她，宋嘉茉觉得很无措，直觉他有话要说，出于尊重，她也看着他。大概对视了那么五秒钟——面前突然黑了一下，是陈赐伸手，从后面蒙住了她的眼睛。

“上车了。”陈赐说。

坐下之后，宋嘉茉就把这事儿给忘了。谁知道没过几分钟，陈赐重新提起来：“那个男的好看？”

她反应了一会儿：“就，一般吧，怎么了？”

“不好看你看那么久？”

后来的一路上，宋嘉茉都在思索她究竟看了人家几秒钟。

结果门一拉开，想法被打断，她看见莫顾也在家里。

宋嘉茉还以为出意外了：“你不是去过生日了吗？”

“是啊，不过没什么人，吃个饭就回来了。”莫顾笑笑。

宋嘉茉点点头，“哦”了一声。

莫顾：“你们怎么在一起，刚好碰到了？”

宋嘉茉正要开口，听见陈赐的声音：“我去找的她。”

“这样啊——”莫顾点点头，“我知道了，你们忙吧，我先上楼休息了。”

……

很快，一楼安静下来。

陈赐说带她吃别的，但今晚逛来逛去，她始终没什么食欲。

“也不能不吃，”陈赐道，“我叫阿姨起来？”

宋嘉茉摇了摇头，突然说：“你做吧，想吃你做的。”

陈赐看了她一会儿，唇角勾了下：“怎么，这次不找你的叶凛哥哥了？”

宋嘉茉撇了撇嘴，心说你怎么还没忘。

时间挺晚，做别的来不及，陈赐下了点面条。宋嘉茉看他摆出来不少食材，走进去提醒："我吃不了这么多——"

他抽出一双长筷，挑起个牛肉粒，递到她嘴边："就准你吃？我不能吃？"

这才想起他也没吃，宋嘉茉撇了撇嘴，叼走那块牛肉，帮他尝味道。

"熟了。"她说。

"我知道。"

"知道你还让我帮你尝——"话说到这儿戛然而止，她一偏头，在厨房外看到一个人影，吓了一跳。

家里开着暖气，莫顾穿着一身白色长裙，像个一动不动的女鬼。宋嘉茉顺了两下胸口，才问："怎么了？"

莫顾："没事，下来看看电视。"

宋嘉茉正想问客房不是有电视吗，但转念一想，可能客厅的电视大一些，人家都这么说了，她也不好意思再问。

接下来的二十分钟，宋嘉茉和陈赐在客厅吃东西，莫顾就在远处看着电视，音量并不大。吃完后，宋嘉茉坐在桌边等他。陈赐吃得慢，她每次可以借着吃饭的机会，多看那么几分钟。

五分钟后，陈赐放下筷子："我脸上有东西？"

她下意识地答："嗯。"本来想说句土味情话，调节一下气氛，但侧眼看到他的那一秒，脑子又卡了壳。她张了张嘴，没发出声音。

幸好，莫顾这时候走了过来："你们吃完了啊？"

宋嘉茉点了点头，看见莫顾揉了下肚子："你们这面太香了，闻得我也饿了。"

这话说完，客厅沉默了一会儿。宋嘉茉一时不知道该怎么接话，感觉莫顾应该是有什么别的意思。

莫顾笑着看了宋嘉茉一会儿，又自然地把目光移到了陈赐的身上。

陈赐这会儿刚好起身，轻声道："第七格。"

莫顾：“什么？”

陈赐的脾气不大好的样子，皱了下眉：“面在第七格。”

在莫顾错愕的表情中，他没什么耐心地扔下最后一句：“饿了自己做。”

“哦，是的，”莫顾这才回过神来，看着宋嘉茉，笑了一下，“你哥反应挺快的，我都没反应过来。”

宋嘉茉也跟着笑了两声，算是回应。她看陈赐进了厨房，不由得撑着脸颊，琢磨陈赐是不是心情不太好——

很快，陈赐的手肘搭在她面前的椅背上，问：“我脸上有什么？”

在“践行土味情话”和“火上浇油”之间，宋嘉茉选择了前者。

宋嘉茉抬起头：“如果我说有点儿帅，你会膨胀吗？”

陈赐垂眼，侧过脸脱下外套，唇边的笑意一晃而过：“这不是陈述事实？”

她刚刚其实只是在玩梗，但这一秒，却切实被他这笑给蛊惑到。脱掉外套之后，陈赐在解衬衣上的一个装饰。宋嘉茉还沉浸在那个笑里，一时没能抽身，就那么直勾勾盯着他瞧，直到面前被人晃了一下。

莫顾：“看什么呢？”

宋嘉茉连忙调整表情：“没事，你吃的弄好了吗？”

“好了，你要吗？”

“不用啦，我先去洗澡，你有事喊我。”

说完，宋嘉茉加快速度走进房间，结果不小心撞到陈赐，两个人又说了些什么，声音很轻，像是耳语，只隐约能听到她说什么“碰瓷”之类的话。陈赐好像含着点儿笑，可听起来很远。

宋嘉茉房间的门关上之后，陈赐似乎又看了一会儿，这才慢条斯理地收回目光，进了自己的房间。

莫顾低下头，发现碗里的面放了太久，有些糊掉了。

次日下午，难得出了点太阳。铺满日光的校外篮球场上，陈赐刚刚歇下来。打完一场酣畅淋漓的球赛，众人坐在一起，休息的时候，顺便聊了会儿天。不知怎么，又说到昨天的告白墙。

“哎——话说回来，昨天虽然有六个名字，但是陈赐没写吧？”

“他绝对写了！”李威说，“但是我怎么找也找不到，也不在我们那一块儿，跟个特务一样，神神秘秘的。”

“按照他那个性格，就算写了，留的应该也跟别人不一样吧？”

李威按捺不住好奇心，转过头问陈赐：“赐哥，昨天的告白墙，你到底留了什么？”

陈赐懒懒地一抬眼皮：“很好奇？”

李威点头如捣蒜：“是啊。”

陈赐：“那好奇着吧。”

陈赐迎着日光起身，放松了一下肩膀：“走了。”

说走就走，不到一分钟，陈赐已经率先离开了球场。

李威把矿泉水瓶捏得噼啪响，心道什么态度？你这是什么态度？

陈赐到家时，客厅里空无一人。他去书房看了一眼，宋嘉茉也不在。结果刚走进自己的房间，冷不丁瞧见个人影。

他偏头：“怎么在这儿？”

宋嘉茉回头看见他，也吓了一跳：“大伯接我们出去吃饭，莫顾不想上楼，借我的房间换个衣服。我这不是想着你不在嘛，图方便，就过来了。”她抱起床上的衣服，“那我还是等莫顾换完再——”

“不用，”陈赐说，“我去洗澡，看不到。”

宋嘉茉想了想，好像也没太大关系。她只是换件卫衣，里面是穿了内搭的：“噢，那你去洗澡吧，我就在这儿换。”

陈赐答应了一声，见她拿起手机在回消息，也没在意，拿好换洗衣物进了浴室。结果一转身，刚好能看见外面的床和宋嘉茉。

他经常忘记关灯，所以浴室沿用了酒店设计，中间用玻璃隔开，窗帘在浴室里面。

他自己住惯了，想起没拉帘子，手指刚碰上按钮时，外面的人不知怎么的，突然放下了手机。

宋嘉茉快速将手机扔到一边，三下五除二地举高双手，迅速脱掉卫衣。少女的动作太快，内搭被蹭得微微卷起，露出一截纤瘦柔软的腰肢，在阳光下白得晃眼。脊背处微微凹陷，线条隐约而流畅。

……

换完衣服之后，宋嘉茉懒得换地方，就躺在陈赐的床上玩手机。等浴室里的水声停下，陈赐拉开门，她也晃了进去："我洗个手就出发。"

刚站定，宋嘉茉抬起头，隐约觉得哪里不太对劲。但是说不上来是哪里有问题。挤出洗手液的时候，她终于反应过来："你洗完澡怎么没雾气？"

宋嘉茉抬起一张素净的小脸，茫然地看向陈赐："这么冷的天，你怎么洗冷水澡啊？"

直到走进餐厅，宋嘉茉还在唠叨着："冬天是不能用冷水洗澡的，会头痛，而且容易落下病根。你不能仗着身体好就这样挥霍，一年四季都应该用热水洗澡，尤其是冬天—"

"没一年四季，"陈赐说，"就今天。"

她愣了一下："那为什么今天突然……你很热吗？"

陈赐的喉结滚动了下，偏过头去，说："就是突然想了。"

她撇了撇嘴，随他去了。

三个人坐到位置上，陈昆正在点餐。莫顾是客人，所以她也配合点了一些，等待上菜的时候，莫顾和宋嘉茉闲聊起来。

“我看这附近好像有个……泽川寺，你去过吗？”

“去过几次，本地人经常去拜，很多人高考之前也去，好像还挺灵的。”

“一般都拜什么？”

“都有呀，姻缘、学业、工作，反正挺多的，”宋嘉茉又道，“有空的话可以带你去看看。”

“好啊，我很感兴趣。”

她们又聊了一会儿附近的小吃，大伯在和陈赐交谈，偶尔，陈赐会小幅度地点头。但也没有更多。散场时已经是七点多。

宋嘉茉站在电梯门边，听见陈昆开口道：“快过年了，你们最近多去商场逛逛，买几身新衣服，我报销。”

宋嘉茉说好，又听见陈昆叫自己的名字：“最近有没有什么事情？”

料想是叔叔总觉得她喜欢一个人扛事，所以经常让大伯问问情况。

宋嘉茉摇摇头：“没有，都挺好的。”

次日，宋嘉茉约了尹冰露一起出门买衣服。女孩子的战斗力总是很强，她们辗转了三四个商场，提着大包小包。

尹冰露：“你什么时候谈恋爱啊？这种时候真的很需要男朋友当苦力，搬不动啊。”

鬼使神差地，宋嘉茉问道：“你不是站我和我哥吗？”

“是啊，”尹冰露毫不避讳似的，“你们什么时候谈恋爱？”

宋嘉茉失语。

这个矿泉水，还真是给根杆子就往上爬，越聊越没正形。

宋嘉茉没再继续这个话题，拿出手机：“我问问陈赐。”

电话刚拨出去没多久，就看到有个人影接起了手机。她们就站在泽川寺的对面，正好能看见陈赐从里面走出来。

陈赐：“喂？”

宋嘉茉笑眯眯地："转头。"

隔着人潮，陈赐回过头，看见宋嘉茉就站在对面的街角，长发被风吹起来。

宋嘉茉见他朝自己走过来，正想着要怎么委婉提出诉求，他却已经率先伸出手，示意把袋子给他。还蛮自觉的嘛。她想。将自己手里的袋子都交给陈赐提之后，她转头去找尹冰露，身后却空无一人。

宋嘉茉拿出手机发消息："你人呢？"

一分钟后收到尹冰露的回复："一个合格的观众不应该在此时当电灯泡，不能耽误你们，祝幸福。"后面还附了一个可爱的表情。

宋嘉茉："……"

好不容易到了家，宋嘉茉一脸高深莫测的表情，只是望着陈赐。

陈赐："怎么？"

宋嘉茉抬着头："我看你是从泽川寺出来的，你去干吗了？"

"求姻缘？工作？学习？"看陈赐的表情，好像都不对，宋嘉茉继续回想，"该不会是去忏悔的吧？"

她越猜越觉得有道理似的："你忏悔什么啊？凡心没断，六根不净？"她忍不住又凑近了些，"怎么……你有什么世俗的欲望吗？"

也不知道是被猜中了，还是被她烦得不行，陈赐伸出手，捏住她的嘴唇："说完了没有？"

她当然没说完，但嘴唇被他捏着，一个字也讲不出。半晌后，气馁地作罢。

陈赐松开手："说完了就回房间休息。"

她已经转身走出几步，但到底憋不住，看热闹似的又凑了回来："不必那么紧张啦，你现在正是青春期，有一些躁动也是人之常情——"

他缓缓地抬起眼皮："你很有经验？"

脑子里闪过一些梦境，她立刻站直身体，收敛了所有表情，无辜地道：

“怎么会呢？我一无所知的。”

然后飞奔回了房间。她蒙进被子里，深刻地意识到一件事情：不能给陈赐挖坑，不然可能会把自己给埋了。

很快，春节如期而至。其实家里的春节每年都差不多。陈建元回来的时候，就会很热闹，家里全都是人，有进行不完的饭局和拜访。但大多数时候，陈建元是不在家的，她和陈赐就会出去过，看看烟花，逛逛公园。其实也挺好。

不过，今年陈建元虽然没回来，但家里多了个人，莫顾也在。一大早，宋嘉茉就拉着陈赐一起贴对联，贴完再贴福字。以往这些都是阿姨来做，但她今年，突然就很想和陈赐一起。

宋嘉茉：“这个福要倒着贴，福倒，福到。”

少年的指尖停顿了一下，旋即垂眼笑起来：“迷不迷信？”

她伸出手指，将他贴好的东西再次压平：“迷信你还不是得听我的。”

因为莫顾在，所以今年取消了逛公园的环节。晚上吃了饺子，她坐在沙发上等着看晚会。

没记错的话，十点多，叶凛有一个合唱节目。她扛着困意等到十点，终于，报幕里传来熟悉的名字：“掌声欢迎叶凛——”

“啪”的一声，眼前陷入一片漆黑。陈赐波澜不惊的声音随之传来：“停电了。”

宋嘉茉沉默了那么两秒钟：“我刚才看到你关电闸了。”

陈赐仍旧很镇定的模样，淡定地道：“是吗，那你来打开。”

宋嘉茉先是摸黑找了会儿手机，又打开手电筒，去找陈赐的位置。再搬来小凳子，把电闸一个一个掰上去。等做完这些，叶凛的节目早就过去八百年了。

看着屏幕中的相声和陈赐早有预谋挑起的唇角，她咬牙切齿地问道：

“好笑吗？”

“相声不错，”陈赐说，“我在笑节目。”

“你最好是。”过了两分钟，她想起来了，“我还可以用微博看啊，现在肯定在热搜上了。挺好。”

她刚打开手机，听到他更加冷淡的声音：“嗯，你今天已经看了十几个小时电脑，再多看一会儿，近视了更好。”

明知道他是危言耸听，但她还是不由得有些怀疑：“那我应该干什么？”

陈赐：“闭上眼睛休息。”

宋嘉茉坐在沙发上挣扎了一会儿，决定先休息五分钟，再去看今晚帅气的叶凛。结果眼睛闭上没多久，不知不觉就睡着了。

玻璃门上映着客厅的两个人，少女睡得很沉，头慢慢靠在身边的人的肩膀上。陈赐抬起手，将电视的音量调低。窗外蓦然炸响几声爆竹，肩膀上的少女抖了两下，他又放下遥控器，转身捂住她的耳朵。她终于放松下来，没有被吵醒。

二楼拐角处，莫顾刚接完家里的电话，下楼时，就看见这副场景。她在原地站了一会儿，最终转身上楼去。

春节后，没过几天就是宋嘉茉的生日。宋嘉茉对过生日倒比较随意，睡到日上三竿才起，刚推开门，就看到了桌上的蛋糕。她伸出手指，挑了团奶油送进嘴里：“香芋味的？”

陈赐看了一会儿她嘴角的奶油，拿出一个叉子，递给她。

“我刚洗过手了，很干净的。”

似是为了佐证，她又用指尖沾了一团奶油，递到他面前。递出去才发现不对。

陈赐的目光似乎是暗了一秒，她连忙将手收回，重新含进了自己的嘴里。宋嘉茉含着指尖，过了片刻，陈赐才将目光收回。

老规矩，她一边点蜡烛许愿，陈赐在一旁帮她拍照片。

她还记得头几年的时候，他的拍照技术真的很不忍直视，后来在她的调教下，也渐渐学会了找角度、灯光、氛围。从去年开始，摄影作品渐渐可圈可点，去年生日的拍立得，她都保存在了柜子里。

少女点完蜡烛，虔诚地许完愿，又过了一会儿，这才睁开眼睛，谨慎地吹熄。

陈赐没见她这样过："许的什么愿？"

她还维持着双手交握的姿势，抬起眼睛，有漂亮的上目线："希望，可以永远和喜欢的人在一起。"

头顶吊灯的灯光璀璨而眩晕，在陈赐的目光里，有她眼睛的投影。

"会的。"陈赐说。

莫顾："切蛋糕吧。"

切完蛋糕之后，宋嘉茉找他要自己的生日照片。拿到手数了数，数量却不太对。她问："怎么只有九张啊？"

陈赐："相纸就九张。"

"不可能啊……"她暗自嘀咕着，"我刚刚亲自装的相纸，一盒十张呀。难道我比较倒霉，那盒刚好缺一张？"

陈赐抬了抬眼睛："有可能。"

"呸呸呸，"少女又连忙改口，"生日不能说自己倒霉，就当是拍得太好看，被人偷了一张吧。"

想了想，宋嘉茉又道："我是不是有什么数字九的魔咒？我记得去年也是拍了十张，但我前几天整理的时候，发现也只有九张了。"

她看向莫顾："就是你去我房里换衣服的那天。"

莫顾也笑着，这才说："好像是，在你的桌上看到了。"

她们讨论得投入，没看见有人转过身，将某张少女许愿的拍立得，夹在了钱包的第一层。

第二天，宋嘉茉起了个早，也不清楚自己是怎么想的，总之当她反应过来的时候，人已经到了泽川寺里头。

面前有一棵参天的常青树，上面挂满了各种木牌。泽川寺的祈福牌分很多种。若是要求爱情，那就买背面有红色爱心的；若是求友情，则要买蓝色的；亲情是粉色。

见宋嘉茉犹豫，卖木牌的奶奶和善道："小姑娘，想写给谁的？"

她停了一会儿，才说："我哥。"

奶奶："要什么颜色的？"

怎么会问这样的问题呢？都说了是给哥哥的了。

可既然这样被问了，好像找到了一丝突破口似的，她随后说："……红色那个。"

这个寺里没什么传说，但大家总想图个好兆头似的，把对方的名字写在木牌上，以求得自己和那人能够长长久久。不管是亲情、友情，还是爱情。她将陈赐的名字写在上面，系在某个无人知晓的小小角落。

走出泽川寺时，耳机的音乐正随机播到尾声，是那首被她存了很久的《真相是真》。

希望能得世界允许 / 坦荡一次喊他姓名 / 再说爱意。

她回过头，又看了那块木牌很久。

晚上，尹冰露说要再帮她办个生日派对。她之前一直是这样的，生日当天和陈赐一起，第二天和朋友一起，故而没觉得有什么不对，换了套好看的长裙，迎着冷风走了出去。

走到许愿池附近时，突然遇到了莫顾。

宋嘉茉笑着打过招呼："我去跟朋友过个生日，你累了就先休息，阿姨那边我也说过了。”

“朋友？”莫顾像是品了品，又问，“那你结束之后，会去找陈赐吗？”

看着莫顾的表情，宋嘉茉突然觉得有些奇怪，本来没有这个计划，但最终还是道：“……可能？看情况吧。”

路灯的光线微弱，莫顾看着她坦荡的眼睛和露出来的，寒风中伶仃又漂亮的锁骨。那一瞬间，浓浓的忌妒突然要将人吞没。莫顾想，她怎么会这么坦荡，她怎么能如此不在意？怎么会有人，这么擅长伪装？

宋嘉茉没走出几步，听见莫顾的声音，在身后响起来：“你喜欢陈赐。”是肯定句。只是一瞬间，血液翻涌，身体僵硬，宋嘉茉的大脑一片空白，定在原地。

莫顾走到她的面前，手机上是一张拍摄的照片。

“你写了他的名字牌，背面是红色——你竟然在求自己和他的爱情？你喜欢他，你怎么敢喜欢他？你知道他是你的谁吗？”

在宋嘉茉还没完全反应过来的时候，莫顾一句接着一句，像是接连不断的炮火朝她袭来，而她甚至来不及举起盾牌。一字一句，有如重击。宋嘉茉缓缓抬起眼睛。

莫顾终于没再笑了。像是某种有毒的蘑菇，披上极具亲和力的外衣，在终于不用伪装的暗夜时分，肆无忌惮地生长。

莫顾：“喜欢一个从小以哥哥相称的人……是变态吗？”

宋嘉茉的身子终于忍不住晃了一下。

莫顾乘胜追击：“如果不是我找了一下午，根本不知道你的牌子藏在哪里。别人的都往最中央挤，只有你的放在角落，你也知道荒唐吧，你也害怕被人发现吧？你怕被人知道，你也觉得丢人。”

“我怕什么？”

莫顾笑了一下，看了一眼手机：“时间如果没错的话，陈赐已经进了寺庙的廊道，差不多十分钟之后，就能看见你的木牌。如果你真的不怕的话，那就去参加生日会吧，然后今晚回来，收获一些‘惊喜’。”

莫顾问：“你不害怕吗？你真的敢赌吗？”

像无数条吐着信子的毒蛇，顺着她的身体缠绕而上，被夜晚的寒风吹拂，少女的衣衫单薄，终于忍不住轻轻战栗起来。

十分钟后，出租在泽川寺门口急刹车。宋嘉茉推开车门，下车之后便开始奔跑起来。

天上不知道什么时候落起了小雨。宋嘉茉越跑越快，还要腾出空去抹脸上的雨水，她拼命安慰自己没有关系，眼眶却忍不住渐渐泛红，到最后，已经分不清抹掉的是雨水还是眼泪。原来她是害怕的，她真的是害怕的。哪怕只有万分之一的可能，她也无法接受这种概率的发生。

宋嘉茉害怕看到陈赐那一刻诧异的眼光，害怕他当她是个异类，害怕他觉得恐怖，害怕他觉得她原来是个怪胎。可她喜欢他啊，难道喜欢一个人也有错吗？

脚下的步伐渐渐凌乱，雨势越来越大，落在青石地砖上，砸出层层涟漪。世界反反复复地，清晰又模糊。她伸手，又擦了擦脸颊。

陈赐站在那棵古树之下，正伸出手，想要翻动某个木牌。

“陈赐！”她突然开口。

陈赐的动作停住，转头看她。她三两步跑上前去，用力扯下那块木牌，牢牢地握在手心。

她太用力了，连指尖都在轻微颤抖，泛出毫无血色的青白。雨声变大，她紧紧地攥住木牌，声音里带着泣不成声的哽咽：“别看。”

漫长的奔跑后终于脱力，她忍不住跪坐在地，双手抵住额头，整个人蜷作一圈，连手臂都在轻轻发抖：“你看了吗……”

她问得小声，但她知道，陈赐肯定听见了。但他没有回答。

内心深处开始害怕，她做了好久的心理准备，才敢抬头看他。

夜晚的光是冷暖不明的色调，他的眉心紧皱，伸出指尖，在她的脸上擦了一下，好像从始至终，关心的只有这一个问题。

陈赐问："怎么哭了。"

好像被问过就觉得更委屈，她好不容易忍住的眼泪再次决堤。她开始啜泣。

但他不能做更多，只是身体微微前倾，让她能靠在自己的肩上。她的手心本来应该温暖，此刻却被雨水冻得冰冷，她很少哭，尽管成长得比任何人都要艰难。

陈赐握住她手腕，连带心脏也传来些许痛感。

"我没看，没看，"像是安慰似的，陈赐摸着她的发顶，耐心地重复一遍又一遍，"我没看。"

"没看就好，"她像是再说不出更多的话，庆幸又失落地，一遍又一遍地小声重复，"没看就好。"

"嗯，"陈赐答应着，说，"别哭了，好不好？"

这夜的雨来得湍急，仿佛她强忍了这样久的爱意，终于找到一个能流放的出口。

哭出来就好了。

过了许久，少女的抽泣慢慢止住，雨也渐渐停了。不知道什么时候，陈赐脱掉了里面的衬衫，她还没反应过来时，便感觉到温热指腹落在她的头顶，是陈赐在用衬衫帮她擦拭头发。

她抿着嘴唇，躲开他的目光，轻声说："尹冰露还在等我，我先过去了。"

陈赐看了她一会儿，她知道，他一定有很多话想问，但最后，他只是低声叮嘱："记得先换身衣服。"

"好。"最终也没说更多，宋嘉茉披着陈赐的衬衫，从小路离开。

陈赐在原地站了一会儿，打车回了家。

莫顾坐在客厅里，见陈赐回来，目光似有若无地看向他的身后，像是在找谁。

他没什么太好的语气，凉凉抬起眼皮，问道："你跟她说什么了？"

这突如其来的问句，让莫顾愣了一下。陈赐对她虽然冷淡，但她知道，那是天生的性格使然。

陈莫两家交好，即使陈赐再不喜欢她，也从没用这种语气和她说过话。她笑了一下，装傻道："什么？"

"装很久了，累不累？"

今晚陈昆找他，说是莫顾没空，但想去求一个牌，让他们帮着先买。陈赐刚进寺庙没多久，陈昆有事先离开，他却看到了一个写着自己名字的木牌，正想取下来看，宋嘉茉就跑了过来。

那块牌子的挂绳和别的不一样，很显眼，像是刻意希望被人发现似的，前因后果联系起来，答案便显而易见。

莫顾仍在嘴硬，笑着摇头："我听不懂你在说什么。"

"听不懂？"陈赐笑了一下，"上次见你就这样，别的不会，装傻倒是挺厉害。我知道你为什么住过来，我也知道陈昆有什么期待，不过对于讨厌的东西，我一向不怎么在乎。"

像是被狠狠地刺激到，莫顾的瞳孔动了一下。

"对，"他漫不经心地说，"从第一次见你，就很讨厌你，这样说能听懂了吗？"

莫顾说："我听不懂，你没理由讨厌我。"

陈赐凭什么讨厌她？她的父亲和陈建元是同学，刚走入社会时还帮衬过陈建元，娃娃亲虽是玩笑话，但也代表有过这样的念头。后来陈家越来越好，她的父亲要强，也时时和陈家对比，怕她跟不上步调，特意把她送去贵族学校。她的家庭条件也只能算不错，但和同学比起来，是显而易见的天差地别。

于是她慢慢抬不起头来，高傲又卑微地憋着一口气，想要过上很好的生活。

陈家是最好也最合适的地方，所有的陈家长辈都很喜欢她，有什么问题？

最开始见到宋嘉茉时，她想要搞好关系，因为她知道，以后若是要长期生活在一起，首先要先收服他妹妹的心。于是她拼了命地说好话，可是呢，宋嘉茉今晚和“朋友”出去，根本就没有邀请她。宋嘉茉没把她当朋友。这样就算了，但千不该万不该——

不该让她看见宋嘉茉的眼神，不该让她发现宋嘉茉喜欢的人，更不该……让她体会到，陈赐对宋嘉茉，也和对别人不一样。但他们相差这样悬殊，怎么可能在一起？与其到时候纠缠不清，不如就结束在这里，不就是对大家都好的结局？每一步都得合情合理，他凭什么讨厌她？

像是看出莫顾的想法似的，陈赐又笑了一下：“你是不是觉得，把宋嘉茉赶出去，你就是胜算最大的人？可惜你不够有自知之明，如果一定要走一个，那个人只会是你。”

陈赐说：“明天搬出去，离宋嘉茉远点。”

说完之后，他头也没回地转身离开，大门重重地关上。

仿佛他回来，只不过是为了给宋嘉茉撑腰。

头顶的吊灯刺眼，莫顾踉跄两步，胃里开始翻搅。她咬紧牙关，恨恨地偏过头去。

陈赐按地址到达时，已经是夜里十点钟。江寺帮他打开门，然后说：“她在二楼呢，一直没下来。”

到了楼上，宋嘉茉正坐在飘窗旁边，赤着脚，旁边摆着几个空的易拉罐。靠过去，能闻到淡淡的酒气。见陈赐来了，尹冰露也先行离开，关上了房间的门。房间里安静下来。

陈赐看了她一会儿，这才从手边拆了双一次性拖鞋：“过来把鞋子穿上。”

宋嘉茉目光迷蒙地瞧过来，这才慢吞吞地起身，一步一步走到他的面前。然后穿过他的手臂，抱住了他。

少女的鼻尖抵在他胸口，声音闷闷地说：“我喝醉了。”

陈赐停顿了一下，这才抬起手，缓缓地扶住她的脑后：“嗯，会不会难受？”

“不难受。”宋嘉茉说。她就这么抱着陈赐，能感受到他呼吸时胸膛的起伏，能闻到他衬衣上淡而清冽的味道，还有手下的真实的触感。她猜自己今晚一定很莫名其妙，但好在她是个醉鬼，醉鬼本来就不用讲道理。

她没头没脑地问：“你会不会觉得我很奇怪。”

“不奇怪。”陈赐说。

他说不奇怪，那就当她不奇怪吧。

抱了他一会儿，宋嘉茉又仰起头来。

他好像并没有在发呆，很快，陈赐也垂头看她：“嗯？”

小姑娘鼻尖红红地说：“你真好看。”

陈赐失笑，弹了一下她的脑袋：“醉得不轻。你是不是把人家柜子里的酒都扒光了？”

“哪有，我才喝了几罐……”说到这里，她好像反应过来什么，后退几步，抱了几瓶酒到桌子上，“你也喝。”

“怎么？”

“喝了你就是共犯，”宋嘉茉振振有词，“人家追责的时候，我能减轻一点儿惩罚。”

暗影里，陈赐好像还是在笑：“那我就说都是我喝的不就行了？”

少女沉吟了两秒钟：“有道理哦。但是我想和你一起。”

陈赐开瓶的手停顿了一下。

“想一直和你一起，”她的下巴垫在一瓶果酒上，不知为什么，她的睫毛上敛了点水雾，“做什么都一起。”

陈赐：“住男寝也一起？”

“啊，”她愣了一下，“那这个就不一起了吧。”

陈赐手指覆盖在眼睛上，忽然笑起来。

“你只有取笑我的时候才会这么高兴，”宋嘉茉很不爽的样子，抢过他手里的酒，恶霸一样地说，“不准喝了！你回房间里睡觉！”

但他最终还是没听她的。

凌晨一点多，宋嘉茉从房间里走出来，看到陈赐在沙发上睡着了，手边还摆着好几个酒瓶。其实二楼有给他的房间，但他应该是醉得厉害，没扛住，就睡着了。

宋嘉茉走过去，轻轻蹲在他的旁边，小声道：“为什么要喝酒呢？”

说完又觉得没立场，她今晚也喝酒了，但其实她根本没喝醉。几瓶写着泰文的果酒而已，也就糊弄一下陈赐，她很清楚自己没醉，只是有些事，清醒的她并不能做而已。

醉了真好，醉了还能抱他。

宋嘉茉将下巴搁在膝盖上，突然想起很久之前。

那会儿她到陈家不久，因为常年的营养不良，无论是身高还是身材，都比同龄人差上一大截。有男生跟在她后面笑了她一路，第二天，陈赐就把那个男生的头按进水缸里，动静闹得太大，后来再没人敢笑她。

再后来，在学校里穿裙子，总有男生混混似的来挑她的裙子，被陈赐揍进了医院。

虽然陈赐在学校只比她大一级，但其实，他是大她两岁的。

他读过两年高三。

第一年陈赐参加高考，她从家里出发比陈赐晚，不小心被车撞到，出了场小车祸，死死地捏着手机不敢通知他，生怕影响他考试。但他最后还是来了。

即将被推进手术室的前一秒，陈赐放下书包，揉揉她的脑袋："没事，哥哥在。"

那是最后一场英语，她始终耿耿于怀，每次提起，少年就会轻狂地一抬眼："我就算再考十次也是状元，有什么可紧张的？你第一次进手术室，我不在，你害怕怎么办？"

再后来她提起，他总能找到新说法："这不是还能多陪你上一年学？你赚到了。"好像连安慰人的角度都这么清奇。

他第一次下厨是为她，第一次打架是为她，高考要考两次，也是为她。

宋嘉茉总觉得，她欠他太多了，这辈子也还不完。从始至终，她坦坦荡荡的，不过是她无法控制的爱情；而她怕被发现的，只是自己从来没有选择余地的兄妹关系。

想到这里，她凑近了些，想仔细地看一看他，记住他的五官他的轮廓，如果以后没有再看一次的机会，起码可以用记忆取暖。陈赐的五官生得极好，眉毛很深，鼻梁很高，身高和样貌都很出挑，小时候每次遇到别人，她都会反复向所有人强调，这么好的人，是她的哥哥。

她的哥哥，她的憩息所，她的沿途灯。

她漫长时光中，唯一赖以生存的氧气和希望。

她对这个世界所有的、关于温柔的、具象化的认知。

她的……陈赐。

她真的真的好喜欢他。

可惜他一辈子也不会知道了。

他一辈子，也不用知道的。

宋嘉茉伸出手指，趁他熟睡，手指顺着鼻梁滑到嘴唇，又落在他的喉结上。不知是被什么蛊惑，有念头一闪而过，她忍不住倾身，嘴唇落在他唇角。短暂的、蜻蜓点水般，一触即离的吻。

偷偷亲过之后，像是突然反应过来，她猛地向后一退，然后落荒而逃。

还好陈赐睡着，没有看到。

但宋嘉茉不知道的是，就在她脚步声消失的那一瞬间，在沙发上躺了许久的人，终于缓缓地睁开了眼睛。

虽然没喝醉，但一觉醒来，宋嘉茉还是有点昏昏沉沉的宿醉的感觉。她下楼，江寺递给她一颗解酒片。

宋嘉茉就着温水吞服，然后又问他："还有吗？我给陈赐吃点儿。"

江寺："你哥也醉了啊？"

这个"也"字就很特别，宋嘉茉的心头一沉，眨了眨眼睛："什么意思？"

江寺："没啊，就是昨晚我上去找他吹了两瓶，但基本都是我在喝，他喝得很少，没想到这就醉了？"

宋嘉茉心里开始疯狂地打鼓，血液一个劲儿地朝脑子上涌。她想也没想，转身就往楼上跑。

这是尹冰露租来的一个轰趴民宿，她刚跑到一半，陈赐就拉开房门，走了出来。宋嘉茉看看他，再看看沙发，又看看他。

陈赐心情挺好似的："怎么？"

"你……昨晚不是在外面睡的吗？"宋嘉茉艰难地问出来，继续道，"你昨晚，喝醉了没有？"

"很重要？"陈赐看着她的表情，挑了下眉，"那你希望我是喝醉了，还是没有？"

宋嘉茉抿了抿嘴唇："什么叫我希望，你后来不是在沙发上醉得睡死过去了吗？"

他挺有深意地颔首："嗯，那就是吧。"

宋嘉茉缓缓偏转过脑袋。什么叫——那、就、是、吧？

宋嘉茉正要开口，楼下突然传来一声尖叫，听起来是尹冰露的。她连忙下去，看到尹冰露心如死灰的表情。

尹冰露："寒假作业为什么还有这个？我怎么不知道？"

她看到宋嘉茉，仿佛找到救命稻草："你写了吗？"

宋嘉茉："写了啊，上个月就写完了。"

尹冰露伸出大拇指，艰难地掐住自己的人中，以求得自己不要死在这个清晨。

就这样，一大早以尹冰露的闹剧拉开序幕，大家热闹地点完外卖吃早餐，然后回家洗漱。

到家后，宋嘉茉始终觉得有什么地方不对，但说不上来。

洗过澡之后，她上二楼确认，然后诧异地看向陈赐："莫顾走了？"

"嗯，"他不怎么意外的模样，"走了不是挺好？"

宋嘉茉觉得很奇怪："但是走得很突然啊，昨天还……"

"还怎么？"

宋嘉茉摇了摇头："没事。"

"本来就是外人，早晚都要走。"

宋嘉茉抿了抿嘴唇，似乎还有话想说，但最终没开口。

陈赐酝酿了一会儿："昨晚——"

宋嘉茉口袋里的手机玩命震动起来，宋嘉茉试图不去理会，但最终败下阵来。尹冰露绝望的声音在手机那端响起："你们一个都别想给我闲着！一个都别想！你们来图书馆跟我一起痛苦！搞快点儿！"

……

最终，抗不过尹冰露的绝望攻击，宋嘉茉收拾了东西，去图书馆陪她。一个人补作业，三个人陪着。尹冰露没写的还不是选择题，而是整整一本论文，但幸好老干妈从不检查这个，所以可以找人代笔，分担的人就变成了宋嘉茉和江寺。

宋嘉茉坐在靠窗的位置帮她写论文，边写边走神，想到昨晚的那个吻，不知道陈赐有没有感觉到。不过应该没有吧，按照陈赐的性格，如果发现了，肯定立刻就会来嘲讽她。

突然，桌上又吵了起来。

这次是四眼先挑起来的战争，他将一支笔扔到听歌的费列面前："你为什么不帮她写？"

费列反问："你为什么要帮她写？"

突然，四眼的耳郭肉眼可见地红了："帮、帮助同学本来就天经地义，只是因为我善良，希望你反思一下自己，早点儿写完，早点儿去吃饭。"

"你善良？"费列道，"你一个人对骂一个群的人的时候，我怎么没感觉到你善良？"

这场战争最后由尹冰露劝住，因为明天就要开学了，她十分担心她的作业。

陪尹冰露写完三十篇论文，又吃了晚饭，回到家，已经是晚上九点多了。

宋嘉茉洗完澡出来时，陈赐刚接完一通电话。她拿毛巾擦着头发，随口问道："谁啊？"

沙发上的人却缓缓一挑眉："怎么，现在还开始查岗了？"

"……什么叫查岗，"她觉得这个词很让人耳热似的，揉了揉耳朵，"我就随，随便问问，不说算了——"

陈赐："说要出去参加竞赛，让我收拾一下行李。"

"收拾行李？还要出去过夜吗？"

陈赐："嗯，去洛城，差不多一个星期。"

她"哦"了一声："洛城，我还蛮喜欢的。"

"想一起去？"

"我一起去干吗，我就说说，以后可以去旅游。"

陈赐不知道在想什么，没过片刻，他低声应道："行。"

宋嘉茉本来都把头转过去了，听到这声“行”，又奇怪地看了回来，正想说“我不是暗示要跟你一起去”。陈赐的手机就又响了。这回打来的是李威：“哥，房间你想住三层还是五层的？”

陈赐懒洋洋地陷在沙发里：“三层够了，你们还想干什么？”

“公费旅游啊！兄弟！肯定是越豪华越好啊！”李威又话锋一转，“不过五楼的话，是不是有可能让女生来和我们一起住，这样她们不方便吧？”

宋嘉茉缓缓地拉长自己的小耳朵——女生？

等陈赐挂了电话，她旁敲侧击地问：“你们比赛……去的都是哪些人啊？”

“飞昂杯得奖的同学都去。”

宋嘉茉打开手机，进学校的官网搜了一下，这才发现得奖的一共十个人，五个男生，五个女生。

宋嘉茉抿抿嘴唇：“你们住一起？这不太好吧，容易……”

“容易怎么？”陈赐像是觉得她的表情挺有意思似的，偏头笑道，“我们不也住一起？”

她反驳：“情况不一样。”

“嗯？”

话说到这里卡了壳，一句“我是你妹妹”，却怎么也说不出口。半晌，她偏过头：“随便你们，又不是我的事，无所谓的。”

陈赐挑眉：“无所谓你刚才搜什么得奖名单？”

本以为这事儿睡了一晚就算过去，结果第二天清早起来，收拾好的陈赐站在门口，调出手机上的页面：“住宿分布出来了，怎么，公主今天关不关心？”

小姑娘憋了半晌，涨红着脸，一把将他推到门外：“……你走不走啊？”

五分钟后，终于把陈赐赶走，宋嘉茉松了口气。

刚开学总归是很忙的，陈赐不在，宋嘉茉以为自己会觉得清净，但还没到二十四小时，她就已经觉得不习惯。宋嘉茉撑着脑袋，看着书桌旁的空位发呆。像是有什么心电感应似的，陈赐的视频电话拨了过来。她有点儿恍惚，看着“视频通话”几个字，总有种异地恋的错觉。察觉到自己又在乱想，她赶紧晃了晃脑袋，接起来。

映入眼帘的是一盘水果，桌上还摆着几本参考书，不远处传来老师讲课的声音。宋嘉茉那些乱七八糟的想法顿时消失无踪。哪有异地恋情侣开视频不露脸的，她这顶多是日常沟通。

陈赐那边迟迟没说话，她也挺高贵似的，绝不第一个开口。陈赐也不知道在干什么，拍了几下房间，又拉开窗帘，将镜头对准了对面那栋楼，随后说道：“她们住对面。”

宋嘉茉愣了一下：“什么？”

“女生。”

这才反应过来，他是在说：一起过来参赛的女生没和他们住一起，她们住在对面。

她心里挺高兴，不知道是因为结果，还是因为他的解释，但表面上，又故作嘴硬地道：“哦——可这跟我有什么关系。”

“没关系？”

“没关系啊。”

对面似乎沉吟了片刻，这才道：“宋嘉茉。”

宋嘉茉下意识地坐直一点：“干吗？”

“镜头转一下。”她低头，才发现自己开着后置镜头，画面正拍到窗外的那棵树。

似乎是发现宋嘉茉半天没说话，那边又传来陈赐的声音：“看看你也不行？”

她扭捏了一下：“你……好端端的，看我干吗？”

其实这个要求，也不是很难满足。但是她一抬头，在窗户上看见自己的倒影，少女正捧着脸，嘴角不知道扬到哪儿去了，整个人突然觉得有点不对。

陈赐："不行？"

宋嘉茉结结巴巴道："不行。"

"原因？"

她不知道自己的脑子到底是怎么了，脱口而出说："我脱光了。"

陈赐："……那你休息，先挂了。"

电话毫无预兆地被挂断，宋嘉茉抬头，陷入了对宇宙的沉思。十分钟后，某个不知名小号上线，发送了一条新微博。

wgbsymbb：我是不是有病啊？

周日，宋嘉茉午睡醒来，收到一条新消息。

是陈赐。他发过来一张图片，上面摆着不同颜色的奖牌和奖品。

宋嘉茉给他回消息过去："银牌旁边的是本子吗？"

"嗯。"陈赐说，"喜欢？"

宋嘉茉："挺好看的。"

陈赐："可惜我拿的是金牌。"

宋嘉茉：……陈赐，凡尔赛，还得是你行。

结果第二周，回来的只有李威和一部分同学。

宋嘉茉问起来，李威才说："陈赐啊，他又报了个新的比赛，估计得月底回来。"

到了月底，宋嘉茉才知道陈赐为什么要多留一周。他回来时正是晚上，没通知谁，到家的第一件事，是从包里抽出来一个浅色的牛皮本。本子干干净净的，有几道压纹，封皮用绳子绕了一圈，系着一个树叶书签。

"给你的。"陈赐说。

宋嘉茉愣了一下，这才想起来，这是拿银牌会送的纪念本，她当时夸过好看。她感到有些诧异：“怎么突然有了？”

陈赐好整以暇地说：“你不是想要？”

“所以你……”

“所以我随便报了个别的竞赛，没怎么学，就拿到了。”

……

陈赐回来没多久，就到了四月一号，愚人节。

宋嘉茉从起床就开始准备，打算办个社团活动。中午的时候，她们去天台整理东西，这会儿微微出了些太阳，人也被晒得惬意。

尹冰露：“还真有点浪漫，我放首歌吧。”

歌放到一半，尹冰露的手机响了几下，像是收到了新消息，她也拿起来看了看。没过多久，她笑着朝那头回复道：“那我能当你的女朋友吗？”

宋嘉茉吓了一跳，抬头问道：“这么狠？”

尹冰露：“今天愚人节啊。”

宋嘉茉凑过去，看了一眼她的对话框，努努嘴：“愚人节……有的人说的可是真心话。”

对面这个是庄经纶，尹冰露喜欢了一年多的人。

之前暴雨那天，宋嘉茉说到“我有一个朋友”，尹冰露坦白心动不能控制，否则自己也不会这样，说的就是他。说是愚人节，不过是借着愚人节的幌子试探罢了。很快，那边传来回复，尹冰露开了外放：“你……别吧，我一直把你当妹妹。”

“拿我当妹妹啊？”尹冰露觉得有些好笑似的，“你情人节给妹妹买花，请妹妹看电影，无聊的时候还跟妹妹视频通话？庄经纶，我一早就知道你是什么人了，就是我还不愿意醒，真的。你知道吗，我第一次见你，就在你们大学门口，那天突然降温，下了很大的雨，地铁门口有个卖花的老奶奶，你把花全买了，还把伞借给她，让她早点儿回家。我一瞬间就被戳中了，那天对我的后劲太大了，我看你一直都是带着滤镜的。你做再多的混账事，我都想，兴许你不是那样呢？你不是个屁！又想谈恋爱又要养备胎，我就不该对你还抱有一丝期待。我喜欢你。但你真不配我喜欢。”

最终，尹冰露挥挥手，说：“删了，以后不用再联系了。”

一串台词说得行云流水，水到渠成，宋嘉茉甚至想给她砸几个霸王票。

宋嘉茉：“你怎么这么——”

尹冰露：“这么突然？不突然了，早就该有个结果了。”

宋嘉茉撑着手肘，放空了两秒钟，像是在问她，又像是在问自己：“都忍了这么久了，为什么选择现在说？”

尹冰露：“今天有节日做借口，能自然很多。你看他不就是？有人今天跟他告白，他拿来和我说，我不就顺便接下去了——可不是任何时候都有顺理成章说喜欢的机会的。”

宋嘉茉愣了一下。

尹冰露：“说了也好，节日都不会敷衍你的男生，往后就更不会了。得到一个结果，好歹能明确一下，到底该继续还是早点儿死心。”

停顿了一下，宋嘉茉问道：“重要吗？”

“当然重要啊，总不能不清不楚地过一辈子吧？该在一起就早点儿在一起，不是你的，不如趁早放弃。”尹冰露站起来，伸了个懒腰，“新的一年，不做慈善，不捡破烂！”

她尽量表现得很轻快，但宋嘉茉知道，她还是有点儿难过的。

晚上吃饭时，尹冰露都提不起太大兴趣，反而是四眼一直在逗她笑。

尹冰露趴在桌子上，又哭又笑地说：“你好烦啊……”

四眼：“今晚的活动这么大，你赶紧打起精神来，那个每天骂我的尹冰露去哪了？”

“我哪有每天骂你？一周五次好吗？”

“那不是因为周末见不到吗？”

……

两个人开始拌嘴，就这么吵了一个小时，尹冰露的状态终于好了很多。

晚上七点，她们布置好校外的告白墙。这是播音社联合本地公众号举办的一个活动。相当于一个露天派对，自带烟花秀，就在学校的周围，还有“告白墙”这个景点作为媒介，来的人并不少。她们需要举办多一些活动，申请十佳社团才更有胜算。宋嘉茉他们负责拍照，以及进行烟花的摆放，今天去天台就是看位置，暂时摆一下东西的。

时间过得很快，切几首歌，拍几张照片，不知不觉就到了十一点半。

尹冰露：“转钟我们就回去吧？要不你今晚住我家，你家太远了。”

宋嘉茉想了想：“也行，那我跟陈赐说一声。”

结果刚发完消息，一抬头，对面不远处，陈赐正按亮手机看消息。尹冰露想问他什么时候来的，又看了多久，但他一抬眼，对视的瞬间，却突然变得无语。就这么互相看着，谁也没有说话。

是突然出现的江寺打破了宁静。他满场上蹿下跳了很久，直到看见费列，一肚子坏水终于忍不住要倒出：“马上转钟了，我怕再不说就来不及了，费列罗，我好爱你！”

尹冰露：“巧克力，我也爱你——”

费列没什么表情地看向尹冰露，更没感情地回应：“我也是。”

江寺立刻爆炸，掐着费列的脖子疯狂地摇晃起来：“为什么不爱我？为什么不爱我？”

一个逃一个追，费列插翅难飞。三个人笑闹着跑远，不远处的钟楼顶正在倒计时。

还有两分钟，愚人节就要结束。

或许是被他们感染，或许是害怕再没这样顺理成章的机会，又或许是喜欢一个人，本来就是害怕他知道，又怕他不知道。

分针轻轻一跳，还剩一分钟。

宋嘉茉抬起头，轻轻笑了下："哥，我喜欢你。"

少女装作很俏皮的语气——觉得即使被拒绝，即使听到不想听的回答，下一秒钟也可以若无其事地圆场，说"哎呀，你别当真，我只是愚人节开个玩笑"。

可陈赐看着她，没有回应。

倒计时三十秒。广场上不知道有谁在伸臂高呼，他身后，浅色的气球渐次升起，这天真的很浪漫，可惜它是愚人节。

可惜她愚人节的喜欢，也不能够得到回音。

眼眶酸了一下，宋嘉茉转过身，心想，还是被她搞砸了。

倒计时还剩三秒钟，所有的人都在欢呼，可她全神贯注地注意着身后，仍然听不到他的声音。

"三——"

"二——"

"一——"

转钟的那一秒，巨大而热烈的烟花声在天幕中炸响。

这崭新的一天，将再不能包容谎言。

宋嘉茉听见身后的人低声说："嗯，我也是。"

欣梦享
ENJOY LIVING

鹿灵◎著

傍烟只满怀 ㊦

（全二册）

江苏凤凰文艺出版社
JIANGSU PHOENIX LITERATURE AND ART PUBLISHING

第十一章

可我不是

CHAPTER 11 >>> 等烟火满怀

那一刹，命运终于为他按下这枚迟来的印章。

头顶的烟花仍在盛放。

宋嘉茉的大脑一片空白，抬头看向钟楼。

不是愚人节了。这是她的第一个念头。

第二个念头是——完了，玩脱了。

她假设过无数个陈赐可能会有的回答，但万万没想到会是这个——借她一百个狗胆，她也做不出这么离谱的梦。

但确实是发生了。

少女的手脚僵硬，甚至根本不敢回头看。

正好，尹冰露又转了回来，问她什么时候回家。

“现在，”宋嘉茉如同抓住救命稻草一般，“走，快走，赶紧走。”

尹冰露：“哎！跟你哥说一声啊，陈赐哥我们先回去了！我家的地址等会儿发你！”

逃也似的回了尹冰露家，她终于能够喘口气。

尹冰露：“你今晚跑什么呢？跟有人在后面撵你一样。”

“你别……”说到这儿，宋嘉茉突然反应过来什么，“等下，你为什么要给陈赐发你家地址？”

尹冰露：“我怕他担心你啊，而且毕竟是留宿，如果出了什么问题，他还能接你回去。”

听到这句话，宋嘉茉整个人像是被电了一下。她绝望地倒在床上，用被子蒙住头："我不要陈赐接我回去啊——"她该怎么面对他啊？！

尹冰露奇怪地看着她："你怎么了？"

她却突然掀开被子，目光呆滞，颊边还带着一丝难以名状的笑意，嘴里含糊不清："我……了。"

尹冰露："啊？"

"嘿嘿。"

"你今晚没事吧？"尹冰露看她好像疯了一样，伸手去摸她的额头，"你被下降头了？"

宋嘉茉揉着脸颊，眼睛一眨不眨的，时而嘴角上扬、颧骨升天，时而趴成一座桥在那叹气，仿佛陷入绝境。

尹冰露："要不是每年跟你一起体检，我真怀疑你有双重人格。"

她一脸惆怅："你不懂我。"

"我是不懂你，但你能不能起码给我一个稳定的情绪，我好决定是要关心还是要祝福你？"

"你关心着祝福我，行不行？"

尹冰露一时无语，最终决定放弃沟通："你玩着吧，我洗澡去了。"

尹冰露洗澡没带手机，宋嘉茉自己疯了一会儿，见她手机亮了。凑过去一看，是江寺发来的消息。

四眼："我说错了，你一周可以骂我五十七次。"还附了三张聊天记录截图。

宋嘉茉沉默数秒，心道四眼，你真是活该单身一辈子啊。

她这么感叹完，很快又抹去了这个念头，她连自己的事都没搞清楚，竟然还在这儿替别人操心。

正在怔忪间，门铃响了。

尹父尹母都已经熟睡，她以为是尹冰露点的外卖，下床去拿。

结果门一打开，陈赐站在门外。

这太突然了，她被吓得后退两步，好不容易重组成功的大脑，再次被打乱。

宋嘉茉甚至忘记了说话，只是惊诧地看着他。

陈赐递过来一个袋子："睡衣。"

"哦……"她机械地接过来。

陈赐又抽出一个软绵绵的东西："枕头。"

宋嘉茉睡觉有点挑枕头，有时候还会被新枕头折腾得失眠。她继续机械地点点头，抱在怀里。又没话讲了。

陈赐好整以暇地站在门外，问她："怎么？不邀请我进去坐坐？"

她有些意外地扯了扯耳垂，退缩道："不……不好吧，这都几点了，你不回去睡觉吗？"

他单手支在门框上，漫不经心地道："一个人睡，多没意思。"

宋嘉茉略微僵硬，是她想的那个意思吗？不是她想的那个意思吧？

看着她的表情，陈赐倏然间失笑，伸手，弹了下她的额头："不逗你了，走了。"

陈赐离开后，宋嘉茉仍心有余悸，背靠在门上呼吸。

尹冰露刚洗完澡出来，看到她，愣了一下："你这什么表情？撞邪了？"

宋嘉茉："撞到鬼了。"

看了一下她手里拿着的东西，很容易就能猜到刚刚是谁来过。尹冰露挑起一丝高深莫测的笑："鬼？什么鬼？那得是多帅的鬼啊？"

宋嘉茉撇了撇嘴："对了，刚才四眼给你发消息了，说自己弄错了，你没有骂他五次。"

"我就说嘛，我这么善解人意，怎么可能……"

"他搜了一下记录，过去的五天，你骂了他五十七次。"

这晚在尹冰露家睡得还不错。可能是忙了一天太累，又可能是枕头熟悉，总之她倒下后，没胡思乱想多久，就睡着了。

一觉醒来，二人出发去学校。

尹冰露家里离得近，去学校只要十多分钟。她们起得早，在楼下吃了粉当早餐，时间还很充裕。

沿路有家培训机构，在一楼摆着很大的电子屏，宋嘉茉忍不住停下脚步："新开的吗？"

"没啊，开很久了。"尹冰露说，"据说口碑不错，我们小区好多人在这里学习。"

这是一家传媒培训机构，开在学校附近，主要针对的是艺术培训。

看出宋嘉茉的犹豫，尹冰露说："你想学播音，对吧？"

"嗯……毕竟高考的时候，播音专业是艺术生才能报考的。"宋嘉茉说，"我当时是纯文化生，只能读新闻专业了。"可她志不在此。

她想，如果当时没有从电台里，听到那句坚定的"如果痛苦，那就离开它"，也许年幼的女孩不会有勇气，逃离那个恐怖的地方。

如果没有逃离，就不会有选择生活的权力。

而那个电台，正是由温璐所主持的。是温璐改变了她。后来，温璐的声音又陆陆续续给过她很多鼓励。

除了陈赐，温璐是对她影响最大的人。她想成为那样的人，温柔、坚韧、通透，有敢于说不的决心，也有改变的魄力。

她也想成为一个很优秀的主持人，帮助一些人，改变一些人，想要以同事的身份进入电视台，见到温璐，亲口说一句谢谢。

天渐渐亮了起来，这时候，机构的老师见她们停留太久，走了出来："你们好，有什么想咨询的吗？"

"想问问播音方面的培训，"宋嘉茉抬起头，"我大学毕业后才考，会不会太早了？"

老师温柔地笑笑："不会啊，你想高中的艺术生大部分都是从高一学起的呢，还有很多是从小学起的，准备得越充分，成功率越高。”

宋嘉茉问：“如果我报了名，大概从什么时候开始培训？”

老师说：“现在就可以开始啊，你周末有空都可以来，我们现在正好有个集训班，你可以先来试试感觉，这个班是六月底开始系统化培训，一直上到十二月。”

“需要住宿吗？”

“住得近的话就不用。”

老师递给她一张表：“这里有具体介绍我们的老师，都是非常优秀的，去年艺考第一就是在我们这边培训的。”

宋嘉茉有些犹豫，老师又对她笑笑，“这样吧，我们刚好有个播音主持专业的老师在，我带你上去，让她看看你的条件。毕竟播音需要形象和天分的。”

上去之后，老师简单看了一下她的条件，又让她读了一小段文章，唱了几句，这才笑着说：“小姑娘的条件蛮好的，长得漂亮，音色好听，腿长，身材匀称，这些都是学传媒的加分项，你有天赋的。”

尹冰露突然插了句嘴：“如果没有呢？”

“没有的话，除非特别特别喜欢，不然建议学编导和摄影，我们做口碑，也要升学率的嘛。”最终离开时，培训机构的老师建议道，“如果你有这个想法，建议还是尽早决定，准备时间会充分一些。”

……

下楼之后，尹冰露道：“我觉得她还蛮客观的，没有一个劲儿地要你交钱……”

“是啊，其实还比较中肯，”宋嘉茉转头，“你觉得呢？”

尹冰露耸耸肩：“其实你问我的时候，就已经有想要听到的答案了。”

走出几步之后，宋嘉茉低声回答：“嗯，我想学。”

“那你今天去问一下老干妈，征求一下她的意见。”

到了学校后，宋嘉茉准备了一下说辞，去了陶碧的办公室。

听完她的话，陶碧的态度也很明确："你本身成绩也很好，我们的新闻专业还是国家级特色专业，可以说是文科类的工科，并不只是学习理论知识，还会学习一些实践技能，就业面是非常广泛的，而播音主持是艺术类专业，你现在没有这个艺术支撑，没必要耗费时间去搞这个，万一到时候新闻专业课也丢了，艺术也没有搞好，那怎么办？不是白瞎了好苗子吗？"

宋嘉茉抿抿嘴唇。

陶碧将笔帽盖好："我的建议是不要，你和家里人商量一下吧。这不是什么小打小闹的事情，这关乎你的未来，你要和他们说清利弊，必要的话，可以让他们和我沟通。"

……

走出办公室，宋嘉茉深深地叹了口气。

陶碧让她和家里人商量，可是她能和谁说呢？

她一筹莫展地路过医务室，突然想起尹冰露的新鞋磨脚，让她帮忙拿个创可贴。

宋嘉茉直接推开医务室的门走了进去。没想到里面有人，并且正在上药，衣摆拉起来，露出一截精瘦的腰。

宋嘉茉赶紧闭上眼睛，准备把门关上："打扰了……"

"不打扰。"里间传来少年的声音。

宋嘉茉愣了两秒，听出这是陈赐的声音。她的脚步停住了，就靠在门口："你来医务室干吗？"

"打球，撞到腰了。"

"哦，严重吗？"

"有点儿。"

这句"有点儿"激发了宋嘉茉的同情心，她凑过去，将他的衣服又往上拉了拉："我看看。"

"也不是很严重啊，就一点点青……"宋嘉茉忍不住按了一下，"很疼吗？"

过了半秒，他才开口，"嘶"了一声："疼。"

宋嘉茉奇怪地道："你的痛觉还有延迟？"

……气氛有片刻凝滞。

"你自己涂得到吗？"她伸手，"给我，我帮你。"

这下他的反应倒没延迟了，很快将药膏递了过来。宋嘉茉在指尖挤出一小团，点上去，再用指腹揉开。

她涂得很仔细，脸颊也很靠近，呼吸时带起浅浅的热流，喷洒到他肌肤上。揉着揉着，她好像听到陈赐闷哼了一声。

"有这么疼啊？"少女感到很奇怪，"你不是这么不能忍的人啊，不会是撞到哪里了吧？要不要去医院？"

"不用。"陈赐说。

很快，他转过身，拿走了她手上的药。

头顶的风扇缓慢运行。宋嘉茉后知后觉地意识到什么，咽了咽口水，准备离开——但刚拉开门，又被人摁了回去。

陈赐的手横在她的身侧，旁边是医药柜，她像是被他锁在这个三角空间，连呼吸声都开始变得沉重。他说："聊聊？"

她的眼神闪烁，偏着头："聊……什么……"

陈赐："聊聊昨晚你说的话。"

"我说什么话了？"她讪讪地假笑，"我不记得了呢。"

陈赐微微俯身："嗯？"

"好……好……"她投降认输，改了口风，硬着头皮道，"关于昨晚，我说的那个，我那什么你……"宋嘉茉一鼓作气，"我的喜欢，它不是那种喜欢，你不要把它妖魔化，它就是那种……妹妹对哥哥的喜欢，你懂吧？”

陈赐：“妹妹对哥哥的喜欢？”

“是，是啊。”

他撑住的手肘缓缓上移，倾下身来，低声道：“但我不是，怎么办？”

宋嘉茉茫然地抬起头来。她被锁在这方小空间里，面前就是他炽热的呼吸。

少年靠得很近，走廊与窗外传来吵闹的声音。

她刚刚说，只是妹妹对哥哥的喜欢，但陈赐说，他不是。

她把自己的喜欢藏进墙角里，掩在不起眼的节日中，塞到烂漫而盛大的烟花巨响里，只要微小到一熄即灭，哪怕不小心被他看到了火星，他也能装作无意地撇开眼，让它冷清地消逝。但他全部，都能察觉到。

他握住她别扭而僵硬的手指，掰开她满是坚硬外壳的心脏，拉住她不停退后的脚步，告诉她——这是我的心，我和你一样。

她有些木然地重复了一遍：“你、你不是吗？”

“不是。”

“那……那如果你不是的话，”她的目光又开始乱晃，“那我，我可能，也，也不是吧。”

陈赐听笑了，勾了勾唇：“你到底是不是？”

她也不知道哪来的胆子，手掌贴着身后冰冷的铁柜门，抬头，迎上他的目光：“你希望我是还是不是？”

少年低着头，眼底涌动的情愫意味不明。

他带了点儿似有若无的笑意，低声道：“干什么，钓我呢？”

“我哪敢，”宋嘉茉撇开头，“我只是——”

话没说完，有声音在走廊里响起。

李威：“赐哥，你找到药没？怎么这么久……”

紧接着，门锁动了两下。

宋嘉茉的心头一跳，正要从他臂弯里钻出来，但门刚被推开一条缝，又被陈赐按了回去。咔嗒一声，落锁了。

陈赐附在她耳边，压低声音：“晚上放学等我。”

“……哦。”

紧接着，他温热手掌覆盖下来，落在她发顶的位置，停了那么几秒，这才撤开。她不敢想，也不敢细想那究竟是什么意思，整个人惊慌地打开门锁，跑了出去。

李威没认出来宋嘉茉，回头奇怪地问道：“谁啊？”

陈赐不置可否，就站在门边。很快，李威的注意力就转移了：“涂个药这么久，你在里面挖金子吗？”

陈赐略做停顿，似乎是想到什么，唇角几不可察地往上扬了扬：“差不多。”

晚上，宋嘉茉按照约定没有提前回去，在班里看了会儿书，窗外突然投进来一颗奶糖。她抬眼去看，陈赐就站在窗外，身形被月光裁剪出落拓的投影。她将书包整理好，出门去找他。

宋嘉茉略有些局促地拉了拉书包带：“我们去哪儿啊？”

“公园，去拿个东西。”

她低低“哦”了一声。

陈赐笑：“怎么，失望了？”

她抿了下唇：“没。”

二人走出学校，又绕过两条大路，渐渐行走到无人的小巷。她本来和他保持着一拳的距离，但走到这里，料想再碰不上什么人，于是靠近了些。走动时，肩膀会互相轻撞，手背有时候也会碰上，但是只有一瞬间，只能感觉到肌肤相触间，稍纵即逝的痒。

她忍不住低下头去，手指轻轻动了动。但到底没敢勾上，快要碰到他的手，指尖又自动缩了回去。

快走到公园，人渐渐多了起来。陈赐很自然地偏过头，把手朝后扬了扬。

……是要牵的意思吗？

她愣了一秒，下意识牵上。

这是她想牵了很久的手，无数次路过公园都在想，如果能和他像约会一样，一起在这里散步、聊天，会是什么模样。

少年的手指骨节分明，轻轻收拢的时候，能摸到他指骨处的微微凸起。她忍不住揉了两下。

陈赐眉一挑："怎么，占我便宜？"

宋嘉茉的脸腾地一红："你是不是……有病……"

话说到最后，声音已经越来越小。

他的心情挺好似的，禁不住在笑。旁边经过很多行人，也有一些情侣，但并没有人朝他们投来好奇而别扭的目光。

其实刚才发现不是约会，她是有一点失落的，可在这一刻才惊觉，其实他们是最像约会的一对。

陈赐的手指勾过来，落在她的掌心。她的心怦怦直跳。

公园里也有很多零食摊子，宋嘉茉走过去，目光落在糖葫芦上。宋嘉茉指了下："老板，我要这个草莓的。"

"好嘞，二十元一串。"

她放开牵着的手，拿起手机想付款，却被老板捂住手机，暗示道："叫你男朋友付嘛。"

旁边的人像是笑了一声，她看见那双修长白皙的手出现在眼前，扫过二维码。

陈赐："好了。"

老板包好糯米纸，笑着把糖葫芦递给她。

走出去几步，她才听到身后传来老板的嘀咕声："嗯？怎么还多付了？"

宋嘉茉找了个长椅，专心坐下吃东西，期间尹冰露还发来消息，分享了一则漫画。看封面就不是什么太好的东西。

不加冰："你能看点健康的吗？"

矿泉水："这还不健康？这是有关于人类生存和繁衍的头等大事，投射了我对当下社会的关注，践行了人类命运共同体的使命，谁又能比我矿泉水更加伟大？"

不加冰发来一串省略号。

跟尹冰露聊了几句，宋嘉茉抬起头，发现身边的人不见了。她转头四下找了找，还是没看到陈赐的影子。

她起身，不远处就是一条宽阔的马路，她正看着如织的车流发呆，身后突然传来一个声音："怎么，我不在，马路都不会过了？"

宋嘉茉连忙回过头："你去哪了？"

"拿东西去了，"陈赐晃晃手上的东西，"要不要？"

宋嘉茉接过来。拆开盒子，里面是个小型的娃娃机，往里投币，可以抓那些小玩具。主题是海洋，玩具也是些小八爪鱼之类的东西，可爱极了。她眨眨眼睛问道："你哪来的啊？"

"当时跟他们出来打球顺便赢的，觉得是小女生爱玩的东西，就没拿。"

"那现在怎么又拿了？"

他微微倾下身，眼尾挂了点儿笑意："现在这不是有小姑娘了？"

宋嘉茉晃着盒子里那几个浅蓝色的币："这还挺像我抽屉里那几个幸运币的。"想了想，她又努了努嘴，说，"我是挺喜欢，但是也不至于你大晚上不回家，跑这么远来拿吧。"

陈赐看着她的表情，像是在欣赏什么很有趣的东西。他抬了抬眉梢：

“这东西有什么好特意来拿的？不是来拿东西，顺便带你逛公园，是为了带你逛公园，顺便拿东西。”

他又伸出手指，弹了下她的额头，“怎么老是这么笨，想跟你待在一起都发现不了？”

她不服气：“我还笨？上次那个题……”

“是是是，公主最聪明。”

二人一问一答，沿着街景越走越远。

霓虹灯影交织，照亮并肩而行的身影，还有他们在黑暗中，似有若无牵起的手臂。

第二天，宋嘉茉仍旧起得很早，去了尹冰露家附近。

一上午都过得很平静，午休时，她再次走进陶碧的办公室。陶碧正在批改作业，见她进来，手下动作没停：“商量得怎么样了？”如同知道，她是来说学播音的事情。

宋嘉茉说：“老师，我还是想去。”

陶碧的笔停顿了一下，问她：“那你时间打算怎么定？”

宋嘉茉：“六月底开始集体培训，十二月结束。我先去试试感觉，如果合适，就继续学，不合适的话，就专心回来上课。”

陶碧：“艺术培训时期你是没时间学习专业课程的，大一、大二期间，专业课程会陆陆续续开设的。”

宋嘉茉抿了抿嘴唇，说：“我会努力抽时间学专业课的。”

陶碧：“到时候就不是你抽不抽时间的问题了，我也不支持你在学艺术课的时候学习。人家都是学了几年的艺考生，但你是从零开始，要跟上，要做得更好，本来就非常吃力，不能分心，否则两头都顾不上。”

宋嘉茉沉默了一会儿。

陶碧抬起头，又开口道：“我在这里，要跟你确定一个问题。如果艺考没有考上那它对于你，就是浪费时间，是不是？我昨天回去看了一下播音专业的排名，传媒大学的播音专业，多少人里才能考进去一个，你知不知道有多难考？"

宋嘉茉当然知道。她也是挣扎、犹豫了很久，查了很多资料，做了很多心理准备，才最终做出了这个决定。

她说："我会努力。"

陶碧整理了一下手上的资料："这不是努力就可以，如果你是学了两三年的播音，今天我一定不会阻止你。当作一个爱好可以，但如果前途就这样决定，未免太过儿戏。你在找我之前，甚至都没有系统地上过一节播音课，怎么判定你是不是真的适合？"

宋嘉茉抿抿嘴唇："我已经报了几节课，这周末就去试听。"

"太突然了。"陶碧叹了口气，但是很短，像是为自己的无力，"反正我还是不赞同，你再考虑一下。"

老师仍然没有放人，一整天，宋嘉茉都有点儿提不起精神。她知道她的这个想法很冒险。大多数毕业生不是准备找工作就是准备考研。像她这种本来就是重点考研苗子的，中途跑去学播音，确实很少。风险也很大，一旦没有做好，连原本的退路都没有。

晚上和陈赐出去吃饭的时候，他也看出她的状态不对劲，问："怎么了？"

宋嘉茉一五一十地，把这两天的事儿都说了。

陈赐道："我还以为是什么大事，走自己喜欢的路，不是很好？"

"可是……万一这个选择是错的呢？"

"怎么会是错的？"陈赐指了指某个盘子，"好比这道菜，我再喜欢，你不也一口没动？"

少年的声音低缓，带着某种极有安全感的力量："别人的感受都是别人的，是不是你想要的，只有你自己才知道。"

宋嘉茉靠在椅背上，陷入深思。

走出餐厅，陈赐拍拍她的头，道："好了，高兴点。既然已经做了决定，有这个纠结的工夫，不如多看看专业课的书。"

"可老师不放我走，我到时候也过不去呀。"她有些发愁，"就算硬要走，也会闹得很不愉快。"

陈赐道："她只是不知道你能不能做好。做好给她看不就行了？"

宋嘉茉眨了眨眼睛。

是啊，陶碧只是怕她冒险，希望她稳妥，但如果她能拿出很好的专业课成绩，证明自己适合这条路，能考得更好，陶碧又怎么会反对？

宋嘉茉："我明天就要去上播音课，好像很快会有个考试，如果能考前三，就证明，我和那些学了几年的人也没有太大差别。"

"嗯。"停顿了一下，陈赐问道，"播音班有没有男的？"

"有啊。"

"那我到时候送你。"

她偏过头，轻轻"嗤"了一声，眼角却微微弯起。有了解决方案，心头一下松了大半，像是想确认什么似的，她突然问道："你会支持我的决定的，对吧？"

"当然。"

又过了几秒钟，宋嘉茉忽然抬头道："我会好好考的，你等我凯旋。"

陈赐瞧着她，半晌笑了："行啊，等你。"

宋嘉茉点点头，又沉默地跟在他的身后。

这晚夜色很美，他们绕过繁华的街道，在无人的小径里，她才敢靠得更近一些。

宋嘉茉突然在想，什么时候，他们能坦荡地走在阳光下，手牵着手走在校园里，接受所有人的祝福和赞美。

会有那么一天的吧。

陈赐偏头："在想什么？"

她回过神来："在想，万一我以后流落街头……"

"不至于，"陈赐伸手，揉了揉她的耳垂，"哥哥养你。"

天幕中零星闪烁。

"你养我？"她鼓着脸偏过头去，小声说，"我很贵的。"

胡说完之后，过了几分钟，宋嘉茉又轻声道："其实我挺好养的。"

陈赐笑了，捏捏她的手心："你到底贵还是好养？"

"好养的，"她说，"给我一点点爱就可以了。"

他笑："就要一点点？"

宋嘉茉扬起头来，望着远处的巨幅广告牌发呆："《喜宝》里说，想要很多很多爱，如果没有，很多很多钱也可以。我不贪心，不管是哪样，一点点就够了。"

有就很好了。

这句话说完，他们陷入片刻的沉默，不约而同地想起了一些事情。

陈赐收敛了笑意："会有很多的。"

他低声说："我有的，都给你。"

周末如期而至，宋嘉茉收拾了东西，去上播音课。

刚到教室，应该是许久没来新学生，椅子有点不太够用了，她站在门口数了数，这才转身，准备去搬一把椅子。

结果一转身，看到已经有男生从旁边的教室里搬出一个，笑着站到她面前。

而陈赐，也一脸不爽地提着一把木头椅子。

男生说："同学，你想坐哪里？我帮你放一下。"

宋嘉茉愣了一下："谢谢，不过——"

她的话还没说完，陈赐打断道："她的椅子我已经拿了。"

那个男生看看她，又看看陈赐，最后问她：“你是来我们教室上课的吧？”

“是啊。”

“那他呢？我听说今天只有一个新生啊。”

宋嘉茉轻咳两声，说道：“这是我哥。”

陈赐抬眼，眼底不带什么情绪：“怎么，我现在又是你哥了？”

宋嘉茉抿唇。

现在这个场合，不太适合说一些别的，于是宋嘉茉扯扯陈赐的衣摆，指了一个地方：“我坐那儿吧。”

陈赐给她把椅子放下，宋嘉茉刚坐好，那个男生也坐在了她的旁边。

男生说：“正好，我就坐你旁边哎。”

身后突然传来拉动椅子的响声，宋嘉茉回过头，发现陈赐就坐在他们后面。

她眨了眨眼睛：“你不是要去打球吗？”

陈赐道：“不去了，家属，旁听。”

……好像也没什么太大的问题。

很快，老师走了进来，她收回思绪，开始认真听课。

播音比她想象中学的东西要多，理论课、即兴评述、表演课、形体、气息、节奏……甚至拼音的发声位置也有规范，良好的普通话只是成为一个主持人的基础。

六节课过去，这一天也快过完了。

学了一天，她的大脑有些缺氧，收拾东西时才想到回头看，陈赐还坐在后面。他中途还回家拿了趟东西，这会儿已经在闭目养神了。

回去的路上，她好不容易能放松下来，仰着头，呼吸新鲜空气。

陈赐问她：“适应吗？”

宋嘉茉如实回答：“有一点点吃力，但是能跟上。”毕竟她是第一天接触专业课，需要时间适应也很正常，不过还好，没什么不能理解的。培训机构还发了个小册子，里面是口部操和绕口令。

宋嘉茉笑笑："没学的时候真不知道，原来学播音也要做操。"

不只是念个稿子那么简单，不同风格的稿件，要用不同的语气，断句也很重要，哪里连读，哪里换气，都需要学习。优秀的主持人也要有充足的知识储备，对一些事件进行评述和解说。

这才只是开始，到时候集训，应该会更累更系统化。

到家之后，宋嘉茉准备先去洗个澡，结果刚拿好衣服，手机里也收到一条消息。是让她在网上填个资料。

见陈赐已经洗完澡出来，宋嘉茉赶紧把手机塞到他的手里："你先帮我填下啊，反正我的信息你都知道。"

他接过手机，"嗯"了一声。刚填完资料，上面的弹窗就滑下来一条消息：Wrrrry 请求加你为好友。

陈赐停顿了一下，点进去看。看头像，应该是上午那个帮宋嘉茉搬椅子的男生，阴魂不散地，好友备注那栏写着四个字：你好可爱。

某人冷笑一声。关你屁事。

这时，浴室的门响了一下，宋嘉茉走了出来。

陈赐抬头："你跟那个男生聊得挺好？"

"啊？谁？"宋嘉茉擦着头发，"播音班的那个吗？没有啊。"

"那还给他微信号？"

"我没给他呀，"她想了一下，"哦，不过我跟一个女生加了微信，可能找她要到的吧。"

似乎是想到什么，宋嘉茉又道："我……今天上午，跟他那样子介绍你，因为，只能那个样子说了。不然怎么讲呢？万一到时候你爸爸和大伯听到风声，那不就完蛋了。"

"我知道。"

她撇嘴："知道你还问。"

陈赐："知道，我就不能不爽？"

她觉得这话奇怪，但一时没想通，直到吹了一会儿头发，某个念头突然一闪而过。

椅子上的小姑娘盘着腿，关掉吹风机，试探地转头问道："你……该不会是……吃醋了吧？"

"不行？"

她听得懂，但她也大为震撼。第一次见吃醋都这么理直气壮的人。

宋嘉茉："可是，我又没跟他做什么。"

"还没做什么，你们一节课讲了几句话？每个课间都要说，还不够多？你一天跟我讲了几句话？"

她错愕地眨了眨眼睛，过了一会儿，偏过脸去，身体小幅度地抖动起来。

陈赐怎么可能不知道她在干什么，他抬腿走过去，低头看她的表情："好笑？嗯？"

她偏偏天真无邪似的，仰头看他，笑得厉害："不好笑吗……"

宋嘉茉抬着头，笑眼弯弯，灯光落进她眼里，细碎地闪烁。

陈赐顿了一下。

忽然，有截湿漉漉的刘海垂下来，扎到她的眼睛，她的眼皮微颤，他伸手，帮她把头发拨开。

这一瞬间，气氛变得不太对劲。

宋嘉茉看着他近在咫尺的脸，和撑在她椅子旁边的手臂，还有空腾出点心思，胡思乱想着——这个角度，好像很适合接吻。

一瞬间分不清梦境还是现实，她感受到他的呼吸声，空气似乎愈加稀薄，胸腔里的心也七上八下，跳得更不安分——

正在她胡思乱想间，滴答一声，门口的锁响了。

十秒钟后，陈昆走进家门，看着两个人："在干什么？"

宋嘉茉已经从椅子上跳下来，背对着门口找东西，陈赐就站在她的旁边。她头也没回地说："明天校庆，我到时候要主持，让哥哥帮我选套衣服。"

陈昆停顿了一下，这才说："嗯。"

没过一会儿，宋嘉茉煞有介事地抽出一条裙子，问陈赐怎么样。

陈昆站在门口，见他们确实是在选裙子，结束后才道："这阵子我住过来。"

陈赐："好。"

宋嘉茉想问原因，但想了想，还是没开口。

陈昆来得晚，去二楼收拾房间。

宋嘉茉被吓得够呛，躺在床上平复呼吸："还是我聪明啊。要不是我反应快，就——"就亲上了。

她想了想，感觉这话不能说，于是停住，只是又慢吞吞地坐起来，无意识地舔了一下唇角。

陈赐的眉头一挑，"怎么，你挺遗憾？"

见她不说话，他又模棱两可地笑了声："找个机会给你补上？"

……

这晚，最终以少女恼羞成怒地将他赶出房间，作为结束。

入夜，少女蒙着眼睛，做了会儿梦，又蒙住了嘴唇。

宋嘉茉并没骗陈昆，周一确实是肃大的校庆。

但肃大一向更看重学习，所以校庆不会特别盛大，上午照例上课，下午再办活动。不过按照规矩，校庆之后，可以放一天假。

有现成的资源，学校肯定会加以利用，这次的主持都是播音社的。男主持是费列和江寺，女生是她和尹冰露。

中午，大家都在午休，他们则在忙着换衣服。男生不用怎么化妆，后台，四眼很快就走了出来。

尹冰露看了一眼："哟，收拾得人模狗样的呢。"

宋嘉茉转头，见四眼摘下眼镜，还穿上西服，打了领带，不由得笑起来："江老师也是个讲究人。"

四眼："那我结婚也这么穿？"

宋嘉茉转头看尹冰露。尹冰露被问得一头雾水："你结婚问我干吗？我又不是当事人，你问费列去啊。"

四眼愣了一会儿，才道："谁说我和费列是一对？跟巧克力同床共枕，会被扎死的好吗！"

话刚说完，费列就皱着眉头走了出来，生气地道："你又在说我坏话？"

两个人又吵了起来，她们就在这样的背景音中，完成了发型和化妆。

尹冰露的化妆手法很不错，大概是从小就有化妆天赋，睫毛膏、内眼线的用法，全都是轻车熟路。

两点的铃声响起，大家开始去操场上集合。

集合需要时间，校庆还得一会儿才开始，宋嘉茉下台去确认一些事情，就站在医学系旁边。

今天她穿了身长裙，一直垂到脚踝，是陈赐选的。

裙子其实很简单，肩膀上两条小吊带，有一点点小装饰，背后挂着两只蝴蝶结，就贴在她肩胛骨的位置，像两只翩然欲飞的小蝴蝶。

她的头发挽起来，又被挑出一些碎发，更显得生动，露出白皙纤长的脖颈，在阳光下笑着。

李威拍了一下陈赐，感叹道："你妹真好看啊。"

陈赐抬起头，见她轻轻提着裙摆，正在和身边的人交谈，手中拿着一摞手卡，睫毛被阳光染上蜜色，显得明丽又动人。

和他印象中，那个刚进家门时眼神闪躲的女孩子，似乎已经有了很大的改变。

又想起一些片段，他微微后靠了一下。

其实从什么时候对她动心的，他也说不太清楚，但意识到不对，是从那晚的小巷中开始的。她抱着他将他往后拖的那个晚上，看她出来找冰水喝，其实他也没有睡着，那时只觉得奇怪，但并不清楚原因所在。

他一直都以为自己只把她当妹妹，一切的出发点，都可以用“保护”这个词解释清楚。不希望她早恋，只是怕她被骗；给她做吃的，只是哥哥职责如此；不想她受欺负，也只是因为，他是她哥哥。

可是从那一晚开始，他的视角潜移默化地发生了改变。

看她演小白鸟会觉得她可爱；听她求人，心脏好像被什么撩了一下；而转折点的那天，她半夜去许愿池许愿，很在意地询问他有没有听见。其实他听到了，但只隐约听到了一半，并不能确定。只是朦胧地意识到些什么，他却意外地并不反感。

直到那天她主动挑起话题，像是想故意惹他生气，说他们会各自有家庭——以前不是没说过这样的事情，他也一直都默认如此，但那一刻，情绪变化来得太快，他意识到确实有什么……不太对劲了。

但这些也只停留在感受的层面，感受是最容易说谎的，喜欢则会有最本能的反应，他这样安慰自己，并克制地压抑并不该有的感情。

如果她没有想让他帮忙作弊，然后摸到自己嘴唇的话。

第一反应不会说谎，他的直觉告诉他，他想亲上去。

那一刹，命运终于为他按下这枚迟来的印章。

他喜欢她。是爱情。

但某些保护的感觉是刻在骨子里的，她现在还小，她也在挣扎，她也许只是弄错了界限，并不知道什么是真正的喜欢。那天去泽川寺，只是因为他觉得自己动了一些喜欢之外的，并不能自控的念头，如果这份喜欢是罪恶的，他会为此赎罪。

他应该怎么保护她，面对喜欢的人，连自控都很难。

因此做了这样的决定，在她没有表达出确定的感情之前，他不会主动。

这是他能做的对她唯一的保护，但他的小姑娘这么勇敢，勇敢地朝他迈出了一小步，他又怎么舍得，不朝着她奔赴。

剩下的路，他会走完。

想到这里，旁边更加吵闹，不少男生拿出手机，正在拍照。照片的中心，赫然正是宋嘉茉。

陈赐打了个响指："别拍了，打游戏。"

"急吗？"

陈赐："急，要做任务。"

一班坐的位置最靠前，听了陈赐的话，前排的几个男生都放下了手机，开始打游戏，身体都凑在了一起。后面的男生也被挤着，没法继续拍，只能悻悻地收起手机，去干别的事情。

校庆正式开始之前，宋嘉茉本来想去找一下陈赐，但看他在玩游戏，也没打扰他，直接上台了。

下午的活动还算顺利，报幕的配合度也很好，宋嘉茉很满意。结束之后，她们去厕所换好衣服，准备去还话筒。

有个老师临时给了宋嘉茉一份资料，说让她送去院长办公室。

宋嘉茉一身轻松，一边跟尹冰露聊着天，一边走进教学楼。

结果刚走到楼梯间，就听见了熟悉的声音："舅舅，我妈说这个周末让你到我家来吃饭，让我跟你说声，别忘了。"

"好。"

脚步声很快响起来，万雅从另一边楼梯离开。

"万雅？她叫李天王舅舅？"尹冰露小声道，"坊间传言，李天王不是黄向珊的亲戚吗？"

宋嘉茉耸了耸肩："不懂。"

"之前确实有人说，在老师聚餐的地方看到万雅了，但后来万雅和管社团的那个万华老师走得挺近，我还以为……"尹冰露小声说，"她在搞什么啊……"

宋嘉茉戳戳她的肩膀："虽然我也有点儿好奇，但是咱们先把资料送了再说行不行？你在这儿八卦，等会儿就被李天王关禁闭。"

尹冰露吓得一抖，连忙把资料送了过去。

送完东西，她们惬意地走在路上，又突然不想聊这个话题了。

尹冰露拽了一下宋嘉茉："这有个卖制服的店，我刚好想买，走，进去逛逛。"

一般陪朋友逛街的最终结局就是——朋友没买，她买到了。

宋嘉茉等得无聊，随手拿了一套，结果发现意外地好看，就买了下来。这家店不让试，她得回去再穿。

到家之后，她赶紧做完题，做完口播操，打算试一下新衣服。结果刚打开手机，发现尹冰露分享了一个帖子。

矿泉水：出息了！今年论坛的第一个热帖！你好牛！

宋嘉茉定睛一看，是学校的论坛，帖子名叫"谁能不爱甜妹"，点进去一看，连着二十多张都是她在今天校庆时主持的照片，各种角度、各种姿势，连她俯身提裙子的动作都在其中。

评论五花八门，如果不是她没花钱，她甚至怀疑这是自己请的水军。

"今天刚看到我就觉得好漂亮，一回家立马上论坛，果然，你们没让我失望。顺便蹲一下班级和名字。"

"新闻系大一一班的，播音社社长，宋嘉茉，还是隐藏学霸。"

"脸真好看，下辈子我就照着这样长。"

"有一说一，颜确实能打，好多死亡角度，但是都扛住了。"

"以后还能跟我妈炫耀，这个主持人是我们学校的！"

“微信呢？不放微信号的安利帖都是耍流氓。”

“想什么呢？人家哥是陈赐，能给你泡到吗？”

“在肃大真好啊，有崔芷婷这种高高在上的清冷型美女，还有小嘉茉这种可爱型美女，我爱美女！”

宋嘉茉退出去，突然又发现首页飘起来一个帖子，叫“甜妹主持下的随机抓拍”。

里面有很多她在上面主持，底下人的反应，宋嘉茉挨张图片看着，突然，刷到陈赐的脸。

前面的楼层都没有人回复，唯独这个，显示出三个楼中楼。

“这个眼神……”

“很爱。”

“可我只看向他眼底 / 而千万人欢呼什么 / 我不关心。”

底下还有 16 条折叠评论。

她抿了抿嘴唇，迟疑了几分钟，这才点进去看。但很快，显示那一楼被删掉了。

这会儿，尹冰露又发来消息：“你这个帖子回复得好快，盖楼数已经第二了。”

矿泉水：“感想如何？是不是觉得自己要发达了？可以狠狠地吃一些美女红利！”

宋嘉茉愣了一下：“这个有什么好处吗？比如社团的？”

矿泉水：“之前万雅的楼是第二，所以她是小女神，好处就是你取代万雅成为小女神了吧。”

宋嘉茉有些遗憾：“我还以为申请十佳社团可以加分。”

矿泉水：“……”

最后，尹冰露说了一声“没救了”，这才结束了和她的对话。

宋嘉茉侧躺在床上，揉了揉笑得有些僵的脸，不知道是为大家喜欢她的主持，还是因为起码有那么几个人，觉得她和陈赐是般配的。

躺了一会儿，她这才想起来，自己还没试衣服。

宋嘉茉连忙爬起来，换好衣服之后拍了张照片，发给尹冰露。

尹冰露回复得很快，语气有点激动："你发给我看干吗？你发给陈赐啊！这种好东西怎么能让我独享！"

矿泉水："配文：绝美制服。或者：你知道我喜欢什么制服吗？被你制服。"

不加冰："……"

宋嘉茉懒得跟她胡扯，却鬼使神差地点开和陈赐的对话框，把图片发了过去。一发过去就后悔了，她打了一个激灵，反应过来自己是在干什么，又连忙点了撤回。

过了一会儿，陈赐问："什么？"

她抿抿嘴唇，点开语音说："没事，发错了。"

但又不知道是怎么想的，进了朋友圈，把那张照片设置成背景图片。

设置了之后，她又自己看了一会儿，退出去，看到陈赐发来新消息："明天出去玩？"

宋嘉茉："噢，可以。"

陈赐："穿不穿裙子？"

看到最后两个字，还有显示他的正在输入，宋嘉茉心跳加速，手指无意识地蜷紧，下一秒，眼睛仿佛被新的消息灼到。

他说："我想看。"

第十二章

制服与铃铛

CHAPTER 12 >>> 等烟火满怀

那些时光里她拼命压制的爱意，努力克制的欢喜，终于在这个夜里抽芽拔节，破土而出。

哪怕风雨欲来呢，她想，先爱吧。

看到那句“我想看”，她的耳根猛地一热，哀号一声，扑进枕头里。

怎么会这么羞耻啊……

宋嘉茉拿起手机，想了一会儿，这才回道：“想……想看我穿哪条？”

陈赐：“今晚这条。”

他果然还是看到了……

宋嘉茉抿了抿嘴唇，感觉连眼皮都在发烫。

陈赐又道：“别放朋友圈背景了，发给我，刚才忘了存。”

宋嘉茉的手抖得根本打不了字，摁着语音键，正想问他存这个干什么？陈赐又发来一张图片，是她朋友圈的背景截图。

陈赐：“就穿给我看，不行？”

——老天。

她忍不住点开尹冰露的对话框，打算发个疯分散一下注意力。

不加冰：“在干吗？”

很快，尹冰露发来一个“在忙”表情包。不是什么很正经的东西，表情包里，一只手扣着另一只手，压在墙面上，看瓷砖背景应该是浴室，画面里也都是沐浴露泡泡。

宋嘉茉回了一个朴实的问号。

矿泉水：“图发给你哥了吗？”

不加冰：“发了，你关心这个干什么？”

矿泉水："那你现在不应该在忙吗？"

不加冰："……"

第二天，闹钟还没响，宋嘉茉就醒了。

大概是冥冥之中受到什么召唤，她看着窗帘里透出来的晨光，听着胸腔里心脏跳动的声音，发了会儿呆，这才起床洗漱，换好衣服。

刚拉开门，陈赐也走了出来。他今天穿了一件白色的短衬衫，领口打着条灰色领带，乍一看，和她的衣服很像情侣装。

宋嘉茉眯了眯眼睛，感觉打着领结的领口处，有些发痒。

但还没来得及开口，楼上很快传来陈昆的声音："都起了？"

她抬头，大脑一时有些短路，但还是答应了一声。

陈昆看看她，又看了看陈赐，道："这是要去哪儿？"

陈赐正要开口，她连忙打断："我去找社团的同学，我哥，看样子应该是去打球吧？"

陈赐沉默了几秒钟。在那几秒钟时间里，她不知道陈昆在想什么。

终于，陈昆收起了落在她身上的目光。

"嗯，"陈昆的脸上瞧不出什么波澜，同陈赐说道，"今天就别去打球了，你跟我过来一下，有点事。"

陈赐垂眼，宋嘉茉不想让他们显得太过可疑，于是故作轻松地道："没我什么事吧？那我就先走了，大伯，拜拜。"

"好。"

她快步走出家门，关上门的那一刻，重重地松了口气，好险。

跟陈赐的出游计划泡了汤，又不能真的临时召集社团聚会，宋嘉茉轻叹一口气，百无聊赖地找了一辆观光车，从北城的这头一路坐到那头。她的一颗心悬着，想问大伯有什么事，却又怕被发现，不敢给陈赐发消息。

车子晃晃悠悠地开了半个小时之后，她收到陈赐的消息："现在在哪？”

宋嘉茉发了个定位过去。

陈赐：“等着，来找你。”

她抿了抿嘴唇，试探着问道：“你一个人吗？”

陈赐：“放心。”

他只说了两个字，却突然就让人安定下来。

隔了一会儿，宋嘉茉又说：“我再离远一点儿，在桥那边等你。”

观光车横跨了大半个城区，宋嘉茉在离家最远的地方下了车，走到附近的商圈。还没逛一会儿，陈赐就打了个电话来：“我到桥上了，怎么没看到你？”

宋嘉茉小心翼翼地抿抿嘴唇，仰头说：“我在桥底下。”

几分钟之后，陈赐找到她，失笑地捏她的耳垂：“躲这儿来了？至不至于？”

“怎么不至于？今早大伯看我的眼神，我都快吓死了。”宋嘉茉问，“他叫你干什么啊？”

“帮他弄表格，我找朋友帮他做了个小程序，直接导入数据就行。”

“你提前弄好，所以就出来了？”

“嗯。”陈赐道，“这不是要陪你？”

宋嘉茉嘀咕着：“我还以为你都忘了……”

“这我能忘？”陈赐揉揉她的手指，“你以为人人都跟你一样？嗯？昨晚怎么不回我消息？”

没想到他还记着，宋嘉茉如实回答道：“不知道回什么，想了半天，结果睡着了。”

“回个行不就好了？”他卖惨挺有一套，“我等了一晚上。”

“哪有这么夸张，我半夜起来喝水，看你都睡着了。”

陈赐：“很关注我的床？”

这人说话怎么奇奇怪怪的，说前四个字不就行了，还非得加最后两个字。

她憋了半天，然后说："反正，我朋友圈的背景换掉了。"

他慢条斯理地"嗯"了一声："换成什么了。"

她没说，卖了个关子："你回去再看。"

这条街都是卖些手工饰品的，桥上的多是同行的异性，而在桥下，结伴而行的女生比较多。

宋嘉茉缩了缩脖子，小声同他附耳："我们这也太……"隐秘了。

后面三个字她没说，但她知道，陈赐能听懂。

小姑娘垫着脚尖，肩膀上飘了几根碎发。

"嗯，"陈赐也抵到她的耳边，低声道，"你知道就好。"

少年的气息温热，侵入她的耳朵，酥酥麻麻的感觉蔓延开来。

她轻轻抖了一下，连忙拉开和他的距离。

没逛多久，宋嘉茉挑到一对手工制作的耳环。她扬起头，将耳环在耳垂处比了比，眼睛亮了亮："好看吗？"

这天的风将日光揉碎，落在她的眼底，比星星还要亮。

陈赐笑着看了她一会儿，说："好看。"

她满意地点了点头，但很快，又遗憾地放回去："可惜我没有耳洞。"

"喜欢就先买着。"陈赐又替她拿了起来，"以后陪你去打。"

她有点犹豫，纠结地道："可是打耳洞很痛啊。"

"那就不打。刚才老板不是说有种不需要耳洞？那买耳夹款的。"

"不用啦，"她笑嘻嘻地说，"就买这个吧，到时候你陪我去打，就不痛了。"

陈赐挑了挑眉，回头看她："我陪你怎么就不痛？"

"我可以掐你啊。"

他们一路走一路逛，到结账的时候，她就老老实实地在他的身后，看他付完钱，然后很自觉地替她拎着，像是最正常不过的情侣。

她一面控制不住地开心，可某处又隐隐传来警报声响，宋嘉茉晃晃脑袋，决定不再想。

很快，他们又走进一家店。宋嘉茉在选发带，一转头，就看到他的手伸过来，在她的头上比了比。似乎是觉得挺适合，陈赐又用了点力气，将发箍戴到了她的头上。

她奇怪地转过头，在镜子里看到他给自己挑选的东西——一个猫耳发箍。

耳朵中间是淡粉色的，旁边点缀着黑色的小绒毛。上面还有两个铃铛，稍稍动一下，就会发出声响。

她一脸高深莫测的表情："没想到你喜欢这个。"

陈赐没说话，又拿了下来。没一会儿，她就忘了这事，又跑到居家区，看中了两个枕套。

"你一个我一个，我们分开用……"话说到一半就停了下来，她摇摇头，"不行，这太明显了，会被发现。"

她又跑上跑下，最后选定两个长得很像的玩偶："就说这是抓娃娃拿到的，那看起来像一套的，就情有可原了。"

陈赐感到又无语又好笑，半晌才说道："你做数学题都没这么认真。"

她撇撇嘴，不回答。

她现在终于知道，为什么有的明星谈恋爱，会忍不住在软件上晒同款——原来因为，越是不允许，越是忍不住。

购物的小篮子是陈赐帮她提着的，她也没检查，直到结账的时候，看到他拿出一个熟悉的，黑色的，猫耳发箍。

走出店里，宋嘉茉小声问道："你还真买了？"

"你不是说我喜欢？"他挺有道理似的，"那我总不能不听你的话。"

宋嘉茉狐疑地看向他——

哦？是吗？

宋嘉茉很谨慎，快到家之前，提出他们分开回去。毕竟走的时候是分开的，一起回来就太明显了。

陈赐让她先回家，宋嘉茉推开门，大伯已经在沙发上坐着了。

或许有些人的气场就是很有压迫性，她情不自禁弓起背脊。

陈昆："回来了？"

"嗯。"再无多言，她沉默地去洗漱，然后回房间休息，大概过了四十分钟，听到陈赐进来的声音。

大伯好像问了他一些问题，例如出去干什么，怎么买了这么多东西，他随意地回应着，说陪朋友逛了一会儿。

好在今晚什么都没发生。

没一会儿，她听见陈昆上楼的脚步，知道这心惊胆战的一天，总算是过去了。

但越被压迫，越容易生出些反骨似的，宋嘉茉转头，看到自己床头的那个小玩偶，想到今晚陈赐的床前也会摆一个，莫名就扬起了嘴角。

隐秘会放大所有的情绪，害怕的愈加害怕，甜蜜的愈加甜蜜，喜悦的愈加喜悦，连得到一点点都好像拥有了全世界。

那些时光里她拼命压制的爱意，努力克制的欢喜，终于在这个夜里抽芽拔节，破土而出。

哪怕风雨欲来呢，她想，先爱吧。

接下来的一周都相对平静，周六的时候，学校发了一笔社团奖金，说是奖励他们主持和广播表现优异。

宋嘉茉作为社长，肯定会把奖金的意义传达到位。放学后，她让社团成员在奶茶店里等着，自己去采购，过了半个多小时才来。

"淘金去了？"尹冰露一把抓住一个粉色袋子，"我倒要看看你买的什么好东西——”话说到一半戛然而止，尹冰露震撼地道，“电子阅读器？”这是她念叨了很久的一个小东西，主要是可以藏在袖子里看小说，还能从背面自动翻页。

尹冰露一直说，等过生日就买一个犒劳自己，宋嘉茉当然记了下来。

宋嘉茉眨眨眼睛：“这下不用等到生日了吧？”

四眼是刀子嘴少女心，宋嘉茉给他买了一个八音盒，他也十分喜欢。

最后，轮到费列。宋嘉茉略有些忐忑，抽出一个小纸盒：“不知道你喜欢什么，但上次隐约记得，你好像说想要这个拼图，看你的头像是艘船，然后就买了这个航海的，不喜欢的话也多多包涵啦。”

费列愣了一下，他没想到自己两三个月之前的随口一提，竟然真的有人记了下来。

一瞬间，他觉得胸膛里有股暖流注入，坐在这里，感觉到了一种难以言喻的归属感。

“挺喜欢的，”费列缓了会儿才说，“谢谢啊。”

尹冰露看着宋嘉茉：“那你自己的呢？”

“我没买，”她耸耸肩，无所谓的模样，“买费列这个超支了，不过我也没什么想要的，你们满意就可以。”

“那倒是，”四眼说，“巧克力的这个好贵啊，我上次看了一眼都觉得，这个拼图里是镶金了吗？”

费列：“因为是联名款。”

四眼很不习惯，惊讶地看着他：“今天我叫你巧克力，你怎么没骂我了？”

费列皱起眉头，却没有那么烦躁：“你天生欠骂是吧？”

……

两个人又斗嘴了起来，宋嘉茉见好就收：“你们喜欢就行，我明天还要去上播音课，先回去了啊。”

她和尹冰露走出很远，还依稀能看见两个人，跨过桌子扭打的身影。

尹冰露翻了个白眼：“男人至死都是弱智。”停顿了一下补充道，“特指江寺。”

这周日的下午，播音班安排了一个简单的测试。内容是新闻评述。

因为有文化课的支撑，加上陈赐经常在家看新闻，以及广播社的主持经验，她的条理清晰，见解独到，语言很有渲染性，发挥得很好，最后拿到了第三名。

连老师都感到很意外，说她确实很适合学播音。

播音的成绩不错，陶碧便也松了口。最后，陶碧说：“六月底你可以去集训，但是效果一旦不理想的话，就索性直接放弃，重新回来学新闻专业课，有没有问题？”

“好的，我也是这么想的，谢谢老师。”

退出办公室的时候，宋嘉茉仍有些蒙。

想到陶碧那张板正的脸，不带一丝温度的语气……

传言中不近人情的女魔头，其实真的有异常温柔的一面，只是藏在冷冰冰的外表下，很难被人发觉。

好像也没过多久，宋嘉茉上艺术课的事就人尽皆知了。

估计是四眼这个大嘴巴到处讲，又有人搬到了论坛里，一传十、十传百，搞得她晚上到家，微信里都全是询问她学艺术课的事儿的。本来以为这样就已经够热闹了，没想到次日到了学校，又被叫去开了个会。

这样的会已经很久没开过了。一边坐着宋嘉茉和她的组员，而另一边，坐着万雅。

负责社团的老师道：“我今早收到了一封匿名信，说是知道宋嘉茉要去学艺术课，没过多久就要去外面参加集训了，担心广播社后面做不好，你们有什么想法？”

这个事情，宋嘉茉当然也想过：“播音社现在已经基本稳定了，到时候尹冰露他们负责就好，应该不会出什么问题。”

万雅抿了抿嘴唇，说：“可能信里的这个人，就是觉得社长一直不在社里，不合适吧。”

宋嘉茉：“那可以直接转给尹冰露。”

“是个好办法，”万雅笑笑，“不过小尹也没什么经验吧？”

尹冰露：“哪有你有经验啊，前广播一组的社长，谁比得上你？”

万雅的表情僵了一下，但很快恢复笑意：“我只是客观地分析一下，你不必对我这么有敌意的。”

尹冰露：“我有敌意？你确定？”

万雅：“现在是在说能不能服众的问题。”

宋嘉茉低头看了一眼匿名信。

尹冰露瞥了一眼，这才说：“就算后面，宋嘉茉还是社长，我也不觉得大家会有什么异议。与其说能不能服众，不如说，能不能让这个匿名的人满意吧？你有什么想法，一组的万雅社长，这封信不会是你写的吧？”

万雅说：“怎么可能？我笔迹不是这样的。”

宋嘉茉支着脑袋，有些奇怪：“你都没看匿名信，怎么知道里面的笔迹？”

万雅的嘴角僵了一下。气氛有片刻凝滞。老师这才敲敲桌面：“好了，我也是觉得信里说的有一些道理，你们打算怎么处理？”

宋嘉茉想了想：“老师，这个事有点突然，我们要再商量一下，到时候会给您一个满意的解决办法的。”

会议结束，中午他们复盘播音的时候，顺便说到这个话题。

尹冰露：“这个万雅怎么回事？进了广播社是能光宗耀祖吗？她怎么死扒着不放啊？”

四眼推了推眼镜："让我斗胆来阴谋论一下，会不会是盖楼的事让万小女神不爽了？所以也想来恶心一下我们——毕竟现在大家提到小女神，都只会想起我们英明伟大的社长了。"

那三个礼物的钱确实花得很值，现在江寺和费列都对她无比尊敬，非常忠诚，社团友谊坚不可摧。

宋嘉茉听到江寺的话感到得一阵恶寒，她看过去，正好发现什么："等下，你的眼镜……怎么好像没有度数？"

四眼拉开一定的社交距离，这才说："哦，我是觉得戴眼镜比较有书卷气息，怎么样？是不是当时第一眼就觉得我是个文化人？"

宋嘉茉脑子里缓缓冒出一个问号。

尹冰露："人家近视的还要去做恢复手术，你直接给自己整个眼镜戴，真行。"

费列："干什么什么不行，骂人你是第一名。"

"怎么又变成攻击我了？"四眼气鼓鼓地，又和费列吵了起来——至于为什么没和尹冰露吵，可能有些别的原因。

宋嘉茉和尹冰露继续想社团的事情，过了十几分钟，听到江寺拔高的声音："好啊！费列！你这个叛徒！"

可能是他从不叫费列的原名，这一喊，她们都看了过去。

江寺告状一般，把费列的手机放到宋嘉茉面前："你看他的相册！他之前存了好多万雅在学校帖子里的图！好嘛，我就说，为什么之前一说万雅你就来劲，为什么你好像只是来我们社里凑数的，搞半天你是来收集我们的情报的！"

费列皱眉："这种事我还不屑做。我之前是对万雅有点儿好感，过来也是想看看能不能接触一下，但是我们社团的事我从来没跟她说过，我还没那么缺德！"

四眼的底气十足："你现在还喜欢她就是对我们的背叛！"

费列："我现在不喜欢她了啊。"

四眼："那你为什么还留在我们社团?!"

"还不是被打动——"费列停顿了一下，反问江寺，"那你为什么进播音社?"

四眼沉默了，四眼熄火了，四眼脸红了。

费列冷笑一声。

尹冰露小声："他们真是般配。"

宋嘉茉颔首："我也觉得。"

很快，四眼重新找到立场："行吧，人非圣贤，孰能无过，给你一次重新选择的机会，你再选一次。"

费列头也不回地离开。

江寺的表情十分震惊，看看门，又看看她们，再看看门："巧克力走了?他走了?他的良心被狗吃了吧?枉我们对他这么好——"

下一秒钟，播音室的门重新被人敲响。

好像回到招人的那天，这个人皱着眉，大摇大摆地走进来。脸很臭，脾气看起来有点暴躁。但不一样的是，这次他的眼睛里，意外地有一丝温和。

他伸出手，说："重新认识一下，我是广播二组的费列。"

宋嘉茉撑着脑袋笑，突然懂了什么叫真心换真心。

手掌交握时，费列却突然对兴头上的四眼说："只是因为觉得社长人很好，跟你没关系。"

四眼："啊——费列！我跟你拼了！"

安静了没五分钟，又打起来了。宋嘉茉和尹冰露及时退出，给他们留出更广阔的天地。

尹冰露说要去医学系那栋楼，找人拿点东西，宋嘉茉陪她一起去，特意绕到自己想去的那个楼梯。一路上,尹冰露忍不住碎碎念地骂着江寺，宋嘉茉听着，路过某间教室，又忍不住看进去一眼。

陈赐正在看书。他的坐姿不太端正，有点懒散的样子，思考问题的时候喜欢转笔，写字的习惯是拉长最后一笔。

很快，她们走过窗口，面前变成一片墙壁，宋嘉茉收回目光。

拿完东西回去，走到熟悉的位置，宋嘉茉又忍不住，往里面看了一眼。见陈赐没有发现她，不知为什么，她就挺高兴，悄悄抿起嘴角。

她从小就是很迷信的，高兴的时候不敢太大声，害怕打扰到了谁，害怕这好不容易从上天的指缝里施舍出来的快乐，很快就会被发现、被收回。

对陈赐也是这样。他们心照不宣地互不提起，从不过问对方到底有多喜欢，也不会确定一些真的很想确定的东西。

她知道，陈赐也怕。

于是维持着现有关系的平衡，不敢轻易打破，不敢确认，不敢承认，生怕在天平上多加一笔，这平衡就会被打翻。他们踩着刀刃，不敢跳舞，不敢出声。

上最后一节课之前，有人过来送东西，宋嘉茉听着同学们的议论声觉得不太对劲，抬头一看，是陈赐。他衣服平整，肩线流畅，放下东西，笑着看了她一眼。

宋嘉茉的脊背僵硬，忍不住轻轻缩起脖子。

不会吧？难道陈赐知道，她今天去看他了吗？

但陈赐没有解答她的疑惑，就像她看他那样，他也只是过来看了她一眼，仿佛只是在对视的默契中，交换一些什么东西。

她靠在椅背上，因为他们这点不算秘密的小秘密，而慢慢扬起唇角。

放学之后，宋嘉茉要等陈赐，因此在座位上看书，但坐了一会儿，她发现尹冰露也没有走。

宋嘉茉："你还不走啊？"

"等等，"尹冰露说，"这篇文章马上看到最精彩的部分了，看完我再走。"

"有这么好看？"

尹冰露："那当然了，你知道精髓在哪里吗？"

宋嘉茉哽了一下："在哪儿？"

但是尹冰露没回答，大概是专心看小说，没空回答她的提问。

宋嘉茉把手机开机，想问一下陈赐下午的事情，思前想后，不知道为什么，就发了一句："哥哥。"

没一会儿，他的消息回过来，她甚至能猜到他脸上的表情。

陈赐："怎么了，妹妹？"

打字不好解释，宋嘉茉按下语音键，正要开口的时候，尹冰露似乎终于忙完，凑过来回答刚才那个问题。

尹冰露神秘道："白天叫妹妹，晚上……"

尹冰露还剩一个字没说，但宋嘉茉已经被吓到，于是手指一松，语音不偏不倚地录了这一句，发了出去。

误发消息，宋嘉茉的大脑有些短路，想做点什么补救一下——结果手指伸过去，手一抖，又点开了那条语音。

尹冰露暧昧的声音再度响起，像一把冰锥，猛地凿开宋嘉茉的大脑。

她还没反应过来，手上已经下意识地做出了动作，长按语音条，点击了撤回。

过了几秒钟，她回过神来，扶住额头。撤也不对，不撤也不对。

宋嘉茉的语调凄惨："我这几天都撤回多少东西了，他肯定觉得我总在发些乱七八糟的……"

尹冰露不是很明白："为什么非要撤回？哥哥不喜欢吗？"

……

晚上一起回家时，走进公园，宋嘉茉才敢开始确认。

“那个，”她轻咳两声，“我撤回的那个消息，你看到了没有？”

陈赐：“哪个？”

很好，她松了口气，看来是没听到。

走到上次被撞下巴的雕塑旁边，宋嘉茉背对着靠了上去，打算换个话题。结果她刚抬头，面前就蓦地一黑。

暗影里，陈赐倾下身来，漫不经心地凑到她的耳边，低声问：“白天叫妹妹？”

宋嘉茉定在原地，脑子里炸开一簇又一簇的鞭炮。

尹冰露……我杀了你……

她其实已经开始瞳孔地震了，但还是竭力维持着镇定，轻咳一声，装作很淡定地道：“对，对，就是这个，这个它……是我发错了，我朋友瞎说的，你不要管。”

他意味深长地答应了一声，但半晌之后，又露出来一些笑意：“是因为这个，才突然叫我哥哥？”

宋嘉茉耳边开始阵阵嗡鸣。

我不是说了跟我没关系吗！

“真的跟我没关系，”宋嘉茉的脸都憋红了，非常努力地解释，“我那时候是想跟你说别的，不小心把她说的话录进去了。”

他挑了挑眉，欣赏了一会儿她的表情，这才直起身来，只是隐约能看出一丝遗憾的感觉。他“啧”了一声：“我还以为是你喜欢。”

宋嘉茉禁不住为自己平反：“我为什么会喜欢这种东西？”

“不喜欢吗？”他松了松肩膀，“多刺激啊。”

少年又转过脸来，朝她浅浅地一扬眉，“是吧，妹妹？”

救命啊！你不要再叫了！

今天是由尹冰露引发的“一桩血案”，宋嘉茉一路上都变得沉默许多，生怕自己一开口，陈赐就又要叫她妹妹。

走到家门口，她正想说分开进去的事儿，陈赐又开口了："妹妹，怎么不开门？"

她深呼吸一下，努力将话题调入正轨："今天你先回去吧，过会儿我再进去，装作在和尹冰露打电话，大伯就不会问了。"

少年慢条斯理："把妹妹放在外面，哥哥多不放心。"

宋嘉茉终于忍不住去踹他："你脑子就只有这种垃圾废料是不是？你再叫！"

他舔了下唇角，俯身凑近了些，笑道："妹妹？"

她的头都要被喊炸了。

宋嘉茉正要伸手，身后突然传来一道声音："在干什么？"

她灵魂停摆一秒，几乎是片刻之间，后背涌出冷汗。

宋嘉茉转头去看，但整个人踉跄了一下，险些栽倒，陈赐将她扶住。

她想了想，又很生气地推开他："有意思没意思？开玩笑也没个底线吗？我等你一起放学，不就想让你明天帮我打扫卫生吗？你不想做就算了，还说我娇弱，至于吗？"

陈赐微微停顿了下，很快，他眨了一下眼睛，不再玩笑。

宋嘉茉偏过头，感到有些疲惫："不吵了，大伯，我进去了。"

很快，她快速拉开门，消失在门里。回到房间之后，宋嘉茉的心脏还在怦怦地跳个不停，花了半小时才缓过来。

家里已经安静下来了。拿过手机，宋嘉茉点开微信，但又不好直接问他，怕他跟大伯待在一起。于是她双击他的头像，拍了拍他。很快，陈赐也拍了拍她。宋嘉茉明白了，这是安全的意思。

不加冰："怎么样？"

陈赐："演技不错。"

看来是没什么问题，她稍稍松了口气，但见很快，陈赐的下一条消息也发了过来："应该不会跟别的男生见了面之后演技也这么好？"

宋嘉茉看着这串消息，真的感觉有点无语。

不加冰："你能想点正常人想的东西吗？"

宋嘉茉无语了一会儿，突然又灵光一闪，改了一下设置，说："你再拍我一下。"

很快，屏幕里滑出条提示。

"陈赐"拍了拍我说"喜欢你"。

她鼓着嘴，像是占了什么天大的便宜一样，一个人高举着手机在那里笑，差点被手机砸到脸。

很快，陈赐也道："拍我。"

宋嘉茉依言双击。

我拍了拍"陈赐"的妹妹。

不加冰："我拍我自己？"

陈赐："换了。"

宋嘉茉又拍了两下，这次确实显示了新东西：

我拍了拍"陈赐"的床。

陈赐："写错了。"

过了两分钟，宋嘉茉又拍了一下。

我拍了拍"陈赐"的床说真大。

她心说这改和不改区别很大吗？

她发了个兔子无语的表情包，拿了衣服去洗漱，路过镜子面前时，却看到怎么也停止不下来的笑容。

晚上睡觉之前，宋嘉茉跟中邪了似的，又跑去拍他，结果这次什么都没有，回到最开始的默认内容。

她眼疾手快，发了个问号过去。

陈赐大晚上的也没睡，一分钟后回过来消息。看到内容的那一秒钟，她甚至能想到他脸上将笑未笑的表情。

陈赐："我瞎打的，怎么，你还真想过来？"

宋嘉茉立刻摘清自己："我不想。但你为什么这么着急改掉？怕我占你便宜？"

陈赐："不是。怕别人点到。"没过一会儿，陈赐又说，"你要喜欢，下次再陪你玩。"

这话乍一看没什么问题，但是仔细想想，哪哪都不对。

陪她玩？玩什么？好像说的她有什么特殊癖好一样。

当事人宋某的脸颊泛起不正常的红晕，脑子里进行了一些梦境小剧场，面上却一片正气凛然的表情。

不加冰："我喜欢个屁。"

为了进一步防范陈昆，第二天早上，宋嘉茉自己先走了。她也没通知陈赐，快到学校才给他发的消息。

到了傍晚，要放学时，打开手机，收到他的回复。他说好，又说道："芮萱今晚要过来，你早点回去。"芮萱是大伯的女儿，大伯结婚比较晚，膝下一儿一女，芮萱也就比宋嘉茉小一点，今年读高一。

六点多，宋嘉茉回到家，除了阿姨，果然再没有别人。她的衣服穿了一天了，觉得要欢迎一下好久不见的客人，于是打算换套衣服。刚把外套穿上，陈赐也回来了。

她探出身看了看："大伯回来了吗？"

"还没。"

"那正好。"她晃了晃腰上的带子，"我系不到，你帮我扯一下。"

这套衣服是个两件套，外搭的装饰在后面，得靠那个调一下腰部的松紧。

她本来想去镜子前面弄，看到陈赐回来了，就懒得自己动手。

陈赐“嗯”了一声，把书包扔在一旁。

宋嘉茉就站在床前等他。

陈赐走过去，低道：“怎么弄？”

“就后面这个，你拉一下，收个——”她的话还没说完，陈赐已经动手了。

少年用了些力气，整个腰部猛地一紧，宋嘉茉始料不及，发出一声惊叫。

陈赐的眼神暗了暗：“你叫什么？”

“我没叫啊。”她的身体前倾，还带了些鼻音，“你太用力了！我要被勒死了！”

“不是你让我拉的？”

“我没让你这么用力啊，你不会轻轻的吗？”

他像是笑了一声：“行，下次轻点儿。”

“没下次了。”她拍开他的手，“我自己来。”

小姑娘怒气冲冲地走进浴室，对着镜子，看到此刻极不对劲的身材比例，被收紧的腰，也没调整，又直接跑了出去。

陈赐抬头一看，不知道哪里又惹公主生气了。

宋嘉茉：“你们男的是不是就喜欢这种的？跟网页游戏里那种女英雄一样，就喜欢这种是吗？你知道这种有多违背人体美学吗？”

陈赐蹙了蹙眉，道：“我不喜欢。”

宋嘉茉冷笑：“哦？你不喜欢？那你喜欢哪种的？”

陈赐：“我喜欢你这种的。”

……

方才气势汹汹的小炮台，在这一刻哑火。

她背脊僵硬，也沉默下来了。

幸好，陈昆在这时候开门回来，将她拯救于水火之中。

宋嘉茉匆匆跑向门口："我接人去了。"

说是芮萱要来，但其实陈昆一家都来了。陈昆的儿子比陈赐大一岁，她也要叫一声哥哥。小孩儿倒还能逗逗，但大家的年纪都差不多，也没什么共同话题，很快，大家就各自做自己感兴趣的事去了。

陈昆家的两个孩子在书房玩手机，宋嘉茉去二楼写作业。陈赐坐在沙发上，和大伯有一搭没一搭地聊着什么。

宋嘉茉站在楼梯上看了会儿，只隐约地感觉到气氛严肃，但又觉得大伯一直都是这样子，没再细想，转身进了二楼的房间。她写了一会儿作业，陈赐也进来了。

宋嘉茉转头，想问他刚才聊了些什么，但看到他略带些笑意的眼睛，又猜，应该也没什么问题。

算了，不问了。

因为刚才的事情，她怎么也找不到合适的机会开口，索性就坐在那儿看书，陈赐也坐在一旁看书。门关着，外面起了风，传来滴滴答答的声音，像是在下小雨。

做到一道历史题，她突然想查点东西，转身去柜子里摸《史记》，结果忘记旁边还坐着人。刚一转身，鼻尖就直直地对上他脸颊。

陈赐："干什么？"

她有些僵硬："拿个……东西。"

他不说话还好，这么一说，反而会诱发一些东西。

宋嘉茉怔了一下，出神地想，如果这个时候她偷偷亲他一下，他会不会闭上眼睛？

她试探地，又靠近了一些。

这时候，楼梯上突然传来脚步声，陈芮萱喊道："姐姐，下来吃饭了！""来了——"宋嘉茉下意识答应了一声，起身刚迈出去一步，陈赐也朝她看了过来。

他的目光很奇怪，她不好形容，只觉得可能是刚刚想做的事情没做完，他是在催她。

她纠结地左右摇摆了一会儿，终于，在他即将开口取笑她之前——

小姑娘的心一横，凑过去，在他的脸颊边啄了一口。

她头昏脑涨，被巨大的羞耻感吞没，感觉脑袋像个巨大的烧水壶，此时正在咕噜噜地烧着开水。

宋嘉茉硬着头皮，迈着机械的步伐，装作无事发生似的，朝门口走去。外面喊她吃饭的人已经来了，门正被推开一条小缝。

但就在这一瞬间——她听见身后急促的脚步声响起，陈赐抓住她的肩膀，将她转了个身，下一秒，刚拉开的门，被他们一起关上。

窗外淅淅沥沥，落下更大的雨，急促地拍打着脆弱而娇嫩的新生枝叶。

恍惚中她想，他的呼吸是烫的，手指也是。

第十三章

像是私奔

CHAPTER 13 >>> 等烟火满怀

在万众瞩目又无人知晓的这一刻，她尝出一点儿温热的，薄荷加葡萄的味道。

宋嘉茉大脑一片空白，被迫承受，时间一分一秒地仿佛过去很久。

外面门还在敲，里间的呼吸终于慢慢平复下来。

陈赐挺高兴似的，连胸膛都在轻轻颤动。他的呼吸就悬在她的发顶，能感觉到洒下来的热流。她气不过，伸出手就去推他的肩膀，侧身想要出去，结果被他按住。

陈赐沉声说："我先出去，你等会儿。"

"为什么？"

咫尺相对之中，他的喉结滚动："……有点儿明显。"

宋嘉茉本还不知道他指的是什么，直到对上玻璃。看到自己倒影的那一刻，她才蓦地反应过来。她整张脸都憋红了，睫毛上也敛着些水雾，眼眶湿润。

她崩溃地捂着脸，倒在沙发上。

少女从鼻子里哼出几声，又去找冰凉的陶瓷杯给脸颊降温，外面说了些什么，全听不清楚。耳畔嗡嗡直响，像是耳鸣了。

幸好这顿饭吃的时间够长，过了十来分钟，她走下楼梯，还能赶上最后一道菜。

宋嘉茉提心吊胆地坐下，但不知道陈赐是说了什么，没有人开口问她，怎么这么晚才下来。陈芮萱也没有问她，为什么刚刚门开了，又被人关上。想到这儿，她的耳朵又开始发烫。

快吃完饭时，陈昆突然开口："佳佳，你去帮我买两盒烟上来。"

宋嘉茉知道是在叫自己，虽然感到有些奇怪，但还是起了身，点头说好。

刚走到门口的时候，陈昆又道："再买一箱啤酒吧，陈锐，你去帮妹妹搬上来。"陈锐也起了身，跟她一起走出家门。

陈锐就是大伯的儿子，比陈赐还要大一岁，虽然不是很熟，但也不至于没话说。买东西的时候，他还笑着感叹了一下："记得上次见你，你好像还没这么高。"陈锐比画了一下，"现在就长到我肩膀了。"

两个人随意地聊着天，说了说爱好和近况，回到家的时候，发现陈赐正在辅导芮萱写作业。

芮萱哭唧唧地告状："妈！哥一点耐心都没有！比陈锐还凶！"

……

家里六七个人，恍然之间，就像一个和睦的家庭。

后来陈锐在一边玩游戏，芮萱和他互不打扰，宋嘉茉好奇地问道："你们在家很少说话吗？"

"是啊，"陈锐道，"她还在叛逆期，没什么好说的，说不了几句就要吵架。"

宋嘉茉撇了撇嘴，转过头，看向一旁的陈赐。他正有一搭没一搭地玩着手机，见她看过来，目光扫了一圈，最终落在她抓满松子的手上。

少年扬眉："你是松鼠？"

不知道想到了什么，宋嘉茉笑了一下。她说："你知道松子的开壳秘籍吗？"

"什么？"

她理直气壮地伸出手："你帮我剥。"

陈赐无言，半晌后失笑，从她的手里接过松子。

宋嘉茉看着他剥松子的动作，脑子里毫无预兆地冒出一个念头：一定有一些人，无论故事的设定怎么改变，也注定要相爱吧。

九点多，芮萱吵着要回去，宋嘉茉将他们送到楼下。

大伯依然没有走。她送完客人回到家，发现陈赐和大伯都不在客厅里了。

循着声音，宋嘉茉一步一步走到二楼的露台。等她走过去，他们好像没再继续说话了，陈赐沉默地坐着，陈昆在抽烟。烟灰缸里攒着一层烟蒂。

她抿了嘴唇，后退两步，见陈赐拉开门走了出来。

“怎么了？”宋嘉茉问。

他笑着拍拍她脑袋，“没事，洗澡了吗？”

“……还没。”

“那去洗澡吧，”陈赐说，“没事儿。”

她狐疑地抬起头，想问些什么，但看大伯也走了出来，便没再开口。

洗澡时，她出神地想，他说了两遍没事，那应该是……没什么事吧？

也许真的是她想多了，宋嘉茉晃晃脑袋，可能是有什么别的事要讲，她现在这么草木皆兵的，才更明显。说好了不再想，但洗完澡，躺在床上，思绪还是不由自主地回到这件事上。

正在宋嘉茉出神时，门被人推开了。

陈赐：“怎么点着灯？还不睡觉？”

“这就睡了。”她抿抿嘴唇，又问道，“今晚……真的没事吗？”

陈赐坐到她的床边，挑了挑眉：“你希望有事？”

“我只是怕——”话没说完，放在膝盖上的手被人拿起来。

陈赐松开她捏紧的手心，缓缓展开，放在自己掌心里握紧。他说：“别怕。”

他说别怕，宋嘉茉就感到莫名地就安定了许多似的。

她靠过去，环住他的肩膀，将头抵在他的颈窝里。衣领里带着他的气息，很熟悉，很有安全感。她深吸一口气，心慢慢落了回去。

陈赐：“怎么，投怀送抱？”

她暗骂他没个正形，却没说话，半晌后才道：“明天下午他们喊我出去玩，你要不要一起？”

“你想不想我一起去？”

“想的。”她小声说。

“嗯，那我就过去。”陈赐将手放在她的肩上，卷玩着她的头发，就这么靠了一会儿，宋嘉茉又猛地弹开：“大伯呢？”

“出去了，”陈赐在笑，“事儿都做完了才关心这个，不觉得太迟？”

她想了想，感觉他这话有点问题：“我也没干什么啊……”

陈赐从衣领上取下一根她的头发，带着点儿自然卷，拉扯时，说不清的暧昧。

他眯了眯眼睛，意味深长地道：“嗯，没干什么。”

宋嘉茉的忘性大，睡了一觉起来，烦恼就通通抛开。

管他呢，及时行乐最重要。

一生中能有几个和顶级大帅哥谈恋爱的机会？

中午时，宋嘉茉播完音，刚走出录音室，就被外面的阵仗吓了一跳。

社团的老师又来了，当然，这次还包括万雅。想都不用想就知道是哪件事。

宋嘉茉扯了下衣服，说道：“老师，我跟社团的同学已经商量得差不多了。我们是觉得目前广播社的风格已经固定了，还是交给二组的成员一起运营比较好，到时候我走了，尹冰露可以上。

“再一个就是，当时主任的顾虑也是怕影响学习吧，我了解了一下万雅的成绩，好像下滑了五十多名，这还是在她没参与社团活动的基础上。在广播社这段时间，尹冰露的学习成绩是前进了三名的，所以于情于理都更适合留给我们。

“如果一定要有变动，我们也希望能和写信的同学当面交流，所以在找到这个人之前，社长的位置我暂时是不会让出来的。”

老师想了一会儿：“行，毕竟是你们的心血，也尊重你的决定。那你广播找一下人吧，如果这个人后续再来，我也会转达你们的诉求。至于万雅……你们社团的人也不多，考不考虑再新增一个位置？”

江寺推了一下眼镜，说道：“这不是我们同不同意的问题，社团的活动太多啦，是真的怕影响万同学的学习成绩，毕竟这都……下滑五十多名了，到时候影响万同学的未来怎么办？”

江寺的这番话，看起来是站在万雅的立场上，实则明着关心暗暗带着嘲讽，堪称字字诛心。

果不其然，万雅的表情变了一下，但很快恢复过来，笑着说：“我这两次只是因为发烧没考好。没关系，如果你们需要看这个，下次我考回来就行。”

“不止，”江寺笑得如沐春风，“得进步哦，加油，我相信你。”

万雅的嘴角抖了一下，假面都险些被江寺敲碎。

走出播音室，尹冰露还在笑。她拍着江寺肩膀，头一次给予了肯定的评价：“可以，恶心人的功力与日俱增。”

四眼还挺骄傲：“之前本来只会直接骂的，直到认识了巧克力，现在阴阳怪气的技能也无师自通了呢。”

晚上，江寺找了些人，说要去室外玩游戏。

他们在学校门口等了一会儿陈赐，宋嘉茉嫌无聊，买了个魔方随手玩着，但她不是很会玩，折腾了半天，才拼出来一个面。

蓦地，身后传来呼吸声。很快，面前出现两只手，从她的身后伸过来，带着她的手扭了一会儿，六个面就全部拼好了。

宋嘉茉不用回头，就知道是谁来了。她撇撇嘴：“你什么时候学会玩的，怎么没教我？”

陈赐取下她的书包，拎在左手上，懒散地道：“这不是教你了？”

夕阳西下，他们的影子被夕阳拉得昏黄而悠长。方才为了凑单，尹冰露买了本爱心便利贴，这会儿扭扭捏捏地抽出一支笔，唰唰唰地在上面写了些什么，然后羞涩地递给江寺。

江寺的心怦怦直跳，展开，里头四个大字：“嗑死我了。”

四眼定在原地，有点怀疑人生。

尹冰露，你尊重过我吗？

到了公园，江寺拿出自己早就准备好的道具：“今天来玩捉情侣。大家先抽签，比如我和尹冰……算了，我和费列。”

费列：“嗯？”

江寺继续道：“比如我和费列一个抽到‘情’字，一个抽到‘侣’，那这一场的情侣就是我们。没抽到这两个字的不用担心，别的牌子里都没有字。我们抽到这两个字之后呢，就把自己身上的这个小摄像头打开，然后有五分钟的时间去藏，然后大家来抓我们，就是抓情侣啊。”

……

江寺：“二十分钟内被找到就算输。普通玩家靠这个传呼机交流，传呼机如果靠近摄像头一百米内，就会亮。哎，那就代表——灯一亮，该死的情侣就在你们的附近，懂了吧？”

“懂了，”尹冰露说，“祝你和费列幸福，长长久久，百年好合。”

一语成谶，第一局游戏的“情侣”真的是江寺和费列。他们俩实在太吵了，还没等到灯亮，就已经因为吵架过于大声而被抓获。

第二局游戏的“情侣”是江寺和尹冰露。

宋嘉茉盯着自己的传呼机，靠近某个树丛的那一秒，大家的机器齐齐亮灯——

“在这儿，在这儿！”

“江寺，你先自己出来，我饶你女朋友不死。”

“我看到了，那个石狮子——哎——”

没等大家发觉，尹冰露已经拽着江寺跑了起来。

江寺感到很不好意思：“你干吗？”

尹冰露：“你有病啊还不跑！你想死我可不想！”

……

最后，这局游戏变成了一个跑步游戏，尹冰露没被捉到，但江寺落网了。幸好只用玩三局，还差最后一局就能收工了。

宋嘉茉平复了一下呼吸，看向陈赐。她的手指伸进箱子，再屏住呼吸地抽出——是情侣牌。

陈赐的也是。

她发现，自己好像还是庆幸更多一点。打开摄像头的时候，她就已经开始紧张了，手指拨了两下都没打开，还是陈赐帮她弄的。

陈赐低声问道：“藏哪儿？”

“不知道啊，”她小声说，“我没经验。”

“你还没经验？”陈赐抬眉，“你不是最爱干这种偷偷摸摸的事儿？”

……

最后，她决定藏在那个雕像的背后。

听到有脚步声越走越近，她不敢动，害怕被人发觉，一颗心快要跳出来。这次大家改变了战术，她听见有人轻声说：“别打草惊蛇……灯亮了，就在这附近，慢慢找。”

宋嘉茉紧张地打了个冷战，下一秒钟，陈赐附在她的耳边说：“我数三二一。”

她茫然地抬头：“然后呢？”

“然后，”少年背着光，肆意地笑起来，“跟着哥哥跑。”

这晚，湖面的夜风撩动一池涟漪。

她被少年一把拉起，奔跑时，看到他的衬衣被风吹得高高扬起，这是她喜欢的人，这一刻，像是在带着她私奔。

脚步声杂乱，心跳同样剧烈，身体仿佛不再属于自己，却有无数个纷至沓来的念头，让她记下这一刻。

空旷的天幕与漂浮的云，散落着闪烁的星星，身后的叫喊声听不真切，他的衬衣袖口被挽到手肘，身上有独属于少年的冰镇雪碧的气息。

她很喜欢这一天，尽管它这么普通。

但在这个所有人眼中都不值一提的夜里，陈赐曾经拉过她的手，和她拥有一个独立的，与世界对抗的瞬间。

他们摒弃所有的世俗和杂念，在彼此紧握的双手中，肆无忌惮地奔逃。

尽管未来在哪里，他们谁也不知道。

可是湖岸的风，说它听过少女的心跳。

那天的“私奔”很彻底，陈赐直接带她跑回了家。大家也纷纷表示乐意，宣布今天的活动结束，各回各家，明天再还机器。

发完消息之后，宋嘉茉仍有点没缓过神，为了平复心情，她去拿了个冰激凌。站在房间的门口，她懒得发消息，给陈赐打了个语音电话：“你热吗？”

陈赐：“你指哪里？”

“哎……”

“有点儿。”他说。

宋嘉茉：“吃个冰激凌？”

她知道陈赐不爱吃这些，但可能是今晚跑得远，没一会儿，她听到耳机里关冰箱的声音。

“遵命。”

宋嘉茉靠着门框，突然觉得这样打语音电话也挺浪漫，“你吃的什么味道？”

“朗姆酒。”

宋嘉茉没发现冰箱里还有这个口味，噎了一下，问道，“朗姆酒口味？能好吃吗？”

她含着木勺子，吞咽了一口：“肯定没我的好吃。”结果咽得不是时候，“的”字也跟着被咽了进去，话题突然就变得暧昧——她心想陈赐应该知道她的意思，但她听到靠近门边的脚步声。

宋嘉茉：“你干吗？”

他像是在笑：“尝尝你有多好吃。”

门被人微微推开，宋嘉茉赶紧去顶，结果还没合拢，听到他吃痛地“嘶”了一声。

宋嘉茉怕压到他的手，连忙松手。

少年却像是得逞了一般，修长的指尖探了进来，带着冰冷的气息，摸了一把她的后颈。

像是千万电流在他的手下齐齐爆炸，宋嘉茉感到浑身发抖，手指骤然一松。

陈赐的指腹略生薄茧，沿着她的颈骨轻轻一抚，宋嘉茉感觉全身都像是过了电一般，手里的冰激凌也应声坠地。她气势汹汹地打开门：“你到底想干——”

下一秒钟，她骤然收声。

陈昆就站在不远处，看着他们。

仿佛血液开始倒流，玩笑话也再说不出口，那一瞬间，她的大脑空白一片。

陈昆接着问：“闹什么？”

“没事，他把我冰激凌弄掉了。”宋嘉茉说。

接下来就变得有些沉默，仿佛再正常不过的相处，但大伯仍然没走，她俯着身收拾，只觉如芒在背。

收拾好之后，陈赐转过头，问道："什么事？"

陈昆："我的打火机是不是在你的房间？"

"嗯。"

说完后，两个人一同离开，去了陈赐的房间，宋嘉茉松了一口气。

房间内。陈昆接过那个银质的打火机，打开看了两下："你的记性一直都很好。"

陈赐没说话，抄着手，是送客的姿态。

离开前，陈昆随意一扫，在角落处看到一个浅色的纸袋。那天陈赐晚归，比宋嘉茉晚回来四十分钟，说是陪朋友去买的东西。

陈昆问道："都买了些什么？"

"一些小玩意儿。"

陈昆说了声"好"，径直上了二楼。

次日的第一节课是思修，宋嘉茉打了三个呵欠。下课后，她趴在桌子上，准备补觉。

尹冰露："昨晚没睡好？"

"嗯，后面不是打雷了吗？雨声也好响。"

"我中途也被吵醒了，"尹冰露说，"拿被子蒙着头就睡着了，你下次试试。"

宋嘉茉还没来得及开口，斜后方就传来一个声音。

江寺："猪都是这样的。"

尹冰露并不是很想搭理他："你过来找骂？"

江寺晃晃手指，坐在前排的椅子上："你们听说没？黄向珊已经回来了。”

“知道啊，不过她回来之后还挺安分的，”尹冰露道，“比起这个，我更想知道五一放几天假。”

“按照法定节假日放呗。”

“不能多放几天吗？”

“想什么呢？”四眼说，“不过放假前一晚院里有个晚会，不用上课，也不错。”

尹冰露幽幽地叹了口气：“晚会能有什么好看的？”

但这次矿泉水猜错了。

可能是要存档留念的原因，这次晚会的阵仗很大，由李天王亲自主持，提前三天就开始搭台子了。

五一当晚，尹冰露边嗑瓜子边点评：“后面还有个挺大的LED屏呢，干什么用的？”

四眼：“唱歌、跳舞的背景，你别说，学院这次用心了，我还看到了航拍机，估计到时一边诗朗诵《我爱肃大》，一边航拍学校的美景，整得跟春晚似的。”

今晚的节目确实还可以，节目种类丰富，还有相声、小品之类的节目。估计马上要诗朗诵了，这会儿，已经在调试航拍投屏，LED屏幕上浮现出学校俯拍的全貌。

节目正在准备中，突然，某处传来一些声音。

“我只是觉得，我们的关系没那么好了……”

宋嘉茉怔了一下，感觉这个声音有点熟悉。

很快，另一个女生的声音响起：“怎么样才算关系好？万雅，非要我把你写的这封匿名信认领，然后陪你去偷期末考试的卷子，才能算关系好吗？”

万雅：“你怎么能这么说？黄向珊，当时可是我……”

“你怎么？当时宋嘉茉的事情，从头到尾，哪一次不是我帮你出头？可是最后呢？你连去找你舅舅帮我一下都不愿意。我回家的这段时间，越想越不对劲，你不就是在利用我吗？看我没价值了就不闻不问，现在需要我了，就又来找我了——我是你养的狗吗？就算我是你养的一条狗！也不至于这样吧！”说着，黄向珊渐渐激动起来，“当时你说很羡慕崔芷婷，人家提起大二学生的代表，总能第一时间想到她，你说你也想这样。人家是学生会会长，你就想弄个广播社社长，那可是宋嘉茉先提出要办广播社的啊，你说抢就抢了，就为了你的虚荣心。老师说要你期中考进步，你怕提高不了名次，就趁监控调修去偷卷子，你不就仗着你的舅舅是院长吗？”

……

站了几千人的操场一片哗然之声，很快，人群沸腾起来。

“我的天，这直播是吵架现场？”

“撕得好，再撕响些！”

“快快快，课代表继续说啊，我看万雅还有多少惊喜是我不知道的。”

老师好像都去后台准备下一个节目了，哪里知道这样的欢呼，只是在掩盖精彩的 LED 航拍。

负责航拍的学生没见过这个场面，急忙想操控着航拍机离开，结果手一滑，航拍机正好卡在树枝上，正对着万雅的脸，她的脸色难看极了。

台下一片爆笑声：“这什么角度啊，舞台直拍？”

黄向珊的语速极快，还在继续气愤地说着：“偷一次试卷还不够，这次你还要去，你忘记上次多少人替你收拾残局了吗？就因为你觉得宋嘉茉抢了你的风头，你想重新进播音社，把她挤下去？你是来学校学习的还是来选美的啊？对了，说到选美，你真的觉得你很漂亮吗？你帖子里的那些图，每一张图我都修了至少两个小时！你真以为那是你天生丽质啊？那是我磨皮、美白、去黑眼圈、去痘印的技术好！你的‘小女神’

称号怎么来的，你心里没数吗？楼里多少回复是我刷的啊？每天昧着良心夸你我都快要吐了，你能不能醒醒？”

万雅的脸色黑如锅底，嘴唇张张合合，似乎想要反驳，但根本找不到理由。

黄向珊：“能趁早从你的出名梦里醒过来吗？别觉得你是院长的外甥女，就可以为所欲为，整个学校都是你的？我也是笨，觉得你的舅舅是院长，我也想沾光，所以配合你，可是到头来我又得到了什么？打脸？休学？早点儿知道就好了，你愿意让我接近，不过是觉得枪打出头鸟，有我作为掩护，大家不会觉得你又漂亮，又多才多艺，又跟院长有亲戚，因此红颜薄命，处处针对你，所以你才想把我推出去挡抢——我修图的时候但凡能给你修修脑子，你都不至于这么智障啊！”

大家已经快笑得直不起腰来了。

“这就是传说中的后援会脱粉吗？”

“永远不要辜负一个陪你最久的粉丝，因为她有你最多的黑料。”

“合着小女神还是刷来的啊？丢不丢人？”

……

就在气氛愈演愈烈的时候，李天王终于发现了不对劲，迅速走上台，关掉音响。虽然没有了声音，可万雅的表情还在循环播放着。

之所以说是循环播放，是因为她浑然没注意操场上的一幕，忘记了表情管理，所有的情绪都写在脸上，脸色一阵红一阵黑，即使有再多的愤怒，都只能硬生生地自己咽下，看起来憋得像是下一秒钟就会气绝身亡。

很快，她艰难地撇开头，结果这一撇不要紧，直直地和摄像头对上。

万雅终于发现了什么，表情从憋屈变成慌乱，她连忙伸出手，想把摄像头打下来。结果那个位置卡得太好，她伸手够了半天，距离摄像头还有一段距离。反而摄像头拍下了她的狼狈动作。最后，她一个趔趄，直接撞到了树上。

台下的同学们仿佛在看小品。

“猪撞树上，你撞猪上了？”

“表演呢？猩猩摘桃儿？”

“今日最好笑的节目出现了！”

终于，李天王怒斥一声，关掉了大屏幕：“你们不好好看表演，看这个干什么？”李天王一开口，底下的男生也坐不住了。他们哪受得了这委屈。

“院长，万雅是你的外甥女啊？”

“院长，不会就这么算了吧？”

“院长，让我们全院给她买单啊？我可不想再考一次外语学院的卷子！”

半晌后，李天王重重地一挥袖子，道：“我会给大家一个交代的。”

“什么交代啊？退学吗？”

“可以！她这么喜欢考外语学院的卷子，那就去外语学院好了！”

“本来就应该严惩吧，上次广播不是还说了，再有类似事件，绝不姑息。”

“院长这么明察秋毫，一定会让她退学的吧？”

“留下来也没必要啊，都成这样了，还不如换个地方重新做人。”

“确实，不退学很难收场！”

上次的期中考已经给大家带来了极大的阴影，如果这次万雅再偷卷子成功，在场的所有人都是受害者。于是，“退学”的呼声愈演愈烈，堪比万人演唱会全场嘶吼的声音。

李天王从未见过这样的呼声，院长的威严荡然无存，台下的叫喊声压也压不下去。最后，他的眼睛一闭，道：“行了，退学！万雅退学，今天就收拾东西走人！”

“好耶！”

李天王：“你们也给我安分点，好好看表演！”

安分是不可能安分的，当晚，论坛凭空冒出一个热帖，是一段视频。内容正是航拍机投射到LED屏上的部分，记录下了万雅的所有表情。帖子的名称是：

万雅·百万直拍。

回帖的数量涨得很快。

“帖子名笑死。”

“肃大创造101，出道即退学选手。”

“有一说一，脸是真比不上宋嘉茉。”

“辱小宋了，甜妹永远的神！”

此时，新闻系大一五班的教室门口，也围着不少人，议论的声音此起彼伏。

教室里空空荡荡的，只留着一盏灯，万雅就在自己的座位上，收拾着东西。她万万没想到，等待自己的下场，会是冷冰的退学。并且“退学”这两个字，还是由她觉得永远会庇护自己的舅舅说出口的。

她的指甲陷进肉里，紧紧地拉着书包带，掌心被自己掐出血痕。她觉得自己像只动物园的猴子，被人品头论足、指指点点，还有各种嫌恶的目光。她一股脑地把所有东西装进书包里，迫不及待地想要逃离。

可万雅刚走出教室，就像老鼠过街一般，议论声愈来愈大。人言如同刀子，剖开她的身体，她疼得皮开肉绽。

她狠狠地瞪过去一眼，态势却愈演愈烈。

“瞪人家干什么？你自己做的还不让别人说了啊？”

“现在这样就别拽了吧？你知道偷卷子多招人烦吗？心里没点数。”

……

突然，她在拐角处撞上宋嘉茉，人群中的声音骤然一变，语气天差地别。

“喔，宋嘉茉？”

“还是喜欢你的主持风格，李天王的口音太严重了。”

“现在才回去啊？会不会太晚了，要不坐我家车？”

“你有病吧？哈哈哈陈赐马上赶来杀死你。”

万雅以为方才已经是最难堪的时刻，到这一刻才知道——这么强烈的对比，才是狠狠地将她十几年来的自尊和高傲，一同撕个粉碎。

她头重脚轻，世界仿佛都在旋转。

万雅加快速度跑出校门，无颜面对家里人，她挂掉手中的电话，如同抓住救命稻草一般，坐上一辆街边等活的摩托车。

司机正要问她去哪儿，却被她打断：“先开走！随便去哪里！先走！”

司机透过后视镜，奇怪地看了她一眼。

后视镜中的万雅头发散乱，形容狼狈，精致的内眼线花了大半，狠狠地闭上眼睛，她输得一败涂地。

她最在意的便是自己的高傲、体面和自尊，但最终得到的却是落魄与嘲笑。最想要的东西从手中失去，最在乎的一切，也早就荡然无存。

很快，引擎的发动声响彻街道，又在下一秒钟消失无踪。

空荡荡的马路上，尹冰露长长地叹息一声：“世界终于清静了。”

等宋嘉茉回到家，尹冰露还在跟她说这件事儿。

矿泉水：她的抽屉里好像还有东西没拿走呢，估计是没心思清理了，我觉得她可能要用余生来治愈这一天，爽啊！那封信就是她写的，她走了，你也可以安心去上播音的专业课了，谁会闲到关心播音社的社长到底出不出去学习啊？就她没事干，天天发疯。

听到这里，再过一段时间，她就要去参加集训了。宋嘉茉正在出神的时候，门被人敲响了。

她下床，打开房门，问道：“有什么事吗？”

陈昆："阿姨炖了银耳汤，给你盛了一碗。"

"哦，"少女小声答应着，"好的。"

陈昆颔首，转过身时，看到她的柜子上摆着一个熟悉的纸袋。

这个纸袋曾经在陈赐的房间里出现，但没过多长时间，还是辗转回到了她这里。

日子一天天地从指间溜走。宋嘉茉还有两个月就要去参加集训，但陈赐只有一个月就要参加国家级专业知识竞赛了。

家里进入了绝对安静的状态，虽然陈赐并不需要，但他们还是尽可能地为他留出了最好的学习空间。

宋嘉茉连排骨都不和他抢了，为这事儿，没少被他笑过。

陈赐参加竞赛那天是个艳阳天，她趴在窗台上，看着窗外的阳光，莫名就觉得，他应该会考得很好。

掐着点儿，等到最后一门考完，她跳下椅子，问坐在沙发上的大伯："您要去接陈赐吗？"

"我这儿有点事，去不了。"

"好的，那我先去啦。"

"嗯。"

在少女离开后不久，陈昆叹息一声，拨通了司机的电话。没过多长时间，少女所坐的那辆公交后，跟上了一辆蓝白相间的出租车。

她顺利地接到陈赐，难得狗腿地要帮他拿东西，陈赐做了个假动作，又收回来："干什么？"

她笑吟吟地："帮哥哥拿东西呀。"

见她半晌没再说别的，他挑着眉："怎么不问问我考得怎么样？"

"你肯定考得很好。"少女回过身，朝他粲然一笑，"心电感应。"

“那你要不要感应一下，我接下来想去哪里？”

“肃大。”她说。

陈赐微微一顿，旋即笑着揉揉她耳垂。

“挺准，”他像是换了个想法，道，“再猜？”

她有点不乐意了，嘟囔着：“我又不是神婆。”

但是没过几分钟，又一脸了然地凑近：“我知道了，你现在在想，天气真的好热啊，妹妹来接我辛苦了，给她买一杯多肉葡萄吧。”

陈赐无语半晌，又给她气笑了。

顺利获得多肉葡萄后，宋嘉茉小口小口地抿着沙冰，跟他走进传媒大学的校园。每个大学都会有标志性建筑，传媒大学的门口矗立着一尊雕像，在阳光下的投影，很像一个人拿着手捧花。因此得到了一个浪漫的别名，叫捧花路。

宋嘉茉低头说：“我考进传媒大学那天，你也要拿手捧花来接我哦。”

陈赐抬头：“我干脆雇个八抬大轿——”

“干吗？来娶我？”

她完全是想到什么说什么，说完才觉得不对，咳嗽两声，又换成了别的话题。

远处的侧门很热闹，她花了大半天才走过去，隔着马路眺望某处：“怎么这么多人？演唱会吗？”又突然想起些什么，点开热搜一看，果不其然——

宋嘉茉：“今天还有沈景泽的演唱会？”

陈赐：“喜欢？”

“喜欢啊。”

他本来就觉得她应该感兴趣，但这一刻听到她说喜欢，又不是很爽。

少年磨了磨牙，修长的手指间夹着两张门票，在她的面前晃了晃：“这样呢，有没有更喜欢？”

“你还买票啦？”宋嘉茉眼睛一亮，转瞬间，将这些联系起来，好像也不是特别意外。她故作不满，轻咳两声，“这就是你请我去看演唱会的态度？”

陈赐眯着眼睛：“公主赏个脸，一起去看？”

她轻轻抿了抿唇角：“勉强同意。”

从这里走到体育馆门口，耗时二十分钟。排队入场，耗时三十分钟。将近一个小时的时间里，某人的心情随时间的推移而变化。

终于，在她催促检票时，陈赐蹙眉低问：“你是喜欢歌还是喜欢人？”

她笑眯眯地说：“喜欢人。”

陈赐说：“走了。”

“哎，别别别——”她故意惹火他，最后又只能自己去哄。从进入电梯到三楼的一路，陈赐的眉心才慢慢舒展开来。

其实她也只是之前听人说过沈景泽，后来就去搜了一下，算是沈景泽半个颜粉和歌粉，入坑作是他的《朝颜》，歌词很浪漫，听说是写给女朋友的。这场演唱会他唱的开场曲就是《朝颜》。

宋嘉茉坐下来，感觉有些冷，找陈赐要了本书压住裙子。

沈景泽玩乐队出身，他很会热场，后面的吉他手也很嗨，几首歌结束之后，场馆里的灯却突然亮了。

宋嘉茉抬头看了一眼：“结束了吗？”

“不是，”陈赐低声说，“互动环节。”

她没搞懂互动是什么，正想问，忽然看到摄像机对准了观众，开始移动起来。最后在某对情侣身上定格，大家见怪不怪了，起哄地喊着：“接吻！接吻！接吻！”

宋嘉茉：“玩这么野的吗？”

“这不很正常？”陈赐道，“去看球赛也会这样，被拍到同框的人要接吻。”

她想了想，说，“那你别去看球赛了。”

陈赐笑着说：“我带你一起去不就行了？”

宋嘉茉：“那会被发现的——”

可话音没落，她一抬头，看到大屏幕上是两张熟悉的脸。这一次，导播拍的，是她和陈赐。那一瞬间，仿佛海水漫过耳朵，反应能力被剥夺，理智一同被吞没。

她木然地眨了眨眼睛。直到旁边的所有人都开始起哄：“亲一个！亲一个！亲一个！”

宋嘉茉这才后知后觉地反应过来，她的耳根通红，拿起压着裙子的书本，遮住大半张脸，朝他凑近，正想问这要怎么办啊？抬头对上他似笑非笑的脸，所有的话，却都说不出来了。

陈赐笑着低下头，鼻尖与她的轻蹭，然后微微偏转过脸，轻点过她的嘴唇。她手中的书本被人举高，挡在镜头和他们之间，像是隐秘地隔开一方谁也不会看到的小空间。

好像有很长很热烈的尖叫声，可她听不到了。

灯光亮得刺眼，他们在人尽皆知的转播屏下，可他们的呼吸躲在这里。

她手指紧紧攥着书本，每一秒心跳都像是警报。

在万众瞩目又无人知晓的这一刻，她尝出一点儿温热的，薄荷加葡萄的味道。

第十四章

荆棘与茉莉

CHAPTER 14 >>> 等烟火满怀

他想，他得保护她，得陪着她长大。

得看着她的人生，从荆棘里开出花。

演唱会在九点结束。散场时，宋嘉茉感觉还有些飘忽，前面的人不知道说了什么，有人笑着回头看她。她条件反射一般地举起书本，又挡住了脸。

陈赐噙着笑，捏捏她的手腕："你挡住脸，不是更明显了？"

"……你不要管！"

到家已经是快十点了。

陈昆还没有睡觉，坐在沙发上处理着什么事，手边是一个牛皮纸信封。

宋嘉茉扫了一眼，就在这时候，她的手机也响了。

她没想到会在这时候，接到培训机构的电话："宋嘉茉，下午打你的电话一直没打通，是这样子的，今年的艺考时间提前了，所以我们的集训时间也要提前，你看能不能跟老师说一声，下周一就不去学校上课了？"

"不好意思，下午一直在外面，没有接到电话，"宋嘉茉急忙走进书房，说道，"之前跟老师聊过了，应该是可以的，但是学校管理比较严，我还要提交一些资料。"

想了想，宋嘉茉又问道："去集训的话，我需要准备哪些东西呢？"

……

集训提前得很突然，宋嘉茉忙了一个晚上，做了些相关的准备，又怕影响陶碧的休息，整理完资料给她发了一封邮件。

等忙完这些，洗过澡，还没来得及看一下手机，她就累得睡着了。

而少女浑然不知的是，正在她酣睡的时候，二楼的露台，却灯火长明。

陈昆拆开信封，将几张照片扔到了桌子上。照片正中，正是牵着手的两个人。

“陈赐，我一直觉得你是个聪明人。但是不管我怎么旁敲侧击，都对你没有任何用处，是不是？”

“小点声，”陈赐说，“她睡了。”

陈昆：“是——她是睡了，你呢，你睡得着吗？我睡得着吗？之前小莫跟我说，让我注意你一下你们，我那个时候还很奇怪，我猜她是不是多想了，怎么可能会有这么荒谬的事情？直到我住过来，一天、两天……发现的时候我都觉得不可思议，陈赐，这怎么可能呢？

“你比任何人都清楚你们没有可能，不是吗？芮萱来家里的那天，我已经和你说得很清楚，你不会听不懂。

“于情，你们从小一起长大；于理，你们相差悬殊。我以为你会收敛，作为哥哥，你应该克制，但是，陈赐——你怎么能一而再再而三地越界，你怎么能拿你们的人生当儿戏？你怎么能戏弄整个家庭？”

少年陷在椅子里，没有说话。

陈昆的胸口上下起伏，花了足足十来分钟，才平复下情绪。那天芮萱离开，宋嘉茉去送客，也是在这个露台，他跟陈赐说了一些关于宋嘉茉和家庭的话题，他知道陈赐能够听懂，他也给了他们机会，但一切并未就此结束。

陈昆闭上眼睛，碾灭手上的烟头：“之前是不想耽误你参加竞赛。一个星期的时间，你自己处理好。”

接下来的几天，宋嘉茉都忙着提交资料，准备参加集训。

这批集训的学生，除了宋嘉茉，全部都选择住在培训学校。老师也来劝她，让她考虑一下，和大家同步，更方便学习。宋嘉茉想了想，跟老师提出先住一个星期，再看情况，决定要不要继续住在培训学校。老师欣然同意。

周一开始，大家便统一入住，分了寝室。

接下来就是暗无天日的集训。

突然进行高强度的集训，身体自然是有些吃不消的，还好学校有良心，周日放了一天假。

最后一节课前，宋嘉茉找老师要来手机，给陈赐打了个电话："喂，哥，我们明天放假，今晚可以回去。"

陈赐"嗯"了一声，声音有些沙哑，但又带着她熟悉的笑意，问："想吃什么？"

她愣了一下，觉得他可能是没有休息好，继续说道："我都可以。"

又停顿了几秒，陈赐问她："有没有不习惯的？"

"头几天有点儿累，现在好些了。不过不知道为什么，老师把我的位置调到后排了，前面那个男生有点儿高……"宋嘉茉絮絮叨叨了一大堆，说觉得哪哪都不顺，这儿是不是跟自己相克，半晌后又自我否认，"不行不行，不能迷信，可能是巧合吧。"

……

挂掉电话之后，陈赐抬起头，看向对面的陈昆。

陈昆："电话打完了，你也该给我一个结果了。"

陈赐垂下眼皮，轻声说："之前是什么回答，现在也是。"

"不分开，是吗？"

陈赐没再说话。

"行，"陈昆深吸一口气，"既然你处理不好，那就我来帮你处理。"

很快，他拉开抽屉，将一份文件甩在桌上。

那是一份退学申请书。

陈赐的眼神蓦然一凛。

陈昆道："她所能享受的资源，全都仰仗于陈家。你爱她，那她就只能离开陈家，所有能享受到的这些资源，通通应该还回去。除了肃大，还有现在的培训班，以及她昂贵的艺术梦想和日常的各种开支。还要我继续给你举例吗？比如被带回那个赌鬼叔父的家，回到连生存都变得艰难的环境，被上门要债的人打骂或是凌辱——她也只是个漂亮的小姑娘而已，你知道这代表什么吧？"

陈赐渐渐紧咬牙关。像是困兽被逼到绝路，他目光如刃："到底是她必须要走？还是你想让她走？"

陈昆："这和我想不想没有关系，你们根本不是一个世界的人。你爸爸当年把她接来陈家，也只是出于一时的恻隐之心，加上你母亲和妹妹的离世给他造成了重大打击，他需要的只是一个精神寄托，难道你不知道吗？他身体已经这样了，你不应该亲手毁掉他的寄托。他需要的是一个小孩，一个比爱情稳固千万倍的关系，如果你们有朝一日分开了，你们连现在的状态都回不去了。

"站在她的立场想想，你真的觉得她愿意陪你面对那么多？她心思敏感，和你在一起之后要经历多少风言风语，爱情比亲情脆弱一千倍一万倍，你真的肯定她未来不会恨你？"

窗外风雨欲来，狂风簌簌吹动枝叶，陈赐的喉结滚动，闭上眼睛。

陈昆："你确定她懂什么是爱情吗？她胡闹，你也跟着她胡闹？你知道你爸爸把她当什么，那是他最后的精神支柱了，我昨天才跟医生聊过，他的状态好了一阵子，近几天又在频繁地吃药，失眠，你真的想把他逼疯吗？他已经过得很难了。"

少年的指尖冰凉。

"说回宋嘉茉。她和我聊过，她有自己喜欢的事情，有要追求的梦想，想去传媒大学的播音系，然后进电视台。"陈昆看到，这一秒钟，少年终于开始动摇。

“你知道的，”陈昆的声音低沉，近乎残忍，“我有的是办法，让她这辈子都进不了传媒大学和电视台。”

陈昆说：“她的未来和你的爱情，你选一个吧。”

积攒数月的暴雨，终于在此刻倾盆而下。

天色昏暗，闪电拉扯开序幕，铅灰色的流云过境，雨点急促地拍打着窗台，像是催促。

过了许久许久，玻璃窗上积起雾气，水渍蔓延。

陈赐终于开口，声音变得沙哑起来：“条件？”

“让她专心留在这里学习，你去南城，八年内不允许回来。”

跨过无数江河湖海，南城是国内离她最远的地方。

“不能私下联络，否则我随时兑现我今天的承诺，收回她的一切，并且让她跌得更惨。”

这一次，又是更长时间的沉默。仿佛需要消耗莫大的能量与力气，才能将这些话一句句拆开，再一句句消化。陈赐摇摇头，哑声道：“八年太久了。”

“五年，我最后的退步。”陈昆将一张机票推到他的面前，如同做了万全的准备，“你出国。”

机票是飞往墨尔本的，时间是今晚。

陈昆：“你今晚就走，收到你落地的消息，我会重新把她的位置调到前排，不再给她安排背光的寝室，床也不会不舒服，也不会只有她的那盏台灯是坏的。她会有最好的安排，只要你走。”

狂风骤雨仍在倾落，如同末日，世界沦陷。

仿佛只有一瞬间，他想了很多。想到她提起梦想时会发光的眼睛，想到她再也不愿重温的噩梦和过去，想起这些年，她是多么努力，才终于融进了这个家庭。他不能亲手将她送回去，就算是死，也不行。

命运看似给出了选择，但他又能如何，他总不能毁了她。

终于终于，陈赐站起身来，身影在灯光中，重重地摇晃了一下。

猛烈的风雨声中，他听见自己说：“……好。”

陈昆站在他的背后，开口道：“我那时候谈了三年的初恋，只是分开了半年，再见面，也觉得很陌生。等她工作，我会介绍一些合适的青年才俊。五年的时间很长，足够让她忘记你。等你再回来，她应该有了稳定的恋爱对象，也快要忘记你是谁了。”

走向房间的路上，陈赐的脚步猛然一顿。

陈昆说：“忘了也好。”

忘了，也好。

思绪混乱，陈赐并没收拾些什么，简单地带了几件衣服，然后把她送的玩偶装进了箱子里。

半小时后，他走到客厅，手上只有一个黑色的行李箱和一封信。

“怎么这么久？”陈昆说，“她快下课了，你先坐车去机场。走之前，就不要见面了。”

陈赐没说话，停顿了一下，将那封信放在桌子上。

“总得告个别。”陈赐说。

“好，我会放到她的房间。”

“嗯。”走到门口时，陈赐又转过身，最后看了一眼她的房间。楼下的司机在催促，他收回目光，大步流星地朝前走去，再没回头。如同害怕再看一秒——只用一秒钟，就会忍不住放弃所有决定，重新留在这里。

陈昆目送他离开，然后回到客厅，紧盯着那封信，最终拿出打火机，将信件燃尽。

宋嘉茉回到家里时，家里的气氛一反常态。

阿姨并不在厨房，陈赐也不在客厅。大伯坐在沙发上，眉头紧锁。

习惯于察言观色的少女，在这一秒钟里，心头猛然下沉，如同猜到了什么。

可是怎么会呢？她安慰自己，刚刚还和陈赐通过电话，在电话的那一头，他还笑着问自己要吃什么？

怎么可能呢？不久之前，这个人还握着她的手，让她不要害怕。

宋嘉茉稳了稳心神，艰难地走到桌子边。桌子上面摆着一张机票，直飞墨尔本，时间是今晚。眼前猛地一黑，她险些站不住。

陈昆不知何时走到她的身旁，开口道："我今晚本来要和陈赐一起走的，但有点事耽误了，所以他先去。"

她找不到合适的表情，这一刻，理智拼命地告诉她不要太明显，可完全控制不住颤抖的声音，也调动不出一个积极的表情："去……干什么？"

"出国留学，"陈昆道，"那边有一个我的老朋友，可以照顾他。"

预感在此刻突然成真，如同命运的摆锤，在这一刻轰然砸落。

有足足十分钟，她发不出任何声音。

她茫然地抬起头，目光空洞，身体僵硬，到最后，已经不知道自己在说些什么了。大脑仿佛和身体分开，只能感觉到嘴唇张张合合。

她问："以后就在那边上学了吗？"

"对。"

"那……过年……过节的时候，会回来吗？"

"不会。不要再问了。"

不要再问了。简简单单的五个字，她明白，陈昆什么都知道了。方才她接到电话的时候，应该是陈赐正在和他谈判。可是，这就是他们谈判的结果吗？宋嘉茉感到手脚冰凉，不愿意接受，还想再问些什么，又被陈昆打断。

陈昆："当断则断，你现在的任务是学好专业课，然后完成你的梦想，对吗？”

当断则断，好狠的四个字。如同反应能力被人切断，她站在原地许久，这才后知后觉地拿出手机，显示没有新消息。她哽咽了一下，艰难地说出一句话来：“那他……有留给我什么吗？”

“没有，什么也没有，”陈昆残忍地说，“你们都知道你们不可能，不如就借这个机会，算了吧。”

——算了吧。

怎么能算了呢？她才发现她喜欢了他很久，他们兜兜转转错过了很多，经历了很多试探、挣扎、后退、确认，好不容易才牵上的手，他们还约定要一起面对漫长旅途，约定要拿着捧花，约定下一个情人节、圣诞节、她的生日——

怎么就能算了呢？

可是，除了算了，又能怎样呢？

她的心里是比谁都清楚的啊，她比谁都清楚，早晚会有这么一天的，只是还自欺欺人地蒙骗自己，想要多享受几分温存，想多拥有几天的陪伴，装作预想中的结局，不会到来。

可这就是现实，现实终究会将他们推向不同的岔路，而他们别无选择。

不能相爱的人，从决定相爱的那一刻开始，每一分每一秒，都是在饮鸩止渴。

刀刃还没有划破皮肤，不是因为它不再锋利——而是他们终究还没有踩下去。

她以为自己早就做好准备了，可真正面对的这一刻，还是如同世界轰然倒塌，丧失所有力气。她浑浑噩噩地回到房间，大脑好像已经麻痹了，身体没有任何知觉，连哭都哭不出来。她反反复复地拿起手机，想给他打一个电话，想问问他，可事到临头，又觉得，能问些什么呢？

他那么好，那么优秀，总不能让这段感情成为他人生中的污点吧？

借着这个机会断掉，不是更好吗？

是啊，不是更好吗？

凌晨三点钟，家里的人都没有睡着。宋嘉茉翻身下床，连赤着脚也浑然不觉，她走到陈昆的面前。陈昆的脸上也写满了疲惫。

宋嘉茉问："我能搬出去住吗？"她没有办法留在这里，这里到处都是陈赐和她留下的记忆，每分每秒都在凌迟她脆弱不堪的神经。他们在这里吵过架、牵过手、拥过抱、接过吻，他们在这里生活了这么长时间，怎么能够这样就被抹除，怎么能够被轻易抹掉。

她闭上眼睛，轻声说："就住在学校附近，一套小房子就行。"

陈昆抽了三根烟，同意了她的要求。最终，陈昆的目光落在她的脚上。今天降温，瓷砖地面冰冷，而宋嘉茉仿佛感觉不到似的，站在那里，一动不动。

"穿双拖鞋吧。"他说。

不到两个小时，陈昆就给她找好了房子。

宋嘉茉只带走了书，其余的什么也没有带，因为她知道，即使什么都不带，她身上已经都是陈赐的气息。不能再带了，再多带一件东西都会崩溃。

她将书在桌子上整理好，又坐在沙发上发了会儿呆，好像什么都没想，但一转眼，就又到了晚上。她出门去买换洗的衣物，直到被导购提醒，才发现自己又站着发了很久的呆。

买好了东西，不知道是晚上几点钟。

夜风很冷，距离她知道陈赐离开，已经过去了 24 小时。

可为什么还是没有真实感呢？她掐了自己一把，终于迟钝地感觉到疼痛。好像这一刻才不得不接受现实似的，疼痛感蔓延，冷到僵硬的身体也一寸寸有了知觉，心脏像是被人紧紧捏住，呼吸不能。

她下意识地拿出手机，想给陈赐发一条消息，雨滴砸到脸上才想起来，哦，原来他们已经分开了。

她已经没资格恃宠而骄，没资格理直气壮地索求偏爱和纵容，没资格享受他的好了。

剧烈的疼痛是会延迟的。她眨了眨眼睛，忍住酸涩的泪意，伸手想去开门。

可抬手的那瞬间，无数画面闪过脑海，她想起陈赐，帮她背包的陈赐，替她罚抄的陈赐，给她做夜宵的陈赐，接她放学的陈赐。

已经不属于她的……陈赐。

她没有开门的力气，缓缓蹲下，头埋在膝盖里小声地抽噎着，可是已经再没有人会借她一个肩膀，会擦掉她的眼泪，会关切地问她怎么哭了？

她的哭声很小，如同小兽舔舐伤口，压抑地悲鸣，哪怕已经快要喘不上气，也仍旧很小声。

这天，陈赐没有走，一直躲在暗处看着她。他从没见过她这样哭。她在他面前一直都哭得很大声，像是想找什么存在感似的，痛苦和委屈都要加倍诉说，如同知道会有人撑腰。可今天不是，她知道没人会心疼她了。

陈赐咬紧牙关，从未觉得分秒都如此难挨。

哭到最后没有力气，她在原地坐着，无声地流着眼泪，过了一会儿才想起要开门，从包里拿出钥匙，缓缓将门推开。

大门即将关闭的那一秒，门缝中横过一只手，有人影闪身进来，熟悉的气息笼罩而来。她紧紧攥着他的衣领，在吻里尝到铁锈和眼泪的味道。

这是他忍耐不住的告别，她知道，他也痛苦，每一个动作都想让她记住他。

她从未比这一刻更加真实地意识到，她要失去他了。

她的身体和心都感觉疲惫极了，三天的时间里睡了不到五个小时，最后也只是摸着他的眼角，一言不发地流泪。

她告诉自己不要睡着，但一觉起来，陈赐还是走了。

桌上摆着一杯热可可，她想，他应该离开不超过半小时。

她的灵魂好像漂浮着，她知道自己在做什么，又好像并不知道。

她想，陈赐既然要走，一定有不得不走的理由。询问无用，再多说什么都是无用，都只会徒增他的痛苦。如果结果是注定的，那她不能成为他的牵绊，让他这样挣扎和犹豫，也许放手，才是对他最好的方式。

她以为自己已经想得足够清楚，足够坚定，但打字的那一秒，仍然控制不住地颤抖着。

陈赐好像上天赐给她的一个美梦，绮丽盛大，点到为止，现在，梦该醒了。

少女死死地咬住下嘴唇，像是要用尽所有的力气，才能将这段话打完。

她说："我们以后，还是保持距离吧。"

信息转了两圈，发送到陈赐的手机里。

飞机即将起飞，这日天气阴沉，陈赐的收件箱里摆着十分钟前，陈昆发来的"下不为例"。

他想，她是不是也很累了。他的小姑娘，以前的日子过得已经非常辛苦，他不能再自私地拖着她了。

飞机的广播响起："本次航班即将起飞，请大家关闭手机或调到飞行模式，谢谢。"

飞行模式开启的前一秒，对话框中发出一条简短的消息。

陈赐说："好。"

剩下的时间，宋嘉茉的生活简单而枯燥。被排满的集训课程、上镜培训、礼仪姿态……每分每秒都被填得满满当当的，闭上眼睛就能睡着，第二天一听到铃声，大家又立刻洗漱，准备，开始新一天的拼搏。忙起来也好，她想，忙起来就不会显得空荡荡的。

十二月，培训班集训考试如期而至。

今年的冬天似乎比往常的要冷，女生们早早睡下，第二天换好裙子，前往考场。毕竟是选拔专业学生首先要本着是否适合“上镜”的标准来进行，外貌会加分，大家都打扮得很漂亮，只在外面披了件羽绒服御寒。

光是在教室里等待，宋嘉茉都忍不住轻轻地跺脚，感觉寒意直往骨子里钻。

旁边的女生问她：“快到我们了，去上个厕所吧？”

“好。”

穿着外套不方便，再加上离得不远，于是她们脱掉羽绒服，去了趟卫生间。宋嘉茉再回来的时候，发现自己搭在椅子上的衣服不见了。

她问坐在后排的男生：“你看到我羽绒服了吗？”

男生回答道：“不知道，刚刚太混乱了，我也没注意，你再找找呢？”

旁边的女生也陪她找了一会儿，可还是没找到。

“可能大家的羽绒服都差不多一样的款式，被人误拿了，算了，”宋嘉茉摇摇头，“你别找了，安心准备考试吧。”

“那你怎么办？还有半个小时呢，不得冷死吗？”那个女生想了想，“我俩一起披一件吧。”

就这样，两个女生裹在一起，艰难地取暖。宋嘉茉为了转移注意，不得不摸出手机，随便刷着朋友圈。

一分钟前，四眼刚好发了条朋友圈：

我今天是不是水逆啊？刚进学校就打上课铃，吸管捅不开奶茶，杯子还被摔碎了。

宋嘉茉想了想，安慰他：“那还是我比较惨一点，马上考试了，羽绒服被人拿走了，现在好冷，冷得要命。”

她又发抖了一会儿，收起手机，抬头，就看到一个女老师走到自己面前。

“衣服呢？”老师问她。

“好像被人拿走了。”

“那你穿我这件吧，”老师递来一件长款羽绒服，“天气太冷了。”

宋嘉茉有点蒙，直到老师的身影走远，还没反应过来。

女生也惊讶地低声问道：“这位老师怎么有多余的羽绒服啊？”

宋嘉茉也感到很奇怪，她想了想：“可能之前也有考生的衣服被拿错？”

“有可能，”那个女生笑了笑，“你运气还蛮好的哦。”

是吗？宋嘉茉将外套的拉链拉好，有些出神。

她将手指伸进衣服的口袋里，还摸到了两张五块钱的纸币，看来的确被人穿过。

她晃晃脑袋，专心备考。

这天，考完试，宋嘉茉又在考场外辗转着等了好一会儿，找到那个老师，将衣服还回去。老师却笑着说不用：“反正也穿不上了，你就穿回家吧，路上也冷。”

再三道谢之后，她将这件衣服穿了回去，最后洗干净，挂进衣柜里。

考试结束，接踵而来的是更加繁忙的专业课考试。常常不知不觉地就看到了半夜，急忙关灯睡觉。

二月中旬，集训课程完全结束，剩下的艺术课，只需课余时间学习即可，她也正式回到肃大上课。因为一直在问尹冰露学校的复习进展，再加上她很拼，基本功扎实，回来上课之后，宋嘉茉很快就跟上了节奏。

她的书桌前贴着一张日历表，每过一天，就划掉一格，仿佛是在倒数着什么日子似的，笔芯一根接一根地被用掉，格子也越变越少……划掉最后一格，终于到了毕业季。

毕业答辩比她想象中的简单一些，她甚至在个人答辩和小组答辩中都取得了最优的名次。

答辩结束后，大家的步伐都很轻快。学校门口，接考的人群拥挤，热闹极了。

“答得怎么样？热不热？”

“哎呀，都说不能问成绩了，走走走，妈妈带你去吃火锅。”

“书包给我，你哥我毕业答辩都没像你这么大阵仗，德行。”

鼎盛的日光下，少女孤身一人，安静地穿过沸腾又喧嚣的人群。

她的脚步停在某家奶茶店门口，今年又出了新品，但多肉葡萄仍然热销。她抿着嘴唇，看了一眼长长的队，最终离开。

坐上车时，看到窗外一闪而过的肃大校牌。如同车窗的取景玻璃，画面被记忆浓缩成一帧照片，夹进厚重的成长书页里，再重重地合上。

时光的列车呼啸，停过这站路，又继续往前开。

今晚的饭是在家里吃的。这是时隔三年，宋嘉茉第一次回去。

大伯一家也来了，客厅里很热闹，芮萱拽着她问东问西，她们聊了一会儿，很快开饭了。

这顿晚餐是为她准备的，每道菜都是她爱吃的，饭桌上，长辈偶尔会提到她，她礼貌地回答问题，又低下头专心吃饭。

最后离开时，在她的碗边，摆着一碟自始至终都没动过的小龙虾。

她没有搬回来住，又回到了自己住的那个小房子里。

大学毕业后，剩下的两个多月时间，不知道该用怎样的词来形容。

乏善可陈吗？好像也算，她用十佳社团的获奖证书，顺利拿到白鲸FM的奖品，并成功地和那边的负责人牵上线，拥有了一个属于自己的小电台，每天就守着这方天地打转。想选题，找素材，查资料，运营微博。

日子过得风生水起吗？可能也算，她的声音条件好，选题有趣，借着一个 App 的推荐位置，吸引了不少听众。慢慢地，受众越来越多，每天都能看到电台的粉丝在稳步增长——不管怎样，她从来没有放弃过向上。

七月份收到录取通知书，八月底，传媒大学新生报到。

她成功地考进自己想要的学校，学了自己想学的专业，值得一提的是，尹冰露和江寺顺利参加工作，公司离这里半小时车程。而费列去到了更远的地方，临别时，四眼还流了一滴鳄鱼的眼泪。

此时，传媒大学的标志性建筑前，摆满了围观和拍照的人，雕像倒影的捧花愈加清晰，旁边卖花的商贩赚得盆钵体满。她推着箱子路过，行李箱的滚轮和路面摩擦出响声。

突然，她的肩膀被人拍了一下："宋嘉茉？"

宋嘉茉转头，看到一张陌生的脸："你是……"

"你的室友，我们一起住 7107 的，"那个女生笑着，露出一颗小虎牙，"我叫杨扬，喊我小羊就可以啦。"

这个女生很和善，宋嘉茉也对她笑了笑："不过你是怎么知道我的？"

"二学位专业考试你考第一啊，怎么可能不认得？知道跟你分在一个寝室，我开心了一晚上呢。走啦走啦，带你去寝室，我之前来过，很熟的！"

小羊确实对学校很熟，很快就带她找到了寝室，顺利办理入住。

她们的运气好，住一楼，不用爬楼梯。

等她们进去，第三个室友也早就到了。这个室友是一个养生少女，熬最狠的夜，补最多的营养，这么热的夏天，竟然还在泡枸杞水喝。她叫季盼，小羊图方便，直接叫她枸杞，倒也合适。

她们的寝室很宽敞，一共就住三个人，还在阳面。

宋嘉茉打开箱子，收拾着行李。她拿出一个小玩偶，放在床头，不经意地带出一张票根，落在地上。

小羊帮她捡起来，顺道看了一眼："啊，你还去墨尔本了啊？毕业旅行吗？好不好玩？"

宋嘉茉的动作停了一下，这才偏头道："还行，就是房东的脾气很差，喜欢大晚上跳舞，会烤很香的松饼，但是从来不分给任何人吃，也不卖，楼下有一只狗，看到我就叫，害得我都不敢出门。"

枸杞说："这也叫还行？那你后来怎么安抚那只狗的啊？"

"没法安抚，就没怎么出门。"

小羊："没出门？相当于就在楼上住了一个多月吗？"

"嗯。"

小羊："那算什么旅游？你每天都干吗啊？"

"听听歌，做做广播。"

枸杞竖起自己的大拇指："牛。"

聊完这个话题，大家又开始各自整理行李。空调的冷风徐徐吹拂，宋嘉茉躺在床上，看着那两张往返飞机票，思绪游离。她比任何人都清楚，她还喜欢陈赐。

高考结束想在人群里找他，进校门时也想等他，只要不拼命地让自己忙起来，只要在拥有自主意识的时间里，都在想他。

但是不可以了，再喜欢也要结束了，之所以说出保持距离这样的话，不是因为甘心，而是看他当时太难过，她不愿意让他承受这些，所以选择自己来承受。

也没关系，她都习惯了。

怎么会甘心呢？她想，那么喜欢过的人，喜欢到多看一眼都觉得是自己赚到了，连放手都是一根一根手指掰碎了，眼泪一滴滴流干了，连心脏都麻木了，才能做得到的。

但她不想再成为他的阻碍了。

陈赐那么好，身边应该很快会出现新的朋友，把她忘掉，他就可以拥有很好的生活。大伯说得对，大家都知道他们不可能，借这个机会，彻底结束，也好。

没有她，陈赐依然会过得很好。而她喜欢他这个秘密，这一次，她一定会藏好，永远藏好，除了她自己，谁也不知道。

她侧过身，轻轻闭上眼睛。

宋嘉茉这一觉睡得轻，时睡时醒，偶尔能听到室友说话，偶尔又像是回到前几年，她和陈赐还算无忧无虑的那段日子，他抢了她的蛋糕，那时候的少女生了一整天的闷气，觉得不会有比这还要让人恼火的事情。

现在才知道，原来还能看到他，还能有脾气，都是奢望。

时间真残忍，残忍到她就连做梦，都知道这美好得只是个梦。

醒来的时候，她发现枕头洇湿了一大块。

宋嘉茉下床去换枕单，这件事她已经能做得很熟练。

结果刚爬下楼梯，头顶突然“滋滋”两声，整个寝室陷入一片黑暗。

枸杞：“我刷手机刷失明了吗？”

“应该是灯坏了，”宋嘉茉打开手机的闪光灯，“寝室有梯子吗？我看看。”

小羊去给她借了个梯子，宋嘉茉把电闸关掉，爬上梯子，拧开灯泡。

小羊感叹道：“你太厉害了，连这个都会？我还以为你只是一个徒有美貌的花瓶，该死！”

小羊的语气诙谐，本来该是会让人感到愉悦的赞赏，但她却恍惚了片刻，想起不久之前，自己好像还被尹冰露嫌弃过。

那时候的尹冰露是怎么说的呢。她说：“一看就是你被你哥宠得太过，什么都不会，套枕头都能套歪。”

哦，好像不是不久前了，已经过去三年多了。

陈赐也常常笑她笨，他不知道，现在他走了，她就什么都学会了。

宋嘉茉有些走神，被烫到了一下，“嘶”了一声，这才低头。

小羊：“要报修吗？去找阿姨？”

“不用，”宋嘉茉说，“灯泡烧坏了，换一个就行。”

小羊：“这都能看出来？”

宋嘉茉：“我一个人住过的。”

很快，小羊买来新的灯泡，宋嘉茉顺着接口，缓缓地拧上。

黑暗里，小羊又在感叹：“对了，茉茉，你有男朋友吗？”

她正想脱口而出说有，过了一会儿，才笑着摇头，“没有，怎么了？”

小羊：“你这么优秀，不舍得让你单着。我认识挺多帅哥的，你喜欢什么样的？”

宋嘉茉仰头说：“不用了。”

“怎么，你不喜欢男人啊？”

这个问题难以回答，宋嘉茉愣了一下。

枸杞说：“这肯定是被上一段感情伤到了，短时间内不想交男朋友了。”

“没事的，”小羊连忙安慰，“没事的啊，咱长得这么漂亮，以后肯定能遇到更好的、更喜欢你的……”

宋嘉茉看着墙壁，黑暗中，竟仿佛有一个小型放映机。

第一次为她打架的陈赐，给她盖衣服的陈赐，帮她剃鱼骨的陈赐，给她偏爱的陈赐，说天塌下来哥帮你扛的陈赐……

回忆的总闸被人打开，宋嘉茉伸手调整开关。

“不会的。”

灯光洒落一瞬，少女轻声说：“没有人比他更爱我了。”

她说完这句话后，寝室里沉默了一会儿。很快，敲门声响起，宋嘉茉笑笑："还愣着？有人找。"

"哦哦，"小羊这才反应过来，"我去开门。"

来的是宿管阿姨，递过来一个盒子："快递员特别委托，说寄件人要求送到寝室，刚好看你们在一楼，我就顺便带过来了。"

几人道了谢，这才将门关上。

盒子很大，收件人是宋嘉茉。

灯已经修好了，宋嘉茉低头拆开，抽出一个浅色的礼盒。礼盒上面印着白鲸的LOGO，打开，里头放着手账本，还有几个小玩具类的周边产品。

枸杞："这是什么？"

小羊："白鲸FM给签约主播的礼物吧？我看我首页有几个人晒礼物了。不过，茉茉的好像跟她们的不太一样……"

宋嘉茉也有些出神，今早快递就打电话问她在不在家，她以为是尹冰露寄来的零食，便改了学校的地址，没想到竟然是白鲸FM送的东西。

小羊问宋嘉茉："你签了几年的约啊？"

宋嘉茉："两年。"

小羊："那可能久一点的是不一样的，我关注的那几个，都是只签了一年的。也可能是人气，你粉丝的数量是她们的几倍。"

"有得收就不错了，"宋嘉茉笑笑，"送什么都是心意。"

小羊点头："白鲸FM的福利真的蛮好，逢年过节经常寄礼物，有时候还寄月饼、粽子什么的。"

枸杞："这么好？那我也去申请一个主播，怎么弄啊？"

"你以为很好签吗？他们平台……"

小羊和枸杞讨论起了签约的事情，宋嘉茉就坐在桌前，仔细翻看这份礼物。手账本的第一页夹着一张透卡，画的是一颗智齿。

她记得，这是不久之前的一场直播里，有人谈起初恋的话题，每个人都要说一下，初恋对自己而言，是怎样的存在。那时候，她的回答是智齿。

像青春期长出的第一颗智齿，萌芽时涩而酸软，长成后牢固而多余。

拔掉会疼，不拔也疼。

十月初，南半球墨尔本，下午六点。

陈赐刚戴上耳机，就看到室友推开门，伴随而来的，还有几声凶猛的狗叫。

室友还在费解，叽里呱啦说个不停："这狗怎么都养不熟，已经一年了，还是看到我就叫，没见过这么凶的拉布拉多。

"赐，又在听电台的广播啊？不是我说，你每天一到六点就把那个手机开着，不知道的还以为你在跟电台谈恋爱呢，有什么好听的。电台不是只有老年人才爱听的东西吗？你每天不跟金发碧眼的辣妹谈恋爱，合着你的性取向是个广播电台？

"怎么搞的，楼上又在烤松饼了？我今晚正没吃饱，不要不识好歹在这儿勾引我！楼上那老太太也真离谱，每天烤了松饼吧，也不分给人吃，也不卖，大半夜还喜欢在那儿跳舞扰民。现在还能维持和睦的邻里关系，全靠我骨子里的善良。

"你的箱子又戳到我尊贵的屁股了！这个箱子到底什么时候搬走啊？里面全是些乱七八糟的东西，还有这个盒子，里面都是机票——你看看你的行程有多离谱行吗？十二月，国内那么冷，你当天去当天回，不懂。

"还有这两张，七号回国，九号回来，你去干吗？去国内打了个盹？上个月也是，还没待满一天就回来了，你很喜欢坐飞机吗？那你干吗不学空乘专业，学什么医学啊，学医救不了中国人！还有这个，画个牙齿在上面干什么，看得我牙髓疼！"

……

这个人说了大半天，哪怕没得到任何回应，也说个不停。

陈赐无语地扯下耳机："说完了？"

"呃……"那个人抓了一把染得五颜六色的头发，"我……"

"闭嘴。"

"……行呗。"

房间里终于又恢复了难得的安静。陈赐戴上耳机，将音量调大。

耳机里，少女刚开播，正在进行一段和听众的互动，偶尔收到一些提问，她会很耐心地回复，顺便提醒一下明天的天气，再开始正式的话题。她的音色和记忆里相差无几，有了一点点成长，但好像又没有改变过。

今天北城降温了，也不知道她换被子没有。

陈赐靠向床沿。他想起自己刚住过来的时候，还没有室友，整间屋子空空荡荡的，到了晚上就显得更加安静，闭上眼睛，是根本睡不着的。

他整夜整夜地失眠，思绪时常混乱，睡不了几个小时就会醒来，再睁着眼睛等着天亮。

天晴的时候会想，她这么贪凉，冷饮喝得太多，来例假会不会很痛？下雨的时候在想，万一没带伞，她要淋多少雨才能到家？下雪也会想，堆雪人的时候，她还记不记得要戴手套，手指冻红了，也没人帮她焐热了。

想起自己忘记告诉她，书包里别总是装太多东西，那么重，又背不动。空调温度别设置得太低，总是对着头吹，会感冒，他不在，要好好照顾自己。

但临别时，留给她的，竟然只有一个"好"字。

少年缓缓地闭上眼睛，仿佛回到那一年，刚见到她的那一年。

那年的陈家，上下都萦绕着阴沉压抑的氛围，仿佛乌云萦绕，久久不散。直到某个雨夜，他走下楼梯，听到父亲对他介绍："她比你年纪小，以后就叫她妹妹吧。"

那时他不以为意，看了她一眼，又很快收回目光。

他一开始是不喜欢她的。

怎么可能喜欢得起来呢？母亲和妹妹刚辞世没多久，很快就要加入一个新的成员，分散父亲的悼念。

对那年的少年来说，她是一个入侵者。

在这之前，年幼的陈赐，也称得上天之骄子。

父亲陈建元，仪表堂堂，事业心极强，家里的生意没过几年就做得风生水起，房产多了一套又一套。

母亲宋书云，知书达理，是小提琴演奏家，书香门第，温柔又婉约，连讲话都是柔声细气的，仿佛没有一丝脾气，是一个完美的妻子。

夫妻关系融洽，生下他之后，不久又生下宋佳佳。

但没人料想到会有这样的变故，母亲一直患有些轻微的抑郁症，只是无人知晓，生下宋佳佳后，母亲的状态便每况愈下。那时父亲忙于经营公司，并未发觉，就在所有人都没有预料到的时间，宋书云留下一封遗书，选择自杀。她一并带走的，还有年幼的宋佳佳。

这场变故对陈家而言，无疑是巨大的。它变相地摧毁了陈建元，也击溃了年幼的他。他看到父亲整日整日地流泪，抱着相片吃不下饭，问已经变成黑白照片的母亲如何能够这么狠心，问她为什么要独自承受这么多，为什么一句话也不肯同最亲近的人说。

可同时，又憎恨于自己的迟钝和疏忽。

这样的双重折磨下，陈建元的精神越来越差，甚至到了要靠药物才能维持的程度。

他也依稀明白，他在人世间最亲近的两个人，再也不会回来了。

少年从那天起开始变得沉默寡言，不愿意与外界沟通，也无法与外界沟通。

再后来，他们说，父亲领回了那个奶奶的女儿，也叫她佳佳。

其实她和宋佳佳根本不像，宋佳佳从小在富庶的环境中长大，圆润、健康，衣柜里摆着各式的衣裳。而那年的宋嘉茉瘦骨伶仃，不合身的衣衫空荡荡地套在身上，低着头，带着怯懦与恐慌。

可是陈家得留下她。

有了宋嘉茉，陈赐的父亲的情绪好像找到一个支点，终于渐渐稳定下来，可以脱离药物进行疗养。但就算如此，陈赐看她的角度，也不过是从入侵者，变成一个无所谓的甲乙丙丁罢了——她像是同个屋檐下的路人。他并不在乎她是谁，要做什么，只要她不会伤害这个家。

直到那天，他看到亲戚给她的所有礼物和红包，都被她踮着脚，全部塞回柜子最上方。

她知道什么属于她自己，而什么不属于她自己，不属于她的，她会通通还回去。

很懂事，懂事得让人心疼。

从那天起，他的态度开始进行一些转变。虽然两个人还是从不说话，但他偶尔会关注她。看她乖巧地听父亲的话，看她有超出同龄人的敏感，看她不小心打翻了水杯，只是泼出来一点水，就低着头连连后退。可是没人会责怪她。

家里终于开始有了一丝丝烟火气，他想，其实他们的身上都很冷，接受她，也算是多了一个能够互相取暖的人吧。

十二月底，凛冬已至，父亲被接到更远的地方静养，那天只有他们两个人在家。

年幼的少年推开母亲的房门，看到了一本日记。压抑的文字，千百遍的挣扎与绝望，母亲从不在外人面前展露悲伤，原来竟都是选择自己去扛。

那时候他突然在想，妹妹走了，他活着，而他接受了一个陌生的人，那这样，算不算是背叛？

他听见有人在背后叫他："哥哥。"

那是小姑娘第一次叫他，第一次同他说话，怯生生的语气，又带着一股莫大的勇敢。

他回过头，听到她说："我有点饿了。"

他走出房门，给她煮了一碗面，正要离开，又看到她大口大口地吃完，然后说："哥哥，我还是饿。"

于是一碗接一碗，一盘接一盘，直到她因为再不能吃下而趴在洗手台旁边干呕，那一刻他才明白，她在救他。

她救了他。

那年的小姑娘笨拙而内向，找不到什么更聪明的办法，只想能拖住他，尽全力地拉住他。

那晚，她高烧不退，开着暖气，盖着厚重的被子，仍然忍不住在轻轻发抖，可手指还是牢牢地抓着他。

她的手背上还挂着吊瓶，家里也已经来了大人，可她仍旧抓着他，连在睡梦中也攥紧手指，瘦得能清楚地看到肌肤下的血管。

他无法不动容。也是在这一刻，他意识到，他不能走，她需要他。

他守了她一晚上，静坐了许久，也想了很多。

最终，他起身，丢掉了抽屉里所有的安眠药。

看着她手臂处还没褪去的红痕和伤疤，他想，他是哥哥，得保护她，得陪着她长大。

得看着她的人生，从荆棘里开出花。

夜渐深，他不知道什么时候睡着，又从回忆中醒来。

面前一片黑暗，电台也早已停止了播放。

陈赐睁着眼睛，在黑暗中，耳边仿佛还有她的声音，记忆中她笑起来时会微微眯起的眼角。即使过去这么久，也仍然清晰得历历在目。

该怎么去爱一个不该爱的人，他有无数和她相爱的念头，但只有一双望不到她的眼睛，和触碰不到她的手。

我还要孤独地前行多久，你来之前，你走之后。

第十五章

真爱无坦途

CHAPTER 15 >>> 等烟火满怀

抬头的那一瞬间，所有的话卡在喉咙里。咫尺之间，光影摇曳。

来传媒大学的两年里，对宋嘉茉来说，像一张涂满色彩的白纸。社团、电台、各式各样的艺术节……

传媒大学毕竟是艺术类院校，社团比肃大的更丰富，成员更多，他们经常出去聚餐，一起研讨，组织一场又一场热闹的活动。可她又隐约觉得，为什么这么精彩，可是回顾起来，还是会像一片空白。

毕业那天，她穿着学士服，坐在学校咖啡厅的吧台旁，看着窗外发呆。

拒绝了几个要微信号的男生之后，社长坐到了她的对面："又一个人待着吗？那边在发饮料，冻柠乐和西瓜汁，你喝什么？"

"不用了，太冰了。"

"那热可可？"

"也不用，"她笑笑，"我现在不想喝，你们忙就好。"

"确实忙啊，当时本来想让你当社长的，毕竟你的能力最强，结果大家起哄来起哄去，你还是只当了个副社。"

宋嘉茉撑着脑袋："我怕我忙不过来。"

"也对，你在白鲸 FM 那边玩得挺开心的，现在本身就没有那么多人听电台，你还能有个几十万粉丝，很厉害了。"

"我这也不算什么，小打小闹，锻炼锻炼而已。"

"接下来呢？想去电视台吗？"

"嗯。"

她已经提前联系过了，到时候可以直接去实习。

他们有一搭没一搭地聊着，宋嘉茉偶尔会看向窗外，不过一会儿，又收回目光。

社长问："你是不是在等人啊？"

像是突然反应过来似的，她愣了一下。"是……好像也不是，不过看起来没什么必要，我先回家啦，"她冲社长招了招手，"玩得愉快。"很快，她起身离开。

草坪上，大家正在照相，宋嘉茉站了一会儿，被小羊拍了拍肩膀："我们也拍几张！"

她笑着，脱下学士服，和小羊跑到一边去拍照。

等到照完回来，才发现衣服旁边多了一束花。

宋嘉茉伸手拨了拨花叶，问："这是给我的吗？"

"是吧，"小羊挑眉，"肯定是哪个暗恋者送的，收着吧，收着吧，都毕业了，好歹是人家的一片心意。"

宋嘉茉将花束抱起来，打开手机搜了一下。

洋桔梗、向日葵、满天星……

小羊很专业的解读："向日葵，希望你以后一切顺利，积极向上；洋桔梗，真挚不变的爱；红色满天星，真爱至上。这个人喜欢你很久了。"

宋嘉茉笑她："说不定就是随便一配。"

"那也是上天随机分配的爱情啊。"

"不过你怎么知道这么多的？"

"我以前在花店兼职过，你忘了吗？情人节就是要靠这张嘴吹得天花乱坠……"

两个人聊着天，越走越远，最后离开时，宋嘉茉回身，拍了一张照片。

这天的夕阳很漂亮，楼宇倒映出橘红色的流云，传媒大学的校牌被摄进一角，画面的正中，是远处的北城电视台，露出一颗漂亮的、仿佛触手可及的启明星台标。

那张照片，最终出现在少女记录日常的微博里：

再见啦，我的学生时代。

毕业的愉悦并没有持续太久，当晚，宋嘉茉接到电话，是陈昆喊她回家吃饭。

饭桌上，大家闲聊，芮萱突然开口问：“听说陈赐哥谈恋爱了？”

宋嘉茉的筷子猛地一停。

陈昆：“嗯，以后有机会让他带回来看看。”

一瞬间，宋嘉茉感到心脏仿佛被人重重捏住，松手时，又拉扯掉什么。耳畔阵阵嗡鸣，痛觉神经被麻痹，连呼吸都变得困难。她张了张嘴，说不出话来。

直到芮萱抬头，怔怔地看着她：“姐姐……你，你怎么哭了？”

“没事，”宋嘉茉偏过头去，“突然想起还有点事，你们先吃。”

关上大门的那一刻，才仿佛终于能呼吸。

她伸手去抹，但眼泪一滴接着一滴，仿佛时隔多年，陈赐之于她，仍旧无法变成一个代号，仍旧耿耿于怀，仍旧是少女时代最难愈合的伤疤。

原来时间对一些人是没有用的，越分开，越想念，越别离，越深刻。

她将头抵在手心里，终于哭出声来。

辗转到了冬天，她和白鲸 FM 的合约到期，宋嘉茉专心待在家里，完成了自己最重要，也是最后一次播音。最后，她和大家做了一个短暂的道别。

评论区的听众都很舍不得，她开口安慰道：“既然还能再遇到，就不能算道别，只是暂时分开的历练，以确保过了这么久，我们还是彼此需要。遇不到的才应该叫道别，能遇到，再也不能相爱的，也叫道别。”

她人生中最漫长又绝望的道别，已经在五年前体会透彻，自那之后，一切分离对她而言，不过尔尔。

下播之后，宋嘉茉换好外套，收到小羊的消息：出来过圣诞！她恍惚了一下，才想起来，今天居然是圣诞节。

小羊还有一会儿才到，她出了家门，买了几个平安果。手机又“叮”的一声收到提示，是白鲸 FM 打来的尾款。

其实这几年也算是小有所成，她的作品内容有趣，听众黏性也强，赚得当然不少，足够负担她独居的开支，还有学费。不过学费都是陈昆帮她交的。

宋嘉茉算了一下这些年来的学费金额，然后折身进了银行，抽出陈家给她的那张卡，将钱又重新转了回去。

做完这些之后，小羊也按时到达。

“圣诞快乐！”小羊塞给她一捧花，笑眯眯地问，“我们宋小富婆想去哪里？鹤蓝街去不去？”

宋嘉茉把平安果装进小羊的帽子里，抖了两下：“鹤蓝街？那不是情侣去的地方吗？”

小羊撇撇嘴：“今天哪里都是情侣好吗？没差的，还不如去热闹的地方，看看有没有好玩的。”

鹤蓝街离得不远，她们散着步走过去，欣赏沿途的风景。

小羊抬头，指着对面的某家医院：“你有眼福了。”

“怎么？”

“我朋友在这边当护士，据她说的小道消息，马上要来一个新医生，留学回来的，长得特别帅，她们连夜组队去美容院了。”

宋嘉茉不以为意地笑了笑：“医院那么大，怎么可能碰得上。再说了，帅哥一般都有主了。”

小羊掰了掰手指：“也是哦。”很快，小羊转换了话题，“哎，那边是不是有个灯展？好像还有新修的绿道迷宫，走走走，去看看——"

宋嘉茉被小羊拉着，很快融进茫茫夜色里。

晚上九点，北城机场。

陈赐刚下飞机，就接到室友打来的电话。电话那边一如既往地聒噪："一声不吭就回国啊？一场恋爱都没谈过就走了？我还买了比萨，寻思我俩一起过个节呢——你就这样把我丢在异国他乡啊！负心汉！你回去找哪个小妹妹去了？怎么不说话，你词穷了，你也觉得对不起我？"

陈赐："你太吵。"

对面："……我跟你们这种处男无话可说！"

陈赐挂断电话。

走出航站楼，骆老先生的车已经停在门口，他礼貌地躬身，同前座的人打过招呼。

"天冷，赶紧上来，"骆温文笑得和蔼，"带你去医院看看。"

"好。"他将行李扔进后备厢，俯身进了后座。

沿途，骆老先生有一搭没一搭地和他聊着天，说到北城的天气，说回医院的风气，又说他走的这几年，城市里都有些什么变化。例如哪栋楼拆了又建，哪条路被封，地铁线开通了几条，发生了多少大新闻。

陈赐的手指搭在膝盖上，轻声答应着。他在墨尔本那边成绩优异，被导师提拔，本科时期就参与了不少研究，跳过硕士答辩，直接保送博士，拿到博士学位后，更是被导师的挚友——骆温文看中，说什么也要让他来自己的医院。

他刚一落地，骆院长就亲自来接人。

骆温文："先把你送回家吧？然后你收拾一下，我们直接去医院那边，把交接手续办一下，明天我就不在北城了，亲自把你的事办完我才放心。"

"不用麻烦您，"他说，"我等会儿自己过去也行。"

“这说的什么话，”骆温文呵呵笑道，“你可是医院重点培养对象，怎么能随便。”

车子一路匀速行驶，进了市区，道路两旁愈加繁华，和他走时一样，又似乎变了很多。很多店面都挂上了鹿角和铃铛，圣诞树在夜里发出一闪一闪的光。

陈赐降下车窗，灌进来久违的、陌生而熟悉的空气。他缓缓闭上眼睛。

一个小时后，车在陈家门口停下。

陈赐走下车，脚步停顿了一下，最终推开大门。预料之中的安静，家里灯火通明，但坐在客厅的只有陈昆。似是等了他一会儿，陈昆问道：“现在才回？”

“嗯，飞机晚点了。”没说几句，他便进了自己的房间，重新收拾起来。

陈昆就站在他的旁边，声音略带疲惫：“还要走？”

“去医院那边住。”

“你怎么也不住家里？”

这个“也”字让他的手停了一下，很快，陈赐低声道：“没什么好住的。”

没过几分钟，他重新起身：“院长还在等着，我先走了。”

说罢，陈赐笔挺的身影很快消失在门口，走得干脆利落，未做停留，只是路过某个房间时，好像很轻、很轻地——停顿了一下。

医院离得近，办手续并没花太多时间，将近十二点，陈赐拿到钥匙，住进自己的房间。医院宿舍的环境很好，宽敞舒适，打开窗就能看到对面公园的绿色植物。

对门的室友理着平头，热心地帮他布置房间，并盛情邀请他一起出去买个水果。他想起自己也有东西要买，于是点了头。

但刚走出不远，这位室友临时变卦，将他拽进人潮里：“今天圣诞节，要不逛逛？”

公园里人声嘈杂，音乐声轻快。

宋嘉茉抱着一束花，陪小羊逛完灯展，又去了迷宫。不得不说，在人满为患的公园里，选择逛迷宫，真的是一件很不明智的事情。她几乎是被人潮推着往前走，根本不能自己选择路线，视线被人挡住，连呼吸都变得有些困难。

好不容易看到一个出口，大家一起往外涌。看着面前宽阔的马路，她愣了一下，很快，被身后的人重重一推，撞上前面人的肩膀。

宋嘉茉觉得有些头晕，看到那个人转过身来。她捂住额头，连忙开口："抱——"

抬头的那一瞬间，所有的话卡在喉咙里。咫尺之间，光影摇曳。

这个人真实得仿佛虚幻，是梦里梦外看过无数遍的样子，眉眼间褪去了少年的青涩，却仍旧带着几分凛然，高挑而清隽，仍然是人群里最出挑的那一个，好像瘦了些，变得更挺拔，肩膀愈发宽阔，是能担起一方天地的模样。

手中的花束骤然坠地，她的心脏猛地漏了几拍。

陈赐看着她，微蹙的眉心闪过一丝难以置信，很快又被抹平。

暗流涌动，悄无声息。生涩的疏离，纠缠的亲密，冷空气被无声地点燃，四目相对之间，涌起缱绻而生冷的白色雾气。

陈赐的喉结轻轻滚动，像午夜里浪漫又幽远的大提琴。

宋嘉茉听见他说："抱什么？"

头顶上的音乐仍在播放，圣诞的歌声里，所有的杂音被隐去。

她眨了眨眼睛，这才回过神来，将方才的话说完："抱……抱歉。"

没等陈赐开口，她又低下头，看着他手指某处，说："你的手流血了。"她抱着的花束上缠了一圈灯，可能是被灯丝划到的。也不知道脑子是怎么了，她开口道，"我家有酒精。"

不记得是怎么回到家的了。

陈赐和她一起，她关门，他就站在她的身后。她感觉像踩在云端，一点真实感都没有，大脑也像是卡掉的读卡器，记录一段，丢掉一段。

宋嘉茉无所适从地摸了摸耳垂："我找下医药箱。"

"……好。"

宋嘉茉翻了几个柜子，找出一个银色的小药箱，坐在一旁帮他上药。

伤口不深，有血渗出，她是真的有些慌乱，拆开一个酒精棉片，就开始在表面轻轻擦拭。她的目光认真，动作放轻，轻声问："会痛吗？"

他摇摇头："不痛。"

她安下心来，继续手上的动作。

陈赐偏头，看了一眼屋子里的摆设。房间被她收拾得井井有条，茶几上摆着书和自热米饭，抱枕只有一个，阳台处摆着梯子和工具箱，角落里有几瓶防狼喷雾，床头放着报警器。

他垂眸，看向被她打开的医药箱。

止痛药，一板十二片，被吃得只剩下一颗。

感冒药，一盒九包，还剩三包。

烫伤膏拆了封，被挤了一点，瘪出一个小角。

创可贴，一袋三十枚，也快空了。

好像察觉到他动了动，宋嘉茉抬起头来："痛吗？"

"有点儿。"他说。

可她都换成碘附了。宋嘉茉轻轻蹙起眉心，加快涂抹两下，这才拆开一个创可贴，粘了上去。

怎么会有人酒精不疼，碘附疼呢？她想。

宋嘉茉站起身来，开始思考起来，药是什么时候买的，有没有过期。

突然，阳台处传来声音，打断了她的思路。是她买的一个小柜子，要自己拼装，但她这阵子太忙，就耽搁了几天。木板堆在窗台边，这会儿被风一吹，有一块垮了下来。

陈赐："买的什么？"

她老实地答道："床头柜。"

话音刚落，风更大了，某块被夹在中间的木板，吱呀吱呀地晃出声儿来。

陈赐："你再不拼，今晚睡不好的。"

她走过去，对着图纸看了看，发现还挺简单，于是当即上手，用手肘抵住一块，将对应的木板拼了上去。

灯光下，她的目光专注，利用墙角做支撑，一个人也能完成得很好。

陈赐站在一边，手指扬起又落下。

以往这种事情，小姑娘好像都只会耍赖地笑，然后凑到他的面前，说点儿好听的话，让他帮忙做完全部工作。

他恍惚片刻。五年的时光漫长，足以让他曾经庇护的小姑娘，在现实里跌跌撞撞地长大。

宋嘉茉不知道陈赐为什么突然安静下来，只能感觉到他的视线像一张网，无声地笼罩住自己。她以为他是在看她拼装床头柜，手上的动作快了些，想证明自己一个人也完全没问题。

但不知道为什么，被他看着，突然就忘记要怎么继续，螺丝半天都没有对准。面前忽然有暗影覆下，手中的工具被他接过去。

"我来吧。"陈赐说。

宋嘉茉"啊"了一声，说"好"。

他的动作总是很快，没一会儿，柜子被拼出全貌。

他从她敞开的抽屉里取出一段纸胶带，在柜子的尖锐处贴好，然后送进了她的卧室。她跟在他身后，拖鞋踩在地板上，趿出声响。她觉得自己应该说些什么，但千言万语，又不知道该说什么。

宋嘉茉原来的柜子其实也没坏，只是抽屉不太顺滑，她坐在床头，一点点地拿出原来的东西，摆进新柜子。

他就站在旁边看她收拾。不知为什么，宋嘉茉下意识地，放慢了动作。

窗外的热闹渐渐散了，不知道现在已经是几点。

总之，好像到了该离开的时候。她听见他说："我先走了。"

喉咙口像是被堵了一下，她听见自己的心里冒出一道小小的、脆弱而坚定的声音——不要。

可话到临头，千回百转，变成了一个："好。"

拉开门，又听见不远处传来笑声，屋檐处噼里啪啦的，像是有什么在砸。

她有片刻失神："下冰雹了。等停了再走吧。"

老天给了她一个很好的理由，让她在和他对视时，能做到最起码的坦荡。

陈赐看了她一会儿。他的眼里像一汪深潭，看不清情绪，只是不断地拉着人下坠。

不知道过了多久，他的眼睫毛动了一下，然后道："进去吧，外面冷。"

外面冷，里面也冷。

他们像第一次约会时手足无措的恋人，在彼此的沉默中，消耗掉正在倒数的时间。

这场相见隆重而仓促，一切反应未经润色，都是最原始的本能反应。

她茫然地想，她好像说了要保持距离，但其中的尺度该是什么样的呢？

她局促地问陈赐："要喝点什么吗？"

他像是笑了一下，这是相见的几个小时里，她第一次看到他笑。虽然和以往不太一样。

他说："不用这么客气。"

时间的滚轮切实地碾压过身体，曾经再亲密无间的人，也会看到它画下的缝隙。该怎么去填补呢，宋嘉茉想，她连在他面前任性都不会了。

她今晚一直不太舒服，但只当是晚上不小心吃了太辣的东西，直到此刻，刚想说些什么，小腹处的刺痛愈发尖锐，她不由得倒吸一口冷气。

陈赐："生理期？"

她没想到这个月的例假会这么不凑巧，不凑巧地赶在这个时候，不凑巧地反应强烈，不凑巧地感到阵阵作痛。

"去洗个澡吧，"陈赐说，"家里有没有红糖？"

宋嘉茉本能地感到懊恼，但看到他打开冰箱的背影，突然又觉得，这一切，好像也算幸运。她被陈赐赶上床，盖了两层被子，脚底还贴着一个热水袋。她蜷在床头，整个人似乎都因为生理期，而变得软弱很多。

陈赐冲好半杯红糖水，递到她的面前。

她垂下眼睛，说："我不想喝这个。"话音刚落她才发觉不对，这分明是十六七岁的宋嘉茉才能开口说的话，不应该是她此刻的回答。

于是她抿了抿嘴唇，又在下一秒钟端起杯子，一饮而尽。

成年人是没有撒娇的资格的。她反复地抑制住自己想展露出来的本性。

好在陈赐没说什么，他一向话不多，只是坐在她的床边，将灯光调暗了一些。

他问："会不会冷？"

宋嘉茉摇头说不冷，停顿了片刻，又道："但是热水袋半夜就冰了。我也不想开空调，觉得闷。"

陈赐从旁边挪过来一个小太阳，看起来是她的常用的："那开这个吧。"

她摸了摸被角："这个一直对着，容易烧着。"

"嗯，"他说，"那我帮你看着。"

明明是带他来包扎，到最后，又变成了他照顾她。

宋嘉茉觉得自己好奇怪，明明他不在的时候什么都能扛，可他出现了，连一月一次的例假都变得这么脆弱。

她一边嫌弃这样的自己，一边又忍不住地在她好久好久都没感受过的温柔里沉溺。

宋嘉茉轻轻掖了掖被角，小声道：“我听大伯说，你谈恋爱了。”

陈赐：“没，室友打电话的时候乱讲的。”

“……哦。”她抿抿嘴唇，心头一松。她闭上眼睛，过了一会儿，又睁开。实在是太困了，可好像睡了不到十分钟，她又睁开眼睛。

他坐在半明半暗的昏黄灯光里，眼神下垂，目光垂落。

“睡吧，我不走。”她听到他说。

她的手想伸出去，最终还是克制地收回来，紧紧抓着最靠近他的那处被角，然后慢慢睡着。

一觉睡醒，似乎已经天亮，她对着窗户，又想到什么，猛地转过身，已经没有人。

这场景和五年前他离开那天精准地重合，她头脑重归一片空白，赤着脚跑下床，站在门口，客厅仍旧空空荡荡。

让人疑心昨晚，会不会也只是她太过思念，杜撰出的好梦一场。

她站在门口，轻轻闭上眼睛。

“咔哒”一声，门锁响起。

陈赐拎着半袋东西重新回来，身上还带着清晨的雾气。

好像突然有根紧绷已久的弦，在这一刻断掉了。

辗转反侧，失而复得，这一刹那情绪崩溃，压抑的情感溃不成军，她疯了一样不管不顾地扑进他的怀里，狠狠地咬住他的肩膀，似乎是在发泄这漫长的时间中的哽咽和难挨。

后面渐渐哭出声来，她的背抖动着，好像又回到十几岁，拥有不理直气壮也可以放声大哭的资格，成长衍生出的盔甲被敲碎了一小点，露出一丝真实的、脆弱的、需要被保护的自己。

“别哭了。”他说。

但除了这样，好像再不能做更多。陈赐将她悬空抱起，以避免受凉，袋子被他扔到一边，腾出来的那只手无所适从，最终，只能轻抚她的脊背，像是安慰。

宋嘉茉好像哭了很久，将攒了五年的压抑情绪通通倾泻干净，到最后，陈赐大半个肩膀都被她哭湿，她心里也痛快了不少。她缓缓地从他的肩头离开，又意识到这个姿势有些尴尬，装作去拿纸巾，默默地爬了下来。

他说：“我只是睡不着，看到外面的便利店开门了，去买点儿桂圆和红枣。”

“你放屁。”她说。

宋嘉茉想，反正她今天是姨妈期，听不进人话也是正常的。

她坐在床上，等陈赐把小笼包端上桌子的时候，才不自觉地揉了揉下巴，嘟囔了一声：“为什么牙疼。”

陈赐：“因为你咬我了。”

某些回忆，在这会儿才慢慢翻涌上来。宋嘉茉缩了缩肩膀，终于意识到，自己刚刚都做了些什么。

陈赐似乎是为了证明自己的话，抬手脱下外套，拉开最里的衬衫，露出左肩处的皮肤。他的锁骨凹陷很深，连带出肌肉的形状。

此刻，锁骨正中赫然躺着一枚牙印，被唾液晕成淡淡的粉色，看上去居然还有几分……诱惑。

她的耳朵蓦地一红，在他看过来之前，移开了视线。

但他又不由分说地，把她的头转了过来。

陈赐以为她没看到，修长的手指点了点那里，声音低沉而沙哑：“看看？”

宋嘉茉挪开视线，刻意忽视掉他锁骨上的那一团红色："……不看。"

他的手指轻轻一勾，指腹上蹭到点儿什么，是浅浅的血迹。他将手指挪到她的面前："流血了。"

"男人流点血不是……很正常，"她的目光闪烁，嘴里嘟囔着，又转移了话题，"再不吃要凉了。"

她好像听到他笑了一声，如同知道她的惯用伎俩，但还是没有拆穿，拉开椅子坐下。

他们相邻坐着，在清晨的微光中吃着早餐，像极了从前任何一个平凡的早上，她耷着眼皮，睡不太醒的模样，磨磨蹭蹭地等陈赐提起她的书包。

宋嘉茉将包子掰开，挑走里面的姜丝，说："我还记得我第一次吃他们家的小笼包，不知道有人会给这么多姜，但包子皮又确实很好吃，所以每次……"

说着说着她抬起头，撞进陈赐的眼睛里。

这一瞬间，宋嘉茉恍然发觉，他们好像还没熟悉到能够闲聊的程度，她讪讪地闭嘴。

陈赐："说吧。"

她小声说："那会显得我的废话很多。"

他说："我又不是第一天知道。"

宋嘉茉硬着头皮把话说完，从包子说到附近的学校，说到周六时旁边学校的早操，又说肃大、说传媒大学、说社团，说起自己在白鲸 FM 遇到的各种稀奇古怪的竞争，资源的冲撞，离开他以后，似乎哪里都像个小型的名利场……

她想，应该是太久没有人陪她说话了。反正他都说她话多了，那她不多说点儿，岂不是亏了。

八宝粥冒出袅袅白雾，她搅了两下，又斟酌着道："你——"

“我昨晚回来的。”

两个人几乎是同时开口。宋嘉茉“哦”了一声，没再说话，又听到陈赐问：“想说什么？”

“就想问这个来着。”

时间在他们身上投放了一些陌生的气息，可是又留下了原始的、本能的默契。

她的心头微微发痒。

吃完之后，宋嘉茉辗转到衣柜前，挑出一套衣服，在身前比了比。她问：“穿这套好吗？”

陈赐抬眼，白色衬衣，呢子外套，配一条格子裙。他说：“你穿羽绒服吧。”

她的表情有些复杂，像是嫌他夸张：“这才几月份就穿羽绒服啊？谁实习第一天套个面包服上班，显得很臃肿的。”

他问：“今天实习？”

“嗯，去报个到，得好好表现，现在几乎没有实习生能转正了，电视台职位都饱和了。”

陈赐道：“实习第一天，打扮得这么好看？”

她惊诧道：“这还好看？这又不是约会的打扮。”

“那你约会是什么打扮？”

……

客厅里忽然陷入短暂的沉默，宋嘉茉撇开眼睛。

他们像是各怀鬼胎，又像是互相坦荡，微妙得像是羽毛在搔。

她没想到再遇见会是这样，她也被这种推拉感袭击得无所适从。

他们出门时，宋嘉茉正好来了一通电话，陈赐看到来电话的人是彭开宇，看名字就能知道性别。

他问道：“男朋友？”

“不是，上学时社团的社长。”她没接，按了挂断，手机自动回复一条消息，说稍后再联系他。

陈赐：“怎么不接？万一找你有事怎么办？”

“应该没什么事，我都毕业了，”宋嘉茉抬起头，问道，“你要去哪儿？”

陈赐扬首，示意不远处的医院。她愣了一下，忽然笑起来。

“笑什么？”

“没什么，就是上次听到我的一个朋友说，医院要来一个很帅的医生，好像大家都很激动来着，没想到说的是你。”

陈赐：“你就知道是我了？”

她停顿了一下，这才发现自己好像把审美表达得太直白了。

“那也有可能不是你吧，”她找补，“你要是看到帅的，可以打电话联系我去看。”

接下来的一路，两个人都有些沉默，她的心思弯弯绕绕，沿着无数角度四下蔓延。

在医院门口道别，陈赐垂眼：“有不舒服的话，来医院找我。”

好像很符合兄妹关系，她点点头。

宋嘉茉觉得自己也不能认输吧，但是想了半天，好像没什么能提供给他的。她又把手放进口袋里，摸出一把备用钥匙，递过去的时候才发现不对，她想收回来，但是又显得有点儿尴尬，于是只能顺着原定轨迹，把钥匙放在他的手里。

一般，妹妹也都会给紧急联系人备用钥匙的吧。

她这样安慰着自己，然后套用他的句式：“没地方住的话，可以来我家。”说完又觉得不对，“我的意思是——”

陈赐：“我知道。”

你知道就好。

宋嘉茉往后退了两步，点点头：“那我走了。”她转身走了几步，又回头，看见陈赐还站在原地，突然开口说："我没男朋友。"

说完又觉得欲盖弥彰，她揉了揉耳垂，补充道："如果你要给我介绍，也可以。"

……

离开医院，前往电视台的路上，宋嘉茉一直都在暗暗骂自己。

最后一句话补的什么东西啊……还不如不说呢……

不过这样也好，断了自己的念头，省得她再想些乱七八糟的。

走到电视台门口，宋嘉茉仰起头，目光沿着高楼一路往上，停在最高点。

北城电视台，她的梦想之一，从初中开始，就最想来的地方。哪怕只是实习呢，有实习机会就很珍贵了，她想，只要有机会，就代表有转正入职的希望。

宋嘉茉轻咳一声，给带她的康康老师发了一条微信。电视台对外已经不招实习生了，这次的实习机会来之不易，是她联系了孔映总监才拿到的。

当时在肃大拿到了总监的名片，很长一段时间都没有联系她，考二学位时试着联系了一下，竟然很顺利地联系上，并且孔映也没有忘记她。

"你很适合学播音。"那时的孔映是这么说的。后来报考传媒大学的第二学位，也是孔映给她推荐了合适的老师，让她备考时事半功倍。这次孔映找了康康老师带她，康康老师也是电视台的主持人。

宋嘉茉在大厅等着，很快，走出来一个看起来很温柔的女人："小宋？"

"是的，是的，"宋嘉茉忙不迭地道，"您是康康老师吧？"

"是的，"康康看着她，又笑道，"你比简历里还要漂亮一些。"

她眨眨眼："可能是灯光好。"

实习的第一天没有太多事，基本都是些杂活儿，她在五楼的广播部打转，没有看到温璐。晚一些再问吧，她想。

康康老师道：“我等会儿要去录几条新闻，你跟我一起去就好，看看是什么情况，等你熟悉了，我再带你录。”

她有些期待，连忙点头说好。录音室就在拐角处，小而安静，门轻轻一关，外面就什么声音都听不到了。

康康老师的声音温柔，随着不同的新闻切换语气，她看着电脑上闪动的画面，有种很奇妙的感觉。

实习的适应期似乎总是很忙碌，时间一晃而过，就过去了一周。这是一个普通的周末，和她从前的周末一模一样，但不知道为什么，她竟然会觉得有点孤单。可能是因为不开广播了吧，她猜想着，总不能是因为陈赐回来了。

她打开电视，正想着看点什么，突然，耳边传来一阵幽怨的声音。很快，恐怖的声音消失，换成了尖叫声。

宋嘉茉拿出手机，发了一条朋友圈：

邻居的鬼片，为什么放得这么大声啊……

配图是兔子捂住耳朵的表情包。

等了一会儿——她也不知道自己在等什么，总之什么都没等到，敲门声没响起来，隔壁的尖叫声也没停。她又暗自吐槽自己的不对劲，回到房间，塞起了耳塞，倒头睡觉。

宋嘉茉浑然不知，就在她躺下后不久，某个颀长的身影出现在门口。

陈赐敲了两下门，没听到动静，又唤了一声：“宋嘉茉？”仍旧没有听到回答。他担心有事，蹙了蹙眉头，从口袋里拿出钥匙。

正要开门的时候，听到身后传来脚步声，陈赐转头。那个男生看到陈赐，也有些惊讶，犹豫地走到他面前：“你是？”

陈赐：“你有什么事？”

十分钟后，两个人面对面坐在咖啡厅里。

“我是彭开宇，她传媒大学一个社团的社长。之前给她打了电话，她回短信说晚点儿再联络，结果一周都没联系我，我就自己过来了。”陈赐对面的人自我介绍道，“今天是过来给她送社团记录册的，看你有钥匙，应该是她的家里人吧？或者是男朋友？”

陈赐没回答，问道：“现在是晚上九点，你来送记录册？”

“呃，我看她发朋友圈，好像有点害怕的样子。就想着借这个机会，过来看看她，毕竟大家也是好久没见了，记录册做了好长时间，我现在才收到。”

彭开宇挠了挠头发：“好像也没什么不能说的，毕竟我们部门的小伙伴都知道我喜欢她。但她早就拒绝我了，也一直很避嫌。”

似乎是听到自己想要的回答，陈赐“嗯”了一声，懒懒地靠进沙发里。

安静了一会儿，彭开宇忽然说：“可我一直觉得，她在等人。”

陈赐蓦然一顿。

彭开宇：“否则我真的想不通，这几年，追她的男生中也有一些很优秀的，为什么她连试都不愿意试一下？都没有接触过就全部拒绝了。问她喜欢什么样的，她也会说，但是那种标准……你知道吧，感觉她是在形容某个人，不是在衡量什么。”

陈赐垂眼，喉结轻微滚动了一下，问道：“她的理想型是什么样的？”

“嗯……”彭开宇想了一下想，“内双，高鼻梁，身高 186 厘米，腰线比例三七分，腿长，对她好。可是她要求的对她好，好像要求很高。”

就像是遇见过一个什么人，然后用他当作标准，于是后来遇到的那些人，都不及他半分。

彭开宇：“怎么样才能达到她要求的对她好？怎么才算呢？”

但这次，陈赐久久没有说话。

他以为她早就放下了，他以为她当时说出那样的话，只是觉得太累了，想要结束这段关系，于是他同意了。但是为什么，她没有再考虑过别人？

彭开宇见他沉默下来，又开口问道："还有一个问题。我看她微信名叫热可可什么的，她不喜欢喝热可可吗？"

"冬天会喝。"陈赐哑声说，"夏天嫌腻。"

彭开宇："可是冬天社团聚餐发的热可可，她一杯都没有喝过。"

头顶的音乐在这一瞬停止，陈赐抬起眼来。

他突然记起——他走那天，留在桌子上的，是一杯热可可。

半晌，他的目光落在桌上的某处："这个记录册，我能看看吗？"

"当然可以。"彭开宇将东西推过来，说，"毕业照我也放进去了。"

陈赐垂眼，一张一张地仔细翻看，像是想努力地填上这几年的空白。

属于她的照片并不多，大多数都是合照或偷拍，偷拍的角度也大同小异，基本都是拍到她在发呆。她以前没有这么爱发呆的。

彭开宇又说："你看这张，虽然是笑着的，但是我总感觉缺了点什么。跟她一起共事这几年……说不上来，我感觉她应该性格很开朗，但是有一部分自己始终被封住了，好像很少……真正地开心过。她以前也是这样的吗？"

似乎是这几年积攒了太多疑问，无人诉说，彭开宇才会问了一句又一句。

陈赐打开钱包，抽出那张拍立得。那是他陪她过的最后一次生日，彼时的他们并不知道往后会经历何种变故，又或者会有几年的分离，画面里的小姑娘端着一块小蛋糕，看着镜头笑得明朗。

彭开宇看了一会儿，像是好奇已久的一个心结，终于被打开。

最后，陈赐听见他说："怪不得，我总觉得，她应该是这样笑的。"

既然有人陪她，彭开宇自知没有立场，没坐多久，便离开了。

彭开宇走后，陈赐在原地坐了很久。他拿出手机，将记录册上她的照片拍了下来，又停顿了一下，这才点开微博。

宋嘉茉的微博他已经看过很多遍，无数个失眠或不想睡的夜里，他只能靠这些软件捕捉她的消息。她的微博发得并不勤，最近一条还是和毕业有关的，他点进去看了许久，又退出来。

在微博主页的推荐里，突然弹出一个弹框，是“可能感兴趣的人”。陈赐正要点击关闭，突然看到一个熟悉的头像，拍的是一块蛋糕，上面被人画着鬼脸，ID 名看着像乱码。

略微思索，他想起什么，翻开手机相册比对。果不其然，在某个社团做蛋糕的记录照片里，宋嘉茉涂的就是这块蛋糕，模样分毫不差。

小号？如果不是知道大数据的无孔不入，他几乎要怀疑这是天意。

思索间，不知怎么就点了个关注，主页再一刷新，弹出几条新关注人的微博。或许是因为她的小号发得也不怎么勤快，显示出的最近几条，时间线也略显混乱。但日期都是在今年。

第一条发在今年六月，是她毕业的日子：爱你好难，他们以为这样就能阻止我爱你了，可我偏不。

第二条是个转发，原微博已经被删掉了，看起来是影评或者书评一类，只留下她的转发：不对，世界上的爱情无外乎三种，可以的，不可以的，和明知不可以却还是忍不住的。

看到这里，他的目光已是一滞。

最后一条，发在今年的五月二十号，是他的生日。

她的微博内容也很简单，卡点在凌晨的五点二十分钟，像是在万籁俱寂的时分，偷偷地爱一个不可能的人：生日快乐。

配图是不知道什么时候拍的，看样子应该是很早很早之前，或许那时候他并不知道，她竟然喜欢他。图片里，小姑娘伸出手心，和他的影子在黑暗中牵着手。

他感到喉咙干涩，点进她的主页，看到背景是一张图片。

真爱无坦途。

——莎士比亚《仲夏夜之梦》。

陈赐将她的小号主页保存下来，以免自己弄混。然后没再多看，退出微博，朝她住的方向走去。

刚走到门口，只听到锁响了一声，有人推开门，走了出来。

宋嘉茉看到他，愣了一下："你……"

陈赐："怎么出来了？"

她抿抿嘴唇，说："睡不着，出来散散步。"

"去哪儿？"

她本来只想在附近转转，但看着夜色下他的眼睛，鬼使神差地开口说："去传媒大学看看吧。"

传媒大学周末关门关得晚，他们踩点在最后一批进去，顺利走进校门。雕像的灯光熄了，影子处的捧花也消失无踪。她知道，此刻他们一定在想同一件事情。

宋嘉茉晃晃脑袋，心想自己也是毕业生，于是很有主人气势地介绍起来："你看那栋楼，就是我们的播音楼，背面是美术院……这个，是一教，贩卖机是坏的，投一个币，出来三瓶水，被发现的那天他们都笑疯了，围在这里拍视频，还被老师骂了。"

宋嘉茉笑了一下："再往前是我们的宿舍，宿舍楼底下有只奶牛猫，只亲近女生，不亲近男生，要不去看看？"

沿途路过一家便利店，说了太多话，宋嘉茉感觉有点渴了。她舔了下嘴唇，听到陈赐问："买杯水？"

她说："但是这家店晚上没什么热饮了，只做一种。"目光所及的玻璃柜中，摆着几杯整齐的热可可。

像是想到什么，她突兀地开口："不用了，我不喝。"

陈赐："为什么不喝？"

她说："不渴了。"

但陈赐最后还是买了，她抿着嘴唇，不太愿意接。

“拿着。”他低声说。

她赌气似的偏过头，双拳紧紧地握着，像是害怕一旦接过来，又要被迫接受什么事实一样。但陈赐伸出手，将她握成拳的掌心摊开，将温热的纸杯放进她的手中，再一点点合拢。

“不会走了。”他说。

她愣了一下，觉得今晚的夜色说不出地温柔，被冻得僵硬的手指，也开始一点点变得温暖起来。

他说：“喝吧。”

已经五年多没碰热可可，其实都快忘记了是什么味道。

宋嘉茉揭开盖子，雾气升腾，蒙住眼睛，她抿了一口，又眨眨眼睛。雾气消散，面前的人还在。

陈赐的眼帘轻垂，五官被月光分出明暗，立体得仿佛触手可及。像是什么魔法或者咒语，她知道自己在这一刻像个傻子，但总之，某块阴影终于慢慢被人擦去，不管是以什么样的方式。

陈赐：“什么味道？”

她笑了一下，然后说：“秘密。”

……

快走到宿舍楼时，宋嘉茉回头：“我们这边还有个景点——”她本来想说新换的灯会转圈，结果一转眼，每个寝室楼下的树丛里都有情侣在拥吻。动静不大，排列整齐，隔一棵树就有一对，像是达成了怎样的默契。她突然忘记了这件事情，一时有些尴尬。

“他们今天……还挺……激烈的，”她说着说着，感到有些费解的模样，“以前没这么大动静啊……别，别看了，赶紧走吧，非礼勿视。”

她被吓得不轻，生怕陈赐觉得她是特意带他来看这个，一时连讲解都忘了，向后一伸手，拽着他的手腕，加速往前走。

终于，走过最后一对情侣后，树边没人了。宋嘉茉松了一口气，突然意识到自己在拉着他，手指动了一下。可这时候松开手，好像更奇怪。正在她思考着怎么松手会显得比较自然的时候，陈赐突然停住了脚步。

她往前的脚步猛地一定，又重新被拉了回来，肩膀撞到树上。她的脸颊滚烫，正想让他有什么事儿等会再说，突然听到陈赐叫她的名字："宋嘉茉。"

面前有暗影覆下来，他的鼻尖一指之隔。宋嘉茉听到他问："还要保持距离吗？"

她抬起头来，心跳加速。

他说："如果不想，我要吻你了。"

第十六章

受益人

CHAPTER 16 >>> 等烟火满怀

我会给你所有你想要的，包括我自己。

这晚的月色朦胧，头顶枝叶摆动。

陈赐的呼吸近在咫尺，缱绻撩起热意，明明是很近的距离，却只是定格在那里。等了一会儿。他的手指摩挲过她的耳垂，鼻音很重，似乎是在催促："嗯？"

宋嘉茉的大脑一片空白，张着嘴，半晌只发出一个音节："啊。"

很轻，很茫然，很好欺负，跟猫挠一样。

"算了。"他忽然说。

宋嘉茉还没反应过来这个"算了"到底是什么意思的时候——陈赐的唇就贴了下来。她眨了几下眼睛，看着陈赐近在眼前的、根根分明的睫毛。没来得及细数，他的手掌落下，蒙住她的眼睛。

"闭眼。"接吻的间隙里，她听到他说。

于是宋嘉茉就很老实地闭上眼睛，视觉通道被关闭，其余的感觉更显深刻，她听到一些细微的吸吮响动，和他吞咽时的声音。眼前不知怎么就出现了画面，好像能看到他在黑暗中喉结滚动的样子。

她不想显得太木讷，可又不知道该怎么主动，手指起先搭在他的肩膀，想了想，又改成放在他的后背上。

但这个姿势好像也不太对，她腿脚发软地想着，手指又挪回来，来回挑了好半天，头也不知道该往哪儿偏。

陈赐突然笑了。像是抑制不住似的，他的额头抵着她的，脊背轻微抖动，像是与她共振。

宋嘉茉被他笑得脸皮发烫："你笑什么？"

他缓缓睁开眼睛，声音低哑："我相信你没交男朋友了。"

"我交了，我一天换十个。"

陈赐像是又很短促地笑了一声："那吻技怎么没点儿长进？"他的声音低沉，"你男朋友不行。"

"确实，"宋嘉茉壮着胆子，抬眼看他，"我男朋友不行。"

陈赐垂眼看她，手指捏着她的手心，张了张嘴，正想说点什么，传来宿管的声音："要熄灯了啊，再不回来的我不开门了！"

树林里的小情侣登时作鸟兽散，如同飞走的惊鹊，回到各自的窝里。

宋嘉茉也拽了拽他的袖子："要关门了，走吧。"

像是要说的话被打断，他低声问道："你也要回寝？"

她正想说是学校要关门了，话到嘴边，却变成了："嗯，我还没有成年呢，哥哥怎么能对我这样呀。"

前面的那个男生吓得被石头绊得摔了一跤，回头看了一眼，又惊慌地逃走了。

等回到家，已经是十点多了。

宋嘉茉站在门口，朝着台阶下的陈赐道："那……我先回去啦？"

拿出钥匙，宋嘉茉又有点犹豫，转过头去，欲言又止。

陈赐挑眉："怎么？想邀请我进去坐坐？"

冷不丁被他猜中，她蓦地后退两步："你想得美。"然后快速地打开门，闪了进去。

门"嘭"的一声关上，宋嘉茉长长地屏住一口气，牢牢地贴着门框。能听到自己的心跳。

缓了一会儿，她点开微信，找到某个备注为"不要找"的联系人。

然后一字一字地，将这个备注删掉。手指又在键盘上停了好一会儿。可是磨蹭了半天，也不知道新的要怎么改比较好。像是突然想到什么似的，她又跑到窗台边去看，果然，陈赐还没走。

察觉到她的视线，陈赐走了过来："想起有句话忘了说。"

她拉开窗户："什么？"

他伸出手指，轻轻揉了一下她的耳垂，说："明天见。"

她的心头轻轻一跳，抿住唇，小声说："……嗯，明天见。"

这天晚上睡得很好。被闹钟叫醒时，宋嘉茉还有感到些恍惚，打了个呵欠，才想起自己进电视台了。

宋嘉茉迅速起床，洗漱，换衣服出门。今天的工作也不太多，上午例行日常工作，到下午，就开始准备晚会的事。

康康姐说："体育馆有个小型的庆祝晚会，六点到八点，我们到时候要去直播，小宋，你把工作证带好就行。"

宋嘉茉不仅带了工作证，还带上了整个组的直播器材，不过康康姐看她瘦，大的摄像机没让她扛，她就拿了支架，还有几个袋子。到了场地，等待晚会开始的工夫，他们开始架机器，调整机位。

康康姐说："你把手机卡在支架上，调整一个合适的角度，就可以点开播了。我们先去后台做个采访，一会儿就来。"

宋嘉茉点头："好的，没问题。"

这是她的第一个活儿，因此她格外认真，满场上上下下，找了十多个位置，才终于敲定一个最好的位置，而且还不会挡到其他人。

用电视台的账号点了开播之后，陆续有一些观众进入直播间。晚会还有一会儿才开始，弹幕里陆续有人说话。或许是在白鲸 FM 播惯了，宋嘉茉就坐在一边，不疾不徐地回答着弹幕上的问题。

"六点钟开始，还有十多分钟。"

"是的，年终晚会，观众正在入场。"

"第一个节目是合唱，后面有芭蕾舞。"

结果等到六点一刻，晚会还没有开始。虽然略有延迟是正常现象，但是弹幕里一直在问，她也不好意思推托，便负责任地道："大家稍等，我去问问是什么情况。"

让同事帮忙照看直播之后，宋嘉茉小心翼翼地摸进后台。

通道内灯光大亮，某间休息室里，隐隐传来焦灼的声音："飞机晚点了能怎么办？现在还在天上飞着呢，我总不能给它打下来吧？"

紧接着是一个男人的声音："这么多领导都在等着，她多大的脸啊，你好意思吗？"

一个女人的声音："又不是我能决定的，还怪起我来了？"

男人："要不是你非得用她，也不至于这样吧？你又不是不知道她红了之后有多拽，这么重要的主持都能临时往回赶。你还为了捧她，就安排了一个主持人，现在连个备用主持人都没有，要我说，这个意外一开始就能杜绝！"

女人："我下午跟她确认了八次，她都说确定能到，我哪知道她在胡扯！再说了，什么捧不捧的，那不是上面有人？"

里头吵得激烈，宋嘉茉猜，应该是主持人迟到了，才导致晚会迟迟没有开始。

她正想离开，人影在门边一闪而过，却正好被女人看到。

"等等。哎，那个小姑娘，你等一下。"几秒钟后，宋嘉茉这才反应过来是在叫自己，迟疑地转过头去。

女人看着她胸口处的挂牌："北城电视台，广播部的？"

"啊……是。"

"有过主持经验吗？"

她抿抿嘴唇，如实道："大学有过。"

“什么大学的？”

宋嘉茉：“肃大和传媒大学。”

好像这两个学校一说出来，就给了人莫大的安全感似的。

“能帮个忙吗？”女人说，“这边缺个女主持人，你的气质不错，看看台本，能不能试试？”

男人在一旁皱眉：“你又开始胡闹了？死马当活马医，是吧？实习生就没必要找了，出事你担？”

“让她念一段不就行了，”女人说，“合适就上。实习生怎么了，你不是从实习生过来的？”

十五分钟后，晚会终于开始。

弹幕里本来还怨声载道，一堆人喊着“走了走了”“溜我玩呢”——

然而等到镜头聚焦，一身藕荷色长裙的少女出现在画面里，灯光流转下，随着她笑起来，隐约能看到两个浅浅的梨涡。

观看人数：3709。

3860。

3901。

虽然方才已经试播过，但此刻的宋嘉茉仍感到有些紧张。她的手心微微出汗，脸上却未表露分毫：“各位观众晚上好，欢迎来到……”

弹幕：“主持人吗？我还以为节目开始了。”

“哈哈哈！我也以为是哪个明星，心想最近又选秀了吗？”

“真的好漂亮啊。”

开场的台词并不多，念过之后，她马不停蹄进了后台，开始补妆。刚才太过紧急，换好衣服打了个底就上台了。不过好在她的条件不错，化妆师迅速调整几下，就开始给她夹头发了。一做完妆发，宋嘉茉又被人拉了起来，送到台上报幕转场。

弹幕里的议论也在不断地增加。

“这个声音好熟悉啊，总觉得在哪儿听过。”

“我也感觉，但是想不起来了。”

“我知道！是我女朋友的声音！”

“别逼我扇你。”

“求一个小姐姐的微博号。”

整个晚上，宋嘉茉忙得晕头转向。好不容易等到晚会结束，她又连忙去换装，赶到会场和大家集合。还好，康康姐刚结束采访。

宋嘉茉正要解释，康康姐先开口称赞：“刚听他们说你被叫去主持了，我还挺惊讶的。不过效果确实还不错啊。”康康笑着说，“完全看不出是临时上场的，停顿和气息都很好。”

没有人不喜欢被夸，更何况被肯定的还是业务能力。宋嘉茉松了口气，翘起唇角：“幸好是小晚会，不然我要紧张死了。”

“这有什么好紧张的？以后还有更大的晚会呢，”康康笑她，瞥了一眼手机，又感到有些惊讶，“嗯？今天怎么这么多打赏啊。”

宋嘉茉也随着她的目光，看向今天的直播：“以前不是这么多吗？”

“没有的，”康康说，“以前观看的人数也没这么多，打赏都是些免费礼物。”

宋嘉茉想了想，说：“可能是今天晚上的节目好看吧，有一个芭蕾舞的节目，我觉得还挺美的。”

直播还没关，就在她们讨论时，弹幕里默默地冒出一条：“真的是芭蕾美吗？”

这句话一发出来，后面跟复读机似的，大家纷纷重复着，刷出无数条——真的吗？

宋嘉茉关手机时还感到有点奇怪，看着满屏的“真的吗”，想看看他们到底在说什么，结果手机滑了半天，都还是这一句。她只得作罢，跟大家说完再见，这才结束了今天的直播。

关闭直播时冒出一个总结页面——最高时，直播间到了小时榜的第五名。

康康姐感叹道："真的从来没这么高过，这是有什么收视密码吗？"

宋嘉茉也奇怪着，一抬头，又碰到后台的两个负责人。刚刚就是女人看中她，让她临时救场的。女人朝她比了个大拇指，就连最初不看好她的那个男人，半晌后，也对她笑了笑，像是肯定。

她歇了口气，走出场馆，忽然感觉晚风也没有那么冷了。

坐上回程的车，绕过电视台的后门时，宋嘉茉看到窗外有个人影一闪而过。她开口朝前座的人说道："康康老师，我在这边下就好。"

康康："行，那你注意安全啊。"

"好的。"她推开车门，三两步跑了过去，正巧碰到陈赐抬头。

他笑道："回来了？"

"你一直在等我吗？"她摸了一下额头，"我忘看手机了，今晚直播去了。"

"我知道。"

她抬眼："等很久了吗？"

"没。"

骗人，她指了一下他的手机页面："你游戏都打了三把了。"

"心疼了？"陈赐挑了下眉，从善如流地擒住她手腕，再转了两下，将她的手指包裹在掌心："那就帮我焐焐手，挺冷的。"

他的手指温热，冷的其实是她。宋嘉茉动了动手指，没拆穿。

她低着头，听到他问："想去哪儿？"

宋嘉茉："有点饿了，去吃点东西吧？"

"好。"陈赐将她揽着，又换了一边，自己走在马路外沿。

旁边的商圈挺热闹，各种小吃热腾腾的，宋嘉茉点了一份虾滑，下肚之后，身体也暖和了起来。他们四处逛了逛，她买了个手机壳，低头在换。她一专注就会忘记看路，走着走着又蓦然抬头，看看面前有没有障碍。可右手处的温热提醒她，现在身边有人了。陈赐正在做她的第三只眼睛，帮她看着面前的路。

似乎是察觉到她的视线，陈赐偏头问道："怎么？"

"没事。"她摇摇头。

想了想，宋嘉茉又道："如果我的头被撞到——"话没说完，面前有一辆车匀速驶来，然后在几米远处停下来。

车灯很亮，在夜里氤氲出光圈。她被晃了一下，惶惑地抬起头来，看到副驾驶的门打开，陈昆走了出来。

宋嘉茉眨了眨眼睛，用了三秒的时间做出反应。然后她惊奇地发现，或许已经在年少时经历过一次分离，这一刻的她，竟然没有太多的惊慌和意外。

她已经长大了，她对自己说。

很显然，陈昆有备而来，是特意来找他们的。不知道是刚到，还是已经看了很久。不过这都不重要。

宋嘉茉转头去看旁边的人。陈赐很自然地站到她的前方，身子微微遮住她一些。

他垂眼，低声问她："怕不怕？"

宋嘉茉想了想，牢牢地抓住他的手，然后说："不怕。"

有可能被流言撕成碎片的世界里，我也要爱你。

街上人潮涌动。宋嘉茉站在原地，紧紧地握着陈赐的手。

陈昆走到他们面前，看了许久，这才道："上车。"

三分钟后，车子启程，朝陈昆家中驶去。车上，陈昆一如既往地沉默着，整个车内十分安静压抑。但宋嘉茉的手指，始终没有松开。

这次不会再退让了，她想。她会说服他们的，她会和陈赐能够坦荡地出现在家庭聚餐里。

到家之后，陈昆点了根烟，正要开口，被妻子叫上楼去："你来一下。"

陈昆熄了烟，又瞧了他们好一会儿，这才走上了楼梯。

进了房间，妻子庄钰问："你又叫他们来干什么？"

"还能是为什么，"陈昆紧皱眉头，"陈赐这才回来几天，怎么又到一块儿去了！"

庄钰道："当时不是你说的吗？你要求五年内不见面，阿赐这一走就是五年半，他们确实做到了你的要求，你到底还在强求什么？"

"我强求？这怎么能叫我强求？"陈昆说，"我怎么会知道五年还不够断了他们的念想？"

庄钰停了一会儿，声音变轻："按理来说，在一起会这么艰难，有这么多阻力，又分开了五年多，再遇到的时候，应该回归平淡了才对。前尘往事一笔勾销，再热烈也都是过去了，人都是会屈从于现实的，谁不想过得轻松。可是你有没有想过，为什么他们现在还是走到了一起？"

陈昆愣住。

"因为喜欢。"庄钰说，"因为，太喜欢了。"

房间内安静了许久，久到陈昆又点了一根烟，然后抽完。"这五年我就不该让他们见面，"他抱怨自己，"应该彻底不见面才对。"

"那怎么能叫见面？"庄钰蹙起眉头，"他们都只是单方面地去看一眼啊。嘉嘉去找他，住在他的楼上，不敢让他知道，一次都没有下楼。阿赐一共就回国了四次，都是在她考试、升学、毕业的关键时刻，没有一次让她发现。他们也许比你想的更煎熬。我知道你是怎么想的，你觉得五年的时间太长了，再相爱也该被分开了，你不希望阿赐在国外待太久，因为建元也需要他。你以为时间足够长了，你想，反正远远地看一眼，也不联系，说不定他们还会看到对方谈恋爱的模样，渐渐心死了，就散了。但我知道，你内心有一个很小很小的念头——你觉得，如果过了这么多年，他们要是还相爱，那就算了。”

一截烟灰飘然坠地，半晌之后，陈昆道：“我的确想过。但是它成立的可能太小，我并不觉得它会发生。”

“但它现在成立了，所以你得接受它，对吗？”又是漫长的沉默，庄钰说，“这五年也恰恰证明了，他们是真心相爱的。学生时代的爱情也是爱情，爱情和年龄无关。读书的时候你干涉，我觉得无可厚非，毕竟那时候他们确实不成熟，如果能按下少年少女的躁动，让建元的身体变得更加稳定，杜绝一些意外的发生，你有理由这样做。可他们现在已经长大了，在各自的领域已经做得很好，代表有了分辨是非的能力。如果你再管，你不觉得，太过头了吗？”

陈昆静坐了许久。庄钰将手搭在丈夫的手上：“我知道你担心建元的事，但是，你毕竟只是他们的大伯。他们会有他们的路要走，你让他们自己去面对吧。”

窗外的鸟雀跳上枝头，啁啾几声，才惊得人回过神了似的。

陈昆揉了揉眉心，最终道：“我想想吧。”

快十点钟，陈昆走下楼梯。宋嘉茉看着他。

预料之中，面前的人重重叹了口气。他说：“我不同意。”

宋嘉茉抿了抿嘴唇，心里酝酿出无数想说的话，但在下一秒，听到陈昆说：“你们自己看着办吧。”

这话好像没什么意思，但好像又有点意思。宋嘉茉茫然片刻，然后大脑高速运转起来。半晌后，她猜测道：“不同意，但是不管了……吗？”

陈昆正要开口，身后的庄钰率先替他答道：“是的。”

陈昆回头，无奈地叹了口气。

庄钰见好就收，道：“今天已经很晚了，我看你们也都困了，就先回去吧，我再跟他聊聊。”

宋嘉茉蒙了好一会儿，直到陈赐拉了一下她的手，她才从震惊中回过神。走到门口时，她回头朝庄钰道：“那我们先走了，谢谢伯母！”

这一趟来得心惊胆战，走出门口，宋嘉茉才发现手心里全是汗，她松了口气。这看似短短的几个字就能带过的五六年时间，没有身处其中的人，不会知道每一步走得有多艰难。

庄钰和陈昆在楼上聊天时的每一秒，她都在内心中祈祷。她希望，自己能用上所有的办法，换陈昆的坚硬被软化一个小角。上天好像真的听到了她的小小心愿。

陈昆终于从坚决的反对，到了不再管束。虽然看起来并不是十分乐意，但她想，只要再努力一下，关于陈家的事，关于父亲的事，总会有办法的。

陈赐问她：“在想什么？”

“在想后面要怎么办？其实这对于大伯来说，已经是退了很大一步了。刚才他上楼，我还以为他要拿东西打死我们。”

陈赐瞧了她一会儿，揉了揉她的脑袋。

她的耳垂通红，伸手去推他：“你好烦——”结果甩开他，没往前走两步，又被人噙笑着拉住手腕。这人还在笑，对自己的恶劣行径浑然不觉似的：“往哪儿跑？”

她气鼓鼓地不说话，手指放进荷包里，摸到个什么：“哎？”

陈赐：“什么？”

“护手霜。”她说。说到这个，她又忍不住科普，“这个护手霜和别的不一样，它抹开之后会发热，然后就能营造出一种和男朋友牵手的感觉……”

话音刚落，她手上的东西被人抽走，陈赐说：“以后别用了。”

他摊开手掌，骨节分明，修长而白皙：“男朋友牵你。”

她的眼睛好像被电了一下。

宋嘉茉抿着嘴唇，不自然地偏开眼睛，嘴角好像被人拉起，找不到办法落下。尽管如此，她还是忍不住回嘴道："就、就这啊？"

"嗯？"

"你就，没点儿表示？"

"什么表示？我的初吻都给你了，还不算表示？"

宋嘉茉骇然，被他这一刻坦荡的话语，给震惊到了。

前面有人频频回头，她忙推着他躲进那条没什么人走的小巷，将陈赐恶狠狠地抵在墙上，用眼神威慑。若要仔细去看，这眼神复杂，眸光潋滟，带着耻辱、不甘、示威，和一丝娇嗔。

"干什么，"她咕咕哝哝地说，"……我还没答应。"

"行，那公主殿下考虑一下做我女朋友的事情。"没过两秒钟，他的长臂轻轻一动，将两人调换了个方向，把她给摁在了墙上。

陈赐："考虑好没，公主？"

她偏过头："这才多久！"

"行，那我过两分钟再来问。"

切！"等很久了，"他把她的下巴掰过来，哑声说，"很久很久了。"

她还没来得及做点儿反应，他稍微一低头，又吻住她。

直到陈赐短暂地放开她，她还有点没回过神来。陈赐眯着眼睛，看着她的嘴唇。

宋嘉茉这才想起捂住嘴，气愤地道："我还没答应呢！"

"知道了，"他挪开她的手指，又亲了一下，"我先透支一个。"

"……两个了。"

他笑着，温热的呼吸又压了下来："三个。"

你在我身上做数学题呢？

宋嘉茉推开他往前走，又被人跟了上来。这条小巷走到尽头，她咳嗽两声，勉强道：“我勉为其难地同意一下。”

陈赐偏过头，眼里噙着笑：“我的荣幸。”

拐角处，拥挤的人潮里，陈赐牵住她的手，长指寻到缝隙缓缓抵入，和她十指相扣。没过多久，她听到陈赐说：“会对你好的。”

我会给你所有你想要的，包括我自己。

晚上回家之后，宋嘉茉跟刚谈恋爱的小女孩儿似的，拿出手机的第一件事，就是把陈赐的对话框调成置顶。然后一个人躺在床上，脑海里闪过无数画面，嘴角弧度不断往上。调完之后，她突然想看点儿什么，打开他的朋友圈，发现他的背景换了。换成了一张她的照片。

宋嘉茉截了个图，给陈赐发过去。她还没来得及开口，他便自觉地道：“怎么？朋友圈背景换成女朋友，不是常识？”

不知道从哪儿学的，不过女友本人很受用。

她说：“那我要不也换一个？”一分钟后，背景被她恶作剧地换成一张叶凛的照片。

陈赐的消息来得很快，是个简单的问号。

宋嘉茉把头埋在枕头上，联想到他此刻的表情，笑得苹果肌都酸了。

点错了，点错了，当事井的认错态度良好，嗯，这下好了。她把背景换成了一张很久前拍的，二人影子牵手的照片，很朦胧，无来由地暧昧缠绵。

他说：“你最好庆幸我们现在不是住在一起。”

宋嘉茉高举手机，打字有点费力，很省事地用联想输入法，敲出一个字，再看后面的能不能直接点。

她想说：“怎么，你要干吗？”

发完之后宋嘉茉就去喝水了，等到回来，吓得差点把杯子吞了。人需要为自己的偷懒付出代价，譬如此刻的她。可能是刚刚没有点准，她打成了："怎么，你要干我？"

还发出去了。

……

陈赐可能也被她的热情邀请震惊到了，过了足足三分钟，确认她没有撤回后，这才说："你想的话，我可以学。"

想了好半天，她思考出一个矜持的回答："我打错字了。陈先生，请你自重。"

陈赐从善如流："行，那我不学了。"

三分钟后，不知名小号重出江湖，配图是一张聊天记录，很符合当代年轻人热衷分享恋爱的秉性。

wgbsymbb：顶级推拉。

这晚宋嘉茉用了半小时才睡着。前二十分钟回忆和笑，五分钟用来平复心情，最后五分钟用来催促自己——再不睡就起不来了。

次日到了电视台，又是一天的忙碌。

宋嘉茉去洗手时，康康正好接到新活儿，是一个采访。

"明天要去采访，选题是一个天才的急诊科医生，院长推荐的，有意培养成接班人，"康康对小宣说，"等下小宋回来了，你转达一下。"

"好的，"小宣靠着工位隔板，"接班人，那起码得有四十岁了吧？"

旁边的人也跟着聊了两句。

"天才的话，不应该那么大吧，我猜三十多岁？"

"反正看帅哥的话不太可能，哈哈哈……"

"哎，我还指望着能养养眼呢。"

大家传来传去，通知到宋嘉茉这边，就变成了——

"明天要去采访一个三十多岁的医生。"

宋嘉茉："哦，好的，我要准备什么？"

"你搜些急诊科资料，还有些天才的医生履历就好。"

宋嘉茉比了个 OK 的手势："做好 PPT 发给你。"

搜集资料简单，但概括、归类比较麻烦。六点多的时候宋嘉茉才做完，然后传到了工作群里。

她打开微信，给陈赐发了一条消息："下班啦。"

本来想着在附近买杯奶茶，顺便等他，结果一下楼，看到陈赐已经在门口等着了。

"这么早啊？"她眨眨眼睛，"我还以为要等你一会儿。"

"今天不值班，打完卡就过来了。"陈赐拉着她的手放进口袋里，问道，"想吃什么？"

宋嘉茉想吃番茄鱼，陈赐陪她吃完后又在商场里逛了一圈，也才七点半。

太早回去也是浪费时间，她打算看看电影，结果最近上映的电影都不太喜欢，转来转去，又和陈赐回到家里。她之前买了个小型投影仪，一个人的时候，就靠这个打发熬不过去的时间。屏幕很大，更何况房间还被她特意布置了一下。

电影像是背景音，他们偶尔看看电影，偶尔又聊聊天，窗外车水马龙，屋内的香薰蜡烛火光摇曳，温馨又浪漫。后来不知怎么，她靠到了陈赐的怀里，陈赐的下巴就垫在她脑袋上，双臂环着她。这个姿势让她很有安全感，每个细胞都开始放松。

电影放了一部又一部，等宋嘉茉回过神来，已经到了凌晨一点。她突然有点愧疚，感觉自己耽误了他的休息时间。

这会儿，窗外又下起了雨来。很自然地，她脱口而出："你明天还要起早吧？现在又下雨了，要不你先在这儿睡一晚？免得折腾。我的床还挺大的。"

说完后，她感觉有什么不对，又补充道："我不会对你做什么的。"

陈赐挑眉："你不会对我做什么？"

宋嘉茉不知道他为什么要反问，也不知道自己为什么要结巴：“是，是啊。”

他沉沉笑了声，气息就抵着她的耳垂，传来阵阵酥痒和滚烫。

“如果你对我做了什么，受益人好像也是我？”

第十七章

草莓

CHAPTER 17 >>> 等烟火满怀

宋嘉茉："因为想牵手。想要不用隐瞒，在所有人面前，光明正大地牵手。"

……

半晌后，她感觉到自己掌心动了下，陈赐将她的手指牢牢牵住，低声说："好。"

窗外雨还在下。他的呼吸就在耳边，泛起细密的痒意。

宋嘉茉僵在那里不敢动弹，只能感觉到他手指的动作，以及手臂的禁锢。几分钟后，陈赐瞥了一眼她的表情，声音很低，带着点儿笑意似的，揉了把她的头顶："点好了，我去洗澡了。"

"点，点了什么？"

"当然是衣服，"陈赐偏过头，好整以暇地问道，"不然？"

宋嘉茉把一些危险的想法从脑子里删掉。眼看他又要开口，一看就不是什么好话，她连忙道："柜子里有新的毛巾，你可以用。"

他挑眉："行。"

很快，浴室里传来水声，宋嘉茉浑身不自在地坐在床边，等他洗完。二十分钟后，门铃被人按响，她起身去开门。现在外卖软件已经很方便了，随身衣物随时就能买到，并且送货上门。

她站在浴室前，敲了敲玻璃："衣服送来了。"

"嗯。"浴室里传来陈赐的声音，被雾气和水声浸染过，似乎没来由地性感。

门被拉开一条缝隙，陈赐的手探了出来。宋嘉茉将袋子挂到他的手腕上，看着他手臂上滚滚而落的水珠。青筋，一条、两条……水珠附着在上面，一滴一滴地向下滴落。

察觉到她的动静，陈赐也在原地停留了会儿，声音透过浴室门的缝隙飘了出来："站这儿干什么？想一起洗？"

她立刻后退两步，抬腿就溜："不不不不——我，我先去睡了。"

陈赐将门关上，耳畔仍在回响她那几声"不不不"，像条吐泡泡的小金鱼。

他低下头，无来由地笑了一声。

宋嘉茉钻到被子里躺下，思绪飘远。脑海里的画面回到刚刚，沙发上，她问他要不要留下来住的时候。

这人……留下就留下，还非要说什么"如果你做了什么，受益人也是我"这样的鬼话……

还非得贴在她耳边说……

搞得她现在感觉半只耳朵都在发烧。

宋嘉茉用力搓了一下耳朵，哀号两声，埋进枕头里。

很快，陈赐洗好出来。

为了佐证自己不会对他做什么，宋嘉茉今晚特意铺了两床被子，他们一人一半，分开休息。陈赐也没说什么，吹干头发之后，侧躺在她身边。

窗帘里筛出一些月光，影影绰绰地落在地面上。空气里隐约有他的气息。宋嘉茉从这个角度看过去，能看到他的形状。

陈赐："嗯？"他意识到她在看他。这个认知让她不自然地转移视线，然后换了个话题。

陈赐的身子动了两下，掀开被子，拍了拍身旁的位置："我怀里暖和。"

她的脑子还没想明白，身体已经先一步蹭了过去。

"冷是真的，"她为自己辩解道，冰凉的足尖贴上他的大腿，"今天忘记弄热水袋了。"

陈赐哽了一下，很快，按住她不安分的脚踝："行了，快睡，别乱动。"

"哦。"她的额头紧靠着他的下巴，呼吸间，能闻到他身上传来的沐浴露的味道。

她忍不住又嗅了两下，小声说："我的味道。"

陈赐今晚用的是她的沐浴露，他的手掌就贴在她的脑后，好像在说什么："嗯，你的。"

她并没有多少困意，睁着眼睛，看陈赐的喉结轻轻地滚动。

陈赐大概也是才想到，突然开口问："这几年……大伯给你介绍过男朋友吗？"

"有啊，大二就开始了，很频繁，几乎每周都有一个，不过到大三就没了。"

"为什么？"

她抿了一下嘴唇，有点不好意思的模样："因为我跟他们说，我喜欢女的。然后问他们能不能帮我保密，到时候回去了，就说不合适之类的。大伯自然不好说什么，被我搅黄了几个，就没再介绍了。"

他哑然失笑，"这你也能想出来？"

"是啊，我聪明吧？"

黑暗里，他缓缓地笑起来，"聪明。"过了会儿，他又问，"那些人后来联系你没有？"

"有啊，有几个很想把我'掰直'，逢年过节还给我发短信呢。"

房间里安静了会儿，久到她都以为陈赐睡着了。他又冷不丁地问道："那你怎么回的？"

"啊？哦，"她反应了一下，故意道，"我就很热情地谢谢他们。"

陈赐放在她腰上的手收紧了些："嗯？"

"骗你的，我都没理。"

陈赐低声："既然不想和我分开，当时为什么要说那样的话？"

过了一会儿，她眨了一下眼睛："觉得那时候你要走，一定有你的理由吧，我拖着你，只会让你感觉更痛苦。我以为你只会走一年的，马上就会回来了。我想，先忍一下，没关系的。后来你没回来，我又觉得，也可以，等你喜欢上别的人，你们相爱不会这么辛苦，你会过得更好。我一个人喜欢就好了。”

这下，陈赐久久没有说话。

她戳他的喉结，“有什么好问的，你还不是答应了。”

“我只是以为你不想和我在一起了。”

窗台猛地溅起一滴雨水，在夜里发出空旷的回声。

其实这五年是必须的，她想，漫长的时间也向他们证明，他们都以为没有自己对方会过得更好，可是，似乎从很早之前，命运的藤蔓就将他们牢牢地捆绑在了一起。

没了对方，谁也不能活下去。

分开是因为他们都是为了彼此着想的人，都误以为对方爱上别人会过得更好，兜兜转转间，发现对方最喜欢的还是自己，再牵起手，好像就是很自然的事情。

像是拱桥，越是狂风暴雨无法摧毁，越是能看到它的坚固。

没有更好的了，他们相爱，才是最好的。

她蹭了两下，感觉腿还是很冰，像是想测试他的忍耐程度似的，她弓起足尖，放在他的小腹上。

他声音沙哑："干什么？"

“冷呀。”

“我有办法能让你马上热起来。”

“什么？”

陈赐手下重重地揉了两下："试试？"

她被他揉得全身发烫，连连后撤："不、不用了……"

“那就赶紧睡觉。”

“我睡不着……”

他的声音更加低沉，似是咬牙切齿地暗示："再不睡，今晚就不要睡了。”

宋嘉茉看了一眼时间，凌晨三点。还不睡的话，明天就没法采访了。

她吸了吸鼻子，很委屈地含泪收回了还想作恶的手。

第二天一早，宋嘉茉是被床边的动静弄醒的。陈赐掀开被子一角，起身，她也揉了揉眼睛，迷迷糊糊地想起来。

陈赐说：“不用急着起来，我去给你做早餐，你再睡会儿。”

晨光熹微，他背对着她脱下睡衣，能清晰地看见后背的肌肉，和异常好看的倒三角身材。

宋嘉茉陷在枕头里，突然笑起来。

陈赐：“笑什么？”

“就是觉得，你好像我的小男朋友哦。”

陈赐的角色代入得挺快，俯身，揉了一把她的后颈：“行，那老板再睡会儿，早饭做好了叫你。”

这是她最舒心的一个早上，闻到厨房里飘来的香味，她确信，失而复得就是世界上最好的词语。

陈赐替她把时间算得很准。按时起来，她吃完早餐，又简单地收拾了一下，到电视台时刚好上班。

忙了一上午，中午要出去做个采访。因为是在咖啡厅的单人采访，康康姐主持，小宣摄像，宋嘉茉记录，人手刚刚好。

进了咖啡厅，康康姐先去找人，宋嘉茉和小宣去买喝的。她仰头，对着挂牌挑选咖啡。

小宣像瓜田里上蹿下跳的猹，一个劲地朝那边看，不时发出感叹：“我的天，真的是那个？真的是那个？”

“什么这个那个的，”宋嘉茉低头点单，“你喝美式对吧？”

小宣：“对的。”很显然，小宣的注意力并不在这里，“你快看，就康康姐对面的那个，好帅啊。”

帅？再帅能有多帅？宋嘉茉转头。十几米远之外，那人漫不经心地坐在沙发上。

正午的阳光从他的头顶垂落，勾勒出他高挺的眉骨和鼻梁，流畅的下颌角，清晰的唇线，还有宽阔的肩。是陈赐。

冷不丁在这看到男朋友，竟然还是她们的采访对象。

宋嘉茉反应了好一会儿，骇然道："你不是说三十多岁吗？"她都没往这方面想。

小宣："这不是他们误导我吗！害得我都没化妆！哪知道是个帅哥，衣冠楚楚的，看起来还有点冷漠，爱了。"

嗯，谁能想到这个衣冠楚楚又看起来十分冷漠的帅哥，昨天就在她的被子里。

宋嘉茉不自然地摸了一下耳垂，出于工作的考虑，暂时没跟小宣说他们的关系。正在她愣神的时候，陈赐忽然抬头，直直朝她看来。

小宣："他看我们了！"

宋嘉茉轻咳两声，赶紧道："咖啡好了，走吧。"

她就在陈赐对面坐下，没多久，采访开始，她只能听到康康姐抛出一个又一个问题，而他一一回答。她低着头记录，心脏在摄像机拍不到的地方疯狂跳动。

采访休息的间隙，陈赐略微动了下腿，足尖抵着她的足尖。她抿住嘴唇。

没一会儿，陈赐又换了个姿势，长腿一展，贴在她的腿间。那一块儿皮肤似乎都开始发烫，她指尖发抖。

圆桌之上，一问一答，气氛和谐。圆桌之下，这人毫不避讳地探身，侵占她的空间。

宋嘉茉的脑子嗡嗡叫。

怎么还是这么像偷情……

终于，一场煎熬的偷情，不是，采访终于结束，康康姐笑着感谢了陈赐，整理手上的资料。小宣开始收拾设备。

康康姐看了宋嘉茉的记录，肯定地道："嗯，不错，记得挺清楚的。不过……你脸怎么这么红？"

"有点热吧，"宋嘉茉扇着风，"空调开得太大了。"

小宣指了指宋嘉茉的头顶："可是窗户开着，冷风还在往里灌啊。"

最后陈赐离开时，她清楚地看见，他的脸上是带着笑的。不是那种公式化的笑，他是真的觉得她，很好笑。

一种被戏弄的感觉涌上心头，她打开手机，给陈赐发消息："你知道我要来采访你？"

陈赐："刚才知道的。"

那边又显示正在输入，宋嘉茉先发制人："你下次别这样了。"

陈赐："哪样？我看你挺喜欢。"

……

周末的时候，他们重新搬回了家里。

在搬家公司的车上，宋嘉茉细数自己的长大的过程，例如现在嘴里含一片薄荷糖，已经不会晕车了，又或者学了几道菜，会处理一些简单的小故障。

陈赐就在旁边揉着她的手："嗯，很厉害。"

搬家公司的师傅回头，笑着跟她说："你男朋友哄你怎么跟哄小孩儿似的。"

搬完家，两个人坐在沙发上休息。

陈赐道："阿姨不在家，要叫回来吗？"因为他们太久没回来住，阿姨只是在周末来打扫一下，其他时间都不在家里。

“不用了，”宋嘉茉脱口而出，拒绝道，“家里没人不是挺好。”

陈赐眯着眼睛：“想干什么？”

宋嘉茉：“……我不是那个意思。”

陈赐：“也可以有那个意思。”

宋嘉茉心说我真的没那个意思！

晚饭之后，她临时接到通知，说明天要录个采访节目，得去外地出趟差。康康姐觉得是个好机会，便打算带着她和小宣一起去。只是时间有点赶，今晚就得走。

机会是好机会，时间也是真的赶。

宋嘉茉收拾好行李，距离出发还有半小时。她已经给小宣报了地址，等下电视台的车会来接她。

陈赐正在房间里刷牙，她堂而皇之地走过去，坐在他的洗漱台上，就那么看着他。

洗漱完，陈赐低垂着湿漉漉的睫毛：“干什么？”

她笑眯眯地：“看看你呀。”

陈赐说：“没良心。”

“我哪里没良心，出差又不是我能决定的……”她咕哝着，往前凑了些，手臂搭在他的肩膀上，小声示好，“别生气嘛，回来再补偿你。”

陈赐在这一瞬间抬起头：“怎么补偿？”

宋嘉茉眨了眨眼睛。

陈赐：“亲一下？”

鼻尖越靠越近，她没有回答，身后冰冷，身前是他滚烫的唇舌。他甚至不用做什么，她就开始缴械，被他亲得发晕，人也仿佛腾空而起，全身发软，如果不是被他撑着，可能会就地倒下去。

门铃声在接吻暂停的那一刻响起。她的呼吸声略急，鼻尖发红，秀气的眉心轻微蹙起。

陈赐的喉结滚动："……不舒服？"

不远处，小宣的拍门声接连不断地响起来。催促声更加清晰，一声一声，合着她呼吸起伏的节奏，震得人发麻。

她想要阻止陈赐："你别……外面还在催……"

"一会儿就好。"陈赐低声说。

结束后。宋嘉茉靠在陈赐的肩头上，眼尾泛红，睫毛上沾着水汽，眼底一片雾蒙蒙的，脚趾轻轻蜷缩着，没有力气。

似乎下了一场大雨，而她是暴雨下被滴穿的枝叶，雨滴簌然滚过，脆弱而战栗。

陈赐笑了下，有控制不住的揶揄，点了下她的脸颊。

"现在你就这样了，以后怎么办？"

她大脑一片空白，缓了好一会儿的神。

陈赐打开水龙头，挤了两泵洗手液。宋嘉茉也不知道自己是怎么的，还非要开口问一句："你洗手干吗？"

"不该洗？"陈赐低下头，"都是你的……"

她一把捂住陈赐的嘴，"你别说了！"

问的也是她，不让说的也是她。

"是是是，"陈赐抽了一张纸巾，"只准公主放火，不准微臣点灯。"

宋嘉茉对着镜子整理了一下，可能是做贼心虚，怎么看都觉得不自然。怕外面的小宣等太久，她迅速戴上眼镜和口罩，然后出发。

大门拉开，正在喝饮料的小宣抬起头来："你出来了啊？"

"嗯，不好意思啊，慢了点。"

"没事儿，反正康康姐还在收拾东西。"小宣往房子里看了一眼，"你家好大啊……不对，等下，你怎么穿成这样？"

宋嘉茉摸了摸自己脸上的口罩，又推了推鼻梁上的墨镜："哦，我今天突然室内光线过敏。”

上车后，借着外面朦胧的灯光，小宣一直在打量她。她不自然地抽出一瓶水，问道：“怎么了？”

小宣摩挲着下巴：“要不是看你脖子上什么都没有，我还以为你在里面偷情呢。就是那种外面敲门声越大，里面越起劲那种……外面敲一下，里面动一下，节奏合拍，完全卡点……”

被人完全猜中，宋嘉茉被一口水呛到，捂着嘴咳嗽起来：“咳……怎么、可能，咳咳，你别、乱想。”

小宣：“也是，看了下，你家里也没别人。你半天没来开门，应该是拖行李去了，你住楼上吧？那下楼是有点儿麻烦的。”

终于平复下来呼吸，面前一闪而过陈赐的指尖，宋嘉茉闭了一下眼睛，说道：“嗯，你说得很对。”

二十分钟后，接到康康姐，三个人坐了末班的飞机，到酒店已经是凌晨。宋嘉茉洗完澡出来，看到康康姐还在做功课，打印的资料上做满了笔记。她看了一会儿，才上床睡觉。

睡了不到五个小时，又要起来准备今天的工作。今天要做的是人物采访，康康姐一大早上便起来化妆，还在继续背着资料，宋嘉茉和小宣则负责台下的布置和嘉宾的招待。

小型的演播厅里，台上很宽敞，头顶缀满了纤维材料，像是丝绒幕布上的满天星。台下有几十个座椅，每个座椅上都要准备矿泉水。再往后的房间里是导播台，站着十来个工作人员，舞台两旁还有摄影师，操控着巨大的摇臂。看似一个简单的人物采访，幕后竟然需要这么多人的付出。

等到采访开始，宋嘉茉也拿出了自己准备的本子。康康姐已经是很成熟的主持人了，表现得体，口齿流利，根据摄像机的方向切换角度，在嘉宾词不达意时给予补充，在尴尬的时候，用自己的思考所得和感悟，让采访的节奏变得更好。

结束后，康康无意间看到宋嘉茉的本子，吓了一跳：“你还做了这么多笔记啊？”

“机会难得嘛。”宋嘉茉说。

一个两小时的人物采访，康康姐准备了七八个小时，嘉宾资料背得滚瓜烂熟，每一个环节的掌控都游刃有余。

这是她要学习的东西，也是她为之努力的方向。幸好今天来了，宋嘉茉想，这一趟，真的学到很多东西。

宋嘉茉浑然不知的是，就在她录节目的这几个小时里，北城卫视惯例播放新闻，然后穿插了一则人物采访，本该是较为冷清的时间段，却被某个博主随手发上微博，不过多久就上了当地的热门。

刚看电视随便扫到的，这脸……这声音……这气质……现在医生的颜值已经到这种程度了吗？

下边的评论有几千条：

“好想生病，谁懂？”

“这不比娱乐圈的一些明星强？”

“狠狠地羡慕他的病人了。”

“别高兴太早，有女朋友吗？”

热评第三放出了宋嘉茉的照片，而在那一层楼里，清一色都是一个回复：“你怎么发我老婆的照片？”

当地热门没上多久，这条微博又被两个“帅哥鉴赏博”给转发了一下，在当晚十点荣登热搜。甚至惊动了一个知名画师的小号。这位画师很有个人特色，大号发发稿子，一些热门话题有五位数的转发量。而小号“车吸吸”，则用来画一些自己喜欢的情侣，画风大胆。

十点半，车吸吸发了个粉丝可见，更新了一张画面冲突强烈的图片。

评论区格外兴奋，但车吸吸还是礼貌提醒："大家自己看着玩玩就好，别发到当事人面前去了，毕竟不是真情侣，怕他们尴尬。"

宋嘉茉当然不知道这件事，她们回到酒店都晚上十点多了，第二天还要起早，洗完澡就睡了，连手机都没空看一眼。等她醒来，才发现除了陈赐的消息之外，尹冰露也给她发了十几条屏幕截图，是陈赐上热搜的内容。

她吃着早餐，一一看完，然后回复："正常。"

矿泉水："啊？"

宋嘉茉说："他的脸被曝光然后上热搜很意外吗？"

矿泉水："你好狂啊。"

没过一会儿，矿泉水又道："对了，我和四眼创业开了个清吧，有空吗？过来玩玩？"

宋嘉茉："行啊，等我出差回去。"

结束了出差，又开始新一周的忙碌，周六时，好不容易等到天气放晴，她拉陈赐出门转转。

公园的草坪上，秋千轻轻晃荡。

陈昆刚下车，就看到这幅场景。宋嘉茉拉着陈赐的手腕，往后倒着走，一边躲着刺眼的阳光，一边眯着眼睛和陈赐说些什么，他倒也配合，替她看着身后的路，时而笑着伸手，替她把碎发拨开。

恍惚片刻，陈昆发现，他好像太久太久，没见过他们这种模样了。完全放松、沉浸、欢喜，沉溺在对方的眼睛里，整个人身上都是鲜活饱满的生命力。

就在刚刚，陈昆接到陈赐大学导师打来的电话，陈赐得到导师的赏识后，他也和导师见过几面，一般都是聊陈赐的状况，不会干涉其他的事，因为陈赐的所有成绩，都是自己努力的结果。

导师挂念陈赐，听说国内最近天气不错，让他多拉陈赐出去转转，说陈赐以往在学校里总是很少出门，要么待在房间里，要么留在实验室里，也不怎么爱笑，很担心他的情绪。

可此刻，面对宋嘉茉，陈赐分明有无限的柔情、耐心和包容力，和其他陷入爱情的同龄人别无二致。

也是在这个瞬间，陈昆才发现，自小便冷漠地拥有一个坚硬外壳的陈赐，好像只有在宋嘉茉的面前，才会完全打开。

这五年，家不像家，他们也变得不像他们自己。但好在此刻，终是被他们寻回。

陈昆重重地叹了口气，不得不承认，五年的时间里，足够让他们看清自己的内心，也让他看清这段感情的坚定。

一开始他只是不想让自己的努力白费，不想让自己的弟弟担心，可怎么又能真的放心呢？庄钰说得对，他干涉的东西已经足够多，往后，就让他们自己走吧。

陈昆走到陈家门口，却迟迟没有进去，就在等待的时候，听见陈赐的脚步声。

听不远处的声音，她应该是在外面逗猫咪，让他回来拿点儿生鱼片。

他们在走廊中对站数秒，是陈昆先开的口。

仿佛用了很久，又仿佛只有短短几秒，他只有一句话。

“以后……我就不干涉了。你爸那边，记得好好交代。”

陈赐沉默了片刻，然后抬手接过来，说道：“我会的。”

宋嘉茉在外面喂了会儿猫，起身回家后，就听到了这个好消息。

“真的假的？那就算是一半同意喽？”宋嘉茉眨眨眼睛，“如果过了你爸爸那一关，就相当于都同意啦？”

陈赐笑：“嗯，怎么这么执着？”

宋嘉茉：“因为想牵手。想要不用隐瞒，在所有人面前，光明正大地牵手。”

……

半晌后，她感觉到自己掌心动了下，陈赐将她的手指牢牢牵住，低声说：“好。”

晚上，宋嘉茉受邀去尹冰露的清吧体验。好久不见的费列也在，在DJ台旁边下围棋，下得一肚子火气，非要拉着陈赐当军师。

宋嘉茉就坐在吧台旁边，看尹冰露调酒。

“真没想到，我们矿泉水老师现在动作这么潇洒了。”

“可不是嘛，”尹冰露倒了一小杯，“请你来，也是让你尝一下我们的无酒精新品，你看看哪个比较好喝。左边这个是我调的，没酒精；右边那个是江寺调的，带酒精。”

这话一说出来，宋嘉茉这才转过头去，看到江寺也在一边忙活。江寺调酒有种幽默感，宋嘉茉看着看着就投入进去，见他倒出一杯淡蓝色的液体，清澈又醉人，想着自己也是尝酒，便端起来喝了一口。

有点涩，有点甜，有点上头。

江寺一边调酒，宋嘉茉一边喝，也没觉得有什么不对，半个小时过去，空了六个杯子。

尹冰露转身，终于意识到不对，晃了两下她的肩膀：“你喝江寺调的酒干什么？他调的都是鸡尾酒，度数很高的，一喝就醉——”

宋嘉茉的眼神迷离，支着脑袋在那儿笑。

尹冰露沉默了两秒钟：“你还知道你是谁吗？”

“知道啊，”她仰起头，无辜地眨了眨眼睛，“我是辣妹。”

“醉了，”尹冰露下了这个定论，转头对江寺说，“你去把陈赐叫过来，她这衣服上泼了酒，我带她换一件。”

几分钟后，陈赐站在门口，接到某个穿着吊带毛衣的醉鬼。她的身上全是酒气，走路时貌似柔弱无骨，几乎是贴在他的身上，由于背脊微微弓着，露出的锁骨凹陷很深，偏一双眼又看起来很清明，有一股天真的诱惑。

要命。陈赐捂住她的眼睛。

尹冰露道：“不好意思啊，我这边备用的衣服太少，只有这件她能穿了。”

“没事，”他脱下外套给宋嘉茉披着，“我罩着点。”

走出清吧，宋嘉茉又不愿意坐车，非吵着要走路回去，他又不能不听，只能依着她，被她拉进一旁的人行道里。她轻轻一扭身，外套应声落地。

小姑娘很不满似的：“为什么要穿这个？辣妹是不会穿外套的。”

陈赐说：“有男朋友的辣妹要穿。”他俯身，想捡起衣服，结果又被她一把推到大树边。

仔细听，她的嘴里还在嘟嘟囔囔地说些什么，含混不清地抿出两个字：“……打劫。”

“嗯，”陈赐挺好说话似的，看着她的眼睛，“劫财还是劫色？”

“你……你有哪个？”

“我都有，想劫财的话，回去银行卡都给你。要劫色的话，回去也给你。”顿了顿，他说，“本来也都是你的。”

但似乎是嫌陈赐说得太多，她懒得听，意兴索然地一挥手：“说的什么玩意儿。”

似乎是站不太稳，她整个人又贴了上来，牢牢地贴在他身上，像是对着他颈边呵气。陈赐的手臂扶着，低头看她。看了一会儿，他自认没辙，将她整个人抱起来，打横塞进了车里。折腾了一个多小时，终于到家。

宋嘉茉还穿着那件毛衣，动作间，露出更加圆润白皙的肩头。

陈赐坐在床边，轻轻地眯着眼睛。

宋嘉茉也不消停，没一会儿，突然又凑到他的旁边，小声说：“很好奇……一个味道。”

“什么？”

“喉结。”

“你的喉结是……什么味道？”醉鬼天真无邪地眨着一双漂亮的眼睛，“能尝尝吗？”

“宋嘉茉。”他难以控制地后仰，手指没入她发间，猛地揉了两下，声音沙哑。

黑暗里，陈赐仰起头，喉结滚动。

她眼神迷蒙，陈赐的眼神一暗，重重地吻上去，他的声音哑得不成样子：“我去给你拿毛巾，你清理一下睡觉。”

宋嘉茉有点喘不上气来，很乖地说：“噢。”

她钻进被子里，见他拿来毛巾，三下五除二地脱掉所有衣服，一件一件地丢在地上。

陈赐眼睁睁看她的肩膀从蓝色毛衣变成浅色细带，最后热情地变成不着寸缕的肌肤。

他忍得太阳穴直跳。

小姑娘拿着毛巾，在被子里上下折腾许久，好像是有点累了，她眨了一下的眼睛，询问：“你能帮我吗？”

“我还能做别的，”陈赐慢条斯理地低下头，“需要吗？”

话音刚落，她连忙将自己清理干净，纤细手指从被子里探出来，将毛巾“啪叽”一声，迅速扔到地上。

混乱的一个晚上终于过去，第二天日上三竿时，宋嘉茉醒过来。她揉了揉还有些痛的脑袋，坐在床头发呆。

“醒了？”陈赐抬了下她的下巴，“先去洗个澡？”

宋嘉茉点了点头，有点迷糊地摸进浴室里。洗完澡，确实清爽许多，她裹着浴巾出来，像是发现了什么了不起的东西。她扯下一截边角，指着胸脯某处，理直气壮地道："这里为什么有红痕？你是不是趁我喝醉时轻薄我？"

"我是平时没摸过？还非得挑你喝醉的时候？"

好像也有点道理。

宋嘉茉又指着自己嘴角处的伤口："那，这总是你弄的吧？"

"是。"他冷笑半声，"没弄死你都算好的。"

宋嘉茉缩了一下脖子，昨晚的事忘得一干二净，想问他到底发生了什么，为什么嘴都给她亲破皮了。但看他的表情，又觉得可能还是不问比较好。

宋嘉茉安静地坐在椅子上，伪装鸵鸟，小口喝粥。

醒了整整一天的酒，周一去上班时，她还有点没缓过神来。中午，小宣问她要不要出去吃，她也没多想，就点了头。

走出电视台，小宣带她往左拐："附近新开了一家泰国餐厅，我看评分蛮不错，就吃那家吧。"

"行呀。"

结果刚走到餐厅门口，看到里头座无虚席，小宣吓了一跳："这么多人啊？"

宋嘉茉指指门外，"还有这么多人排号呢。"

"那就吃不上了吗？"小宣惋惜地说，"我还想吃椰子糕，好烦。"

但很快，里头有人朝她们招手，"没位置啊？要不要一起？"

"行啊！"答完之后，小宣转头同宋嘉茉道，"有熟人在里面，走走走，去蹭个位置。"

宋嘉茉："你同学吗？"

小宣："不是，隔壁三院的医生，医院跟电视台的关系好，我们经常去做采访什么的，一来二去就认识了。"

宋嘉茉隐隐有些预感，直到坐下，果不其然，看见了陈赐。他就坐在她的斜对面，正支着手看菜单。这会儿才发现，他喉结的位置不知道是怎么了，落了一点儿红色，像是被人吮出来的。尽管丧失了所有醉酒后的记忆，但她的直觉还是告诉她，这大概……是她的杰作。她不自然地抿了抿嘴唇。

桌上好不热闹，那几个医生聊得热火朝天，点了不少菜。

有人打趣："还是小江厉害，昨晚还在朋友圈品红酒呢，生活得挺滋润啊。"

江峰笑得一脸促狭："没有没有。"

"哪有陈医生滋润，"江峰特意加重了后两个字，用眼神示意陈赐，"你们看他的脖子上的小草莓红的。"

宋嘉茉抿唇，迅速低头。

撞上陈赐似笑非笑的目光，她连忙低下头去，想咬舌自尽的心都有了。

陈赐没回答，江峰又继续道："羡慕啊！什么时候带你家的小野猫来见见，我挺好奇的，什么样的人才能征服你。"

另一个人鄙视他："人家小情侣的情趣呢，怎么，你还指望着在你的面前表演下？"

"嗯，"陈赐低声道，"我女朋友比较怕生，没人的时候才敢做一些放肆的事情。"

"哎哟——"

"什么放肆的事啊，具体说说？"

"什么没人，我付费，你让我听听。"

宋嘉茉正在盛汤，闻言，差点把碗给掀翻。

小宣急忙道："怎么了？没事吧？"

"没……事，"她艰难地说，"我的手抖了一下。"

没多久，手机传来震动，她拿起来一看，是陈赐发来的消息：我脖子上这也是你的嘴唇抖了一下？

好不容易等到这顿饭结束，她趴在位置上装死，余光瞥到陈赐起身结账，那几个人跟着一同离开，还有说有笑的。

“又是他付账啊？”

“那可不，人家有钱着呢，毕竟……”

声音越飘越远。终于，确认大家全部走光之后，她这才抬起头来，松了口气。

就在宋嘉茉准备离开的时候，已经走远的江峰，却好像突然想起来什么似的，跟旁边的人说：“我对面坐的那个小姐姐你记得吗？我怎么觉得这么像陈赐的朋友圈背景啊……”

同事：“你看错了吧，那个小姑娘一直低着头，我都没怎么注意，应该不是。”

就这样，二人相互否定了一番，然后越走越远。

下午，宋嘉茉回到工位上，听说又有新的采访任务，她被分到搜集资料的活儿。她边查资料边总结，十分认真，连茶水间都没去一趟。

快下班时，组长走了过来：“李见教授后天有点事，采访提前到明天了，明天上午出个主持人？”

康康姐笑：“我明天上午有活啊。”

组长：“那岚岚？”

岚岚：“我要出外景，组长，你忘啦？”

问了一圈下来，发现临近新年，休假的休假，感冒生病的请假在家，为数不多的主持人也全都安排好了事情。

“要不小宋去吧？”康康建议道，“宋嘉茉，你觉得怎么样？”

宋嘉茉有些茫然：“……我吗？”

“对啊。我看你功课做得也挺认真的，交给别的主持人，今晚就得通宵准备了，”康康姐说，“要不就你去试试？我相信你。”

组长想了一会儿，说行：“我看这个小姑娘挺靠谱的，长得也不错，反正不是直播，就当试试水了，别紧张。”

于是就这么敲定下来了。宋嘉茉本来就挺重视的了，结果下班的时候，小宣还跟她说：“以前都没见过实习生担主持的，除了温璐，你是第二个了，厉害啊！”吓得她直接加班到晚上十一点，睡前还在修改台本。

如果不是陈赐强制按下她的小脑袋，她怀疑自己可以准备一整晚。本来躺下时还觉得毫无睡意，但是翻了个身，闻到他衣领上熟悉的气息，随着他轻轻地揉自己耳垂的动作，竟然也慢慢放松下来，然后一觉睡到了七点多。

采访在十点钟开始，时间还是有些仓促的。她是主持人，其他的不必准备，但是彩排和走位是一定要来一遍的，她反复和摄像老师磨合着，提高自己和导播台的默契度。

快到九点五十分的时候，她紧张得血管都在跳。好在今天的嘉宾的确很有亲和力，也好沟通，宋嘉茉很快进入状态。采访的教授叫李见，年过半百，为人温和，只是好像有心事似的，眉头一直不太舒展。

中场休息时宋嘉茉问了一下，才知道是家里的宠物生病了，现在还在医院手术，不知道能不能挺过这一关。教授家里的狗狗名叫邃邃，取自深邃的邃。她也不好安慰，只能说逢凶化吉，肯定会没事儿的。

眼见着采访到了尾声，教授有些着急，大概是想早些回去看宠物的情况。最后有一个送礼物的环节，作为结束。但许是这份着急传染给了工作人员，那人一不留神，将礼物滑落，掉在了地上。玻璃制品霎时四分五裂，声音清脆，整个会场都能听见。

台下一时间也安静下来，所有人都愣住了。尴尬、凝滞、焦灼，工作人员感到有点下不来台。宋嘉茉反应过来，很快说道：“碎碎平安，这肯定是在祝邃邃手术顺利呢，一定平安。”

教授愣了一下，很快笑了起来。

当晚，宋嘉茉的微博收到一条消息，点进去看，赫然正是李见教授。

谢谢宋嘉茉的祝福，也通知一下所有关心的朋友，邃邃的手术顺利，下周就能正常进食了。

宋嘉茉也转发了一下，说了两句初次主持的感谢，很快，评论区涌出好些回复："岁岁平安 = 碎碎平安 = 邃邃平安。"

"一语三关，解除了工作人员的尴尬，祝福了教授的宠物，我只能说，宋嘉茉永远的神。"

"我永远爱高情商美女。"

宋嘉茉还有点儿蒙，第二天上班了，才和小宣说起这事儿。

小宣道："你不知道吗？你昨天的节目改成直播了。"

宋嘉茉："啊？"

小宣："说是原定的播出内容，因为嘉宾的问题，暂时播不了了，也没有别的什么能补一下，就换成你的了。"

宋嘉茉的脑子嗡的一下，没反应过来。

说话间，康康姐也拿着什么走了过来："是的，临时决定把你的采访改成直播，因为怕你紧张，就没通知你。也算是大家对你寄予厚望。"

"当然，你也没有辜负我们的期待，"康康姐递出一张单子和一份正式的工作证，"所以你转正啦，恭喜。"

事件急转直下，拐了两个大弯。宋嘉茉的心脏跳得很快，木然地垂眼去看，那是一张转正的通知书，右下角盖着一个鲜红的章。

旁边的同事们倒是先热闹起来了："我的天，这么快？"

"恭喜恭喜，好久没来新员工了，这些脸我都看腻了。"

"……温璐也是一个多月转正的吧，小茉你实习不到一个月就转正了，打破了她的记录啊。"

"昨天那个临时救场属实高能，毫不逊色专业主持人，反应力给我看愣了。”

“哈哈哈……我也觉得那个好精彩啊！所以转正真的是实至名归！”

此起彼伏的恭喜声中，宋嘉茉终于有了些真实感。

“谢谢大家了。”她抿了抿唇，嘴角轻快地上扬，“今天请大家喝奶茶。”

小宣：“行行行，我要山脉宝藏茶！”

请大家喝完奶茶后，宋嘉茉的手指仍有些颤抖，她紧紧地握了下拳，指尖这才开始回温。竟然真的转正了，这么快，甚至打破了温璐当年的记录。

小姑娘无措地眨了下眼睛，觉得依稀能看见前路，而肩上，又似乎落下了更重的担子。她得做得很好，既然有这么多期待的目光，她需要做得比其他人更好。

像宋嘉茉这种仪式感很强的人，转正后，自然要出去庆祝一顿。地点定在烤肉店，等她和陈赐坐下，面前的显示屏里，正在播放某一年的晚会。众星云集，连主持人都打扮得很漂亮，在聚光灯下发光。

宋嘉茉偏过头，突然说：“希望以后某一年跨年，你也能看到我在台上主持。”

陈赐张嘴，正想说当然，停顿了一下，又警惕地道：“你是不是想去见叶凛？”

……

走出餐厅的时候，陈赐又告诉她个好消息，说是从原生家庭的户籍迁出手续，已经帮她办好了。她单人单户，再也不会和叔父的名字绑在一起。

“说到他，”宋嘉茉并不想称呼他为叔父，“你知道他现在什么情况吗？”

“好像戒赌了，总之最近没听过他的消息。”

宋嘉茉愣了下，正想说些什么，被路边的水果店打断思路。她的眼睛一亮："我想吃橘子了。"

"好，我给你挑。"

陈赐在一旁挑选着水果，宋嘉茉感觉手机震动了一下，打开一看，是一条短信：是宋嘉茉吗？

她看着这个号码，感觉像是诈骗短信，索性删除没理睬，又看陈赐在选草莓，问道："你要买草莓吗？这个时候的草莓不好吃吧？"

他挑眉："你不吃？"

"不吃不吃，你买你自己的就行。"

宋嘉茉的态度本来很坚决，但是回家之后，看到陈赐将草莓洗好，个个又红又漂亮，还挂着新鲜的水珠，突然就有点儿心动。配着电视的背景音，他吃了一个，见她看过来，又拿了一个大个的草莓，递到她的嘴边。

她很给面子地咬了几口。和当季的口感没差太多，也很甜。她正想再吃一个的时候，听到他说："你吃了我一个草莓，现在怎么算？"

"草莓也要跟我分得这么清楚？"她觉得今晚的陈赐有点儿奇怪，但还是不服输地道，"算你借我的行吧，到时候还你。"到时候再给他买一盒总行了吧？

"真的？"他的目光忽而悠长起来，"还哪儿？"

宋嘉茉无视他的目光。他伸出修长的手指，点了下侧颈："还这儿就行。"

见宋嘉茉半天没动作，陈赐很"好心"地凑近了些，将她半按在沙发靠垫上。

她身后没有退路，身前是陈赐逐渐逼近的呼吸。

他的呼吸就在她的脖颈处，一呼一吸间，声音沙哑："会不会？不会的话，我给你做个示范？"

第十八章

掉马

CHAPTER 18 >>> 等烟火满怀

喝醉的女同学乱成一团，宋嘉茉却大手一挥，回到十八岁那年：“不用管我，我叫我哥来。”

她醉得不知道东西南北，却很清楚地拨出了那串烂熟于心的号码。十分钟内，这人肯定到。在心里默默数完时间，她一抬头，笑了：“你来了啊？”

宋嘉茉的双手被他压在身后，颈间就是他灼热的呼吸。没等她回答，他就吻了下来。

陈赐低声，似是在想："喜欢什么数字？"

宋嘉茉："九十九万九千九百九十九。"

他像是笑了一下："那有点难。"顿了顿又道，"那就都来点儿？"

次日一早，看着自己脖子上的"示范成果"，宋嘉茉陷入了沉默。她惨不忍睹地闭上眼睛。幸好这会儿是冬天，她翻出一件带高领的外套，在脖子处整整齐齐地扣好。

中午，小宣又拉她去了那家泰国餐厅："这次我提前排位置了，肯定没问题。"

这次的确没问题，只是她们刚坐下，小宣又抬起了头："不是吧，这么巧，又碰到他们了？"

宋嘉茉的眼皮一跳，随着小宣的目光看过去，果不其然，又是那天的几个医生，陈赐也在其中。他今天穿的是一件黑色的呢子大衣，她选的，里面的衬衫和她是情侣款。

"他们今天可能下班晚，没排到位置，要不要叫他们一起？"小宣问她，"你介意吗？"

"没事，"宋嘉茉说，"毕竟上次人家也收留我们了。"

有来有往，很快，几个医生也坐到她们这桌来。

宋嘉茉垂着头拉外套，小宣看过来一眼：“你不热吗？”

“有点。”

小宣：“那你把领子放下来呗。”

察觉到宋嘉茉的突然沉默，小宣很是热情：“怎么了，是不好解吗？要不要我帮你？”

说完，小宣伸手过来，作势就要拉开她脖颈处的那排扣子。

宋嘉茉眼疾手快，一把抓住她的手。

小宣：“哎？”

宋嘉茉憋了半晌，感觉脖颈处的草莓直发烫：“……没事，我突然又不是很热了。”

某处传来声笑，很沉，很低，那人靠在座位上，胸膛轻轻震动，下颌线清晰又漂亮。

江峰诧异地回头看陈赐：“笑什么呢？”

陈赐：“看了个笑话，觉得很好笑。”

一分钟后，大家点菜时，宋嘉茉摸出手机，咬牙切齿地给某人发消息。

不加冰：“嗯嗯嗯，你看的这个笑话不会就是我吧？”

顶灯的光线里，她又看到陈赐翘起唇角，手指微动，回复她道：“回去帮你。”

帮？是正经的帮吗？宋嘉茉看这几个字就觉得不对劲，等到晚上回去，见陈赐拿着什么东西靠近她，忙不迭地后退道：“你又要干吗？”

陈赐拉开她的手，低声说：“帮你弄一下。”

宋嘉茉心道，该不会是用新草莓盖旧草莓的操作吧？下一秒，一个冰凉的东西戳了上来，在她的脖颈处反复揉搓。

宋嘉茉仰着头：“这是干什么？”

“草莓印是因为淤血，”他手下动作没停，“把淤积的血块揉开就行了。”

十来分钟后，陈赐动作停下来。宋嘉茉对着镜子一照，果不其然，已经看不到什么草莓，只剩下一点点泛红的痕迹了。

陈赐手上拿的是一支黑笔，宋嘉茉伸手：“那要不要……我把你喉结上这个也弄掉？”

“不用。”他将笔收起来，“我喜欢留着。”

她正想吐槽，放在桌上的手机忽然响了起来。是一个陌生号码打来的电话。她觉得这个号码有些眼熟，便接了起来。

电话对面问：“你好，请问是宋嘉茉吗？”

她停顿了一下：“您是？”

“我是清鱼镇的民镇部门的工作人员，你看你什么时候有空，过来一趟？”

周六傍晚，漫长的车程后，宋嘉茉又回到了这里。十几年过去，清鱼镇已经变了样，热闹了不少，但沿着旧路拐过去，仍能看见破败的痕迹。

她没想到自己还会回来。但和多年前不同的是，这一次，她的身边站着陈赐。

陈赐牵着她的手，无声地握紧了些。

很快，镇里走出接待她的工作人员：“你好，我是陶光。”

简单地聊了两句后，陶光说道：“情况是这样子的，我们还是觉得有义务和你交代一下。有关你叔父的事情。”

整个交流的过程只有十来分钟，故事的始末也很简单。

男人将家里所有的东西都抵押了出去，最后与要债的人发生冲突，在斗殴中丧命，临死时，手里捏着一根好不容易赢来的金条。

宋嘉茉在原地坐了很久，直到天色慢慢黑了，她才说了声“谢谢”，站起身来。因为太久没说话，嗓子已经有点哑了。

她不知道自己现在是什么心情。

这个伤口太久了，太久太久了，以至于要开始慢慢愈合时，都没有太大感觉。

镇子里的冬天更冷，树木孤寂萧瑟，楼与楼之间隔着巨大的豁口，风肆无忌惮地横吹。

宋嘉茉走到某个熟悉的建筑前。

她不知道应该怎么形容这个地方，她在这里出生，也在这里逃跑。

愣了一会儿，她问陈赐："你说，这里算我的家吗？"

她时常弄不清楚家的定义，偶尔恍惚时，也会想，那自己真正的家，到底应该在哪里？

"这里不是。"他走到宋嘉茉的面前，仿佛想将她和这段糟糕的回忆隔绝开来。

陈赐俯下身，将她抱进自己怀里："真正的家，我会给你。"

宋嘉茉并没有在这里停留太久，凌晨时转身离开，去了最近的一家酒店休息。酒店的床很大，她平躺在上面，有一搭没一搭地听着陈赐说话。听他说叔父的房产全都变卖了出去，后来兜兜转转，就到了他手里。

宋嘉茉打着呵欠："所以清鱼镇的这栋房子，现在归你了吗？"

"嗯。"

"那你打算怎么处理？"

"再想想，"他擦了下她眼角的泪渍，"困了就睡。"

她本来还想再聊一会儿，但听他这么一说，仿佛被催眠了似的，安静了片刻，就睡着了。

陈赐拿出手机发消息，比她晚睡半个小时，又在七点多早起，替她掖了一下被角，就出门了。

清晨，天还没大亮，冷风阵阵。

李威远远地见到陈赐，就开始骂人："没见过你这种人！我不就是在附近开工吗，你非得一大早把我薅过来！我就睡了六个小时！"

陈赐："我睡了四个半小时。"

李威没话说了。

片刻后，李威道："说吧，找我什么事？"

陈赐示意李威看看面前的房子："旁边这几栋房子也没人住了，我打算买下来，然后修个……"

"修个什么？"

"希望小学吧。"

李威没从事本专业的工作，他家里是做建筑行业的，毕业后，老头子就把他丢进了各个项目里历练，这种活儿还是能接下来的。

"可以啊，"李威说，"不过你怎么突然跑到这个地方来修希望小学？投资？"

"不是，"他道，"我女朋友以前住这里。"

李威吓了一跳，半晌才反应过来，激动地问道："女朋友？什么女朋友？你谈恋爱了？谁啊？"

陈赐启了启唇，正要脱口而出的当下，想到宋嘉茉的话。他父亲的那关还没过，现在告诉李威，基本等于昭告天下，容易影响到时候的计划。于是他停顿了一下，说道："很快你就知道了。"

"行呗，"李威看他又卖关子，"我倒要看看，和告白墙上写的是不是同一个人。"

李威又围着场地规划了半天，然后道："这事儿你女朋友知道吗？"

他摇摇头："修好了再告诉她。"

李威吹了一声口哨："浪漫是不？惊喜是不？哎，我怎么没看出来啊？赐哥，你还有这种细胞？是爱让你无师自通吗？你以前对我咋不这样呢？"

谈到对面的人，陈赐终于没了耐心："差不多行了。"

宋嘉茉醒了之后，陈赐也裹着风雪走了进来。

她从床上坐起来，看着他手中热腾腾的小馄饨：“你去干吗了？”

“给你买早餐。”

“不止吧？”宋嘉茉摸了一下旁边的温度，“你走有一阵子了。”

洗漱完，她突然想起什么，狐疑地站在桌子边：“你该不会出去偷情了吧？”

陈赐抽出一个勺子：“怎么会这么想？”很快，他不知道想到什么，唇边荡起一丝若有似无的笑意，“况且，跟谁偷能比跟你偷有意思？”

她无语片刻，撇了撇嘴，坐到桌边开始享用早餐。

“这附近有没有什么好玩的？”她问。

以为宋鹏海的事要处理很久，他们周一都请了假，可以明天再回去。

陈赐：“没什么好玩的地方，附近有个看花的地方，但现在不是花期。”

宋嘉茉拉开窗户，发现下雪了：“那今天就在酒店里休息吧，一起看看电影也挺好。”他们就躺在床上消磨时间，睡睡醒醒，聊聊看看，时间倒也过得很快，眨眼就到了晚上。电影里正在播一部公路片，主角的下巴处有个疤，却丝毫不影响散发出来的魅力，仍旧很帅气。

宋嘉茉靠在陈赐肩上，随口问道：“你的身上有疤吗？”

“有一个。”

没想到还真有，她立刻抬起头来：“真的？怎么弄的？”

“忘了，好像是第一次为你打架的时候。”

“让我看看，在哪儿？”

这个疤也很讨巧，长在后颈和头发交接的位置，被头发挡住，平时根本看不出来。宋嘉茉手指顺着绕到他的颈后，慢慢摸着。那一块儿的皮肤是软的，有一点儿凸起，生怕弄疼他似的，她动作轻柔，像有一根羽毛在挠痒痒。她跪坐在他的面前，留恋又痴迷地摸着他后颈的那道疤。

大概是在一起的时间太难得了，才显得这道疤都这么完美，这么珍贵，他处处都是她喜欢得恰到好处的模样。

……

第二天中午，他们启程回去。宋嘉茉坐在后座上闭着眼睛，思绪却在翻飞。他手掌的温度，动情时的撩拨，还有低笑时胸口的震颤，她笑了一下。

陈赐："睡觉就睡觉，还在回味？"

……你能不能干你的事，少看我！

摇摇晃晃间，终于回到北城。

宋嘉茉买了两个红豆饼，诡诡然地走在前面，陈赐替她背包，拿着东西。大门刚打开，发现客厅的灯是亮着的，她愣了一下。

"嗯？叔叔？"

陈建元笑着从沙发上站起来，走到宋嘉茉的面前，看了一眼后头的陈赐："出去玩了？"

"是的，"她乖巧地点了点头，然后用袋子分出一个红豆饼，"叔叔，这个你吃吗？"

陈建元虽然许久没回来，但她时常会被大伯带着去看他，再加上总有视频电话，所以并不会生分。

陈建元笑着接过来，看了她好半晌，才说："都长成大姑娘了。"

宋嘉茉抿了抿嘴唇，不好意思地笑了笑，拉着叔叔去客厅看电视。顺便说这一路上遇到的事情，比如昨天下了大雪，车子被埋了一半；还有谁在门口堆了一个很恐怖的雪人，遇见了几辆抛锚的车子。

陈赐将行李放在一旁，看着沙发上的两个人。她是真的很努力地在扮演好女儿这个角色，每次陈建元见了她，都会开心很多。

快到吃饭的时候，她问："要把江阿姨叫回来吗？"

"不用了，"陈建元说，"你们是不是会做饭？让我尝尝你们的手艺，毕竟好几年没回来了。"

小姑娘一抬眉，拍了拍手说：“这还不简单。”

十分钟后，她站在厨房里，差点没扶稳高速震动的绞肉机。

陈赐：“不是说很简单？”

她嘴硬了半天，也没辩出什么内容来。

他将绞肉机换了个位置，水平放好后，替她把肉全部打碎。

宋嘉茉看了一会儿陈赐的侧脸，问道：“那我干什么啊？”

他笑了一声：“公主歇着就行。”

说是不用她干活，但她最后还是擀了点面皮，打算包饺子。陈建元这次回来，也是想陪着他们，好好过个年。

包完一个饺子之后，她感到很满意，把饺子举起来放在脸颊旁边，问他：“好看吗？”

陈赐瞥了一眼，意味不明地笑了半声：“跟你似的。看着漂亮，弄不了两下就散架。”

宋嘉茉轻轻皱起眉头，怎么感觉这话不太对呢？她义正词严地敲了两下桌角：“现在这是在煮饭，你在想什么？”

“是啊，我说下锅的事，”他散漫地抬起头，“你想成什么了？”

憋了半天，却找不到切入点吵回去，宋嘉茉一回头，在门口看到陈建元。她张嘴就来：“叔叔，他骂我！”

陈建元替她主持公道：“嗯，他骂你什么了？”

宋嘉茉眨了一下眼睛，回忆起了什么，感觉自己的脑子有点不太对劲。

“反正……不是一些很好的形容。”她说，“明天就把他扫地出门。”

陈建元点点头：“好，明天就把他扫地出门。”

……

等陈建元走后，宋嘉茉又包了一个别的馅的饺子，在上面摁了一颗豆子，当作记号。等到饺子全部煮好，她挑出那个特别的饺子，把上面的豆子轻轻弄掉。

陈赐本来还不知道她在忙什么，直到她将那个饺子，悄悄地放进了陈建元的碟子里。

很自然地，陈建元吃出它和之前的饺子不同："怎么还有个玉米馅的？"

宋嘉茉好像感到很惊讶的样子："玉米馅的我只包了一个啊，居然被叔叔你吃到了吗？那证明你接下来的一年肯定很顺利，身体健康，心想事成。"

陈建元被她哄得开怀，连连大笑，说那今年要给她包个大点的红包。

不远处，电视机里的节目也很热闹。陈赐垂下头，缓缓勾起唇角。

又过了一会儿，饭桌上安静下来。宋嘉茉坐在陈赐和陈建元中间，能感觉到，陈赐偶尔咳嗽时，陈建元会频频看他。

宋嘉茉戳了下陈赐的肩膀。

他问道："怎么？"

"你坐过来，"她示意他们两个换个位置，"我想看电视。"

陈赐起身："多大人了？吃饭还看电视？"

她抬起一双明亮的眼："我难道不是永远都是哥哥的小宝贝吗？"

陈赐略显不适地蹙起眉心。

她曲起指节，压了下嘴唇："对不起，好像是有点恶心。"

陈建元又被她逗笑，看了一会儿她，又看看陈赐。后面的气氛变好了很多，偶尔，陈赐会和父亲说说话，聊聊生活，或是工作。

晚上十点多，陈建元上楼睡觉。宋嘉茉洗完澡，也回到自己的房间里。其实这段时间，陈赐一直都是睡在宋嘉茉的房间里，但是父亲回来了，总不能再堂而皇之地睡在这里。

今天陈赐第一天回自己的房间睡，也不知道会不会习惯。宋嘉茉很"善良"地想着。在床上躺了一会儿，她打开游戏，创建了一个房间，截图。然后转发到微信里。

不加冰："哥哥不在家，一个人寂寞。"

跟着又发了一张游戏截图。

时针正指十一点。宋嘉茉没收到陈赐的回复，几分钟后，房间的门被人打开。她吓得一个鲤鱼打挺，坐了起来："你……"

陈赐："不是你要我过来的？"

她指着游戏："我只是想让你进房间带带我。"

陈赐挑眉，答非所问："这不是进来了？"

为了佐证自己确实只是想打游戏，陈赐一进来，她就赶紧开了一把。

对面匹配到了情侣，可能还在热恋期，那野王疯狂给小娇妻让人头，还让小娇妻拿下了双杀。

宋嘉茉转着轮盘："我也想要。"

陈赐"嗯"了一声，"亲一下换一个。"

最后打完三局，把把她都是 MVP（游戏中最有价值的玩家）。手机还没来得及放下，被人捏住手腕，反扣在床头。他的声音低沉："你今晚一共拿了二十个击杀，欠我几个？"

宋嘉茉眼见肌肤升温，磨蹭着道："有，有几个是我自己拿的……"

"嗯，"陈赐吻上来，"哪几个？"

"你别……动手动脚……"

他像是在笑："我不动我来你的房间干什么？做慈善的？"

冬日的夜比往常时更黑，窗外传来呼啸的风声，能听见水滴拍打枝叶的声音，小茉莉在水珠中摇曳。

陈赐点了一下她的脸颊，然后说："我先回去了，你好好睡。"

"等下——"她下意识伸手，抱住他正要离开的肩膀。

她也不知道自己为什么要这么做，可能是觉得，受益的不该是她一个人。

她抿了下水润的嘴唇，目光安静，"我姨妈走了。"

……

陈赐垂下头，声音哑了一些："诱惑我啊？"

宋嘉茉不自然地撇开视线，听到陈赐沉声说："再等等。"

她感到有些茫然："等什么？"

"等我确定能娶你的时候。"他在她的唇角轻轻啄了一下，"不然的话，怕你后悔。"

陈赐走后许久，她才迷迷糊糊地反应过来。想回答，可又想起，已经过了最好的时机。她扯住身上的被子，一股脑地盖过头顶。

想要疯狂地尖叫，但找不到原因。

次日起来，宋嘉茉伸着懒腰，看到陈赐出现在对面，一时有点没反应过来。

还是陈建元先开口："睡得怎么样？"

她愣了下，想到点什么，莫名开始结巴："还，还可以。"

陈建元："陈赐呢？"

陈赐垂眼，淡淡地道："凑合。"

陈建元："那她怎么睡得好？"

陈赐意有所指："受益人，当然睡得好。"

宋嘉茉的耳朵突然一红，想到一些受益的名场面，抬起脚，用力地踢了他两下，示意他赶紧闭嘴。

陈建元："啊？什么受益？"

"没事，叔叔，就是最后一瓶牛奶被我喝了。"她转移话题，"喝豆浆行吗？要不要加点糖？"

一顿风起云涌的早餐吃完，宋嘉茉咬牙切齿地走出门，发现陈赐居然还在笑。

她凑过去："你笑得真开心啊，有什么好事，能跟我分享一下吗？"

“行啊。”他挺大方地弯了下腰，在她的唇角亲了一下，“感觉到没有？”

周五晚上，沉寂许久的同学群里突然发来消息，说班长终于回国了，问大家有没有空聚一聚。这是宋嘉茉的肃大同学群，毕业之后就冷清了很多，除了偶尔有人需要投票，才会冒出几条消息，或者是几个男生在里面插科打诨，老师跟着聊上两句。

本说大学毕业后再聚一次，哪知道班长迟迟没回国，聚会便一拖再拖。

宋嘉茉住得近，自然会赴约了，尹冰露和江寺要忙清吧的事情，只说到时候如果有什么劲爆新闻，让她记得直播。新闻倒是没什么，无非就是班上的哪对情侣在一起多久，又是什么时候分的手，饭桌上还时常有人起哄，老干妈也难得温和许多。

酒过三巡，她一直忍着，忽然听到门口传来声音，是尹冰露来了。饭桌上愈加热闹，宋嘉茉问：“怎么又来了？”

尹冰露说：“忙完就来了，觉得要过来看看嘛。”

尹冰露一来，不知怎么的，她就多了几分安全感。大家都说这里的招牌米酿好喝，她一直没敢碰，可既然尹冰露来了，又觉得尝一下也无妨。宋嘉茉垂头给自己倒了小半杯，抿着唇尝了下。

确实很好喝，带点清香，甜甜的。她喝完了，也没见有什么反应，心道米酒应该不会醉，于是又放开喝了几杯。这款米酿的后劲来得慢，等到大家反应过来，桌上已经没几个清醒的人了。

宋嘉茉撑着脑袋，感觉头有些晕。不知为什么，随着他们的讨论声，恍惚间，竟然觉得自己又回到了学生时代，仿佛下一秒头一栽，再醒来，就是在琅琅书声的课堂上。

班长连忙开始安排，送她们回家。酒店的门口热闹非凡，有人醉了滔滔不绝，有人站不稳靠在石像上，路过的出租一辆接着一辆。

班长挨个分配，一个清醒的女生搭配一个喝醉的，群里开了定位和语音，说送到家打声招呼。表面看起来井井有条，实际上闹哄哄的。

喝醉的女同学乱成一团，宋嘉茉却大手一挥，回到十八岁那年："不用管我，我叫我哥来。"

她醉得不知道东西南北，却很清楚地拨出了那串烂熟于心的号码。十分钟内，这人肯定到。在心里默默数完时间，她一抬头，笑了："你来了啊？"

陈赐俯下身："怎么又喝成这样了？"

她眨了眨眼睛，脑袋不甚清明："什么又？"

"算了。"

不远处很喧闹，他俯下身，将宋嘉茉背起来。她的双臂环在他的肩头，气息又软又轻地挠着他的耳朵，双腿还在轻轻晃荡着。上次也是这样，每次喝醉之后她都一副毫无攻击性的模样，好像他做什么，她都会乖乖地点头说好。她的身子还在软绵绵地往下滑，半醉半醒间，鼻子里溢出无意识的哼哼。

"宋嘉茉。"四下无人，陈赐把她压在墙角，鼻息不稳地质问道，"你就这么相信我不会动你？"

宋嘉茉茫然地抬起湿润的眼睛，听到陈赐急促的呼吸声，她没有力气，鼻音很软糯，偶尔被亲得喘不过气来时，声音如同回应的嘤咛。街灯昏暗，人群声在背后响起又靠近，再嘈杂地远离。

小姑娘牢牢地抓着陈赐的衣领，似乎连自己是谁都忘了，却唯独记得他烙印在她身上的温度。

很烫。

宿醉的代价是惨烈的。第二天，宋嘉茉的头疼得像是要炸开，什么都不记得了，拿出手机给尹冰露发消息。

矿泉水："你昨晚都醉了，非说自己还在上学，还指着酒瓶底下的未成年不许饮酒，问我该怎么办？”

不加冰：“……”

矿泉水：“不过没事，你哥把你接回去了，你应该很平安。”

这是第二次喝醉，被尹冰露一提醒，宋嘉茉隐约搜寻到一点记忆。一方面，她觉得自己好像是应该平安的；另一方面，脑子里冒出一些昨晚的画面，又眨了眨眼睛，奇怪于自己为什么会平安。

宋嘉茉掀开被子走了出去，陈建元问她有没有好些。简单地聊了一会儿，吃过早餐，她又回到房间补觉，这一觉睡到晚上，总算是好了许多。

宋嘉茉的肚子空空如也，刚吃完一碗面，就听到客厅传来声音。

陈建元：“对了，阿赐，上次有人拜托我一件事，说家里面的小孩有个事要问你，还跟李威是同学，让你们加一下联系方式。”

陈赐：“什么事？”

陈建元：“你专业上的事情吧。”

宋嘉茉打开了一瓶牛奶，脱口而出：“男的女的？”问完才觉得不对，轻咳两声，说，“为我哥的终身大事考虑一下。”

陈建元道：“好像是个女孩儿。”

宋嘉茉维持着得体的微笑，转向陈赐：“嗯，那你加吧。”

陈赐感觉自己听到的是：加了你就给我死吧。

他笑了一声，这才把刚刚没讲完的话说完：“让李威拉个群吧，群里说。”

几分钟后，宋嘉茉打开手机，才发现陈赐把她也给拉进去了。她也不是想查什么，只是想看看他的态度，陈赐自觉，自然是通过考验，原则性问题把握得很好。当事并挺满意，随便翻了两下记录，没怎么仔细看，就退出去刷微博了。

大家各忙各的，陈建元的作息规律，没一会儿便上楼睡觉了，客厅里只剩他们两个人。

陈赐解决完问题，发现李威又给自己发消息了："赐哥，赐哥，你能把我落在你家的手表给我送来吗！我女朋友查岗，看到我没戴手表差点杀了我，救人一命胜造七级浮屠！ SOS！"底下接着发来一个地址和照片，是某间酒吧。地址看起来离得挺近，十分钟左右就能到。

陈赐想了想，打算出去买点水果，索性站起身来，拿起桌上的钥匙。

宋嘉茉敏感地抬头，看到陈赐手机屏幕里的图片，一闪而过。刚看到一个有意思的东西，想跟他玩玩情侣游戏，结果转眼发现他今晚可能都不在家。她眨眨眼："现在十点多了，你要出去跟他们喝酒吗？"

陈赐正要启唇，手机又开始疯狂震动起来。

宋嘉茉看情况好像有点急："只叫了你吗？怎么不叫别人？"

李威在班上关系好的也就两个，另一个的女朋友，好像今晚过生日。

陈赐："人家晚上要陪女朋友。"

她骇然，心跳停了一拍："你也要陪啊，怎么，我不算吗？"

宋嘉茉艰难地吞咽了一下，冒出一个荒谬、但极有可能的想法。

她说："难道因为没做到最后一步，所以我不算能陪你过夜生活的女朋友？"

陈赐蹙起眉心，这是怎么关联上的？

"我懂了，"她说，"那我们今晚就把生米煮成熟饭。"

她的本意只是想卖个惨，或者激一下他，又或者只是开个玩笑，但是当自己坐到他床边的时候，突然反应过来一丝不对劲。

她，为什么，真的，跑到他房间里来了？

她抿了下嘴唇，一时不知道该说什么，还没来得及开口，被子就迎头罩了下来。

陈赐："衣服穿好，赶紧盖着被子睡觉。你再这样对着我，我可不保证我接下来还能有理智。"

她将被子从头顶拉下来，听到门铃响了。

陈赐穿好外套去开门，在门口接过一个袋子，将手表递了出去，又给李威发消息：“手表让跑腿给你带过去了，他的电话你记一下。”

他边走边打字，刚进到房间，就看到有身影一闪而过，是她冲进浴室里洗澡。

他也没在意，半倚在床边，收到李威顺利拿到手表的消息，这才将手机放下。

宋嘉茉也在这时候出来。她抿着嘴唇，缓缓地关好房门，这才有些扭捏地说：“我洗好了。”

“嗯，”陈赐很自然地把床头灯调暗，“睡觉吧。”

这就睡觉了？为什么？

宋嘉茉将目光放在床头。他刚刚接过的东西的时候她看到了，如果没看错的话，就是超市结账时，货架上都会摆的那些东西。但是现在，那几盒蓝色的小东西都被他收了起来。

宋嘉茉在床边站了一会儿，麻木地掀开被子一角，躺进去，打开了微博。

一分钟后，陈赐在主页刷到一条新的微博。

wgbsymbb：他是不是不行啊？

……

他淡声：“宋嘉茉。”

刚做了点坏事，她现在是有点心虚的，被陈赐这么一叫，紧张了一下：“啊……啊？”

陈赐：“你打开你的粉丝列表看看。”

手机屏幕右下角确实有个小圆点，但是她的小号只是用来发泄的，发完就切换账号了，几乎从来不看这些消息。

被陈赐一提醒，还这么恰到好处，她心脏猛地一跳。

宋嘉茉抿抿嘴唇：“什，什么粉丝列表呀，你不是关注我了吗？”

“我说小号。”

她猛地翻过身，面对着他：“你怎么知道我有小号的？”说完她立刻否认，“不对，我没有小号，你是不是弄错了，哥哥。”

陈赐：“头像是蛋糕，社团活动的时候你做的蛋糕，奶油多挤了一团，眼睛是蓝色的。”

她一瞬间失声，在被子里僵硬了很久，可迟迟没等到下文，也没等到陈赐和她算账。

不知怎么的，那点叛逆的反骨好像就在此刻冒了头似的，她打开某个转换器，又输入了一行字。点击转换，再复制，发送微博。

“宋嘉茉，”他的警告声，第二次危险地响起，“你是不是以为你发摩斯电码，我就看不懂了？”

陈赐对着转换器页面，面无表情地念出翻译：“就是不行怎么了？不行还不让人说吗？”

“嗯，”他轻轻地眯了一下眼睛，拉开抽屉的最后一格，“你看我行不行。”

宋嘉茉不语。

陈赐：“明天的闹钟几点？”

她缩着脖子不敢说话。

陈赐：“七点是吧，给你留三个小时睡觉。”

后知后觉地感觉到情况的失控，宋嘉茉往后退了一下，又被陈赐给拉了回来。她低声道：“你疯啦？叔叔还在楼上——”

“那怎么了？”他的眼睛里敛着低沉的性感，“不是更刺激？”

陈赐用嘴撕开那枚四方的包装袋，声音又低沉了一些：“你不喜欢？不喜欢夹我腰干什么？”

你有毛病——

但这句话没来得及说出口。

她感受到落在自己鼻尖和唇角的吻，以及慢慢轻盈，绷紧又放松的身体。

他像个极致的钢琴家，指尖自如又熟悉地，游弋在自己的主场。

冬季多雨，这会儿雨点细细密密地落了下来，拍打着窗台与玻璃，蜿蜒游弋，滑出点点水渍。

第十九章

坦荡一次喊他姓名，再说爱意

CHAPTER 19 >>> 等烟火满怀

她坦荡地站在人群之中，只看着他的眼睛。

她说："新年快乐，我爱你。"

霓虹闪烁的夜晚景里，有人循声看来，带着祝福的笑意。

他唇角微微扬起来，将爱意一一回应。

不知道过了多久，窗外的雨声终于停了。

满室的旖旎中，她气喘吁吁，陈赐将她从浴室抱出来，轻轻放在床上，她翻了个身，枕到他手臂上。

他手指上还有没擦干的水，抚摸着她的耳垂，看她动了动，问："会不会难受？"

宋嘉茉摇摇头，说："不难受。"

"那就好，"他将她的碎发撩到耳后，"快睡吧。"

她的脑袋埋在他的胸口，过了半晌，忽然开口道："陈赐。"

他低声："嗯？"

"陈赐？"

"嗯。"

她没再说话，他也没继续问。仿佛只是某种时刻抓紧的呼应与证明，她需要，而他给了。

凌晨四点的窗外非常安静，她听了一会儿动静，缓缓地抬起头来。她将鼻尖抵在他的喉结处，闭上眼睛，小声说："我不后悔。"

陈赐没说话，但她感觉到，他放在她腰上的手指动了一下。他似乎想了很多，最终轻声回应："嗯，不会让你后悔的。"像是承诺。

宋嘉茉轻轻动了一下，脑袋被人托住，声音就响在耳畔："好了，再不睡真的起不来了。"

她其实很困，但是舍不得，舍不得睡着。事后的温存总是容易让人沉溺，她喜欢现在的陈赐，声音里透着餍足的沙哑和懒散，又很温柔，有一搭没一搭地吻着她的鬓角。这不是他们第一次拥抱，却是第一次如此靠近。

宋嘉茉感觉她的心脏像黄油，在他指腹的揉捏中，一点点变得瘫软。她不知道该怎么形容，只是觉得这辈子，应该都不会这么喜欢一个人了吧。感受着他颈间涌出的热意，甚至有一点点，想要落泪的冲动。

对别人来说轻描淡写的五年，他们走了好久，好久好久，连靠近这么简单的事，都显得这么珍贵，这样困难。可他身上的气息一如既往，如同为了让她在时间的洪流中，更快地找到他，熟悉他。

她向上拱了拱，却堪堪只能蹭到他下巴，正要撤回，又被人托着脑袋吻了下来。

她憋得不行，下巴被人挠了挠，陈赐像是在笑："换气啊。"

终于反应过来，她垂下有些湿润的睫毛，抿抿嘴唇，努力用鼻子呼吸，补充氧气。

恍惚间回到某个潮湿的夏季，分开前的最后一个吻。

那个吻很凶，她还在哭，全然不记得是什么感觉，唇齿间全都是咸味儿的眼泪，混合一点点血的味道，彼时的她没有力气，但还能紧紧抱着他，好像面前的人下一秒就会消失。

时隔多年，感受仍然清晰，分别的每一秒，都是煎熬。

她的眼皮颤了颤，闭着眼，无声地淌出两行眼泪。

她突然庆幸现在是躺着，眼泪悄无声息地渗入发丝，除了她自己，没人知道她在哭。

回忆让眼泪越流越凶，但始终无声，像小兽克制地舔舐伤口，那一点点细小的呜咽声，淹没在城市即将苏醒的响动之中，他本来应该非常认真地在亲吻。

但她肩后的手指却挪了挪，他柔软的指腹划过她脸颊，落在她眼尾处，轻轻摩挲，像在替她擦眼泪。

他怎么会知道她在哭呢？她想。

好像受到安慰，心脏里冒着气泡的酸涩感褪去，她的眼泪渐渐止住。

唇上却辗转进一些别的液体，她尝试着用舌尖卷了一滴，咸的，涩的，苦的，又有一点点甜。

好像也是眼泪，但不是她的。

漫长的吻结束后，谁都没有先睁眼，她埋首进他的颈间，小声说："想听你说话。"

"说什么？"他摸着她的发丝，吻了吻她的鼻尖，"说说我有多爱你。"

就这样听着他说话，她在他的声音里睡着，又慢慢转醒。

七点的阳光直射进窗台。

宋嘉茉揉了一下眼睛，诧异地看向他："你醒啦？怎么醒这么早？"

"没，"陈赐说，"太兴奋了，没睡着。"

宋嘉茉眨眨眼睛，"就这啊？这就睡不着了？"

陈赐缓了下，唇边漾起一丝兴味的笑："怎么，你意思是以后还有更兴奋的？"

"我哪有这个意思，"她在被子里踹他，"你等量代换怎么学的——"

陈赐捏住她的脚踝，往上揉了揉。

她突然意识到什么，裹着被子探身，果不其然，在地上看到那件已经惨不忍睹的睡衣。睡衣已经卷成一团，穿不了了。

她将那件可怜的睡衣拾起来，指控道："你干的好事。"

陈赐照单全收："再给你买两件。"

她狐疑："……你买的会是什么正经东西吗？"

"有道理，"他顿了下，"你提醒我了。"

宋嘉茉觉得挺震撼，我提醒你什么了！

莫名想到自己床头摆的那个猫耳发箍，她连忙摇头，晃走这个念想。

“反正你……”有点难为情似的，她小声说，“你去我的衣柜里，给我拿一套睡衣来。”

他懒洋洋地笑了一声，捏了一下她的耳垂：“遵命，公主殿下。”

听着陈赐的脚步声渐渐远了，他打开她的房门，再关上。紧接着，她听到了陈建元的声音。

陈建元：“你拿什么呢？”

宋嘉茉的一颗心瞬间提到了嗓子眼，心脏扑通扑通地狂跳起来。

还好，陈赐的声音很淡然：“卫生间出水不流畅，她借我浴室用。”

外面又传来交谈声，不知道是在聊什么，很快，她听到大门落锁的声音。

十分钟后，陈赐给她发消息过来：我爸带我出来晨跑了。

她懂，这意思是她可以自由活动了。

宋嘉茉光速起身，换好衣服，然后出发前往电视台。这个晚上只睡了三个小时，却和以前没睡够的感觉不太一样。

一进门，小宣便问她：“什么喜事啊？你的脸色这么好？”

宋嘉茉摸了摸脸，忙说没事。确实没什么大事，不过是被人狠狠折腾了一晚。

原来禁欲了五六年的男人是这样的，她觉得昨晚挑衅的自己，真是个勇士。

一天的工作结束，陈赐来接她下班。主驾驶的车窗降下，露出一张轮廓清隽的脸来。他示意她上车：“带你去新开的餐厅。”

宋嘉茉愣了一下，笑道：“你还会开车啊？”

他意有所指：“你指哪个车？”

宋嘉茉正要开口，旁边路过一只拉布拉多，她拉开车门的动作差点吓到它，但它还是很温柔地冲着她摇尾巴。

她状态放松，脱口而出道："这才是宠物狗的正确打开方式嘛。不像你们楼下那只狗，真的好凶啊，一看到人就叫……"

她坐进车里，一边系安全带一边说着，直到陈赐看向她，她才意识到有什么不对。

宋嘉茉抿了抿嘴唇，稍稍后仰。

陈赐："什么楼下？"

她想了想，觉得现在这个情况，好像也没什么不能说的。

"就……"她目光晃了两下，"你……墨尔本住那个楼下，不是有一只很凶的拉布拉多吗？"

陈赐的眼皮动了一下。

再开口时，声线已经有些嘶哑："你怎么知道的？"

"我去过呀，"她轻声说，"大二的时候，从大伯那里看到你的住址，然后……偷偷去看过你一次。怕被你发现，一直不敢下楼，我住的那个房间的窗台很大，有时候运气好，会看到你给花浇水，手指就在窗沿的位置一闪而过，我是不是很厉害，隔那么远都能认出来？"

她语气尽量轻快地说："我还知道你们早上七点去实验室，下午六点多回来，你最喜欢吃斜对面那家的比萨，买了鸡翅一定会打包，旁边的那个便利店经常缺货，所以你都是成箱地买。隔得很远的时候……"她深深吸了一口气，"隔着很远看你的时候，会发现，原来你的头发会偏深棕色一些，是不是一个重大发现？"

但他沉默，一直沉默。

半晌后，他问："你过去……为什么没有告诉我？"

她抿着唇角："我不是想让你知道，也不想给你造成负担的。"

"我只是，"她停了一下，小声说，"太想你了。"

车内又陷入了漫长的沉默，她不知道，陈赐究竟在想什么。

片刻之后，车子迅速调头，朝熟悉的方向驶去。

她看着飞快倒退的景物："不吃饭了吗？你要去哪儿啊？"

"回家。陈建元在家，现在就去说清楚。"

宋嘉茉愣住，她疑心自己听错："不是说等年后吗？现在没有铺垫……万一叔叔不同意怎么办？万一他……"

"不管什么结果，"陈赐说，"不会再让你一个人了。"

任何时候，都不会让你一个人了。

回去的路很近，宋嘉茉还没反应过来，车子就已经稳稳停下。安全带被他解开，陈赐握着她的手腕，往大门处走。

她试图将他往后拉："陈——陈赐，你再想想，再……"

大门打开，话音戛然而止。

陈建元正在客厅泡蜂蜜水，他的目光在他们的脸上停留了一会儿，然后落在他们牵着的手上。

陈赐启唇："爸，我有事跟你说。"

宋嘉茉连忙道，"我们——"

下一秒钟，陈建元打断他们道："正好，我也有话要和你们讲，嘉嘉先进来吧。"

宋嘉茉反应了两秒钟，想往前走，却仍旧被陈赐拉着。她看出陈赐想先去，但最终还是拍了拍陈赐的手背，像是安抚。

她轻声说："没事儿，我先去看看。"

家里的楼梯是木质的，上楼时，会发出一些碎响。

她随着陈建元的脚步走到楼上，已经做好了所有的准备。她告诉自己，一切以叔叔的身体为重，不能辜负陈家这么多年的养育之恩。

她屏住呼吸，慢慢地将门关上。

转过身，却看到陈建元拿出一个粉色的小盒子。他将盖子打开，把表盘在她手边比了比，然后说："新年礼物。"

语气不难听出，陈建元知道了他们的关系。

她愣了一下，手开始轻轻颤抖起来。心脏某处开始酸软，她觉得羞愧。

“叔叔，”她捂着脸，声音有些哽咽，“对不起……”

陈建元看了她一会儿，这才轻拍她的肩膀，擦掉她的眼泪：“傻孩子，喜欢一个人有什么好对不起的。”

“你知道吗？其实很小的时候，阿赐是恨我的。他恨我，但他也只有我，和我维持着不冷不热的关系，我知道，他经常在想，如果我当时没有忙着经营公司，是不是她的妈妈就不会走。

“可是你来了，我发现，他好像有些原谅我了。他原谅了那段过去，也原谅了我的失误。今年吃饺子的时候，我能明显感觉到他对我的变化，说到这里，好像还得谢谢你。”

陈建元替她抽出两张纸巾：“其实前阵子回来，我就发现了你们的关系。后来想了很久，才去问了陈昆。一开始当然有点难以接受，毕竟爱情太脆弱了，如果你们作为恋人分开，这样的和睦也会毁于一旦，又会回到很多年前，他妈妈走的时候那样。可是这些天，我想了很多，最后我想——既然你们都用五年的时间向我证明了，那我不如就相信你们的这份爱情的坚固。所以你和阿赐，要长长久久的，知道吗？”

宋嘉茉微怔，抬起脸，几乎疑心自己是幻听：“您……同意了吗？”

“不存在什么同不同意，你们的爱情，是你们自己的事情。”最终，她听见陈建元的叹息，像在说他们，又像在说自己，“还能爱的时候，就尽全力去爱吧，很多人这辈子，已经没有爱人的机会了。”

夜色阑珊，外面传来敲门的声音。

陈建元笑：“看来他是在担心你。好了，让他进来吧。”

宋嘉茉调整好情绪，退出房间，让他们父子俩聊天。

他们聊了很久，她坐在沙发上，不知不觉地就睡着了。最后，她是被饿醒的。

睁开眼睛，她发现正枕着陈赐的肩膀。

“叔叔呢？”宋嘉茉问道。

“今天说了太多话，已经先睡下了，让我们自己出去，”陈赐垂眼看她，眼底蕴含着热闹的烟火气，“想出去吗？今天除夕。”

被他这么一提醒，突然就想起来了似的，还有四十五分钟就要跨年了。她反应了几秒钟，然后洗了把脸，拉着他跑出门去。

冬寒料峭，迎着这晚的冷风，终于有了些许的真实感。

宋嘉茉看清陈赐手上的腕表，和她的是一对。

小姑娘抿了抿嘴唇，小声说：“叔叔同意我们的事了。”

他挑了下眉：“你那边倒是简单，他跟我说的，可是有条件的。”她的心跳漏了一拍：“什么条件？”

“你进我家户口本的条件，”陈赐点了一下她的脸颊，“你说呢？”

提起的心终于落下，她松了口气，可又因为读出他的潜台词，更快地跳动着。

流云游荡，星子散落，月光比不上人间的亮。

跨年时分，人山人海，他们绕着湖畔散步，宋嘉茉突然听到他开口。

“其实我知道，不怪他。”

她仰头，看着他的表情，知道他是在说妈妈去世的事情：“他也没有办法，他也……尽力了。”

只是那时候年纪太小，好像必须得为一切找到个理由似的，日积月累地为自己套上一层又一层的枷锁，再想解开，似乎就变得很难。

宋嘉茉没办法说出更多的话，只能拉着他，像之前在清鱼镇里，他给她安全感那样，紧紧地拉着他。

他们放了花灯，又一起买了纪念品。陈赐突然接到电话，让就近有空的医生去医院一趟。

“那快去呀，”她看起来比陈赐还要着急，“这么晚还叫你们，肯定有事。”

陈赐的喉结滚动了一下："但是马上就要跨年了。"

"这有什么，我们以后还会一起跨很多个年，我就在门口等你，你忙完就出来，说不定还能赶上倒数呢，新的一年我们也还是在一起，不是吗？"

陈赐蹙起的眉心放下，旋即舒眉笑开。

他说："是。"

这条街很繁华，人声鼎沸，人来人往。

不远处，也有医生和新婚妻子正在路边，看样子，夫人正在嘱咐些什么，笑得温婉。

似是被感染，宋嘉茉站在原地，对着他的背影喊道："陈赐！"

他转过头。

她坦荡地站在人群之中，只看着他的眼睛。

她说："新年快乐，我爱你。"

霓虹闪烁的夜晚景里，有人循声看来，带着祝福的笑意。

他唇角微微扬起来，将爱意一一回应。

"新年快乐。"

"我更爱你。"

今天跨年，处处都很热闹。

宋嘉茉坐在医院的长椅上，听着外面迭起的欢呼和笑声。微信和微博都收到很多消息，她一个个回复着，又打开朋友圈，发现矿泉水和四眼官宣了。

这几年时间里，四眼暗戳戳地追了尹冰露很久，看来终于在今天拿下了。

尹冰露的文案很有画面感：怎么会有人趁过年放烟花的时候牵我的手啊，真的很无语。不过看在下一秒钟他就是我男朋友的分上，暂且原谅他吧。配图是一张看烟花的照片。

四眼那边维持了一贯风格，发了九张尹冰露的照片，激情地配文字：“我可以为你做任何事情。(除了数学题)”

宋嘉茉哑然失笑，给他们点了赞，又和尹冰露聊了一会儿。

等了很久，她有些困了，刚打完一个呵欠，看到陈赐走了出来。

大厅的灯光很亮，他的身影高挑，身段颀长。宋嘉茉站起来问道：“怎么样？”

“没事，”陈赐站在她的面前，忽然伸手抱住她，沉声道，“只是来了一个病因不明的病人，大家讨论了一会儿，已经找到原因了。”

“那就好，”她仰头回抱着他，“我看你去了挺久。”

“又来了一个病人，要洗胃。”

宋嘉茉眨了眨眼睛，分辨着他的情绪：“……不顺利吗？”

“顺利。”他停顿了一下，低声说道，“我只是觉得，如果我妈当时的手术也能这么顺利，就好了。”

宋嘉茉一怔，心口像是轻轻被人捏住。

——原来这才是他当医生的原因。

原来是因为，想拯救更多濒临死亡的生命，他才会选择急诊科。

他将自己的伤口拧成绳索，让更多的人顺着攀爬，回到人间。

可他缝合了这么多人的伤口，却从来没有人想过，要怎么愈合他的伤疤。

一时间眼眶酸涩，她抿了抿唇，将手臂愈加收紧了些。

咽下声音中的颤抖，宋嘉茉说：“我以前读过一个故事。说是上天在收回每一条生命的时候，如果是认真生活的人，会判断她们留在哪里更好，她不是选择了另一个世界，一定是因为，她在那里会过得更好。”

“她会快乐的。”她说，“如果有空的话，你能带我……去看看她吗？”

凌晨的墓园安静，但也有不少祭拜的人，陈赐手中拿着两束白栀子花，带她走到墓前。

二人安静许久，宋嘉茉知道，自己此时应该当一个倾听者。

陈赐在黑暗中低声开口："如果那时候——"

他总是在想，如果那时的他能长大一点，再长大一点，是不是就可以拦住一切，避免悲剧的发生。

"你已经做得很好了，没有人会比你做得还要好，"宋嘉茉轻声打断，"她的意义不只是存在，还有延续。你看，你为了她救了这么多人，如果她能看到，一定也很为你骄傲的。"

半晌后，她又道："有你，会是她除了妹妹之外，最最骄傲的事情。"

黑暗之中，陈赐闭上眼睛。

最后离开时，他将花放在墓碑的两旁。

每次前来祭拜，他的手中总会拿着花，但没有一次放下过。

可这次不一样，他将两束栀子放下，落在夜色里，有很轻很轻的声音。

如同陈年心疾，终究得以治愈。

过完年，陈建元也重新回到原来住的地方，家里又只剩下他们两个人。

临近初春，天气开始变得暖和起来。

那天下午，宋嘉茉休息，收到来自大伯母的消息。庄钰说自己出去玩，带了些特产回来，让她到家里来拿。她过去的时候，正好试探了一下大伯的态度。

幸好，对于她和陈赐的关系，陈昆已经看得很开。

离开时，宋嘉茉的脚步轻快，心里的石头也放下了。她给陈赐拨了个语音电话，正等着对方接听，在大门口撞见熟悉的人影，是莫顾。很久很久没见过，但怎么也不会忘的莫顾。

宋嘉茉将手机调成静音，正要和莫顾擦肩而过，她突然听到莫顾说："我看到消息，你又和陈赐走得很近。"

宋嘉茉觉得成长真是奇妙的东西。譬如莫顾，譬如大伯，都让她面对过相似的场景，但此刻的她，都能处变不惊地回应，早已和原来不同。宋嘉茉站在原地，没说话。

莫顾继续道："我劝你还是不要再有什么念头了，陈赐有女朋友了，和你根本不是一个类型，应该是在国外谈了很久的。"似乎怕她不信，莫顾从手机里翻出一张照片，递到她的面前。

还没看，宋嘉茉就笃定，照片里的人一定是她。这是被深爱着的人才会有的肯定，爱是温柔的力量和底气，让她在任何时候都能抬起头来，不会自卑和退缩，不会觉得任何人都能站在他的身边，除了她自己。

照片的背景很暗，看样子应该是晚上，陈赐正靠在一棵树上，而他身前的人穿着一件露肩的毛衣，乍一看，确实很陌生。

莫顾："他的女朋友身材很好，被他喜欢也不稀奇，这是我同学路过清吧发给我的，你看，都抱上了。"

终于，宋嘉茉记起这件毛衣，她在家里看见过，应该是尹冰露给她穿的。

"这个是我。"她轻声说，又不疾不徐地补充，"不只拥抱，还接吻了来着。你朋友没发给你吗？我嘴都被他亲肿了。"

莫顾愣在原地，想让她别嘴硬，可看她的表情，又没有一丝破绽。

"早说你喜欢这个啊，"宋嘉茉说，"等我们办婚礼时会请你，到时候还会拥抱的，如果你愿意，可以给你安排最近的座位。"

说完，宋嘉茉径直离开，甚至都没有回头再看一眼。

莫顾愣着，没想到不过几年的光景，那个被堵得哑口无言的人，就变成了自己，她的面色一阵青一阵红。春日的风有些冷，刮在脸上，像巴掌拍上去。

莫顾过了好一会儿，才意识到什么，又重新恢复了笑容，敲响了陈昆的家门。她的想法很简单，虽然这张照片没有刺激到宋嘉茉，但既然女主角是宋嘉茉——那岂不是更好？她很清楚陈昆的专制与独裁，他怎么会答应？

陈赐是注定要和她在一起的。

可没想到，等她兴致勃勃地和陈昆说完这些，陈昆回应她的，却只有冷漠的表情。

陈昆竟然说："家里已经同意了。"

莫顾张了张嘴，好久才找回自己的声音："可是……"

"没什么可是的，"陈昆说，"你现在年纪也不小了，我知道你有什么想法。一方面你喜欢陈赐，另一方面，你喜欢陈家能带给你的财富和权力，其实这也无可厚非，只要你适合，这些想法都是人之常情。但人贵在有自知之明，现在这是我们的家事，就无须你费心了。陈家这些年对你们家的帮扶也够多，包括你父亲现在的工作。我是看在你父亲的面子上，才原谅你这次的挑拨离间。"

想到什么，莫顾的手脚冰凉："他们……真的可以结婚吗？"

"陈赐已经在选婚房了。"陈昆不愿意和莫顾多说，因为没有必要，他将烟塞进盒子里，"以后如果没什么事，就不用过来了。"

莫顾因为方才那巴掌，已经被打得有些眩晕，可直到这一刻，更狠的巴掌才扇过来，她躲闪不及，面颊似乎火辣辣地疼。

她的脚步踉跄着，这是她第一次被人赶走，被厌恶的，不希望再看到她的眼神，来自她以为永远会站在她这边的长辈。

莫顾机械地走到门口，被人礼节性地塞进一些东西，表面上明明是得到了，可只有她自己知道，她永远、永远地失去了一些东西。她最想要的爱情和地位，如同面前这扇大门，转身的那个瞬间，被毫不留情地重重关上，再也不能得到。

傍晚的阳光正好，回到家之后，宋嘉茉靠在躺椅上休息。

没过多久，陈赐就回来了。她正昏昏欲睡，意识还有些模糊，隐约听到陈赐说了些什么，她也做了回应。

陈赐坐在沙发上："你今天的静音没关掉。"

她抬起眼皮，目光露出些许茫然，还没回过神来。

陈赐提醒："就是你说我把你嘴亲肿的那一段。"

……

陈赐："我印象中，好像没有？"

宋嘉茉的瞌睡被吓醒，这会儿反应过来了，按下手边的躺椅按钮，打算调整椅背，坐直身子跟他解释，结果按错了方向，只听"刷"的一声，她突然直接躺了下去。

陈赐眯了眯眼睛："这么热情？"

"哎，不是……"

"你的意思是把我没做的补上？"

"我没——"

"那我就恭敬不如从命了？"

"你从个——"话没说完，被他封在齿间。

躺椅吱呀摇晃，窗外日光滚烫。

一地春色，落得正好。

后来战场不知怎么转移到窗台，宋嘉茉气喘吁吁，额发湿漉漉地贴在颊边："躺椅你也不放过！禽兽！"

陈赐绕了下她的发尾，声音懒洋洋的："就为我自己？"

她嘟囔着转过身，看着一地的凌乱的衣衫，"……我懒得跟你说。"

春末，宋嘉茉接到新的工作，说是今年的端午晚会快来了，需要两个女主持人，其中一个定了她。如果效果好的话，她会作为电视台的力捧人选，跨年晚会也会由她主持。

她打起十二万分精神，准备了许久，嘉宾和节目名都倒背如流。

她想上跨年晚会，一方面是自己的目标，另一个原因则是，她还没有见到温璐。温璐是她进电视台的动力，她一直想当面对她说声感谢，可始终没找到合适的机会。

这次跨年晚会，温璐一定也在，倒不如就借着这个机会，有些话便好说出口了。

她突然很期待，当温璐知道，多年前有个小姑娘受她的影响，最终站到和她比肩的位置时，会是什么表情。光是想想，就觉得充满动力。

很快，端午晚会如期而至。晚会即将开始之前，尹冰露给她发来微信。

矿泉水：“板凳已经搬好了，乖巧地等一个宋主持人。”

不加冰：“好的，我一会儿就上台了。”

矿泉水：“亲，我怎么比你还紧张？”

她当然也紧张，宋嘉茉深吸一口气，提起裙摆，走进升降台。这晚的天气很好，幸好，主持过程也很顺利。她提着一口气到了晚会结束，然后和嘉宾礼貌地告别，回到后台。

小宣朝她比大拇指：“恭喜啊！今天的表现超级好！”

康康姐也笑：“很不错，你真的很优秀。”

旁边的工作人员连连附和。

“感觉要不了多久，我们电视台的顶梁柱就换成茉茉了。”

“那当然，现在很多领导都已经很看好茉茉了。”

“你别说，刚还有个小明星问我要你的微信号呢。”

宋嘉茉来不及和他们闲聊，因为电视台等会儿还要录一个宣传片，她得参与。她就站在摄像机的摇臂附近，和男主持人对着台本。

陈赐也在凌晨一点，收到李威发来的消息：“我在直播里看到小茉莉了！”消息很快又撤回去。

陈赐：“什么直播？”

李威：“呃……那个，就是，我说了你别生气，她今晚不是主持嘛，然后和她搭档的那个男主持人也挺好看的，现在好像正在后台对词，就有工作人员随便直播玩玩。而且据说，这个男主持人喜欢她，大家都很热情，说他俩好般配。”

过了十分钟，李威都没收到消息。他不由得打了个电话过去：“喂？你干吗呢？怎么不回消息？”

陈赐：“到电视台了，挂了。”

李威：“……啊？”

下一秒钟，电话被无情地挂断，徒留李威在另一端，陷入漫长的沉默。

演播厅内，宋嘉茉对完台本，百无聊赖地四处看了看。摄影师还没出来，不知道今天还拍不拍了。下一秒钟，她的思绪被人打断。

她听见熟悉的声音，在身侧响起。

“宋嘉茉。”

她骇然地转过眼睛，看到不应该出现在这里的陈赐。陈赐今天有晚班，明天又要起早，她怕他累着，都没让他过来。

她眨了下眼睛，看他走到自己身前，低声问道：“什么时候回家？”

一旁正在直播的工作人员手机都快拿不稳了。弹幕刷得更加疯狂：

“这个帅哥是谁？”

“回家？什么回家？”

“这是我能听的内容吗？”

“是不是之前热搜上的那个医生啊？”

那位男主持人也愣了片刻，突然冒出一些危机感，问道：“请问你是？”

陈赐瞥过去一眼，将宋嘉茉拉到自己这边，宣示主权般开口：“我是她男朋友。”

不过十分钟，直播间冲上小时榜第一，弹幕炸了。

第二十章

告白墙的秘密

CHAPTER 20 >>> 等烟火满怀

他的手指动了下，如同走过漫长山水，终于抵达这里。

陈赐的话音刚落，演播厅就陷入了微妙的安静。从他走进来，议论声就没断过，大家的视线全集中在这里。更何况他并未刻意压低音量，因此大半个演播厅，都听到了这段官宣。

大家互相低声询问，像是听到了什么了不得的东西。

男主持人看向宋嘉茉，确认道："是吗？"

宋嘉茉反应过来："噢，对的，这是我男朋友，来接我回家的。"她仰起头，看着陈赐，小声问，"你是没带钥匙吗？"

"带了，"他低道，"什么时候录完？"

"还得等会儿呢，"她眨了下眼睛，"剩个宣传片。要不你先回去休息呢，不知道还要多久……"

"没事，等你。"

既然陈赐都这么说了，宋嘉茉便顺势道："那你帮我把礼服弄一下，后面的别针好像歪了，一直戳着我，不舒服。"她转过身去，将头发拨到一边，肩胛微微用力，漂亮的蝴蝶骨正对着他，凹陷很深。

陈赐帮她调整了两下，她感觉头皮发麻，又想到许久之前，他在床边帮自己弄绑带的时候，"你别扯这么紧呀……"

宋嘉茉抿了一下嘴唇，感觉自己肩上的蝴蝶结纱带被人解开了。一霎间，她的耳朵通红，感觉肩膀都烧起来了。

她小声："……这个束带不是这么抽的。"

“我知道，在调整别针，”他答得很快，“等会儿给你系上。”

二人一问一答间，浑然不知，直播间的弹幕已经疯了。

等他们调整完别针，摄影师也过来通知 :“要换一台设备，再等等吧，大概还要半小时。”

既然还有半个小时，宋嘉茉索性找了个双人沙发，坐在上面休息。她有些困了，禁不住打了个呵欠，鼻尖红红。

陈赐往下坐了些，拍了拍自己的肩膀 :“睡会儿？”

她靠过去，没多久就睡着了，陈赐把外套脱下来，盖在她身上。

这回直播的人离得远了，只能隐约看到两个人依偎在一块儿，身下是一深色的绒布。

弹幕又在进行一些危险发言 :

“好恨这个沙发为什么不是床……”

“支持。”

“我收回之前那句，这对更般配！”

弹幕刷了整整一晚上，直到宋嘉茉起身开始录制节目。直播结束时，众人还十分不舍，约定车吸吸的微博再见。

宋嘉茉忙完，已经是凌晨两点多。她回到家，倒头就睡，被特批了一天假，睡到中午才醒。

醒了之后，她心思微动，跟着教程做了份便当，去给陈赐送午餐。

刚进医院，还没来得及问陈赐在哪儿，咨询台的女医生便冲着她笑道 :“陈医生在隔壁楼。”

看来不过一个白天，这件事儿已经传遍了。他们这会儿正准备吃饭，宋嘉茉刚进去，就找到了陈赐的位置。他的面前摆着餐盘，正在拆筷子。

宋嘉茉走到他对面，眨了眨眼睛 :“你好，我很喜欢你的位置，你能让我坐吗？”

陈赐看到她，顿了两秒钟，这才往里坐了坐，把外头的位置让给她。

他低声问道："怎么过来了？"虽然是一贯低沉的声线，却不难听出几分惊喜来。

宋嘉茉敲了敲饭盒的盖子，放到他的面前："爱心便当。"

说话间，江峰也过来了，略显惊讶地看着她："刚公布就来'虐狗'啊？"

宋嘉茉："没没，我只是——"

还没说完，陈赐就把面前的糖醋排骨推了过去。

江峰："哟，这最后一份排骨，我刚才找你要还不给呢。怎么？是不想我在你女朋友面前拆你的台是吧？"

"不是，"陈赐娓娓道来，"她给我带了午饭。"

江峰恍然发觉，原来自己就是那个被虐的。

快吃完饭时，江峰提议："晚上一块儿吃个饭呗，就当庆祝了。"

宋嘉茉没事儿，自然是点头，晚上还顺带叫上了小宣，一路上都很热闹。

江峰感慨道："你是不知道，今天一来，多少小护士的心都碎了……"

小宣不甘示弱地说："我们电视台还不是很多人心碎。"

说到这里，小宣转过头："你们谈多久了啊？"

宋嘉茉："挺久了。"

小宣："那为什么一直没跟我们说啊？我们都被蒙在鼓里！"

宋嘉茉正要张嘴，江峰代为回答："这叫敬业，懂吗？公私分明，我很欣赏。"

停顿了一下，江峰又问她："你怎么泡到陈赐的啊？"

陈赐点了下桌子，悠悠地道："我追的。"

宋嘉茉喉咙哽了一下，小声嘀咕着："你哪有追……"

陈赐："我每天送你上下学，给你跑腿，背你回家，追车给你送创可贴，熬夜帮你改成绩，为你参加那个什么社团，还不算追？"

江峰非常激动："这是你能做出来的事？追车？背人？熬夜？你？你来医院这么久，多少小姑娘向你示好都不为所动，我还以为你是个性冷淡呢。"

听到"性冷淡"三个字，想到数个日夜"不得眠休"的日子，宋嘉茉的牙关一颤，差点咬到舌头。

晚餐结束后，两个人回到家，为新的一天做准备。

次日例会，宋嘉茉正转着笔，听到组长分析："收视率比起之前有所提升，不过更匪夷所思的是网络播放量，是去年端午晚会的三倍多，你们有什么头绪吗？"

底下安静了一会儿，小宣突然拿出手机："我好像有一点点头绪，你们觉得呢？"

手机屏幕上，赫然正是宋嘉茉的九宫格，发送日期是端午当天，转发 1.7 万。是某个博主发的：

电视台好像掌握了我的收视密码……

评论也列成长长的一列：

"老婆两个字我已经喊累了。"

"怪不得我说我弟今晚怎么扒着电视！她的眼睛好亮啊！整个人都在发光，好像那种明眸善睐的仙女。"

"去掉像，就是。"

"我们甜妹小茉，端午晚会各大平台都可以看！"

"她好像之前是白鲸 FM 签约的主播，业务能力也很强的，大家不要只看脸啊，实力也很强的，永远记得那段李见教授的救场。"

……

组长的眼睛一亮，如同发现了什么宝藏。后面的几个月里，电视台物尽其用，只要有什么宣传，或者节日的宣传片，通通都把宋嘉茉安排上。

甚至有的广告也让她拍，然后投放到微博里。回报比当然很高。

北城卫视原来也算是数一数二的电视台，只是后来被一些主打娱乐的电视台抢去了风头，但这么一发力，又有些赶上来的势头。

那段时间，部门的所有人都容光焕发，人人都憋着一股劲儿，宋嘉茉的照片也被挂在了走廊里。

宋嘉茉的微博粉丝越涨越多，接近百万，评论区也越来越热闹，都是催着让她多发 vlog，多多开直播。甚至来电视台打卡参观的小朋友都变多了，还有人笑称，她带起了电视台周边的旅游业。

临近年底，宋嘉茉的发展势头愈加凶猛，那天尹冰露给她打电话，说起她最近的发展，她一边通着电话一边在家闲逛，不知不觉间，就走到了许愿池附近。

口袋里有个东西，好像是她刚才整理杂物时随手塞进去的。宋嘉茉拿出来，是一串钥匙。她努力思考了一会儿，终于想了起来，她之前弄了个箱子，把小时候吐槽陈赐的那些东西，都装到了一起。那时候她还在想，等到有了嫂子，让嫂子当面朗读这些给他听，好达到让陈某人无地自容的效果。

嗯，只是没想到，和他在一起的那个倒霉鬼，竟然是她自己——

宋嘉茉觉得好笑，翻出那个箱子，略做整理，然后在睡前的时候，挨个朗读给陈赐听。她的本意只是想当个睡前故事，前面也是真的很好笑，直到读出那个：“今天哥哥嘲讽我的力气小，我搬椅子的时候砸到了自己的脚，他说这种凳子他能扛五个，晚上还在我面前举哑铃。我知道，男人老了就没力气了，希望他以后不举。”

她缓缓降低音量，终于后知后觉地反应过来，“不举”二字，还有别的含义。

果不其然，方才还在系睡衣纽扣的人，也停下手上的动作，讳莫如深地朝她看来。

……

宋嘉茉想解释，但是没有来得及。就如同她想抓住自己胸前的被子，但是也没有来得及。

宋嘉茉看着窗外隐隐翻起的鱼肚白，心在滴血。

她再也不会没事找事去读之前的许愿牌了！

幸好第二天不用上班，她在被窝里睡了很久，吸取之前的经验，出门时，她特意给脖子做了遮瑕。

遮瑕是个技术活，她在洗手间里待了大半天，直到陈赐来催她："不是和朋友约的三点？"

"你以为我不想走吗？"宋嘉茉轻轻捏起双拳，"还不是为了遮你干的好事。"

陈赐笑了一下，握起她的手腕揉了揉："我送你过去？"

宋嘉茉："算你有点良心，没忘记自己昨晚折腾了我多少次。"

"是吗？"他还挺有兴趣似的，"几次？"

"我哪知道……"说完，宋嘉茉又像是想起什么似的，拉下胸口处的衣衫，对着心脏的位置开始数。这是她后来才发现的，就像她喜欢陈赐的喉结那样，陈赐每次都会留下一个小小的印记。

"五个，五次。"宋嘉茉郁闷地说道，"挺厉害的，你怎么不凑个八呢，还吉利。"

……

把宋嘉茉送到商场之后，陈赐回到家，又看了一会儿书。

突然想找一支很久之前的钢笔，他走进书房，拉开抽屉。

这个抽屉虽然在他这边，但里面基本都是宋嘉茉的东西。

很小的时候，小姑娘不知道从哪儿搜集来了几枚幸运币，说是极其重要的许愿才能用上。那时候的他不以为意，只说她迷信。

她信誓旦旦："这是折损运气和福报来许愿的好吗？你这种人是不会懂的。"

但这会儿，放幸运币的地方空空如也，反而换成了那个初次约会时，他送给她的小娃娃机。

陈赐在原地站了会儿，如同想到什么一般，拉开了大门。

窗外落起了雨，他举着一把黑色大伞，快步走到许愿池边。

幸运币是蓝色的，很好找。

他蹲在池边，将那几枚带颜色的东西捞起来。

大概是她很久前许的愿，随着时日推迁、水流冲刷，幸运币的边缘被磨出道道痕迹，背面被少女执拗又用力地，刻下了字母和符号。

S&C ∞。

他们的名字缩写，后面跟着一个无穷大的符号。

雨越下越大，哗啦哗啦地拍打着屋檐，在他脚边溅起一层又一层的涟漪。

陈赐喉结滚动，摊开掌心，一枚枚地数。

一、二、三、四……

八、九……

整整九枚。

全部的九枚。

小姑娘押上这辈子所有的运气，说想和他永远在一起。

——因为没有你，活得再久，运气再好，好像也都没有意义了。

宋嘉茉回到家时，看见椅子上搭着的外套。

"你淋雨了？"她看着袖口处的雨点痕迹，问，"你去干什么了？"

半晌后，陈赐摇摇头说："……没事。"

只是当晚将她抱得很紧，恨不得能揉进骨血里似的。

宋嘉茉将手搭在陈赐的腰上，想了一会儿，觉得应该跟他说说话，于是打开手机，拼命地找话题。

校友群里，有人发了个很无聊的测试，检测大家对肃大的了解程度，大家都在底下骂题目好傻，但也为了证明全都在做。

宋嘉茉点了进去，晃晃手机，举到陈赐面前："这个图片是学校的哪里，你记得吗？"她嘀咕着，"反正我是看不出来。"

陈赐瞧了会儿，才低声说："告白墙。"

"真的？"她奇怪地说，"我是记得告白墙底下有很多杂草，但还有花吗？这张图里有朵小花。"

"有。"陈赐说。

"真的？"

"真的。"

宋嘉茉也没多想，又换了个话题："不过告白墙是在学校外面了，这人不严谨，这怎么能算学校里呢？"

陈赐像是被她逗笑，低声说是。

雨下了一夜，次日下午，终于放晴。

前一天是宋嘉茉出去，这天晚上，变成了陈赐的同学聚会。

宋嘉茉吃完晚饭，正悠闲地躺在家追剧，突然接到李威的电话。估计是他们喝了点酒，那边十分热闹。

李威估计也是有些醉了，不然不会给她打这个电话，分享八卦："乐死我了，赐哥以前不怎么喝酒的，要不是我们说有女朋友的得喝，今天还真灌不动他呢！"

宋嘉茉坐起来："你们少让他喝点……"

李威："重点不是这个！重点是我们套他的话哈哈哈，这人看着一脸拽样，原来很早就喜欢你了！我们陪他绕了半天，终于发现，就在你读大一的时候，学校跳交际舞那次，有男生跟你一组，那时候他就感觉很不爽了，但是一直洗脑自己只是照顾你而已。我笑吐了。我就说嘛，哪有哥哥管妹妹管得那么严的，一次——一次微信号都没给过啊，我江湖红娘的称号算是在他这儿白搭了！"

宋嘉茉愣了一下，突然问出一句："……很早吗？"

"当然了，这还不算早吗？比他加入篮球队都早！"

说到篮球队，宋嘉茉又道："之前在告白墙前遇到过你们，六个男生留了六个女生的名字，没有我的。"

"哦，那个啊！"李威说，"崔芷婷那个，是我们队里一个男生留的，正常。"

宋嘉茉意外了一下，又觉得，好像不是太过意外。

恋爱自由。

宋嘉茉："那陈赐没写啊？"

"写了啊！他绝对写了！但是我不知道留在哪里，哎，这始终是我人生的一个谜团……"

李威在那边滔滔不绝地说着，宋嘉茉想起什么似的，突然站了起来。

她换好鞋，含了片薄荷糖，坐车到了肃大附近。

出租车在告白墙边停下。

那时候，她看着陈赐的背影，像看着一场遥不可及的美梦，不能也不敢想，这个梦会有呼应和结局。

越靠近越觉得忐忑似的，她的脚步起先还很快，到最后，慢慢停下来。

电话已经挂断，刚下过一场大雨，世界弥漫着睡着般的安静。

宋嘉茉缓缓走到告白墙前，找到某一堆熟悉的杂草，上面缀着朵浅色的花，很小很小，不是了解的人不会知道。

这一刻，仿佛回到当初看见他的那一秒，时空重叠，少女伸出手，将杂草轻轻拨开——

里面贴着一张拍立得。

是她过生日时的照片。

她的手轻轻颤抖着，将照片揭下，翻转。

背面有字，像是这张照片隐蔽的位置，如果不是有某种默契，她根本不会发现。

那行字简单又干净，但随着时间的推移，竟也没有褪色半分。

如同他那些年克制而隐忍的，藏在角落处，无须被人知晓的深情。

——陈赐，01.17。

一月十七号，在这里，陈赐爱你。

又在原地站了一会儿，宋嘉茉从包里取出一支笔。

沿着七年前少年的笔迹，她另起一行，像是一封时空的回信。

尽管也很短，和他的格式一模一样。

宋嘉茉拿出手机，对着正面拍了张照片，又翻到背面。

——陈赐，01.17。

空荡荡的下半部分，被她添上：

——宋嘉茉，11.27。

晚上十二点，宋嘉茉发了条微博。文案只有很简单的四个字：分享图片。

图片一共有两张。一张是正面的拍立得，小姑娘正端着蛋糕笑。另一张则是背面，背景虚化，只有那两行字，尤为清晰。

次日七点，评论过万：

“从生日蛋糕上的蜡烛，还有笔迹的鲜艳程度，可以分辨出来：上面那排是七年前写的，底下这排是最近回复的。”

“七年！他们好相爱！”

“他好爱她，她也好爱他呜呜呜。”

“马上给我结婚！劝你们不要‘不识好歹’！”

陈赐刚醒酒，打开手机，就看到了这条微博。

离闹钟响还有十五分钟，身旁的人正在安眠，就枕在他的手臂上，呼吸轻盈。

他伸出手指，想替她挽一下耳边的碎发，又怕惊扰她的美梦，指尖在空中悬了一会儿，还是收了回来。看着她的睡颜，又慢慢地勾起唇角。

他们藏在角落里秘密的喜欢，最终还是得到了双向的回响。

时间一晃到了年底，跨年晚会来临。

宋嘉茉配合电视台做了很多预热，今年的网络预约人数也突破新高。

帷幕拉开，晚会顺利开始，也圆满结束。最后一束追光灯熄灭，宋嘉茉提着裙摆，走下台阶。大概是终于歇下一口气，她的裙子太长，被高跟鞋绊了一下。

宋嘉茉的身形一晃，就被身后的人扶住了手臂。她回头去看，是温璐。尽管这次晚会彩排时她们已经见过许多次，但全部都是正常工作上的沟通。

她愣愣地站在原地，连话都忘了说，直到温璐走出去几步，她才开口：“温老师！”

温璐回过头，笑意恬淡：“怎么了？”

“谢谢。”她说。

“不客气，”温璐笑了一下，说，“举手之劳。”

宋嘉茉走到温璐的面前，很郑重地说：“以前也听过您的电台，对我的帮助很大，某种意义上来讲……影响了我的人生。真的很感谢您，会选择这个职业，有一部分是您的原因。”

温璐微微错愕，半晌后，眼角微微弯起：“我看过你的节目，那个《北游行》，你的临场反应很有意思，也给我带来了一些灵感，我还得学习你身上那股热情和拼劲呢。”

温璐轻轻拍了拍她的肩膀，最终道：“很谢谢你喜欢我，能被这么优秀的人喜欢，是对我的肯定。现在已经换成你们年轻人的主场啦，多多加油。”

几分钟后，宋嘉茉发现自己的互相关注里多了一个人，是温璐，温璐回关她了。

她也站到了和年幼时需要仰望的梦想一样的高度，心里升起一股难以言喻的，巨大的满足感。

天气正冷，宋嘉茉穿着薄薄的礼服，掌心却在发烫。在原地发了会儿呆，她的手机响起来，助理循声过来找她：“要换衣服了哦，有个小采访。”

宋嘉茉点点头，扬起笑意：“来了。”

这个采访也是临时提前的。当时要做一个关于新媒体的专题，其他人的内容都录制完毕，有个嘉宾路上出了点事，没能按时来，只能挑时间补录。她和嘉宾的档期又一直冲突，只有这会儿才能排上。

宋嘉茉连忙换好衣服，进了房间。

沙发上的人朝她打招呼：“你好，我叫阮絮，絮语的絮。”

这位嘉宾长得很漂亮，她也不由得生出些好感，等到采访结束，正在整理资料时，突然听见阮絮开口：“你挺幸运的。”

摄影机已经关掉，宋嘉茉顿了一下，抬眼看她。

阮絮说：“我们家以前也有过一个小孩儿，我爸让我喊他弟弟，让我多多照顾他。照顾着照顾着，就照顾到床上去了。”

宋嘉茉手指一顿。

……啊？

阮絮：“结果正做的时候我爸进来了。”

宋嘉茉眨了下眼睛：“做……什么？”

阮絮勾了下上扬的桃花眼，含着几分笑意：“你觉得呢？”

她顿了半晌：“那你们后来，是因为这个分开的？”

阮絮：“没你想的那么复杂，分手主要还是我们俩的原因。那时候两个人都还小，年轻嘛，憋着股气，说两句重话就分开了。”

宋嘉茉问：“那你们后来没再遇到了吗？”

阮絮：“昨晚刚遇到，不小心出了点意外，醒来我就走了，不知道他这会儿睡醒没。”

“总之应该也没什么故事了，都是成年人了，谁还有那些心思。”阮絮说，“所以才觉得你们很了不起，也很厉害，不是谁都有这种勇气和爱的。”

宋嘉茉坐在那儿，正要开口，阮絮拍了拍衣服，起身了：“总之，祝你们幸福。”

总算结束今天的工作，宋嘉茉快步跑出后台，陈赐正在大厅里等她。她微笑着撞进他的怀里，仰起头，问：“今晚的节目好看吗？”

宋嘉茉这边有票，给了陈赐一张。

“忘记了，看主持人去了。”

她不相信地“嗤”了一声，偏过头，却无法控制地扬起嘴角。

陈赐：“就穿这么点儿？”

“很多了，”宋嘉茉小步走着，“这卫衣是加绒的。”

“那你手这么冷？”

“还不是为了给你机会牵我的手。”

他的手包裹住她的手心，无语地笑：“那你挺善良。”

“确实，你才知道。”

两个人走出电视台，宋嘉茉说想去吃炸年糕，陈赐陪她逛着街。

正在等待炸年糕的时候，旁边有一个男生一直在看她，耳根也慢慢红了起来。偏偏她浑然不觉似的，注意力都在自己的年糕上。

终于，那个男生靠近两步，红着脸开口道：“你是不是宋……”

宋嘉茉刚转过头，就被陈赐的大衣裹住了。他长得高，穿的又是长款风衣，手插着口袋轻轻一抖，就把她裹在了怀里。

老板这时候也像是反应过来：“哎，你是不是那个，就是三院那个医生？”

“那这个呢，”老板指着他怀里的人，“这就是那个……”

陈赐从善如流：“嗯，我女朋友。”停顿了一下，他又再重复一遍，字字清晰，阐明重点，“我的。”

街巷很长，晚风悠悠吹过，若有似无带着陈赐声音中的尾音，又飘得更远。

这年的夏天来得很快，夏至时，陈赐收到一个国际快递。他拆开后放在一旁，宋嘉茉凑过去问：“是什么？”

陈赐：“墨尔本留的一些小玩意，之前忘带回来了。”

宋嘉茉看旁边有张卡片很眼熟，抽出来看了三秒钟，脑子里突然闪过什么，跑回了自己的房间。抽屉第三格最底下，是白鲸 FM 当时送给她的第一份礼物。她收到之后没过多久，又收到了一份白鲸的礼物。

后来也是这样，重大节日时，时常会收到两份礼物。一份是所有签约主播都会收到的；而另一份，虽然标着白鲸的 LOGO，却从没有人晒过，里面的东西也比前一份规格高出许多。

宋嘉茉打开盒子，从里面抽出一张智齿的透卡，两张卡片一模一样，分毫不差。好像所有一切都能对得上，她走出房间，陈赐正在客厅倒水。

看了她手上的东西一眼，他问道 ：“怎么了？”

“少装傻，这礼物是不是你给我寄的？”

他像是笑了一声，垂眼道 ：“我女朋友还不算太笨。”

宋嘉茉 ：“衣服呢？我考试时候那件羽绒服也是你送的，对吧？”

“嗯。”

“毕业的时候，花也是你送的？”

“是。”

宋嘉茉哽咽了半天，没想到她所以为的空白时间里，陈赐也来找过她，还不止一次。

宋嘉茉 ：“可是那个羽绒服，你是怎么弄到的？那个有人穿过啊，所以我完全没起疑心。”

陈赐 ：“导购身上会穿样品。”

宋嘉茉恍然大悟。

他把新买羽绒服的和样品做了调换，再让老师带进去，以确保她完全不会发觉。反应了半晌，她慢慢放下手中的东西，坐到他旁边。

陈赐 ：“嗯？”

她小声说 ：“你好爱我哦。”

他是在笑，捏捏她下巴 ：“你才知道？”

没过一会儿，陈赐又道 ：“对了，明天有没有空？”

“有啊，怎么了？”

“带你去个地方。”

这是宋嘉茉成年后第二次回到清鱼镇。有关这里的记忆并不美好，每一分每一秒都是灰色的色调，甚至于再踏上这片土地，她有些麻木，乃至本能地想要逃避。

可是抬起头，面前是一栋高楼，正对着阳光，两旁的植物长势正好。

围栏里探出几支蔷薇花，在风里微微飘摇。

“以你的名义投建的希望小学，”陈赐说，“还没完全建好，不过能看出大概布局，建好后就会投入使用。到时候，很多小孩都会感谢你，从这里走向更有希望的地方。”

宋嘉茉有些发愣，怔怔地看着他。

他轻声：“以后有关于这里，不会再是噩梦了。”

教学楼覆满爬山虎，操场旁的花开得热闹而喧嚣。像是拔出从前那些坏掉的根系，重新为她种出了一座花园。

宋嘉茉随着陈赐的脚步去看，发现自己从前住的那个房间，被他改成了一间多媒体教室。和她的职业相关，以后的小朋友可以在这里看她的节目，也可以在这里，获得艺术类的第一次启蒙。

宋嘉茉心头一动，她不知道陈赐是什么时候做的这些，而她竟然从来没有发觉。

“好了，不许哭，”陈赐点了下她的脸颊，“你一哭我就心碎，我费这么大劲……可不是想看你掉眼泪的。”

她吸了下鼻子，又在学校里逛了好多圈，最后才重新跑到他身边。

她迎着日光仰起头，笑着说：“谢谢，我很喜欢。”

“不准道谢。”

“……那献个吻？”

趁他还没反应过来的时候，她拽着他的领口，在他的脸颊边碰了一下。旋即怕他来抓似的，她朝前跑去，跑到一半，又回身看他。

她站在阳光下，笑得灿烂而明朗。

陈赐看着她。很突然地想起她刚到家里的场景。

那天电闪雷鸣，大雨倾盆。他站在楼梯上向下看，小姑娘穿着单薄的衣衫，瘦而伶仃，额发被雨微微打湿，站在陈家光华流转的客厅里，怯懦地低着头。

周遭桃红柳绿，只有一朵花颜色枯萎，没有生机。

而他费尽心力，终于令她盛放。

这天晚上回家，宋嘉茉突发奇想，忽然叫他："哥哥。"

水面上，陈赐的手指停了一下。她的鼻尖略微有些红了，睫毛上也沾着水雾，不知是浴室的雾气还是眼泪。

"哥哥。"宋嘉茉又叫了一声。

陈赐盯着她，并没有回应。她抿了一下嘴唇，不自知地带了些鼻音："哥哥？"

"别乱喊。"他哑着声音说，然后重新把已经擦干的她又按进了浴缸里。

九月初，她和陈赐又去传媒大学故地重游了一趟。

这次是陈赐提出来的，夜晚的凉风吹拂着，说不出的惬意舒适。

在路上，宋嘉茉还和他聊着自己主持人票选得了第一，他沉声应着，拉着她往前走。虽然是晚上，但雕像前仍旧围满了学生，有人手拿捧花拍纪念照。

宋嘉茉看了一会儿，再回过神，陈赐已经递了一束花给她。这束花好像迟来了太久，但又好像，时机刚刚好。

他们牵着手在校园里漫步，如同最普通的情侣，宋嘉茉笑着路过学思楼，还指着某间教室跟他说，这是自己专业课的教室，第一节课就是在这里上的。

出乎意料地，陈赐却说："进去看看？"

门缝内泻出一缕光。她的心跳蓦然漏了一拍，却不太敢确认似的，狐疑地推开门。预料成真，映入眼帘的是被布置好的教室，气球悬在屋顶，灯光粲然，落地灯散发出柔和的光。

桌椅整齐，每张桌子上都摆着一支玫瑰，黑板上被人写着几个漂亮的英文字母—— Marry me ?

宋嘉茉眨了眨眼睛，心脏像是要跳出喉咙口。

半晌后，她偏了一下脑袋，故作无辜地问 :“什么啊？看不懂。”

陈赐凑到她耳边 :“嫁给我？”

“没听清，”她得寸进尺地抬起左边耳朵，“再说一遍？”

陈赐好像在笑，却任由她一再往前，好像在她这里，总归是没什么底线。

他说 :“嫁给我，行不行？”

她垂下眼，慢慢压住嘴角的弧度 :“我考虑一下。”

话虽然这么说，但还是抬起手腕，动了下无名指，说，“没有戒指我可不嫁的。”

“当然有。”陈赐从花束的最边沿处抽出个小盒子，打开绒布面，抽出个通透又漂亮的钻戒，“最好的，都给你。”

他的手指动了下，如同走过漫长山水，终于抵达这里。

“给你戴上？”

明知他的意思，但她故意抬起头，去看他的表情 :“那不然呢，你还想给谁戴？”

“没谁，”他喉结滚了下，声音里带着少见的认真，“就你。”

只有你。

从始至终，只有你。

戒指缓缓推入时，她面前宿命般一闪而过初见的画面。

彼时他高高站在楼梯上，一双眼冷而薄情，身后雨幕衬为背景，少年的身影清隽而孤傲，只是朝她扫来一眼，很快挪开视线。

……

以后，这就是她的丈夫了。

保护她，一直到漫长人生的尽头。

如同那个公园夜晚紧紧拉着的手，往后他们并肩而行，再也不会走散。

不管见过多少人，也始终忠于彼此。
世间芸芸众生，只想和你私奔。

番外

EXTRA >>> 等烟火满怀

他们的戒指都是彼此设计的，她的这枚是陈赐的创意，而陈赐的那一枚，一眼看过去是男士婚戒的素雅，圈内却设计繁复，两株藤蔓交织缠绕，像是这些年的他们，紧紧相依，再不会分离。

// 番外一 //

同学聚会与小号

某年年底，宋嘉茉收到陈赐转发来的消息。说是等李威的生日时，顺便办一场同学聚会，把关系好的朋友都叫上。

结果那天，她有主持任务，到得晚了点儿，衣服都没换，就匆匆赶去租的轰趴别墅。

刚拉开门，众人就看过来。宋嘉茉里头穿着礼服，外面随便套了件黑色的羽绒服，和陈赐穿的是情侣款。女款羽绒服总归是要短一些的，只到她的膝盖，下半身全都是冷的，她禁不住跺了跺脚。

很快，陈赐走过来，把自己的男款羽绒服给她穿上。男款羽绒服到她的脚踝，他半跪在地，帮她拉好拉链。

“还冷吗？”

她没来得及开口，起哄一声接着一声，快把屋顶掀翻。

“陈赐，你真行，真行啊。”

“我走错了吗？我好像来的是李威的生日派对，不是秀恩爱现场吧？”

“妹控变妻控，兄弟们，我可以！”

“赐哥，当时在篮球队时没发现你是这样的人呢？”

“……我是不是打扰你们了？”

大家又闹腾了一会儿，她被尹冰露拉去做烘焙，尹冰露频频对她挤眉弄眼。

刚把蛋糕送进烤箱，她半靠在门上，去看客厅里的陈赐。

很奇怪，她也不是特别会分辨人，但每次只要想找他，不管人群中的他在哪里，总是一眼就能看到。

他身上正穿着她那件小号的羽绒服，拉链拉不上，半敞着，露出里面的白色高领毛衣。他半靠在沙发上，鼻梁高挺，手里捏着一副扑克牌，手指修长，模样随意。

宋嘉茉看了会，忽然看见他拿起手机。随后，她的手机震了下。

陈赐：“我很帅？”

她脸腾地一红：“……你有病。”

聚会当然免不了喝酒，宋嘉茉爱情、事业都很圆满，自然是被劝酒的热门对象，没喝几杯就有些上头了，坐在沙发上休息。

李威半醉半醒，话很多，给宋嘉茉介绍篮球队的成员：“这个我们叫他休休,因为他之前留寸头,特别像一休哥。这个是小壶,因为第一次见他，他就戴着毛线帽子，简直就像个开水壶。”

宋嘉茉迷迷糊糊地眨了眨眼睛，无辜地道：“那你叫李威，是因为长得像威猛先生吗？”

下半场的李威“疯”了，逮到人就问：“我长得像威猛先生？我长得像威猛先生吗？”

到最后他自己也接受了这个设定，给宋嘉茉发来好友申请，备注四个大字：威猛先生。

聚会到凌晨才散场，她醉得不轻，是被陈赐背回去的。路上，陈赐问她：

“那我呢？我为什么叫陈赐？”

“因为你是……上天赐给我的美梦。”宋嘉茉她断断续续地将话说完，嘟囔着道，“不想醒。”

陈赐低着头笑，将她往上托了托，低声回答：“嗯，那就不醒。”

这一辈子，都不用醒。

当晚，宋嘉茉虽然醉得厉害，但陈赐给她喂了很多水，还有解酒的东西，第二天起来，头也不是特别晕。

下午的时候，又说到微博小号的事情。

陈赐问她：“你这串乱码到底是什么意思？”

“就是……”她清了清嗓子，“那时候发现了一点点喜欢的苗头，就觉得……我该不是有毛病吧。”

wgbsymbb，我该不是有毛病吧。

陈赐失笑：“你还自己骂自己？”

“那怎么了？”

说话间，陈赐翻着她的小号，没一会儿就到了底。

“我的腰很细？”

宋嘉茉硬着头皮，“是比我想的，要细一些……”

陈赐：“你还做春——”

宋嘉茉一把捂住他的嘴唇，转移话题道：“你知道吗？我那时候参加十佳社团比赛，赢了个无人机当奖品，但是一直没机会给你。”

陈赐顺着她的台阶：“什么样？”

她从柜子里找出来，还被保存得很好。

傍晚时，陈赐带着无人机，去公园试试手。虽然过了这么多年，但它仍旧很灵敏，就像一份新送出的礼物。

宋嘉茉道：“我那时候还觉得，如果你能用无人机——”说到这里停住。

陈赐转头："怎么？"

她笑了一下："忘记了，好像是觉得，只要你能这样站在我身边，就好了。"

所幸兜兜转转间，时间的洪流仍然没有冲散他们紧握的手。

她少女时代那个漫长的美梦，依旧没有尽头。

相爱的人总会相爱，所有不平坦的路，也终会变成坦途。

这是来迟了一点的，却仍旧闪闪发光的礼物——

真爱至上，美梦都实现。

// 番外二 //

索吻与反套路

事情发生在某个周末。宋嘉茉正在卧室刷微博，无意间，在热门看到一条视频，是教人套路接吻的——女生假意让男朋友来闻自己的衣领，等男朋友一低头，再踮脚凑上去，出其不意地一亲，接着去看对方的反应。

评论区里，已经有很多情侣学了起来，不少男朋友的反应都很有意思。

如果跟陈赐拍，不知道他会是什么反应？

宋嘉茉计上心头，打算自己也试一试。她先在隐秘处架好手机，确认了方位之后，又开了一盏暖黄色的灯，把房间重新布置了一下，气氛很不错。她开启录制，赤着脚，踩在白色的绒毯上，偏头喊他的名字："陈赐——"

没过一会儿，陈赐从书房的方向走来。

他手里还拿着个平板，低声问："怎么了？"

宋嘉茉站在原地，有一种即将要做坏事的紧张感，不由得轻轻踮了下脚。

她竖起自己的衣领，抿了下嘴唇："你过来，闻一下我的衣领。"

她以为陈赐会问原因，连回答都想好了，可谁知道，他只是看了她一会儿，旋即垂下了眼。

正以为他不想陪自己胡闹的时候，他放下平板，快步走到她的面前，她无意中往后退了两步。身后是木质的桌子，硬邦邦地抵着她的腰骨，桌上的玻璃杯被撞出响声。

正是黄昏与夜晚的交界时分，光线朦胧，窗外传来车水马龙的声音，一声一声鸣笛，像是在谁的心上敲击。陈赐从善如流地俯身上来，双手压在她身侧，偏了偏头。

他并没有闻她的衣领，下巴却略抬着，凑得很近，眉眼微垂。

宋嘉茉眨了一下眼睛，看他迟迟没再动作，心道他应该是识破了这场套路，虽然不知道是怎么识破的。

她抿了抿唇，没动作。

片刻后，陈赐又缓缓睁开眼睛，声音有点儿哑："怎么不继续？"

她硬着头皮，移开视线："什，什么继续？"

他像是在笑："人家拍这个，不都是为了接吻？"

她嘴硬："没呀，我没有。"

"没有什么？"

"没有接吻——"

话没说完，她就被人封住了嘴唇。

一个漫长的吻结束后，她的脑袋晕乎乎的，睫毛上也沾着水汽。陈赐曲起手指，轻轻碰了下她的睫毛。

她眼帘一颤，像蝴蝶被惊扰时扇动的翅膀。

像是想到她刚刚说的"没有接吻"，他的唇角带着点儿笑，低声问："这下有了？"

宋嘉茉用力推着他肩膀，额头抵着他，声音带着些被欺负的鼻音，嗫嚅着道："犯规了，不是你这样拍的……"

他很好学似的："那一般是怎么样？"

宋嘉茉："就是我突袭亲你，然后你很惊讶，然后再反应几秒……"

"嗯，"陈赐揽着她的后颈，问，"那再来一次？这次听你的。"

……

// 番外三 //

回忆与童年日记

某个晚上，宋嘉茉无意中翻到一本小时候的日记。

那时候她刚到陈家，正处在极度没有安全感，又找不到人倾诉的时候，于是喜欢上了写日记，只要有想法，无论是多么琐碎的事情，都会写下来。

手指捻着书页，缓缓翻开。

12.27

今天好冷。

看到哥哥在房间里，第一次鼓起勇气喊了他，可是我也发烧了，不过幸好，哥哥没有再回到那个房间了。

12.28

发烧好了，哥哥今天出门，给我买了一直很想吃的红豆饼。

这好像是他第一次给我买东西，纪念一下。

12.30

哥哥说给我制定了一个增肥计划，他说我太瘦啦。

1.1

跨年了！今天的晚餐很丰盛，哥哥给我榨了果汁。

1.5

胖了三斤！番茄鱼很好吃！

1.10

好像长高了一点点哦……

1.18

哥哥带我去买了新衣服，还有一条小裙子。

好像是人生里的第一条裙子，纪念一下，是蓝色的。

1.30

增肥计划一个月。

2.9

哥哥说没有之前瘦得那么厉害了。

2.15

好像和别的女孩子差不多了。

2.17

哥哥搬了两箱牛奶过来，真的喝不完啊！怎么办……

2.21

牛奶啊牛奶，给我多补点钙吧。

2.30

我今天居然敢打哥哥了。

不过活该，谁让他嘲讽我，不过他竟然没生气。

3.3

可能是因为他没生气，我竟然还敢踢他了。

3.6

哥哥今晚教我做题，他很好！

3.9

呸！他很坏！

3.16

今天走到陌生的地方，差点迷路了，幸好哥哥在。

第一次觉得，有哥哥真好。

3.17

陈赐！我和你势不两立！

看着日记上一天一个心情，宋嘉茉不由得笑出声来，继续往下看。

3.18

陈赐拿虫子吓我，我恨他。

3.22

陈赐骗我吃芥末，我恨他。

3.23

我恨陈赐。

3.25

单方面宣布他不再是我的哥哥。

3.27

哥哥真好。

4.1

一般。

4.5

最近感觉放松了很多，没什么好记录的啦。

发现很多话都可以和哥哥说，我竟然好像是个话痨。

都怪陈赐。

4.23

今天玩游戏的时候，和别的朋友吵架了。

但是，像《樱桃小丸子》里那样，哥哥跟我说，就算全世界都不偏袒我，哥哥，最、最、最、最偏袒我。

他对我很好。

4.26

我也会对他很好。

5.20

哥哥，生日快乐。

6.7

长高了。

接下来，是那篇她很熟悉的，陈赐也曾目睹过的日记内容。

6.12

我的哥哥，冷淡、恶劣、作恶多端，是个浑蛋。

宋嘉茉看了许久，从旁边拿起笔，在后面添上：但我从不怀疑，他爱我。

我的哥哥，强大、热烈、一尘不染，是个英雄。

我爱他。

// 番外四 //

捏脸与吊带裙

七月份，赶着夏天的尾巴，二人一起休了年假。

他们找了个景点，住在海边，拉开窗帘就能看到蔚蓝的大海，晚上还能听见海浪拍打礁石的声音。

因为在旅游，生物钟就有些混乱，睡得晚，起得也是一天比一天晚。宋嘉茉决定调整一下作息，这天特意没出去，就和陈赐待在房间，打算早早睡觉。

晚上九点多，尹冰露给她发来一个网站，说是捏脸的。网站里，画手会给出很多模板，她可以在模板里自由搭配，然后搭配出自己喜欢的头像，放在社交软件上。

宋嘉茉玩着玩着就有点沉迷，相册里存了一堆表情包，到最后，捏自己已经不能满足她了，她转向陈赐，颇有兴致地道："你坐正点儿，我捏个你。"

闻言，陈赐放下了怀里的平板，按照她的要求，从床边坐了起来。

她挑了个跟他还算适配的画风，开始慢悠悠地捏了起来，发现服装那一栏正好有白大褂，便点击选中，配来配去，又觉得戴个眼镜更加帅气。

她对自己的搭配颇为满意，捏完后又给陈赐展示，陈赐正低头在看，她又横过身子，摸到他桌上的眼镜盒："你把眼镜戴上。"

陈赐有一副很薄的眼镜，视心情决定戴与不戴。戴上眼镜后，他垂眼笑道："你是照着我捏它，还是照着它捏我？"

"互补嘛。"宋嘉茉撑着脸颊，感觉还缺了点什么，"你带白大褂来了吗？"

陈赐无语地笑道："谁出来旅游还带这种东西？"

"我带了。"宋嘉茉说。

他眯了一下眼睛，看向她的目光有些晦涩难明："你带那个干什么？"

她不好意思说是自己买别的衣服送的，因为是一整套的衣服，她出于某种微妙的心思，带上自己那套衣服的时候，也把他的带上了。

"反正……你别管，"宋嘉茉搪塞过去，从箱子里翻出来一件衣服，"穿上试试？应该正是你的尺码。"

陈赐穿衣服的动作很流畅，衣领敞着，露出里面的黑色衬衫。一黑一白的极致对比，松开两颗的衬衣纽扣，内敛的金丝眼镜，宋嘉茉仔细欣赏一番，感觉有点顶不住。

宋嘉茉咳嗽两声，转移话题道："那你也给我捏一个吧。"

他观察力敏锐，可选择的道具里没有她的外套，他便选了一件跟她的内搭很像的吊带。

宋嘉茉看了一眼，脱掉外衫，称赞他道："你选得还挺像的嘛。"

"嗯。"陈赐声音低沉了几分，将手机放到一边。

宋嘉茉还不知风雨欲来，还撑在他的身上，笑眯眯地欣赏自己今晚的搭配作品："我男朋友真好看。"

他低眼："叫我什么？"

她捏着他的耳垂，顺从地改口，仍然在笑："我未婚夫真好看。"

看得出来，她现在很开心。

陈赐顺手解了颗纽扣："嗯，那就多看看。"

被某人徐徐压下来时，她才反应过来。她攀着他的肩膀，听到他的嗓音低缓，似是夜的序幕。

这晚夜长雾浓，虽然次日没有早起成功，但是梦想是美好的，宋嘉茉决定后一天，一定要早起。

结果这天晚上，她被陈赐在行李箱里发现了，搭配他那套的……衣服。

因此，第二天也没能早起成功。

第三天、第四天……

"意外"陆续发生，海浪声层层叠叠。

离开时，一周的早起计划，宣告失败。

// 番外五 //

生日与领证

又是一年五月二十号。宋嘉茉连续做了一周的准备，搜了各种美容教程，每晚全套护肤不落下，终于等到了这天。

七点，宋嘉茉按照原计划醒来，但陈赐今天也起得很早，枕边已经不见人影了。不过不重要，她掀开被子，趴到了床头柜边。

但并没找到想要的东西，她眨了一下眼睛，整个人立刻紧张起来，手心不由得出了些汗，下了床，仔细地翻找起来。可是她翻遍了卧室的所有抽屉，还是一无所获。

吃早餐时，她明显没什么兴致。

陈赐问她："怎么了？"

她不想表现得太明显，以免计划出错，说道："电视台要复印件，我找不到我的户口本了。"

他低声："在我这边。"

"真的？"宋嘉茉松了口气。

“嗯，和我的放一起了。”

“那你……等会儿带着吧，”宋嘉茉轻咳两声，“正好出去打印个东西。”

吃完饭，他们正好出门，她正好选了个很远的打印店，正好路过民政局，路过民政局时，陈赐又正好放慢了些车速。

今天是个特殊的日子，人很多。不过即使队伍很长，但依然能看出新人们脸上的喜悦，很难不被感染。

宋嘉茉看了一会儿窗外，又把目光移回来：“干脆……”

陈赐：“不如去领个证？”

两个人几乎是同时开口，目光在空中相撞，又颇有默契地挪开。

不约而同地，他们笑起来。

今天的天气挺好，不热不燥，她一边排着队，一边用镜子检查着妆容。领证已经计划了很久，她这阵子护肤也很上心，皮肤状态自然是好得没话说，妆容也很服帖。不少路人都认出了她，她一一合影签名，很快就到了他们。

拿到那本红色小册子的时候，工作人员还笑着说他们好上相，真是又般配又好看。

一领完证，宋嘉茉又拽着陈赐，赶紧回到家。

陈赐似笑非笑地任她拉着：“急什么？”

她将陈赐带到二楼，用眼罩蒙住他的眼睛，小声说：“等会儿再揭开哦。”

陈赐听着她的动静，不由得失笑起来，等到她慢慢拉下眼罩时，才看清面前的东西。是生日蛋糕，上面插了蜡烛，为了保持最好的口感，旁边还放了干冰，雾气缭绕，映出正中的一幅拍立得画面，是宋嘉茉画的他。

“画了好久，”她小心翼翼地切下一块，“尝尝口感？”

她将蛋糕喂到陈赐的唇边，陈赐尝了一口，细腻的奶油和果酱萦绕在舌尖，绵密又沁凉。

“很好吃。”他说，“这些……你准备了多久？”

“没多久啦。”宋嘉茉含糊其词，将蛋糕推到陈赐的面前，“那你许个愿？”

宋嘉茉偏着头，笑意在雾气中氤氲开来：“有没有什么很想实现的愿望？”

陈赐伸出手，宋嘉茉以为他要吹蜡烛，但下一秒，男人的手指，牢牢地牵住她的。

蜡烛的光线中，他握紧她的手：“最想实现的愿望，现在已经实现了。”

当晚，宋嘉茉的账号，更新了一条微博。

图片是结婚证的照片，配文是一句：

结发为夫妻，恩爱两不疑。

这条微博一度被转上热搜，半个小时后，陈赐也开了个新的账号。没有认证，没有简介，头像是一张宋嘉茉小时候的照片，但还是一眼就能看出，这就是陈赐的账号。

这个微博是新注册的，转发了她的那条官宣，除此之外再无其他内容，看起来非常高冷，像是再也不会更新。

但是第二天，他点赞了一条宋嘉茉的节目宣传的微博。

第三天，参与了电视台主持人的投票，投的是宋嘉茉。

再往后，账号每一次活跃的时候，都是在她有新消息的时候。

第二次上热搜时，更是有人精辟地总结：

人家创建微博：营业、营销、交流、宣传、赚钱。

陈赐创建微博：官宣老婆、转发老婆相关消息、点赞老婆、给老婆投票、夸夸老婆。

// 番外六 //

婚礼与戒指

婚礼定在八月，在一座小海岛上举办。

宋嘉茉刚换好婚纱，就收到尹冰露他们落地的消息。她匆匆套好高跟鞋，推门出去迎接他们。

天色还早，宾客大多都在休息，宋嘉茉穿过花木扶疏的长廊，在草坪上看到两个人影，提着裙子跑了过去。尹冰露伸手接应她，又递过来一个红包，挑眉说："费列有点儿事，不过心意带到了。"

说完，尹冰露又笑吟吟地看她许久，伸出手指，将她的鬓发顺到耳后："果然是新娘，今天真的好漂亮。"

话音刚落，头顶的茉莉花掉下一滴露水，落在宋嘉茉的肩膀上，她眨了一下眼睛。

"好新鲜啊，"尹冰露仰着头看，"都是空运来的茉莉啊？我看那边还有白玫瑰，太漂亮了，而且好香。"

婚礼是在草坪上办的，会场点缀的主题就是花，以茉莉为主元素，搭配上一些粉白玫瑰，拱门、餐桌、捧花，都沿用了这些元素，一眼望去确实非常漂亮，很有格调，浪漫又天真。

宋嘉茉伸手，取了一支玫瑰：“这边是我和策划安排布置的，餐食是陈赐去协调的。”

“餐食？”一直没出声的江寺突然开口，“什么餐食？”

尹冰露无语片刻，恨铁不成钢地问道：“你能有出息一点吗？别老关注这些。”

“行，”江寺点头，转头看了一分钟，又摸了摸花瓣，问，“所以说，待会儿到底吃什么？”

宋嘉茉正想开口回答，听到背后传来声音，回头一看，竟然是陈赐要过来了。她再次挽起裙摆，拔腿就跑。

尹冰露在后面追着问：“你跑什么啊？那不是你老公吗？”

宋嘉茉很讲究：“正式婚礼之前是不能见面的！”

但是跑得太急，脚下的土地略有些松软，为了保证裙子不被泥土弄脏的同时，她跑掉了两只高跟鞋。不过还好，她已经跑到房间门口了，等会儿让人把鞋给她送过来就行。

宋嘉茉将脚掌清理干净，坐在床边，却突然听到两下敲门声。

她以为是化妆师或是尹冰露，下意识地说了一声“请进”，等到西服的边角出现在门口，她才反应过来，是陈赐来了。

她下意识地抓住一边的枕套，盖在了头上。

这个枕套是她特意定制的，当时采访了一位非遗刺绣的老夫人，宋嘉茉见到这个图案很喜欢，便用作了自己新婚的用品，一整套都是鲜艳、热烈的红色，上面绣着精巧的手工图案，还有她和陈赐的名字。红色的枕套遮住她的视线，也挡住了她的妆容，只能听见门再次落锁的声音，紧接着，陈赐走到她的面前。

暗影渐渐覆下来，他的呼吸越靠越近，宋嘉茉下意识地后仰，脚踝却被人握住。

陈赐将她跑丢的两只高跟鞋给她穿好，又替她拉了拉婚纱的裙摆，整理过程中一句话也没说，反而惹得她的心越跳越快，像是要跳出来。

又安静了许久，久到她都以为，陈赐是不是走了。可是下一秒钟，他曲指，将枕套掀开。面前的人毫无保留地闯进她的眼中。

他今天的发型打理得很利落，眉眼处微微分出一些碎发，西装笔挺，衬得人愈发修长。其实他怎么收拾都好看，只是今天，尤其好看。

陈赐俯下身，视线在她的脸上停留几秒钟，短暂愣怔过后，极轻极轻地笑了声："这么好看，怪不得要遮。"

声音很低，近乎耳语，落在她的耳畔，带起一阵又一阵的热流。

很快，她又感觉到，自己的耳垂被他捏了一下。

外面有音乐声飘进来，是她选的婚礼伴奏，温柔悠扬。

他弯唇一笑，低声道："该上场了，公主。"

头纱被盖上，穿过铺着花瓣的拱门，她终于又缓缓走到他的身边，陈赐给她戴上戒指。这是一枚新的戒指，正中央是朵茉莉，花心点缀着一颗粉钻，旁边又环绕着一些零碎的星星，在灯光下，折射出漂亮的光泽。

他们的戒指都是彼此设计的，她的这枚是陈赐的创意，而陈赐的那一枚，一眼看过去是男士婚戒的素雅，圈内却设计繁复，两株藤蔓交织缠绕，像是这些年的他们，紧紧相依，再不会分离。

他们在众人的艳羡和庆祝声中完成亲吻，欢呼声中，陈赐低声同她附耳："你知不知道？"

她转头："什么？"

陈赐："我完成了我学生时代，最想做的一件事情。"

"那你很了不起。"她笑着，像是一语双关地道，"我也是。"

我也很了不起，因为能遇见你，然后，嫁给你。

// 番外七 //

回校与吃醋

婚后，某日清晨，陈赐醒得早，睁开眼睛时，她还在睡着。

窗帘被风吹拂，鼓出一个小角，有细碎的晨光筛落。

宋嘉茉脸颊边的碎发被吹动，轻轻地皱了皱鼻尖，翻了个身，面对着他。

陈赐伸手，替她把头发拨到旁边，来回动作间，指腹会蹭到她的鼻尖和下巴，虽然只有一瞬，但还是被她觉察。

她不知道是在做什么梦，低声嘟囔道："学长……别闹……"

陈赐的指尖一停。

……学长？谁？

于是再没心思做别的动作，一心一意地等着她醒来。

八点钟，宋嘉茉甚至觉得，自己是被他的目光叫醒的。刚一睁开眼睛，映入眼帘的就是那张冷若冰霜的脸。她迷糊了一会儿，还没来得及问，只听他冷冷开口："你知道你刚刚喊谁的名字了吗？"

宋嘉茉眨了眨眼睛，反应片刻，试探道："叶凛？"昨晚好像看了他的综艺。

陈赐不说话。

感觉自己猜错了，宋嘉茉继续试探："顾予临？聂江澜？纪时衍？"

"……总不能是裴寒舟吧？他不是结婚了吗？"宋嘉茉猛然捂住嘴，难以置信道，"我竟然是这种人吗？"

随着她每说出一个名字，陈赐的脸就黑一分。到最后，宋嘉茉觉得整个房间都暗了下来。

"我说的那些都是艺人，"见状，宋嘉茉连忙小声安抚道，"不是我喜欢的意思，是我最近就看过他们的节目了，难道还有别人吗？"

陈赐冷笑道："你喊的学长。哪个学长？"

"学长啊，"她松了一口气，"那没事了。"

陈赐："怎么就没事了？"

"就，"她有了点作恶的心思，故意说道，"就是学长啊，过去嘛，谁能没点过去呢？"

陈赐："传媒大学的？"

"对啊，"她甚至大方地分享起来，"也没什么啦，也就是经常见面，然后互动而已，我确实做梦梦到学长了。"

陈赐咬住后槽牙："经常见面、互动，做梦还梦到了——这也能叫没什么？"

"真的没什么，"她无辜地眨眼，"还经常是我去找学长呢。"

陈赐冷笑两声，掀开被子下了床。

宋嘉茉也不知道自己在高兴些什么，笑嘻嘻地跟在他身后，看他做早餐。但这次，不管自己怎么逗弄，陈赐始终都无动于衷，脸比锅底还要黑。

直到过去半个小时，宋嘉茉拿出手机问别人点事，陈赐都能精准无误地开口道："怎么，在跟你的学长聊天？"

接下来的一整天，她充分意识到了，什么叫搬起石头砸自己的脚。

因为“学长”两个字不断地从他的口中说出，大部分都是配着冷笑的表情，仿佛被按了什么重播键，和她的人生紧密相连。

终于到了晚上，吃过晚饭之后，她扯扯陈赐的衣角：“要不要去传媒大学看看？”

陈赐垂眼：“那不是你和学长充满回忆的地方？”

终于把陈赐拉到传媒大学，走到原来住过的宿舍楼下，宋嘉茉从包里拿出一袋猫条零食，然后半俯下身，对着草丛轻声“喵”了两声：“学长。”

配合她的动作，以及嘴里的声音，陈赐紧锁的眉头，终于在此刻打开：“你说的学长……是只猫？”

“对呀，太久没见，昨晚还有点想它呢。”宋嘉茉勾了勾手指，一只狸花猫从花坛里跳出来，喵喵叫着走到她的身前，亲昵地用头蹭她的手背。

她一边喂猫条，一边继续分享，“学长是我们的校猫了，在这里住了很久，比我们住的时间还要长，所以才叫它学长。可能是昨晚刷到了它的近照，我才梦到它在我身上乱跳吧。”

看了几秒钟，确认学长的确是一只猫后，陈赐和这个名字和解了。

宋嘉茉也递给陈赐一包小零食，他坐在一旁，抬手喂着猫。

看完学长，已经夜深了。

回去的路上，宋嘉茉背过双手，忍着笑道：“怎么样，还吃醋吗？”

看他这一整天的状态，她差点怀疑自己是不是打翻了醋缸。

但他云淡风轻地，仿佛方才的某个人并不是自己：“没吃醋。”

“真的吗？”

她经常会在微信上给陈赐分享视频和微博，因此就算待在一起，偶尔不在一个房间，他们也会有很多聊天记录。

宋嘉茉打开微信，输入“学长”两个字，然后打开搜索，递到他面前：“可是你今天跟我聊天，一共说了 77 次学长。”

// 番外八 //

蜜月与泳池

办完婚礼，蜜月旅行紧随其后。他们定的是一家度假酒店，面朝大海，景色很好。

但更热门的是酒店的十一层，有一圈私人游泳池，其他的楼层全部享受不到，宋嘉茉开始也没有预约成功，最后还是陈赐搞定的。

他们刚进房间，随行的工作人员替他们将东西摆好，又介绍了一下附近的景点，最后道："房间里是有私人泳池的，隐私性很好，想怎么游都可以哦，不会有人看到。"

她总觉得工作人员的话别有深意，但是又说不明白，到底是怎样的深意。

没想太多，长时间的飞行让她感到疲倦，宋嘉茉长叹一声，倒在床上。

晚餐是在酒店吃的，因为住在套房，酒店还送了一碗清补凉，吃完之后，宋嘉茉惬意地躺在床上，计划明天的行程。

听说这里看日出也很漂亮。

她定了个五点的闹钟，转头问他："明天五点起来看日出吧？"

陈赐："你起得来？"

她哼哼唧唧地道："你今晚不折腾我就起得来。"

陈赐不置可否，抬了下眉。

这天晚上确实是难得的平静，她十点多就躺在他怀里睡着了，第二天甚至没用上闹钟，她自己就醒了。

拉开窗帘的那一瞬间，鎏金一般的朝阳正好洒落进来，水天相接处，太阳像一颗咸蛋黄，氤氲着一道又一道光圈，刺眼又朦胧，天地间一片安宁，仿佛只剩下他们两个人。

清晨凉爽，风一阵接着一阵，沿着私人泳池，吹在脸颊上。

宋嘉茉闭了一会儿眼睛，又再睁开。

好美，日出时的美，静谧又瑰丽，无端地让人感到治愈和生机。

陈赐坐在她的旁边，问她："冷不冷？"

她摇摇头："不冷，想拍照。"

"我帮你，"陈赐从包里拿出相机，"想在哪儿拍？"

宋嘉茉指了指灯柜，陈赐便站了过去，提前调试着机器。

宋嘉茉在卫生间换好衣服，披着浴袍出来，陈赐正想问难道穿这个拍吗，低头看了一眼相机，再抬起头时，她便扯下了浴袍的腰带。

日光洒在她的肌肤上，像是铺了层闪烁的碎金。伴随指尖的动作，松软、绵白的浴袍从她的肩头滑落，最后轻飘飘地坠地。她的脖颈仰着，里面穿的是一件分离式泳衣，毫无保留地展现出她最漂亮的线条。

陈赐停顿了一下："怎么……"

"拍照当然要在泳池里拍，"她觉悟很高，"不是吗？"

说完，她莹白的脚趾轻轻踮起，碰了下水面，又被冰得收回来："好冷……"

陈赐率先下了水，伸手扶她："我帮你暖暖。"

宋嘉茉腹诽这能怎么暖，可话到嘴边竟然变成一个笑，下了水，竟然真的不觉得冷了。

拍了几张照片，她游了几个来回，将脖子上的系带解开，趴在透明的泳池边沿，俯瞰无际的海面。

陈赐眯了下眼睛，声音带着些低哑的缠绵："怎么了？"

"嗯？"她几秒钟后才反应过来，说，"系得太紧，有点儿勒。"

"嗯。"他低声答应着，也不知道是在答应什么。

刚游过泳，又被清晨的海风一吹，宋嘉茉打了个喷嚏，系带也应声从肩头滑下来。

陈赐："冷了？"

宋嘉茉："有点儿。"

陈赐走近。宋嘉茉以为他也想看风景，往旁边挪了一下，但她挪一尺他也挪一尺，最后，她被逼到了死角。

后知后觉地意识到什么，她抬手去掩，但为时已晚。

"不是冷？"男人好心地道，"我帮你暖暖。"

两个小时后，衣服挂在泳池边沿，宋嘉茉才意识到，他说的"暖"，到底是什么意思。

也充分明白了，私密性太好，对于一些肆无忌惮的男人来说，不是什么好事。

//番外九//

团子与泪痣夫妇

婚后，蜜月旅行的第二个目的地，两个人选择了洛城。

大学的时候，陈赐就是来这边参加竞赛的，当时提起洛城，她有说过自己很喜欢，陈赐也承诺了会带她来这边玩。她当时不以为意，却没想到兜兜转转间，他的承诺，竟然真的在一一兑现。

洛城最负盛名的是它的沙滩，漫长、松软，阳光正好，适合放松、度假，还有拍照。

他们刚到的第一天，宋嘉茉就遇到了熟悉的面孔。是林盏，很有名的一个青年画家，她采访过。只是没想到，她和林盏打招呼的时候，陈赐竟然也和一边的沈熄交谈起来。

宋嘉茉问他："你还认识林盏的老公？"

陈赐："嗯，研讨会的时候见过。"

中午，两个男人在远处忙着搭帐篷，她们俩坐在遮阳伞下面吃午餐。

午餐有道甜品，需要敲开最外面的星球壳，宋嘉茉折腾了半天都没打开，锤子都快被敲掉了。

“我来吧。”林盏对她温柔的一笑，拿过自己这边的锤子。

紧接着，只见林盏的动作轻松，然后，桌子猛地抖了两下，壳开了。

宋嘉茉眨了眨眼睛，赞叹道：“你的力气这么大的？”

林盏：“还好。”

宋嘉茉：“什么还好？力气还好，还是……”

林盏：“这个壳还好，不是很难敲。”

手腕都被敲疼的宋嘉茉不知道该说什么。

没一会儿，陈赐和沈熄回到桌子边。

林盏抬了下眼睛，示意对面桌上的饮料，沈熄给她拿过来。

宋嘉茉也动了动下巴，用目光示意陈赐。

陈赐：“你生理期要到了。”

“那怎么了？”宋嘉茉想起自己之前看过的一句话，“永远年轻，永远生理期喝冰。”

“回去再带你喝，乖点，”陈赐将烤好的鸡翅递到她的嘴边，“你吃这个。”

林盏踢了踢沈熄：“你看，别人的老公给她烤串。”

沈熄从旁边抽出两串鸡腿。

宋嘉茉：“你看，别人的老公给她拿毯子盖腿。”

……

林盏：“你看，别人的老公给她贴防蚊贴纸。”

……

宋嘉茉：“你看，别人的老公给她捡了个贝壳。”

……

两个男人忙前忙后，她们俩在躺椅上乐不可支，好像发觉了永动机的开启方法。

夜晚，他们在帐篷外等着，听说今晚会有流星雨。等了十来分钟，林盏的手机突然响了。

紧接着，一道奶声奶气的声音出现在对面："妈妈，你和爸爸在做什么呀？"

林盏还没来得及回答，对面又传来一个小男孩的声音，带着些青涩、稚嫩的稳重，十分可爱的模样："今晚有百年不遇的流星雨，妈妈和爸爸，应该是在一起看吧。"

宋嘉茉好奇地凑过去，在屏幕上看到两只奶团子的脸。

"你有两个孩子啊？"她感到有些惊讶，"都好可爱啊。"

林盏："是啊，有空来我家玩，真人更好玩。"

那边，小男孩一脸严肃地纠正道："妈妈，玩具才能用玩字，人不可以。"

林盏："这样啊……那你觉得用什么比较适合？"

小男孩想了很久，认真地端着一张婴儿肥的小帅脸："捏吧。"

林盏笑："好捏？"

小男孩："严谨地来说，我没有捏过自己，不知道好不好捏，但是妹妹……"

很快，那边传来小女孩的叫声："你别捏我的脸呀！"

……

宋嘉茉忍俊不禁，和陈赐对视一眼。这天很圆满，看到了两只可爱的小团子，还有幸看到了一闪即逝的流星。

回到帐篷里，宋嘉茉叠衣服时，突然想起什么似的问他："像你这种人，看到流星，应该也不会许愿吧？"

"没，"他的回复意料之中，然不过片刻，陈赐又道，"不过突然想到一件事情。"

宋嘉茉偏头："什么？"

“视频里那两个可爱的小团子，如果我们也有，就好了。”

停了好久，宋嘉茉笑：“行啊。”

“行什么？”

宋嘉茉的手撑着床垫，凑上前去，在他的唇边落下一个吻：“给你生两个可爱的小孩儿。”

//番外十//

怀孕与乌龙

近日，宋嘉茉变得有些嗜睡，并且开始容易感到疲劳。终于，那天晚上才九点多就躺进陈赐的怀里，并且开始昏昏欲睡时，听到他低声叫：“宝宝。”

“……嗯？”

“明天去医院做个检查吧，我觉得你好像怀孕了。”

宋嘉茉下意识地想要反驳，可又觉得他是医生，感觉应该挺准，灯光又配合地变暗，她还没来得及说话，就睡了过去。

次日拿到报告单，她很满意：“没怀孕嘛，怀孕是不是就不能吃山楂了？我今天好想吃，那我赶紧……”

正在宋嘉茉拆开零食的包装袋时，陈赐也将压住的报告单抖开，仔细检查后，压住了她蠢蠢欲动的手。

他低道：“这不是你的孕检单。”

“是吗？”宋嘉茉低头去看，果不其然，姓名栏写着陌生的三个字：

林洛桑。

“这个名字好眼熟啊，”她说，“是那个歌手吗？我好像听过她的《遥枝》。”

只是近些年她好像沉寂下来了，已经许久没听过林洛桑的消息。但宋嘉茉不知道的是，就在这之后，女团解散，林洛桑单飞，没用太久，又重新登顶女歌手人气榜单。

不过这些都是后话了。

绕了一大圈，正确的报告单拿了回来，显示确实是怀孕了。宋嘉茉靠在床头，委委屈屈地念叨着：“可是我好想吃山楂啊……”

陈赐没说话，拆开包装，自己吃了两片山楂片。

她正想说你不是不爱吃这个吗，猝不及防，他的唇压了下来。

半晌后分开，他声音有些低：“尝到了吗？”

她心说山楂味儿没尝到，只尝到你这人，好像是挺不要脸的。

//番外十一//

包子与许愿池

自从意识到自己要做爸爸之后，陈赐的日常开始变得比宋嘉茉还要忙。除了开始精心准备宋嘉茉的一日三餐，他还开始了一项新活动——起名。

宋嘉茉看剧的时候，他在起名。

宋嘉茉胎教的时候，他在起名。

甚至就连她睡觉的时候，他依然挑灯夜读，还在起名。

她躺在枕头上，控制不住地笑起来："你高考的时候有这么认真吗？"

想了一会儿，陈赐如实回答："没有。"

"你打算怎么起？"宋嘉茉侧了侧身，"是从诗句里面选，还是字典？"

"选了一些字，"陈赐道，"到时候让小孩抓阄怎么样？"

"好主意，"她轻轻将手搭在肚子上，不知道脑补到什么，又笑着问，"万一选出来一些很奇怪的字呢？"

"选之前我会先做好排列组合，一些奇怪的就拆开……"

她打了个呵欠，还没把整句话听完，就昏昏沉沉地跌进梦里。

那段时间，宋嘉茉除了忌口，其他活动都和从前一样，还是照常上下班，直到后面肚子越发大了，领导也批准让她回家休息。

“怎么感觉我的肚子比别人要大一些，”宋嘉茉低头瞧着，“是最近吃多了吗？”

“吃得不多，有可能是双胞胎。”

“真的？”宋嘉茉抬头，“这么厉害？”

说到这里，她停顿了一下，意识到自己说了些什么，她又连忙低下头去，轻咳了两声掩饰。

那天陈建元回家，关心了一下她的近况，宋嘉茉聊着天，发现水壶没水了，便起身去了厨房。刚站定，陈赐就不知什么时候出现在了她的身后：“干什么？”

宋嘉茉：“灌、灌点热水。”

陈赐接过她手里的水壶，道：“我来，你去沙发上休息。”

甚至就连她拿起吸尘器，想要做一下卫生，陈赐都会及时制止，说出那句名台词：“我来。”

“那我总得活动一下吧，”宋嘉茉闷得厉害，“这几天什么都没干，手上闲得慌。”

几秒钟之后，陈赐点开一个页面，同她道：“那你打游戏。”

她自己打了两把游戏，连输两把，最后还是找到陈赐，让他带自己。

她玩的位置是辅助，人物旁边画出个圈，圈内的队友可以被加血，因此又被称为奶妈。一波团战之后，她操控着小人物来回游走，忽然听到他的声音：“你为什么跟着打野？”

打野，也是游戏中一个位置的统称。

“他没血了呀。”宋嘉茉说。

陈赐抬头看了一眼，很快答道：“他回血快，不用奶。”

"那谁要奶？"

停顿了一下，陈赐道："我。"

宋嘉茉惊讶地问道："你现在不是满血吗？"

话音刚落，陈赐被野怪咬了几口，走到她旁边："现在不用跟着别人了。"

"行……"她忍俊不禁，"跟着你，只跟着你。"

吃过晚餐，他们照例进行每天的散步流程，在公园里走上一圈，一天的烦恼似乎就此消散。她挽着陈赐的手臂，感知着肚子里的新生命，感受到了命运温柔的垂怜。

预产期那天，要被推进产房前，宋嘉茉还笑着问陈赐道："你怎么比我还紧张？"

那时的陈赐表情严肃，一遍遍地安慰和鼓励她，直到两个婴儿顺利诞生，他才终于如同放下心来一般，在她的额头上落下一个吻："因为你更重要。"

宋嘉茉很幸运，生产过程顺利，生下来的是两个女孩儿。先出生的姐姐姓宋，给自己抓到的名字是宋枕梨。小一些的姓陈，随陈赐姓，叫陈听雪。

大女儿跟她姓，性格也像她，睡前总喜欢听些童话故事。小女儿则像陈赐，爱看新闻，还有动物世界。

某天晚上，宋嘉茉正跟小阿梨讲着阿拉丁神灯的故事，阿梨眨着一双眼睛，天真无邪地问她："妈妈，世界上真的有能许愿的地方吗？"

宋嘉茉想了想，笑着说："有呀，家门口就有一个。"

"真的吗？"小阿梨立刻从床上坐起来，挣扎着要往外爬，"妈妈，我想去看看！"

"今天太晚了，先睡觉。"宋嘉茉把小阿梨抓回来，重新盖好被子，浅粉色的被角掖在肉嘟嘟的脸颊下，说不出的可爱。

宋嘉茉继续说："而且你现在还太小了，许愿池那边很滑，等你长大一些，妈妈再带你去。"

"那妈妈，"小阿梨问，"许愿池……是个什么样的地方呢？你许过愿吗？"

宋嘉茉："有啊，那时候还小，许愿池几乎完成了我……所有的愿望。"

"这么神奇？"小阿梨眨着一双眼睛，"那妈妈许过有关爸爸的愿望吗？"

宋嘉茉："许过的。妈妈很幸运。"

幸运的是，她喜欢的人，也喜欢她。

第二天吃过午饭，不过是洗了个手的工夫，一转身，沙发上喝奶的小阿梨就不见了。而大门敞开着，地上蜿蜒爬行着草莓牛奶的痕迹。

宋嘉茉顺着找过去，在许愿池前发现了某个鬼鬼祟祟的身影。

奶团子被养得白白嫩嫩的，藕节一般的手臂攥着一袋牛奶，连牛奶洒了一路都浑然不知，只是虔诚地学着她昨晚说过的那些细节，闭上眼睛，双手合十，嘴里念念有词："水池啊水池，请你保佑我，以后……嗝，以后永远都有很多草莓牛奶可以喝！"

而就在宋嘉茉的背后，树下，陈赐正抱着手臂，欣赏着小阿梨这个"伟大的愿望"，旁边还站着一脸严肃的小听雪。

等小阿梨说完，陈赐长臂一伸，将她拎回了家里。

小阿梨在他的手下乱叫："爸爸！你干什么呀！我还没说完！不对！你跟踪我！你好坏啊！爸爸！我讨厌爸爸！"

小阿梨是个记仇的孩子，第二天中午，宋嘉茉发现她又往外跑，而第二次人赃并获时，发现她正拿着一个录音笔，站在池边祈祷："爸爸很坏！希望他明天头发全部掉光！变成秃子！"

不愧是亲生的，连愿望都和她妈妈如此相似。

一米之隔，宋嘉茉察觉到陈赐的视线轻飘飘地落到了自己身上。她立刻摘清自己："我没有任何暗示，这些完全都是……"

说到这里，宋嘉茉严肃地看向小阿梨："以后不能这样说了，知道吗？这样是……"

"这个说法是不对的。"小听雪打断道。

宋嘉茉给予了一个肯定的微笑，示意听雪接着往下说。

"爸爸从我们出生开始，就一直是这样，所以秃顶的可能很小，"小听雪分析道，"但是上周末中午，他有两次被妈妈从卧室里赶出来。"

小听雪振振有词地说："你不如说希望爸爸变成一个流浪汉，这样愿望更可能实现。"

//番外十二//

陈赐带崽日常

某个月初，宋嘉茉出外勤去录节目，两个小孩儿非吵着要一起去，陈赐便把她们带上，说在楼下等着。

宋嘉茉有很多粉丝都在电视台的楼下，陈赐刚进入咖啡厅，就听见了一阵讨论声。

好像有个粉丝正在直播，见到陈赐来了，小声地问能不能拍。他还没回答，两个小朋友倒是答应得很欢快，想到宋嘉茉也不在意这些，他便点了头。

镜头一对准两个小团子，弹幕立刻热闹了起来：

“啊啊啊太可爱了，云养崽来了！”

“果然是他们的孩子，从小就继承优良的基因，长得这么好看。”

“姐姐姓宋对吗？我刚刚听到了！第一个孩子随老婆姓，他好爱她呜呜呜。”

两个小朋友趴在桌子上写作业，很不安分，但挺讲礼貌，在咖啡厅里不哭、不闹，也没乱跑，不影响他人，只是在位置上来回乱扭，被陈赐敲敲桌面，以示警告。

小阿梨瘪了瘪嘴巴，小脸绷成一团，不情不愿地写着作文。

弹幕又开始了：

“赐：我的笑脸只给老婆。”

“看着他们的崽，我现在嘴角疯狂上扬。”

“当事人不在，你们也能闹得这么疯是吗？”

没过一会儿，服务员给他们上了饮品和甜点，店长说是喜欢他们，还送了两个猫爪布丁。

两个小朋友只能喝牛奶，陈赐点了一杯美式咖啡，一边喝，一边在电脑键盘上敲着，没一会儿，看到一个小叉子，往自己的杯子里蘸了蘸。

小阿梨自以为自己的动作神不知鬼不觉，正收回爪子，想要舔第一口的时候，被人拿走了叉子。

抬头看到爸爸表情的那一秒钟，小阿梨立刻端正地坐直，哼都不敢哼一声，自知事情暴露，乖巧地低头做题。

小听雪不爱说话，但小孩子的那点玩心总是有的，趁爸爸教育姐姐的时候，她趴在桌面上，想看看爸爸在写什么。

陈赐伸手，把屏幕一转，直接推到她的面前。

小听雪吓坏了，连忙捡起桌子上的笔，任自己好奇的东西如何靠近，都再也不抬头看一眼。

弹幕笑疯了。

没多久，好不容易安静了一会儿，有人拿着冰激凌路过，小阿梨目不转睛地看着，就差把“想吃”两个字写在眼睛里了。

姐妹俩合计了一下，准备向爸爸讨要，哪知道还没开口就遭到拒绝，听雪妹妹建议道：“我看每次妈妈拉爸爸袖子，然后说什么，爸爸从来都不拒绝。”

阿梨惊讶地看着小听雪，像是在努力消化这个消息。

小听雪："好像是……撒娇，对的，你也跟爸爸撒个娇，他就会答应你了呀。"

鼓起勇气，小阿梨爬下椅子，扯了扯爸爸的衣角，看直播的观众纷纷被萌化。

但是这次仍然被拒绝，小阿梨哭丧着脸，却像是突然想到什么，跑到角落，用自己的电话手表给妈妈打了个电话。几分钟后，她迈着小碎步，啪嗒啪嗒地跑回来："爸爸，妈妈答应我吃了！我和妹妹分一个，不吃太多的！"

这回，陈赐答应得很痛快。没一会儿，直播里的两个小团子，就吃上了冰激凌。

目睹了一切的观众又开始发弹幕：

"拒绝用了十分钟，然而遇到老婆，软化只用了一秒钟。"

"家里教育分工很明确了：慈母严父。"

"该死，人父陈赐也帅气得如此令人着迷。"

很快，在观察中，大家发现了一则重要讯息。

陈家家规——一切听妈妈的。

//番外十三//

阮絮 × 沈致语

《絮语》

天光乍破，第一缕日光透过窗帘，洒在被角上。

阮絮是被晒醒的。

宿醉的后遗症很明显，房间里弥漫酒味儿，地面和沙发上散落着衣服，一件又一件。她靠在床头，拉开被子看了一眼，果然什么都没穿。

昨晚的记忆断断续续涌上脑海。她来云市出差，碰上全世界限量唯一一位的前男友，也来这里出差。

两家公司初次合作，他们专业地交谈业务，好像从未认识过，礼貌又客气。推杯换盏，一问一答，然后碰上她这边糊涂的人事少定了一间房间，她头疼难忍，说借他的房间洗个澡，洗完就去订别的酒店。

进了浴室才发现没拿衣服，披着浴巾出来，撞上他正在脱外套。前男友的身材真的挺好，过了这么多年都没走样，酒精作祟，然后就发生了一些不该发生的事情。她主动的。

想到这里，阮絮觉得又好气又好笑，揉了揉眉心，拿起手机，找到发小的微信："说出来你敢信？时隔多年我再次拥有夜生活，居然是跟那个我以为老死不相往来的前男友？"

她的自我吐槽非常流利，充分展示了女人屁大点事都要互相交流的爱好，连浴室的门打开都没听到。

阮絮还沉浸在自己的世界里："不过说实话，他……"话说到这里戛然而止，她以为早就离开的人，此刻擦着头发，从浴室里走了出来。

沈致语赤裸着上身，发梢滴着水，眼神带着点儿漫不经心。

阮絮的手指一松，语音就这么发了出去。房间里大概沉默了三秒钟。她伸出手，将散乱的被子重新拉到胸口。

阮絮目光颤了下，没来得及说话。

沈致语转过身，对着镜子擦了擦头发："那你老死不相往来的前男友，怎么样？"

……

他说话时完全不抬眼，也不看她，语气无波无澜，很难判断到底是询问还是嘲讽。

突然，她的手机嗡嗡震动两下，是同事打电话来了："喂，絮絮，你在哪呢？电话一直打不通——飞机快误机了，你赶紧的啊，楼下的车还有五分钟就要出发了！"

最后，她是被催着跑出房间的，伴随着电话里一声接一声的催促，关上门才想起，好像忘了跟他告别。

但……不会再见的人，似乎也没有什么告别的必要。

阮絮在门口停留了两秒钟，终于转身离开。

就当是一个荒唐的晚上吧，就像他们曾经荒唐过的许多个夜晚一样，自然而然地被时间带过，再自然而然地忘记。

她拉过行李箱的拉杆，地毯厚重，吞没所有的杂音和脚步声。

接下来的三个月，的确再也没有遇见他。

再遇到沈致语时是在一个酒会上，她注意力不集中，被泼了半身的酒，酒红色的液体顺着长裙向下流淌，染深她的一袭红裙。

一旁的高层伸手过来，像是想替她清理，她敏感地后退两步，又一个失手，将手里的酒全数洒了出去。高层被泼了一身，站在原地气得够呛，大厅里越来越混乱，她伸手想掩住胸前的酒渍，不期然，身上突然被披了一件西装外套。

沈致语揽着她的肩膀，低声道："跟我走。"

也不知为什么，阮絮稀里糊涂地一转身，就跟他走了。

沈致语住的地方在附近，很快，阮絮被安置在沙发上。他不说话，转身去了卧室，应该是在给她找衣服。

他的外套在她的身上，此刻，他只穿了一件衬衣，从房间里走出来的时候，灯光晃落，竟像是回到从前。

沈致语五官轮廓没怎么变，瘦削而英挺，唇角依然冷冷地向下抿着。还记得以前，她总是喜欢用两手拇指撑着他嘴角，向上给他划出一个笑容来。

可惜，那都是从前了。

阮絮自幼母亲便去世了，父亲独自抚养她许久，但父亲很忙，抚养也仅限于多给零花钱和保证生活，并没有太多的陪伴和关怀。大二那年，父亲带回来一个小孩儿。

小孩儿是父亲的初恋所生，小孩儿的父亲也在意外中丧命，没过多久，他的母亲也郁郁而终，父亲便把他接到了家里。

那会儿，小孩儿刚参加完高考，长得特别帅，人群里一眼就能看到的那种，听说学习成绩还好，自律又冷淡。她老是忍不住逗弄他，看他冷淡的表情破功，皱眉或无语，而她总是最开心的那个。

后来他被逼着叫姐姐，一声又一声，但只在长辈面前和床上，或者极脆弱的时候。在一起是个意外，当时有个七天情侣的活动，她打赌输了，半玩笑地跟他告白，没想到会得到“嗯”的回复，然后顺其自然地出去散步、吃饭、逛街、聊天。

初次接吻也是抱着好玩的心态，没想到她刚笑着吻上去，就被人摁着更深地吻了下来。

他很聪明，干什么都是一学就会，轻而易举地让她溃不成军，毫无力气。

再后来、再后来……

像是食髓知味，一步接着一步，假情侣不用确认，默认就变成了真情侣。第一次那晚家里没人，楼上的情侣太过吵闹，他们都没睡着，出门去买夜宵。

她恶作剧似的买了盒东西，本意也是想逗逗他，结果一发不可收拾，被人折腾到凌晨。

那些年，那些年啊。

极致的欢愉，年轻人毫无保留的爱与哀愁，被放大的青春尾声，无忧无虑、又脆弱得不堪一击的初恋。

阮絮拢起衣服，轻轻闭上眼睛。

最终两个人的事还是被父亲发现，那一刻的父亲当然怒不可遏——她知道原因。

说来好笑，他们扛住了来自各方的重压，分离崩析却是因为一件再小不过的事情。少年清贫又孤傲，而她是娇生惯养下长大的温室玫瑰，故事褪去了童话二字，又总要回归现实。

忘了那次是因为什么而吵架，她气愤地说了“分手”两个字，而他同意的回应一如既往，没有再追。

她说分开，就真的是分开了。

事后回想起来，总觉得那天的分离像梦一样，但日复一日，望着再无新消息进来的微信对话框，也得被迫接受这个事实。

他们都太过要强，又没完全成熟，自尊心比天还大，没人肯低头，于是耗着、僵着，直到他搬走，最后渐行渐远。

渐行渐远渐无书，故事的结局，来得比她想象的还要快。

好像开始和发展得都太随意，以至于她都不知道，原来自己是这么喜欢他的。

后来，也再没能遇到过让自己心动的人了。

回忆至此收住。

无论过往如何澎湃，于他们而言，那年的往事和混乱，加起来也不过短短三两个月时间罢了。不到一百天，又能留下什么呢？

阮絮低下头，闻了闻他的西装外套。

他将一套衣服放在她手边，声音低沉："闻什么？"

"你的味道，"她说，"没怎么变。"

"是吗？我没发现过。"

他像是奇怪会有什么味道，捏住自己的衣领，鼻尖凑近了些。

她在这一瞬间转头，四目相对。

他的目光下移，从某处一瞥而过。

他伸手，指腹带过她的锁骨处，抹了抹："文身还没洗？"

恋爱的第一个月，她拉着他去文了身，互相文了对方的名字，在自己的锁骨上。

偶尔想到，她会遮一下，不过今天忘了。

阮絮抬了抬头，撩开他的衬衫，然后笑着说："你不也没洗吗？"

“忘记了。”他喉结滚了一下。

“嗯，我猜也是。”她故意似的说，“那你还记得我叫什么名字吗？”

他偏开眼，低声说：“忘了。”

她伸手，强行将他的脸又扳了回来：“姐姐的名字也能忘？耳元阮，絮语的絮，听清楚了吗，沈絮语小朋友？”

他垂眼看着她，眼睛里情绪翻涌，她记起来，第一次在床边调戏他时，她也是故意这么喊错他的名字。还没反应过来，就被人按着吻了下来。

窗外夜色静谧，成年人好像没有那么多莫须有的流程，气氛足够便顺理成章，她的长裙被扔在沙发一角。

这晚他们都是清醒的，没有人说话，却像是赌气一般，折腾了整整一夜。

天亮时一切结束，时间分明是凌晨六点，但她接到了工作电话。

阮絮披着他的外套，点了根女士烟，开着台灯，在桌边修改起文件来。

身后许久没有声音，阮絮以为沈致语睡了，正要掐掉烟的时候，听到他说：“他是故意的。”

她一下没反应过来：“谁？”

“你旁边的，公司主管。”

“我当然知道，”这人明示暗示好多次了，阮絮幽幽道，“不然你以为我那杯酒，还真是不小心泼他身上的？”

“换个工作吧。”他说。

阮絮翻了一页，又听他道：“听到你打电话了，下周出差，他还在。”

阮絮回头，挑了下眉：“你以为工作那么好找？”

“可以来我们公司。”

半晌后，她偏头笑了：“放心吧，辞职信已经写好了，不过下周我还是得去，这是我跟的最后一个项目了。得有始有终。”

“有始有终。”

他念了一遍这四个字，最后却没了下文，在床沿沉默下来。

她猜，他可能是想问，这么信奉有始有终的话，那他们当初，又算什么？

她又说："如果你不放心的话，到时候晚上给你打电话不就好了。"

第二根女士烟燃到最后一截，他也没有开口拒绝。

出差的那天晚上，阮絮跟大家逛完夜市，回到酒店，却没有马上休息。走到酒店的天台，她拨出了那个很久都没打过的电话。响过三声，电话接起来。

她没说话，半晌后，听到他说，"我以为你不会打过来了。"

"怎么会？"她说，"出去逛了逛，耽搁了一会儿。"

他"嗯"了声，又没说话，对面只剩下呼吸声。

后来呼吸声也渐渐轻了，但不知道为什么，她就是笃定，他在听。

阮絮仰起头，吹着晚风，不远处传来音乐声，伴着露天烧烤摊偶尔传来的嘈杂声。

他问："你在哪？"

"天台。"她几乎是无法控制地脱口而出，"你还记不记得那次，你来我们学校的天台，我看对面一闪一闪，还以为有流星，后来才知道，是天文台的控制灯坏了。"

说着说着她就笑了起来，隔壁音响店在放歌，是最近又渐渐热起来的《永不失联的爱》。

歌词似乎很应景，她也忍不住跟着，轻轻哼起来：

走过陪你看流星的天台，

熬过失去你漫长的等待，

好担心没人懂你的无奈，

离开我谁还把你当小孩。

……

对面沉默了许久，然后沈致语喊了她的名字：“阮絮。”

“嗯？”

“我们复合吧。”

这次换她很久没说话，直到他在那边，催促了两声：“怎么不说话？”

“在想要说什么，”她翘起唇角，看天幕里的星星，“说好吧，显得我太容易答应了。说不行吧，好像又不是心里话。”

对面传来一阵电流声，像是他下床了：“地址发给我。”

她往后仰了仰：“干什么？”

“我去找你。”

她想骂他是不是疯了，可话到嘴边，手指不听话，规规矩矩地将地址发给他。

从前吃了太多嘴硬的苦，想要不敢说，想要不能说，这一刻却不得不承认，她多么庆幸他还拥有少年的狂热和直白，又多么庆幸，她仍然能在这种狂热中，感受到被爱。

他真的很疯，她好像也是，飞机落地时间是凌晨三点，她不顾第二天还得起早，打的去机场接他。

她到的时候，他已经出机场了，她刚下车，就被他一把揽进怀里。

这是个迟来了很多年的拥抱，如果当时吵架，他也能这样一把抱住她，也许一切都会不同。

阮絮笑：“几年不见，变这么主动？”

她听见他的心跳声。

很重很快，一下一下，像砸在她耳膜上。

他没回复。

但是心跳声，是最好、最重要的回答。

月底，项目结束，阮絮辞去了这份工作，跳槽到一家待遇更好的世界五百强公司。

但好像是命运，她入职那天才知道，她进的就是沈致语所在的那家公司。

熬过最繁忙的一周，周日终于可以休息，周六晚上，她难得给自己倒了杯红酒。

没想到朋友突然大半夜打电话过来，说自己最近在写公众号，要她分享一些新媒体的干货，她事无巨细一一解答，从曝光到营销，说到最后嗓子都哑了。抬头看了眼时间，快十二点了。

阮絮："好了，差不多就这些吧，后面的下次再说。"

朋友软磨硬泡："你等会儿又没事干，再说点儿嘛。"

阮絮："谁说我没事干？

话音正落，身后哗啦一声，沈致语手里的书掉了。

电话挂断，她喝完最后一口红酒，人就被腾空抱起来。

他低声说："满足你。"

第二天睡到下午才起，她裹着被子，说想去吃火锅。吃完火锅，正好碰上楼下在放电影，她买了杯沙冰，跟他一起坐在后排。没多久，情节进展到了分手的画面。

夜色凉如水，她转过头，发现他也正好看过来。

"那时候，我们好像也吵得很凶。"她说，"当时真的很不理解，我说要分开，你怎么就……答应得那么快啊。"

她说："只是觉得，你可能，也并不喜欢我吧。"

"不是，"他的声音变得有点儿哑，"没自信，自己能留住你。"

她是露水养大的漂亮玫瑰，娇贵又动人，而他只能仰头望她，因此故事的每一个转折都是由玫瑰决定，而仰视角度下的少年从来都自卑，不认为，自己有主导故事的能力。

但现在，他也能和玫瑰比肩。

阮絮缓缓后仰，然后阖上眼帘：“其实女生说分手的时候，是在等你挽留她。”说完，她又轻巧地眨了下眼睛，“单指我自己。”

他喉结滚动了两下，声音融进夜色里：“……我那时候不知道。”

“以后知道了，”她说，“下次再有这样的情况，不能放走我了，知道吗？”

他紧了紧握住的手，回应道：“不会有下次了。”

电影在十一点多时散场，夜风吹拂，传递过来他身上的气息，一如既往。

让她想起某个午后，少年穿着洗得发白的浅色衬衫，飘过来这样的味道，而她趴在桌子上，懒洋洋地问他：“小朋友，要不要和姐姐谈个恋爱？”

这是她一眼就看中的少年，兜兜转转间，终于还是回到了她的身边。

后记

热爱永不消逝

写这个故事的时候，我的脑海里，曾经无数次地浮现出一个画面。

那是这本书诞生的开始。

应该是 2017 年的夏天，阳光很晒，我走在校园的林荫道上，右手边是茂密的树丛，我低下头，跟朋友打字，说我想写一篇这样的文。

朋友半开玩笑地说，那我给你起个名字，就叫《我的哥哥》吧。

于是故事有了雏形，翻开备忘录，第一版文案写在 2017 年的 8 月 14 号下午 3 点 41 分。

决定落笔好像是在 2020 年，可惜过程中又遇到了许多许多的问题，这是动笔前最艰难的一本书，我感觉自己被打碎了好多次，幸而，我也陪着他们共同成长，经历种种，我终于还是把它写出来了。

过程中有过无数犹豫，我大概知道怎样写会更有剧情冲突，怎样写会更具可读性，但是我有点儿固执地对朋友说，可是如果那样，就不是我想写的故事了。

所以最终，我还是写下了那个四年前的少女，最想写的故事。

我想要写一种深入骨髓的爱，想写藤蔓般互相依偎的两个人，想写无法被拆开的爱情。离开彼此，我们真的不能过活，谁也不能比我们更般配。

又想比起之前的作品更有挑战，所以加入了群像内容，也就是社团的部分，我努力让每个配角的形象也变得鲜活起来，就好像他们真的存在于身边一样。

我想写一个小姑娘，从自卑到完全挺起胸膛，从困在黑暗里，到行至阳光下，写她从怀疑自己能不能被爱，到被爱完全治愈。

爱是退路，也是底气。

写这个故事的时候，大约有五百次爱上陈赐，五百次沉醉于他们的绝美爱情，无数次的感动和庆幸。

庆幸他们遇到了彼此，他们的故事也遇到了可爱的你们。

这是我非常非常喜爱的故事，就算再重来一万次，我也依然会写。

如果每个姑娘都曾经是小井，那每个人也会遇到自己的陈赐。

勇敢、热烈、坚定又执着地，去爱吧。

热爱永不消逝，真爱也是。